Ludwig Völter

# Das Heilige Land und das Land der israelitischen Wanderung

SALZWASSER
VERLAG

Ludwig Völter

# Das Heilige Land und das Land der israelitischen Wanderung

Unveränderter Nachdruck der Originalausgabe von 1864.

1. Auflage 2022 | ISBN: 978-3-75259-667-0

Verlag: Salzwasser Verlag GmbH, Zeilweg 44, 60439 Frankfurt, Deutschland
Vertretungsberechtigt: E. Roepke, Zeilweg 44, 60439 Frankfurt, Deutschland
Druck: Books on Demand GmbH, In de Tarpen 42, 22848 Norderstedt, Deutschland

# Das Heilige Land

und das

# Land der israelitischen Wanderung.

Für Bibelfreunde geschildert

von

Ludwig Völter

Mit einer Charte von Palästina, nebst mehreren Cartons.

Zweite, vermehrte Auflage.

Stuttgart, 1864.

# Vorwort zur ersten Auflage.

Der Zweck, welchen ich bei Abfassung dieser Schrift mir vorgesetzt, ist einfach der, Bibelfreunden, welche gerade keine gelehrte Schriftforscher sind, einen möglichst umfassenden und eingehenden geographischen Commentar zur Heiligen Schrift zu liefern. Wer weiß nicht, welche wichtige Vorbedingung für die richtige Auffassung und das Verständniß der Geschichte überhaupt eine gründliche Kenntniß und klare Anschauung des Schauplatzes ist, auf welchem sie sich bewegt, besonders wenn sie, wie dieß bei der biblischen Geschichte, namentlich Alten Testaments, der Fall ist, sich so genau an das Terrain anschließt und zwischen beiden ein so ausgezeichneter providentieller Zusammenhang stattfindet. Ich habe daher nicht nur wohl so ziemlich alle die einzelnen in der Bibel vorkommenden Orte namhaft gemacht, deren Lokalität nach dem Stand der neuesten Entdeckungen und Forschungen sich auch nur mit einiger Wahrscheinlichkeit bestimmen läßt, sondern auch ein möglichst anschauliches und detailirtes Gesammtbild der physikalischen Verhältnisse der betreffenden Länder (Palästina's und des Peträischen Arabien) und einzelner Gegenden derselben, so weit es der gegenwärtige Stand unserer geographischen Kenntniß möglich macht, zu entwerfen gesucht. Denn diese Auffassung des Gesammtbildes ist es, welche uns so recht einheimisch in einem Lande macht und auch die einzelne Lokalität erst in ihrem organischen Zusammenhang und in ihrer lebensvollen Bedeutung hervortreten läßt. Für das gelehrte Publikum habe ich, wie gesagt, nicht geschrieben; doch glaubte ich bei wichtigen Punkten die verschiedenen Hauptansichten der Reisenden und der Gelehrten, sowie die Gründe für und wider anführen zu müssen, theils um dem Leser die Einsicht in den Stand der Dinge möglich zu machen und ihn tiefer in das Verständniß der Sache einzuführen, theils um ihm die Bildung einer bestimmten Ansicht zu erleichtern. Neue Ansichten aufzustellen konnte nicht meine Absicht sein, das möge Tüchtigeren überlassen bleiben; nur an zwei oder drei Orten erlaubte ich mir eine Ausnahme.

Gern hätte ich die ganze Arbeit tüchtigeren Händen überlassen und wartete darum von Jahr zu Jahr auf die Erscheinung eines Werkes von der Tendenz des vorliegenden. Denn nachdem in der neuesten Zeit, namentlich seit Robinsons Reise, so epochemachende Entdeckungen in der biblischen Geographie gemacht worden sind, mußte es offenbar an der Zeit erscheinen, die Ergebnisse derselben auch den Kreisen der Gebildeten, deren Beruf es nicht sein kann, sich durch den gelehrten Apparat durchzuarbeiten, in geeigneter Form zugänglich zu machen. Da aber meine Erwartung sich nicht erfüllte, so gieng ich endlich um so lieber auf den Wunsch des Herrn Verlegers ein, als ich mich früher schon mit einer ähnlichen Arbeit beschäftigt hatte.*) Von letzterer konnte nun freilich nur weniges, ja fast nichts mehr benützt werden, so bedeutend sind die Fortschritte, welche die heilige Geographie in der seitdem verflossenen Zeit gemacht hat; um so eher entschloß ich mich, auch von dem damals befolgten Plan, so wie theilweise auch von der Darstellungsform jener Arbeit abzugehen. Ich schlug einen Mittelweg zwischen der steifen und trockenen Compendienform und der belebteren Form einer Reisebeschreibung ein, indem ich, was Plan und Anlage betrifft, mehr jener, in der Ausführung und Darstellung mehr dieser mich näherte. Ich hoffe, auf diese Weise der Güte des Inhalts nichts benommen, wohl aber die Lectüre der Schrift anziehender gemacht zu haben.

War meine Absicht nur, das, was Reisen sowohl als gelehrte Forschung über Palästina und Peträa an sicherer geographischer Ausbeute bis heute ergeben haben, so weit es zum Bibelverständniß dien-

*) Wanderung durch das Heilige Land in G. Plieningers Weihnachtsblüthen auf das Jahr 1838.

lich ist, zusammenzutragen und zum Gemeingut zu machen; so beschränkt sich freilich das Verdienst des Verfassers, wenn überhaupt ein solches dabei ist, auf ein bescheidenes Maß. Demungeachtet kann das Dargebotene manchem willkommen und nützlich sein. Vor allem ist von mir C. Ritters großartiges Werk benützt worden, in welchem die ganze betreffende Literatur mit ungeheurem Fleiß und genialem Geist verarbeitet ist. Es wird mir schwerlich zum Vorwurf gereichen, daß ich vorzugsweise in die Fußtapfen dieses Altmeisters der geographischen Wissenschaft getreten bin, besonders was die physikalisch-geographische Plastik betrifft. Außerdem habe ich die wichtigsten Reisebeschreibungen aus dem gegenwärtigen Jahrhundert, so wie das verdienstvolle Werk von C. v. Raumer und die betreffenden Schriften der Theologen Winer, Hengstenberg, Kurtz und anderer zu Rath gezogen.

Zum Schluß bemerke ich noch, daß ich bei Abfassung dieser Schrift besonders auch die Lehrer an niederen und wohl auch an höheren Schulen im Auge gehabt habe, und von dem Wunsch beseelt war, ihnen dazu behilflich zu werden, den für wahre Jugendbildung so höchst einflußreichen Unterricht in der biblischen Geschichte mit derjenigen belebenden Anschaulichkeit zu ertheilen, welche das Interesse an dem Gegenstand so erfolgreich zu wecken und zu erhöhen im Stande ist. Ich biete ihnen zwar weder ein Lehrbuch, noch auch geradezu ein eigentliches Handbuch für ihren Unterricht, wohl aber ein Buch zum Privatstudium, welches, wie ich hoffe, ihnen dienlich sein soll, sich ein lebendiges Bild von der irdischen räumlichen Basis der heiligen Geschichte zu verschaffen und so ihren Unterricht für die Kinder fruchtbarer und anziehender, für sie selbst aber angenehmer und leichter zu machen.

Und so gehe denn das Büchlein seine Wege unter dem Segen des Herrn.

Zuffenhausen, den 3. Febr. 1855.

Der Verfasser.

# Vorwort zur zweiten Auflage.

In dieser zweiten Ausgabe sind die Ergebnisse der neuesten Reisen, welche seit dem ersten Erscheinen der Schrift veröffentlicht worden sind, nachgetragen, außerdem ist hie und da etwas berichtigt und ergänzt worden. In ersterer Beziehung waren von hervorragender Bedeutung die zweite Reise Dr. Robinsons (1852), die Reise van de Veldes (1851 u. 52), die Reise des preußischen Consuls Dr. Wetzstein in den Hauran und die Trachonen (1858), die Reise von Dr. J. Roth und die wiederholten Reisen von Dr. T. Tobler und Dr. Const. Tischendorf. Ganze Landschaften sind infolge derselben uns erst näher bekannt geworden, das Flußsystem Westpalästina's ist rectificirt, eine namhafte Zahl biblischer Orte identificirt, die Zahl der Höhenmessungen vermehrt, für biblische Archäologie und für die Erklärung einzelner Bibelstellen manch dankenswerther Beitrag geliefert worden u. s. w.

Die beigegebene Charte ist nach Entwurf und Zeichnung ganz neu, und es ist möglichste Sorge getragen worden, dieselbe in vollkommene Uebereinstimmung mit dem Buch zu bringen. Es schien zweckmäßig, von dem Plan der der ersten Ausgabe beigegebenen Charte, auf welcher Palästina und Peträa in gleichem Maßstab gezeichnet waren, abzugehen. Palästina ist nun nach einem viel größeren Maßstab entworfen, für Peträa schien ein etwas größerer Carton zu genügen.

Zuffenhausen, den 24. Juli 1863.

Der Verfasser.

# Inhalt.

## Erster Theil.

## Das Heilige Land.

## Zweiter Theil.

# Das Land der israelitischen Wanderung.

## Erste Partie.

## Geographische Beschreibung.



### Erste Abtheilung.



### Zweite Abtheilung.



### Dritte Abtheilung.



## Zweite Partie.

## Der Wanderzug der Israeliten.

# Erster Theil.

# Das Heilige Land.

## Ueberblick.

Palästina, das gefeiertste unter den Ländern der Erde, das Land der wunderbarsten Vergangenheit und der verheißungsvollsten Zukunft, das Land der höchsten Offenbarungen, auf welches die Augen dreier Religionen gerichtet sind und einst die aller Menschen werden gerichtet sein, gehört gleichwohl seiner räumlichen Ausdehnung nach zu den geringfügigen Ländern der Erde, so daß der Heide Cicero sagen konnte, der Gott der Juden müsse ein kleiner Gott sein, weil er seinem Volk ein so kleines Land eingeräumt habe. Es erstreckt sich bloß durch $2\frac{1}{2}$ Längen- und ebenso viele Breitengrade, nämlich vom 52. bis $54\frac{1}{2}$ Grad östlicher Länge und vom 31. bis $33\frac{1}{2}$ Grad nördlicher Breite. Seine größte Längenausdehnung von Norden nach Süden, von Dan bis Bersaba, beträgt 31, seine größte Breite von Westen nach Osten $23\frac{1}{2}$ deutsche Meilen. Nimmt man seine mittlere Breite zu 15 Meilen, also zu $\frac{1}{2}$ der Länge an, so kommt sein Flächeninhalt auf $31 \times 15$, d. h. auf 465 Quadratmeilen zu stehen, eine Größe, welche etwa der Größe des Königreichs Sachsen sammt den sächsischen Herzogthümern entspricht, die des Königreichs Württemberg um 100 Quadratmeilen übertrifft.

Es ist das heilige Land der Erde, aus- und abgesondert von allen andern zur Heimath eines Volkes ohne gleichen, und doch auserfehen zum Mittel- und Ausgangspunkt eines allseitigen weltumfassenden und welterneuernden Einflusses. Es vereinigen sich daher in seiner Weltstellung die größten Gegensätze, wie sie keine andere Erdgegend aufzuweisen hat, die größtmögliche Isolirtheit neben der größtmöglichen Centralität und Begünstigung allseitiger Weltverbindung.

Israel sollte sicher allein wohnen, wie Moses in seinem Abschiedssegen (5 Mos. 33, 28.) weissagte. Von den östlichen Küsten Asiens zieht sich nämlich ein breiter Hochlandsgürtel durch die Mitte des Erdtheils von Ost nach West über Persien, Armenien, Kleinasien bis an seine westlichsten Gestade am Aegäischen Meer. Im tiefsten Hintergrund des Mittelmeers, in dessen nordöstlichem Winkel, wo die syrische und kleinasiatische Küste zusammenstoßen, löst sich von diesem Hochlandsgürtel unter einem rechten Winkel ein niedrigerer und schmalerer Berggürtel ab, welcher parallel mit der ganzen syrischen Küste von Norden nach Süden bis über Gaza hinabstreicht, wo diese mit der ägyptischen den südöstlichen Uferwinkel des Mittelmeers bildet. Das südliche Drittel dieses Berggürtels ist das Gelobte Land, durch das einer Mauer gleich sich erhebende Libanongebirg gegen Norden abgeschlossen. Südwärts streckt es sich wie eine Landzunge in's Meer hinaus; denn es ist westlich vom Mittelmeer bespült, und dadurch vom Occident geschieden, südlich und östlich von den Sandwellen der arabischen und syrischen Wüsten umwogt, welche bis zur sinaitischen Halbinsel und bis an die Ufer des Euphrat sich erstrecken, und hiedurch vom Orient abgesondert. So lag Kanaan wie auf einer Insel, wenig berührt vom Völkertreiben, abgesondert, schwer zugänglich durch Wüsten, Meere und Gebirge. Auch keine große Landstraße führte durch das Land hindurch, alle giengen zur Seite an seinen Grenzen vorüber. Ebenso wenig wurde es durch Wasserwege in die Strömung des Völkerverkehrs hineingezogen; denn einerseits besitzt das Land kein einziges schiffbares Stromgebiet, andererseits ist die Küste arm an Buchten und Anfurthen. Auch der innere Bau des Landes, seine Struktur trägt auf's bestimmteste zu dem in ihm sich ausprägenden Charakter der Abgeschlossenheit bei; besonders ist dieß der Fall bei dem Land westlich vom Jordan, dem eigentlichen Kern des Landes und Hauptträger seiner Geschichte. Wie eine gewaltige, hohe und unbezwingliche Felsenburg steigt dieses aus der Wüste im Süden, aus der Meeresniederung im Westen und aus dem Tiefthal des Jordans im Osten empor. Diese hohen Berge mit ihren steilen

Felsenwänden, ihren Schluchten, Höhlen und Engpässen, diese Hochebenen mit ihren Wüsten, ihren zahllosen Hügeln, Kessel- und Tiefthälern mußten dem zerstörenden Eindringen erobernder Kriegsheere, wie den verderblichen Einflüssen fremdartiger geistiger Mächte den Zugang erschweren, und machten es Israel möglich, im Conflikt mit den großen Weltmonarchieen, die sich im Laufe der Jahrhunderte nach einander rings umher erhoben, mit der geistigen Freiheit auch seine politische Unabhängigkeit zu behaupten. So war Israel, obwohl mitten im Völkergewühl, doch wie in einer sichern Burg wohl verwahrt, in stiller traulicher Heimath abgeschieden. Seine Bestimmung als Weltvolk im einzigen Sinn des Wortes erforderte eine solche Lage. So nur war es ihm möglich gemacht, im Gegensatz der sechs glänzendsten Kulturvölker der alten Welt, von denen es umgeben war: der Assyrer, Babylonier, Meder, Perser, Phönizier und Aegypter, seine eigenthümliche Ausbildung und seine geistige Selbständigkeit zu erlangen, mitten in der heidnischen Finsterniß das Licht des Monotheismus und den ihm anvertrauten Schatz göttlicher Offenbarung zum Heil der Welt zu bewahren und die größte Frucht für die Nachwelt zur Reife zu bringen.

Neben dieser Isolirtheit hatte aber Palästina auch eine centrale Weltstellung, wie nicht wohl ein anderes Land. Es lag so recht in der Mitte der Alten Welt, da wo die drei Erdtheile, welche zu ihr gerechnet werden, sich am meisten genähert sind. In einem Halbkreis um dasselbige her liegen diejenigen Länder Vorderasiens, welche von den ältesten und gebildetsten Völkern der Alten Welt bewohnt waren. Im Nordosten und Osten lagen Armenien, das Stammland der Menschheit nach der Sintfluth, das Quellland des Tigris und des Euphrat, ferner Assyrien, das Reich Nimrod's, Babylonien, das Vaterland des Sterndienstes, und Persien. Im Südosten bildete der Persische Golf eine Straße nach dem uralten, produktenreichen Indien, und im Süden der Arabische Meerbusen nach dem Glücklichen Arabien und nach Aethiopien. Gegen Südwesten führt die Landenge von Suez, welche die beiden Erdtheile Asien und Afrika verbindet, in das altergraue Aegypten. Im Norden liegt das durch seine Seefahrten im Alterthum berühmte Phönizien nebst Syrien, und im Nordwesten das durch Handel und Gewerbe einst so reiche, durch Künste und Wissenschaft hochstehende Kleinasien. Gegen Westen endlich führt das Mittelmeer, welches gleichsam im Schooß der Alten Welt liegt, und daher den Verbindungs- und Einigungspunkt der Völker derselben bildete, zur Inselwelt des Aegäischen Meeres, zu den Gestaden von Griechenland, Italien, Frankreich, Spanien, so wie an die Küsten des nördlichen Afrika. So lag Israel, ohne selbst Mittelpunkt des Welthandels zu sein, doch im Mittelpunkt der Verkehrswege der Alten Welt. Auch in politischer Beziehung war seine Lage eine im eminenten Sinn centrale, ohne daß es je einmal, außer etwa in der kurzen Zeit der davidischen und salomonischen Herrschaft, selbst politischer Weltmittelpunkt gewesen wäre. Lag es doch auf dem Durchgangs- und Kreuzungspunkt der einander feindlich gegenüberstehenden großen Weltreiche, wo es zwischen den Weltmächten in Nord und Süd, d. h. zwischen Assur, Babel und später Syrien einerseits, und zwischen Aegypten andererseits, den Weltmächten am Euphrat und Nil, zwischen welchen beiden der syrisch-palästinensische Berggürtel gleichsam die Verbindungsbrücke bildete, und den Weltmächten in Ost und West, d. h. zwischen Persien und Macedonien zum rivalisirenden Zusammenstoß kam. Ja ist es nicht auch in der allerneuesten Geschichte wieder diejenige Erdstelle, um die es sich in dem neu entsponnenen Conflikt der Interessen zwischen Abendland und Morgenland handelt, und die in dem bevorstehenden Entscheidungskampf zwischen Kreuz und Halbmond keinesfalls eine gleichgiltige Stellung einnehmen wird?

So ist das Heilige Land, das Heilige Volk und die Heilige Geschichte wie eine Perle in die Mitte der bedeutendsten Weltvölker und ihrer Geschichte hineingestellt, und es stehen von da aus die Wege überall hin offen. Deßwegen sagt der Prophet Ezechiel (5, 5.): „So spricht der Herr Herr, das ist Jerusalem, die ich in der Heiden Mitte gesetzt habe und rings um sie her Länder." Das auserwählte Volk sollte in der heidnischen Finsterniß als ein Licht scheinen, der in ihm niedergelegte Schatz göttlicher Offenbarungen auch der übrigen Welt sich mittheilen. Von Zion sollte anbrechen der schöne Glanz des Herrn. Wie von diesem Heerde aus hie und da Funken, ja ganze Feuerbrände in die Heidenländer umhergetragen wurden, davon geben Zeugniß Hiram, der König zu Tyrus (1 Kön. 5, 1. 7.), die Königin vom Reich Arabia (1 Kön. 10.), Naëman, der Feldhauptmann des Königs zu Syrien (2 Kön. 5.), sodann die Zeit der babylonischen Gefangenschaft, wie namentlich aus der Geschichte der Esther und Daniels erhellt. Später kamen Menschen aus allen Ländern und Völkern auf die hohen Feste in Jerusalem zusammen. Diese Festbesucher wurden zum Theil die ersten Missionare des Christenthums in ihrem weit entlegenen Vaterland. Mit dem Heiland selbst wurden noch zu seinen Lebzeiten etliche Griechen bekannt, die auf's Fest gekommen waren (Joh. 12, 20. 21.). Gewiß hat auch am ersten Pfingsttag mancher Parther, Meder, Elamiter und wie jene Männer aus allerlei Volk, das unter dem Himmel ist (Ap.-Gesch. 2, 9—11.), alle hießen, einen senfkornartigen Glaubenskeim mit sich nach Hause genommen; ohnedem ist es mehr als wahrscheinlich, daß der Kämmerer der Königin Kandace (Ap.-Gesch. 8, 26. ff.) der Stammvater der christlichen Kirche in Aethiopien geworden ist. Durch die Missionsreisen des Apostels Paulus wurde nach der Apostelgeschichte das Christenthum in Arabien, Kleinasien, Griechenland, Italien, und nach Röm. 15, 24. vielleicht auch in Spanien verbreitet. Andere Apostel wirkten in verschiedenen Gegenden Syriens, Kleinasiens, in den Ländern des Schwarzen Meeres, in Scythien, sogar in Indien. Schon vor dem Ende des zweiten Jahrhunderts steht das Christenthum im südlichen Gallien, in Britanien, in Aegypten und an der ganzen Nordküste von Afrika, in Iberien, im Kaukasus und an andern Orten als festgewurzelte Anpflanzung da. Wie wären solche Erfolge in so kurzer Zeit möglich gewesen, wenn Gott nicht dem Land, von welchem das Heil der Welt ausgehen sollte, eine so ausgezeichnete Lage unter den Ländern der Erde gegeben hätte!

Als ein vor andern bevorzugtes und ausgezeichnetes Land müssen wir Palästina auch erkennen, wenn wir einen Blick auf seine innere Begabung werfen. Zwischen dem 31. und 33½ Grad nördlicher Breite gelegen, fällt es in den südlichen Theil der gemäßigten Zone, der der heißen genähert ist. Es liegt unter denselben Breiten, wie die Nordküste von Afrika, namentlich wie Tripolis, noch südlicher als die südlichsten Halbinseln Europas,

Griechenland und Italien. Das durch diese Lage sich ergebende heiße Klima wird jedoch gemildert theils durch die Nähe des Meeres, welches seine kühlenden West- und Südwestwinde über das Land hinstreichen läßt, und ihm befruchtenden Regen und Quellenreichthum spendet, theils durch die Erhebung des Bodens über den Meeresspiegel, wodurch derselbe in die höheren, feineren und daher kühleren Schichten der Atmosphäre versetzt wird. Dazu kommt die manchfaltige Configuration und Gliederung der Oberfläche, welche alle Naturformen, von der noch unter den Meeresspiegel hinabgesunkenen Tiefebene bis zum beschneiten Hochgebirg hinauf, in großer Abwechslung auf kleinem Raum vereinigt. Daher gedeiht hier alles im Ueberfluß, die Produkte des Südens und Nordens haben sich hier zusammengefunden, die Wallnuß, welche nur die Kühlung, neben der Palme, welche nur die Gluthhitze liebt, die Ceder auf dem Libanon und die Balsamstaude in den Einöden Jericho's. In den warmen Thälern reifen in Menge Feigen, Weinreben der vorzüglichsten Art, Oliven, Datteln, Citronen, Pomeranzen, Indigopflanzungen und alle Südgewächse. Obsthaine liefern die trefflichsten Früchte, mit immergrünem Laubwerk prangende Waldreviere die schätzbarsten Holzarten, welche edle Harze ausschwitzen und gewürzige Düfte in der Luft verbreiten. Weite Flächen bieten ergiebige Fruchtgefilde mit zweifachen Aernten dar und erzeugen einen gesuchten Waizen, indeß die Heerden, welche das ganze Jahr hindurch Tag und Nacht im Freien waiden können, auf den Waiden des Landes ein kräftiges Futter von gewürzigen Alpenkräutern finden. Welch ein gesegnetes Land, wie geeignet, den Fleiß seines Bewohners auf die wohlthätigste Art in Anspruch zu nehmen und auf das ermunterndste zu belohnen; wie geeignet, ihn gerade an diejenigen Beschäftigungsarten zu binden, welche am sichersten vor Versuchungen bewahren und dem stillen Gemüthsleben am meisten Nahrung geben, nämlich an den Ackerbau und an die Viehzucht! Wie Israel an seinem Gott genug haben und nicht andern Göttern nachgehen sollte, so reichte ihm auch sein Land alle nöthigen Lebensbedürfnisse in reichster Fülle und Güte, so daß es nicht nöthig hatte, des Handels wegen in die nur allzugefährliche Verbindung mit andern Völkern sich einzulassen und so seine Unabhängigkeit von diesen auch von dieser Seite her gesichert war.

Kurz, die Schilderung, welche Mose (5 Mos. 8, 7. ff.) dem Volk Israel von der Fruchtbarkeit des Landes gibt, war ganz zutreffend: „Der Herr, dein Gott, führt dich in ein gut Land, ein Land, da Bäche und Brunnen und Seen innen sind, die an den Bergen und in den Auen fließen, ein Land, da Waizen, Gerste, Weinstöcke, Feigenbäume und Granatäpfel innen sind, ein Land, da Oelbäume und Honig innen wächset, ein Land, da du Brot genug zu essen hast, da auch nichts mangelt, ein Land, dessen Steine Eisen sind, da du Erz aus den Bergen hauest" (vergl. 5 Mos. 11, 9—12.). Daher konnte auch eine so große Volksmenge im Lande wohnen. Denn wenn nach 2 Sam. 24, 9. das Reich Davids 1,300,000 streitbare Männer zählte, so muß die ganze Bevölkerung jedenfalls das Vierfache davon, also zum mindesten 5 Millionen betragen haben, was, den Flächeninhalt des Reichs zu 500 Quadratmeilen angenommen, 10,000 Menschen auf die Quadratmeile gibt. In späteren Zeiten muß sie sogar noch größer gewesen sein; denn Josephus, der Geschichtsschreiber des jüdischen Kriegs, der während desselben Gouverneur von Galiläa war, berichtet, daß in Galiläa allein 204 Städte und Flecken gewesen, von denen der kleinste über 15,000 Einwohner gehabt habe, wonach, wenn man für die größern Orte 1 Million hinzufügt, Galiläa allein von mehr als 3 Millionen Menschen wäre bevölkert gewesen.

Jetzt ist es freilich nicht mehr so. Bäche und Brunnen sind versiegt, Disteln in zahlloser Menge bedecken die schönen Ebenen, die Gemüsegärten und Obsthaine sind verschwunden, der Waldschmuck ist dahin, die früher so allgemein verbreitete Terrassen-Cultur ist zerfallen, die Berglehnen sind nackt und kahl, von Fruchterde entblößt, das Land mit Ruinen bedeckt, in dem einst so volkreichen Galiläa trifft man Stunden, ja fast Tagreisen weit kein einziges Dorf, und die größte Stadt des Landes, das weltberühmte Jerusalem, hat kaum mehr Einwohner, als zu Josephus Zeit der kleinste Flecken Galiläas. Das ist die Wirkung des Fluchs, den Gott diesem Lande als Strafe des Abfalls und Ungehorsams seiner Bewohner androhte (5 Mos. 28, 16. ff. 29, 22. ff.). „Ich muß gestehen," sagt der englische Missionar Jewett, „daß es einen eigenen melancholischen Eindruck macht, wenn man so viel Land wüste liegen und so wenige Einwohner im Lande sieht. Doch hat man keinen Grund, das Land von Natur für unfruchtbar zu halten. Seine gegenwärtige Unfruchtbarkeit kann keineswegs natürlichen Ursachen beigemessen werden, sondern deutet im eigentlichsten Sinn auf den richterlichen Fluch hin. Ein gerechter Gott hat in lang aufgeschobener Erfüllung seiner Drohungen das fruchtbare Land zur Wüste gemacht um der Gottlosigkeit willen derer, die darin wohnten; aber es war diese Gottlosigkeit, diese wachsende Gottlosigkeit der Einwohner, selbst das Werkzeug, wodurch die entsetzliche Umwandlung geschah." Unaufhörliche Kriege und andere Plagen haben das Land entvölkert und verwüstet, die Wälder zerstört und dadurch die atmosphärischen Niederschläge und den Quellenreichthum vermindert; der Terrassenbau und die Bewässerungsanstalten, wesentliche Bedingungen der Ertragsfähigkeit des Bodens, sind in Zerfall gerathen, und die unersättliche Raubgier der gegenwärtigen Beherrscher und Bedränger des Landes läßt keine Kultur aufkommen; denn die Einwohner sagen: sollen wir für Fremde säen?

So ist Segen und Fluch in diesem Lande in naher Berührung beisammen. „Es gibt wohl kaum ein Land der Erde," sagt in dieser Beziehung ein geistreicher Forscher der heiligen Geschichte (J. H. Kurz), „das mit einer solchen Sensibilität für Segen und Fluch begabt wäre, in so kleinem Raum so zahlreiche Quellen des Segens und zugleich des Fluchs für seine Bewohner darböte. Nirgends liegen Fruchtbarkeit und Unfruchtbarkeit in raschem Uebergang so nahe zusammen, nirgends gehen sie so leicht in einander über, nirgends wird das blühende Gefilde des Segens so leicht zur fluchbelasteten Wüste. Aus dem paradiesischen Siddimthal z. B. wird über Nacht ein Pfuhl des Verderbens, von dem alles Leben flieht, der allen kommenden Geschlechtern von dem Ernst der göttlichen Gerichte predigt. Und ihm gegenüber im Norden liegt sein Gegenbild, ein See, dessen Ufer alle Liebreize der Natur in sich vereinigen, der fortwährend von der Güte und Freundlichkeit Gottes predigt. Und wie Natur, Klima und Boden des Landes neben den reichsten Segenskräften auch so manchfache Straf- und Zuchtmittel in Unfruchtbarkeit und Mißwachs, in verzehrenden Gluthwinden und Erdbeben, in Heuschreckenzügen und verheerenden Krankheiten, Pest und Aussatz u. s. w. in sich barg; so bot auch die überaus günstige Natur des Landes und seine politische Weltstellung neben zahlreichen Vortheilen für die Bewohner desselben auch eine beständige Lockung für die benachbarten Völker und Weltmächte, das Land zu unterjochen und seine Bewohner zu zertreten; und so fest und gesichert auch sonst die Lage desselben war, so wußten doch die Raubhorden feindlicher Völkerschaften und die Kriegsheere der Weltmächte, sobald sie gesandt waren, die göttlichen Strafgerichte auszuführen, durch Meere und Wüsten, durch Gebirge und Schluchten Wege zu finden in das Herz des Landes."

Palästina, oder das südlich von den Parallelketten des Libanon gelegene Drittel des syrischen Berggürtels, zerfällt seiner Bodengestaltung nach in drei natürliche Theile.

1. Mitten durch das Land ist eine tiefe Furche gezogen, welche dasselbe in seiner ganzen Ausdehnung von Nord nach Süd durchsetzt und in zwei hochgelegene Hälften zerlegt, die Einsenkung des Jordanthals, das Ghor. Es zieht zwischen schroffen Felsmauern immer in südlicher Normaldirektion 60 Stunden lang vom Fuß des hohen Hermon herab bis zum Südende des Landes, wo es zuletzt über 1200 Fuß unter den Spiegel des Meeres eingesunken ist. Es enthält drei Seebecken, von welchen je das südliche größer ist als das nördliche, und vereinigt in sich die gewaltigsten Naturgegensätze, im Norden die frische, kräftige, paradiesische Alpennatur, im Süden die dürre, gluthheiße, todte Wüste.

2. Der zweite Theil ist die Hochlandschaft auf der Ostseite des Jordanthals, Peräa, ein Plateauland, größtentheils mit Steppenboden überzogen, mit sparsamen Fruchtstellen, ein Land der Nomadenwirthschaft, 1200 bis 2000 Fuß über dem Meer gelegen, mit trockenem Continentalklima, heiterem Himmel, heißen Sommern, strengen Wintern, scharfen Winden, demnach ein Land der Dürre, Waldlosigkeit und Quellensparsamkeit. Es ist durch drei Landschaften charakterisirt, wovon zwei Ebenen, die dritte Gebirgsland ist. Die Ebenen sind die von Hauran im Norden, nördlich vom Hieromax, ein getraidereiches schwarzes Basaltplateau, und das Plateau des Stammes Ruben im Süden, nördlich vom Arnon, in seinen Naturverhältnissen jener nördlichen Ebene ähnlich, ebenfalls mit wenigstens vereinzelt

auftretender Basaltbildung. In der Mitte zwischen beiden schwillt zu beiden Seiten des Jabokthals das anmuthige Gebirge Gilead an, welches im Alten Testament auch dem ganzen Ostjordanland seinen Namen geliehen hat.

3. Der dritte Theil ist die Hochlandschaft auf der Westseite des Jordanthals mit ihrer westlichen Küstenebene, das eigentliche Kanaan. Diese Landschaft steigt von der bewaldeten, reichbegrünten Meeresseite her allmälich von Stufe zu Stufe an bis zu den waide- und heerdenreichen Triften, die ihren plateauartig geformten und breit gewölbten Rücken bedecken, und fällt auf der Ostseite mit pralligem, überall nacktem Absturz in das tiefe Jordanthal ab. Ist das Ostjordanland ein Land mit Beduinenzuständen, das schon in alten Zeiten die Hirtenstämme Israels als Besitzthum sich erwählten, so hat sich auf dem Westjordanland in seinen zahlreichen Städten eine Reihe von Civilisationspunkten gebildet, welche dieses Land zum Mittel- und Schwerpunkt der israelitischen Geschichte gemacht haben. Die bedeutendsten derselben, wie Hebron, Bethlehem, Jerusalem, Sichem, Samaria, Nazareth, Safed, liegen auf dem breiten, bis 2500 Fuß über dem Meer ansteigenden Rücken der Wasserscheide. Auch das Westjordanland zerfällt in drei besondere Landschaften: Judäa, Samaria und Galiläa.

Schicken wir uns nun an, das jedem Christen liebe und werthe Land nach der angegebenen Ordnung seiner drei Hauptbestandtheile zu durchwandern.

# Erste Abtheilung.

# Das Jordanthal.

## Erster Abschnitt.

### Der Oberlauf mit dem See Merom.

Der Jordan ist der Hauptstrom des Heiligen Landes. Er ist ein Strom wie kein anderer der Erde, einzig in seiner Art. Nahe dem Meer, immer im Parallelismus mit dessen Küste fließend, sucht er nirgends einen Ausbruch zum Meer zu gewinnen, wie sein nördlicher Gegenstrom, der Orontes, der mit plötzlicher Wendung gegen West zum Mittelmeer durchbricht und so eine vielbewanderte Durchgangspforte für die Völker Nordasiens auf dem Weg vom Euphrat zum syrischen Gestade öffnet. Der Jordan verharrt in tiefer Abgeschlossenheit gegen außen, dadurch auch dem Land und dessen Geschichte dasselbe Gepräge aufdrückend, und rinnt, statt eine Vermischung mit den Fluthen des Oceans zu suchen, immer tiefer in eine Erdspalte hinab, von welcher drei Viertheile ihrer sechzigstündigen Längenerstreckung unter dem Spiegel des Meeres liegen, um hier, in der tiefsten Einsenkung der Erdoberfläche, zu verschwinden — ein Bild jenes einst seine Seitenlandschaften bewohnenden Volks, das im ganzen Lauf seiner Geschichte von der Vermischung mit dem Ocean der Völker sich ferne hielt. So gibt die Einsenkung des Jordanthals der Physiognomie des ganzen Landes ihren Hauptzug und ihren eigenthümlichen Charakter. Während beinahe alle andern Gewässer Syriens in der trockenen Jahreszeit fast ganz versiegen, dauert der Strom des Jordans das ganze Jahr hindurch ununterbrochen fort; denn seine verschiedenen Quellen erhalten stets reichliche Nahrung von den hohen, schnee- und regenreichen Gipfeln und Grotten des Libanon. Dort hinauf, zu den reizenden, schneeigen Höhen des Libanon, blickt daher ganz Palästina; denn von daher kommt dem Land seine Befruchtung und sein Segen; der Landmann wie der Hirt, der Sänger wie der Prophet, die Lehre und die Poesie nehmen von da ihre schönsten Gleichnisse und Symbole.

Dort liegt als südliches, mehr isolirtes Vorgebirg des Antilibanon und zugleich als nördlicher Grenzpfeiler des Landes Israel der majestätische Hermon (5 Mose 4, 48.), den die Sidonier Sirion, die Amoriter Senir nannten (5 Mos. 3, 9.), was so viel als Panzer, Brustwehr bedeutet. Heutzutag wird er Dschebel es Scheikh, d. h. Gebirgshaupt, genannt; denn er ist ohne Zweifel die höchste Bergspitze Syriens und wird von allen Vorüberziehenden wegen seiner majestätischen Höhe bewundert. Er ist kein Kegelberg wie Thabor mit einer hohen Spitze und einer deutlich abgegrenzten Basis, sondern er ist, wie die Schrift ihn nennt (Jos. 13, 11.), ein ganzes Gebirg von vielen Tagreisen im Umfang, mit einem breiten Kamm von Gipfeln, deren höchste im Heiligen Land liegen. Diese Gipfel sind durch langgedehnte Bergrücken umkränzt, aus deren tiefen, düstern Thälern die größten Flüsse des Landes ihren Ursprung nehmen. Der Hauptgipfel, der nach J. Roths Messungen nur 6975 (nicht 9—10,000, wie man bisher annahm) par. F. hoch ist, trägt gleichsam auf seinen Schultern noch zwei zugehörige niedrigere Nebenhäupter, welche, das eine im Norden, das andere im Süden, nur in geringer Entfernung von dem höheren Mittelhaupt liegen, so daß der Hermon, wo er klar und abgesondert sichtbar wird, unmöglich anders als eingipflig erscheinen kann, indem die Nebenhäupter aus der Tiefe sich nicht abgesondert darstellen. Dem Psalmisten muß der Umstand, daß der Berg mehrere Gipfel hat, bekannt gewesen sein; denn er singt (42, 7.): „mein Gott, betrübt ist meine Seele in mir; darum gedenke ich an dich im Lande am Jordan und Hermonim" (Mehrzahlsform von Hermon). Von der Südseite betrachtet, ragt seine herrliche Pyramide in lichtblendender Gestalt hoch in den klaren blauen Himmel empor; denn er ist den größten Theil des Jahrs mit Schnee bedeckt, weßwegen er auch Dschebel el Teltsch, d. i. Schneeberg, heißt, und versah schon zu Salomos Zeiten (Sprüche 25,

13.) im heißen Sommer die Bewohner des Tieflandes zur Kühlung der Getränke mit dem Luxusartikel des Schnees, und noch heute ist der gastliche Brauch bei den Juden zu Hasbeya (am westlichen Fuß des Hermon) geblieben, ihren Gästen frischen Schneetrunk vom Scheichgipfel zu reichen. Auf dem Hauptgipfel liegen die Trümmer eines kleinen, vielleicht vor Jahrtausenden eingebrochenen Tempels; einige zerbrochene Säulen sind umhergestreut. Dr. Fr. Liebetrut fand den Berg Ende Septembers schneefrei; war doch die Temperatur so mild, daß man, mit Decken und Mänteln gehörig versehen, auf demselben das Nachtlager hätte nehmen können. Nur in den der Sonne unzugänglichen Klüften der tieferen Abhänge bleibe der Schnee an wenigen Stellen zurück. Auch Roth traf im Juni (1858) noch Schnee. Robinson fand am 24. Mai (1852) die Gipfel mit Schnee und Eisstreifen, die an den Seiten hinabliefen, überdeckt. Die Aussicht beschreibt Liebetrut als einzig und unvergleichlich, indem sie den größten Theil des Heiligen Landes in einem Blick vor Augen lege, und nicht minder als groß und herrlich durch die Pracht der Natur, womit sie geschmückt sei. Gegen Morgen, aus dieser Höhe ganz nahe, liegt Damaskus in der grünen Fluth seiner Gärten und die fahle Wüste; südostwärts erhebt sich über den weiten Flächen von Basan und Hauran, die von hier ganz eben scheinen, das Gebirg Hauran. Gegen Mittag schaut man weit hinein in das Land der Verheißung rechts und links vom Jordan. Rechts unter den Abhängen des Gebirgs schimmert der Merom, dann zieht vor allem, immer noch nahe unten, der See Genezareth den Blick auf sich mit seinem mildblauen Wasserspiegel. Dann folgen wir dem Lauf des Jordanthals, links und rechts durch fortlaufende Bergketten bezeichnet, die am fernsten Horizont in goldenen Düften sich verlieren. Südwestlich erblickt man die hohen Berge Samarias, gegen Abend das Heer der Berge von Galiläa, und über sie weg blitzt zwischen Tyrus und Sidon das weite Meer herüber. Gegen Nordwest und Norden ragt die Doppelkette der Berge des Libanon und Antilibanon hoch herauf und Cölesyrien breitet sich dazwischen zu unsern Füßen. In magischer Farbenpracht stellt sich das ganze Gebirgspanorama, das wir in der Tiefe unter uns sehen, dar, seine Grundfarbe roth, vom tiefsten Karmin bis zum hellsten Scharlach schattirend, übergehend in Gelb, durchflochten mit Aschgrau und gekreuzt mit hellweißen Streifen; zuletzt verschwindet der nach oben immer heller werdende Duft wie ein zarter, rosiger Anhauch am prächtig blauen Himmel. In diesem wundersamen Farbenteppich ziehen sich die Saatfelder und Weingärten hoch hinauf, Baumgruppen und dunkle Partieen betten sich besonders unterwärts dazwischen. — Theile des Gebirgssystems des Hermon wurden auch mit dem Namen Sion und Hor belegt (4 Mos. 34, 8. 5 Mos. 4, 48.), weßwegen unter den Bergen Zion, auf welche nach Psalm 133, 3. der Thau vom Hermon herabfällt, gar wohl die niederen Vorberge des Hermon verstanden sein können; denn schwerlich will der Psalmist sagen, daß der Thau vom Hermon bis Jerusalem niederfalle. Wie befruchtend dieser Thau ist, zeigt sich sehr merkbar in der herrlichen, saftig grünen Umkleidung von Wiesen, Saaten und Wäldern in der unmittelbaren Nähe. Van de Velde sagt: „Was Ps. 133 gesagt wird vom Thau vom Hermon, ist mir hier deutlich geworden. Hier am Fuß des Hermon sitzend (bei Hasbeya), begriff ich, wie die Wassertheile, die von seinen mit Wäldern bedeckten Höhen und aus den das ganze Jahr mit Schnee gefüllten höchsten Schluchten aufsteigen, viel reichlicher als von andern Gebirgen des Landes, deren Höhen kahl und niedrig sind, nachdem die Sonnenstrahlen sie verdünnt und den Dunstkreis damit befeuchtet haben, des Abends als starker Thau auf die niedrigeren Berge, die als seine Ausläufer rundum liegen, niederfallen. Man muß den Hermon sehen, um das Bild recht verstehen zu können. Manche seiner tiefen, hellgrünen Thäler liegen hier vor mir, gleich gegenüber der Wady Schebah mit dem Dorf Hibariëh jenseit am Berge, mit vielen Nebenwadys, alle mit Tannen- und Eichenwald bedeckt. Hinter der dunkelgrünen vordern Reihe strecken höhere Berge ihre Kuppen empor, dort ist ein Fichtenwald durch den Schnee wie mit Silber bestreut (Januar 1852), eine wunderbare Mischung von hell und dunkel, und hinter diesen Rücken steigt der breite Hochrücken mit seinen Spitzen empor, mit tiefem, beinah ewigem Schnee bedeckt; aber durch die darauf scheinende Sonne mit den Tinten eines durchsichtigen goldigen Weiß mit perlfarbigen Schatten gefärbt, wie es die Malerkunst nimmer zu Stand bringen kann. Die beinah überirdisch schönen Schneegipfel sind der Born, aus dem Hermons Thau so reichlich und fruchtbar niedersteigt."

Da, wo im Norden die Hermongruppe mit dem Antilibanon zusammenhängt, etwa in der Breite von Damaskus, zweigt sich vom Hauptgebirgszug im Westen ein niedrigerer Gebirgsrücken ab, der mit jenem das westliche Quellthal des Jordan, den Wady et Teim, einschließt. Er streicht parallel mit dem Hermonrücken gegen Südwesten und begrenzt das Thal des Leontes (heutzutage Litany) im Osten. Von da an, wo der Leontes gegen Nordwesten sich wendend zum Meer durchbricht, setzt er als breiter, doch mehr niedriger Bergstrich weit gegen Süden in Nordgaliläa fort, das Becken des Meeromsees begrenzend. Zu bedeutender Höhe, öfter bis 3000 Fuß, erhebt er sich erst im Gebirg Naphthali (Dschebel Safed) und fällt zuletzt in gleicher Breite mit dem Südende des Sees Tiberias jäh ab in den Bergen von Nazareth, als nördliche Wand der Ebene Esdrelom, mit welcher nun erst das Gesammtsystem des Libanon sein Ende erreicht. Auch auf der Südost-Seite entsendet der Hermon einen niederen Bergrücken gegen Süden, der ebenso, wie der Dschebel Safed im Westen, das Becken des Sees Merom im Osten einschließt. Dieser Höhenzug ist der Dschebel Heisch; er reicht bis über das Nordende des Sees Tiberias hinaus, wo der Tell el Farâs (Tell heißt so viel als Hügel) als seine letzte südliche Höhe sich erhebt.

Hiemit haben wir das Quellland des Jordan umschrieben. Er selbst entsteht aus zwei Hauptarmen, dem Nahr (= Fluß) Hasbany und dem Nahr Banias. Letzterer, der östliche, ist von Alters her berühmter, obgleich jener, der westliche, länger ist.

Der Nahr Hasbany (oder Fluß von Hasbeya) entspringt in dem Wady et Teim, jenem schon genannten Gebirgsthal zwischen dem Dschebel es Scheikh und seinem westlichen Gebirgsausläufer. Dieser Wady streicht über 12 Stunden weit bis zu seiner Ausmündung in die Ebene des Meromsees. Es liegen in demselben die Gebirgsorte Rascheya und Hasbeya. Der obere Theil des Thals, das Thal von Rascheya, ist noch ohne fortgesetzten Flußlauf; nur in der nassen Jahreszeit strömt das Schnee- und Regenwasser vom hohen Schneegebirg durch das Thal dem Hasbany zu. Es ist mit Kornfeldern, Olivenpflanzungen und

Weinbergen geschmückt. Rascheya, am Fuß des Dschebel es Scheikh, dessen Schneefelder noch im April bis zur Stadt herabreichen, hat 4—5000 Einwohner, halb Drusen, halb griechische Christen. Die Gegend ist von einem bildschönen Menschenschlag belebt, den sie ihrer hohen, reinen, gesunden Lage verdankt. Das nahe Gebirg soll viel Wild, Wölfe und Leoparden herbergen (Hohesl. 4, 8.). Zwischen Rascheya und Hasbeya, 5 Stunden Wegs, liegen viele Ortschaften, meist von Drusen und Christen bewohnt. Hasbeya liegt, 2354 par. F. ü. d. M. nach Roth, auf einem Berg und hat etwa 5000 Einwohner, Drusen, Christen, Muselmänner und Juden. Unter den 4000 Christen des Orts ist neuerdings eine bedeutende religiöse Bewegung entstanden; es sind viele zum Protestantismus übergetreten, trotz aller Verfolgungen der griechischen Priester. Seidenzucht, Seidenweberei, Baumwollenweberei und Oelkultur sind Hauptgewerbe der Einwohner. Außer Oliven- und Maulbeerbäumen werden auch Reben und Feigenbäume gepflanzt, auch viel Ackerbau getrieben. Trauben werden in unendlicher Fülle gezogen. Sie werden meist so gegessen, oder zu Rosinen getrocknet, während ein Theil davon zerstampft und aus dem Saft der Syrup bereitet wird, den man Dibs nennt. Hier fängt der Tantur (d. h. Horn), dieser seltsame Kopfschmuck der Weiber im Libanon, an. Es ist ein Kegel, der vorn an der Stirne getragen wird, gewöhnlich von Silber, doch auch von Holz oder Leder, einen Fuß lang, an der Basis vier Zoll im Durchmesser und an der Spitze zwei Zoll. Die silbernen Tanture erben von Geschlecht zu Geschlecht und stehen in hohem Werth. Am Tantur ist ein den ganzen Leib bedeckender Schleier befestigt. Einst war er auch Ehrenschmuck der Männer (Hiob 16, 15. Ps. 112, 9.); daher wird der Ausdruck in der Heiligen Schrift oft auch bildlich gebraucht. Abhauen des Horns ist bildliche Bezeichnung für den Verlust der Macht und der Ehre (Jerem. 48, 25.), Erhöhung des Horns für Erhöhung der Macht und der Ehre (Ps. 132, 17. 148, 14. Luc. 1, 69.).

Bei Hasbeya nimmt der Wasserlauf des Jordan (der Nahr Hasbany) seinen Anfang. Seine Quelle liegt in einem Wintertobel voll Lavablöcke (in der Nähe sind auch Erdharzgruben) und bildet sogleich ein großes Bassin des schönsten klaren Wassers, aus welchem er wild und rauschend davonzieht, um ein 1½ Stunden langes, enges, aber sehr liebliches, hochkultivirtes Thal, das von einem Olivenwald beschattet ist, zu bewässern. Dann sinkt er, immer südwärts ziehend, in eine immer tiefer werdende Spalte schwarzen Basaltgesteins, aus deren wüstem vulkanischem Tuffboden ein Kalksteinberg hervorragt. An diesem Berg endet die Thalebene mit einem steilen Abfall, der zu einer zweiten niedrigeren, weit größeren vulkanischen Ebene führt, die in sanftem Niveau bis an die Marschen des Meromsees sich hinabzieht. Hier ist kein Oelbaum, kein Weinstock, kein Kornfeld mehr zu sehen; nur einzelne zerrissene, halb niedergebrannte Eichstämme ragen über die dunkeln Basaltblöcke empor. Ehe er in die Moräste des Merom und in den See selbst fällt, hat er sein Wasser durch die Zuflüsse des Banias und des Tell el Kadi von der Ostseite und durch andere Quellen von der Westseite ungemein vergrößert. Von der Quelle bis zum See ist die Entfernung 10 Stunden.

Wenden wir uns aus der vulkanischen Ebene gegen Osten, so nimmt die schönste Vegetation überhand, bis man in den magischen, bezaubernden Einfluß der hundert Wasserbäche von Banias eintritt und von dem Grün und Duft eines kleinen Eden umfangen wird. Mit den buntfarbigsten Blumen, manchfach sprossendem Gebüsch, mit grünen fetten Grasungen, die hie und da durch Bohnen- und Kornfelder unterbrochen sind, geschmückt, breitet sich am Fuß der Hermonhöhen die herrliche Thalebene aus, in welcher die Stadt Banias mit ihrem Saracenenkastell liegt. Sie heißt im Alten Testament die Breite des Libanon (Jos. 11, 17.). Schon der Reisende Seetzen (1806) erklärt die reizende Umgebung für die interessanteste von ganz Palästina. Der Boden ist von außerordentlicher Fruchtbarkeit und bringt bessern und reichlicheren Ertrag als in andern Gegenden Palästinas. Große Terebinthenbäume, saftiger Graswuchs, weitläufige Reisfelder sind eine wahre Augenwaide; auch Wild in großer Menge trifft man an: wilde Schweine, Füchse, Schakale, Gazellen, Rehe, Hasen, Wölfe, Hyänen, Bären und Panther, auch Rebhühner, Enten und Schnepfen. Dieß ist der klassische Boden, den der Heiland gern mit seinen Jüngern betrat. Hier, an der Grenze der Heiden, predigte er dem Volk auf den Versammlungen, auf den Märkten von Cäsarea Philippi (dem heutigen Banias) das Evangelium und redete zu ihm in Gleichnissen (Matth. 16, 13.

Marc. 8, 27.). Das Gleichniß vom Säemann hat hier, in dem Lande der sehr ertragreichen Kornfluren, eine besondere Bedeutung. Man sieht hier die üppigsten Waizenfelder, „üppiger in der That," sagt Robinson, „als ich sie je in diesem oder in irgend einem andern Land gesehen." Zwischen diesem köstlichen Waizen findet sich aber noch immer das „Unkraut" (ζιζάνιον), von dem der Herr (Matth. 23, 25. ff.) sagt, daß der Feind es zwischen den Waizen säe. Es kann nicht vom Waizen unterschieden werden, bis die Aehre sich zeigt. Der Same gleicht dem Waizen an Gestalt, ist aber kleiner und schwarz. Wenn der Waizen nicht davon gereinigt wird, so erzeugt das daraus gebackene Brot häufig Schwindel. Was alles mit den Eigenschaften des lolium tremulentum, Lolch, auch Schwindelhaber genannt, übereinstimmt.

Die Stadt Banias liegt auf der Höhe einer schönen Kalksteinterrasse, nach Robinson 1147, nach Roth 1194 F. ü. d. M. Ihre Lage ist einzig, sie verbindet in hohem Grad das Großartige mit dem Schönen. Die Stadt liegt da wie eingeschmiegt in ihren Winkel am Südfuß des mächtigen Hermon, der majestätisch dahinter sich emporstreckt. Schon zu Josuas Zeit war der Ort bewohnt, er hieß damals Baal-Gad oder Baal-Hermon, und diente, um die nördlichste Grenze des Landes zu bezeichnen, bis zu der sich die Eroberung Josuas erstreckte (Jos. 11, 17. 12, 7. 13, 5. vgl. Richt. 3, 3. 1 Chron. 5, 23.). Der Name Baal-Gad (d. h. Gott des Glücks) deutet auf eine Stelle heidnischen Götzendienstes, und wahrscheinlich bekam dieselbe ebenfalls den Namen Baal-Hermon von dem Berg, mit dem sie zusammenhieng. Dieser romantische Ort an der Quelle des Jordan war es also, wo die Phönizier oder Syrier den Dienst ihres Baal eingerichtet hatten. Später wurde die Gegend mit ihrer Waldumgebung ein Heiligthum des griechischen Gottes Pan, des Beschützers der Wälder und Heerden. Daher bekam dann der Ort den Namen **Paneas**, ein Name, der sich bis heute (Banias) erhalten hat. Philippus, der Tetrarch von Trachonitis, dem diese Provinz von den Römern zuerkannt ward, baute in dieser Umgebung eine Stadt, die er **Cäsarea Paneas** nannte; sie erhielt aber auch den Namen **Cäsarea Philippi** (zur Unterscheidung von Cäsarea Palästinä am Meer), welcher z. B. Marc. 8, 27. vorkommt. Mit den Ueberresten dieser alten Prachtstadt ist noch heute die ganze Ebene von Banias gegen Nordwesten und Westen übersät. Jetzt steht hier ein Dorf von 150 Häusern, meist von Türken oder Arabern, doch auch von Griechen, Drusen und Nasairiern bewohnt; aber weite Stadtmauern zeigen den früheren Umfang. An seiner Nordostseite und am westlichen Ende des hohen Schloßbergs bricht als voller rauschender Strom, noch einmal so groß als die Gewässer der Hasbanyquelle, die berühmte Baniasquelle des Jordan, der Nahr Banias, aus einer Felsengrotte hervor, die mit ungemessenem Absturz in das Gebirge niedergeht, um sich dann gegen Westen, 1½ Stunden fern, in den Jordan zu ergießen. Rund um die Quelle liegen eine Menge Trümmer, durch welche der Eingang der Grotte gegenwärtig zugedämmt ist, so daß die Quelle aus Steinhaufen hervortritt. Es sind wahrscheinlich die Trümmer des Marmortempels, den Herodes seinem Gönner, dem Kaiser Augustus, zu Ehren baute. Ueber der Quelle ist eine senkrechte, 100—150 Fuß hohe Felswand von Kalkstein, in der sich mehrere Nischen mit Sculpturen und griechischen Inschriften befinden, alles zu Ehren des Pan. Das Wasser der Quelle ist so rein und schön als möglich, durchsichtig, hell und glänzend. Unterhalb des Dorfs sammelt der Nahr die andern Bäche alle in sich und rauscht in einer eigenen Schlucht dahin, mit starkem Lauf seine Bahn nach Südwest wendend. Er ist der schönste von den sämmtlichen Flüssen des Jordan. Zwei Stunden im Osten von Banias liegt der Phiala-See, 3100 p. F. ü. d. M., ein Wasserbecken von drei englischen Meilen im Umfang, 150 bis 200 Fuß tiefer als das umgebende flache Land, das an seiner seltsamen Rundung sich als ein mit Wasser erfüllter Krater erkennen läßt. Der jüdische Geschichtsschreiber Josephus will von einer unterirdischen Verbindung dieses Sees mit der Grotte des Pan bei Banias wissen, indem Spreu, welche der Tetrarch Philippus in den See habe streuen lassen, bei Banias wieder zum Vorschein gekommen sei. Diese Erzählung ist jedoch eine Fabel. Der See hat weder Einfluß noch Abfluß. Sein Wasser ist schlecht und kann nicht getrunken werden, wogegen die Baniasquelle einen kühlen, klaren, süßen, lieblichen Wasserstrom ausgießt. Er ist ein wahres Paradies der Frösche, sein Schilfwasser ist der Aufenthalt unzähliger Blutegel, während dieser Bewohner stagnirender Wasser der

Jordanquelle völlig fremd ist. Bei dem Reichthum dieses Wasserstroms würde auch der seichte Teich vielleicht schon in einem Tag ausgeleert sein. Heutzutag heißt er Birket er-Rân.

Etwa $^{3}/_{4}$ Stunden von Banias thront in einer Höhe von 1500 Fuß über der Stadt auf dem letzten südlichen Vorsprung des Hermon die Saracenenburg von Banias, weit und breit sichtbar, mit weiter entzückender Aussicht. Eine Stunde von da im Norden liegen die Ruinen einer alten Stadt Hazuri, welche man fälschlich für die Ruinen von Hazor, der Residenzstadt des Königs Jabin (Jos. 11, 1—20.) gehalten hat.

Zwischen den jetzt beschriebenen beiden Hauptquellflüssen des Jordan, dem Hasbanyarm und dem Baniasarm, $1^{1}/_{2}$ Stunden im Westen von Banias, erhebt sich 40—50 Fuß über die Ebene, 647 F. ü. d. M., eine kleine Erhöhung, die den Namen Tell el Kady (Richterhügel) führt. Sie ist mit Eichen und anderem Buschwerk überwachsen und trägt entschieden den Charakter eines erloschenen Kraters. Auf ihrer Höhe ist eine ebene Platte, aus deren Mitte an 5 bis 6 Stellen Quellen unter Buschdickicht hervorsprudeln, die in ein Bassin zusammenfließen und dann in einem einzigen Strom sehr reißend gegen Süden hinabrauschen, um sich mit dem Fluß von Banias zu vereinigen. Viele Schildkröten, die in ganz Palästina verbreitet sind, befinden sich hier. Außer einigen Wassermühlen sind gegenwärtig keine Bauten mehr da. Dagegen liegen auf dem Tell, namentlich aber an seinem südlichen Abhang, Ueberreste von Häusern und eine Menge Haufen Steine. Dieß sind wahrscheinlich die noch einzigen Ueberreste jener alten Stadt Dan (d. i. Richter), welche von einer Kolonie des Stamms Dan an der Stelle des von ihr eroberten und verbrannten Lais erbaut wurde (Richt. 18.). Vielleicht hat sich auch in dem Namen der größten unter den Quellen, die auf dem Hügel entspringen, die jetzt el-Leddân heißt, noch der alte Name Dan erhalten. Die Stadt war auch an dieser Quelle gelegen. Man hielt dieses Dan gewöhnlich für identisch mit Banias. Jerobeam, der erste König des Zehnstämmereichs, errichtete hier, an der nördlichen Grenze seines Landes, wie zu Bethel an der südlichen, ein goldenes Kalb (1 Kön. 12, 29.). Der im Alten Testament öfters vorkommende Ausdruck „von Dan bis gen Bersaba" bezeichnet das Gelobte Land in seiner ganzen Ausdehnung von Norden nach Süden; denn Dan war die nördlichste, Bersaba die südlichste Stadt des Landes.

Die vereinigten Quellwasser des Jordan sammeln sich in dem Alpensee, welcher heutzutage Bahr el Huleh, im Alten Testament das Wasser Merom (Jos. 11, 5. 7.), d. h. Wasser der Höhe, sonst auch See Samochonitis heißt. Er liegt nach Roth 265 p. F. ü. d. M. und ist offenbar nur das Ueberbleibsel eines Sees, der einst das ganze vom Dschebel Safed und Dschebel Heisch umschlossene Becken, den Ard el Huleh, mit Wasser bedeckte und nur nach und nach durch die Schuttführung der von der Nord- und von der Westseite herabrauschenden zahlreichen Gebirgswasser ausgefüllt. Die dadurch entstandenen Marschen verwandeln sich noch heute durch Schneeschmelze und Regen oft in große zusammenhängende Wasserflächen. Der See hat Birngestalt; die breiteste Ausdehnung seines Wasserspiegels beträgt $1^1/_2$ Stunden. An seinem östlichen Ufer zeigt sich ein steiler Höhenzug, sein westliches Ufer ist flach und sumpfig, voll Schilf, Binsen und Lotusgewächs. Er ist nur durch einen niederen Strich unebenen Landes von den Bergzügen geschieden, an seinem breiten Nordrand aber ist jener sumpfige Landstrich der Marschen voll grünenden Rohrwalds, welcher sich in der nassen Jahreszeit mehr und mehr zum See erweitert. See und Marschen sind mit Schwärmen wilder Enten, Gänse, Schnepfen und den verschiedensten Arten von Sumpf- und Wassergeflügel überdeckt. Sein Rohr ist die Behausung von Ebern und Schlangen und anderem Wild. In den Schlammwassern wälzen sich zahlreiche Büffelheerden umher und führen ein paradiesisches Leben. Das Seeufer ist Waideboden, vollkommen eben, voll flacher Wasserstellen, Schilfwälder, Riedgräser, Grasstellen. Während der trockenen Jahreszeit waiden arabische Wanderhirten ihre Heerden hauptsächlich auf dem nördlichen Theil der Marschen; unzählige Heerden von weißen Schafen und schwarzen Ziegen durchstreichen sie schleichend nach allen Richtungen; auch Züge von Kameelen und Rindern beleben jeden Theil der Ebene. An der Westseite stehen die meisten Beduinenhütten. Die südliche Uferseite ist bestimmt begrenzt und hier sah man bepflügtes Ackerfeld bis an den See. Im Neuen Testament kommt der See nicht vor, im Alten Testament aber ist er berühmt durch den Sieg Josuas über die vielen Gebirgsfürsten, an deren Spitze der Kanaaniter König Jabin zu Hazor stand, durch welchen Sieg Israel zur Herrschaft über das nördliche Palästina gelangte (Jos. 11, 5—7.).

---

## Zweiter Abschnitt.

### Der Mittellauf mit dem See Genezareth.

Wir treten aus dem Oberlauf des Jordan in seinen Mittellauf ein, welcher nicht nur die gleiche Normaldirection von Norden nach Süden, sondern auch fast die gleiche Ausdehnung hat wie jener. Von der Jordanquelle bei Banias bis zum Meromsee sind es nämlich $9^3/_4$ engl. Meilen, ebenso groß ist auch die Entfernung vom Meeromsee bis zum See Genezareth. Auch das Stromgefäll ist in beiden Abtheilungen ziemlich gleich, dort 18, hier 15 F. auf 1000 F. Entfernung (Banias 1194, Merom 265 F. ü. d. M., Tiberiassee 523 F. unter d. M.). Der Wasserlauf ist daher auch vom Meromsee an sehr reißend. Zwar noch $^3/_4$ Stunden vom See, bis zur Jakobsbrücke, ist er langsam, ja er stagnirt fast; aber unterhalb der Brücke schießt der Strom in mehreren Armen auf einmal brausend und stürzend zwischen dichter Waldung und Oleanderbüschen dahin. Die Höhen zu beiden Seiten sind 4—500 F. hoch. Die Brücke ist 45 Schritt lang und 30 breit, von Basaltgestein und gut erhalten. Der Fluß ist unter ihr 80 F. breit, selten 4 F. tief. Das Gestein der Ufer ist Kreidekalkstein, von Basaltmassen durchbrochen. Das Gebüsch, das seine Ufer umwuchert, sind schöne blühende Oleander, der Kreuzdorn, der wilde Oelbaum, auch Papyrusschilf. Der Name der Brücke beruht auf der falschen Legende, daß Jakob hier bei seiner Rückkehr aus Mesopotamien den Jordan überschritten. Dagegen führte über sie von jeher die große Hauptstraße von Damaskus zum Galiläer Meer, so wie nach Akko, die Straße des Meeres Jes. 9, 1. Matth. 4, 15.

Von der Jakobsbrücke bis zum See Genezareth hat kein

Reisender den Lauf des Jordan verfolgt; daher fehlt jede genauere Beschreibung; vermuthen kann man aber, daß er sich rauschend in sehr starkem Gefäll zwischen engen Klippenwänden von Kreidegestein oder Basaltmassen hindurchzuwinden habe.

Bei seiner Einmündung in den See Genezareth ist der Jordan weniger rasch, nur etwa 60—70 F. breit, sein Wasser träg, trüb, zwischen niedern Schuttufern sich fortschlängelnd, an seichten Stellen zu durchwaten. Das Land ist voll Viehheerden, darunter auch Büffelheerden, die am Abend in den Sümpfen sich wälzen und im Jordan herumschwimmen. Dem Ufer des Sees und dem Flußlauf entlang stehen Gruppen der schwarzen Zelte der Ghawârineh, d. h. Ghorbewohner, eines ärmlichen Volks, das in bitterer Armuth und unter dem Druck der benachbarten Araberstämme schmachtet, dieselben, wie am Huleh-See. Am Einfluß des Jordan in den See Genezareth liegt auf der Ostseite des Flusses eine 1 Stunde breite Ebene mit fruchtbaren Feldern, im Osten und Norden von hohen Bergen umgeben. Hier liegen die größten Ruinen der Umgegend, die von Bethsaida Julias (Bethsaida = Ort der Fischerei). Dieser Ort wird zweimal im Evangelium genannt (Luc. 9, 10. Marc. 8, 22.); das eine Mal speiste Jesus hier in der Nähe die 5000, das andere Mal machte er nach der Speisung der 4000 auch einen Blinden sehend. Häufiger wird das andere Bethsaida am Westufer des Sees genannt, welches die Heimath des Petrus, Andreas und Philippus war. Dieses lag in Galiläa, jenes in Gaulonitis.

Wie das Wasser Merom den Oberlauf des Jordan beschließt, so beschließt den Mittellauf der bedeutend größere See Genezareth, ein Reinigungssee, in dessen weitem Becken die Wasser des Jordan zur Ruhe kommen und sich klären, indem sie den Schlamm, den sie mit sich führen, in seinen Grund absetzen, ähnlich wie bei den Seen am Ausgang der Alpenthäler, z. B. dem Bodensee, Zürcher, Zuger, Vierwaldstätter, Thuner und Genfer See. Kinnereth heißt er im Alten Testament (4 Mos. 34, 11. 5 Mos. 3, 17. Jos. 12, 3.) von einem Ort an seinem Ufer (Jos. 19, 35.), im Neuen Testament bald See Genezareth (Luc. 5, 1.) von einem Bezirk am nordwestlichen Ufer (Matth. 14, 34. Marc. 6, 53. siehe unten), bald Galiläisches Meer (Matth. 4, 18. Marc. 1, 16. u. a. St.), weil er in der Landschaft Galiläa lag, bald See Tiberias von der Stadt dieses Namens am Westufer (Joh. 6, 1. 21, 1.). Letzterer Name wurde gebräuchlich, seit die Stadt Tiberias zur Zeit des Herodes Antipas zur Hauptstadt Galiläas erhoben wurde und kam auch später bei den Arabern (Bahhar ét Tabâria) zur allgemeinen Geltung.

Das Wasser des Sees ist vollkommen süß, von angenehmem Geschmack und großer Klarheit, und hegt besonders im nördlichen Theile viele Fische, auch ist der See hauptsächlich an seinem Südende von Wasservögeln, von wilden Enten und Gänsen, Eisvögeln, Elstern und Pelikanen belebt. Seine Breite wird zu 4, seine Länge zu 9, von einigen nur zu 6 Stunden geschätzt; sein Umfang beträgt 18 Stunden. Was die Tiefe betrifft, so ist durch neuere Sondirungen die gewöhnliche Annahme von einer großen Tiefe widerlegt; er gehört vielmehr zu den seichten Seen, indem er nicht über 120—156 Fuß tief ist. Sein Niveau liegt nach einigen 307, nach andern 793, nach Lynch 612 p. F. unter d. M. Gewöhnlich ist er ruhig; oft aber stürzen die kälteren Luftschichten der benachbarten Berghöhen durch die auf den See mündenden Schluchten auf die wärmere Seeluft herein und verursachen plötzliche heftige Stürme, welche gewaltige Wogen aufwühlen. Besonders gefährlich sind die Südost-Stürme. Einen solchen Sturm stillte der Heiland (Matth. 8, 23. ff. Joh. 6, 18.).

Das Seebecken ist nur ein Theil jener großen Erdspalte, welche in gerader südlicher Richtung über 60 Stunden lang von Hasbeya an bis zum Südende des Todten Meeres unter dem Namen des Ghôr (d. h. hohles Feld) hinabzieht, ja noch weiter bis zum Golf von Aila in der Arabah sich fortsetzt. Sie ist eine Wirkung vulkanischer Kräfte einer grauen Vorzeit, eine Ansicht, welche durch das Auftreten vulkanischer Gesteine, durch die Häufigkeit der Erdbeben, die Form des Seebeckens, die heißen Quellen am Rand desselben, die vielen Grottenbildungen in der Nähe und Ferne, die reichen Erdharzlager am Nordende dieser Erdspalte im Hasbeyathal, die heißen Wasser- und Naphthaquellen am Südende rundum und im Todten Meer bestätigt wird. Basalt ist das herrschende Gestein auf der Ostseite des Sees durch ganz Dschaulan und Hauran bis zum Hieromax und bis in die Nähe von Damaskus. Auf dieser Seite stürzt das Basaltplateau von Gaulonitis, ein grauenvolles Klippengebirg, in jähen, nackten, schwarzen Wänden auf den See herein; seine Bergconturen zeigen die charakteristische Form von Kameelsrücken. Das Westufer gehört der Jurabildung an; aber auch hier zeigen sich mächtige Basaltgänge, die durch den Jura heraufgetrieben sind und steil in das Becken des Sees niederstürzen. So steht bei Tiberias eine Basaltkuppe, 800 F. hoch über dem See, die unmittelbar steil zum See abfällt.

Nähert man sich dem See von der Westseite her, so wird man ihn erst gewahr, wenn man den Steilabfall der Gebirgshöhe dicht vor ihm erreicht hat, wo sich plötzlich der Blick über den See aufthut. Es ist jedoch kein malerisch landschaftliches Bild, das sich dem Auge darbietet. Die allerdings hohen, doch meist abgerundeten Berge zeigen weder die kühnen Formen der Bergriesen, welche die schweizerischen Alpenseen umlagern, noch die Pracht der saftigen grünen Matten oder der lieblichen Waldumsäumungen schottischer, englischer, holsteinischer, bairischer Seen; nur nackte, helle oder schwarze Klippen, fast ganz baumlose, gebräunte, mit versenkten Grasungen überzogene Berggehänge umgeben den dunkeln Seespiegel, den kein weißes Segel, kein Schiffchen, keine Barke belebt. Trümmerfelder liegen überall umher, die Hauptorte sind durch Erdbeben in Ruinenhaufen, die ganze Ostseite in ein Raubfeld der Beduinenhorden, die ganze, einst so bevölkerte Westseite in eine fast menschenleere Einöde mit nur einzelnen sporadisch bebauten Stellen verwandelt. Im Frühling jedoch, wenn noch alles, was später sonnenverbrannt ist, frisch begrünt ist, fehlt es der Gegend auch nicht an Naturschönheiten, wie denn Reisende, welche sie um diese Zeit sehen, ihre Reize sehr hoch stellen. Aber welch ein ganz anderes Bild mag die Landschaft zu des Heilands Zeiten dargeboten haben, wo das ganze Westufer von einer Städtereihe bedeckt und durch den reichsten Verkehr belebt war, wo auf den Höhen umher zahlreiche Schafheerden waideten, wo die Berge mit sorgfältigem Terrassenbau von unten bis oben versehen, und die vielen Quellen zu reicher Bewässerung benützt wurden, wo auf der Seefläche, auf der man jetzt kein einziges Schiff mehr sieht, eine Menge Fahrzeuge mit lustigen Segeln dahinglitten, welche theils Fischfang trieben (Luc. 5, 4—8. Joh. 21, 6. 11.), theils den Verkehr zwischen den westlichen und östlichen Landschaften unterhielten (Joh. 6, 22. 23.), ja wo zu Zeiten ganze Flotten auf dem See sich bewegten, Vespasian den auf ihren Booten und Barken entflohenen Einwohnern von Tiberias sogar eine Seeschlacht lieferte. Auch Josephus rühmt nicht nur die Schönheit, sondern auch die Fruchtbarkeit der Uferebene und die Milde der Gebirgsluft; alle wilde Bäume ernähre sie und mache alles gedeihen, was man nur anbaue. Eichen- und Fichtenwaldungen bildeten die Umkränzungen der Höhen, Wallnüsse, welche die Kühlung lieben, wuchsen daselbst in großer Menge, auch Palmen, die doch der Gluthhitze bedürfen, neben ihnen Feigen, Oliven, Melonen (diese reifen einen Monat früher als bei Akko und Damaskus), Citronen, Pomeranzen. Europäische Obstbäume lieferten treffliche Früchte. Weintrauben hatte man nach Josephus während 10 Monate im Jahr ohne Unterbrechung; auch die übrigen Fruchtsorten hielten sich das ganze Jahr hindurch. Noch heute sind Dattelpalmen, Citronen-, Pomeranzenbäume, Indigopflanzungen, Reisfelder, Zuckerrohrwälder hier einheimisch, obgleich fast gar nicht gepflegt. Diese Mischung von Vegetationen tropischer und gemäßigter Klimate erklärt sich aus der eigenthümlichen Lage der Landschaft. Die große Wasserfläche, die Nähe des beschneiten Hermon, die umliegenden Hochlandschaften, welche im Winter gleichfalls beschneit sind, erzeugen kühlende Luftströmungen, während der herrschende heiße Südwind (Scirocco) dem Seeland die Gluthhitze des untern Ghor mittheilt und die Palmen und den Balsamstrauch hier wie bei Jericho und Engeddi gedeihen läßt. Wenn dieser Wind weht, so steigt die Hitze auf dem See um Mittag bis über 30° R. im Schatten; die Vegetation wird dann versengt und fängt bei geringem Windstoß leicht Feuer, so daß ganze Strecken Landes durch die Flammen verheert werden (vergl. Jes. 5, 24. 33, 11.). Uebrigens muß doch der Winter hier etwas strenger sein als in Jericho, denn es fällt zuweilen etwas Schnee. Deßhalb ist auch die Aernte etwas später. In Tiberias fand Robinson die Aernte erst am 19. Juni vorüber, während sie in Jericho schon am 14. Mai vorüber war.

Aber trotz der jetzigen Verödung übt die Gegend dennoch einen wunderbaren Reiz auf das Gemüth des christlichen Wanderers aus; denn sie ist geheiligt durch die Fußstapfen des Sohnes

Gottes, der hier seine amtliche Wirksamkeit begann und während derselben größtentheils sich aufhielt; sie ist gleichsam die Umrahmung, in der uns sein Lebensbild aufbewahrt ist, die Folie seiner Reden und Thaten. Hier bekommen Erzählungen des Evangeliums, wie die von der Berufung der Jünger beim Netzwaschen und Flicken, vom reichen Fischfang, vom Sturm auf dem Meer, von der wunderbaren Speisung, Gleichnisse, wie das von den zerstreuten Schafen, von der Schafheerde und dem guten Hirten, von der einen Thür zum Schafstall, von dem Netz, darin man allerlei Gattung fähet, von den Lilien auf dem Felde, die heute noch an den Seeufern in unvergleichlicher Schönheit und Fülle prangen, ihre eigenthümliche Beleuchtung. Auch ist hier, und zwar am Westufer, die Heimath der meisten Apostel des Herrn. Diese Seite war einst von dem Bergvolk der Galiläer bewohnt, einem thätigen, ausgezeichneten Volk, das zwar von den Juden verachtet, vom Herrn aber auserwählt ward, das Licht des Evangeliums unter Juden und Heiden zu bringen. Josephus rühmt die Galiläer wegen ihres außerordentlichen Fleißes, ihres Land- und Gartenbaus, ihrer Handelsthätigkeit, Kühnheit und Tapferkeit. Die Ostseite scheint von jeher mehr von unruhigen, nicht ansäßigen Völkerstämmen bewohnt worden zu sein, unfähig im Frieden zu leben. Zu den Zeiten Jesu bildete der See auch eine politische Grenze; die westlichen Ufer gehörten zum Gebiet des Herodes Antipas, des Mörders Johannis des Täufers, die östlichen zum Gebiet des Philippus. Deßwegen konnten diese dem Heiland auch zum Asyl dienen; er fuhr öfters über den See in die einsamen Gegenden von Gaulon und Gadara, um dem Andrang des Volks oder den Nachstellungen seiner Feinde zu entgehen (Matth. 8, 18. Joh. 7, 1.).

Am Westufer des Sees lag eine Reihe sehr volkreicher Städte, die jetzt alle in Trümmern liegen. Durchwandern wir dieses Trümmerfeld, bei den aus dem Neuen Testament uns bekannten Orten länger verweilend.

Ungefähr in der Mitte des Westufers lag Tiberias, heutzutage Tabarîa, zu den Zeiten Jesu Hauptstadt von Galiläa und Residenz des Herodes Antipas (des „Fuchses“, Luc. 13, 43.), der sie auch erbaute und seinem kaiserlichen Gönner Tiberius zu Ehren nannte. Er baute sich dahin einen prachtvollen Palast und um diesen die Stadt mit Tempeln, Amphitheatern, Bädern u. s. w. Da sie aber auf alte Grabstätten erbaut war, so galt sie den orthodoxen Juden als unrein. Galiläer wurden zum Anbau gezwungen, fremde heidnische Colonisten durch Geschenke von Häusern und Gütern herbeigelockt. So ward sie schnell von Bedeutung und stand zu Jesu Zeiten in großem Ruf. Im Neuen Testament wird sie nur Joh. 6, 1. 23. und 21, 1. erwähnt, und der Heiland kam nie dorthin. Von dieser alten Prachtstadt, in welcher einst die Schwelgerei und die Laster römischer Weichlinge unter schwachen und grausamen Fürsten einheimisch waren, sind nur noch Ruinen übrig; an den vielen Säulen und Quadern aus ägyptischen Syeniten und Graniten ist aber ihre weite Ausdehnung zu Herodes Zeiten leicht zu erkennen. Die Grundmauern sind noch sehr mächtig. Südlich von Tiberias, an der Südwand der oben schon genannten Basaltkuppe, befinden sich heiße Quellen mit einem Badehaus, ähnlich den Quellen von Karlsbad, mit einer Temperatur von etwa 48° R. Auch nördlich von der Stadt stürzt ein warmer Bach (von etwa 20° R.) aus einer Felsenhöhle hervor, der mit Oleandergebüsch überschattet ist. Und noch weiter nordwärts stürzen starke warmdampfende Bäche aus den Basaltklüften von den Uferhöhen herab. Lauter Zeichen vom Dasein eines unterirdischen vulkanischen Heerds, dessen fortdauernde Thätigkeit sich hie und da durch Erdbeben kund thut, wie denn durch ein solches im Jahr 1837 die Stadt in einen Ruinenhaufen verwandelt und wohl an 1000 Menschen oder ein Drittel der Einwohner erschlagen wurden. Gegenwärtig zählt Tabarieh etwa 2000 Einwohner. Die Stadtmauern, viele Häuser und die meisten Mauerwerke in den Umgebungen des Sees sind aus schwarzem Basalt aufgeführt. Heutzutage gilt Tiberias den Juden als heilige Stadt, wie Jerusalem, Hebron und Safed. Daher wandern immer viele Juden ein, um hier das Ende ihres Lebens abzuwarten.

Ein und eine Viertelstunde nördlich von Tiberias liegt Medschdel, das alte M a g d a l a, der Geburtsort der Maria Magdalena (Luc. 8, 2. Marc. 15, 40. Joh. 20, 1. Matth. 15, 39. Marc. 8, 10.), im Alten Testament Migdal-El genannt (Jos. 19, 38.). Es ist ein Dorf am Rand des Sees unter einem Zug hoher Klippen, in welchen kleine Grotten sich befinden. Nördlich von Magdala breitet sich in der Länge einer Stunde die halbkreisrunde Ebene Gennesar oder Genezareth, heutzutage el Ghuweir, aus, welche der Reisende Seetzen für den Lieblingsaufenthalt Jesu hält. Josephus beschreibt sie als paradiesisch; sie ist von Hügeln und vom See vollständig abgeschlossen, sehr fruchtbar, mit Gebüsch und Bäumen bewachsen, dazwischen mit Saatfeldern bedeckt. An ihrem nördlichen Ende liegt heutzutage der Chan Minyeh, der auch den Namen Bât Szaida führt, aus welchem man schließen kann, daß hier die Lage des alten galiläischen Bethsaida, der Stadt des Andreas, Petrus und Philippus sei (Joh. 1, 44. 12, 21.). Der Chan liegt jetzt in Trümmern und gehörte einst der Zahl der Carawanserais auf der großen Damaskusstraße, dem „Weg des Meers", an. Nur 20 Minuten nordöstlich von Bethsaida lag wahrscheinlich Chorazin am See, beim heutigen Ain et Tabighah. Sie gehörte mit Bethsaida zu den Städten, in welchen die meisten von Jesu Thaten geschehen waren und hatten sich doch nicht gebessert (Matth. 11, 20—24. Luc. 10, 13—15.).

Die dritte in diesem Kleeblatt, Capernaum, lag nur eine Stunde nordöstlich von Chorazin, eine Stunde von der Mündung des Jordan in den See. Hier liegen noch Ueberreste eines bedeutenden, aber ganz zerstörten Ortes bei Tell Hûm. Dieser Name enthält noch den Hauptbestandtheil des alten Namens. Denn Kapernaum oder Kaphar Nahum heißt so viel als Dorf Nahums. Statt des ersten Worts Kaphar wurde das Wort Tell (Hügel) vorgesetzt, das zweite Wort Nahum aber ganz dem Gebrauch gemäß in Hûm verkürzt. Daß Kapernaum an dieser Stelle und nicht, wie andere meinen, an der Stelle des Chans Minyeh lag, ergibt sich auch mit großer Wahrscheinlichkeit aus Marc. 6, 33., wo erzählt wird, daß das Volk, welches den Herrn zu Schiff von Kapernaum hatte abfahren sehen, und ihm zu Fuß nacheilte, noch vor ihm in der Wüste bei Bethsaida Julias ankam, was nicht hätte sein können, wenn sie den Umweg von Chan Minyeh an hätten machen müssen und wenn überhaupt die Entfernung weit gewesen wäre. Auch die Erzählung Joh. 6, 3. 17—24. setzt eine geringe Entfernung zwischen Bethsaida Julias und Kapernaum voraus.*) Kapernaum war die Stadt, wo der Herr während seines Lehramts seinen bleibenden Wohnsitz hatte (Matth. 4, 13. 9, 1.) und sehr viele Wunder that, z. B. an des Hauptmanns Knecht (Matth. 8, 5. Luc. 7, 1.), an der fieberkranken Schwieger des Petrus (Matth. 8, 14. 15.), an des Königischen Sohn (Joh. 4, 46.). Sie lag „am Wege des Meers" (Matth. 4, 15. Jes. 9, 1.), d. h. an jener wichtigen Handelsstraße von Damaskus ans Meer nach Akko und Tyrus, auf welcher sich der vorderasiatische Waarenzug gegen die Länder des Mittelmeers bewegte, in der Nähe der nördlichen Grenze Palästina's, auf welcher die Juden am meisten mit den benachbarten Heiden in Berührung kamen. So mochte dieser bedeutende Handelsplatz immer von einer Menge Fremder angefüllt sein. Auch hatten die Römer eine Besatzung in ihr, welche jener Hauptmann befehligte, dessen Knecht der Heiland gesund machte (Matth. 8, 5. ff. Luc. 7, 2. ff.) Diese Verhältnisse der Stadt als Handels-, Grenz- und Garnisonsstadt führten ohne Zweifel einen blühenden Wohlstand herbei; aber eben so leicht läßt sich denken, daß sie auch jene ganze Fluth von Ueppigkeit und Lastern zur Folge hatten, von welcher solche Plätze gewöhnlich durchdrungen sind. Daher stellt der Herr Kapernaum und andere Städte in der Nähe mit den phönicischen Hafenstädten Tyrus und Sidon, und mit Sodom und Gomorrha zusammen (Matth. 11, 21. ff. Luc. 10, 13. ff.). Wie schwer mochte ihm sein Zeugenamt in dieser Stadt werden, in welcher der größte Theil der Einwohner, im Mammons- und Fleischesdienst versunken, dem Wort der Buße

*) Im Obigen haben wir die Ansicht Wilsons und C. Ritters über die Lage von Bethsaida, Kapernaum und Chorazin gegeben. Robinson bestreitet diese Ansicht und setzt Kapernaum an die Stelle des Chans Minyeh, denn aus Joh. 6, 17. vergl. Matth. 14, 34. und Marc. 6, 45. 53. gehe hervor, daß Kapernaum im Land Genezareth oder in dessen Nähe müsse gelegen haben und nahe bei Bethsaida. Sodann sei bei Tell Hum keine Quelle, während Josephus von einer sehr trinkbaren und fruchtbar machenden Quelle Capharnaum im Land Genezareth rede, was ohne Zweifel die Quelle Ain et Tin sei. Endlich sei die Tradition für die Lage beim Chan Minyeh. Bethsaida sucht dann Robinson ¼ Stunde nördlich vom Chan, gleichfalls am Seeufer, an der Stelle des heutigen et Tâbighah; Chorazin aber sei wahrscheinlich in Tell Hum zu suchen. Eine Stunde davon in NO. sei ein Ort Namens Kerâzeh, welcher an Chorazin erinnere.

und des Glaubens kein Gehör lieh! Was ist aus ihr geworden? Die wenigen armseligen Trümmer ihrer Marmorpaläste, welche heutzutag ihre Stelle bezeichnen, und die elenden Beduinenhütten, welche daneben stehen, geben die Antwort auf diese Frage. So gehen wir hier zwischen Schutt und Trümmern umher. Wo einst der Herr des Lebens wandelte, da blickt uns Tod und Zerstörung an, in der Natur wie in der Menschenwelt. Räuberische Beduinenhorden umschwärmen die einst gesegneten Gestade; der Fluch des türkischen Despotismus drückt die Kultur des Landes darnieder; die sich nach Christi Namen nennen, schmachten da, wo Er einst alle Mühselige und Beladene zu sich rief, unter dem Joch der Anhänger des falschen Propheten und unter dem noch härteren der Unwissenheit und des Aberglaubens.

---

Dritter Abschnitt.

## Der Unterlauf mit dem Todten Meer.

Vom See Genezareth an fließt der Jordan durch das Ghor oder Jordangefilde, welches in der Bibel den Namen „Arabah" trägt,*) etwa 30 Stunden lang in gerader südlicher Richtung und in überall fast gleichem Abstand vom Mittelmeer bis zum Todten Meer. Zu beiden Seiten des Thals ziehen steile, nackte Felswände von Jurakalk mit aufgelagerten Kreidelagern hin, welche hie und da, namentlich auf der östlichen oder arabischen Seite, von vulkanischen Basaltpartieen durchbrochen sind. Die zwischen inne liegende Thalsohle wird im allgemeinen von Norden nach Süden breiter, von 2 bis zu 3½ Stunden, und sinkt immer tiefer unter den Spiegel des Meeres ein.

---

*) Auch der Name Jordankreis (Kikkar ha Jarden) ist häufig, z. B. 1 Mos. 13, 10. 11. 1 Kön. 7, 46. 2 Chron. 4, 17., auch bloß Kikkar, z. B. 1 Mos. 13, 12. 19, 17. 25. 28. 29. 5 Mos. 34, 3. Neh. 3, 22., im N. T. Gegend am Jordan Matth. 3, 5.

An seinem Ausfluß aus dem See bei den Trümmern von Taridäa ist der Jordan nicht mehr trüb und schlammig, wie am Einfluß, sondern in Folge der Abklärung im See klar wie Krystall; er ist an 30 Fuß breit und in der Mitte 6 Fuß tief. Bald beginnt er seine gewaltigen Krümmungen, zwischen wild von Regengüssen zerrissenen Tobeln und weißen Schuttkegeln. Sie werden so zahlreich, daß der englische Schiffslieutenant Molyneux, der den Jordan im Jahr 1847 beschiffte,*) sie nicht glaubte in die Charte einzeichnen zu können, und verfolgen oft innerhalb kurzer Strecken alle vier Windrichtungen. Das Bett ist bald breit, bald eng, bald flach, bald tief. An vielen Stellen ist der Strom in kleine Rinnsale zerrissen, die alle nur wenig Wasser halten, ja manchmal hört sogar der sichtbare Wasserlauf ganz auf, indem er streckenweise unter Klippen und Dorngebüsch verschwindet. Wie bedeutend das Gefälle ist, sieht man aus dem Umstand, daß bis zum Todten Meer hinab gegen 30 größere Katarakten und eine weit größere Zahl von kleineren Wasserstürzen und Wasserschüssen vorkommen. Auch hat der Fluß eine große Menge Wehre, die den Stromlauf quer durchsetzen und seine Wasser in unzählige Kanäle zur Seite ablenken zur Bewässerung kleiner Strecken, auf denen eine karge Vegetation noch grünen Waideboden für kleine Gruppen von Viehheerden darbietet. Das Ghor ist in der heißen Jahreszeit ein sonnenverbranntes, nur von verdorrten Grashalmen überzogenes Feld, welches jedoch im Frühjahr ohne Zweifel als grüne Aue erscheint. Es ist übrigens keine Ebene, sondern eine Aufeinanderfolge nackter Hügel. Schwarze Beduinenzelte, aus Kameelhaar gemacht, liegen in Gruppen vertheilt umher, während zahlreiche Heerden Kameele nach allen Richtungen zerstreut auf den nackten dürren Hügeln ihr sparsames Futter suchen. Eine Menge Wady's münden von beiden Seiten in's Thal. Der erste und bedeutendste Zufluß ist der Hieromax (Jarmûk, Scheriat el Mandhur), welcher etwa 2 Stunden vom Tiberiassee auf der Ostseite in den Jordan fällt.

*) Vom See Genezareth an ist der Jordan zweimal beschifft worden, zuerst im August 1847 von dem englischen Lieutenant Molyneux, dann von einer amerikanischen Expedition unter Lieutenant Lynch, die 6 Tage zur Beschiffung brauchte.

Von seinem Einfluß an gewinnt das Ghôr ein besseres, fruchtbareres Aussehen, sowie auch stärkere Bevölkerung. Auch die Bodengestaltung wird eine andere, indem von da an ein Thal im Thal erscheint. Zu beiden Seiten der Flußrinne zieht sich nämlich eine in das obere Thal eingekerbte niedrigere Ebene hin, welche, $^1/_2$—$^3/_4$ Stunden breit, mit dem schönsten Luxus der Vegetation erfüllt ist, ein Dickicht von Tamarisken, Weiden, wilden Pistazien, von anderem Buschwerk, Farrn und Kräutern, welches häufig den Zugang zum Strom verhindert. In dem Gebüsch nisten zahlreiche Schaaren von Enten, Störchen, Uferschwalben und andern Vögeln, und hausen wilde Bestien, Eber, Unzen, Schakale, Scorpionen, heutzutage aber keine Löwen mehr (Jerem. 49, 19. 50, 44.).*) Das klare Wasser ist von vielen Fischen belebt, und bringt mit der herrlichen Waldung am Ufersaum und den vielen Bäumen voll Silberblüthen, in welchen Nachtigallen, Bulbul und viele andere Singvögel sich hören lassen, wozu die nackten Uferhöhen den Contrast bilden, manche pittoreske Partie hervor. Je weiter abwärts man sich dem untern Ghôr nähert, desto üppiger wird die Vegetation; Oleander und Tamariske erreichen einen baumgleichen Wuchs; die Rohrwälder schießen immer höher auf und werden undurchdringlicher. Diese Rohrwälder liefern die besten Schäfte zu Lanzen, das Flechtwerk für die Dächer und Wände der Klosterzellen. Diese engere, niedrigere Thalebene wird von der höheren auf beiden Seiten begrenzt, während diese wieder an den hohen westlichen und östlichen Bergwänden ihre Grenzen findet. Es ist ein merkwürdiger Contrast, den diese beiden Plattformen darbieten: die obere mit ihren nackten, öden Höhen, die in gerundeten Sandbergen oder in Form weißer senkrechter Kreideklippen 150—200, meist jedoch 50—60 Fuß hoch zur untern abfallen, in welcher der Jordanlauf, immer vom Grün seines buschigen Ufersaums begleitet, im Zickzackweg von Klippe zu Klippe schwankt, so daß man an Stellen, wo die nackten Uferhöhen dichter an den Strom herantreten, nur

*) Sacharja 11, 3. nennt das prächtige Gebüsch, das den Jordan umgibt und den Löwen, sowie andern wilden Thieren zur Wohnung diente, „die Pracht des Jordan" und braucht es als typisches Bild für die Wohnungen der Mächtigen, ihre Paläste und Städte, in welchen sie sicher und bequem ihren Raub verzehren.

die Windungen einer ganz grünen Stromlinie zwischen weißen Kreideklippen vor Augen hat. Auf den nackten Höhen sieht man Heerden von Gazellen, an den Klippen zeigen sich viele Schakale; Tauben, Habichte, Adler, Geier fliegen in Menge umher. An den vielen Wasserstellen zu beiden Seiten des Stroms, sowie an den schlammigen Niederschlägen sieht man, daß der Jordan zur Winterszeit das untere Thal überfluthet, wodurch dieses seine üppige Vegetation erhält. Aus den Uferwaldungen nimmt er dann viele Stämme und Hölzer als Treibholz mit; als Zeichen dieser hohen Winterfluthen sieht man hoch an den Bäumen Büsche und Zweige hangen. Daß auch in den Tagen Elisas an den Strom ein Waldbdickicht grenzte, zeigt 2 Kön. 6, 2—6., wo die Prophetenschüler zu Elisa sagen: laß uns an den Jordan gehen und einen jeglichen daselbst Holz holen, daß wir uns daselbst eine Stätte bauen, da wir wohnen u. s. w. Die Meinung, als wenn der Jordan Ueberschwemmungen habe, wie der Nil und Euphrat, ist irrig; sie sind schon wegen der hohen Steilufer, die 50—60 Fuß und noch höher sind, unmöglich. In der Bibel ist aber auch nirgends von solchen die Rede, sondern nur davon, daß der Jordan zur Zeit der Aernte, d. h. nicht im Sommer, sondern im Frühjahr, im April und Anfang Mai, seine Ufer mit Wasser fülle (Jos. 3, 15. 1 Chron. 13, 15.). Das ist dann der hoffährtige Jordan, von dem Jerem. 12, 5. die Rede ist, und von dem es 49, 19. heißt: siehe, er (der Feind) kommt herauf wie ein Löwe vom stolzen Jordan. Seetzen fand am 8. Jan. 1807 den Jordan so hoch angeschwollen und reißend, daß sein Führer, ein geübter Schwimmer, der die Strompassage prüfen wollte, weit hinabgerissen wurde an das jenseitige Ufer. Das Wasser war trübe, schlammig und führte eine Menge Bäume und Holzstücke mit sich zum Todten Meer. Im Sommer dagegen ist er an vielen Stellen zu durchreiten und selbst zu durchwaten. Dann ist auch sein Wasser klar, angenehm von Geschmack und rauscht über Rollkiesel dahin.

Das Ghôr wird übrigens durch den an seiner westlichen Gebirgswand sich vordrängenden Kurn Surtabeh (unter dem gleichen Parallelkreis wie der Oschaberg jenseits des Jordan) in zwei ihrer Naturbeschaffenheit nach von einander verschiedene Theile getheilt. Der südliche Theil des Thals ist auf der Westseite von einer hohen Mauer der steilsten Bergabfälle eingeschlossen, durch welche die Thäler in tiefen Klüften brechen. An sich selbst ist hier das Thal eine Wüste, außer wo am Fuß der Berge hie und da eine große Quelle hervorbricht und das anliegende Land fruchtbar macht, wie z. B. die Quelle bei Jericho und Duk, bei Audscheh und Fusâil auf der Westseite des Jordan und die in den Wadys Hesbân und esch Schaib (Nimrin) auf der Ostseite. — Nördlich vom Kurn Surtabeh ist der Charakter des Ghôr durchaus verändert. Statt der allgemeinen Unfruchtbarkeit des südlichen Theils ist hier eine wahre Fülle von Wasser und die daraus entspringende Bodenüppigkeit. Zuerst kommt die Kurâwa, die als im höchsten Grad produktiv beschrieben wird, auf welche der breite, wiesengleiche Wady Fâria mit seinem schönen Strom herauskommt. Zwischen ihm und Wady Mâlih springen die westlichen Hügel vor und verengen das Thal; allein weiter nördlich breitet es sich wieder zu einer fruchtbaren Ebene aus. Ein großer Theil dieses ganzen Strichs nördlich vom Kurn Surtabeh ist angebaut, das ganze Bild anmuthig belebt durch die vielfachen Windungen des Jordan, wie er sich durch das breite Thal von einer Seite zur andern schlängelt. Der Anblick des Flusses hier, wie er von den Höhen sich darbietet, ist in dieser Hinsicht ganz verschieden von seinem untern Theil. Die Bergmauer im Westen ist verschwunden und die Thäler kommen ins Ghôr nicht mehr als wilde abschüssige Schluchten, sondern als lachende Ebenen und lichte Oeffnungen herunter. In der Gegend von Beisân steht das Ghôr vermittelst des breiten Wady Beisân mit der großen Ebene Esdraelon in Verbindung. Hier kann man drei verschiedene Ebenen oder Plateaus als zum Ghôr gehörig rechnen. Erstlich das untere Thal des eigentlichen Jordan, dann die breite, von Wachsthum strotzende Ebene, die sich von diesem nach dem Abhang ausbreitet, auf welchem man nach Beisân hinaufgeht, und endlich die Ebene hinter Beisân, die zugleich die Mündung des Thals Jesreel (Wady Beisân) ist und sich auch südlich mehrere Meilen weit vor den westlichen Bergen ausdehnt. Das Ghôr ist hier nicht weniger fruchtbar, als die Ebene Esdraelon, und hat bei weitem größern Wasservorrath. Allein es liegt einige 500 bis 600 Fuß niedriger und hat ein heißes Klima, so daß die Aernten hier früher stattfinden.

Drei Stunden südlich vom Tiberiassee liegt auf der westlichen Thalseite an der Mündung des Wady Beisân das Araberdorf Beisân, das alte Bethsean (oder Scythopolis), aus 70—80 Häusern bestehend, deren Bewohner in trauriger Lage sich befinden, weil sie den Räubereien der Beduinen im Ghôr fortwährend ausgesetzt sind. Hier erweitert sich das untere Flußthal zu einer sehr schönen Ebene, die mit üppigster Vegetation reich geschmückt ist bis hinüber zum jenseitigen Hochgebirg, dessen Gipfel mit Wald gekrönt sind, eine der schönsten Gegenden im ganzen Jordanthal. Hunderte kleiner Hütten sieht man überall in ihr zerstreut, von Wächtern besetzt, die durch Steinwürfe die Schaaren der Vögel verscheuchen und gegen die Ueberfälle plündernder Beduinen wachsam sind. Der Jordan, der bis dahin an der Seite der westlichen Thalwand fließt, wendet sich von da an mehr zu dem Fuß der östlichen Berge hin. Bethsean ist ein wichtiger Kreuzungspunkt der Straße von Peräa nach Galiläa und Samaria, auf welcher schon die syrischen Eroberungsheere der ältesten Zeit zogen, mit der Straße zwischen dem Tiberiassee und Todten Meer. Noch jetzt sieht man Ruinen von bedeutendem Umfang, namentlich von einem Amphitheater, außerhalb der Stadt viele interessante Felsgräber, deren Steinthüren noch in ihren Steinzapfen hängen (in einigen findet man auch Sarkophage), im Südwesten des Orts auf hohem vulkanischem Berg die Akropolis, von deren Ummauerungen noch Reste zu sehen sind, im Südosten Ruinen vieler unterirdischen Kornmagazine (wie Jerem. 41, 8., vergl. Joel 1, 17.), darin Waizen, Gerste und Oel aufbewahrt wurde. Beim Einzug Israels wurde der Ort, obwohl innerhalb der Grenze von Isaschar gelegen, dem Stamm Manasse zugetheilt, von diesem aber nicht in Besitz genommen (Jos. 17, 11. 16. Richt. 1, 27.). Noch zur Zeit Sauls war er in der Philister Gewalt (1 Sam. 31, 10.). An seinen Mauern wurden die Leichname Sauls und seiner Söhne von den Philistern aufgehängt, bis die Männer von Jabes in Gilead sie nach ihrer Stadt brachten. Unter David ward den Philistern dieses Gebiet entrissen; denn von den zwölf Rentbeamten, welche unter Salomo je monatweise den königlichen Hofhalt zu versorgen hatten, bekam auch einer Bethsean und sein Gebiet (1 Kön. 4, 12.). Später wurde sie die größte der syrischen Zehnstädte, von wo aus viel Volks zum Heiland kam (Matth. 4, 25.). Der Umfang der Stadt kann nicht weniger als 2 bis 3 engl. Meilen betragen haben; sie muß eine wahre Tempelstadt gewesen sein.

Südlich von Beisân liegt ein Ruinenort, wahrscheinlich jenes Suchoth,*) wo Salomo in der Jordanaue (im Thal zwischen Suchoth und Zarthan) die Tempelgefässe aus Metall in Thonformen gießen ließ (1 Kön. 7, 46.). Zarthan (auch Zaredatha oder Zareda, Geburtsort Jerobeams) lag nach 1 Kön. 4, 12. neben Bethsean unter Jesreel. Es ist ohne Zweifel dasselbe Suchoth, wo Jakob nach seiner Begegnung mit Esau seinem Vieh Hütten baute (1 Mos. 33, 17.); denn Suchoth heißt Hütten. Weiterhin im Süden lag Abel Mehola, d. h. Breite Mehola, der Geburtsort des Propheten Elisa (1. Kön. 19, 16., vergl. 1 Sam. 18, 19. 2 Sam. 21, 8.). Dahin flohen die Midianiter, als Gideon sie von der Ebene Jesreel gegen den Jordan trieb (Richt. 7, 22.).

Die interessanteste Lokalität im Jordanthal ist ohne Zweifel die Oase Jericho, welche 3 Stunden lang und 1 Stunde breit am Südende des Jordanlaufs auf dem Westufer in der gluthdürren Jordanwüste sich ausbreitet. Das Jordanthal hat hier seine größte Breite von 3½ Stunden erreicht. Einst wegen ihrer Balsamgärten und Palmenhaine, wie durch die Pracht ihrer Paläste und die Sicherheit ihrer Festungen berühmt, ist die Stätte jetzt wüste und leer, und nur ein vereinzelter verdorrter Palmstamm ohne Krone und Verzweigung ragt noch über dem Dorngehege hervor, welches mit seinem Buschwerk den Haufen elender Steinhütten umgibt, welcher jetzt Eriha, Riha oder Richa heißt und der geringe Rest des früheren Jericho ist. Ihr Dasein verdankt die Oase hauptsächlich der reichlich fließenden Quelle Ain es Sultan, welche ½ Stunde nordwestlich von Jericho entspringt. Sie ist ohne Zweifel die berühmte Quelle des Elisa (2 Kön. 2, 19–22.). Aus ihr, doch wahrscheinlich auch aus den Wassern des Wady Kelt (Bach Crith), der die Oase durchsetzt, wurden die Wasserleitungen und Kanäle gespeist, welche die Oase durchzogen und befruchteten, und von denen noch groß-

*) Die Ruine heißt heutzutag Sâkût und liegt gegenüber von der Mündung des Wady Yabes am Jordan.

artige Trümmer vorhanden sind. Ihre Wiederherstellung wäre auch jetzt noch im Stande, eine paradiesische Landschaft hervorzuzaubern. Denn wo nur irgend Wasser hinreicht, da begleitet mitten in der Einöde seinen Lauf ein staunenswürdiger Luxus der Vegetation. Jericho, schon frühzeitig die Palmenstadt genannt (5 Mos. 34, 3.), eine der bedeutendsten und ältesten Königsstädte des alten Kanaan, war die erste Stadt, die Josua eroberte. Sie war der Schlüssel zu dem hinter ihr sich erhebenden Hochland und daher stark befestigt (Jos. 6, 1.). Dennoch gab der Herr sie in die Hände Israels, und damit das Volk sein Vertrauen nicht auf Mauern und Thürme, sondern auf Jehovahs Schutz setzte, schwur Josua auf ihren Trümmern: „verflucht sei der Mann vor dem Herrn, der diese Stadt Jericho aufrichtet und bauet. Wenn er ihren Grund leget, das koste ihm seinen ersten Sohn, und wenn er ihre Thore setzt, das koste ihm seinen jüngsten Sohn" (Jos. 6, 26.). Dieser Fluch gieng an Hiel von Bethel in Erfüllung (1 Kön. 16, 34.). Doch scheint auf der Stelle schon vorher und bald nach Josua wieder eine Ansiedlung, wenn auch nicht eine befestigte Stadt, entstanden zu sein; denn nach Richt. 3, 13. wurde sie von den Moabitern erobert. Unter David mußten jene von den Ammonitern schimpflich behandelten Gesandten in Jericho verweilen, bis ihre Bärte wieder gewachsen waren (2 Sam. 10, 5.). Später erhoben sich hier die Prophetenschulen unter der Leitung des Elia und Elisa, welche beide hier eine Zeitlang wohnten. Aus der neutestamentlichen Zeit erinnert uns Jericho an den blinden Bartimäus, den der Heiland heilte (Marc. 10, 46—52.), und an den Zachäus (Luc. 19, 1—10.), für dessen Haus die Pilgerlegende eine im Norden der Stadt sich erhebende Thurmruine ausgibt, in welcher der türkische Gouverneur mit einer kleinen Garnison wohnt, und in deren Umgebung einige Spuren von Anbau, von Mais, Hirse, Indigo mit verwilderten Gärten von Feigenbäumen vorkommen. Unter der Türkenherrschaft ist die paradiesische Landschaft zur Wüste geworden.

Im Winter, namentlich im Januar, wenn auf den benachbarten Berglandschaften Schnee fällt (2 Sam. 23, 20. 1 Chron. 12, 22.) ist es auch in Jericho kühl und rauh, im Frühling und Sommer aber ist es ungemein heiß, ja unerträglich schwül.

Dieß rührt von der tiefen, eingeschlossenen Lage des Orts her; er liegt 717 Fuß unter dem Spiegel des Meeres. Daher konnten Datteln hier reifen und Balsambäume gedeihen. Ueberhaupt wird durch die tiefe wärmere Lage das Wachsthum sehr beschleunigt. Als Robinson nach Jericho kam, war am 14. Mai die Waizenärnte schon zu Ende, während sie auf dem hochgelegenen Rücken von Hebron noch nicht einmal am 16. Juni so weit vorgerückt war. Die Gerstenärnte war schon drei Wochen früher, Ende April, zu Ende gegangen. Uebrigens kann der Ackerbau hier schon darum nicht recht gedeihen, weil die Aernte häufig durch Beduinenhorden, die gleich Heuschreckenzügen von der Ostjordanseite herabstürmen, geplündert und als Raub entführt wird. Noch jetzt wird man hier zur Aerntezeit an jene Schnitter-, Drescher- und Aernteſcenen lebhaft erinnert, welche im zweiten und dritten Kapitel des Büchleins Ruth geschildert sind. Robinson, der (1838) eben um diese Jahreszeit nach Jericho kam, sah die Leute mit dem Dreschen des Waizens beschäftigt. Sie waren nicht aus Jericho, sondern aus Taiyibeh, 6—7 Stunden fern im Nordwesten. Mit Weibern, Kindern und ihrem Priester waren sie nach dem Ghôr hinabgezogen zur Waizenärnte. Sie hatten dieses Jahr allen Waizen ausgesät und waren jetzt mit der Aernte beschäftigt. Der Waizen war schön gediehen, wo er bewässert war; der größte Theil war schon am 12. März abgeschnitten, in Garben gebunden, auf Esel und Kameele gepackt und nach den Dreschtennen gebracht. Dieß waren runde, 50 Fuß im Durchmesser festgestampfte Stellen, deren fünf neben einander lagen, auf denen ein Joch von fünf Ochsen zum Austreten herumgetrieben wurde, ohne Dreschschlitten, der erst in Nordpalästina gebräuchlich wird, ohne die Jes. 28, 27. mit Räderwerk angegebene Maschine, die noch heute in Aegypten im Gebrauch ist. Das ausgedroschene Stroh wurde mit einer zweizackigen Gabel gelüftet und geworfelt, wobei sehr viel verloren gieng. Die Drescher, insgesammt der griechischen Kirche angehörig, hatten gegen das mosaische Gesetz vielen ihrer Ochsen das Maul verbunden, was Robinson bei Moslemen nie gesehen hatte.

Als v. Schubert am 12. April die Gärten von Jericho betrat, standen die Granatbäume in voller Blüthe, die in Jerusalem erst kleine Knospen trugen, der Feigenbaum trug schon ziemlich reife Früchte, die Nebekbäume schon genießbares süßliches Obst, der Weinstock gedieh ohne Pflege in üppigster Fülle. Die Asclepias gigantea (Oscher von den Arabern genannt), die in Palästina nur in den Umgebungen des Todten Meeres und auch bei Jericho vorkommt, halten manche Neuere für den Baum, der die Sodomsäpfel trägt. Seine Frucht ist Apfelsinen an Größe gleich und hängt in Büscheln zu 3—4 Stück an den 15 Fuß hohen Bäumen, lockend für das Auge, aber beim Begreifen weich und beim geringsten Druck gleich einer Blase aufplatzend, so daß nur Fetzen der dünnen Schale einem in der Hand bleiben. Andere halten einen andern bei Jericho vorkommenden Strauch, Lots Limone, eine Solanumart, für den Sodomsapfel. Ihre Früchte füllen sich, wenn eine Blattwespe sie angestochen hat, in ihrem Innern häufig mit Staub, während ihr Aeußeres ganz schön gefärbt bleibt. Nach der Sage der Araber hat dieser Strauch vordem die schönsten Limonen getragen, er wurde aber wegen der Laster des Volks von Lot verflucht und trägt seitdem nur bittere Früchte. Der Maulbeerbaum, der Baum des Zachäus (Luc. 19, 4.), existirt nicht mehr in Jericho, so wenig als der echte Balsambaum (Opobalsamum), der von hier aus Alexander dem Großen täglich eine Muschel voll Balsam geliefert haben soll und von Pompejus zuerst im Triumphzug den Römern gezeigt wurde. Dagegen wächst noch der Myrobalsamumbaum, der Zakkum der Araber, dessen Oel von den Bewohnern der Oase zu Balsam bereitet und unter dem Namen Zachäusöl an die abergläubischen Pilgrime verhandelt wird, aber ganz wirkungslos ist. Die Rose von Jericho (Anastatica hierochuntica Lin.), in den Sandebenen von Südpalästina, Arabien und Peträa einheimisch, fehlt der Oase von Jericho; dagegen werden die wahren Rosen, die Centifolien, als sehr schön in Jericho gerühmt. Ehmals, doch erst nach Christi Zeiten, war auch das Zuckerrohr stark im Anbau. Noch jetzt sind Ruinen von Zuckermühlen in der Nähe von Jericho bei Ain es Sultan zu sehen. Indigo und Baumwolle wird noch etwas gepflegt, auch Mais und Gurken werden gebaut. Der Feigenbaum ist im schönsten Gedeihen und mit den besten Früchten beladen. Was könnte dieser Erdfleck unter den Händen einer andern Bevölkerung wieder für ein Paradies werden! Die heutigen Bewohner sind eine träge, schwächliche und verwerfliche Race, die das Leben von Sodom und Gomorrha bis heute fortführen, etwa 200 Seelen; ihr Dorf ist das elendeste und schmutzigste, das Robinson in ganz Palästina sah.

Von Jericho gehen wir gegen SO. und erreichen auf stark abschüssigem Boden in 1½—2 Stunden das Jordanbad der Pilger, die Furth Helu. Auf dem Weg berühren wir da, wo die grüne Wildniß der Oase an die Wüste grenzt, einige Trümmer, die wahrscheinlich die Stelle des alten Gilgal bezeichnen, des ersten Lagerplatzes Israels diesseits des Jordan im Gelobten Land (Jos. 4, 19.), wo Josua die 12 Denksteine aufrichtete (4, 20.) und wo Israel zum Dank gegen Gott, der seinen Bund ihm so treulich gehalten hatte, sich durch die seit dem Auszug aus Aegypten nicht mehr wiederholten Bundeszeichen der Beschneidung und des Passahmahls zu neuer Bundestreue heiligte (Jos. 5, 2—10.). Hier aßen sie zum ersten Mal vom Getraide des Landes und das Manna der Wüste hörte auf (v. 11. 12.); denn sie waren nun zum Kulturgebiet der Palmenstadt gekommen. Gilgal scheint erst nach Josua's Zeit eine Stadt geworden zu sein; denn es wird unter ihm nur als Lagerort genannt (Jos. 9, 6. 10, 6.). Hier blieb die Stiftshütte, bis sie nach Silo verlegt ward (Jos. 18, 1.; jenes Gilgal dagegen, wo Samuel richtete und opferte (1 Sam. 7, 16. 13, 7. ff.) und wo eine Prophetenschule blühte (2 Kön. 4, 38.), ist ohne Zweifel ein anderes Gilgal, entweder das im Gebirg Ephraim bei Silo, oder das in der Ebene Saron (s. unten). — Weiter gegen SO. betreten wir nun eine nackte Thonwüste mit Salzstellen, und gelangen ¾ Stunden von Jericho an die Quelle Ain Hadschla, in deren Nähe der Thurm Kasr Hadschla steht. Hier lag wahrscheinlich die alte Kananiterstadt Beth Hagla (Jos. 15, 6. 7. 18, 21.), ebenso die Tenne Atad, wo Joseph mit seinen Brüdern und den Aegyptern Klage hielten um Jakob (1 Mos. 50, 7—13.). — Nun steigen wir von der höhern Thalstufe hinab in das engere Jordanbett, das von dem fast undurchdringlichen Walddickicht auch hier begleitet wird und nur an einzelnen Stellen einen freien Zugang zum Stromlauf darbietet. Eine solche ist die Furth Helu, wahrscheinlich der Ort, wo Israel trockenen Fußes durch den Jordan gieng (Jos. 3.), so wie später Elia und

Elisa (2 Kön. 2, 8.), das Bethbara (Richt. 7, 24.), das spätere Bethabara, wo Johannes jenseit des Jordans taufte (Joh. 1, 28. Matth. 3, 6.), wo auch Christus sich von ihm taufen ließ (Matth. 3, 13. Marc. 1, 9. Luc. 3, 21.). Der Strom ist hier 80—100 Fuß breit, 10—12 Fuß tief. Alljährlich wallfahrten noch jetzt am Ostermontag die Pilger von Jerusalem über Jericho hieher, um in den heiligen Wellen des Taufwassers ihre Sünden, wie sie glauben, abzuwaschen. Es sind ihrer oft mehrere Tausende, aus den fernsten Zonen der Erde, Russen, Servier, Bulgaren, Griechen, Armenier, Georgier, Circassier, sogar Abessynier. Sie stürzen sich unter Gesängen, Gebeten, Geheul, wildem Geschrei und oft fanatischen Ceremonien halbnackt und entkleidet in die heiligen Fluthen. Nicht selten ertrinken sie in dem reißenden Fluß. Als Troilo bei der Pilgerfahrt war, brachten Armenier Leinwand herbei, wuschen sie im Jordan, um sie zu Sterbekleidern zu brauchen. Geistliche braunten drei Kreuze darauf. Wer in einem solchen leinenen Hemd stirbt, ist ohne Absolution von allen Sünden rein. — Gegenüber dem Gefilde Jericho auf der Ostseite des Thals an der Einmündung des Wady Hesban lag das Gefilde Moab (Arboth Moab), welches von den Akazienwaldungen, die auch heute hier noch vorherrschend sind, auch Akazienaue (Thal Sittim oder bloß Sittim) hieß. Hier hatte Israel vor dem Jordanübergang längere Zeit sein Lager (4 Mos. 33, 49. 25, 1. Jos. 2, 1. 3, 1.). — Noch nennen wir in dieser untern Jordangegend auf der Ostseite einige Orte: Bethnimra (h. z. T. Bethnimrin), d. h. Ort des hellen, gesunden Wassers, ein lockender Name, der auch die Kinder Ruben und Gad veranlaßte, sich mit andern eroberten Landschaften das Land Nimra zum Besitzthum auszubitten (4 Mos. 32, 3. 36.). Der Ort liegt im N. von Sittim nahe am Ueberfahrtsort des Jordan am Nahr Nimrin. Das Verdorren dieser wasserreichen Gegend bezeichnet bei den Propheten um so charakteristischer den Fall Moabs (Jerem. 48, 34. Jes. 15, 6.). Weiter südlich Bethharan (Bethharon, 4 Mos. 32, 36.), von Herodes Livias genannt. Bethjesimoth, in der Nähe des nördlichen Endes des Todten Meers (4 Mos. 33, 48. f.).

Südwärts gegen das Todte Meer verschwindet nach und nach jede Spur von Vegetation bis auf einzelne Salz- und Kalikräuter; der wellige Boden geht in volle wagrechte Ebene über, welche von sandigen und thonigen Salzen durchdrungen ist. Die Ebene ist ohne Zweifel erst durch einen Rückzug der Wasser des Todten Meers und durch die Schuttanhäufung des Jordan entstanden. So locker ist hier der Boden, daß der Fuß oft bis über die Knöchel einsinkt. Am Einfluß spaltet sich der Jordan in zwei Mündungen mit einem kleinen Delta in der Mitte, sein Lauf wird immer träger auf tief morastigem Grund. Reiher wandern hier umher und suchen die in das Meer aus dem Jordan gespülten Fischlein auf, die in der scharfen Lauge augenblicklich sterben. Gadow und Schubert konnten mehrere wahrnehmen, die noch mit dem Tod rangen.

Das Todte Meer, in welchem der Jordan verschwindet, von den Griechen Asphaltsee, von den heutigen Arabern Bahr Lût oder Birket Lût, d. h. Lots Meer, in der Bibel Salzmeer genannt, füllt in einer Längenausdehnung von 20 Stunden die Jordaneinsenkung bis zum Südende des Landes. Seine größte Breite beträgt im Parallel von Hebron 4—5 Stunden. Zwischen scharfgeformten, vegetationsleeren Bergen von Jurakalk und Kreide, welche 1500—2000 F., an der Ostseite bis zu 3000 F. aufsteigen und nicht selten 5—600 F. hohe Steilabschüsse bilden, liegt der Wasserspiegel in der todtenstillen Tiefe, 1235 F. unter dem Spiegel des Mittelmeers (nach Roth). Nimmt man die größte bekannte Tiefe des Sees mit 1688 F. hinzu, so ergibt sich hier ein Einsturz des Bodens unter die Meeresfläche von gegen 3000 F., eine Erscheinung, die sich nirgends auf der Erde wiederholt. Die westlichen Berge sind viel schroffer als die östlichen, welche sich stufenweise, mehr allmälich zum Seespiegel herabsenken. Stellenweise treten die Berge bis zum See heran und fallen in steilen Vorgebirgen unmittelbar in denselben ab. Wo sie zurücktreten, entsteht eine schmale Uferebene. Das Wasser des Sees ist klar, bitterschmeckend und hat von seinem starken Salzgehalt eine solche spezifische Schwere, daß der menschliche Körper kaum darin untertauchen kann. Deßwegen wird es auch durch leichtere Winde kaum gekräuselt, wogegen es namentlich durch die heftigen Nordstürme (O. und W. Winde haben keinen Zutritt) so gewaltig bewegt wird, daß seine schweren Wogen an Fahrzeugen, die ihnen ausgesetzt sind, ihre Schläge wie mit Schmiedehämmern vollführen. Der Jordan allein (ohne die zahlreichen Bäche, die namentlich auf der Ostseite in den See fallen) führt dem See täglich mehr als 6 Millionen Tonnen Wasser zu, und doch hat der See keinen Abfluß. Aber die tiefe, zwischen steilen Bergen eingeschlossene Lage erzeugt eine solche Hitze, daß der See durch Verdunstung immer wieder so viel Wasser verliert, als hineinfließt. Die Wirkung dieser starken Verdunstung sind breite Dampfsäulen, die sich zumal vor Sonnenuntergang wie Wasserhosen über dem See erheben und durch den Scirocco in andere Gegenden entführt werden, oft aber auch wie Nebel stagniren, oder unter furchtbaren Donnerwettern in Regenströmen wie aus überfließenden Cisternen wieder herabstürzen. Aus derselben Ursache entstehen auch die verschiedenartigen Strahlenbrechungen, Farbenspiele und Augentäuschungen bei Tag und bei Nacht, vorzüglich bei Auf- und Untergang von Sonne und Mond, von welchen alle Berichterstatter erzählen, z. B. scheinbare Inseln im See, phosphorescirender Wellenschlag, scheinbar entflammte Atmosphäre, schnelle Farbenwechsel des Wasserspiegels, verschiedene Färbungen des Wassers in der Nähe und Ferne, Durchsichtigkeit und Undurchsichtigkeit des Wassers und der Luft. Die über dem Wasser liegende Dunstschicht hat ein unvergleichlich tiefes Blau, das je nach dem Stand der Sonne in Milchweiß oder in ein dunkles Violett übergeht. Von Jericho aus gesehen haben einzelne Schluchten des Westufers, von den schräg einfallenden Strahlen der Abendsonne beleuchtet, dieses Violett in einer Intensität wie nicht leicht anderswo. Große Stücke von Asphalt (Bitumen, Erdharz, auch Judenpech genannt) schwimmen zu Zeiten wie Stiergestalten auf dem See herum, welche theils aus der Tiefe auftauchen, theils von den Asphaltquellen, die sich am östlichen Ufer befinden sollen, in den See geführt werden. Sie werden aufgefischt und auf vielfache Weise zu Arzneimitteln, zum Einbalsamiren, zum Kalfatern der Schiffe, zur Färbung der Wolle, als Bausteine, zu Bildhauerarbeiten &c. benützt. Auch finden sich am See, vorzüglich am NW. Ufer, Schwefelstücke, so wie ein von Bitumen durchdrungener Kalkstein (Stinkkalk), der sogenannte Mosesstein, welcher durch Reiben sich entzündet und von den Mönchen zu Bethlehem und Jerusalem zu Rosenkränzen verarbeitet ins Morgen- und Abendland verführt wird. Die Wasserzufuhr, die der See durch die hohen Jordananschwellungen und durch die ihre Ufer überfluthenden Gebirgsströme zur Winterszeit erhält, erhöht den Seespiegel um 7, ja sogar um 10—15 F. Man sieht dieß an der großen Menge von Treibholzstämmen, welche als hohe Wassermarken an allen flachen Uferseiten des Sees tief landein beobachtet werden. Dadurch wird die Oede der Umgebung vermehrt; denn bis zur obern Wassermarke wird alles mit einer Salzkruste überzogen und muß vegetationsleer bleiben. Die Holzstämme selbst sind von weißer Salzlauge durchdrungen und dadurch unverbrennlich gemacht.

Die Umgebungen des Todten Meers sind nicht so abschreckend, als sie häufig geschildert werden, nicht so trostlos, als z. B. die von Suez und Alexandria, sie sind vielmehr reich an erhabenen Schönheiten der Umrisse. An einzelnen Strichen, zumal am östlichen Höhenrand, zieht sich das Grün der Schluchten bis gegen den Wasserspiegel herab und bildet eine Bekleidung von Gesträuchen. Manche Lokalitäten sind höchst malerisch, so z. B. die Mündung des Arnonthals (h. z. T. Wady Mudscheb) etwa in der Mitte des Ostufers. Sie bildet ein Felsenthor von nur 60 F. Breite, das zu beiden Seiten von riesenhohen senkrechten Sandsteinwänden überragt wird. Es liegt eine kleine Halbinsel vor, die von Weiden, Tamarisken, Rohrgebüsch u. s. w. überwuchert ist und durch Bewässerung in den schönsten Fruchtgarten sich umwandeln ließe. — Gerade gegenüber auf dem Westufer, im Parallel von Hebron, liegt Engeddi (d. h. Ziegenquelle, Bocksquelle), berühmt durch die Balsamgärten und Weinberge Salomos (Hohesl. 1, 14.). Noch jetzt heißt der Ort Ain Dschiddy, zur Zeit Abrahams Hazezon Thamar, d. h. Palmenort (1 Mos. 14, 7. 2 Chron. 20, 2.); denn in dem tiefen, furchtbar erhitzten Seekessel gediehen einst Palmen und würden jetzt noch alle tropischen Gewächse gedeihen. In die Tiefe herab führt von der Höhe ein 1500 Fuß hoher, steiler, erschrecklicher Zickzackpaß über Felsen und Trümmer. Auf einer schmalen Terrasse, die noch 400 F. über dem Seespiegel erhaben ist, sprudelt plötzlich in einem herrlichen Strom die Quelle hervor, von der der Ort den Namen hat. Der Strom rauscht still hinab und verbirgt seinen untern Lauf unter einem Dickicht von Bäumen und Sträuchern. An der Quelle liegen Reste verschiedener alter Gebäude. Palmen sind hier längst verschwunden, ebenso der Balsambaum und die Weinberge. Von der Quelle braucht man 1/2 Stunde, um durch das Walddickicht hinabzuklettern. Dieser Abhang war einst mit terrassirten Gartenstufen bedeckt, die bis zum Meer hinabreichten. Am Fuß der Bergwand liegen die Ruinen einer älteren Stadt in einer 1/4 Stunde im Quadrat messenden schönen reichen Ebene. Sie wird vom Bach durchschlängelt, dessen Wasser aber im Sommer vom Boden eingesogen werden. So weit die Bewässerung reicht, ist sie mit Gärten voll Gurken bedeckt. Der Boden ist ungemein fruchtbar und würde bei guter Bewässerung und ausdauernder Gartenkultur in diesem tropischen Klima eine paradiesische Vegetation sichern, wie einst vor dem Untergang von Sodom und Gomorrha, wo das ganze Land ein Garten des Herrn war (1 Mos. 13, 10. 14, 7.). In der stillen Einöde dieser erhabenen Umgebung wurde Robinson und sein Reisegefährte Eli Smith durch den Morgengesang der zahlreichen Vögel überrascht; Bäume, Felsen und die Luft waren davon erfüllt. Das Trillern der Lerche, den Wachtelgesang, den Ruf der Rebhühner erkannte man leicht; aber viele andere kleine unbekanntere Sänger flogen umher, indeß die Raubvögel die Höhen der Bergspitzen umschwebten und von den Klippen herab krächzten.

Südlich von Engeddi liegt der Fels Sebbeh, das alte Masada, das im jüdischen Krieg eine so schauerliche Berühmtheit erlangt hat. Auf schwindelerregender Höhe, die an senkrechten Stellen wohl bis 1000 Fuß tief abstürzt, soll hier der Maccabäer Jonathan eine Feste erbaut haben, die von Herodes in einen fast uneinnehmbaren Platz umgeschaffen und mit Magazinen versehen wurde, die auf Jahre für eine Garnison von 10,000 Mann hinreichen sollten. Trümmer davon sind noch jetzt vorhanden. Hier ereignete sich der letzte gräßliche Akt der großen jüdischen Tragödie. Als nämlich Jerusalem bereits zerstört und Masada nebst Herodium und Machärus die einzigen den Römern noch nicht unterworfenen Festen waren, weihte sich die Besatzung von Masada dem Tod durch eigene Hand und wählte 10 Männer aus, um alle noch Lebenden niederzustoßen. So kamen 960 Personen mit Weibern und Kindern um. Von den 10 Ueberlebenden ermordete einer die 9 andern, setzte dann in der Nacht die Festung in Brand und gab sich selbst den Todesstoß auf den Leichen der Seinen. Nur 2 Frauen und 5 Knaben entrannen dem furchtbaren Blutbad, das mit dem grauenden Morgen die römischen Legionen selbst in Grausen versetzte.

Gegenüber von Masada ragt am Ostufer eine große Halbinsel weit in den See herein, das Ghôr el Mesràa, an deren Nordseite der Wady Kerek liegt. Wo er sich aus dem Gebirg in die Ebene mündet, liegen die Ruinen einer Trümmerstadt, die höchst wahrscheinlich das alte Zoar war (1 Mos. 19, 22. 23.). So weit die Bewässerung reicht, zeigt die Halbinsel einen wahrhaft schwelgerischen Fruchtboden, aber der größte Theil derselben liegt wüste. Die Bauern bauen hier Waizen, Gerste, Durra, Melonen und Tabak und sammeln sehr viel Schwefel ein. An der Westseite der Halbinsel, wo das Ostufer der Westküste am meisten sich nähert, geht durch den seichten Kanal, der zwischen beiden Ufern liegt, eine Furth, welche bei niederem Wasserstand zu Fuß passirbar sein soll. Südlich von der Furth und der Halbinsel ist der See nur noch eine seichte Lagune. Am Südostufer, südlich von Wady Kerek, ist ein wildes Klippenland. Seetzen mußte hier von Block zu Block springen, ja oft umkehren, weil es wegen der senkrechten Felswände unmöglich war, in derselben Richtung weiter zu kommen. Steinböcke und Klippendächse hausen hier in wilder Menge, wie es Psalm 104, 18. heißt: die hohen Berge sind der Gemsen (Steinböcke) Zuflucht und die Steinklüfte der Schaphan (d. h. Klippendächse, Luther: Kaninchen), vergl. Sprüche 30, 26. Hier mündet auch der Wady el Ahsa (Weidenbach), der Sared des Alten Testaments (5 Mos. 2, 13. 15. 4 Mos. 21, 11. 12.), die südliche Grenze der Moabiter (vergl. Jes. 15, 7. Amos 6, 14.).

Am Südwest-Ende des Todten Meeres liegt, nur wenige 100 Schritte vom Wasser entfernt, der 3 Stunden lange und 200 bis 500 Fuß hohe Salzberg, dessen zackige Höhen mit Kreidekalk und Mergel überlagert sind. Sein heutiger Name Khaschm Usdom, d. h. Nasenknorpel Usdom, deutet noch darauf hin, daß hier wohl einst die Lage von Sodom war, so wie der Ort, wo Lots Weib zur Salzsäule ward (1 Mos. 19, 26.). Der Berg besteht aus Steinsalz, welches an mehreren Stellen in 40 bis 50 Fuß hohen und über 100 Fuß langen Felswänden rein krystallinisch hervorbricht; seine Seiten sind voll Höhlen, Spalten und Risse. Gegen Osten davon breitet sich das Salzthal aus (2 Sam. 8, 13. 2 Kön. 14, 7. 1 Chron. 18, 12. Ps. 60, 2.), in welchem David und Amazia Edom schlugen und wo die Salzstadt (Jos. 15, 62.) zu suchen ist. Es ist der flache Thalgrund am Südende des Sees, dessen enorm erhitzter Schlammboden das Dasein von heißen Quellen verräth, zur Zeit der Wasseranschwellung aber vom Seewasser bedeckt und gesalzen wird. Er wird von einigen trägen Gewässern durchschnitten, welche gegen Norden zum See abziehen, und ist im Süden von Rohr, Buschwerk und Bäumen bewachsen, ein Aufenthalt wilder Schweine. Dorthinzu (gegen Süden) ist das Ghôr von einer das Thal queer durchsetzenden weißlichen, 50 bis 150 Fuß hohen Klippenreihe von Kreidebänken und Mergelschichten geschlossen, die sehr steil abfällt und von Wassern durchrissen ein zackiges Aussehen hat. Sie ist namentlich von der grünbebuschten Rinne des Wady el Dscheib durchbrechen, durch die das Arabahthal seine Wasser zum See entladet. Sie heißt in der Bibel Akrabbim, d. h. die Scorpionen, und wird (4 Mos. 34, 4. Jos. 15, 3.) als südöstliche Grenze Judas gegen Edom bezeichnet. Sie bildet zugleich eine natürliche Grenzscheide, nämlich zwischen dem nördlichen, bis zum Tiberiassee hinauf sich erstreckenden el Ghôr und der südwärts bis zum Meerbusen von Akaba sich hinziehenden el Arabah. Diese erhebt sich gegen Süden allmälich bis zum Niveau und über das Niveau des Meeres, dann aber fällt sie gegen Süden zum Rothen Meer ab. Es befindet sich also in ihr eine Wasserscheide zwischen dem Todten und dem Rothen Meer und zwar 4 Meilen nördlich von letzterem. Von dieser Wasserscheide aus geht eine Thalsenkung gegen Süden zum Rothen, die andere gegen Norden zum Todten Meer. Und die große Einsenkung des Ghor und der Arabah von Hasbeya bis zu jener Wasserscheide-Linie besteht somit aus zwei Thälern, deren Richtung in diametralem Gegensatz zu einander steht und die im Todten Meer aufeinander treffen, aus dem von Norden nach Süden streichenden Jordanthal und aus der von Süden nach Norden sich erstreckenden Arabah, eine Erscheinung ohne ihres gleichen.

Beim Todten Meer denken wir stets an jene furchtbare

Katastrophe, durch die es mit seinen Umgebungen in seinen heutigen Zustand versetzt wurde. Vorher, zu der Zeit, als Lot diese Gegend zu seinem Aufenthalt wählte, war sie „wasserreich als ein Garten des Herrn wie Aegyptenland" (1 Mos. 13, 10.). Sie hieß das Thal Siddim (1 Mos. 14, 3.) und war von fünf Städten: Sodom, Gomorrha, Adama, Zeboim und Zoar (Pentapolis) bevölkert. Aber „die Sünden ihrer Bewohner waren fast schwer" (1 Mos. 18, 20.); darum kam das Vertilgungsgericht über sie. Daß ihre Zerstörung ein göttliches Gericht war, schließt die Ansicht nicht aus, daß Naturursachen dabei mitgewirkt haben. Das Thal Siddim hatte schon zu Kedor Laomors Zeiten viele Pechbrunnen (1 Mos. 14, 10.), Quellen von Asphalt, welches in den ältesten Zeiten, z. B. in Babylon, zum Ziegelstreichen und Mörtel diente (1 Mos. 11, 3.). Wenn nun in der Bibel nur von einem Schwefel- und Feuerregen als der Ursache des Untergangs jener Städte die Rede ist, so läßt sich damit der Gedanke wohl vereinigen, daß eben dadurch der von den Asphaltquellen überall geschwängerte Boden des Thals entzündet und die Städte in einen Aschenhaufen verwandelt worden seien (1 Mos. 19, 24.). Eine andere Frage ist freilich die, ob damals erst das Todte Meer entstanden sei, wie früher manche glaubten, welche dann natürlich auch annahmen, der Jordan sei vor dieser Katastrophe gegen Süden durch die Arabah zum Rothen Meer abgeflossen. Dieser Annahme widerspricht aber auf's entschiedenste der tiefe Einsturz der ganzen Jordaneinsenkung, von welchem die Bodengestaltung der östlichen und westlichen Seitenlandschaften, ja des ganzen südlichen Wüstenplateaus bis gegen das Sinaigebirg hinauf abhängig ist, indem letzteres gegen das Todte Meer sich abdacht, wie aus der Richtung seiner Wady's zu ersehen ist. Es müßte also mit dem Untergang jener Städte eine über einen großen Landstrich sich erstreckende Erdrevolution verbunden gewesen sein, von der wir sicher Kunde hätten, wenn sie in dieser historischen Zeit sich ereignet hätte. Es kann kein Zweifel sein, daß die Gestaltung dieses Landstrichs so alt ist, als die heutige Beschaffenheit der Erdoberfläche überhaupt. Somit muß auch das Todte Meer schon vor jener Katastrophe vorhanden gewesen sein. Sicher ist aber, daß es weder dieselbe Ausdehnung, noch dieselbe Beschaffenheit hatte, wie heutzutage. Jener seichte lagunenartige Vorsee im Süden der großen Halbinsel, des Ghôr el Mesrâa, existirte damals noch nicht. Hier sank in Folge des Erdbrandes ohne Zweifel der Boden ein, so daß die Wasser des Sees einbrachen und ihn überfluthen konnten. Vielleicht waren auch die Uferterrassen vorher breiter und wurden durch eine Hebung, die im Boden des Seegrundes stattfand, und durch die dadurch herbeigeführte Erhöhung des Seeniveaus überfluthet und auf ihre jetzige geringe Breitenausdehnung reducirt. Jedenfalls war jener südliche Vorsee sammt der Halbinsel und dem Thalgrund am Südrande des Sees bis hinauf zu der Klippenreihe Akrabbim jenes Thal Siddim, in welchem die sodomitische Pentapolis lag. Sodann ist ohne Zweifel auch die salzige Beschaffenheit des Seewassers eine Folge der Katastrophe, welche das Thal betraf. Denn dafür ist kein Zeugniß vorhanden, daß schon vor derselben Steinsalz in der Gegend war. Dagegen erklärt es der berühmte Geognost Leopold von Buch für wohl möglich, daß die mit dem Untergang Sodoms verbundenen Erderschütterungen eine größere Masse von Steinsalz hätten zu Tag fördern können; denn Salzerzeugung ist bei fast allen vulkanischen Eruptionen eine bekannte Thatsache. Diese Salzmassen hätten den See gesalzen und ihm und der Gegend ihre Produktivität genommen. Van de Velde meint, die gewaltige Erderschütterung habe wahrscheinlich die lose Erdschicht abgeworfen, womit der Salzberg bis dahin ganz bedeckt gewesen sein müsse, weil ja seine Salztheile sonst die Vegetation im Thal Siddim zerstört haben würden. Nachdem aber der ungeheure Salzhaufen einmal entblößt war, habe jeder Regenguß dem ehmals süßen See eine Fülle von Salz zugeführt, die noch immer vermehrt werde, so lang der Salzberg stehe.

Am Schluß dieses Abschnitts geben wir folgende Tabelle über das Gefäll des Jordans:

| Stationen. | Par. F. über oder unter dem Mittelmeer. |
|---|---|
| Banias bei der Jordanquelle . . . . . . . | + 1194 |
| Obere Jordanbrücke . . . . . . . . . . | + 325 |
| Meromsee. . . . . . . . . . . . . | + 265 |
| Tiberias vor der Burg . . . . . . . . | — 523 |
| Brücke von Semak am Südende des Sees Tiberias. . | — 544 |
| Brücke über den Jordan unterhalb des Sees Tiberias . | — 731 |
| Kaßr es Zouerah . . . . . . . . . . | — 1000 |
| Spiegel des Todten Meers . . . . . . . | — 1235 |
| Ghôr Safieh am Südwestende des Todten Meers . . | — 1100 |

Hieraus ergibt sich:

von Banias bis Merom
(c. 9¾ engl. M.) 18 F. Fall auf 1000 F. Entfernung.

von Merom bis Tiberiassee
(c. 9¾ engl. M.) 15 F. Fall auf 1000 F. Entfernung.

vom Tiberiassee bis Brücke Semak
(c. ½ engl. M.) 8 F. Fall auf 1000 F. Entfernung.

von Brücke Semak bis untere Jordanbrücke
(c. 1 engl. M.) 35 F. Fall auf 1000 F. Entfernung.

von untere Jordanbrücke bis Spiegel des Todten Meers
(55 engl. M.) 2 F. Fall auf 1000 F. Entfernung.

Somit beträgt das mittlere Gefäll des Jordan 16 F. auf 1000 F. Entfernung.

Zweite Abtheilung.

# Das Ostjordanland.

## Ueberblick.

Das Ostjordanland erstreckt sich vom Hermon im Norden bis zum Bach Arnon oder Wady Mudscheb im Süden (5 Mos. 3, 8.), und grenzt im Westen an das Ghôr, in dessen tiefen Spalt es mit einer Steilwand von etwa 2000 Fuß hinabstürzt, im Osten an die Euphratwüste, gegen deren bewegliche Sandwellen im Norden das Gebirge Hauran, weiter südwärts die Hügelreihe es Zubleh einen schützenden Damm bildet. Es ist von vielen Wady's durchschnitten, welche fast sämmtlich auf der Grenze der Wüste in der Nähe der dort hinziehenden Hadsch- oder Pilgerstraße zwischen Damaskus und Mekka in einer Höhe von etwa 2500 Fuß über der Meeresfläche ihren Ursprung nehmen und westliche Normalrichtung verfolgend zum Ghôr ausmünden, in welches sie in ihrem unteren Lauf durch tiefe Engschluchten hinausbrechen. Diese durch den Körper der Hochlandschaft von Osten nach Westen durchgerissenen Querthäler bieten die Haupteingänge zum Gelobten Land von der Wüste her dar, die, wie von Israeliten, so später auch von andern Völkern bis zu den Römern und Sarazenen herab benützt wurden. Die drei namhaftesten unter denselben sind von Norden nach Süden der Hieromax, der Jabok und der Arnon. Das Land ist durch drei Landschaften charakterisirt, wovon zwei Ebenen, die dritte Gebirgsland ist. Die Ebenen sind die von Hauran im Norden, nördlich vom Hieromax, die andere im Süden, südlich vom Wady Hesban, die wir die Ebene des Stammes Ruben nennen können. In der Mitte zwischen beiden schwillt der Boden auf beiden Seiten des Jabokthals zu einem anmuthigen Gebirg, zum Gebirg Gilead, an. In diese drei Landschaften wird das Land auch in der Heiligen Schrift eingetheilt. Es heißt nämlich 5 Mos. 3, 8—10., die Israeliten hätten den beiden Königen der Amoriter das Land jenseit des Jordan vom Arnon bis an den Berg Hermon genommen, namentlich „alle Städte auf der Ebene" (Ebene des Stammes Ruben) und das ganze Gilead (das Gebirg Gilead zu beiden Seiten des Jabok) „und das ganze Basan bis gen Salcha und Edrei" (Ebene Hauran).

Dieses ganze ostjordanische Palästina hat in der Bibel den Namen Gilead. In dieser Bedeutung kommt der Name z. B. 2 Kön. 10, 33. vor, wo es heißt, der syrische König Hasael habe Israel in allen Grenzen Israels geschlagen, „vom Jordan gegen der Sonnen Aufgang und das ganze Land Gilead der Gaditer, Rubeniter und Manassiter." (Diese 2½ Stämme bewohnten das Ostjordanland.) In eben dieser Stelle ist aber Gilead in diesem weitern Sinn oder das Land Gilead wieder von Gilead im engeren Sinn, d. h. vom Gebirg Gilead, unterschieden; denn es heißt in anderer Umschreibung des bezeichneten Gebiets weiter: „von Aroer an, die am Bach bei Arnon liegt, und (das Gebirge) Gilead und Basan." In der weiteren Bedeutung kommt der Name Gilead ferner vor 5 Mos. 34, 1., wo es heißt: „und der Herr zeigte Mose das ganze Land Gilead bis gen Dan," ebenso 4 Mos. 32, 25—33. Jos. 22, 9. 13. 15. 32. Richt. 5, 17. 20, 1. 2 Sam. 2, 9. 1 Kön. 4, 19. Wenn also 4 Mos. 32, 1. der Ausdruck „Land Jaeser und Gilead" vorkommt, 1 Chron. 27, 31. dagegen „Jaeser in Gilead," so ist in der ersten Stelle das Gebirg Gilead, in der zweiten das ganze Land Gilead gemeint (Jaeser ist die Ebene des Stammes Ruben). In noch engerem Sinn wird der Name bloß für einen Theil des Gebirgs Gilead gebraucht, nämlich für den nördlich vom Jabok gelegenen. So 4 Mos. 32, 39. 40. Jos. 17, 1. 5. 1 Chron. 6, 16. Im allerengsten Sinn aber ist Gilead der Name eines Berges, jenes Berges nämlich auf der Nordseite des Jabok, wo Laban den Jakob ereilte (1 Mos. 31, 23.). Hier machten beide einen Bund. „Und sie nahmen Steine und machten einen Haufen und aßen auf demselben Haufen. Und Laban hieß ihn Jegar Sahadutha, Jakob aber hieß ihn Gilead. Da sprach Laban: der Haufe sei heute Zeuge zwischen mir und dir; daher heißt man ihn Gilead (v. 46—48). Dieß ist der Ursprung des Namens. — Im Neuen Testament heißt das Ostjordanland „das Land jenseit des Jordans," was gleichbedeutend mit Peräa ist. Auch im Alten Testament kommt dieser Name vor (1 Mos. 50, 10. 11. 5 Mos. 1, 1.).

Als früheste Bewohner des Ostjordanlandes werden uns die Riesengeschlechter der Rephaim, d. h. die Hochgewachsenen, genannt. Zu ihnen gehörten die Emim, d. h. die Schrecklichen, welche nach 1 Mos. 14, 5. zwischen Arnon und Sared, sodann die Susim, d. h. die Hervorragenden, welche zwischen dem Arnon und Jabok wohnten und mit den Samsummim, d. h. den Argsinnenden, identisch sind (5 Mos. 2, 20. 1 Mos. 14, 5.), und endlich die Rephaim im engern Sinn, die auf der Hochebene Basan wohnten (1 Mos. 14, 5. 5 Mos. 1, 4.). Daß sie kanaanitischer Abstammung sind und somit nicht als vor- und nichtkanaanitische Ureinwohner angesehen werden können, wie viele annehmen, dafür liegen bestimmte Zeugnisse vor (s. unten bei den Bewohnern des Westjordanlandes). Die Emim wurden von den Moabitern verdrängt oder vertilgt (5 Mos. 2, 10. 11.), die Susim oder Samsummim von den Ammonitern (v. 20. 21.). Moabiter und Ammoniter nahmen also das Land vom Sared bis zum Jabok in Besitz. Aber auch sie wurden, und zwar wie es scheint, nicht lange vor der mosaischen Zeit, aus diesen Besitzungen durch einen der mächtigen Stämme der Kanaaniter, die Amoriter, verdrängt, welche auch auf der Westseite des Todten Meeres verbreitet waren und sich zu Rächern der ihnen stammverwandten Riesengeschlechter an den semitischen Brudervölkern der Moabiter und Ammoniter aufwarfen (4 Mos. 21, 26. Richt. 11, 12—27.). Die Ammoniter wurden von ihnen östlich auf die Ostseite des oberen Jabok (des Nahr Amman), die Moabiter südlich hinter den Arnon zurückgedrängt. Die Amoriter aber stifteten zwei Königreiche, welche durch den Jabok von einander geschieden waren, das des Königs Sihon, der zu Hesbon saß, zwischen dem Arnon und Jabok (Richt. 11, 22. 4 Mos. 21, 13. 34.), und das des Königs Og zu Basan vom Jabok bis an den Hermon (4 Mos. 21, 33. Jos. 12, 5.). Zu jedem von beiden gehörte eine Hälfte des Gebirgs Gilead, zum Reich Sihons die südliche, zum Reich Ogs die nördliche (Jos. 12, 2.). Diese beiden Königreiche wurden vom Volk Israel noch unter Mosis Herrschaft besiegt. Denn da der Amoriter König Sihon Israel den freien Durchzug verweigerte, ergieng der Befehl: „machet euch auf und ziehet aus und gehet über den Bach bei Arnon. Siehe, ich habe Sihon, den König der Amoriter zu Hesbon, in deine Hände gegeben mit seinem Land, hebe an einzunehmen und streite mit ihm" (5 Mos. 2, 24.). Er wurde hierauf bei Jahza geschlagen (4 Mos. 21, 23 ff. 5 Mos. 2, 32 ff.), seine Hauptstadt Hesbon erobert und sein ganzes Land vom Arnon bis an den Jabok in Besitz genommen. Hierauf wandte sich das israelitische Heer nordwärts gegen den König Og (d. h. Langhals) zu Basan, den letzten Sprößling der alten Riesengeschlechter (5 Mos. 3, 11.), dessen volkreiches Land mit Städten und Dörfern besäet war. Zu Edrei, wo er seine Streitmacht zusammengezogen hatte, wurde ein entscheidender Sieg über ihn erfochten, dessen Frucht die Besitznahme seines ganzen Landes vom Jabok bis gegen Damaskus war, 60 Städte, die alle fest, „mit hohen Mauern, Thoren und Riegeln" versehen waren (4 Mos. 21, 33. ff. 5 Mos. 3, 1. ff.). So war das ostjordanische Land in zwei Hauptschlachten erobert, worauf es Mose an die dritthalb Stämme Ruben, Gad und halb Manasse auf ihre Bitte, jedoch unter der Bedingung vertheilte, daß nur Weiber, Kinder und Greise für jetzt zurückbleiben, die streitbare Mannschaft aber mit dem übrigen Heer ziehen und erst nach der Eroberung des Westjordanlandes heimkehren sollte (4 Mos. 32.). Die Stämme Ruben und Gad bekamen das Land des Königs Sihon, Ruben nämlich das Land zwischen dem Arnon und dem Nahr Hesban, Gad das halbe Gebirg Gilead, d. h. die südlich vom Jabok gelegene Hälfte und noch die Ostseite der Jordanaue vom Todten Meer aufwärts bis zum See Tiberias. Das nördliche Gilead und Basan, das Land des Königs Og fiel an den Stamm Halbmanasse, der hier der Grenzwächter sein sollte; denn Manasse, der Sohn Josephs, war „ein streitbarer Mann"; darum ward seinem Stamm dieses Land zu Theil, dessen flache Einsenkung die zugänglichste Pforte zum Land Kanaan für die östlichen Mächte am Euphrat darbot (Jos. 17, 1.). Hier erheben sich später die Helden von Gilead (Richt. 11, 1.).

Weder die Ammoniter noch die Moabiter gaben übrigens ihre Ansprüche auf das Land auf, das sie früher besessen hatten, wie sie überhaupt von beständigem Nationalhaß gegen Israel entflammt waren. Ammoniter fielen über die Stämme Israel nicht nur auf der Ostseite des Jordan her und zertraten und zerschlugen ihr Besitzthum (Richt. 10, 8.), sondern sie zogen auch über den Jordan und befehdeten Juda, Benjamin und Ephraim, und setzten diese Stämme in große Bedrängniß (v. 9.). Unter dem heldenmüthigen Jephtha aber ermannte sich das Volk des Landes Gilead und schlug sie in der Nähe ihrer Hauptstadt Rabbath Ammon aufs Haupt (Richt. 11, 33.). Ebenso wurden sie bei einem neuen Einfall in Gilead gegen die Stadt Jabes unter ihrem König Nahas von Saul gezüchtigt (1 Sam. 12.). David führte einen furchtbaren Rachekrieg gegen sie wegen der Schändung seiner Gesandten, in welchem ihre Hauptstadt Jahre lang belagert, endlich erobert, dem König die Krone vom Haupt gerissen, alle Beute der Städte Ammons entführt und ihre Bewohner umgebracht wurden. Noch in späterer Zeit fochten sie unter Nebukadnezar gegen Juda und nach dem Exil verschworen sie sich auch gegen die neuen Mauern Jerusalems. Auch mit den Moabitern hatte Israel viele Fehden. Der Moabiter König Eglon machte sich sogar durch einen Ueberfall in der Palmenstadt Jericho Israel 18 Jahre lang zinsbar, bis dieses durch den Helden Ehud von dieser Schmach befreit wurde (Richt. 3, 12—30.). Eine Zeitlang scheint hierauf ein freundlicheres Verhältniß geherrscht zu haben, wie sich aus dem Buch Ruth ergibt. Aber Saul, David und die Könige von Juda und Israel hatten fortwährend Kämpfe mit ihnen zu bestehen (2 Sam. 8, 2. 12. 23, 20. 2 Kön. 1, 1. Jes. 16, 1.). David hatte sie tributpflichtig gemacht. Zur Zeit des Jesajas, Jeremias und Ezechiel hatten sie das Land Ruben, eben dasselbe, welches ihnen früher von den Amoritern entrissen worden war, wieder besetzt (Jes. 15 und 16. Jerem. 48. Ezech. 25.).

Beschreiben wir nun das Land im einzelnen nach seinen drei Landschaften.

## Erster Abschnitt.

### Die Landschaft Hauran.

Ersteigen wir die Ostwand des Seekessels von Genezareth, so befinden wir uns auf einer weiten unabsehbaren Ebene, welche sich zwischen dem Hermon im Westen und dem Dschebel Hauran im Osten ausbreitet und im Süden bis zum Hieromax reicht. Ihr allgemeines Niveau kann auf 2000 bis 2500 Fuß geschätzt werden. Gegen Westen steigt sie allmälich an bis zum 3000 Fuß hohen Rücken des Dschebel Heisch, der mit Waideland und Eichenwald überzogen und an wilden Schweinen, Wölfen, Bären und Hirschen reich ist. Schubert fand Ende Aprils seine überall grünenden Bergauen reich mit dem Kraut der indischen Salbei geschmückt, die in schönster Blüthe ihren lieblichen Duft weit umher verbreitete; in dem blühenden Azerol-Weißdorngesträuch, das zwischen dem Eichen- und Terebinthengehölz prangte, sangen ihm Nachtigallen ihr Frühlingslied entgegen. Bei alle dem wehten empfindlich kalte, oft stürmische Windstöße. Im Osten erhebt sich als Grenzmarke gegen die Wüste der mit dem Dschebel Heisch parallel von Norden nach Süden streichende Dschebel Hauran, in seinem nicht spitzen, aber zackigen Hochrücken wohl 4000, in seinen höchsten Kuppen, z. B. dem Kelb Hauran, wohl bis zu 6000 Fuß hoch. Er ist gleichfalls mit Waideland und Eichenwaldungen bedeckt. Das Plateau zwischen beiden Gebirgszügen ist jedoch keine vollkommene Ebene, sondern eine irreguläre Pläne, überall voll sanfter Erhebungen und Wellen, mit einer unzähligen Menge von Tells und abgestutzten Kegeln besetzt, welche aus Basalt bestehen. Dieß ist das einzige Gestein, welches sich in Hauran vorfindet. Seine schwarze Farbe verleiht der ganzen Landschaft um so mehr ihren melancholischen Ton und ihre Monotonie, als auch aus Mangel an Bauholz alle Gebäude von der ältesten bis auf die neueste Zeit aus diesem Material aufgeführt sind. Die Dörfer, womit das Land übersäet ist, ragen wie Gruppen schwarzer Basaltsäulen oder wie große Trümmerblöcke hervor, die niemals von Büschen oder Bäumen umgrünt werden; denn in Hauran fehlt es überhaupt gänzlich an Bäumen. Holzmangel, Mangel an allem Bauholz ist durchgehender Charakter, weßwegen alle Gefäße und Geschirre von Kupfer oder Eisen sind, denn auch an Töpfergeschirr fehlt es. Alle Thüren der Häuser bestanden ehmals aus schweren steinernen Flügelthüren, welche sich um steinerne Axen drehten. Für die militärische Vertheidigung des Landes sind jene einzeln stehenden Basaltkuppen sehr wichtig, indem sie um ihrer Isolirtheit willen natürliche Festungen darbieten, weßwegen auch die Städte und Dörfer auf ihnen erbaut sind. Diese Beschaffenheit des Landstrichs war schon den Israeliten, als sie zum ersten Mal ihn betraten, etwas Neues und Auffallendes. Vom Sinai an waren sie durch lauter Kalkgegenden gewandert, wo die Einwohner nicht in befestigten Städten und Dörfern, sondern in Höhlen wohnten. Jetzt auf einmal begegnete ihnen eine Menge Städte, die „mit Mauern, Thoren und Riegeln“ versehen waren (5 Mos. 3, 4. 5. 1 Kön. 4, 13.). Noch heute besteht im Munde des Volks die Sage von 366 Städten im Lande Hauran, und noch jetzt ist das Land dermaßen mit Trümmern bedeckt, daß ein neuerer Reisender 3—400 Ruinen von Städten, Flecken und Burgen in einem Umkreis von 30—40 Meilen gezählt hat. Es sind zum Theil cyklopische Bauwerke, stammend aus den vormosaischen Zeiten jenes Riesengeschlechts, von denen der König Og als der letzte übrig geblieben. Sie konnten nicht zerstört, nicht der Erde gleich gemacht, nicht verbrannt und nicht vernichtet werden, und blieben als ewige Zeugen der Siege Jehovahs für die ungläubige Nachwelt stehen bis heute. In Kerche, am Südfuß des Dschebel Hauran zwischen Boßra und Salcha, übernachtete der englische Reisende Buckingham in einem Haus, dessen Steinthüre 15 Zoll dick, also schwer zu öffnen wie zu schließen war, und nach innen noch durch einen Querbalken geschlossen wurde, der, bald senkrecht, bald horizontal vorgelegt, ein wahrer „Riegel“ genannt werden konnte. Der ganze Bau des Hauses bis zum Dach war solider Stein, die Wohnung dadurch fast unzugänglich von außen. Ob das 9 Ellen lange und 4 Ellen breite „eiserne Bett“ des Königs Og, dessen Mose erwähnt (5 Mos. 3, 11.) und das noch lange Zeit nachher zu Rabbath zu sehen war (Jos. 13, 12.), von demselben Material, und gar ein Sarkophag war, wie manche meinen, ist zu bezweifeln, da Beispiele von eisernen Betten aus dem Alterthum sehr häufig sind.

Der größte Theil des Landes liegt heutzutage unbebaut, wüste, menschenleer; der Boden hat reichen Graswuchs, wie man ihn auf künstlichen Wiesen nicht schöner sehen kann, und bietet treffliche Waide für Schafe und Kameele; daher ist er für die benachbarten Beduinenstämme das erwünschte Paradies. Einst war die Landschaft ein üppiger Culturgarten und lieferte den geschätztesten syrischen Waizen; noch jetzt ist sie der Kornspeicher von Damaskus; Waizenfelder und Durrahfluren breiten sich um die Dorfschaften aus, die auf ihren Höhen liegen. In mittleren Jahren soll die Waizenärnte 25fältig sein, Gerste könne 50—60fältigen Ertrag geben und noch mehr. Der Reichthum wird nach der Zahl der Joch Ochsen bestimmt, wie zu den Zeiten Hiobs, für dessen Heimath die Einwohner noch jetzt ihr Land betrachten. 6 Joch sind schon eine Seltenheit; 500 Joch, wie bei Hiob (1, 3.), bezeichnet also einen sehr mächtigen Fürsten. Ebenso ist das Land noch jetzt ein Land der Kameele, wie zu Hiobs Zeiten, der ihrer 3000 besaß. Der Reisende Wilson fand (1843) östlich vom Dschebel Heisch einen Beduinenstamm mit seinen Heerden, die er auf 35,000 Stück an Kameelen schätzte. Diese Menge der Kameele, deren Anzug selbst die türkische Garde (im Kriege gegen Mehemed Ali von Aegypten) dazu brachte, sie mit aufzehrenden Heuschreckenschwärmen zu vergleichen (gerade wie Richt. 6, 5.), mußte Wilson an die Verheißung bei Jesajas (60, 6.) erinnern. Viele Einwohner erhalten sich durch Taglohn; noch jetzt ist die Sitte, daß die jungen Männer als Knechte im Lohn um ihre Bräute dienen. Nach dem Ansehen der Väter werden die Töchter als Bräute mehr oder weniger theuer bezahlt, zuweilen mit 1500 Piaster.

Der Hieromax (Jarmûk, oder Scheriat el Mandhur), dessen in der Bibel nicht Erwähnung geschieht, sammelt seine Quellen aus weitem Umkreis im Norden und Osten. Die Quellen be Mezareib, die sogleich sich zu einem schönen, großen See von ½ Stunde Umfang sammeln, sind die bekanntesten und reichhaltigsten. Den Namen Scheriat erhält aber der Strom erst nach dem Zusammenfluß seiner verschiedenen Quellarme. Von da an nimmt er seinen Lauf gegen Westen in einem tiefen Bett von Tuffwacke. Seine Anwohner bauen Waizen, Gerste, Trauben, Citronen, Granatäpfel und Gemüse. Weiter gegen Westen wird das Thal so eng, daß es kaum mehr Raum läßt zwischen dem Fluß und den Felswänden zu beiden Seiten. In diesem Engspalt liegt nördlich von der Berghöhe von Om Keis (Gadara) die lange Reihe der heißdampfenden, ungemein wasserreichen Heilquellen der Gadarener, die Quellen von Amatha, nach Roth 517 par. F. unter d. M. Es sind hauptsächlich 4, Schwefelquellen mit einer Temperatur von 43 bis 34° C., bei denen Roth (Mai 1858) etwa 300 Badgäste antraf. Verfolgt man das Felsthal eine gute Stunde gegen Nordwesten, so tritt man in die weite Ebene des Ghôr, in welchem nun der Fluß in vielen Krümmungen durch den flachen Boden strömt und 2—3 Stunden südlich vom See Tiberias sich mit dem Jordan vermischt. Der Scheriat ist voll Fische, sein Lauf reißend und schnell, seine Ufer mit Oleandergebüsch dicht überschattet. Seine Breite beim Austritt aus der Engschlucht beträgt 35 Schritte, seine Tiefe 4—5 Fuß.

Ueber den Hauran und die Ledscha (Trachonitis) gibt uns der preußische Consul zu Damaskus, Dr. Wetzstein, welcher im Frühling 1858 den Hauran und die beiden Trachonen (den östlichen und westlichen) bereiste, die neuesten höchst interessanten Nachrichten. Wir geben im folgenden das Wichtigste aus seinem Reisebericht. Das ganze Haurangebirg umreisend befand er sich ausschließlich auf vulkanischem Boden. Als westliche Grenze der vulkanischen Formation erkannte er den nicht mehr vulkanischen Gebirgszug Zumle, welcher nördlich von Derât endet. Derselbe zieht sich in einer Länge von 7 bis 8 Stunden von Süd nach Nord, ist nicht über 5 Stunden breit und 1000 bis 1300 Fuß hoch. Von da zieht sich die Grenze der vulkanischen Region gegen einen hohen, einzeln stehenden Kegel, welcher Tell el Hâra heißt, und stößt bei Safa an das Ufer des Awadschflusses (des alten Pharphar), den sie bei Kiswe überschreitet. Die östliche Abdachung des Haurangebirgs beträgt vom Berg Gazâl bis zum Berg Kuês ungefähr 22 Stunden in die Länge und erbreitert sich von Nord nach Süd von 5 bis zu 16 Stunden. Die südliche Abdachung vom Schloß Ezrak bis an die Zumle hat ungefähr dieselbe Längenausdehnung wie die östliche und eine

Breite von 8 bis 10 Stunden. Im Nordosten fällt also das Gebirg in starken, rasch auf einander folgenden Abstufungen ab, während es sich im Südosten und Süden allmälich in die Ebene des Hamâd (d. h. Steppe) hinabzieht. Aber auch hier läßt sich scharf zwischen dem Hauran und dem Hamâd unterscheiden, da man sich, so lang die Abdachung dauert, fortwährend auf einem vulkanischen Wellenterrain befindet, über dem sich einzelne Hügel oder niedrige Gebirgszüge von Schlacken oder Basalt mit sanften Formen erheben, was mit dem Beginn des Hamâd plötzlich aufhört. Die Abdachung hat in ihrer ganzen Ausdehnung den berühmten rothbraunen Humus (Hauranerde), der im Urzustand viel wilden Roggen, wilde Gerste und wilden Haber erzeugt. Hier ist darum die eigentliche Kornkammer Syriens; aber bei dem jetzigen Verwaltungssystem und dem Mangel an ackerbautreibender Bevölkerung ist an eine Wiederbelebung der Bodencultur dort nicht zu denken. Unter der reichen Flora sieht man viele Blumen, die eine Zierde unserer Gärten sein würden, namentlich eine faustgroße, dunkelviolette, prachtvolle Lilie (Susân). Fast alle Kräuter sind in der rothen Erde aromatisch, selbst der Sîh. Diese perennirende, bis eine Elle hohe und ebensoviel im Durchmesser habende Pflanze des nicht cultivirten Bodens ist eine der größten Wohlthaten Syriens und der Steppe, da sie außer dem Rinder- und Kameelmist oft das einzige Brennmaterial der Bauern und Nomaden ist. Sie wird auch in der Bibel öfter erwähnt, z. B. 1 Mos. 21, 15.: „da nun das Wasser in der Flasche aus war, warf Hagar den Knaben unter einen Sîh-Strauch," und Hiob 30, 4.: „jetzt spotten meiner, die da Gemüse suchen um den Sîh herum," d. h. die armen Leute, die in der schon heißen Jahrszeit, wo alles verdorrt ist, um den Sîh, in dessen Schatten sich eine dürftige Vegetation erhält, nach eßbaren Kräutern suchen. Im Culturzustand erzeugt die Hauranerde in großer Fülle den geschätzten, glasartig durchsichtigen Hauranwaizen.

Eine Ausströmung der Krater des Haurangebirgs ist die Ledschafläche, ein etwa 13 Stunden langes und 8 bis 9 Stunden breites Lavaplateau zwischen den Wadys Kanuat im Süden und Lowa im Nordosten. Ihren Namen Trachonitis hat sie von ihrer rauhen, zerklüfteten Beschaffenheit. Die Lava ergoß sich über die Niederung in zwei Strömen, einem östlichen und einem westlichen. Der östliche Strom kam aus drei feuerspeienden Bergen, der südlichen Garâra, der nördlichen Garâra und dem riesigen Sihân. Dieser vollkommen ovale und von allen Seiten mit vulkanischem Schutt bedeckte und keinen grünen Grashalm erzeugende Vulkan ist mindestens 1200 Fuß hoch. Der westliche Strom kam vom Klêb und seinen Nebenvulkanen, floß in einer mit dem östlichen Strom parallel laufenden Linie ins Ledscha und vereinigte sich hinter Brêke mit der östlichen Ausströmung. Indessen blieben viele größere oder kleinere Stellen vom Strom unberührt und bilden jetzt freie Plätze, die mit einer 10 bis 20 Ellen hohen Wand umschlossen sind, und Kâ heißen. Ihre gewöhnliche Breite beträgt 50 bis 100 Schritt; mitunter sind sie fast viereckig, oft rund oder oval, aber in den meisten Fällen gassenartig lang und schlangenförmig gewunden, wohl ¼ Stunde lang. In vergangenen Jahrhunderten wurden in dem fruchtbaren Humus der Kâ's Reben- oder Fruchtbaumpflanzungen angelegt, die zum Schutz gegen die Heerden mit Mauern umfriedigt waren. Jene sind verschwunden, aber diese stehen noch zu tausenden und bieten, von Schützen besetzt, einem vordringenden Feind starke Hindernisse. Die Entstehung dieser Kâ's erklärt sich Wetzstein auf folgende Weise. Zu der Zeit, als die vulkanischen Eruptionen stattfanden, wurde der Boden durch das mächtige Agens unterirdischer Gase in Form von kuppelförmigen Hügeln oder von langgedehnten Dämmen blasenartig aufgeschwellt. Hatten diese Blasen eine übermäßige Spannung erreicht, so zerrissen sie an ihren obern Theilen, um die Gase ausströmen zu lassen, und erkalteten vollends. Als nun eine neue Ausströmung erfolgte, standen diese Hügel und Dämme der fließenden Lava im Weg, so daß diese an vielen Stellen herumfloß, ohne sie zu berühren. Diese unberührt gebliebenen Stellen wären die Kâ's. In diesen Kâ's sammelt sich im Winter das Wasser oft zu Teichen, und dann entsproßt ihnen eine treffliche Waide von aromatischen Kräutern, weßhalb im März benachbarte Stämme ihre Zelte in ihnen aufschlagen. Der Nomade freut sich auf die Zeit, wo er im Kâ wohnt, wegen der angenehmen Wärme im Winter und der reichen Waide, der duftigen Blumen, des Gefühls der größten Sicherheit und des Vortheils der völligen Abgeschlossenheit. Die Kâ's sind auf dem zackigen chaotischen Plateau nur dann zu sehen, wenn man an ihrem Rand steht. Sie bilden Verstecke, in die jemand zu verfolgen Thorheit wäre. Diese Gegenden nun sind der bei dem syrischen Volk noch jetzt sprüchwörtlich gewordene schützende War. Jesajas kündigt 21, 13—17. den Wanderstämmen der Kedar an, daß auch über sie das Schwert kommen werde: „ihr werdet im War (Luther: Wald) Arabiens Zuflucht suchen," d. h. die offene Steppe wird euch keinen Schutz mehr gewähren, so daß ihr euch im War verbergen müßt. Im Hebräischen lautet das arabische Wort War immer Ja'ar, was gewöhnlich mit Wald übersetzt wird. Hätte aber das Wort in der Stelle des Jesajas diesen Sinn, so würde in ihr den Stämmen der Kedar angedroht, daß sie sich aus der Steppe in den Wald flüchten würden, eine Drohung, die eher eine Verheißung wäre. Im Wald fand der Beduine Schatten und immergrüne Waide und Brennholz für seinen gastlichen Herd. Mehr braucht er nicht. Ein schattiger Baum ist der schönste Traum eines Beduinen; denn die Steppe hat keine Bäume. Uebrigens gehören nicht bloß die Trachonen zum War, auch die ganze östliche und südliche Hauranabdachung war ursprünglich wie die Hârra und die Ledscha War, d. h. sie war, wie die Hârra im östlichen Trachon noch jetzt, mit einer Decke von Steinen (gleichsam einer Steinsaat) bedeckt, die regelmäßig und ganz dicht aneinander gereiht sind, so daß nie einer über dem andern liegt. Unter dieser Steinsaat, die ohne Zweifel ein Auswurf der Vulkane ist, ist der beste Humus, eine hochgelbe Erde, augenscheinlich eine Zersetzung des vulkanischen Gesteins. Um den Boden für den Anbau zu gewinnen, haben die Bevölkerungen früherer Jahrtausende jene Steinsaat von den Spitzen des Gebirgs an bis zur Wüste hinunter in Haufen oder in lange Schichten zusammengetragen; diese Wände bildeten dann zugleich die Raine der so entstandenen Aecker und die Flurgrenzen der einzelnen Ortschaften. Josua 17, 15. heißt es nach dem Grundtext: „Josua sprach zu Ephraim und Manasse: weil du ein großes Volk bist, so gehe hinauf auf das Gebirg, wo der Jaar (War) ist, da räume auf," d. h. dadurch, daß du die das fruchtbare Erdreich bedeckenden Steinfelder zu Haufen zusammenwirfst, wohl auch Bäume ausrodest und so cultivirbaren Boden gewinnst. Diesen Rath haben die späteren Geschlechter wenigstens auf dem Haurangebirg genau befolgt. Auf der ganzen von Ormân bis zur Belka gegen 10 Stunden breiten und von der Zêdi-Niederung bis Enâk gegen 15 Stunden langen Strecke haben die Geschlechter vergangener Jahrtausende den War zu Haufen geworfen oder in lange Zeilen geschlichtet und so die herrlichsten Aecker gewonnen. In der Ferne hält man noch jetzt das Land für den wildesten War, kommt man aber hinein, so findet man ihn aufgeräumt; er umgibt die gereinigten Aecker meist in einigen klafterhohen Schichten.*)

Die östliche und südliche Abdachung des Hauran enthält ungefähr 300 verödete Städte und Dörfer, während es nur 14 bewohnte Orte gibt. Es gibt 4 Arten solcher verödeten Ortschaften. Die eine Art findet sich auf einzeln stehenden Hügeln und an Abhängen der Wadyufer und umfaßt nur Troglodytenwohnungen. Diese Ortschaften können aus dem grauesten Alterthum stammen. Ihre Construktion ist folgende: man grub in eine Felsenwand eine etwa 8 Schritt breite und 12 bis 16 Schritt lange Höhle, die wenig über 3 Meter hoch war. Der Eingang hat etwa 1½ Meter Höhe und 1¼ Meter Breite. Das war die Wohnstätte der Familie. Im Innern derselben grub man 3 andere Höhlen, von denen die eine für Unterbringung des Viehs, die andere für Aufspeicherung des Tibn (d. h. des durch den Dreschschlitten zu Häckerling zerschnittenen Strohs) und die dritte für Aufbewahrung der Getraidevorräthe und anderer Gegenstände bestimmt war. Vor der Höhle wurde durch einen Verbau ein kleiner Hof gebildet, aus dem eine steinerne Thüre ins Freie führte. Diese Höhlen waren ein bequemer Uebergang vom Nomadenzelt zum festen Wohnsitz. — Die zweite Art sind diejenigen Ortschaften, die in der Bibel gemeint sind, wenn es z. B. Richt. 6, 2. heißt: „Und da der Midianiter Hand zu stark ward über Israel, machten sie für sich Klüfte in den Gebirgen und Höhlen und Festungen." Sie sind so construirt: man trieb an einem felsigen, hochgelegenen, trockenen Ort einen Schacht schräg in die Erde und legte in einer Tiefe von beiläufig 25 Klaftern gerade und 6 bis 8 Schritt breite Gassen an, an deren Seiten die

---

*) In andern Stellen kann übrigens War (Jaar) auch so viel als Wald heißen, wo nur der War Brennholz erzeugt.

Wohnungen gegraben wurden. An mehreren Stellen erweiterte man diese Gassen um das Doppelte und brach durch die Decke Luftlöcher. Um für Menschen und Vieh Wasser zu haben, grub man darin die nöthigen Brunnen. Gewöhnlich hatte ein solcher Ort einen zweiten Ausgang. Er kann in einem Land, das beständigen Ueberfällen von der Wüste her ausgesetzt ist, für eine starke Festung gelten. Sobald von der nächsten Warte der Wächterruf einen feindlichen Einfall verkündigte, „sobald der Nothruf ins Land fiel," eilte der Pflüger mit seinem Gespann und der Hirt mit seiner Heerde unter die Erde und man war in Sicherheit. War der Feind mit der Oertlichkeit nicht ganz bekannt, so zog er an solchen Plätzen vorüber, ohne ihre Existenz zu ahnen. Massenhaft finden sich diese Ortschaften im Land Erbed, wo noch viele heutiges Tags bewohnt werden. Der am westlichen Fuß der Zumle gelegene lange und schmale Landstrich Suêt, d. h. die Gegend des Nothrufs, hat fast lauter solche Ortschaften. Die Formation der Zumle (Jura und Kreide) eignet sich vorzüglich dafür. Zu dieser Art von Orten gehörte das alte Edrei (s. unten). — Die Häuser der dritten Art sind folgendermaßen construirt: man machte in das Felsenplateau Einschnitte, die die Tiefe und Breite eines Zimmers hatten, und diese Einschnitte wurden mit einem soliden steinernen Gewölbe bedeckt. Die auf diese Weise gebildeten Wohnungen haben vollkommen ein keller- oder tunnelähnliches Aussehen. Auch diese Orte gehören einer frühen Vorzeit an. — Die vierte Art von Ortschaften beschäftigt, in der Ferne betrachtet, Auge und Einbildungskraft aus mehrfachen Gründen. Sie bestehen aus eigentlichen ein- oder zweistöckigen Häusern auf der Oberfläche der Erde und stechen durch die schwarze Farbe des Baumaterials aufs schärfste gegen die grüne Umgebung und die helle Atmosphäre ab, sie imponiren durch die Höhe ihrer Mauern und den gedrängten Zusammenbau der Häuser, die immer ein geschlossenes Ganzes bilden, von starken Thürmen überragt. Endlich erscheinen sie in so gutem baulichen Zustand, daß man sich unwillkürlich der Täuschung hingibt, sie müßten bewohnt sein und man müßte Leute aus- und eingehen sehen. Obschon verödet, sind ihre weiten Wasserbehälter vor den Thoren dennoch gefüllt und erfreuen das Auge durch das Spiel ihrer Wellen. Ihr Baumaterial ist in der Regel Dolerit. Zu diesen Orten gehört z. B. Bosrâ, Umm el Kutên, Umm el Gemâl, auch Derât. Die Steine verbindet selten Cement, aber die schönen, meist großen Quader liegen wie gegossen übereinander. Die größeren Gebäude und die Gassenausmündungen haben hohe Thürme, die immer sehr sauber gearbeitet und oft mit Sculpturen und griechischen Inschriften geschmückt sind. Die beliebtesten, ja constanten Verzierungen des ganzen Landes sind Weinlaubgewinde mit Trauben in Hautrelief. Die Thüren bestehen aus einer Steinplatte von Dolerit.

Hier in Hauran haben wir das Reich des Königs Og zu Basan zu suchen, welches sich jedoch auch noch im Süden des Hieromax über die nördliche Hälfte des Gebirgs Gilead erstreckte. Der Name Basan, welcher von dem Namen der späteren Provinz Batanäa wohl zu unterscheiden ist, bezeichnet daher im Alten Testament das ganze Reich des Og bis zum Jabok, der seine südliche Grenze war (4 Mos. 21, 33. 5 Mos. 3, 1. 3. 4.), im engern Sinn aber auch bloß das Plateau von Hauran ohne das halbe Gilead (5 Mos. 3, 13. Jos. 12, 4. 5.). Nördlich reichte das Reich des Og bis an den Hermon und die Grenze Gesuri und Maachati (5 Mos. 3, 14. Jos. 12, 4. 5.), östlich bis Salcha (5 Mos. 3, 10.), eine Stadt am Südostfuß des Dschebel Hauran, dessen ganze südliche Abdachung also dazu gehörte. Es gehörte namentlich dazu der Distrikt Argob, in welchem 60 Städte lagen, welche Jair, der Sohn Manasse, eroberte und nach seinem Namen Havoth Jair (d. i. Jairsleben) nannte (4 Mos. 32, 41. 5 Mos. 3, 4. Jos. 13, 30. 1 Kön. 4, 13.). Es ist dieß das Land zwischen dem Jordan und der Zumle, während Maachati, das spätere Hippene, bis in die Nähe des Roßhügels (Tell el Faras) sich erstreckte, Gesur das heutige Kanêtra mit dem anliegenden Theil Dscholans bis an den Fuß des Hermon begriff. Bekanntlich hatten die Stämme Ruben, Gad und Halbmanasse ihrer großen (Kameel-) Heerden wegen die waidereichen Ostjordanlande zum Wohnsitz verlangt. Der wasser- und waidereichste Theil aber nicht nur Peräas, sondern von ganz Syrien sind die Provinzen von Kanêtra und Dscholan, weßhalb auch dort die heutigen Nomaden, von denen die Wanderstämme allein weit über 300,000 Kameele 6 Monate im Jahr dort weiden, während noch andere 42 Beduinenstämme das ganze Jahr daselbst nomadisiren, alle ackerbautreibende Bevölkerung seit langen Jahrhunderten vertrieben haben.

Die Hadschstraße von Damaskus nach Mekka geht von Nord nach Süd durch das Land und theilt es in zwei Hälften. Sie kann ungefähr als Scheidelinie betrachtet werden, von welcher westlich die vorhin genannten Distrikte liegen, während östlich davon Batanäa zu suchen ist, die heutige Nukra, d. h. die Zedniederung zwischen dem Drusengebirg, der Zumle und dem Wady Kunawat, sammt dem westlichen Abhang des Drusengebirgs. Südlich von da lag Auranitis, das weite Land um Bosra westlich bis zur Zumle, südlich bis zur Belka. Nördlich von Batanäa lag Trachonitis oder Ledscha. Letztere Provinz hat Mose gewiß unangetastet gelassen, selbst wenn sie ein Theil von Basan war. Für ein heerdenreiches Volk, das üppige Waiden braucht, wäre die Eroberung eines wasserlosen, im Ganzen wenig fruchtbaren Lavaplateaus eine wenig ersprießliche Unternehmung gewesen, und würde bei der Leichtigkeit, mit der sich die Ledscha selbst gegen den stärksten Feind vertheidigen läßt, eine größere Kraftanstrengung gekostet haben, als die Eroberung der „Ebene" von Basan, welche die Israeliten gewiß beim ersten Andrang überflutheten und durch den Sieg bei Edrei dauernd in Besitz nahmen.*)

Der östliche Hauran gehörte niemals zum Reich Israel; indessen finden sich 1 Mos. 25, 13—15. und 1 Chron. 1, 29—31. in den hier aufgeführten, östlich an Palästina angrenzenden ismaelitischen Stämmen und Orten unverkennbare Anklänge an geographische Namen jener Gegend östlich vom Hauran. Waren somit Kinder Ismael, also Blutsverwandte Israels, dort einheimisch, so durfte Israel nicht gegen sie Krieg führen, während das Land hätte occupirt werden müssen, wenn es dem Og gehört hätte; denn das fremde götzendienerische Volk der Amoriter war dem Vertilgungskrieg verfallen.

Man darf sich in der That wundern, sagt Wetzstein in seinem Reisebericht, daß uns die Bibel, während sie im cisjor-

*) Ibrahim Pascha bestürmte 1838 9 Monate lang die nur von 5000 Männern vertheidigte Ledscha mit seiner ganzen Macht, opferte über 20,000 Mann reguläre Truppen und kam nicht in ihren Besitz.

danischen Land und im südlichen Peräa hunderte von Ortsnamen kennt, aus Basan und Nordgilead kaum 8 oder 10 überliefert hat. Als Mose das Land eroberte, fand er in Argob allein außer den Dörfern 60 ummauerte Städte, und dürfen wir von der Blüthe dieser Provinz einen Schluß auf die des ganzen Landes machen, so muß zur Zeit des Culturstaats der Amoriter der ganze Hauran mit einer erstaunlich großen Menge von Städten und Dörfern bedeckt gewesen sein. Und doch hören wir in der Folgezeit nichts von ihnen, selbst von den vornehmsten Städten des Landes, wie Astharoth, Edrei, Kenat, Golan und Salcha, weiß die spätere Geschichte Israels nichts mehr. Andererseits sehen wir in den Kriegen der Israeliten mit den Königen von Damaskus und Assyrien, wie der Feind immer ohne Widerstand von dieser Seite her ins Land gefallen ist. Wo waren damals jene festen Plätze? Es liegt die Vermuthung sehr nahe, daß sich jene 60 Städte später in die „60 Zeltlager Jairs" (Havoth Jair) verwandelt haben, daß die basanitischen Israeliten in der Nachbarschaft der Beduinen vollkommen Nomaden geworden oder geblieben sind, daß sie, um jederzeit zum Schutz ihrer von Waideplatz zu Waideplatz ziehenden Heerden bereit zu sein, sich nicht an Städte und Dörfer binden konnten, die daher verlassen standen, verfielen und endlich verschwanden. So wird es erklärlich, daß die Wegführung der drei transjordanischen Stämme durch Phul (1 Chron. 5, 26.) anscheinlich so leicht gewesen ist. Daher erklärt sich auch, daß außer einigen Burgen, die unter den Herodianern entstanden sind, von keinem einzigen der tausend Ruinenorte, die gegenwärtig Peräa bedecken, behauptet werden kann, daß er israelitischen Ursprungs ist.

Hauptstadt von Basan war Astharot (Jos. 9, 10.), auch Astharot Karnaim, d. h. die gehörnte Astharot (1 Mos. 14, 5.) und Beästra (Jos. 21, 27.) genannt; sie hat ihren Namen von der Göttin Astarte, die neben der Sonne (Baal) als Mondsgöttin von den alten Kanaanitern verehrt wurde und als Sinnbild der Kraft und Herrschaft die Hörner des Stiers trug. Man suchte sie bisher entweder bei dem jetzigen Mesereib (Mezareib) an einer der Quellen des Hieromax, oder nordwestlich davon in der Gegend von Nowa (Neve) beim Tell Aschtereh, wo noch weitläufige Ruinen zu sehen sind. Wetzstein macht es wahrscheinlich, daß keine andere als das heutige Bosra die alte

Hauptstadt Basans sei. „Als ich," sagt er, „auf der Zinne der Citadelle stand und Stadt und Land überschaute, drängte sich mir die Ueberzeugung auf, daß die Hauptstadt Haurans nirgends anders gesucht werden könne, als hier." Noch jetzt sagt der Syrer, daß seine Blüthe die Blüthe Haurans und sein Ruin der Ruin Haurans sei. Auch ist der heutige Name aus dem alten entstanden. Die Stadt hieß auch Beästra (Jos. 21, 27.), eigentlich Bet Astera, d. h. Tempel der Astera (Astarte); daraus entstand Bostra, Bosra. Sie liegt in der südlichen Abdachung des Haurangebirgs in offener Ebene mit bedeutenden, zum Theil prachtvollen Ruinen. Im zweiten Jahrhundert nach Christo wird sie als Grenzfeste des Römerreichs genannt und wurde berühmter als alle älteren Städte Peräas. Die Stelle 5 Mos. 1, 4., die in der lutherischen Uebersetzung lautet: „nachdem er den König Og geschlagen hatte, der zu Astharot und Edrei wohnte," ist dem Urtext gemäß richtiger also zu geben: „nachdem er den König Og, der zu Astharot wohnte, geschlagen hatte bei Edrei"; vergl. 4 Mos. 21, 33. Nur im Buch Josua heißt es zweimal (12, 4. und 13, 12.) von Og, er habe zu Astharot und Edrei gewohnt. Zur Erklärung dieser Verschiedenheit stellt Wetzstein die Vermuthung auf, daß die Stelle 5 Mos. 1, 4.: „be Astharot be Edrei" später irrthümlich so verstanden worden sei, als ob ein „und" dazwischen stünde, so daß zur Zeit der Abfassung des Buchs Josua die Tradition von zwei Residenzen im Volk gäng und gäb gewesen wäre. Jedenfalls war Astharot die vornehmste der beiden Städte, da sie, wo beide zusammen vorkommen, immer zuerst genannt wird, z. B. Jos. 13, 31.

Die zweite Hauptstadt Basans war Edrei, bei welcher es zur entscheidenden Schlacht zwischen Og und Israel kam (4 Mos. 21, 33—35.). Es ist das heutige Derât an der östlichen Seite der Zumle, die daher auch Zumal oder Ezmul Derât, d. h. Höhenzug von Derât, genannt wird. Wetzstein besuchte diese labyrinthartige unterirdische Residenz des Königs Og. „Nachdem wir," erzählt er, „eine Strecke in schiefer Richtung hinabgestiegen waren, kamen wir an ein Dutzend Zimmer, die noch gegenwärtig als Ziegenställe und Häckselspeicher benutzt werden. Dann verengte sich der Gang allmälich so, daß wir endlich nur auf dem Bauch liegend vorwärts kriechen konnten. Diese äußerst beschwerliche, ja ängstliche Procedur währte ungefähr 8 Minuten, worauf wir eine mehrere Ellen hohe steile Wand hinabspringen mußten. Jetzt befanden wir uns in einer breiten Gasse, die zu beiden Seiten Wohnungen hatte, deren Höhe und Weite nichts zu wünschen übrig ließ. Weiterhin kreuzten sich mehrere Gassen. Bald darauf kamen wir an einen Markt, wo sich eine weite Strecke hin zahlreiche Butiken ganz nach Art der Dukkâne in den syrischen Städten zu beiden Seiten der ziemlich breiten Straßen in den Wänden befanden. Nach einer Weile bogen wir in eine Seitengasse ein, wo ein größerer Saal, dessen Decke von 4 Säulen getragen wurde, meine Aufmerksamkeit fesselte. Die Decke wurde von einer einzigen großen, völlig ebenen Jaspisplatte gebildet, in der ich keinen Sprung wahrnehmen konnte. Die meisten Zimmer hatten keine Stützen. Die Thüren waren oft von Quadern aufgeführt und hin und wieder bemerkte ich niedere Säulen. Als wir Tags darauf Derât verließen, machte man uns am Abhang des Wady Zêdi auf ein Thor aufmerksam, welches der eigentliche Eingang zu diesen Souterrains ist."

Am Südost-Fuß des Dschebel Hauran liegt auf einem Basaltfelsen das zerfallene Kastell Szalkhat, ohne Zweifel das alte Salcha, die südöstliche Grenzstadt des Reichs Basan unter Og (5 Mos. 3, 10. Jos. 12, 4. 5. 13, 11.). Das Kastell ist auf einen Vulkan gebaut, wie häufig im Hauran, so daß der Rand des Kraters den Wallgraben und der Grund desselben die Schloßcisternen bildet. Die dabei liegende Stadt hat 800 Häuser und in der Nähe sind noch große Anpflanzungen von Weinstöcken und Feigenbäumen, seltene Ueberreste höherer Landeskultur, von deren ehmaligem Vorhandensein der Umstand ein Beweis ist, daß durch ganz Hauran in den alten Sculpturen und Architecturen die Traube und die Rebe als Symbol und Ornament sehr häufig vorkommt. Im nordwestlichen Theil des Haurangebirgs liegt Knath oder Kanatha, jetzt Kanuath, welche Nobah eroberte und nach seinem Namen nannte (4 Mos. 32, 42.). Sie gehörte später zur Dekapolis. Noch jetzt befinden sich hier römische Ruinen von mehr als einer Stunde Umfang. Endlich ist noch jenes Aphek zu erwähnen, bei welchem die Schlacht zwischen den Syrern und Israeliten (1 Kön. 20, 26.) vorfiel. Es liegt auf dem Hochland östlich vom See Tiberias und heißt heutzutage Feik.

## Zweiter Abschnitt.

# Das Gebirg Gilead.

Die Landschaften Peräas überhaupt und besonders das Gebirg Gilead sind bis jetzt noch wenig erforscht. In das Innere des nördlichen Gilead ist noch kein Europäer eingedrungen. Es gibt nur wenige, sporadisch zerstreute Orte, wo einheimische Gemeinden ihre friedlichen Wohnsitze haben; Raubhorden durchziehen das von unzähligen Trümmern bedeckte, aber von der Natur reich gesegnete Land, und machen die Wanderung auf den meist ungebahnten Pfaden höchst gefahrvoll.

Das Gebirg Gilead erstreckt sich vom Scheriat el Mandhur im Norden bis zum Wady Hesban im Süden und wird durch den Wady Zerka (Jabok) in zwei Hälften getheilt. Die nördliche trägt heutzutage verschiedene Benennungen, z. B. zwischen dem Wady Zerka und Wady Adschlun: Moerad, zwischen Wady Adschlun und Wady Jabes: Dschebel Adschlun u. s. w.; die südliche Hälfte heißt el Belka, ein Name, der jedoch noch weiter südwärts bis zum Arnon reicht.

Ueberschreiten wir das enge Steilthal des Scheriat von Norden her, so bietet sich uns plötzlich eine ganz veränderte Landschaftsphysiognomie dar. Nördlich vom Scheriat sehen wir nur weitgestrecktes Tafelland, hier Hügel und Gebirge; dort nur einzeln hervorragende Kuppen, hier festgeschlossene geradlinige Bergmassen; dort Mangel an Bäumen und Gesträuchen, weite Waizenfelder, hier vorherrschend heitere Laubwaldungen; dort Dörfer und Städte, welche auf Höhen erbaut sind, hier fast keine überirdische Wohnungen, sondern zahllose unterirdische Excavationen, in welchen die Menschen als Troglodyten leben. Dieser Unterschied rührt von den verschiedenen Gebirgsarten her, aus welchen die beiderseitigen Gebiete zusammengesetzt sind. Das Thal des Hieromax bezeichnet nämlich die Grenze zwischen der nördlichen Basaltregion des Hauran und der grauen, oft blendend weißen Jurakalk- und Kreideformation, welche im ganzen ostjordanischen Landstrich bis zum Arnon, ja bis zum Weidenbach fast allein herrschend ist. Daher sind die Gegenden nördlich und südlich vom Hieromax einander entgegengesetzt wie schwarz und weiß. Der Jurakalk ist zäh und spröd, daher die langhinziehenden, horizontalen Berghöhen, die schroffen zackigen Formen. Der fette Basaltboden ist dem Waizen günstig, der Kalk liebt Laubwaldungen. Der Basalt ist sehr hart, während der Jurakalk, besonders wo er in die Kreide übergeht, weich ist und mit dem Meißel leicht bearbeitet und ausgehöhlt werden kann; überdieß ist er seiner Natur nach klüftig und höhlenreich, wie er sich auch in unsern Gegenden, z. B. in Karst in Krain, in der württembergischen Alb, durch seinen Höhlenreichthum auszeichnet. Daher ist unsere Landschaft voll von Tausenden von Höhlen, die alle mehr oder weniger von ihren älteren Bewohnern gemacht sind und ihnen schon als Wohnungen dienten. Sie werden höher geschätzt als gemauerte Wohnungen, und für besser gehalten als Häuser und Zelte. Sie bieten aber auch ebenso große Vortheile für die Landesvertheidigung dar, als jene Basaltkuppen in Hauran, indem sie als Schlupfwinkel dienen, von welchen aus der Feind beunruhigt werden kann. In Zeiten der Noth waren sie Zufluchtsörter vor dem Feind. Da zu Gideons Zeit „der Midianiter Hand stark ward über Israel, machten die Kinder Israel für sich Klüfte in den Gebirgen und Höhlen und Festungen" (Richt. 6, 2.). (S. oben bei der Landschaft Hauran.)

Südlich vom Hieromax betreten wir eine etwa 4 Stunden breite Landschaft von großer Schönheit und Fruchtbarkeit mit sanften Hügeln, deren Abhänge mit den schönsten Eichenwaldungen geschmückt sind. Es ist das Hügelland von Basan, dessen Eichen schon in der Bibel berühmt sind (Zachar. 11, 2.), die nördliche Vorstufe des bald höher anschwellenden Gebirgs Gilead. Dieses selbst wird von den Reisenden wegen seiner Reize und Fruchtbarkeit außerordentlich gerühmt. Das helle Laub der immergrünen Eichen- und Pinuswälder, der frische Rasenteppich auf der Höhe mit dem nur hie und da bebauten Boden versetzt den Wanderer in die schönste Parkscenerie Englands, so daß der vielgewanderte Bankes erklärt, er habe in Europa kein ähnlich schönes Land gesehen, wie dieses, mit dem er an Schönheit und Reichthum nur die Landschaften Portugals Entre Minho und

Douro in Vergleich stellen könne. Es ist ein treffliches Waideland, von dem der Beduine sagt: „Du kannst kein Land finden wie Belka." Kein Wunder, daß die Kinder Ruben und Gad, welche sehr viel Vieh hatten, sich dieses Land zu ihren Wohnsitzen erbaten, denn es war „bequem zum Vieh" (4 Mos. 32, 1—5.). Seine Ochsen und Hämmel gelten noch jetzt für die besten, und schon Psalm 22, 13. werden die Stiere von Basan (nördlicher Theil von Gilead) als die stärksten und fettesten angeführt (nach dem Grundtext muß es nämlich hier heißen „Stiere von Basan"). In den oft dicht verwachsenen Waldstrichen trifft man viel Wild: Gazellen, Wölfe, Rehe, Steinböcke, und an den Ufern der Flüsse rauschen wilde Eber durch den Schilf. Die Wälder liefern wohlriechende Harze, welche schon im frühesten Alterthum sehr geschätzt im Handel waren und von arabischen Karawanen nach Aegypten ausgeführt wurden. Die ismaelitische Karawane, an welche Joseph verkauft wurde, kam von Gilead mit ihren Kameelen, „die trugen Würze, Balsam und Myrrhen, und zogen hinab in Aegypten (1 Mos. 37, 25.). Der heilsame Wundbalsam von Gilead war berühmt (Jerem. 8, 22. 46, 11.). Der Boden würde alles erzeugen, wenn man ihn nur überall bebaute; wo dieß geschieht, gibt er den reichsten Kornertrag, trägt die fruchtbringendsten Olivenbäume und zeigt an den Abhängen der Berge schöne Weinbergterrassen. Das Klima ist reizend. Während im Ghôr unerträgliche Hitze herrscht, die oft nicht durch den leisesten Luftzug gemildert ist, wird man auf den Höhen von Adschlun und Belka durch kühle Winde und reine Luft erfrischt, überall wandelt man im behaglichen Schatten schöner Eichen und wilder Pistazienbäume unter dunkelblauem Himmel. Kein einziger ungestalter Mensch begegnet dem Reisenden im ganzen Land. Die Höhe der Landschaft verursacht im Winter bedeutenden Schneefall, zuweilen 3—4 Fuß hoch. Seetzen überstieg einen hohen waldigen Bergrücken, wo es (noch am 8. März) sehr kalt war und wo noch Schnee lag.

Es wird nach den Bemerkungen von Buckingham kaum Gegenden geben, welche einst bevölkerter waren, als die Berge von Belka, Ezzueit und Adschlun (Gilead). Schlug doch Jephtha in seinem Sieg wider die Kinder Ammon auf diesem Boden in einem Kriegszug 20 Städte (Richt. 11, 33.), und zu Davids Zeit waren im Stamm Ruben, Gad und Halbmanasse allein 120,000 streitbare Männer (1 Chron. 13, 37.). Jetzt liegt alles wüst und voll Ruinen. In Es Szalt schrieb Seetzen die Namen von 45 unbewohnt liegenden Trümmerorten in der Nähe auf. Die Pläne im Süden von Rabbath Ammon ist so ergiebig, wie die so fruchtbare Ebene Esdrelom, alles pflügbarer Boden ohne Unterbrechung von Fels oder Klippen; aber nach allen Richtungen ist sie mit Ruinen von einstigen Städten bedeckt, die einst die Sitze von zahlreichen und thätigen Völkerschaften waren. Suchen wir einige dieser altberühmten Trümmerorte Gileads auf.

Eine Stunde südlich von dem tiefen Spalt des Scheriat liegt auf einer Höhe, die aus Kalkstein besteht, das alte Gadara, jetzt ein Dorf Namens Om Keis, durch die Heilung der Besessenen für uns von besonderem Interesse (Matth. 8, 28. Marc. 5, 1. Luc. 8, 26.) Sie gehörte zu den Zehn-Städten (Dekapolis), welche seit Alexander dem Großen, der Veteranen seines Heers in denselben ansiedelte, von Griechen und Römern bewohnt wurden und gewisse Privilegien besaßen. Außer Bethsean, welches auf der Westseite des Jordan lag (s. oben S. 36), waren die übrigen (Gadara, Raphana, Damaskus, Philadelphia, Hippos, Dion, Pella, Galasa, Kanatha, Abila, Gerasa, Machärus) auf der ganzen Ostseite zerstreut; die meisten lagen jedoch zwischen dem Hieromax und Jabok. Man nannte sie Zehn-Städte, obgleich es nach und nach mehr als 10 geworden waren. Auch Gadara, wie die meisten derselben, zeichnete sich durch die Pracht seiner Paläste und öffentlichen Gebäude und durch bedeutende Bevölkerung aus, wie die noch vorhandenen ausgedehnten Ruinen beweisen. Die Ruinenstadt, welche nach Roth 1130 par. Fuß ü. d. M. liegt, zeigt gegen Osten ein Portal, von dem die Hauptstraße gegen Westen, 15 Schritt breit, auf das trefflichste mit Basaltquadern gepflastert, gerade aus sich zwischen Colonnaden korinthischer und römischer Säulen hinstreckt; außerdem sieht man Reste von Theatern, Tempeln und andern Gebäuden, die aber bis auf ein Amphitheater unbedeutend sind. Besonders merkwürdig ist die Todtenstadt, eine Menge herrlicher Höhlen und Grüfte, die in den Kalkfelsen gehauen und mit Sculpturen reich verziert sind. In vielen derselben stehen noch Sarkophage aus schwarzem Basalt, die aber ohne Aufschriften und leer sind, umher. Sie sind dieselben Höhlen, in welchen sich jene Besessenen aufhielten. Jetzt wohnen etwa 200 Menschen in ihnen; denn der Ort hat kein einziges Haus. Von den berühmten heißen Schwefelquellen war schon oben die Rede; sie liegen nicht beim Ort, sondern unten im Thal des Scheriat.

Weiter südlich gelangen wir in das am Wady Mauz, der südwestlich zum Jordan geht, gelegene Städtchen Pella, gleichfalls eine der Zehn-Städte, welcher die macedonischen Veteranen den Namen ihrer macedonischen Heimathresidenz beilegten. Die Stadt kommt zwar in der Bibel nicht vor, ist uns aber darum von Interesse, weil die ersten Christen dem Befehl Christi gemäß (Luc. 21, 20. 21.) hieher flüchteten und während der Belagerung und Zerstörung Jerusalems durch Titus Sicherheit fanden. Van de Velde und Robinson constatirten die Lage des Orts in den ausgedehnten Ruinen, welche gegenüber von Bethsean auf einem etwa 600 Fuß über den Jordan sich erhebenden Hügelplateau liegen und heutzutag Tubakat-fahèl heißen. In einer Schlucht an dem südlichen Fuß des Hügels sieht man eine reiche Quelle entspringen, die ein so schönes und reichliches Wasserbecken bildet, daß man sogleich den berühmten Brunnen erkennt, dessen die alten Beschreiber Pellas erwähnen. — Die bisher unbekannte Lage der Stadt Jabes in Gilead glaubt Robinson in den auf einem Hügel gelegenen Ruinen von ed Deir entdeckt zu haben, von denen er auf der Südseite des Wady Jabes hörte. Es sollen sich da Säulen finden, während es in der Nachbarschaft keine andern Ruinen gebe. Auch liege der Ort am Weg, der von Beisan nach Dscherasch führe, was allerdings von Bedeutung wäre. Jabes wird zuerst Richt. 21, 8. erwähnt als die einzige Stadt, die im Krieg gegen den Stamm Benjamin sich nicht anschloß. Sie ist bekannt durch den ersten Sieg Sauls, welcher sie von der Belagerung des Ammoniter Königs Nahas befreite (1 Sam. 11, 1. ff.). Die Einwohner von Jabes blieben von da an Saul besonders zugethan; denn sie waren es, welche seinen und seiner Söhne Leichname ehrenvoll bestatteten (1 Sam. 31, 11. ff.), wofür sie den Dank Davids empfiengen, der nachher die Gebeine wegbringen ließ (2 Sam. 2, 4—7. 21, 12—14.). — Auf der Gebirgshöhe nördlich vom Wady Zerka (Jabok) ist wohl Mahanaim (d. h. Doppelheer) zu suchen, wo dem Jakob auf seiner Heimkehr aus Mesopotamien die Engel Gottes begegneten (1 Mos. 32, 1. 2.). Hier ist die Gegend ungemein mit Trümmern besetzt. Zu Josuas Zeiten (13, 26. 30.) war Mahanaim eine Levitenstadt in Gad (21, 39.); in ihr ließ sich Isbeseth, Sauls Sohn, der Empörer, von Abner zum König ausrufen; hier suchte David ein Asyl vor seinem Sohn Absalom (2 Sam. 17, 24. 27.; hier hatte einer der Rentbeamten Salomo's seinen Sitz (1 Kön. 4, 14.). Andere verlegen Mahanaim in die Jordanaue. — An einem nördlichen Nebenfluß des Jabok, im Wady Deir oder Seil Dscheräsch lag die Säulenstadt Gerasa, eine alte Prachtstadt der Dekapolis, Grenzstadt im Osten von Peräa, heutzutag Dscheräsch. Ihre Ruinen haben einen Umfang von 1¼ Stunde; Trümmer von Tempeln, Brücken, Aquäducten, Colonnaden, Amphitheatern und andern öffentlichen Prachtgebäuden mit vielen Inschriften beweisen die Größe, Wichtigkeit und den Glanz der alten Stadt. Sie kommt in der Bibel nicht vor.

Der Jabok (d. i. der Brausende), jetzt Zerka genannt, welcher früher die Königreiche des Sihon und des Og, später die Stämme Gad und Halbmanasse, jetzt die Distrikte Moerad und Belka trennte und das Gebirg Gilead in zwei Hälften theilt, sammelt noch jenseits der Hadschstraße im Süden des Dschebel Hauran seine Wasser und tritt bei der sechsten Hadschstation, dem Kastell Kalaat es Zerka, in den Dschebel Belka ein. Hier ist er in der Herbstzeit, der Zeit der kleinen Wasser, nur ein geringer Bach zwischen Rohrschilf; aber seine Wasser sind klar und gut. In der Nähe des Castells empfängt er von Süden her einen andern Quellfluß, den Nahr Amman, an welchem Rabbath Ammon, die Hauptstadt der Ammoniter, lag. Südlich von jenem ersten und östlich von diesem zweiten Quellfluß lag einst das Gebiet der Ammoniter (4 Mos. 21, 24. 5 Mos. 2, 37. 3, 16. Jos. 12, 2. Richt. 11, 13. 22.), voll Waideland und Ortschaften, jetzt eine menschenleere Einöde. Vom Zusammenfluß beider Quellarme an durchsetzt der Jabok, sich in gleicher Entfernung vom See Genezareth wie vom Todten Meer haltend, in westlicher Normaldirection das Gebirg Gilead. Sein Thal bricht immer tiefer in den Körper desselben ein und verwandelt sich zuletzt in einen engen Erdspalt, in welchem der Bach wild rauschend dahinströmt. Bei dem Dorf Burma stieg Seetzen in das tiefe und steilufrige Thal hinab; kein Wald lag im Thalgrund, hie und da einige Mandelbäume mit bittern Mandeln; im Wady wuchs viel Schilfrohr, an den Ufern Oleandergebüsch; einige Felsen waren lieblich mit schönen Purpurblüthen geschmückt. Einige Stellen zeigten Anbau, und an den steilen Bergseiten lagen einige arabische Zeltgruppen. Steigen wir mit Seetzen die steile Südwand des Jabokthals empor, so gelangen wir auf einen flachen Bergrücken mit schlecht bebauten Feldern, auf welchem wir wahrscheinlich den Ort Pniel, d. h. Angesicht Gottes, zu suchen haben, wo Jakob mit Gott rang, nachdem er die Seinigen über die Furth des Jabok gesetzt hatte (1 Mos. 32, 22—30.).

Zwei bis drei Stunden weiter im Süden erhebt sich auf der Hochebene der Dschebel Dschelaad oder Dschebel Dschelaûd, in welchem sich offenbar der alte Name Gilead noch erhalten hat. Er erstreckt sich 2½ Stunden von Osten nach Westen. An seinem westlichen Ende liegt der hohe Berg Oscha, der höchste in Belka, den man auch von der Westseite des Todten Meers her deutlich von allen andern unterscheidet. Auf dem Hochplateau, aus dem der Oscha sich erhebt, fand Buckingham am 23. Februar (1816) tiefen Schnee, die Aussicht über das Jordanthal und Todte Meer großartig. Er schätzt die Höhe zu 5000 Fuß über der Meeresfläche. Auf dem Oscha soll das Grab des Propheten Hosea sein, von dem der Berg auch seinen Namen hat. Das Grabmal ist mit einem gewölbten Bau bedeckt. Christen und Türken verehren den Propheten und bringen ihm Gebete und Opfer. Am nördlichen Abhang des Dschebel Dschelaad lag die alte Stadt Gilead (heutzutag Dschelaad), die Stadt „voll Abgötterei und Blutschulden“ (Hos. 6, 8.). Am südlichen Fuß des Oscha liegt Es Szalt, Hauptort in Belka und der einzige stärker bewohnte Mittelpunkt des Landes, zugleich Durchgangsort für alle Verbindung zwischen dem Norden und Süden vom Jabok zum Arnon, erbaut an den Seiten eines kleinen, runden, steilen Berges, der sich in einem schmalen Felsenthal erhebt, auf dessen Gipfel ein Castell steht. Die steilen Seiten des Bergs sind terrassirt und mit Weinbergen, Oelbäumen, Obstbäumen bepflanzt. Die Trauben sind vortrefflich und werden wie ihre Rosinen sehr häufig nach Jerusalem ausgeführt. Auch Oliven, Feigen, Maulbeere gibt es im Ueberfluß.

Das Clima ist sehr angenehm und gesund. Szalt ist wahrscheinlich Ramoth in Gilead oder Ramoth Mizpe, d. h. die Höhen in Gilead oder die Höhen der Warte, die, im Stamm Gad gelegen, Freistatt für die Todtschläger war (Jos. 13, 26. 21, 38.) Dieß ist sie noch bis auf den heutigen Tag; denn die Flüchtlinge, welche Szalt als Asyl heimsuchen, werden mit Gefahr des eigenen Lebens von den Bewohnern geschützt. Der König Ahab wollte sie mit Hilfe Josaphats von den Syrern zurück erobern, verlor aber in der Schlacht das Leben (1 Kön. 22). Hier wurde Jehu durch einen Prophetenschüler des Elisa zum König gesalbt, und von hier gieng er aus, um das Haus Ahabs zu vernichten (2 Kön. 9, 1. ff.). Hier war der Sitz eines der Rentbeamten Salomos (1 Kön. 4, 13.). — Acht Stunden von Szalt gegen Südosten liegt die alte Rabbath Ammon, oder auch Rabba, d. h. die Große, die stolze Hauptstadt der Kinder Ammon, an den beiden Ufern des oben genannten Nahr Amman, der seine Quelle aus einem Teich bei der Stadt erhält. Der Fluß ist nur klein, aber klar fließend, voll Silberfische und fußlanger Forellen. Die Stadt ist jetzt ein Ruinenort ohne Bewohner; aber die prachtvollen Trümmer von Tempeln, Theatern (das größte in ganz Syrien), Kirchen, Säulenhallen, Brücken und andern Luxusbauten bezeugen den einstigen Wohlstand und die starke Bevölkerung. An der steilen Gebirgswand auf der Südseite der Stadt lag die Todtenstadt; man bemerkt da viele Eingänge zu Grotten und Gewölben mit reich verzierten Portalen und mit Sarkophagen, die zerstreut umherliegen. Auf einem steilen Berg steht das Castell, dessen umlaufende große Mauer sehr dick und von hohem Alter ist, wohl noch aus der alttestamentlichen Zeit der Könige Ammons, vielleicht dieselbe, die Jahre lang von Davids Heeren belagert, endlich erobert und zerstört ward (2 Sam. 11, 14—18. 12, 16—31.). Damals unterschied Joab, Davids Feldherr, die königliche Stadt Rabba von der Wasserstadt, wie er wahrscheinlich den untern Theil am Wady benannte, der leichter einzunehmen war und den er schon besetzt hatte (2 Sam. 12, 27.), als er seine Boten an David sandte, um ihm die Ehre des vollendeten Siegs nicht vorweg zu nehmen. Die Stadt wurde später von dem ägyptischen König Ptolemäus Philadelphus erbaut, verschönert und Philadelphia (aber nicht das kleinasiatische Philadelphia, Offenb. 3, 7.) genannt. Sie gehörte zur Dekapolis. — Etwa 4 Stunden westlich liegt Szyr, wahrscheinlich das alte Jaeser, am Anfang des Wady Szyr, welches zu Gad gehörte (4 Mos. 32, 35. Jos. 13, 25.) und Levitenstadt war (Jos. 21, 39. 1 Chron. 7, 81.). — In derselben Gegend, mehr in der Nähe, sogar im Angesicht von Rabba (Jos. 13, 25.), lag Aroër, von Gad erbaut (4 Mos. 32, 34.), zu unterscheiden von dem andern Aroër am Arnon.

---

## Dritter Abschnitt.

## Die Ebene des Stammes Ruben.

Diese Hochebene ist der südliche Theil von Belka. Sie reicht vom Nahr Hesban, der die südliche Grenze des Gebirgs Gilead ist, bis zum Wady Mudscheb, dem alttestamentlichen Bach Arnon, im Süden, und war im Besitz der Moabiter, bis diese, kurze Zeit vor der Eroberung durch Mose, von den eindringenden Amoritern vertrieben wurden. Von Mose wurde sie dem Stamm Ruben als Erbtheil zugetheilt. Ihr stehender Name in der Bibel ist „Mischôr" (5 Mos. 3, 10. Luther übersetzt „Ebene"), während die einzelnen, durch die tief eingeschnittenen Flußbetten gebildeten Abtheilungen derselben durch einen Beisatz, z. B. „Mischôr von Medba" (Jos. 13, 9.) unterschieden werden. Sie ist ein ähnliches Gebiet, wie die Ebene von Hauran; doch ist hier der Kalk vorherrschend, der nur hie und da, namentlich im Arnongebiet, von Basaltpartieen durchbrochen ist. Eine platte, weite, von tiefen Thalfurchen durchrissene Hochebene, auf der sich viele alleinstehende runde Kreidehügel erheben, wie das ganze Ostjordanland mit Ruinen von Städten bedeckt, fruchtbar, aber ohne alle Waldung, fast ganz baumlos; nur Terebinthen sieht man hie und da. So ist die Gegend auch noch jenseit des Arnon im Moabiter Land bis zum Weidenbach. Letzteres durften jedoch die Kinder Israel nicht einnehmen, weil Moab ein Brudervolk war. Das Land ist treffliches Waiderevier, weßwegen es auch den Kindern Ruben, welche Viehhirten waren, so wohl gefiel. Nirgends gibt es schönere Heerden von Schafen, Ziegen und Kühen, nirgends trefflicheren Waizen und Moorhirse. Die alten Kanaaniter und die Rubeniter hatten vortrefflichen Ackerbau und Weinbau; der Waizen von Minnith war auf dem Weltmarkt von Tyrus berühmt (Ezech. 27, 17.), und das Verderben ihrer Weinberge war die schwere Strafe Gottes für die Bewohner des Landes (Jes. 16, 8—10. Jer. 48, 32. ff. vergl. Richt. 11, 33.). Noch heutzutage wird hier, wie auch in der Gegend von Hebron, eine Waizenart gebaut, welche als außerordentlich kornreich geschildert wird und „den sieben Aehren aus einem Halm, voll und dick“ (1 Mos. 41, 5.) entsprechen soll. Der Reisende Legh hat Aehren davon unter dem Namen Hesbonwaizen nach England gebracht; sie hatten einen Halm von 5 Fuß 1 Zoll Länge gegen den englischen Waizenhalm von 4 Fuß 2 Zoll, 84 Waizenkörner in einer Aehre statt 41 in der Aehre des englischen Waizens, und die Aehre hatte ein mehr als vierfaches Gewicht gegen die größte Aehre englischen Waizens.

Sehen wir uns an den historisch merkwürdigen Punkten dieser Landschaft um, so beginnen wir mit dem alten Hesbon, der Stadt der Moabiter, welche diesen kurz vor dem Durchzug des Volks Israel von den Amoritern entrissen und zur Residenz des Königs Sihon erhoben ward. Sie heißt heutzutage Hesban und hat somit ihren antiken Namen bis heute erhalten. Sie liegt in der Nähe des Wady Hesban in sehr dominirender Lage auf einem Kalksteinrücken mit weiter Aussicht nach allen Seiten. Ihre Trümmer haben einen Umfang von ½ Stunde, sind jedoch nicht bedeutend. Wir treffen eine Menge in den Felsen gehauene Brunnen und Teiche zur Aufbewahrung der Winterwasser für den Sommer, namentlich am Südfuß des Bergs ein großes Wasserbecken mit gutem Mauerwerk, ähnlich den Teichen Salomos bei Jerusalem und von ähnlichem Umfang, welches uns an die Worte des Hohenlieds (7, 4.) erinnert: „deine Augen sind wie der Teich zu Hesbon am Thor Bathrabbim.“ In der Nähe sind viele Grotten, wahrscheinlich die Gräber der alten Moabiter und Amoriter. Der Boden umher ist sehr fruchtbar, aber unbebaut. —

Eine halbe Stunde im Nordosten liegt **Eleale**, heutzutage el **Aal**, auf dem Gipfel eines Hügels, von dem man eine sehr weite Aussicht über das ganze südliche Belka erhält. Es ist das Eleale, welches im Land der Amoriter dem Stamm Ruben für seine Heerden nebst Hesbon und Kiriathaim übergeben ward (4 Mos. 32, 3. 37.), das nach Jes. 15, 4. 16, 9. wieder an Moab zurückgefallen war. Von den alten Stadtmauern ist noch einiges vorhanden, auch viele Cisternen. — 5/4 Stunden von Hesbon gegen Südost liegt **Medaba** oder **Medba**, heutzutage Madeba, auf einem Felshügel mit Ruinen, namentlich einem großen ausgemauerten Teich und vielen Felsgrotten (Jos. 13, 9. 16. 1 Chron. 20, 7. Jes. 15, 2. 4 Mos. 21, 30.). — Hier, zwischen Hesbon, Medaba und dem noch südlichern Dibon gegen den Arnon war das große Schlachtfeld, wo einst der stolze Besieger Moabs, der Amoriter König Sihon, mit seinen Vasallen (Jos. 13, 21.) vom Volk Israel unter Mose besiegt wurde, worauf ihr Land den Flammen preisgegeben wurde. Auf diesem Boden erhob sich jenes alte Triumphlied 4 Mos. 21, 27—30., welches im Eingang spottend den geschlagenen Amoritern zuruft v. 27.: „Kommet heim nach Hesbon, aufgebaut und hergestellt werde Sihons Stadt!“ dann v. 28. 29. als Grund des über die Amoriter gekommenen Gerichts die Schuld erwähnt, die Sihons Reich gegen das arme Moab auf sich lud: „denn Feuer gieng von Hesbon aus, Flamme aus der Feste Sihons; es fraß Ar Moab, die Herren der Arnon-Höhen. Weh dir, Moab! dahin bist du, Volk Kamos (der Götze Moabs), der seine Söhne als Flüchtlinge und seine Töchter als Gefangene preisgab dem Amoriter König Sihon“ — und endlich v. 30. das Volk Jehovahs triumphirend und Rache nehmend für Moab, sein Brudervolk, auftreten läßt in den Worten: „da versengten wir sie; dahin ist Hesbon! — bis Dibon und verheerten sie bis Nopha hin, mit Feuer bis Medba.“ — 1/2 Stunde westlich von Madeba treffen wir die Ruinen von **El Theym**, wahrscheinlich jenes **Kirjathaim**, wo einst Kedor Laomor die Emim schlug (1 Mos. 14, 5.). — 1 Stunde weiter im Westen zeigen sich die Ruinen von **Beth Meon**, oder **Beth Baal Meon**, heutzutage **Macin**, westlich vom **Wady Zerka** (4 Mos. 32, 38. Jos. 13. 17. Jerem. 48, 23. Ezech. 25, 9. 4 Mos. 32, 3.). Gegen Südwest liegen zwischen wilden Felsblöcken viele rohe, sehr alte Grabmäler, die aus zwei langen unbehauenen, sehr großen Seitensteinen bestehen, die mit einer immensen Steinplatte überdacht sind; an einer Stelle befinden sich 50 in einer Gruppe auf einem Felsenknollen; vielleicht Grabmäler alter Ammoniter oder Amoriter, die Todtenstadt der alten Baal Meon.

In dem Landstrich zwischen dem Wady Hesban und dem Zerka Maein haben wir einen biblisch wichtigen Punkt zu suchen, den Berg Nebo,*) den Ort des Todes Moses, des Mannes Gottes.**) Aber leider ist die Lokalität noch von keinem Reisenden aufgefunden worden. Daß sie hier zu suchen ist, ergibt sich schon aus der Zusammenstellung der Orte Hesbon, Eleale, Kiriathaim, Nebo, Baal Meon 4 Mos. 32, 37. 38. Aber es macht sich hier keiner der Berge durch eine besondere Spitze bemerklich; die einzigen Berge auf der Ostseite des Jordan, die sich dadurch auszeichnen, sind der Dschebel Attarus und der Dschebel Nebi Oscha bei Szalt, welche beide wohl auch von einigen für den Berg Nebo gehalten worden sind; aber jener liegt zu weit südlich, dieser zu weit nördlich; denn nach 5 Mos. 32, 49. und 34, 1. liegt der Berg Nebo „Jericho gegenüber" oder „im Angesicht von Jericho"; auch wird 4 Mos. 32, 3. der Berg Ataroth (Attarus) ausdrücklich ganz verschieden vom Berg Nebo angegeben.

---

*) Nebo ist ohne Zweifel ursprünglich der Name eines kanaanitischen Gottes, den die Moabiter bei ihrer Einwanderung sich aneigneten, wie sie ja auch andere kanaanitische Gottheiten, z. B. den Baal Peor und den Kamos, annahmen. Auch bei den Chaldäern und Assyrern wurde er verehrt (Jes. 46, 1.), weßwegen auch viele ihrer Eigennamen mit Nebu zusammengesetzt sind, z. B. Nebukadnezar, Nebusaradan, Sangarnebo, Nebuschasban u. s. w. Das Wort ist nach einigen von naba, erhaben sein = der Erhabene, nach andern von nibba, weissagen, abzuleiten, wonach der Nebo dann der Verkündiger des Willens der höchsten Gottheit, ähnlich dem Merkur, wäre. Der Berg erhielt den Namen wahrscheinlich daher, weil auf demselben der Nebo von den alten Kanaanitern und nachher von den Moabitern verehrt wurde. Das gleiche mag der Fall gewesen sein bei den 2 Städten, die diesen Namen trugen, wovon die eine in der Nähe des Berges im Stamm Ruben (4 Mos. 32, 3. 38. Jes. 15, 2. Jer. 48, 1. 22.), die andere im Stamm Juda (Esra 2, 29. 10, 43. Nehem. 7, 33.) lag.

**) Dr. Wetzstein fand auf seiner Reise im Hauran und den Trachonen allenthalben die Gipfel der Berge mit Beduinengräbern bedeckt. Auf einem Berg begraben zu werden, ist oft der einzige letzte Wille eines Scheichs. Vgl. 5 Mos 32, 48—50.

Wir brauchen uns jedoch den Berg Nebo durchaus nicht als eine aus der Plateaufläche hervorragende Spitze zu denken, wie wir sogleich sehen werden. Die beiden Stellen, in welchen seine Lage näher bezeichnet wird, sind die eben angeführten: 5 Mos. 32, 49. und 34, 1. Die erstere, in welcher Gott dem Mose den Befehl ertheilt, auf den Berg Nebo zu steigen, um dort zu sterben, lautet: „gehe auf das Gebirge Abarim, auf diesen Berg Nebo, der da liegt im Moabiter Lande gegen Jericho über" u. s. w. Die zweite, wo erzählt wird, wie Mose diesem Befehl nachkommt, heißt: „und Mose stieg von dem Gefilde der Moabiter (hebräisch: Arboth Moab, d. h. die Tiefebene im Ghôr am Nordrand des Todten Meers östlich vom Jordan, welche auch Sittim heißt, und früher zum Gebiet der Moabiter gehörte, zu unterscheiden von den „Sedeh Moab", dem Feld Moab auf der Plateauhöhe) auf den Berg Nebo, die Spitze (oder Höhe) des Pisga, gegen Jericho über." Aus diesen Stellen geht hervor: 1) daß der Berg Nebo in der Tiefebene, der Arboth Moab, gesehen wurde („auf diesen Berg" 32, 49.) und daß er von der Arboth Moab aus unmittelbar erstiegen werden konnte (34, 1.); 2) was schon bemerkt worden ist, daß er „im Angesicht von Jericho" lag. Dieß führt uns nothwendig zu der Annahme, daß der Berg Nebo eine Höhe in der Jericho gegenüber liegenden, in die Arboth Moab abfallenden östlichen Gebirgswand des Ghôr ist, welche darum keineswegs als ein die Plateauhöhe überragender spitzer Bergkegel zu denken ist und nur vom Thal aus als Berg erscheint. Dieß wird 3) dadurch bestätigt, daß der Berg Nebo in der ersten Stelle als ein Theil des Gebirgs Abarim, in der zweiten als ein Theil des Pisga bezeichnet wird. Beides, Abarim und Pisga, sind offenbar Namen für eine und dieselbe Lokalität. Was den Pisga betrifft, so werden wir über denselben ziemlich genau orientirt in zwei Stellen, einmal 4 Mos. 21, 20., wo gesagt wird, die Kinder Israel seien auf ihrem Zug von Bamoth in's Thal gekommen, das im Feld Moab (hebräisch: „Sedeh Moab," die fruchtbare Ebene auf der Plateauhöhe, die trotz der Eroberung des Sihon noch ihren alten Namen behielt, im Gegensatz zur „Arboth Moab", der Steppen- oder Wüstenebene im Ghôr) liegt, zu dem hohen Berge Pisga, „der gegen die Wüste siehet." Die Wüste kann hier nichts anderes sein, als die Arboth Moab, und der hohe Pisga also nichts anderes als die Gebirgsgegend, mit welcher das „Feld Moab" (Sedeh Moab) zum „Gefilde Moab" (Arboth Moab) abfällt, welche also den Uebergang zwischen beiden bildet. (Sie waren am Rand der Plateauhöhe angekommen, von wo sich ihnen der Blick in die Arboth hinab darbot.) Hier waren also die Pässe, welche aus dem östlichen Hochland ins Ghôr hinab zur Oase Jericho und in das westliche Kanaan führten, durch welche noch heute die Raubhorden der Beduinen des Ostjordanlandes ins Ghôr hinabsteigen. Von ihnen hat daher auch das Gebirg den andern Namen „Gebirg Abarim", d. h. Gebirg der Uebergänge. Die andere Stelle, welche uns über den Zug des Pisga Aufschluß giebt, ist 5 Mos. 3, 17., wo das Todte Meer „das Salzmeer unten am Berge Pisga" heißt. Pisga ist also der östliche Küstenzug, der am Rand des Todten Meers heraufzieht, etwa bis zur Mündung des Wady Hesban, und von welchem der Berg Nebo eine der nördlichsten Höhen ist.

Aber wie läßt sich nun mit der so eben gewonnenen Ansicht vom Gebirge Abarim die Stelle 4 Mos. 21, 11—13. in Einklang bringen, wo Abarim (wir sagen absichtlich nicht Gebirg Abarim) in die „Wüste gegen Moab über gegen der Sonnen Aufgang", also an die südliche oder südöstliche Grenze Moabs (vergl. 4 Mos. 33, 44.) verlegt wird und zwar südlicher als der Arnon, ja als der Sared (oder el Ahsa); denn auf ihrem nordwärts gerichteten Zug kommen die Israeliten erst von Abarim aus an den Sared und an den Arnon (v. 12. 13.)? Wie weit nördlicher liegt das Gebirg Abarim, dessen Spitze der Jericho gegenüber liegende Nebo ist, als dasjenige Abarim, welches südlicher als der Arnon und Sared gelegen? Wie können die Israeliten sich zuerst am Gebirge Abarim lagern (4 Mos. 21, 11.), dann über den Sared und Arnon gehen (v. 12. 13.) und nach mehreren Stationen erst zu dem „hohen Berge Pisga kommen, der gegen die Wüste siehet" (v. 20.), wenn der Nebo Spitze des Abarim und des Pisga ist? Wie können sie in Abarim an der südlichen oder südöstlichen Moabiter Grenze sich lagern und nach zwei weiteren Stationen (Dibon Gad und Almon Diblathaim), wo sie an der nordwestlichen Grenze des alten Moab im Angesicht des Nebo sich lagern, sich wieder am Gebirg Abarim befinden (4 Mos. 33, 44. vergl. 47.)? C. v. Raumer, der diese Schwierigkeit klar auseinandersetzt, sucht durch die Hypothese zu helfen, das Gebirg Abarim bilde einen Zug, dessen südliches Ende die Israeliten zuerst berührten, dann hätten sie ihn verlassen, aber nach zwei Stationen an seinem nördlichen Endpunkt, dem Berg Nebo, wieder berührt. Es ist dieß aber eben bloße Hypothese. Die Lösung der Schwierigkeit ergibt sich einfach aus einer genaueren Ansicht des hebräischen Grundtextes in den betreffenden Stellen. In diesen ist das eine Mal von „Jje ha-Abarim", d. h. Hügel Abarim (4 Mos. 21, 11. 33, 44.), das andere Mal von „Har ha-Abarim" oder „Haré ha-Abarim", d. h. Berg, Gebirg oder Berge Abarim (4 Mos. 33, 47. 27, 12. 5 Mos. 32, 49.) die Rede, und zwar ist der erstere Ausdruck (Jje ha-Abarim) constant gebraucht, wenn von der Lokalität an der südöstlichen Moabiter Grenze, der letztere (Har oder Haré ha-Abarim), wenn von der Lokalität an der nordwestlichen Grenze, wo der Berg Nebo liegt, die Rede ist. Beide verschiedenen Ausdrücke kommen sogar in einer und derselben Stelle nahe bei einander vor. 4 Mos. 33, 44—47. lautet nämlich nach dem Grundtext so: „Von Oboth zogen sie aus und lagerten sich an den Jje ha-Abarim (Hügel Abarim) an der Grenze Moabs. Von den Hügeln (Jjim) zogen sie aus und lagerten sich in Dibon Gad. Von Dibon Gad zogen sie aus und lagerten sich in Almon Diblathaim. Von Almon Diblathaim zogen sie aus und lagerten sich an den Haré ha-Abarim (Gebirg Abarim) im Angesicht des Nebo." Der letztere Beisatz ist wie absichtlich hinzugefügt, um ja einer Verwechslung der Haré mit den Jje vorzubeugen. Die Jje ha-Abarim und die Haré ha-Abarim sind also zwei ganz verschiedene Lokalitäten, die einander nichts angehen. Jene sind Grenzhügel Moabs gegen die Wüste im Osten,*) wahrscheinlich die Fortsetzung der Zobleh-Hügel, diese der Abfall des moabitischen Plateaus gegen Westen ins Ghôr. Und es ist mithin für uns durchaus nicht die Aufgabe, beide so mit einander in Verbindung zu bringen, daß der Berg Nebo als eine beiden gemeinschaftliche Berghöhe betrachtet werden kann. Ebenso ver-

*) Auch nach Jerem. 22, 20. muß Abarim offenbar Grenzlokalität sein und zwar im Südosten des Landes.

schwindet die Schwierigkeit, wie der Berg Nebo „zugleich Spitze des Gebirgs Abarim und des Gebirgs Pisga" sein kann, von selbst; denn Gebirg Abarim (Haré ha-Abarim) und Gebirg Pisga sind verschiedene Namen für ein und dasselbe Gebirg. Nur die Frage könnte noch entstehen, wie es denn komme, daß zwei so verschiedene und entlegene Gebiete mit demselben Namen belegt, ja durch die Unterscheidung von Jje und Haré offenbar in eine gewisse Correspondenz gesetzt werden. Aufschluß über diese Frage gibt uns vielleicht die Bedeutung des Wortes Abarim, welches so viel als Uebergänge bedeutet. Beide, die Jje ha-Abarim an der südöstlichen, und die Haré ha-Abarim an der nordwestlichen Grenze des Moabiter Landes (dieses in seiner Ausdehnung in der voramoritischen Zeit genommen), sind Uebergangsgegenden, Passageländer, jene aus der östlichen Euphratwüste in das moabitische Culturgebiet, diese aus der angebauten Plateaufläche am Rand des Pisga (aus den „Sedeh Moab") in das Steppengebiet des Ghôr (die „Arboth Moab"), also beide Grenzmarken zwischen der Wüste und dem Culturland. (Der Ausdruck erinnert an die ostindischen Ost- und West-Ghats, wodurch die Ost- und Westabfälle des Deccan gleichfalls als Gebirge der Pässe bezeichnet sind.) Sie stehen aber beide in einem verschiedenen Verhältniß zu der Plateaufläche, die sie begrenzen. Gegen Osten hat das Moabiter Land keinen Gebirgsrand, mit welchem es in eine tiefer gelegene Landschaft abfiele, wie im Westen; die östliche Wüste liegt in gleichem Niveau mit ihm; die Grenzmarken zwischen beiden sind bloß Hügel, welche auf die Hochebene aufgesetzt sind. Im Westen dagegen hat das moabitische Plateau einen Steilabfall in das an seinem Fuß gelegene tiefe Ghôr; dieser Steilabfall erscheint als Gebirg, als Randgebirg im Verhältniß zu der hinter ihm liegenden Hochebene. Deßhalb werden jene, die östlichen Grenzmarken, „Hügel der Uebergänge", diese, die westlichen, „Gebirg der Uebergänge" genannt.

Der Zerka Maein (nicht zu verwechseln mit dem Jabok, der auch den Namen Zerka führt, Zerka heißt ein klarer blauer Strom) fließt in einem tiefen, unfruchtbaren Thal durch einen Wald von Oleanderbäumen, die ein schattiges Gewölbe über den Strom bilden, das keinem Sonnenstrahl den Durchgang gestattet. Der Widerschein der rothen Blüthenkronen gibt dem Wasserlauf das Ansehen eines Rosenbetts, welches einen eigenthümlichen Contrast zu den weißlichgrauen Felsen bildet, die den Wald zu beiden Seiten einfassen. Auf der Südseite ragt der Dschebel Attarus (Ataroth im Alten Testament, 4 Mos. 32, 3.) empor, ein langer Bergrücken mit einem hohen Gipfel, der die Ruinen von Mkauer, dem alten Machärus, trägt. Einst stand auf dem Gipfel eine von allen Seiten schwer zugängliche Festung mit einem prunkvollen Königspalast, den Herodes baute; in ihr wurde nach dem Zeugniß des Josephus Johannes gefangen gehalten und enthauptet. Auf den Vorhöhen des Attarus liegen die Ruinen von el Körriat, das alte Kirioth (Jerem. 48, 24. 41. Am. 2, 2.). — An seiner Mündung ist der Zerka 12 Fuß breit, 10 Zoll tief und bildet eine Reihe von Stromschüssen, sogar einen senkrechten Wasserfall von 5—6 Fuß Höhe. Auf der Uferebene, durch die er reißend, ja stürzend dem Todten Meer zueilt, liegen große, wild über einander gehäufte Felsblöcke aus Trappgestein und Tuff, während der ganze vorliegende Berg vom Fuß bis zum Gipfel als eine schwarze Masse von Schlacken und Lava erscheint. Die Schlucht, aus welcher der Strom in die Uferebene hervorbricht, besteht aus senkrechten Felswänden von rothem und gelbem Sandstein und ist nur 122 Fuß breit. In einer engen Seitenkluft dieses seines untern Auslaufs dampfen heiße Quellen, die nach kurzem Lauf in den Zerka sich ergießen. Hier suchen manche die berühmten Bäder von Kallirrhoë, d. h. Schönbrunn, welche Herodes der Große vergeblich gegen seine entsetzliche Todeskrankheit gebrauchte (= Lasa, 1 Mos. 10, 19.). Wahrscheinlicher jedoch befanden sie sich ½ Stunde im Süden von der Mündung des Zerkathals, wo gleichfalls heiße Quellen sprudeln, die einen starken Bach bilden, und wo größerer Raum für eine bedeutende Ansiedlung und für Luxusbäder ist, als in der engen Schlucht. Hier, bei den Ruinen von Sara, die Seetzen für die im Stamm Ruben liegende Zereth Sahar, d. h. Glanz der Morgenröthe (Jos. 13, 19.), hält, stehen noch einige 30 verwilderte Dattelpalmen, die einzigen Ueberbleibsel der einst prunkenden Gärten von Kallirrhoë. Die hier befindlichen heißen Quellen halten einige für diejenigen, welche nach 1 Mos. 36, 24. Ana in der Wüste entdeckte, da er seines Vaters Esel hütete. (Luther übersetzt irrig „Maulpferde".)

Südlich vom Wady Zerka Maein liegt der Wady Wale, welcher in südwestlicher Richtung zum Arnon hinzieht. Er ist wasserreicher als der Wady Zerka und läuft in einem felsigen Bett, in dessen Vertiefungen eine unzählige Menge von Fischen spielt. Die Flußufer sind mit Weiden, Oleanderbäumen und Tamarisken überwachsen und das Thal voll von versteinerten Schalthieren. Die Reisenden Irby und Mangles fanden (1818) im Thal ein Denkmal von hohem Alter, einen mäßig hohen, ganz isolirt im Thal sich erhebenden Bergklumpen, mit einer großen quadratischen Plattform aus großen Quadern belegt ohne Cement — vielleicht einer der hohen Altäre, die dem Baal geweiht waren. Noch immer wird diese Stelle von Beduinen verehrt. Die sehr schöne Plateaufläche im Süden des Wady Wale, zwischen diesem und dem Arnon, wird mit dem Namen El Kura belegt. Der Boden ist nicht fruchtbar, sondern sehr sandig, auch tritt in ihm das basaltartige Gestein wieder hervor. Auf dieser Ebene, die gleich einem grünen Anger von weichem Rasen überzogen ist, liegen die immerhin noch bedeutenden Ruinen des alten Dibon (4 Mos. 21, 30.), welches auch Dibon Gad (4 Mos. 33, 45. 46.) heißt, weil es vom Stamm Gad befestigt ward, wiewohl es zum Besitzthum des Stammes Ruben geschlagen wurde (4 Mos. 32, 34. Jos. 13, 17.). In letzterer Stelle (Jos. 13, 17.) werden die drei Orte: Dibon, Bamoth Baal und Beth Baal Meon zusammen genannt. Die Lage des ersten und des dritten ist uns schon bekannt; das mittlere, Bamoth Baal, muß also ohne Zweifel zwischen beiden in der Mitte gelegen haben, wahrscheinlich auf dem Berg auf der Südseite des Wady Wale, der eine Stunde von Dibon entfernt ist.

Die Quelle des Arnon, der heutzutag Wady Modscheb heißt, liegt nicht weit von Katrane, einer Station der Mekkapilger-Carawane. Dort wird der Fluß Seyl (= Regenbach) Saïde genannt, weiter abwärts Efm el Kereim. Rechts nimmt er das Wasser des Ledschum auf, der von Nordosten in einem tiefen Bett herkommt. Dieser nimmt den kleinen Bach Seyl el Mekhreys, dann den Balua auf, und beide vereinigt heißen Enkheyle. Weiter abwärts mündet der Wady Wale. Bei dem Zusammenfluß des Ledschum und Arnon bildet das Thal einen schönen grünen Waidegrund, in dessen Mitte ein Hügel mit einigen Ruinen steht, welches wahrscheinlich die Ruinen von Ar Moab (4 Mos. 21, 15.), dem spätern Areopolis, sind. Auf diese Lage passen ganz die Bezeichnungen, welche 5 Mos. 2, 36. und Jos. 13, 16. der Stadt gegeben werden: „Stadt im Wasser" (Arnon) und „Stadt mitten im Wasser", ebenso der Umstand, daß die Stadt als ein Ort genannt wird, der zur Zeit des Einzugs Israels hart an der Nordgrenze Moabs lag. (Früher, vor der amoritischen Eroberung, lag sie allerdings mitten im Land). Mit ihr zugleich wird in obigen Stellen als südlichster Punkt, bis zu welchem die Eroberungen Israels reichten, die Stadt Aroër aufgeführt (zu unterscheiden von dem nördlichen, bei Rabbath Ammon gelegenen Aroër). Sie lag „am Ufer des Bachs bei Arnon", d. h. am Rand des Arnonthals. Mit dieser Angabe stimmt die Lage der Ruinen des heutigen Araayr überein. Sie stehen in der Nähe des Zusammenflusses des Arnon und des Ledschum am Rand der nördlichen Felswand des Arnonthals, in welches man wie in einen durch Erderschütterung hervorgebrachten Schlund hinabsieht, auf dessen Grund hinabzusteigen unmöglich scheint. Die nackten steilen Ufer, zwischen welchen der Fluß an 40 Schritt breit durch einen schmalen Streif grünen, flachen Bodens läuft, erheben sich zu gewaltiger Höhe, und sind mit ungeheuer großen Steinblöcken, die sich von den Höhen losgerissen haben, bedeckt. Eine erstickende Hitze herrscht in diesem Engthal wegen der zusammengepreßten Sonnenstrahlen und ihres Zurückprallens von den Felsen. An der Mündung zur Uferebene des Todten Meeres ist es nur noch 97 Fuß breit, und zu beiden Seiten von senkrechten zackigen Sandsteinklippen überragt. In dieser Enge ist der Strom bis auf 10 Fuß Tiefe zusammengedrängt, während er, wo er aus demselben hervortritt, noch 4 Fuß Tiefe hat und 82 Fuß breit ist. Seine Seiten sind von Rohr, Tamarisken und Buschwerk bekleidet. In der vormosaischen Zeit war er die Grenze zwischen den Königreichen der Amoriter und Moabiter, später zwischen dem Stamm Ruben und den Moabitern, weßwegen Jes. 16, 2. die Töchter Moabs dargestellt werden, wie aus ihrem Nest verscheuchte Vögel, an den Furthen Arnons, ihrer Landesgrenze, stehend. Heutzutag scheidet der Arnon die Provinzen Belka und Kerek. Eine so wilde Naturform war wohl geeignet, eine feste Völkergrenze zu bilden, aber sicher auch wenig geeignet, einem ganzen Volk, wie dem Volk Israel, einen bequemen Uebergang darzubieten. „Man kann," sagt C. Ritter, „keineswegs denken, daß ein ganzer Völkerzug sich mit Hab und Gut, wie mit seinen Heerden, den Gefahren und größten Beschwerden des Uebergangs eines so fürchterlich wilden tiefen Thals ohne Noth ausgesetzt haben werde, um in Feindesland einzubringen." Deßwegen ist ohne Zweifel mit Ritter anzunehmen, daß der Zug Israels weiter oberhalb, d. h. mehr ostwärts, etwa die Straße der heutigen Pilgercarawane gewandert sein werde, welche die tiefen Schlünde des Arnon vermeidet und nur die flacheren Wadys der Wüstenlandschaft, welche dessen oberen Lauf bilden, zu durchsetzen hat. Auf dieser Straße erreichten sie am Rand der Wüste hinwandernd (denn sie durften das moabitische Gebiet nicht berühren) von den Jje ha-Abarim aus (nach 4 Mos. 21, 12—20.) zuerst die Station am Bach Sared (wahrscheinlich der Weidenbach, nach andern der Bach Kerek), dann die Station „dießeit am Arnon," d. h. nördlich von den Arnonquellen. Von hier aus sandte Mose Boten an den König Sihon, ihm den Durchzug durch sein Land zu gestatten; aber Sihon zog mit seinem Volk aus, Israel entgegen in die Wüste, und es kam zur Schlacht bei Jahza (dessen Lage unbekannt ist), in Folge welcher Sihon all sein Land von Aroër an, die am Ufer des Bachs bei Arnon liegt, bis gen Gilead verlor (4 Mos. 21, 24. 5 Mos. 2, 36.). Hierauf bezog Israel die Station Beër (Brunnen, 4 Mos. 21, 16., später ein Ort, Richt. 9, 21. Jes. 15, 8.), wo sie das Triumphlied sangen über dem Brunnen, „den die Fürsten gegraben, die Edlen im Volk geöffnet haben durch den Gesetzgeber sammt ihren Stäben." Von hier verließen sie die große Straße und die Wüste und drangen ins bebaute Land ein über die Stationen Mathana (vielleicht der Trümmerort Tedun an der Quelle des Ledschum), Nahaliel, d. h. Bach Gottes (höchst wahrscheinlich der Ledschum), der in seinem Unterlauf noch heute Nahaliel heißt). Die weitern Stationen bis zur Arboth Moab gibt dann 4 Mos. 33, 45—49. an, nämlich Dibon Gad, Almon Diblathaim und Hare ha-Abarim.

Südlich vom Arnon, im alten Moab, lag die zweite Hauptstadt der Moabiter, Rabba oder Rabbath Moab, welche in den früheren Jahrhunderten mit Ar Moab oder Areopolis verwechselt worden ist. Ihre Lage ist bezeichnet durch die Ruinen von Rabba, wie sie noch heute heißen, die den Umfang einer halben Stunde einnehmen und auf einer niederen Anhöhe liegen, welche die weite fruchtbare Ebene beherrscht und den Blick aufs Todte Meer gewährt. — Im Süden davon lag eine dritte Hauptstadt der Moabiter, Kir Moab (Jes. 15, 1., vergl. Jes. 16, 7. 11. Jerem. 48, 31.), heutzutag Kerek oder Kerak, auf einem hohen steilen Felsen im Wady Kerek, der zum Todten Meer in der nördlichen Bucht der Halbinsel Mesrah mündet. 2 Maccab. 12, 17. heißt sie Tharah oder Karaka; die Römer nannten sie Charak Moba. Nach Roth liegt Kerek 3118 p. F. ü. d. M. auf einem hohen, von drei Seiten natürlich, auf der vierten künstlich isolirten Berg. Die Area des Gipfels hat etwa 1 Stunde im Umkreis und war sicherlich früher ganz eingenommen von Festungswerken, Gärten und Gebäuden. Erstere, aus der Kreuzfahrer- und nächsten Sarazenenzeit, liegen ganz in Ruinen, die Gärten sind nur ärmliche Tabakspflanzungen und die Häuser, mehr unterirdisch, anfangs schwer zu unterscheiden, da man über viele wegschreitet.

Dritte Abtheilung.

# Das Westjordanland.

## Ueberblick.

Das Westjordanland, so weit es im beständigen Besitz der Israeliten war, liegt zwischen dem Jordanthal und dem Salzmeer im Osten, und dem Mittelländischen Meer, welches im Alten Testament das Aeußerste oder das Große Meer genannt wird, im Westen. Gegen Süden fällt es im Amoritergebirg in den Wady Murreh ab, durch welchen es vom Hochland der Azâzimeh geschieden ist. Die nördliche Grenze bilden das untere Thal des Leontes- oder Kasmiehflusses und die Hermonhöhen. Innerhalb dieser Grenzen ist es von Norden nach Süden 70 Stunden lang, seine Breite ist im Norden 10 Stunden, und steigt bis auf 25 Stunden an der südlichen Grenze, beträgt also im Durchschnitt 17 Stunden. Hieraus ergibt sich ein Flächeninhalt von etwa 270 Geviertmeilen.

Bei der Beschreibung legen wir die für uns bequemste Eintheilung in die drei Landschaften Judäa, Samaria und Galiläa zu Grund, welche auch die bekannteste und schon im Alten Testament durch die Vertheilung der Freistätten wenigstens angedeutet ist; denn es wurden hiezu nach Jos. 20, 7. bestimmt: „Kedes in Galiläa auf dem Gebirge Naphthali, Sichem auf dem Gebirg Ephraim und Kiriath Arba, d. i. Hebron, auf dem Gebirge Juda." Die beiden ersteren Landschaften hangen ohne tiefere Unterbrechung mit einander zusammen und bilden ein natürliches Ganzes, wogegen Samaria von Galiläa durch das breite Becken der Ebene Jesreel geschieden ist. Durch Judäa und Samaria erstreckt sich von Süden nach Norden ein ziemlich gleichmäßig, d. h. etwa 12 Stunden, breites Hochland. welches auf der Linie von Hebron über Jerusalem nach Sichem seine höchste Anschwellung hat. Den Rücken dieser Anschwellung bildet ein unebenes Tafelland mit welligen Höhenzügen, welche hie und da von bedeutenderen isolirten Kuppen, z. B. der von Hebron, dem Oelberg bei Jerusalem, dem Garizim bei Sichem, überragt sind. Der ganze Landstrich ist von den oberen Thalwiegen zahlreicher Flußläufe durchschnitten, die sich theils gegen Osten, theils gegen Westen, jene steiler und wilder zum Jordan, diese allmäliger und terrassirter zum Mittelmeer senken. Es zieht also auf diesem Plateau die Wasserscheide zwischen dem Jordan und Todten Meer einerseits, und dem Mittelmeer andererseits von Süden nach Norden, und zwar immer dem Jordanthal näher gerückt als dem westlichen Meeressaum. Sie bildet jedoch, da die Thalanfänge vielfach in einander geschoben sind und sich durchkreuzen, keine gerade, sondern eine Schlangenlinie, und senkt sich sogar stellenweise in die Niederung hinab, indem manchmal die Anfänge der entgegengesetzt gegen Osten und Westen gerichteten Wadys in der gleichen Ebene liegen, ohne durch einen merkbaren Sattel geschieden zu sein, so daß dann hier die bequemste Passage für die Carawanen sich darbietet. In der Nähe dieser Wasserscheide läuft die große, noch heutzutage vorzugsweise bewanderte Straße von Hebron über Jerusalem nach Sichem und weiter zum Thabor nach Tiberias hin, weil sie hier die wenigsten Tiefthäler und Thalrisse zu durchsetzen hat, und größtentheils bequemeren, gleichartigen Boden findet. Ebenda sind auch die wichtigsten Städte und Ortschaften des Landes erbaut; denn von da aus war die Beherrschung über beide Seitenabfälle durch die Natur selbst geboten. Auf dieser Linie liegen Hebron, Bethlehem, Jerusalem, Mizpa, Rama, Bethel, Silo, Sichem, Thirza, Jesreel u. s. w., die Residenzen der Patriarchen, die Sitze der Bundeslade unter Samuel und Saul, die wichtigsten dominirenden Burgen und Königsstädte der Kanaaniter, wie der späteren Könige Judas und Israels. Die mittlere Höhe dieses Wasserscheideplateaus über dem Mittelmeer mag 2000—2400 Fuß betragen. (Jerusalem z. B. liegt 2472 Fuß hoch.) Seine Erhebung über dem Ghôr ist noch bedeutender. Die Kuppen ragen einige hundert Fuß über das Plateau empor, die Kuppe von Hebron z. B. ist 2644 Fuß hoch über der Meeresfläche, der Oelberg 2551 Fuß, der Garizim 2398 Fuß, der Thabor 1747 Fuß. Westwärts fällt das Plateau der Wasserscheide zu einem Hügelland ab, welches ihm an seinem Fuße vorgelagert ist. Dieses verläuft sich wiederum in die Küstenebene, welche von Gaza an, wo sie am breitesten ist, bis zum Vorgebirge des Karmel immer mehr sich verschmälernd heraufzieht. Oestlich von der Wasserscheide senkt sich das von tiefen, rauhen Wadys durchrissene Plateau schnell gegen das Ghôr, in welches es mit dem uns schon bekannten klippigen Steilabfall hinabstürzt. Hier sind nur die Thäler bebaut, während die Höhen, wenn schon mit reichen Frühlingswaiden begabt, doch im Sommer nur verdorrt und öde sich zeigen, und daher den Eindruck von grausigen Wüsten erzeugen. Daß der Abfall des Hochlands von der Wasserscheide aus gegen Osten viel bedeutender ist, als der gegen Westen zum Mittelmeer, ergibt sich aus der tiefen Einsenkung des Ghôr unter den Meeresspiegel von selbst. Der Oelberg z. B. erhebt sich über den Spiegel des Todten Meers (2551 + 1235) = 3786 Fuß, der Garizim über den Tiberiassee (2398 + 307) = 2705 Fuß, der Thabor (1747 + 307) = 2054 Fuß. Vergleichen wir aber diese relativen Höhen unter sich, so zeigt sich, daß sie von Süden nach Norden bedeutend abnehmen, was seinen Grund nicht nur darin hat, daß das Niveau des Ghôr in dieser Richtung bedeutend ansteigt, sondern auch darin, daß die Oberfläche des judäisch-samaritischen Hochlands wirklich von Süden nach Norden sich allmälich erniedrigt, bis sie mit der Esdrelom-Ebene in die geringe absolute Höhe von 3—400 Fuß sich hinabsenkt, was auch daraus ersichtlich ist, daß die Lage der Ortschaften auf den Plateauebenen im Süden oft wenig oder gar nicht verschieden ist von den Gipfelhöhen im Norden, wie denn Jerusalem selbst in fast gleicher Höhe mit dem Gipfel des Garizim und sogar noch um 700 Fuß höher liegt als der Gipfel des Thabor.

Nördlich vom Karmelgebirge und von der Ebene Jesreel nimmt die Landschaft Galiläa zwischen dem Tiberiassee und dem Mittelländischen Meer das nördliche Dritttheil des Westjordanlandes ein bis an die Höhen des Hermon und die Grenzen von Tyrus. Sie trägt gleichfalls den Charakter eines Hochlands, das jedoch keine gedehnten Plateauebenen auf seinem Rücken trägt, sondern mit wallendem Gehügel besetzt ist, in dessen Schooß kreisförmige Kesselthäler eingebettet sind. Die Küstenebene setzt sich nördlich vom Karmel fort, wird jedoch durch die Vorberge der Libanonkette zu einem schmalen, oft pittoresken Küstensaum eingeengt und immer wieder durch vorspringende Gebirgsausläufer mehr oder weniger unterbrochen.

Das im ganzen Westjordanland herrschende Gestein ist dasselbe, welches wir schon im größten Theil des Ostjordanlandes gefunden haben, der weichere, kreidenartige Kalkstein der obern Juraformation; darum zeigt sich auch in der Gesammtbildung des Landes viel Uebereinstimmung. Dennoch begegnen uns in den einzelnen Gegenden wieder verschiedene landschaftliche Physiognomieen. Die Berge von Judäa sind breit, gewölbt und kahl, meist öde; sie erheben sich aus den sehr weit ausgedehnten Tafelflächen, welche, wie die wenigen zwischenliegenden Thäler und Wadys, nur spärlich angebaut sind, wiewohl sie, wenn menschlicher Fleiß hier wohnte, ebenso trefflich bebaut sein könnten, wie in früheren Zeiten, aus welchen zahllose Ruinenorte und Mauerreste auf allen Hügeln und Anhöhen Zeugniß für die sehr starke Bevölkerung des alten Palästina geben. Allerdings haben die Berge, welche noch unter dem Einfluß des Sonnenbrands und der trockenen Winde der benachbarten südlichen Wüste stehen, ein wilderes, felsigeres, sterileres Aussehen, als die der fruchtbaren Meeresküste genäherteren Berge von Samaria; indessen ist jener Einfluß auch wieder für die Entwicklung der edelsten Früchte, wie der köstlichsten Trauben um Hebron (im Bach Escol, dem Traubenbach), der edelsten Datteln um Gaza und der saftigsten Oliven in den weitverbreiteten Olivenhainen des Hügellandes günstig. Freundlicher ist die Landschaft Samaria. Die Gebirge sind meist mit schöner Waldung bedeckt und die Thäler fast alle reich bewässert, trefflich bebaut, zumal gegen die Westseite hin, sie sind mit Gartenbau, Olivencultur und Obstwäldern geschmückt, während der Ackerbau weite Strecken einnimmt. Viele Brunnen und Quellen beleben das Land mit grünen Auen und pittoresken Scenerieen. Noch schönere, reizendere, manchfaltigere, zum Theil auch großartigere Gestaltungen nimmt die Natur in Galiläa an. Wenn die Berge auch nicht absolut höher sind, so sind ihre Formen doch schärfer und kühner, die größten Höhen selbst reicher bewaldet und begrünt, wie denn der Thabor durch seine Naturschönheit allgemein gefeiert ist, nicht minder die noch riesenhafteren Grenzhöhen des großen Hermon, der als Schlußstein des ganzen Landes mit seiner Schneedecke alles überragt und weithin seinen Wassersegen verbreitet. Die Seebecken mit ihrem reinen blauen Spiegel tragen nicht wenig zu der Lieblichkeit des Landes und zu seiner Frische bei. Die Thäler sind keine unwirthbaren Schluchten mehr, sondern fruchtbare Ebenen oder reichbewässerte Triften, die bis zu den Gipfeln der Berge hinauf angebaut sein könnten.

Das Westjordanland heißt in der H. Schrift das Land Kanaan. Diesen Namen hat es von Kanaan, dem vierten Sohn Hams, dessen Nachkommen die Urbewohner des Landes waren (1 Mos. 10, 6. 15. 11, 31. 12, 6.). Seine Begrenzung wird 1 Mos. 10, 19. angegeben, nämlich im Westen eine Linie von Sidon bis Gaza, im Süden eine Linie von Gaza bis Sodom und Lasa (= Kallirrhoë). Die östliche Grenze war der Jordan, wie man deutlich aus 4 Mos. 33, 51. sieht, wo es heißt: „wenn ihr über den Jordan gegangen seid ins Land Kanaan,“ vergl. 2 Mos. 16, 35. Jos. 5, 10—12. Andererseits griff nach obiger Stelle der Name Kanaan über die Grenzen des den Israeliten zugehörigen Landes hinaus; denn es gehörte das Küstenland von Tyrus und Sidon dazu. Ja es scheint sogar, daß dieser Küstenstrich, das alte Phönizien, ursprünglich und vorzugsweise Land Kanaan genannt worden sei. Diesen Vorzug, ihr Land nach dem Namen des Stammvaters genannt zu sehen, verdankten die Bewohner dem Umstand, daß sie die Nachkommen des ersten Sohns Kanaans, Zidons, waren und daß sie sich vor allen andern hamitischen Stämmen des Landes durch ihre Handelsmacht, ihren Reichthum und ihre Bildung auszeichneten. Eine Bestätigung findet diese Ansicht darin, daß noch Jesajas (23, 11.) Tyrus und Sidon Städte Kanaans nennt, und daß der Name Phoinix, welchen die Griechen als Stammvater der Phönizier nennen, nur eine griechische Umformung von Kanaan ist. Später wurde der Name auf das ganze Niederland der Küste bis Gaza hinab und auf das in den dortigen Küstenstädten wohnende

Handelsvolk erweitert, so daß der Name gleichbedeutend mit Niederländer und Handelsleute wurde und den Gegensatz zu den nomadischen Stämmen des Hochlands bildete, welche auch wirklich den Kanaanitern unter dem Namen Pheresiter entgegengesetzt werden. So heißt es 1 Mos. 13, 7.: „es wohneten zu der Zeit die Kanaaniter und Pheresiter im Lande" (vgl. Richt. 1, 4. 5. 1 Mos. 34, 30.).*) Die Auffassung der Kanaaniter als Niederländer tritt noch in dem Bericht der Kundschafter hervor, welcher von den Hethitern, Jebusitern und Amoritern, die „auf dem Gebirg wohnen", die Kanaaniter, die „am Meer und um den Jordan wohnen", unterscheidet, 4 Mos. 13, 30. vgl. Jos. 11, 3., wo übereinstimmend mit jener Bezeichnung von den „Kanaanitern gegen dem Morgen und Abend" die Rede ist. Gleichbedeutend mit Kaufmann kommt der Name Kanaaniter Hiob 40, 25. Sprüche 31, 24. vor, wo Luther das Wort geradezu mit Kaufleute und Krämer übersetzt. In weitester Bedeutung wurde der Name Kanaan auf das ganze Westjordanland ausgedehnt.

Von den 1 Mos. 10, 15—19. genannten eilf kanaanitischen Stämmen finden sich nur fünf: die Hethiter, die Jebusiter, die Amoriter, die Girgositer und Heviter, in dem Gebiet, das später den Israeliten zufiel. Die übrigen sechs: die Sidonier, Arkiter, Siniter, Arvaditer, Zemariter und Hamathiter, ließen sich in dem nördlich und nordöstlich von Sidon bis zum Eleutherus hin gelegenen Lande nieder, in dessen Städten sich ihre Namen unzweideutig wieder finden. Von den Kanaanitern im Land Kanaan nennt die Patriarchenzeit nur zwei bedeutende im Land wohnende Völkerstamme, die Hethiter und die Heviter.

Die Hethiter spielen zu Abrahams Zeit eine wichtige Rolle; sie waren wohl anfänglich die einzigen Herren des Landes, so daß noch Jos. 1, 4. das Land „das Land der Hethiter" genannt und 1 Kön. 10, 29. 2 Kön. 7, 6. die Gesammtheit der Kanaaniter mit ihrem Namen bezeichnet wird; ja sie scheinen sich noch über die Meeresgrenze hinaus bis auf die Insel Cypern, welche (Jes. 23, 1. Ezech. 27, 6.) das Land der Chittim (oder Chittäer) heißt,

*) Der Name Pheresiter bedeutet Dorfbewohner, Bewohner des platten Landes, welche Ackerbau und Viehzucht treiben, und bezeichnet also den Gegensatz zu den handeltreibenden Städtebewohnern.

verzweigt zu haben. Ihre Hauptstadt war Hebron, die älteste Stadt des Landes. Sie lebten in milder Sitte in wohlgeordneten Gemeinden mit Volksversammlungen und kamen dem Begehren Abrahams, eine Felsgrotte zum Erbbegräbniß für Sara zu erwerben, mit dem größten Wohlwollen entgegen, so wie auch Abraham ihnen mit der tiefsten Hochachtung begegnet (1 Mos. 23.).*) Auch daß Esau, der Stammvater der Edomiter, sich mit Töchtern der Hethiter verbindet, bestätigt ihr hohes Alter und frühes Ansehen. Zur Zeit des Einzugs der Israeliten treten sie nicht mehr besonders hervor, sie müssen von ihrer früheren Größe und Bedeutung herabgekommen sein. Einzelne ihrer Geschlechter erhielten sich noch bis auf David, so Uria der Hethiter (2 Sam. 11, 3. 23, 39.). Unter Salomo wurden ihre Ueberreste wie die anderer kanaanitischer Stämme zu Knechten gemacht (1 Kön. 9, 20.).

Die Heviter waren ein Gebirgsvolk, das im Libanon seine eigentlichen Sitze hatte (Jos. 11, 3. Richt. 3, 3. 2 Sam. 24, 7.). Im südlichen Palästina waren sie wohl nicht zahlreich und nur in vereinzelten Gruppen, wie zu Sichem, wo Jakob einen Acker von ihnen kaufte (1 Mos. 33, 19. 34, 2.), zu Gibeon, wo sie im Unterschied von allen Umwohnenden in republikanischer Verfassung lebten (Jos. 9, 3. 7. 15. 10, 1. 2.).

An die Stelle der Hethiter traten in späterer Zeit als das mächtigste Volk im Lande die Amoriter, d. h. die Emporragenden, Hochstämmigen. In der patriarchalischen Zeit ist noch kaum von ihnen die Rede, da sie erst von Süden her aus der Wüste Pharan gegen Norden zu dringen anfiengen. Sie wohnten zu Abrahams Zeit in der Umgegend von Hebron und Hazezon Thamar (1 Mos. 14, 7. 13.), auf dem südlichen Abfall des Gebirgs Juda (4 Mos. 13, 29.), der nach ihnen auch den Namen Amoritergebirg führte (5 Mos. 1, 7. 19. 20. Jos. 11, 3.). Sie scheinen als Kriegervolk die friedlicheren Hethiter unterjocht und über das

*) Ein neuerer Reisender im Morgenland erzählt, daß die reichen arabischen Kaufleute in Damaskus, wenn ein geschätzter Kunde ihnen etwas abkaufen wolle, es ihm zum Geschenk anbieten. Sie wissen indeß wohl, daß dieß Anerbieten als bloße Höflichkeitsformel betrachtet und ebenso höflich abgelehnt wird. Dann erst fordern sie den wirklichen Preis und zwar mit dem Zusatz: „was ist das aber zwischen mir und dir" — gerade wie Ephron der Hethiter zu Abraham sagte (1 Mos. 23, 15.).

westjordanische Land sich verbreitet zu haben. Von da aus drangen sie über den Jordan und entrissen den Ammonitern und Moabitern alles Land zwischen dem Arnon und Jabok. Sie treten in der mosaischen Zeit als der mächtigste Stamm der Kanaaniter auf, so daß ihr Name häufig zur Bezeichnung aller kanaanitischen Stämme gebraucht wird (1 Mos. 15, 16. Jos. 24, 17. 18. Richt. 6, 10.). Große Kämpfe waren nöthig, sie zu besiegen (Jos. 10); dennoch blieben sie mächtig an der Meeresküste, bis sie endlich zinsbar wurden (Richt. 1, 34. 35.), und unter Samuel hatte Israel Frieden mit ihnen (1 Sam. 7, 14.).

Die Girgositer gehören zu den unbedeutenden Stämmen; sie scheinen von der Ostjordanseite in das mittlere Jordanland vorgerückt zu sein (Jos. 24, 11.). Sie erhalten in den Volksaufzählungen entweder mit den Jebusitern die letzte Stelle, wie 1 Mos. 15, 21., oder werden sie ganz ausgelassen. Vielleicht hat sich im Namen der Gergesener (Matth. 8, 28.), eine Erinnerung an diese Völkerschaft noch in späterer Zeit erhalten.

Die Jebusiter machen immer den Beschluß der kanaanitischen Völkerstämme; sie gehörten zu den tapfersten Kämpfern gegen Israel und konnten aus ihrer festen Stadt Jebus, d. i. Jerusalem, nicht geworfen werden, bis David mit deren Eroberung sie gänzlich besiegte (Jos. 15, 8. 63. 2 Sam. 5, 6—9.). Doch konnten sie nicht ausgerottet werden; es blieben noch Jebusiter als Eigenthümer in der eroberten Stadt, wie Arafna (2 Sam. 24, 16—25.). Ihre Ueberreste machte Salomo zinsbar (1 Kön. 9, 20.), und noch Esra 9, 1. werden sie erwähnt.

Unter den vorisraelitischen Urbewohnern Palästinas werden auch noch die Riesengeschlechter der Rephaim, d. h. Hochgewachsene (Luther übersetzt das Wort mit „Riesen"), und der Enakim, d. h. Langhalsige, Riesige, genannt. Jene wohnten auf dem Ostjordanland (5 Mos. 2, 11. 3, 11. u. s. w.), diese auf dem Westjordanland (5 Mos. 9, 2. 4 Mos. 13, 22. ff.). Doch findet sich die Benennung Rephaim auch für die cisjordanischen Riesen (Jos. 17, 15. 2 Sam. 21, 15—22.). Von den ostjordanischen Riesen war schon oben die Rede. Zu den Enakim des Westjordanlandes gehörten auch die Avim oder Aviter, d. h. die Zerstörer (Jos. 13, 3.), welche in der südlichen Meeresniederung wohnten, aber schon von den eindringenden Philistern verdrängt wurden (5 Mos. 2, 23.), jedoch so, daß immer noch Reste derselben in den philistäischen Städten übrig blieben (Jos. 11, 21. ff. 2 Sam. 21, 15—22., wo sie Rephaim oder Kinder von Rapha heißen). Die Enakim des Hochlands, im Gebirg Juda, namentlich in der Gegend von Hebron, erhielten sich bis auf Josuas Zeit, von welchem sie vertilgt wurden (4 Mos. 13, 29. 34. 5 Mos. 9, 2. Jos. 11, 21. ff.). Diese Riesengeschlechter des cis- und transjordanischen Landes werden von den meisten für nichtkanaanitische Stämme und für vorkanaanitische Urbewohner gehalten. Da aber die Rephaim und die Enakim in der Völkertafel (1 Mos. 10) weder unter den Semiten noch unter den Hamiten aufgeführt, wohl aber beide ausdrücklich Kanaaniter und Amoriter genannt werden (1 Mos. 12, 6. 15, 16. Richt. 1, 10. 20. 5 Mos. 3, 11., wo das Reich der Rephaim als Amoriterreich bezeichnet wird, in Bezug auf die Avim vgl. man auch die Stelle 5 Mos. 2, 23. mit 1 Mos. 10, 19., woraus sich ergibt, daß auch sie Kanaaniter waren; denn sie wohnten ja in der philistäischen Niederung bis Gaza, welche nach letzterer Stelle zum Gebiet der Kanaaniter gehörte); da ferner die Namen Amoriter, Rephaiten und Enakiten ihrer Bedeutung nach auf eins hinauskommen, indem sie eben hochstämmige, riesige Leute bezeichnen; und endlich die Amoriter sich zu Rächern der vertriebenen Rephaiten an den Moabitern und Ammonitern berufen fühlten: so hat ohne Zweifel die Vermuthung sehr vieles für sich, daß die Rephaim und Enakim größere oder kleinere Abzweigungen des Amoriterstamms waren, und darum auch in der Völkertafel nicht genannt werden.

Die Frage, ob diese Völker die Ureinwohner von Palästina gewesen, ist ohne Zweifel dahin zu beantworten, daß die eigentliche Urbevölkerung semitischer Abstammung von dem Stamm Lud war, und daß die Kanaaniter später und zwar nicht auf einmal, sondern nach und nach von Süden her einwanderten und sich auf friedliche Weise unter und neben den semitischen Ureinwohnern niederließen. Diese allmälige Einwanderung macht es wahrscheinlich, daß die Kanaaniter Anfangs sich mit den früheren Bewohnern, den Semiten, verschmelzten und Sprache und Sitten derselben annahmen, wie denn ja die phönizische Sprache wirklich semitisch ist, was manche nur daraus sich glaubten erklären zu können, daß sie die Phönizier zu Semiten machten. Später aber gewann durch wiederholte Einwanderung (vgl. 1 Mos. 10, 15—18.) das kanaanitische Element ein entschiedenes Uebergewicht über die ursprüngliche Bevölkerung, so daß diese zum Theil in jenem aufgieng und der Name der Kanaaniter und Amoriter die allgemeine Bezeichnung aller dermaligen Bewohner Palästinas wurde. Als letzter selbständiger Repräsentant der sonst in den Kanaanitern aufgegangenen semitischen Bevölkerung ist wahrscheinlich der Priesterkönig Melchisedek anzusehen, woraus dann auch seine jetzige und absonderliche Stellung unter den Besitzern Kanaans sich erklärte.

Zu Abrahams Zeiten waren die Zustände des Landes und seiner Bewohner noch ganz andere, als ein halbes Jahrtausend später zu Moses Zeit. Das Land war wenig angebaut und bevölkert; Hirtenfamilien mit ihren Heerden durchzogen das Land ungehindert von einem Ende zum andern, und Abraham sagt zu Lot: steht dir nicht alles Land offen? Städte, mit denen Kanaan zur mosaischen Zeit wie bedeckt ist, waren noch wenige vorhanden, wie Sichem, Lus, Hebron u. s. w. Die Bewohner des Landes waren friedfertig, ihre Stammfürsten noch keine kriegerischen Könige. Aber auch das Bewußtsein der Stammverwandtschaft scheint bei diesen hamitischen Kanaanitern nie besonders rege gewesen zu sein; daher konnten sie es auch nicht zur Gründung größerer Staaten und Reiche bringen, vielmehr befehdeten sie sich gegenseitig Jahrhunderte lang, und bieten so zur Zeit der Einnahme durch Israel das Bild eines in beispiellose Zerrissenheit unzähliger kleiner Herrschaften und da und dorthin zersprengter Stämme zerfallenen Völkergeschlechts, wo fast jeder Ort der Sitz eines eigenen Königs ist, wie denn Jos. 12, 9—24. im nördlichen Kanaan 31 Könige aufführt und Richt. 1, 7. von 70 Königen der Kanaaniter spricht, welche der Stamm Juda bei der Besitznahme von Judäa zu besiegen hatte. Daher auch die zahllosen Burgen, durch welche sich der Nachbar gegen den Nachbar zu decken suchte. Diese gegen die friedliche Patriarchenzeit so veränderten Zustände scheinen hauptsächlich durch das Eindringen der kriegerischen Amoriter herbeigeführt worden zu sein, die wohl unter einander selbst wieder zerfielen und sich gegenseitig befehdeten. So erklärt sich auch, wie eines ihrer Königreiche nach dem andern durch Mose und Josua besiegt werden konnte; denn kein gemeinsames Oberhaupt, kein Bund sammelte die Kraft der zerspaltenen Völker gegen den gemeinsamen Feind.

Nach der Eroberung wurde das Westjordanland unter die 9½ Stämme ausgetheilt, welche noch kein Erbtheil hatten. Doch sind wir nicht mehr im Stande, die Grenzen der einzelnen Stämme genauer anzugeben. Bei der ersten Vertheilung, welche noch im Lager zu Gilgal von Josua vorgenommen wurde, erhielten Juda und Ephraim nebst dem halben Stamm Manasse ihr Erbtheil, Juda im Süden in der Landschaft Judäa, Ephraim und Manasse in der Mitte des Landes in der Landschaft Samaria (Jos. 15. 16. 17). Nachdem aber das Lager von Gilgal am Jordan nach Silo verlegt war, wo auch die Stiftshütte aufgerichtet wurde (Jos. 18, 1.), sollte auch den noch übrigen 7 Stämmen ihr Erbtheil angewiesen werden. Es wurden deßhalb 3 Männer aus jedem Stamm ausgesandt, um die Landschaften zu vermessen und zu beschreiben (Jos. 18, 3. ff.). Das Ergebniß war, daß das Land als zu klein erfunden wurde. Denn bei der ersten Austheilung hatte man noch darauf gerechnet, das ganze Ländergebiet, welches die göttliche Verheißung dem Samen Abrahams bestimmt hatte, vom Bach Aegypti (Sihor) bis an das große Wasser Phrath (1 Mos. 15, 18. 2 Mos. 23, 31. 5 Mos. 1, 7. Richt. 3, 3.) also auch Phönizien und den ganzen Libanon, ja noch über diesen hinaus, zur Vertheilung bringen zu können (Jos. 13, 1—7.). Da aber der Eifer in der Kriegführung immer mehr erlahmte (Jos. 18, 3.), so zeigte sich dieß später als unausführbar. Es wurde deßhalb bei der zweiten Verlosung der Antheil Judas und Ephraims verringert, indem das Loos Benjamins und Dans zwischen jene beiden Stämme fiel und das Erbtheil Simeons aus dem Gebiet Judas herausgenommen wurde (Jos. 18, 11. 19, 40 ff. 19, 9.). Die übrigen 4 Stämme erhielten ihr Erbtheil im Norden des Landes, in der Landschaft Galiläa: Isaschar im östlichen Theil der Ebene Jesreel, Sebulon nördlich davon im westlichen Theil der Ebene Jesreel und im südgaliläischen Bergland, Asser und Naphthali in Nordgaliläa, jener westlich, dieser östlich. Nur der Stamm Levi erhielt kein Land; denn das Priesterthum des Herrn war sein Erbtheil (Jos. 18, 7. 13, 14.). Die Leviten erhielten in allen Erbtheilen nur Städte zum Wohnen und Vorstädte für ihre Heerden (Jos. 21, 2.), im Ganzen 48, nämlich die Priester, Aarons Nachkommen, 13 Städte in den Stämmen Juda, Simeon und Benjamin, die Kahathiter 10 Städte in Dan, Ephraim und Halbmanasse, die Gersoniter 13 Städte in Isaschar, Asser, Naphthali und Halbmanasse, die Merariter 12 Städte in Sebulon, Ruben und Gad. Sie sollten zerstreut im Lande wohnen nach 1 Mos. 49, 6.

Daß die Stämme ihre Erbtheile bei dieser Vertheilung nicht schon in ihrem ganzen Umfang erhielten, sondern darauf angewiesen waren, sich dieselben erst zu erwerben und durch Aufräumung des War (Jaar) und Ausrottung der Ursaßen zu erweitern, beweist die Klage des Hauses Joseph an Josua, daß ihr angewiesenes Erbtheil zu klein sei, worauf Josua ihnen erwidert, sich im Gebirg Gilboa durch Aufräumung des War (S. 63) und Vertilgung der Pheresiter und Rephaiten Raum zu schaffen (Jos. 17, 14. ff.). Uebrigens wurde die Einnahme des Landes nie ganz vollendet. Am gewaltigsten war der Eingriff, den das kriegerische Küstenvolk der Philister im Westen in das Gebiet des Stamms Juda machte. Auch sonst blieben die Kanaaniter im Besitz mancher Gegenden des Landes, z. B. in Manasse, Sebulon, Naphthali und Ephraim, wurden jedoch von den Israeliten zinsbar gemacht (Richt. 1, 27. ff.). Das umgekehrte Verhältniß trat zum Theil bei den 4 nördlichen Stämmen Asser, Sebulon, Naphthali und Isaschar ein. Hier nämlich, im Norden des Landes, wurde die Besitzergreifung am mangelhaftesten durchgeführt, weil, als es hier zur Eroberung kam, die Kraft der gemeinsamen heiligen Begeisterung schon gebrochen war und von Seiten der stärksten Stämme, welche ihre bereits eingenommenen Erbtheile zu sichern hatten, wenig Mithilfe gewährt wurde. Jene 4 schwächeren Stämme mochten daher, soweit sie nicht im Stande waren, sich eigenes Land zu erwerben, geneigt sein, sich als Insaßen in dem noch den phönizischen Handelsstädten zugehörigen Gebiet niederzulassen. Und auch diese Handelsstaaten mochten gerne zu einem solchen friedlichen Abkommen die Hand bieten; hatten sie es ja doch auch bisher ihrem Handelsinteresse nicht gemäß gefunden, sich in die Kriege Israels mit ihren Stammgenossen einzumischen und sahen sich durch die Fortschritte der siegreichen Fremdlinge mit Unterbrechung und Abschneidung von ihren Handelsstraßen nach Aegypten, Arabien und den Euphratländern nicht wenig bedroht. Namentlich scheint der Stamm Asser, welcher die ihm zugetheilten Städte im Norden des Karmel: Ako, Sidon, Tyrus u. s. w. nicht einzunehmen vermochte (Jos. 19, 28—30. vgl. Richt. 1, 31.), in dieses Hörigkeitsverhältniß eingetreten zu sein, weßwegen es Richt. 1, 32. heißt: „die Asseriter wohnten unter den Kanaanitern, die die Bewohner des Landes waren." In Beziehung auf dieses Verhältniß wird im Segen Jakobs (1 Mos. 49, 19.) gesagt: „von Asser kommt Fettes und er gibt Leckerbissen des Königs," worunter nur die Lieferungen des köstlichen Waizens für die Hofhaltung der sidonischen Könige gemeint sein können. Aehnliche Beziehungen kommen im Segen Jakobs auch bei andern Stämmen vor. So heißt es v. 14. von Isaschar: „Isaschar, ein knochiger Esel, hingestreckt zwischen den Viehheerden; er sahe die Ruhe, daß sie gut, und das Land, daß es lieblich, und beugte seinen Nacken zum Lasttragen und ward zum zinsbaren Knecht," womit deutlich das Geschäft der nomadisirenden Stämme gezeichnet ist, die in der Umgebung Phöniziens ihre Karawanenthiere stellten und im Dienst der Phönizier ihre Waarenführer, Lastträger und Eseltreiber wurden (vgl. 5 Mos. 33, 18.: „er freute sich seiner Zelte"). Ferner von Sebulon v. 13.: „Sebulon wird am Gestade der Schiffe wohnen, seine Seite gelehnt an Sidon." Von Sebulon und Isaschar heißt es im Segen Mosis (5 Mos. 33, 19.): „sie saugen den Reichthum der Meere und die verborgenen Schätze des Sandes," was sich auf den Fang der Purpurschnecke und auf die Glasbereitung bezieht, wobei die Israeliten sicher nur als Knechte und Handlanger Dienste leisteten. Auch die Daniter in Lais werden im Lied der Debora getadelt, daß sie, statt mit ihren Brüdern gegen den gemeinsamen Feind zu kämpfen, es vorgezogen hätten, „bei den Schiffen zu weilen" (Richt. 5, 17.), d. h. den Geschäften im Dienst der Sidonier nachzugehen und bei ihnen ihren Verdienst durch Ein- und Ausladen und Transport der Waaren, die von der phönizischen Küste über Dan nach dem Euphrat zu gehen pflegten, zu suchen. — Dieses Dienstverhältniß machte die nördlichen Stämme bei ihren Volksgenossen verächtlich und brachte sie auch in vielfache Berührung mit dem Götzendienst. Indessen scheint dasselbe anfangs nicht drückend, ja sogar mit großen

Freiheiten verbunden gewesen zu sein. Später jedoch wurde es anders; denn zu Usias Zeit eifert Amos (1, 9.) wider Tyrus, weil sie die gefangenen Israeliten (wahrscheinlich Hörige) weiter ins Land Edom vertrieben (d. h. wahrscheinlich als Sklaven verkauft) und nicht gedacht habe an den Bund der Brüder, d. h. an den Vertrag, durch welchen wohl früher das Hörigkeitsverhältniß mag geregelt worden sein (vgl. 1 Kön. 9, 11.).

Wir gehen nun zur Beschreibung der einzelnen Landschaften über.

---

## Erster Abschnitt.

## Judäa.

Die aus dem babylonischen Exil Zurückkehrenden breiteten sich im südlichen Palästina aus. Da sie meist dem Stamm Juda angehörten, so wurden sie von jetzt an nicht mehr Israeliten, sondern Juden genannt. Daher erhielt auch ihr Land den Namen Judäa. Diese Landschaft erstreckte sich von der südlichen Landesgrenze nördlich etwa bis zum Wady Beit Hanina, nordwestlich von Jerusalem, dem Oberlauf des zum Mittelmeer mündenden Nahr Rubin, und bis zu dem östlich über Jericho zum Jordan streichenden Wady Kelt, in der Tiefebene aber nordwärts bis zum Karmel.

Das Buch Josua, welches eine unschätzbare Quelle für geographische Verhältnisse ist, wie kein Buch des Alterthums, gibt uns eine übersichtliche Anschauung dieser Landschaft, deren Naturtreue uns erst durch die Entdeckungen der neuesten Reisenden zum Bewußtsein gekommen ist. In dem Rückblick auf den Feldzug, in welchem Josua den Süden Palästinas besiegte, heißt es (Jos. 10, 40.): „also schlug Josua das ganze Land: das Gebirge und den Mittag und die Niederung und die Thalgründe und alle ihre Könige." Jos. 11, 16. finden wir gleichfalls eine Zusammenfassung des eroberten Landes nach seinen natürlichen Theilen; hier fehlen aber „die Thalgründe", die ohne

Zweifel hier unter dem Land Gosen zu verstehen sind, während als weitere Theile die Arabah, d. h. die Steppe, so wie das Gebirge Israel, d. h. das Gebirg Ephraim, aufgeführt sind, welches letztere hier außer unserem Betracht bleibt.*) Hier tritt uns eine geographische Anschauung entgegen, welche ganz auf die natürlichen orographischen Bodenindividualitäten basirt ist und einen merkwürdigen geographisch-strategischen Scharfblick beurkundet. Es sind 5 Hauptgruppen, in welche hier das besiegte Land (ohne das Gebirg Israel) zerlegt wird:

1) das Gebirg, d. h. das Gebirg Juda, welches als der Kern, als das eigentliche strategische Bollwerk des Landes zuerst genannt wird;

2) der Mittag, das mittäglichste Kanaan, von den Grenzen Edoms im Osten bis zum Philistergebiet im Westen reichend, im Süden von der Wüste, im Norden vom Gebirg Juda begrenzt. Auch sonst wird dieser Landstrich so genannt, z. B. 1 Mos. 13, 3. 20, 1. 24, 62. 5 Mos. 34, 3. Bei der ersten Theilung fiel er dem Stamm Juda ganz zu; bei der zweiten Theilung wurden aber viele der Jos. 15, 21—32. aufgezählten Städte des Mittags dem Stamm Simeon zugetheilt (Jos. 19, 1—9.);

3) die Niederung (hebr. Sephela, was Luther bald mit „Gründe“, bald mit „Blachfeld“ übersetzt), die große Küstenebene des Flachstrandes von Gaza bis zum Berg Karmel;

4) die Thalgründe, welche Jos. 11, 16. ohne Zweifel unter Gosen zu verstehen sind, die Hügelregion zwischen der Niederung und dem Gebirg;

5) die Arabah, die Wüste oder Steppe, östlich vom Gebirg Juda, zwischen diesem und dem Todten Meer.

An diese 5 Gruppen werden wir

6) die Gegend um Jerusalem anreihen, die wir getrennt vom Gebirg Juda, zu welchem sie gerechnet werden kann, betrachten werden.

Die Reihenfolge, in der wir die einzelnen Gegenden beschreiben, wird jedoch eine andere als die eben angegebene sein.

*) Vgl. die Eintheilung Jerem. 17, 26.

Erstes Kapitel.

## Der Mittag Juda.

Beginnen wir mit dem Mittagsland, welches im N. Test. Idumäa heißt (Marc. 3, 8.). Es breitet sich südlich vom Gebirg Juda als ein 12—16 Stunden breiter Steppengürtel aus, der aus der südöstlichen Arabah treppenartig in mehreren Stufen zur Hochterrasse des Gebirgs Juda ansteigt und südlich im Amoriter Gebirg zum Wady Murreh abfällt.

Es sind von der Arabah aus drei gegen Nordwesten immer höher über einander aufsteigende Stufen mit welligen Plateauebenen. Die erste Stufe, die man unmittelbar aus der noch unter dem Meeresspiegel liegenden Arabah ersteigt, erhebt sich 4—500 Fuß über dieselbe, und bildet einen Landstrich von 2½ Stunden Breite, der von West-Süd-West nach Ost-Nord-Ost zieht bis zum Salzberg Usdom am Südende des Todten Meers. Die Wasser desselben werden gegen Nordost durch den Wady el Fikreh zum Ghôr abgeleitet. Weit höher, an 1000 Fuß, ist der fast unzugänglich steil scheinende Südrand der zweiten oder mittleren Stufe, zu welcher drei Pässe hinaufführen. Der mittlere ist der Paß es Sufâh. Man braucht 1½ Stunden, um den sehr beschwerlichen Paß durch eine tiefe, steile Schlucht zu erklettern. Der Weg ist an manchen Stellen durch Kunst in Stufen gehauen. Wenn, wie Robinson meint, Kades in der Arabah beim heutigen Ain el Weibeh lag (worüber unten das Weitere), so könnte dieser Paß dem Paß Zephat (4 Mos. 14, 40—45. 21, 3. vgl. Richt. 1, 17.) entsprechen, den die Israeliten von Kades aus im Trotz erstürmen wollten, den sie aber von den Amoritern, die auf dem Gebirg wohnten, hinabgejagt und zerschmissen wurden bis gen Horma. Die Erhebung der zweiten hinter dieser Paßhöhe sich ausbreitenden Plateaustufe beträgt 1433 Fuß ü. d. M.; ihre Wasser fließen durch verschiedene Wadys gleichfalls zum Wady el Fikreh ab. Robinson fand auf ihr eine große Wildniß. Als v. Schubert sie betrat, wurde er von einer reizenden Frühlingsflora erfreut, die ihm als ein Willkomm aus dem Gelobten Lande erschien. Man trat in einen wahren Blumengarten, in dem mehrere Arten von Tulpen, bunte Anemonen und zarte Hyacinthen blühten und labende kühlere Nordluft einem entgegenwehte. Ueber diese Mittelstufe steigt sofort eine dritte Bergkette auf, nur halb so hoch als die zweite; sie streicht von Ost-Nord-Ost nach West-Süd-West und führt zu der dritten, oberen Plateaustufe. Treffliches Waideland breitet sich da aus, auf dem große Heerden von Schafen und Ziegen weiden. Schubert und seiner Begleitung war es eine Wonne, im Thal nach langer Entbehrung sich im hohen Gras mit gewürzduftenden Kräutern zu lagern. So weit das Auge reichte, war alles grün, üppige Wiesen und Gefilde, Felder mit Grenzmauern früherer Kultur von Aeckern und Gärten erweckten die angenehmsten Gefühle nach langem Durchkreuzen der Wüste. Gesang der Vögel und zahlreiche Heerden belebten die Gegend und eine sehr große Schaar häuslicher Störche schwebte mit stillem Flug an den Reisenden vorüber der nördlichen Heimath zu. In der Nähe der Chalilberge, d. h. der Berge südlich von Hebron, des südlichen Theils des Gebirgs Juda, sieht man zum ersten Mal wieder Getraidefelder, die Wüste ist aus, da kein Säen noch Aernten ist. Man sieht wieder Menschen, nicht in Schaffelle und Lumpen gehüllt, sondern in orientalischer Kleidung, die den Gruß des Friedens erwidern. Balsamische Lüfte wehen über die Anhöhen. Die starren Gestalten der Wüstengewächse sind verschwunden; man sieht keinen Wüstenstrauch, keine stachligen Mimosen mehr; lauter europäische Formen treten hervor als Pflanzenkleid der Erde, aber in neuen Arten. — Daß das Mittagsland einst sehr bevölkert war, sieht man aus dem Städteverzeichniß Jos. 15, 21—32., welches 29 Städte mit ihren Dörfern enthält.

Hat man die Paßhöhe der eben beschriebenen dritten Plateaustufe erreicht, so beginnt bald der Boden gegen Nordwest sich zu senken, und wir treten in den Anfang eines Wady ein, der gegen Nordwest hinzieht. Es ist der Wady Ararah, auf dessen Höhen die Ruinen des alten Aroër liegen, jener Stadt an der äußersten Südgrenze Judas, an deren Bewohner, wie an die anderer Städte, David einst von Ziklag aus nach seinem Sieg über die Amalekiter die gemachte Beute vertheilte (1 Sam. 30, 26. ff.). Es ist zu unterscheiden von den beiden andern Orten gleiches Namens im Stamm Ruben und Gad. Van de Velde fand hier mehr als 12 Wasserbrunnen. Der Wady Ararah mündet in den Wady es Sebah, welcher seinen Anfang in der Gegend zwischen Bethlehem und Hebron nimmt, und das Gebirg Juda gegen Süden unter dem Namen Wady el Chalil durchzieht, ein Name, welchen er beim Austritt aus dem Gebirg und nach der Vereinigung mit dem Wady Ararah mit dem andern Namen Wady es Seba vertauscht. — 3½ Stunden nordwestlich von da liegt Berseba, d. h. Brunnen des Eides, oder Brunnen der Sieben, nämlich der sieben Lämmer, welche Abraham dem Abimelech zur Sicherstellung des von ihm selbst gegrabenen Brunnens gab (1 Mos. 21, 28—30.) — eine der 29 Grenzstädte Judas gegen Edom (Jos. 15, 28.), an der Südgrenze des Gelobten Landes und daher in der zur Bezeichnung der äußersten Landesgrenzen geläufigen Redensart „von Dan bis gen Berseba" oft vorkommend, der berühmte Aufenthaltsort der Patriarchen an der Grenze der Wüste und des nordwärts liegenden Waidelandes. Hier schlägt man zum ersten Mal seine Zelte nicht mehr auf nacktem Sand, sondern auf begrastem Boden auf. Sanftwellige Höhen mit schönem grünem Rasenteppich breiten sich nordwärts um den Südfuß der Chalilberge aus. Eine belebte und bevölkerte Landschaft, der rohe Pflug mit vorgespannten Kameelen, mit dem die Araber die Kornfelder durchfurchen, die ersten Schaaren umherschwärmender Tauben, die lieblichere Natur erinnern daran, daß man in der Nähe des Gelobten Landes ist. Viele umherliegende Ruinen bezeichnen die alte Ortslage, von besonderem Interesse sind die beiden schönen Cisternen voll guten Wassers an der Nordseite des Wady. Sie führen heute den Namen Bir es Seba, d. h. Löwenbrunnen, sind rund, fest ausgemauert. Der größte hat 12½ Fuß im Durchmesser und bis zur Oberfläche des Wassers eine Tiefe von 44½ Fuß; unten ist er 16 Fuß in den Felsen eingehauen. Der andere Brunnen liegt 300 Schritt west-südwestlich, hat 5 Fuß im Durchmesser und ist 42 Fuß tief. Beide Brunnen*) haben klares, treffliches Wasser im größten Ueberfluß, und sind mit steinernen Wasser-

*) Van de Velde fand 5 Brunnen und meint, es müsse bei Robinson, der die oben beschriebenen 2 Brunnen entdeckte, ein Irrthum obwalten, indem jene 5 Brunnen so nahe bei einander liegen, daß, wer den einen gewahr werde, den andern schwerlich übersehen könne. Auch habe keiner der 5 Brunnen einen so großen Durchmesser, wie Robinson ihn von den zweien angebe, die er sah.

trögen umgeben, für Kameele und Heerden bestimmt, wie sie ohne Zweifel schon vor Alters für die Heerden gebraucht wurden. Die Einfassungssteine sind tief eingeschnitten von den Stricken, woran das Wasser mit der Hand heraufgezogen wurde. Schon Abraham hatte hier einen Quell entdeckt, Isaaks Knechte gruben nach einem zweiten Brunnen. Zu Isaaks Zeiten stand hier noch keine Stadt; der außerordentliche Werth der Brunnen mag die Veranlassung zur späteren Erbauung der Stadt gegeben haben. Etwa 2 Stunden nördlich von Versaba kam Van de Velde an einem abgeplatteten Felshügel vorbei, auf dem man sogleich eine alte Festung erkannte, die el Lechieh oder Lekieh heißt. Die Seiten des Hügels sind voller Höhlen und Löcher. Die eigenthümliche Form dieses hohen befestigten Hügels am Eingang des Gebirgs Juda und seine Lage als äußerste Grenzfestung gegen Süden weckten seine Aufmerksamkeit und eine sorgfältige Untersuchung der Schrift führte ihn zu der angenehmen Entdeckung, daß el Lechieh nichts anders sein könne als Bealoth in Josuas Liste der Städte „gegen Mittag" (15, 24.). In dem Städteregister 19, 8. wird der Ort Baalath-Beer-Ramath gegen Mittag genannt (vgl. 1 Sam. 30, 27.). Unter dem Namen Baëlath kommt die Stadt noch einmal vor 1 Kön. 9, 18. und 2 Chron. 8, 6. als eine der Kornstädte Salomos, die er wegen der Wichtigkeit ihrer Lage befestigte. Am merkwürdigsten aber wird dieses Ramath gegen Mittag durch die Erzählung Richt. 15. Die Philister, wüthend über Simsons Rache, belagerten Juda und ließen sich nieder zu Lehi. Simson übergab sich gebunden in ihre Hände und wurde von der Steinkluft Etham nach Lehi geführt, worauf er mit einem Eselskinnbacken 1000 Philister schlug und hieß die Stätte Ramath Lehi, d. h. Hinwurf des Kinnbackens. Wenn nun v. 19. erzählt wird, Gott habe auf das Gebet des dürstenden Simson „einen Backenzahn in dem Kinnbacken" gespalten, „daß Wasser herausgieng", so wäre es widersinnig anzunehmen, dieß sei ein Zahn im Eselskinnbacken gewesen. Der Sinn ist vielmehr der, Gott habe, wie einst zu Moses Zeiten, den Fels in einer der dortigen Höhlen, der die Form eines Kinnbackens gehabt haben mag, gespalten und einen Wasserquell daraus hervorbrechen lassen, wie denn in diesen Gegenden nicht selten Quellen hervorbrechen, wo vorher keine waren. Der

Höhle wird aber, um ihre Aehnlichkeit mit einem Kinnbacken durchzuführen, bildlich auch ein Zahn zugeschrieben, den Gott spaltete, daß Wasser hervorbrach. — Eine Stunde nordöstlich von den Ruinen von Aroër liegt in einem Nebenwady des Wady Ararah el Milh, in welchem Robinson das alttestamentliche Molada (Jos. 15, 26. 1 Chron. 5, 28.) wieder erkannt hat. Es sind hier ausgemauerte Brunnen, 5 bis 7½ Fuß im Durchmesser und 46 Fuß tief. — Zwei Stunden weiter gegen Nordosten erhebt sich aus der Steppe ein schöner runder Hügel, heutzutag Tell Arâd genannt, ohne Zweifel das alte Arad (Richt. 1, 16.). Hier wohnte jener König von Arad, ein Kanaaniter, welcher, als er hörte, daß Israel durch den Weg der Kundschafter (von Kades Barnea her) hereinkomme, wider Israel stritt und ihrer etliche gefangen führte (4 Mos. 21, 1. 33, 40.). Unter den später von Josua besiegten Königen wird auch der König von Arad aufgeführt (Jos. 12, 14.). — Wieder 2 Stunden nordöstlich von Arad liegt Kurietin, sicher jenes Kirioth, welches Josua (15, 25.) in seinem Städtecatalog aufführt.

---

Zweites Kapitel.

## Das Gebirg Juda.

Nordwestlich von Molada, Arad und Kirioth erhebt sich der steile Rand der letzten Stufe, zu welcher das Land von Mittag her ansteigt, der Hochterrasse von Judäa. Ersteigen wir ihn, so befinden wir uns auf dem Rücken des Gebirges Juda, welches von da gegen Norden bis über Bethlehem hinaus sich erstreckt. Es hat in dieser Richtung eine Länge von gegen 18 Stunden, seine Breite mag durchschnittlich 4 Stunden betragen. Seine Oberfläche erscheint als ein Wechsel von flach gewölbten Ebenen, steilen Kuppen und langgestreckten Bergrücken von bedeutender Meereshöhe. Die Wasserscheide, welche von Süden nach Norden zieht und eine Reihe historisch merkwürdiger Punkte trägt, schwillt bis zu 3000 Fuß über dem Mittelmeer an und gewährt die herrlichsten Aussichten nach Osten und Westen. Im Mittelpunkt des Gebirgs liegt die uralte Patriarchenstadt Hebron in einem Nebenthal des Wady el Chalil, welcher im Osten vorüberzieht. Er kommt aus der Gegend zwischen Hebron und Bethlehem und theilt das Gebirge in zwei Zweige, indem er dasselbe als Längenthal von Nord nach Süd tief durchfurcht. Nach seinem Austritt aus dem Gebirg nimmt er westliche Richtung und zugleich den Namen Wady es Seba an. In ihn münden eine Reihe kurzer Wadys auf der rechten und linken Seite, die also sämmtlich nach innen, gegen die Mitte des Gebirgs gerichtet sind. Dieses bildet demnach ein in sich geschlossenes Ganzes, welches nur an einem einzigen Punkt, auf dem Thalweg des Wady el Chalil, nach außen sich erschließt. Seine größte Unzugänglichkeit aber hat es im Westen, wo es als hohes Bollwerk zur Philisterebene hinabschaut. Dorthin zu fällt es mit scharf abgebrochener Kante, einer undurchbrochenen Mauer gleich, zu dem an seinem Fuß ihm vorgelagerten bebuschten Hügelland ab; denn keiner der westlichen Wadys greift ins Innere des Hochlands hinauf, sie haben sämmtlich im Hügelland ihre Wiege. Diese starke natürliche Festung war dem mächtigen und kriegerischen Stamm Juda als Wohnsitz angewiesen; er sollte hier der stets gerüstete Grenzwächter gegen den philistäischen Erbfeind im Westen sein, welcher unaufhörlich gegen dieses Bollwerk anzukämpfen versuchte. Nördlich von Bethlehem bis zum Gebirg Ephraim hin ist die Bodengestaltung eine andere. Hier greifen nicht nur von Osten, sondern auch von Westen her eine Menge Wadys auf das Wasserscheidenplateau herauf und bilden offene Pforten, durch welche das Hochland mit der auf ihm thronenden Hauptstadt des Landes zugänglich wird. Der Westrand ist hier nicht mehr massig geschlossen; das System des Nahr Rubîn (Bach Sorek) und des Audscheh verzweigt sich wie ein Baum mit weit ausgebreiteter Krone durch das Hügelland hindurch bis zur Wasserscheide des Gebirgs hinauf. Deßwegen ist hier das Kampffeld, auf welchem Israel seine Späne mit den Philistern auszufechten hatte.

Der Plateaurücken des judäischen Gebirgszugs ist mit Getraidefeldern beackert und mit Olivenwäldern bepflanzt, gesegnet an Weinbergen, so wie auch die Gründe gut angebaut erscheinen. An den Abhängen kann man die vielen Mauern und Anlagen der so allgemeinen kanaanitischen Terrassencultur wahrnehmen. Aller Orten stößt man auf Ruinen, Beweise einer einst starken Bevölkerung, die jetzt diesen öden Gegenden fehlt. Dennoch stellt sich dem heute Durchwandernden die alte Zeit wie frische Gegenwart vor das Auge. Patriarchalische Scenerieen der manchfaltigsten Art entfalten sich vor unserem Blick, sei es, daß wir im Zeltlager des Scheich, der uns voll Würde und Adel entgegenkommt, orientalische Gastfreundschaft genießen und die Weiber bei ihren Hausgeschäften, dem Buttern, dem Mahlen auf der Handmühle, dem Backen von Brotkuchen beobachten, oder daß wir auf freiem Feld Zeugen der landwirthschaftlichen Thätigkeit zur Saat- und Aerntezeit sind, oder daß wir die Gegend mit ihren Ruinen, Brunnen, Quellen, Gärten, Höhen und Gründen überschauen und waidende Heerden da und dort entdecken, und Kameel- und Eselzüge, die mit Korn und Früchten beladen sind, oder Gruppen von Müttern, Kinder von Ort zu Ort tragend, von den Männern geführt und von einzelnem Vieh begleitet, durchziehen sehen.

Durchwandern wir das Land von Süden nach Norden, diejenigen der alten Bergstädte aufsuchend, deren Lage uns heute noch bekannt ist. Josua führt in seinem Verzeichniß (15, 48—60.) 38 solcher Bergstädte in 6 Gruppen auf. Von vielen derselben wissen wir freilich ihre Lage jetzt nicht mehr; doch haben auch nicht wenige ihre alten Namen bis auf den heutigen Tag beibehalten, und können deßwegen leicht wieder von uns erkannt werden.

Die südlichste derselben ist Attir, wohl das alte Jathir (Jos. 15, 48.), nordwestlich von Arad in dem gegen Süden sich zuspitzenden Theil des Gebirgs, östlich vom Wady el Chalil, Levitenstadt (Jos. 21, 14.). Nordöstlich davon Anim, heutzutage Ghuwein (Jos. 15, 50.), von da nordwestlich Zanutha, vielleicht das alte Sanoah (v. 56.); dann weiter gegen Norden Socho (v. 48.), jetzt Schuweikeh, von welchem eine Stunde im Norden Anab, d. h. die Traube, liegt, welches seinen Namen unverändert beibehalten hat, wo Josua die Enakim vertilgte (Jos. 11, 21.). Südöstlich von Anab liegt Esthemoa (Jos. 15, 50.), jetzt Semua, der erste ordentlich bewohnte Ort von dieser Seite gegen Hebron zu mit trefflichen Wassern, Olivenpflanzungen, Feigengärten, Pistazienbäumen und wohlgebauten Steinhäusern, 2225 Fuß über der Meeresfläche, auf der Grenzscheide von Wüste und Culturlandschaft. Oestlich von da das Dorf Main, unstreitig das alte Maon (v. 55.), wo der reiche Nabal zu Haus war (1 Sam. 25, 2.), auf der Grenze gegen die Wüste. Von der Höhe, auf der die Ruinen liegen, breitet sich der Blick über alle die vorhin genannten Ortschaften aus. In der Nähe gegen Nordwesten liegt Kurmul, das alte Karmel (Jos. 15, 55.), wo der reiche Nabal sein Wesen hatte, und die Schur der 3000 Schafe hielt, als David in der Wüste ihn um Beistand bat (1 Sam. 25). Hier war es auch, wo Saul nach dem Feldzug gegen die Amalekiter ein Siegeszeichen aufrichtete (1 Sam. 15, 12.). — Weiter im Nordwesten die Priesterstadt Jutta oder Juta (Jos. 15, 55.), wo der Priester Zacharias wohnte und der Täufer Johannes geboren wurde (Luc. 1, 39.), sodann im Westen vom Wady el Chalil die alte Kanaaniter Stadt Kiriath Sepher oder Kiriath Sanna, später Debir genannt (Jos. 12, 13. 15, 15. 49. Richt. 1, 11.), welche Josua eroberte (Jos. 15, 14—17.), Priesterstadt (Jos. 21, 15. 1 Chron. 7, 58.), und das alte Duma (Jos. 15, 52.), heutzutag Daumeh im Wady Dilbeh, einem westlichen Zweig des Chalilthals. — Zwei Stunden nördlich von Karmel erhebt sich etwa 100 Fuß über die Ebene der Hügel (Tell) Ziph, 10 Minuten davon sind die Ruinen der alten Stadt Siph (Jos. 15, 55.), in welche David zweimal vor den Verfolgungen Sauls flüchtete, um zweimal verrathen zu werden (1 Sam. 23, 14. 26, 2. f. Psalm 54). Hier auf der Burg zu Siph war es aber auch, wo im Angesicht Jehovahs der schönste Freundschaftsbund zwischen dem heldenmüthigen David und dem treuen Jonathan geschlossen wurde (1 Sam. 23, 18.). — Vom Tell Ziph führt die Hebronstraße in ein paar Stunden durch die schönste Gegend, die man bisher im Bergland Judäas gesehen, zwischen beckenartigen, von Bergen umschlossenen Hochebenen hin. Ihre Oberfläche, frei von Felsen, welliger Natur, nur mit kleinen Steinen überstreut, ist durch den Fleiß der Stadtbewohner von Hebron mit Waizenfeldern bedeckt. Die Waizenart, die man hier baut, ist jene auf dem Ostjordanland von uns schon unter dem Namen Hesbon-Waizen kennen gelernte schwere, körnerreiche Art, von der der Reisende Irby sagt, daß sie den sieben Aehren aus einem Halm (1 Mos. 41, 5.) entspreche (s. Seite 80). Als Robinson durchreiste, war der Waizen der Reife nahe. Die hungrigen Araber (von seiner Bedeckung) rissen im Durchgehen die Aehren aus, rieben sie mit den Händen und aßen viele; sie versicherten, dieß sei ein alter Brauch, gegen den die Besitzer, wenn Hunger sie triebe, nichts einzuwenden hätten, sie betrachteten es vielmehr als Liebesgabe, und dieß bestätigte sich auch später öfter. Eine Rechtfertigung der Jünger Jesu, die Aehren ausrissen (Matth. 12, 1—6. Luc. 6, 1.). Wenn der Feldertrag gering ist, ziehen die Araber der Gegend, welche die letzten Ackerfelder gegen die Wüste mit Getraide bebauen, noch jetzt, wie einst Abraham und Jakob, nach Aegypten, um dort Korn zu holen.

Je näher wir gegen Hebron kommen, desto mehr nimmt die Bodencultur zu, bis man die reichen mit Olivenpflanzungen bedeckten Umgebungen der Stadt erreicht, welche alle Abhänge des dortigen Hügelbodens schmücken. v. Schubert nennt ihre ganze Umgebung einen großen, reichen Oelgarten, den er mit dessen Abhängen, Hügeln und Flächen (am 25. März) im schönsten Schmuck, voll blühender Bäume, grünender Wiesen und blumenreicher Gärten fand. Die Ansicht der Stadt selbst von der Nord- und Südseite gehört zu den lieblichsten und schönsten, die man im Gelobten Land trifft. Die Stadt liegt 2700 bis 2800 Fuß über der Meeresfläche in einem Nebenthal des Wady el Chalil, welches eine Stunde nordwärts beginnt, zuerst breit und mit Weingärten erfüllt ist, dann bei der Stadt selbst sich verengt, während die Berge zu beiden Seiten höher ansteigen. Im Thalgrund und an den beiden Abhängen hinauf sind die Häuser gebaut, meist stattlich von außen, ächt orientalisch mit platten Dachterrassen, die aber mit sehr vielen kleinen Kuppeln besetzt sind. Vor allen ragt an der östlichen Thalseite am untern Bergabhang das festungsartige Gebäude des Haram, einst eine christliche Kirche, jetzt die Hauptmoschee des Orts, hervor, welches die zwiefache Höhle, die berühmte Grabstätte des Abraham und der Sara, des Isaak und der Rebekka, des Jakob und der Lea enthält, welche von Moslemen, Juden und Christen heilig gehalten wird, aber von beiden letzteren nicht betreten werden darf. Auf der westlichen Randhöhe des Thals ragen die massigen Reste einer ehmaligen Citadelle, welche vielleicht die Burg ist, wo David zum König über ganz Israel gesalbt wurde (2 Sam. 5, 1. ff.). Der Thalgrund hat zwar keinen fließenden Bach, doch fehlt es nicht an Teichen und Quellen, die auf mancherlei Weise für Stadt und Land benützt werden. Zwei große gemauerte Teiche befinden sich, der eine im Süden, der andere im Norden der Stadt; letzterer liefert die Hauptwassermasse für die ganze Stadt, daher hier fortwährend Krüge und Schläuche gefüllt werden. Diese Teiche mögen von hohem Alter sein, wenigstens wird schon zu Davids Zeit einer genannt; denn David ließ an einem solchen die Mörder seines Gegenkönigs Isboseth aufhängen (2 Sam. 4, 12.). Eine Stunde nördlich von Hebron soll der Terebinthenhain Mamre, der Aufenthaltsort Abrahams, gelegen sein. Es finden sich hier, bei dem Hügel er Râmeh, Ueberreste eines großen Dorfs und eine in Felsen gehauene Cisterne, namentlich aber ungeheure Grundmauern, die die Juden Abrahams Haus, die Eingebornen wegen des dazu gehörigen Brunnens Bir el Chulîl nennen. Eusebius berichtet, daß Abrahams Terebinthe, welche noch zu seiner Zeit dastand, ein Gegenstand der Verehrung für Juden und Heiden der Umgegend geworden war und daß diese hier einen Götzen und Altäre errichtet hatten. Um dieser Götzendienerei ein Ende zu machen, befahl Kaiser Constantin hier eine Basilika oder Kirche zu bauen. Vielleicht stammen jene Grundmauern von dieser Kirche her, obwohl dieselben durch sich selbst auf keine Kirche schließen lassen. (Nordöstlich von er Râmeh und südöstlich von Halhul sind die Ruinen von Beit Ainun, welche wahrscheinlich die Lage des alten Bethanoth bezeichnen [Jos. 15, 59.]). Die Umgebung der Stadt liefert noch jetzt die edlen Obstsorten der Granatäpfel und Feigen, welche schon die Kundschafter als gute Produkte des Landes zu Mose brachten (4 Mos. 13, 24.). Auch der Pistazienbaum, dessen Nüsse Jakob an Joseph als Geschenk sandte (was Luther 1 Mos. 43, 11. mit „Datteln“ übersetzt, sind duftende Pistaziennüsse), gibt heute noch reichen Ertrag. Besonders ausgezeichnet aber sind die großen und köstlichen Weintrauben, welche Hebrons Weinberge erzeugen; sie sind durch ganz Palästina berühmt. Es ist hier das ächte Weinklima. Wahrscheinlich ist daher auch das Thal von Hebron jenes Thal Eskol, d. i. Traubenthal, in welchem die Kundschafter die Rebe mit der berühmten Traube abschnitten (4 Mos. 13, 24. 25.). Eine Quelle im Norden nahe bei der Stadt heißt noch jetzt Ain Eskali, d. h. die Quelle Eskol. Die Weinberge Hebrons gehören zu den ausgedehntesten in Palästina. Auf den Berghöhen stehen die Wächterhütten der Winzer, die oft als Thürme mit kleinen Thüren weithin leuchtend die Landschaft eigenthümlich beleben. Zur Zeit der Weinlese versammeln sich hier die Familien und feiern, wie bei uns, unter fröhlichem Jubel das Hauptfest des Jahrs. Die ersten Trauben reifen in Hebron schon im Juli; von dieser Zeit an bis zum November wird Jerusalem auf das allerreichlichste mit dieser köstlichen Frucht versehen. Die allgemeine Weinlese findet im September statt. Nur aus dem geringeren Theil der Trauben wird Wein bereitet, der aber dem Cypern- oder Libanonwein an Feuer und Lieblichkeit nichts nachgibt; der schönste Theil wird zu Rosinen getrocknet, und noch ein anderer endlich zu einem goldfarbigen, süßen Traubensyrup gepreßt und eingekocht, der als Zuthat zu vielen Speisen im ganzen Land statt des Zuckers in allgemeinem Gebrauch ist. Dieser Syrup war auch unter den Geschenken, welche Jakob an Joseph nach Aegypten sandte (1 Mos. 43, 11., vgl. Ezech. 27, 17. Luther: Honig); noch heutzutag wird er von Hebron aus nach Aegypten verführt. Ueberhaupt ist die Entwicklung des Gewächsreichs im Bergland von Hebron infolge der reichen Bewässerung, so wie infolge des durch die hohe Lage bedingten kühleren Klimas (die Höhen steigen bis zu 3000 Fuß an) eine viel reichere, üppigere und manchfaltigere, als in den tiefer liegenden heißeren, minder bewässerten, klippigeren, sonnenverbrannten und daher oft nackten Umgebungen. Als Wilson (1843) in Hebron war, brachen am 20. März die ersten Knospen an den Fruchtbäumen hervor, die Weinrebe trieb ihre Augen und die Gerste stand in junger Saat. Während die Waizenärnte in Gazas Ebenen schon am 19. Mai fast beendigt war, hatte sie am 25. Mai in Hebron noch nicht begonnen. Nur die Gerstenärnte war Ende Mai im Gange, so wie die der Linsen und Wicken. Die Getraideeigenthümer schliefen auf ihren Dreschtennen, zur Bewachung ihres Aernteertrags. Erst am 5. und 6. Juni begann die Waizenärnte. — Die Stadt Hebron ist eine der ältesten der Welt, 7 Jahre älter als Zoan (Tanis) in Aegypten (4 Mos. 13, 23.); schon zu Abrahams Zeiten, wo sie von dem Hethiter Mamre und seinen Brüdern Aner und Eskol bewohnt war (1 Mos. 13, 18. 14, 13. 24.), hieß sie Hebron; später, als die Enakim Herren des Landes wurden, bekam sie von einem ihrer riesigen Beherrscher den

Namen Kiriath Arba, d. h. Stadt des Arba (Jos. 14, 15. 15, 54. Nehem. 11, 25.). Bei den heutigen Arabern heißt sie El Khalil, d. h. Freund Gottes, als Stadt Abrahams, welcher ein Freund Gottes genannt wird (2 Chron. 20, 7. Jes. 41, 8. Jac. 2, 23.). Bei der Vertheilung des Landes erhielt sie Kaleb als Erbtheil (Jos. 14, 6. ff.). Später ward sie Davids Residenz, während der 7½ Jahre, die er König über Juda war (2 Sam. 2, 1—4. 11.). Rehabeam ließ sie so stark befestigen, daß sie zu den festesten Städten in Juda gehörte (2 Chron. 11, 10.). Sie hat gegenwärtig etwa 10,000 Bewohner, meist fanatische Mohamedaner, die keine Christen dulden, doch auch Juden, welche aber größtentheils unter dem Schutz europäischer Consulate stehen. Die Schönheit des Volks contrastirt sehr gegen die gelbbleichen und abgefallenen Physiognomieen und Gestalten der Bewohner Jerusalems, was von der gesunderen Lage, reineren Luft und von den besseren, reicheren und wohlfeileren Lebensmitteln herkommt. — Noch möge hier eine Anekdote angeführt werden, durch welche eine Stelle der Heiligen Schrift ihre Erläuterung findet. Als Lord Nugent in Palästina reiste, schrieb er in einem Brief an einen Freund in England: „Eines Morgens machte ich mit einem Freund (einem, der dort wohnte) eine Fußreise, und da wir an das große Thor von Hebron kamen, begegnete uns auf einmal ein Zug von Kameelen, da dann mein Freund mich am Arm faßte und sagte: „laß uns durch das Nadelöhr gehen" — eine kleine Thür, so genannt nach dem Sprachgebrauch des Landes, die an der andern Seite des Pfostens ist, an welchem das große Thor hängt, eben groß genug, um nur eine Person nach der andern hereinzulassen. Dieser Vorfall ist die treffendste Erläuterung, welche mir jemals vorkam, und ist ohne Zweifel die gleiche Erläuterung, welche unser Heiland im Auge hatte, als er die Schwierigkeit beschrieb, die ein reicher Mann hat, um in das Himmelreich einzugehen, weil, sagt er, es unmöglich ist, daß ein Kameel durch das Nadelöhr gehen könne." S. Matth. 19, 24.

Machen wir von Hebron einen kurzen Abstecher von 2 Stunden nach Westen. Dort liegt in der Nähe des steilen Westrandes des Gebirgs Juda, 2½ Stunden westlich von Hebron, zwischen Getraidefeldern und Olivenhainen das Dorf Dura, das alte Adora oder Adoraim, welches mit andern benachbarten Orten von Rehabeam befestigt wurde (2 Chron. 11, 9.). Auf den Höhen reicht der Blick gegen Westen bis zum Mittelländischen Meer. — In entgegengesetzter Richtung, 1½ Stunde nordöstlich von Hebron, liegt das Dorf Beni Naim auf dem höchsten Punkt des judäischen Bergrückens, wohl 3000 Fuß über der Meeresfläche. Hier ist wahrscheinlich die Lage der Kaphar Barucha, d. i. Segensstadt, in deren Nähe die Israeliten den Lobgesang über den Wundersieg anstimmten, welchen Gott ihnen zur Zeit Josaphats über die Ammoniter und Moabiter verliehen hatte (2 Chron. 20, 1. ff.), weßhalb auch das von da gegen Engeddi hinabziehende Thal das Lobethal (hebräisch Beracha) genannt wurde (v. 26.). Die Höhe soll auch der Ort sein, wohin Abraham den Herrn begleitete, als die Männer ihr Angesicht gegen Sodom wandten (1 Mos. 18, 22. 33.) und wohin Abraham in der Frühe des folgenden Morgens gieng und den Rauch vom Lande aufgehen sah (1 Mos. 19, 27. 28.).

Schlagen wir von da aus die Richtung gerade gegen Norden ein, so bleiben auf der andern Seite des Wady el Khalil zu unserer Linken die Orte Halhul (Jos. 15, 58.) mit unverändertem alten Namen und Bethzur (ebendaselbst), welches heutzutag Beit Zur heißt, von Rehabeam befestigt wurde (2 Chron. 11, 7.) und auch Neh. 3, 16. 1 Macc. 4, 29. 61. 2 Macc. 11, 5. 1 Macc. 6, 31. 50. 9, 52. 10, 14. 11, 65. 66. 14, 7. 33. erwähnt ist, liegen und wir erreichen in 3 Stunden Tekua, das alte Thekoa. Der Weg zeigt fast an allen Bergen Spuren der einst so allgemein verbreiteten Terrassencultur. Die Gegend wird freier, die Thäler breiter; die Hügel bedecken sich mit Gebüsch, zumal Zwergeichen und Erdbeerbäumen. Robinson fand hier viele in Felsen gehauene Cisternen, die mit großen Steinen belegt waren, um sie vor dem Ausschöpfen durch Fremdlinge zu sichern, da nur 2—3 Mann einen solchen fortzutragen vermochten, ganz wie zu Abrahams und Jakobs Zeiten, an die man hier mit jedem Schritt erinnert wird. Man lese die Stelle 1 Mos. 29, 2. 3. nach. Tekua liegt auf einer kleinen Anhöhe, deren Oberfläche 5 Morgen Landes breit mit Ruinen bedeckt ist. Diese Ruinen bezeichnen die Lage der alten berühmten Stadt Thekoa, in welcher jenes kluge Weib wohnte, welche auf Joabs Anlaß die Versöhnung Davids mit seinem Sohn Absalom bewirkte (2 Sam. 14, 2. ff.), welche Rehabeam mit andern Städten befestigen ließ (2 Chron. 11, 5. 6.), auf der Grenze der Culturlandschaft und der Wüste. Von ihr hatte der angrenzende Wüstendistrikt den Namen Wüste Thekoa; unter ihren Hirten war der Prophet Amos (1, 1.).

Von der Höhe Thekoas steigen wir in den Wady Khureitun, eine enge malerische Nebenschlucht des Wady Urtâs mit hohen Felswänden, hinab, in welcher bei dem Dorf Khureitun eine ungeheure, etwa 1000 Fuß lange natürliche Höhle mit vielen Verzweigungen liegt, die man das Labyrinth von Khureitun nennt. Man hat sie schon, jedoch fälschlich, für die Höhle Adullam gehalten. Nach Dr. Titus Toblers neuester Untersuchung derselben diente sie zur Aufnahme der Todten. Wir durchkreuzen den Wady und besteigen auf der Nordseite desselben einen Berg, der als ein abgestumpfter, ganz isolirter Kegel 3—400 Fuß über die Fläche des Tafellandes emporragt. Er trägt den Namen Dschebel el Fureidis, d. h. kleines Paradies, welcher offenbar an frühere Cultur erinnert. Sein Fuß zeigt Spuren antiken Terrassenbaus, auch sind Ruinen ehmaliger Befestigungen vorhanden, namentlich vier massive runde Thürme, die nach den vier Weltgegenden schauen. Der Berg ist heutzutag unter dem Namen des Frankenbergs bekannt und Jerem. 6, 1. wahrscheinlich unter dem Namen Bethcherem, d. i. Haus des Weinbergs (Weinsberg), aufgeführt. Hier, 3 Stunden südöstlich von Jerusalem, legte der König Herodes der Große eine Feste an, darin königliche Gemächer von großer Festigkeit und Pracht. Am Fuß des Berges erbaute er für sich und seine Freunde Paläste, und versorgte sie durch kostbare Anlagen aus der Ferne mit Wasser in Menge. Die ganze umliegende Ebene bedeckte sich bald mit einer großen Stadt, vielen großen Gebäuden und weiten Gärten. Herodes bestimmte sie zu seinem Begräbnißort; sie heißt deßwegen Herodium. — Vom Fuß des Berges erreichen wir in einer Stunde gegen Westen die wenig bewohnte Dorfruine Urtâs im tiefen Wady Urtâs, der nach Osten 4 Stunden weit zum Todten Meer mit einem schönen Quell und Bächlein hinabläuft, durch welches im Thal viele Gärten bewässert werden. Robinson sagt: „die Quelle liefert einen reichlichen Vorrath von gutem

Wasser und bildet einen schönen murmelnden Bach den Boden des Thals entlang, welcher mich um so angenehmer überraschte, da es der erste war, den ich in Asien gesehen hatte." Westlich vom Dorf Urtâs, welches wahrscheinlich das alte, von Rehabeam befestigte Etham ist (2 Chron. 11, 6.), liegen bei einem zerfallenen Kastell, das die Araber Kasr el Burak nennen, und nach Roth 2472 p. F. ü. d. M. liegt, die berühmten Teiche Salomos. Es sind drei ungeheure künstliche Wasserbehälter, von viereckigen Quadern trefflich erbaut, welche in dem jetzt ganz einsamen, fast geheimnißvollen Thal von Osten gegen Westen so über einander liegen, daß der Boden des einen höher ist als der des andern. Der untere, größte, ist 582 Fuß lang, 148 bis 207 Fuß breit (also kein regelmäßiges Rechteck) und 50 Fuß tief; der mittlere ist 423 Fuß lang, 160 bis 250 Fuß breit, 39 Fuß tief; der obere, westlichste und kleinste, ist 380 Fuß lang, 229 bis 236 Fuß breit und 25 Fuß tief. An ihrer Westseite führt die Straße von Hebron nach Jerusalem vorüber. Ihren Wasservorrath erhalten diese Teiche aus einer versunkenen Quelle, zu der man im Nordwesten des Kastells el Burak 12 Fuß tief unterirdisch hinabsteigt. Man gelangt so in zwei gewölbte Kammern, wo an vier Stellen springende Wasser sich zeigen, die in ein Becken geleitet und aus diesem durch einen unterirdischen Gang abwärts zu den Teichen geführt werden. Der Zweck dieser Teiche war, Jerusalem und namentlich die Tempelvorhöfe mit Quellwasser zu speisen. Noch heute liefern sie ihre Wasser bis zur Moschee, die auf der Stelle des salomonischen Tempels steht. Die Wasserleitung, die von den Teichen dahin führt, geht meistens an der Oberfläche hin, doch liegt sie an vielen Stellen in einiger Tiefe unter der Erde; sie besteht in einem 1 Fuß breiten und 1 Fuß tiefen steinernen Kanal, in der Nähe der Teiche aus irdenen Röhren. — In dem lieblichen Thal des Wady Urtâs waren wahrscheinlich die Gärten Salomos, von denen es Pred. Sal. 2, 5. 6. heißt: „ich machte mir Gärten und Lustgärten und pflanzte allerlei fruchtbare Bäume darein; ich machte mir Teiche, daraus zu wässern den Wald der grünenden Bäume," und Hohel. 4, 16.: „stehe auf, Nordwind, und komm, Südwind, und wehe durch meinen Garten, daß seine Würze triefen." Wilson wurde 1843 durch die Schönheit des dort anbrechenden Frühlings auf das lebhafteste an die Schilderung im Hohenlied 2, 11—13. erinnert. In den noch jetzt hier befindlichen Gärten stehen Feigenbäume, Pfirsich-, Granat- und Birnbäume, welche die schönsten Obstsorten tragen. Die Gegend ist sehr fruchtbar, und man kann bei der reichen Bewässerung drei Aernten des Jahrs erzielen.

Eine Stunde Wegs gegen Nordosten führt uns nach Bethlehem, zur Stadt David, wo Christus, der Herr, geboren ist (Luc. 2, 11.), unstreitig, wie v. Schubert sagt, die lieblichste und bedeutungsvollste unter allen Wiegenstätten der Welt. Bethlehem ist, wie C. Ritter sagt, ein unscheinbares Städtchen oder Dorf, das an sich gar keine beachtenswerthe Merkwürdigkeit aufzuweisen hat, als nur die unveränderte Flur und denselben lieblichen Himmel, von dem herab die Klarheit des Herrn einst die Hirten bei ihren Lobgesängen umstrahlte. Es liegt amphitheatralisch malerisch auf zwei mäßigen Hügeln, die durch eine kurze Sattelhöhe verbunden sind. Auf diesem Sattel ist der größte Theil des Orts erbaut; auf der östlich von demselben zu ersteigenden Höhe steht die große Hauptkirche der Geburt Christi, eine der ältesten und prachtvollsten Kirchen Palästinas, von der Kaiserin Helena, der Mutter Constantins, erbaut; sie ist von dem lateinischen, dem griechischen und dem armenischen Kloster burgartig und höchst pittoresk umgeben. Im lateinischen Kloster fand v. Schubert die Höhe des Orts 2409, Russegger 2538 Fuß über der Meeresfläche, fast 60 Fuß höher als Jerusalem. Vom platten Dach des Klosters erblickt man das Todte Meer und die jenseitigen Bergzüge Arabiens; in der unmittelbaren Umgebung breitet sich Ackerbau und Gartenland aus. Der Boden um die Stadt ist sehr fruchtbar an Oel, Granaten, Mandeln, Feigen und Trauben, aber die Kultur derselben gegen früher in Abnahme. Der hier erzeugte Wein ist trefflich, aber wenig haltbar und wie aller Wein in Palästina leicht berauschend. Das Klima ist milder als in Jerusalem. Die Weihnachtszeit ist noch für die Futterkräuter der Heerden günstig und hat oft das schönste Wetter; im Sommer ist die Umgebung dürr, doch vorzüglich gut gegen andere Gegenden Palästinas bewässert. Die Bevölkerung der Stadt mag etwa 3000 Seelen betragen; es sind, außer einigen Hundert Moslemen, lauter Christen: Lateiner, Griechen und

Armenier. (In neuester Zeit hat der Ort auch eine evangelische Gemeinde.) Sie zeichnen sich durch schöne Körperbildung, desto weniger durch ihr Christenthum aus; denn sie leben unter einander in Hader, Zank und Streit bis zu den blutigsten Schlägereien, zu denen es nicht selten an der Geburtsstätte des Friedensfürsten zwischen ihnen kommt. Sie treiben Landbau, Viehzucht und Weinbereitung. Außerdem werden eine unsägliche Menge Rosenkränze aus den Früchten der Dompalme, aus Dattelkernen, Elfenbein und aus verschiedenen Samen und Holzarten verfertigt, sodann allerlei sogenannte Klosterarbeiten, z. B. Abbildungen des Christusgrabes, der Geburtskapelle und anderer heiliger Grotten und Orte, ferner Kreuze aus Perlmutter, Fraueneis und Asphalt u. s. w., was alles dann von den Priestern eingesegnet und an die Pilger aller Zonen abgesetzt wird. Die Handmahlmühle ist noch in allen Häusern in täglichem Gebrauch wie zu alter Zeit. Den Mittelpunkt der Anziehung für die zahlreichen Schaaren der Pilger bildet aber in Bethlehem die schon genannte große Marienkirche. Neben dem Altar der Weisen ist auf dem Boden ein Marmorstern, dessen Lage dem Punkt am Himmel entsprechen soll, wo der Stern glänzte. Zwei Wendeltreppen, jede von 15 Stufen, führen zu einer unterirdischen Felsengrotte, in welcher Christus geboren sein soll. Wände und Fußboden sind mit Marmor belegt; 32 Lampen erleuchten das Dunkel. Ein weißer Marmor, mit Jaspis eingelegt und mit einem silbernen Strahlenkranz umgeben, bezeichnet den Ort der Geburt ganz in der Tiefe der Grotte. Man liest rings herum die Worte: hic de virgine Maria Jesus Christus natus est. Sieben Schritte davon ist die Krippe in einem Gewölbe, ein weißer Marmorblock, in Form einer Wiege ausgehöhlt. Die Höhle ist mit Gemälden italienischer und spanischer Maler geziert. Die gewöhnlichen Verzierungen der Krippe sind blaue, mit Silber gestickte Atlasbehänge. Unaufhörlich duftet Weihrauch vor der Krippe des Erlösers. Aus der Grotte der Geburt steigt man in die unterirdische Kapelle hinab, wo das Begräbniß der unschuldigen Kindlein sein soll. Diese führt zur Grotte des heiligen Hieronymus, in welcher er den größten Theil seines Lebens zubrachte und das Alte Testament übersetzte. Man sieht hier das Grab dieses Kirchenvaters, das des heiligen

Eusebius, und die Gräber der heiligen Paula und Eustachia, welche, Abkömmlinge der Gracchen und Scipionen, in Bethlehem zur Zeit des Hieronymus ihr Leben beschlossen. In einiger Entfernung von Bethlehem ist das Feld der Hirten. Missionar Fisk besuchte es; er erzählt: „wir ritten durch die Felsen und erinnerten uns Davids, der hier seine Heerden waidete und sich in Psalmen auf Jehovah übte, und wie der Prophet Samuel hieher kam, ihn zum König zu salben und Davids Sohn hier unserer Welt erschien, als wir plötzlich ein schönes, grünes Thal erblickten, dessen Schönheit durch die nackten Felsen ringsum gehoben ward. Wie wir in das Thal ritten, war es uns, als sähen wir erfreut die Menge der himmlischen Heerschaaren, welche sich auf diesen grünen Platz herabließen, wo die Hirten ruheten, und als hörten wir ihren Gesang: Ehre sei Gott in der Höhe und Friede auf Erden und den Menschen ein Wohlgefallen." — Die erste Erwähnung Bethlehems findet sich 1 Mos. 35, 19., vgl. 48, 7.: „also starb Rahel und ward begraben an dem Weg gen Ephrat, die nun Bethlehem heißt." Noch zeigt man an dem Weg von Bethlehem nach Jerusalem das Grab Rahels; es ist mit einer türkischen Kapelle überbaut. Zum Unterschied von einem Bethlehem im Stamm Sebulon wurde das unsrige Bethlehem Juda oder Bethlehem Ephrata genannt (Micha 5, 1.). Bethlehem ist die Heimath Elimelechs, der mit seinem Weib Naemi ins Moabiter Land zog (Ruth 1, 1.), ebenso des Boas, der die Moabitin Ruth heirathete (Ruth 2—4) und der Urgroßvater Davids wurde. David wurde hier geboren, hütete hier die Schafe seines Vaters und ward hier von Samuel gesalbt (1 Sam. 16 und 17). Aus Bethlehem war auch Davids Feldhauptmann Joab und dessen beide Brüder Abisai und Asahel (2 Sam. 2, 18. 32.), alle drei Kinder von Davids Schwester (1 Chron. 2, 13—16.). Rehabeam befestigte Bethlehem (2 Chron. 11, 5. 6.). In Bethlehem wohnte ein Oberster über Tausend; deßwegen nennt Micha (5, 1.) sie „klein unter den Tausenden in Juda".

Drittes Kapitel.

## Die Wüste Juda.

In der Gegend von Bethlehem haben wir das nördliche Ende des Gebirgs Juda erreicht. Ehe wir auf unserem Weg weiter gegen Norden nach Jerusalem fortschreiten, lernen wir zuvor das 7 bis 8 Stunden breite Wüstenplateau kennen, welches sich zwischen dem Gebirg Juda und dem Todten Meer ausdehnt, und dringen dann auf einem andern Weg nach Jerusalem vor. Wir sehen uns also in der Wüste Juda um; so heißt dieser Ostrand des Gebirgs (Jos. 15, 61. 2 Chron. 26, 10.). Eine Linie von Maon und Karmel über Tell Ziph und Beni Naim nach Thekoa und dem Frankenberg mag uns die Grenze des Gebirgs und der Wüste bezeichnen. Hier ist das Grenzgebiet zwischen dem Land der festen Wohnsitze im Westen auf der cultivirten Wasserscheidehöhe und dem Steppen- und Wüstengürtel im Osten, zwischen der Lebensweise der Fellahin, d. h. der Ackerbauer, die in Dörfern und Hütten sich ansiedeln, und dem Nomadenleben der Bedawin oder Zeltbewohner. Ostwärts senkt sich der Boden schnell und fällt zuletzt mit einem furchtbar jähen Steilrand ins Todte Meer ab. Er ist von zahlreichen Wadys durchfurcht, welche unter sich parallel gegen Südost zum Todten Meer eilen. Sie nehmen als flache, wohl angebaute Thäler ihren Anfang auf der Wasserscheidehöhe, schießen aber dann schnell in die Tiefe ein, werden immer rauher, felsiger, klippiger, bis sie zuletzt als furchtbare, ungangbare Steilschluchten zum Seerand münden. Die Oberfläche des Plateaus ist mit Feuersteinen und Kieseln besäet oder mit nacktem Kalkfels bedeckt, und daher keines Anbaus fähig. Uebrigens bietet sie im westlichen Theil noch große Waidetriften mit gewürzigen Kräutern dar, und war daher von jeher der Aufenthaltsort von Hirten und Heerden; so die Wüste Maon, die Wüste Siph und die Wüste Thekoa. Durchwandern wir das Plateau von West nach Ost, etwa von Karmel nach Engeddi, so zeigen sich 3 Abtheilungen von ungefähr gleicher Breite. Zuerst welliges, begrüntes Land, ein Hauptwaideboden für die Heerden der Beduinen; wir kommen noch an einigen Cisternen vorüber; doch erhält die Gegend immer mehr das Ansehen der Wüste. Nach 4 Stunden ist man mitten in Wüsteneien auf Kalksteinboden, der mit Kreidelagern und Kieseln wechselt; auf allen Seiten steigen kegelförmige Berge von 2—400 Fuß Höhe empor, Anfangs noch mit Gebüsch bewachsen, das aber bald ganz aufhört und dürftigen Grasungen weicht. Jetzt erreicht man unmittelbar den Seerand, einen sehr rauhen, felsigen Streifen Landes, der von vielen Klüften der Wadys durchschnitten ist. Wir steigen eine 200 Fuß hohe Steilwand hinab, auf welche nach ½ Stunde eine zweite Terrasse gleicher Art folgt. Dann klettern wir in die 100 Fuß tiefe Felskluft des Wady el Ghâr über Klippen hinab, wo Schakale und Steinböcke hausen und von allen Seiten Klippen und Schlupfwinkel sich zeigen. Hier sind wir in der Wüste Engeddi, wohin Saul mit seinen Dreitausend zog, um David zu suchen auf den Felsen der Gemsen (1 Sam. 24, 1—7.), und wo die Versöhnungsscene zwischen beiden vorfiel (v. 9. ff.). Der Wady verengt sich zur engen, kaum 50 Fuß breiten Kluft, deren Seitenspalten voll nistender Taubenschaaren und deren ganz unwegsamer Grund unter hohen Weidenbäumen bei einer schönen Wasserquelle zum Todten Meer einmündet. Den 1500 Fuß hohen furchtbaren Zickzackpaß, der über Felsen und Trümmer von dem letzten Rand der Plateauhöhe in die Tiefe nach Engeddi hinabführt, haben wir schon kennen gelernt (S. 45).

Heute waiden in der Wüste Juda die beiden Arabertribus der Taâmirah und der Dschelahin ihre Heerden. Jene haben nur ein einziges Dorf, das sie noch dazu selten bewohnen, das ihnen nur vorzüglich zur Aufbewahrung ihres Kornertrags (sie stehen noch auf dem Uebergang vom Nomadenleben zum Ackerbau) in cisternenartigen Magazinen (Silos) dient. Robinson brachte eine Nacht in ihrem Lager zu, das nur aus 6 schwarzen, aus Ziegenhaar verfertigten Zelten bestand. Es gehörten dazu 600 Schafe und Ziegen, die sich mit ihren Besitzern am Abend einfanden. Die Weiber giengen ohne Schleier, kneteten Brot zu dünnen Kuchen in heißer Asche, oder auf eisernen Blechen über dem Feuer; andere butterten in Ziegenschläuchen, die, zwischen zwei Stangen am Zelt aufgehängt, hin und her gestoßen wurden, bis sich die Butter gebildet hatte; eine andere Frau trieb knieend die knarrende Handmühle nach altpatriarchalischer Weise (wie 2 Mos. 11, 5.). Es waren 2 Steine von nahe an

2 Fuß Durchmesser, die über einander, mit einer Wölbung zwischen beiden und einem Loch von oben, das zu mahlende Korn aufnahmen. Der untere Stein, mit einer Umgebung zur Aufnahme des heraustretenden Mehls versehen, lag fest, der obere aber wurde durch einen Griff mühsam umgedreht, was gewöhnlich mit beiden Händen geschehen muß, wenn nicht etwa zwei Weiber das Geschäft betreiben, wie Matth. 24, 41. vorausgesetzt ist. Es war dieß das gewöhnlichste Hausgeschäft der Mägde, welches sie sich durch Gesang verkürzten, weßwegen das Verstummen des Gesangs und der Mühle als das Symbol des Untergangs der Familien und der Geschlechter der Völker gilt (Jerem. 25, 10. Offenb. 18, 22.).

Der judäische Wüstengürtel erstreckt sich auf der ganzen Ostseite der Landschaft Judäa von Süd nach Nord bis zu dem Wady, der unter dem Namen des Wady Kelt bei Jericho in die Jordanaue mündet. Das bedeutendste Thal im nördlichen Theil des Wüstenplateaus ist das des Wady Kidron, dessen tiefe, fast unzugängliche Schlucht im Süden des Ras el Feschkhah zum Todten Meer sich öffnet. Er nimmt seinen Ursprung an der Nordseite der Stadt Jerusalem auf der großen Wasserscheide zwischen dem Mittelmeer und Todten Meer in einer Höhe von etwa 2500 Fuß über der Meeresfläche, umzieht die Nord- und Ostseite der Stadt und wendet sich dann in scharfem Winkel gegen Südost dem Todten Meer zu. Von da an wird er zur wilden, fast unbetretenen, engen Felskluft. Kein Wanderer hat ihn nach seiner ganzen Thalbahn noch durchwandert. Nur in der Mitte seiner Erstreckung zwischen Jerusalem und dem Todten Meer ist ein vielbesuchter Punkt, das Kloster St. Saba (Deir Mar Saba). Die Thalschlucht, welche von hier an den Namen Wady er Râhib führt, ist hier 1200 Fuß tief, zum Theil von fast senkrechten Felswänden eingeschlossen, die unten im Thalboden nur noch bis auf 6 bis 8 Klafter weit auseinanderstehen. Das Klostergebäude ist massiv und schön, auf's solideste ausgeführt und trefflich erhalten; seine einzelnen Theile liegen terrassenförmig übereinander und sind buchstäblich an den Felsen angeklebt. Das Ganze ist mit einer hohen Mauer umzogen, auf der ein paar Thürme stehen. In der Nähe des Klosters sind viele Höhlen und Grotten, einst Wohnsitze von Eremiten, jetzt der

Aufenthalt zahlreicher Taubenschaaren. Nirgends zeigt sich Vegetation, überall nichts als nackter Fels; nur die Höhen umher (etwa 2500 Fuß über der Meeresfläche) bieten im Frühjahr vor dem Eintritt der großen Sonnenhitze noch gute Standquartiere für Heerden. Als Russegger im Kloster war, trat er in Begleitung eines Mönchs auf den Altan hinaus über dem grausigen Felsschlund. Der Mönch warf eine Hand voll Rosinen hinaus in die Luft und sogleich stellten sich einige Vögel ein, die durch ihr Geschrei eine größere Menge herbeiriefen. „Wir Fremdlinge," sagt der Reisende, „mußten zurücktreten, aber der Mönch blieb stehen; so kamen die Vögelchen auf den Altan geflogen, setzten sich dem Geistlichen auf die Schulter, fraßen aus seiner Hand und ließen sich von ihm liebkosen — ein unvergeßliches Bild von der Macht des Menschen über die Thiere durch Liebe, das wohl an die Zeiten des Paradieses erinnern könnte."

Die nördliche Grenze der judäischen Wüste bildet, wie schon bemerkt, der bei Jericho aus dem Gebirg hervortretende Wady Kelt, ohne Zweifel der alte Bach Crith, an welchem Elias von den Raben gespeist wurde. Er ist der große Ableiter von zahlreichen Thälern, die auf der Wasserscheide des westlichen Hochlands ihren Ursprung nehmen, und da sie alle von West nach Ost gerichtet sind, auf der Straße von Jerusalem nordwärts nach Ophra queer überschritten werden müssen. Sie laufen in die beiden Wadys Fârah und Fuwâr zusammen, aus deren Vereinigung der Wady Kelt sich bildet. Nördlich von demselben erhebt sich mit seinen zwei Berghörnern der Berg Karantal, wie die Eingebornen ihn nennen, oder Quarantana, so genannt, weil nach der Pilgersage Christus hier die 40 Tage gefastet haben und vom Teufel versucht worden sein soll. Seine östliche Steilwand fällt 1200 bis 1500 Fuß fast senkrecht ins Jordanthal ab. Er trägt eine Kapelle auf seinem höchsten Gipfel und seine Steilabhänge sind voll Höhlen und Grotten, einst Sitze von Eremiten und Anachoreten, jetzt Behausungen unzähliger wilder Thiere. Die Gegend ist so wenig bebaut und bewohnt, daß Gadow am hellen Tag daselbst die Schakale in Menge herumsteigen und auf die Nester der jungen Feldhühner Jagd machen sah. Auch Steinböcke und Füchse bewohnen die Höhe in großer Menge. Zwischen dem Quarantana und dem Wady Kelt führt an der Wand der Klippen ein Weg hinauf nach Bethel auf die Höhe der Wasserscheide. Dieß ist ohne Zweifel jene alte, so oft von Königen und Propheten bereiste Straße, die z. B. Samuel von Gilgal nach Gibea Benjamin hinaufstieg (1 Sam. 13, 15.), oder welche Elia und Elisa aus Gilgal hinaufgiengen gen Bethel (2 Kön. 2, 2—9.).

---

Viertes Kapitel.

## Jerusalem und seine Umgegend.

Kehren wir nun von unserem Ausflug in die Wüste wieder ins bewohnte Land zurück, zunächst um Jerusalem, die Stadt ohne gleichen, zu sehen, so betreten wir von Jericho aus die Straße, auf welcher jener Priester und Levit an dem unter die Mörder Gefallenen vorüberzogen (Luc. 10, 30.). Es kommt hier die geognostische Beschaffenheit des Bodens deutlich zum Vorschein; überall geht der nackte Kalkfels, ohne durch Vegetation verschleiert zu sein, zu Tag. In wildester Zerrissenheit starrt uns die Oberfläche an, hie und da durchrissen von wilden Schluchten, welche zwischen senkrechten Kalkwänden voll Höhlen und mit bizarren Gipfelformen 800—1000 Fuß tief hinziehen, öfter zu nur noch 40—50 Fuß breiten Pässen sich verengen und selbst in ihrem Grund mit sehr sparsamer Vegetation versehen sind. Unterwegs kommen wir an dem Chan Hathrûr vorbei; in der Nähe desselben erblicken wir die Burgruine Kalaat el dem auf einer Höhe, welche ohne Zweifel die Höhe Adummim ist auf der Grenze der Stämme Juda und Benjamin (Jos. 15, 7. 18, 17.). Nahe bei Jerusalem hört die einsame Wüste auf und wir berühren das Dorf Bethanien, wo Lazarus mit seinen beiden Schwestern wohnte, weßwegen die heutigen Araber es El Azariyah, d. h. Lazarusdorf, nennen. Es besteht aus weiß angetünchten Häusern, die zerstreut zwischen dunkeln Olivenbäumen stehen. Am Ausgang des Dorfs zeigt man uns die Höhle des Lazarus. Sofort führt unser Weg über eine milde, liebliche Landschaft, hie und da durch offene Kornfelder und Obstbäume, in sanfter Steigung den Ostabhang des Oelbergs hinauf, dessen zum Theil noch mit Gerstenfeldern bedeckten Gipfel wir in einer halben Stunde erreichen.

Wir befinden uns hier in einer absoluten Höhe von 2509 (nach Wildenbruch) oder 2551 (nach Schubert) oder 2596 Fuß (nach Roth), also über dem Todten Meer (welches 1235 Fuß unter dem Meeresspiegel liegt) in einer relativen Höhe von 3744 bis 3831 Fuß, und genießen eine der inhaltreichsten Aussichten, die es in der Welt geben kann. Gegen Osten schweift der Blick von einer Tiefe zur andern bis zum Kessel des Todten Meers, dessen Wasserspiegel man fast in seiner ganzen Ausdehnung von Süd nach Nord sehen kann, und ins Jordanthal hinab, in welchem man den grünen Streif der Uferbekleidung bis zum Berg Quarantana verfolgen kann. Jenseits starren die dürren Ufer des Todten Meers nackt empor und erhebt sich die arabische Bergkette bis zum Dschebel Oscha im Norden. In größerer Nähe gegen Südost kann das Auge die Schlucht des Kidronthals bis gegen das Sabakloster und das Todte Meer verfolgen, und vor diesem steigt die Höhe Engeddi und der Frankenberg auf. Gegen Norden blicken wir, der Straße nach Nablus und Damaskus folgend, über die dorthin weit ausgebreitete, mehr offene Ebene bis zu den Bergen von Samaria in der Gegend von Bethel; gegen Nordwest begrenzt die Gipfelhöhe des alten Mizpa, der Heimath des Propheten Samuel, als weit und breit sichtbare Landmarke, unsern Horizont. Gegen Süden erblickt man die Höhe des griechischen Klosters Elias, dahinter die Höhe von Bethlehem und in weiter Ferne noch die Berge von Hebron. Dem Blick gegen Westen liegt die Stadt Jerusalem in ihrer ganzen Breite und Ausdehnung wie in einer Vogelperspective vor; dicht hinter ihr ist der Horizont durch den flachen Bergrücken des Gihon geschlossen, an den sich südwärts die hohe Ebene Rephaim anlehnt. Auf ihm zieht die öfter genannte große syrische Wasserscheide hin.

## I. Jerusalem.

Die Stadt **Jerusalem** liegt auf einer Landzunge, welche im Westen, Süden und Osten von Thalfurchen umgeben ist und nur im Norden mit dem breiten Hochrücken des palästinischen Gebirgszugs in unmittelbarer Verbindung steht. Im Nordwesten der Stadt, nahe der großen Wasserscheide, beginnen zwei größere

Einsenkungen, die jedoch keinen regelmäßigen Wasserlauf, sondern nur Winterströmung haben, das Kidron- und das Gihonthal. Sie beide umschließen die Stadt mit ihren tiefen, engen Thalfurchen, wie mit natürlichen Festungsgräben. Das Kidronthal umzieht die Nord- und Ostseite der Stadt. Anfangs nur eine flache, muldenförmige Vertiefung bildend, gräbt es sich immer tiefer ein und wird von da an, wo es sich gegen Osten dem Todten Meer zuwendet, zur wilden, unbetretenen, engen Felskluft. Bis zu diesem Punkt, d. h. bis zum Brunnen Rogel und bis zur Einmündung des Hinnomthals, trägt es auch den Namen Thal Josaphat, d. h. der Herr richtet, ein Name, der jedoch in der Bibel nicht vorkommt. Den Juden nämlich wie den Muhamedanern gilt dieser Thalgrund nach der Stelle Joel 3, 7. für den Ort, wo das jüngste Gericht gehalten werden wird. Es sind deßwegen seine Seiten überall mit Grabstätten bedeckt. Beim Brunnen Rogel vereinigt sich mit dem Kidronthal das andere Thal, welches die Stadt auf der West- und Südseite umgibt, und in seinem obern Theil auf der Westseite der Stadt Thal Gihon, auf der Südseite der Stadt Thal Ben Hinnom heißt.

Obwohl Jerusalem auf einer der höchsten Stellen des judäischen Plateaus liegt,*) weßwegen man aus allen Gegenden des Landes hinauf nach Jerusalem gieng (Ps. 122, 4.), so ist es doch nicht weithin sichtbar. Reisende, die von Abend, von Joppe, herkommen, erblicken die Stadt erst in einer Entfernung von 10 Minuten; wenn man von Osten, von Jericho, herkommt, wird man sie erst auf der Spitze des Oelbergs gewahr; nur von Norden, von Sichem her, bekommt man sie etwas bälder zu Gesicht. Sie ist nämlich rings von Bergen umgeben, welche den Thälern wie Festungswälle vorgelagert sind und die Bergzunge, auf welcher die Stadt liegt, überragen. Daher sagt Ps. 125, 2.: „Um Jerusalem her sind Berge, und der Herr ist um sein Volk her von nun an bis in Ewigkeit." Auf der Westseite der Stadt, westlich vom Gihonthal, liegt der Berg Gihon, über welchen die Straße nach Jaffa (Joppe) führt, auf der Südseite der Berg des bösen Raths, über dem Thal Hinnom sich erhebend (nach Roth 2536 p. F. ü. d. M.), wo man uns die Ruine eines Hauses

*) Jerusalem liegt beim preußischen Hospiz 2370 p. F. hoch, nach Roth.

zeigt, in welchem die Juden den Beschluß gefaßt haben sollen, Jesum zu tödten. Im Osten der Stadt erhebt sich 600 Fuß hoch aus dem Josaphatthal der Oelberg, von den heutigen Arabern Dschebel et Tur genannt, welcher an seinem Westabhang mit Gras, Getraide und einzelnen Obstbäumen bedeckt ist und die schönste Ansicht der Stadt gewährt. Er ist 175 Fuß höher als der höchste Punkt des Bergs Zion und der Stadt überhaupt, 300 Fuß höher als der unmittelbar im Vordergrund befindliche Tempelplatz, von welchem aus die Stadt gegen den westlichen Gihonberg zu amphitheatralisch ansteigt. Der Oelberg erstreckt sich eine gute Stunde von Nord nach Süd und besteht aus 3 Kuppen. Die südliche wird der Berg des Aergernisses (hebr. Berg Mashith 2 Kön. 23, 13.) genannt, weil Salomo auf ihr dem Kamos, dem Götzen der Moabiter, und dem Moloch, dem Gräuel der Ammoniter, geopfert haben soll (1 Kön. 11, 7.). An ihrem westlichen Fuß liegt das arme, kleine, von Juden bewohnte Dorf Siloah, dessen Hütten zum Theil in Felsen gehauen sind. Hier war wohl der Thurm, dessen der Herr Luc. 13, 4. gedenkt. Die nördliche Spitze heißt der Galiläerberg, weil hier die Jünger des Herrn bei der Himmelfahrt von den zwei Männern in weißen Kleidern als „Männer aus Galiläa" angeredet worden sein sollen (Ap.Gesch. 1, 10. 11.). Die mittlere Spitze ist der Sage nach der Ort der Himmelfahrt, obwohl nach Luc. 24, 50. Christus bei Bethanien gen Himmel fuhr, welches ebenso weit vom Oelberggipfel entfernt ist als Jerusalem. Auf dem Gipfel steht neben einer muhamedanischen Moschee die sogen. Himmelfahrtskirche, auch das lateinische Kloster genannt, welche ihrer Grundanlage nach der Kaiserin Helena zugeschrieben und von allen Pilgern besucht wird, um die letzte dort im Boden eingedrückte Fußtapfe des Erlösers sich zeigen zu lassen. Auf ihrem Dach hat man den erhabensten Standpunkt zum Ueberblick über die Stadt und die Umgebung. Unten am Westfuß der Kuppe steht die älteste Gruppe von Oelbaumveteranen im Garten Gethsemane, „von wo Er, der die Welt schuf und der sie richten wird, von seinen eigenen Geschöpfen vor's Gericht geführt ward." Der Garten liegt nahe der Brücke über den Kidron, über welche man geht, um den Tempelberg zur Stadt hinanzusteigen, 2263 p. F. ü. d. M. nach

Roth. Auf dem etwa 160 Fuß ins Gevierte messenden und von einer Art Mauer umschlossenen Platz stehen 8 sehr große Oelbäume. Ihr Umfang mißt wenigstens 18—19 Fuß, ihre Höhe 27—30 Fuß, und der erfahrene Pflanzenkenner Bové meint, ihr Alter könne wohl bis auf 2000 Jahre zurückgehen. Der Name des Gartens, welcher Oelkelter oder Oelpresse bedeutet, rührt ohne Zweifel von der Cultur des Oelbaumes her. Man zeigt uns die Orte, wo der Herr betete, die drei Apostel schliefen, Judas verrieth. Letzterer Ort ist als ein verfluchter durch die Türken eigens ummauert. — Im Norden der Stadt breitet sich in dem dorthin sich ausdehnenden hohen Landstrich der Hügel Scopus, d. h. die Warte, aus. Er bildet den Nordrand des obern Kidronthals, welches hier als flache Einsenkung von West nach Ost streicht. Von ihm aus erblickte einst Titus, als er von Norden her gegen Jerusalem anrückte, zuerst die Stadt und ihren Prachttempel. Von daher kamen vor ihm die zerstörenden Heereszüge der Assyrer und Chaldäer, von daher später, nach ihm, die der Kreuzfahrer und der Moslemen; hier breitet sich im Norden der Stadt das große Feld der Schlachten und Kämpfe aus.

Heben wir gleich hier noch einiges Bemerkenswerthe in diesen Umgebungen Jerusalems hervor. (Die Teiche und Quellen werden wir später kennen lernen.) In dem breiten, fruchtbaren Thalgrund, der durch die Vereinigung der Thäler Josaphat und Hinnom entsteht, liegen die bewässerten Obst- und Gemüsegärten mit Feigen-, Granat-, Oliven- und andern Bäumen, die zu allen Zeiten die lieblichsten Gärten in der Umgebung der Stadt bildeten, namentlich die Königsgärten, die aber zugleich der Sitz der Ausschweifungen des Baal- und Molochdienstes wurden (2 Kön. 16, 3. 21, 6.). Der fromme König Josias ließ den Ort durch Aeser und Menschenbeine verunreinigen, damit niemand seinen Sohn oder seine Tochter dem Moloch durchs Feuer gehen ließe (2 Kön. 23, 10.), deßwegen erhielt er den Namen Thophet, d. h. Ort des Abscheus (Jerem. 7, 31. 32. 19, 6. 13. 14.). Bei den späteren Juden wurde er wegen der Molochsfeuer Symbol der Hölle, des Orts der ewigen Verdammniß, und auch im Neuen Testament wird der Name des Thals Gehenna (aus Ge Hinnom gebildet) als Bezeichnung des höllischen Feuers gebraucht (Matth. 5, 22. 18, 9.). Gehen wir von da westwärts das Thal Ben Hinnom hinauf, so erblicken wir zur Linken an dem Nordabhang des auf der Südseite der Stadt liegenden Berges des bösen Raths Gräber, welche, jedoch ohne alle Verzierung, in die senkrechte Felswand eingehauen sind und aus mehreren Kammern bestehen. Sie ziehen sich bis an den untern Gihonteich aufwärts. Zu ihnen gehört auch das Gräbergebiet des jetzigen Hakeldama oder Blutackers, welcher der für das Blutgeld des Judas gekaufte Töpfersacker sein soll (Matth. 27, 8. Ap.-Gesch. 1, 19.). Noch heute werden hier die Pilgrime begraben; er war wahrscheinlich eine ausgegrabene Thongrube; denn noch jetzt wird weißer Thon, eine Art Pfeifererde, in der Nähe gegraben. — Steigen wir von den Königsgärten im Thal Josaphat nordwärts auf, so treffen wir auch hier die beiden Thalseiten voll von Gräberstätten. Zuerst kommen wir an dem Dorf Silwân (Siloah) vorüber, welches an der linken Uferseite des Kidron auf halber Felshöhe liegt. Es ist in eine alte Gräberstadt eingebaut, in der die Felskammern selbst oder deren Vorbauten von den Fellahs bewohnt werden. Dann folgen auf derselben Thalseite die jüdischen Begräbnißplätze mit ihren unzähligen flachen Grabsteinen. Schon vor dritthalbtausend Jahren waren im Thal Kidron die Gräber der gemeinen Leute; denn vom König Josia wird erzählt, daß er, als er den Tempel vom Götzenthum reinigte, die Asche vom Baalshain, den er aus dem Tempel hinausführen und im Thal Kidron verbrennen ließ, auf die Gräber der gemeinen Leute geworfen habe (2 Kön. 23, 6.). Auch war es bei den Großen Sitte, sich Familiengrüfte in den Fels hauen zu lassen, wie wir aus Jes. 22, 15—17. sehen. Höher bergan auf halber Höhe liegen die sogenannten Gräber der Propheten, seltsame labyrinthartige Excavationen im weichen Kalkfels, über deren Ursprung und Bestimmung man nicht im Klaren ist. An die jüdischen Begräbnißplätze reihen sich nordwärts vier weitere Monumente an, die sogenannten Gräber des Zacharias, des Jakobus, des Absalom und des Josaphat. Die des Jakobus und Josaphat sind wirkliche Grabhöhlen mit Portalen. Ersteres soll der Zufluchtsort des Apostels Jakobus in der Zwischenzeit zwischen dem Tod und der Auferstehung Jesu gewesen sein, letzteres das Grab des Königs Josaphat, was aber nicht mit 1 Kön. 22, 51. übereinstimmt, nach welcher Stelle

Josaphat bei seinen Vätern in der Stadt Davids, d. h. auf dem Zion, begraben wurde. Die beiden andern sind keine Grabhöhlen, sondern Felsmonumente, die sich pyramidalisch zuspitzen. Das des Zacharias soll sich auf den zwischen Tempel und Altar gesteinigten Priester Zacharias beziehen (Matth. 23, 35. 2 Chron. 24, 21.). Das des Absalom ist wahrscheinlich, wenigstens seiner Unterlage nach, die Säule, die sich Absalom aufrichten ließ, da er noch lebte (2 Sam. 18, 18.). Diese vier „Gräber" liegen im engsten Theil des Thals. Weiter nordwärts liegt in der Nähe von Gethsemane an der obern Kidronbrücke das sogenannte Grab der Jungfrau Maria, welches mit einer Kirche überbaut ist, die von den Arabern el Ismaniyeh, d. h. Gethsemane, genannt wird. Die westliche Steilseite des Thals steigt hier gegen die Terrasse des Haram und das Stephansthor an 100 Fuß hoch an; das Thal selbst erweitert sich von hier an zu einem flachen Becken von größerer Breite und zieht mehr nordwestwärts um die Nordseite der Stadt herum. Ohne Zweifel ist dieser Theil des Thals das Königsthal (1 Mos. 14, 17.), in welches Melchisedek von seiner nahen Felsfeste Salem herabsteigt, um Abraham zu begrüßen, und wo Absalom sich ein Denkmal setzte (2 Sam. 18, 18.). Hier setzt sich die Reihe ununterbrochener Felsgräber fort; sie sind aber theils durch Steinbrechen zu großen Höhlen und Steingruben umgewandelt, theils malerisch bewachsen und umbuscht, theils auch zu Cisternen und Wassersammlungen benutzt. Hervorzuheben sind das Walkersmonument, die Grotte des Jeremias, welche mit dem Propheten Jeremias nichts zu schaffen hat und wahrscheinlich ein Denkmal des Herodes Agrippa ist, jetzt aber zu muhamedanischen Gräbern dient, sodann eine Viertelstunde nördlich vom Damaskusthor die Katakombe der Königin Helena von Adiabene, die einst zum Judenthum übergieng und eine große Wohlthäterin der Juden war, ein prachtvolles Erbbegräbniß mit vielen Felsenkammern, die aber jetzt nur nackte, schmucklose Felswände zeigen und mit Schutt und Trümmern bedeckt sind, irrig auch mit dem Namen Gräber der Könige belegt; endlich die Gräber der Richter, eine halbe Stunde im Nordwesten des Damaskusthors schon jenseits der Wasserscheide zum Mittelländischen Meer in lieblicher Umgebung gelegen; sie sind architectonisch sehr ausgezeichnet. Aus einem Vorhof kommt man in eine sehr große Hauptgrabkammer mit 3—4 Seitenkammern, in denen etwa 70 Nischen angebracht sind. Wegen dieser Zahl hat man sie für die Gräberstätte des Sanhedrins gehalten.

So haben wir nun den Rahmen kennen gelernt, innerhalb dessen das Tableau der hochberühmten Weltstadt vor unserem Blick sich ausbreitet. Kaum eine andere Stadt der Erde hat eine natürlich festere Lage; denn jenen ersten Kreis von Befestigungswerken, welchen die die Stadt unmittelbar umgebenden Berge und Thäler bilden, umschließt ein zweiter, größerer. Im Osten durch die Wüsten des Todten Meeres und ihre unzugänglichen Steinklüfte geschützt, in Norden und Westen durch die beschwerlichsten Felspfade von Syrien und dem Mittelländischen Meer, im Süden durch die jenseit Hebrons sich weit ausdehnenden Ebenen Edoms und die Aegypten vorgelagerten welligen Sandflächen getrennt, steht es außer Berührung mit den großen Communicationswegen des Orients, welche im Westen, Osten und Norden an ihm vorüberziehen, hierin, so wie in vielem andern, ganz unähnlich den übrigen großen Metropolen der Welt. Denn während diese ihre Bedeutung, Macht und Berühmtheit vorzugsweise physischen Potenzen: ihrer dominirenden Lage an Strömen oder Meeren, ihrer centralen Stellung im Netze der Verkehrsstraßen, der Fruchtbarkeit und dem Produktenreichthum ihrer Umgebung, den Reizen ihrer Natur und dem dadurch bedingten Handel, Reichthum, Luxus, Kunstbetrieb und Eroberungsglück verdanken; glänzt Jerusalem, die bedeutungsvollste und berühmteste aller Weltstädte, gerade durch die Abwesenheit aller dieser natürlichen Vorzüge. Einsam in der Wüste dastehend, auf hohem Felsboden erbaut, ohne reichere Fluren, fast ohne Ackerfelder, ohne Fluß, ja fast ohne natürliche Quellen und tieferes Erdreich, den großen Verkehrswegen fern gerückt, nur kurze Zeit durch Eroberungen, Luxus und Hofglanz sich hervorthuend, verdankt es seine einzigartige Bedeutung Momenten, die einem ganz andern Gebiet angehören. Es ist, was es ist, Weltstadt ohne gleichen, nur durch die weltumwandelnden geistigen Ideen, deren Träger und Bewahrer es geworden ist, durch die hellleuchtenden und erwärmenden Offenbarungen, die von ihm aus die ganze Welt durchdrangen, und durch die historische Bestimmung, welche ihm als der Capitale des auserwählten Gottesvolks auch noch jetzt zugetheilt ist.

Betreten wir nun die heilige, von drei Religionen als solche verehrte Stadt, so würde es uns freilich zu großer Befriedigung gereichen, wenn wir uns alle die Stätten, die wir so gerne andächtig begrüßen möchten, urkundlich verificirt zeigen lassen könnten. Wenn uns nun aber die Häuser des reichen Mannes und des armen Lazarus gezeigt werden, ferner in einer Mauer ein Stein mit einem Maul ausgehauen, welches damals geschrieen haben soll, als der Herr sagte: wo diese (die Kinder) schweigen, so werden die Steine schreien, „item die Stätt, da St. Johannes Evangelist unserer lieben Frauen vierzehn Jahr lang täglich Meß that," „item ein großer Stein, der allwegen zu groß oder zu klein war, und wollt sich nirgend schicken zum Bau in Salomonis Tempel, davon der heilige Psalmist Meldung thut: der Stein, den die Bauleute verworfen haben;" so werden wir bald merken, daß wir hier auf dem Gebiet der Sagen und Lügen stehen, und daß wir darauf verzichten müssen, eine urkundliche Specialtopographie der heiligen Oerter zu entwerfen. Wie sollte dieß auch möglich sein bei einer Stadt, welche im Lauf der Jahrtausende solche Veränderungen erlitten, wie wohl keine Stadt der Erde, in welcher nicht bloß Häuser, Paläste, Tempel von Grund aus zerstört, wieder gebaut und von neuem zerstört, sondern ganze Hügel, auf denen die Stadt lag, abgetragen und Thäler ausgefüllt wurden, so daß noch heute viele Plätze und Straßen voll hohen Schutts liegen, und man 40 Fuß tief (zuerst 10 Fuß Erde, dann 10 Fuß Trümmer, dann wieder 10 Fuß Erde und wieder 10 Fuß Trümmer) graben muß, bis man auf den ursprünglichen, natürlichen Baugrund kommt. Daher sagt Richardson: „Es ist eine Tantalusqual für den Reisenden, welcher den Ort bestimmter Gebäude Jerusalems oder Scenen denkwürdiger Begebenheiten aufsucht, daß der größte Theil der in der Heiligen Geschichte, wie in der des Josephus erwähnten Gegenstände ganz verschwunden und von Grund aus zerstört ist, ohne eine einzige Spur oder einen Namen zu hinterlassen, um auszumitteln, wo sie gestanden. Nicht ein alter Thurm oder Thor oder Mauer, ja kaum ein Stein ist übrig. Die Fundamente sind nicht nur abgebrochen, sondern auch jedes Fragment, aus denen sie bestanden, ist fort, und der Betrachter sieht den kahlen Fels an, den kaum eine Hand voll Erde bedeckt, um darnach ihre Lustgärten oder Götzenhaine auszumitteln.“ Man müsse ebenso sehr über die Kraft der Erbauer staunen, als über die ausdauernde Wuth der Zerstörer dieser Riesenwerke.

Schon die Oberfläche des Terrains, auf welchem Jerusalem erbaut ist, hat sich bedeutend verändert. Die Erdzunge, auf welcher es inselartig steht, bildet nämlich heutzutag eine Plateaufläche mit sanften Wölbungen, welche von Nord nach Süd und von Ost nach West ansteigt und gegen Süden und Osten in pralligen Felsenstirnen ins Hinnom- und Josaphatthal abfällt. Nach Josephus dagegen erhoben sich ehmals auf ihr vier durch Thäler getrennte Hügel: der Berg Zion im Südwesten, nördlich von ihm der Akra, im Südosten der Tempelberg Moriah, nördlich von ihm der Bezetha. Von dem Thor in der westlichen Stadtmauer, dem jetzigen Jaffathor, lief ein Thal, welches Tyropöon oder Käsemacherthal hieß, durch die Stadt von West nach Ost und trennte den Zion- von dem Akrahügel, bog dann am Tempelberg gegen Süden um und schied den Zion und Moriah von einander und mündete endlich in den Thalgrund aus, der beim Zusammenstoß des Hinnom- mit dem Kidronthal sich bildet. Jetzt ist dieses Thal fast ganz verschwunden. Mit dem Tyropöon vereinigte sich bei seiner südlichen Umbiegung ein seichter Wady, der von Norden, aus der Nähe des jetzigen Damaskusthors herkam, und den Akrahügel auf der Westseite von dem Bezetha und Moriah auf der Ostseite schied. Auch dieses Thal ist zum Theil ausgefüllt. „Als die Makkabäer herrschten,“ erzählt Josephus, „schütteten sie Erde in dieses Thal, um die Stadt mit dem Tempel zu verbinden, und indem sie die Höhe von Akra abtrugen, ward dieser Hügel um so viel niedriger, daß selbst der Tempel über denselben hinwegragte.“

Das alte Jerusalem war durch drei Mauern befestigt; wo es jedoch von unzugänglichen Thälern umschlossen war, hatte es nur eine. Die erste und älteste Mauer umgab den Berg Zion und einen Theil des Moriah, und fieng beim Hippikus oder Davidsthurm an, welcher heutzutag auch das Pisanercastell oder el-Kalah heißt. Dieser Thurm steht an der nordwestlichen Ecke des Zion, da, wo dieser durch ein das Gihonthal und das Thropöon trennendes Bergjoch mit den nördlichen Hügeln in Verbindung steht, und war einst so wunderbar fest, daß man meinte, er sei aus einem Felsen gehauen. Seine jetzigen Fundamente stammen ohne Zweifel noch vom alten Davidsthurm her. Von da lief die Mauer einerseits am Rand der westlichen und südlichen Abfälle des Zion hin, stieg dann in die Schlucht des Thropöon zum Mistthor hinab, umschloß sofort in einem Bogen die südlichen und östlichen Abfälle des Moriah und endete an der östlichen Halle des Tempels über dem Kidron; andererseits lief sie vom Hippikus aus gegen Osten am Nordrand des Zion über dem Thropöon hin, setzte an der Westseite des Tempelbergs über das Thropöon und endete an der Westhalle des Tempels. Sie hatte 60 Thürme, von welchen Titus drei: Hippikus, Phasaëlus und Mariamne, auf der Nordseite gegen das Thropöon, als Denkmale der mächtigen Befestigung Jerusalems stehen ließ, während die übrige Stadt geschleift wurde. Diese Mauer umgibt den ältesten und höchsten Theil der Stadt. Schon die Natur machte ihn zu einer fast uneinnehmbaren Festung, indem er überall von Schluchten umschlossen war, im Westen und Süden vom obern und untern (Hinnom=) Gihonthal, im Norden und Osten vom Thropöon. Hier stand die Burg der Jebusiter, welche David eroberte, worauf er seine Residenz von Hebron auf den Berg Zion verlegte, weßhalb dieser Stadttheil „Davids Stadt" oder „Burg Davids" genannt wurde (2 Sam 5, 7. ff. 6, 12. 16. 1 Kön. 8, 1. 1 Chron. 14, 4. ff.). Hier erbaute er sich „das Cedernhaus vom Walde Libanon" (1 Kön. 7, 1. ff. 10, 17.). Im nordwestlichen Theil des Zion erbaute sich Herodes der Große einen bewundernswürdigen Palast, welcher mit grünen Plätzen, Gehölz und Cisternen umgeben und von einer 30 Fuß hohen Mauer umschlossen war. Auf der nordöstlichen Seite stand ein zweiter, von den Makkabäern erbauter, von Herodes Agrippa II. erweiterter Palast, vor welchem der Xystus, ein Platz für Volksversammlungen, lag. Von ihm lief eine Brücke über das Thropöon, welche den Zion mit dem Moriah verband und von Salomo erbaut worden war (2 Chron. 9, 4., wo Luther „Saal" übersetzt). Noch sind kolossale Reste eines Brückenbogens auf der Moriahseite von ihr übrig. Auch von der Stadtmauer sind in dieser Gegend und überhaupt auf der Südseite des Tempelbergs noch die alten Fundamente erhalten, sie gehören zu den merkwürdigsten und ältesten Bauresten Jerusalems. Die Mauer besteht nämlich in ihren untern Steinschichten aus ungeheuren, genau zusammengefügten Quadern, die auf Herodes und selbst auf salomonische Zeiten hinsichtlich ihrer Anlagen hinweisen. Sie sind zum Theil 17—19 Fuß lang, 3—4 Fuß, einer sogar 7½ Fuß hoch.

Die zweite Mauer umschloß den Akrahügel, auf welchem die „untere Stadt" oder „Tochter Zion" erbaut war, in West und Nord. Sie begann am Thor Gennath,*) welches östlich vom Thurm Hippikus in der ersten Mauer sich befand, und endete an der Burg Antonia, welche an der Nordwestseite des Tempels lag. Sie hatte 14 Thürme. Innerhalb des von dieser Mauer umfangenen Stadttheils, wahrscheinlich in der Ecke, wo jenes vom Damaskusthor gegen Süden herablaufende breite Thal mit dem von Westen her kommenden obern Tyropöon sich vereinigte, erbaute der syrische König Antiochus Epiphanes eine hohe, den Tempel überragende, starke Burg, um von da aus das Heiligthum zu beobachten und den Gottesdienst zu stören (1 Makk. 1, 29. ff. 6, 18.**), während die übrige Stadt und namentlich der Berg Zion in den Händen der Makkabäer war. 26 Jahre lang wurde diese Burg (Akra) von der syrischen Besatzung gegen alle Angriffe der Juden glücklich vertheidigt, bis sie endlich an Simon Makkabäus sich übergab (1 Makk. 13, 49.). Hierauf ließ dieser die Burg schleifen, den Berg aber so erniedrigen, daß von da an der Tempel über denselben wegragte. Mit dem Schutt aber wurde die Schlucht zwischen der Akra und dem Tempelberg ausgefüllt. Heutzutage steht in diesem Stadttheil die Kirche des Heiligen Grabs. Ob sie wirklich an dem Ort steht, da der Herr gekreuzigt und begraben ist, darüber sind die Reisenden, wie die Gelehrten, sehr getheilter Meinung. Zwar, daß die Kirche

---

*) D. h. Gartenthor, weil es wahrscheinlich in die Gärten im obern Hinnomthal führte.

**) Luther übersetzt v. 35. „Burg Davids", anstatt „Stadt Davids". So nämlich wurde nach 2 Sam. 5, 7. allerdings ursprünglich der Stadttheil auf Zion genannt, später wurde aber der Name auf die obere und untere Stadt, den Zion und die Akra zusammen übertragen, ja sogar auch bloß die Unterstadt damit bezeichnet.

innerhalb der heutigen Stadtmauer steht, während Golgatha nach dem Evangelium „nahe bei der Stadt", also außerhalb derselben war (Ebr. 13, 12. Joh. 19, 20., vgl. 19, 17. Matth. 27, 32.), wäre noch kein Grund gegen die Aechtheit des Orts; denn er könnte ja später überbaut und zum Stadtumfang hinzugefügt worden sein. Nur müßte dann, wenn der Ort der jetzigen Grabkirche früher außerhalb der Stadt sollte gelegen haben, nach der Meinung der Gegner der Aechtheit, die Stadtmauer in ziemlich gerader Linie vom Thor Gennath am Hippikus bis zur Antonia an der nordwestlichen Ecke des Tempels gelaufen sein. Wenigstens hält Robinson dieß für nothwendig. Dieser Reisende zeigt aber, daß es nicht der Fall gewesen sein könne, indem sonst der Teich Hiskiä (2 Kön. 20, 20. 2 Chron. 32, 30.), von dem wir wissen, daß er innerhalb der Stadt lag, außerhalb derselben bliebe; die Mauer müsse, wie Josephus dieß auch ausdrücklich sage, in einem Bogen diesen Teich umgangen und wahrscheinlich bis zum gegenwärtigen Damaskusthor gereicht haben; dann falle aber die Grabkirche nothwendig in den alten Stadtumfang herein und sei somit nicht der Ort der Kreuzigung. Dagegen bemerkt K. v. Raumer, der Bogen, von dem Josephus spreche, könnte sich auch bloß auf den Bogen beziehen, welchen die zweite Mauer aus der Nähe des Hippikus um den Teich machte, und dann könnte die Mauer in mehr gerader Linie bis zur Antonia gegangen sein; dafür sprechen auch alte Fundamente und Mauerreste, die man in dieser Richtung noch jetzt antreffe, und wohl Ueberbleibsel der zweiten Mauer sein könnten. Beide Ansichten, die Robinsons und Raumers, gehen von der Voraussetzung aus, daß das Thor Gennath in nächster Nähe des Hippikus gewesen und daß der jetzt sogenannte Hiskiasteich (oder Patriarchenteich, Teich des heil. Grabs, auch Badeteich) der alte Hiskiasteich sei. Letzteres ist aber sehr zweifelhaft und ersteres bestreitet Tischendorf, der neuerdings wieder für die Aechtheit des h. Grabs eintritt. Er sagt, Josephus deute mit keinem Wort darauf hin, daß das Thor Gennath, bei welchem er die zweite Mauer beginnen lasse, am Hippikus gelegen sei, während er doch von der ersten und dritten Mauer sage, daß sie vom Hippikus ausgiengen. Ferner erzähle er, daß Herodes neben dem Hippikus noch 2 andere Thürme erbaute, „an Größe, Pracht und Festigkeit ausgezeichnet vor allen in der Welt." Da Herodes bei diesen Thürmen offenbar die Sicherheit der Stadt, insbesondere den Schutz seiner eigenen, unweit südlich davon gelegenen Residenz berücksichtigt habe, so können die beiden Thürme nicht da in der alten Mauer angelegt worden sein, wo sie bereits von der zweiten Mauer umschlossen gewesen seien. Haben aber die Thürme westlich vom Anfang der zweiten Mauer gelegen, so müsse das Ausgangsthor dieser Mauer von Golgatha südöstlich, nicht südwestlich gewesen sein. Ist diese Beweisführung richtig, so konnte die Mauer, wie Josephus berichtet, einen Bogen beschreiben, ohne den Ort der Grabkirche einzuschließen, welcher dann somit außerhalb der Stadt lag. Tischendorf fügt zu diesen topographischen Gründen auch noch historische hinzu, um die Aechtheit des jetzigen h. Grabs zu beweisen. Es sei, sagt er, im höchsten Grad unglaubwürdig, daß jemals in den ersten Jahrhunderten das geringste Schwanken, die geringste Unklarheit über die Lage von Golgatha geherrscht habe. Es sei nicht daran zu zweifeln, daß die heiligen Oertlichkeiten, wie sie heute vorliegen, ebenso ächt seien, als die von der Munificenz des ersten christlichen Kaisers verherrlichten, oder mit andern Worten, daß die Aechtheit der heutigen Heiligthümer von der Frage abhängig sei, ob das ächte Grab und das wahre Golgatha durch Constantins Bauwerke ausgezeichnet worden. Nun gehe aus Eusebius Bericht über jene Bauwerke unverkennbar hervor, daß die Grabstätte ebendadurch in aller Gedächtniß feststand, daß sie unter einem Schuttberg vergraben lag, der auf seiner Höhe dem Venusdienst geweihte Baulichkeiten hatte.*) Die Wunderfügung und göttliche Eingebung, von der er erzähle, beziehe sich dem deutlichen Ausdruck des Textes gemäß nicht auf die Wiedererkennung der Oertlichkeit, sondern auf die Erhaltung und Wiederauffindung des Denkmals der Auferstehung selbst. Die Oertlichkeit werde in der Erzählung des Eusebius augenscheinlich vorausgesetzt, nur die Absicht des Kaisers, sie wieder zu Ehren zu bringen und mit einem Bethaus zu schmücken, werde von ihm auf die Mahnung des Heilands bezogen. — Aus all dem Gesagten geht hervor,

*) Seit Hadrians Zeit bis auf Constantin, in einem Zeitraum von ungefähr 180 Jahren, wurde der heidnische Cultus geübt.

daß man über diese Streitfrage bis jetzt nichts Gewisses sagen kann, und vielleicht auch nie wird sagen können. Zu wünschen wäre es, daß der Ort der Grabkirche nicht der Ort der Kreuzigung wäre; dann würde doch diese heilige Stätte nicht fortwährend durch die Abscheulichkeiten geschändet, welche von sogenannten Christen in der Grabkirche verübt werden.

Die dritte Mauer begann am Hippikus, lief von hier nordwärts bis zum Thurm Psephinus, welchem gegenüber bei der Belagerung Jerusalems Titus sich lagerte, wendete sich dann gegen Osten auf dem Rand des oberen Kidronthals in einem Bogen um die Nordseite der Stadt, bis sie sich im Osten des Tempels an die erste Mauer anschloß. Da nämlich die Bevölkerung der Stadt anwuchs, so ward ein vierter Hügel, Bezetha, d. h. die Neustadt, auf der Nordseite des Tempels mit Häusern bebaut. Um diesen neu hinzugekommenen Stadttheil zu schützen, wurde er von Herodes Agrippa I. um's Jahr 41 nach Christus durch den Bau der dritten Mauer befestigt. Sie hatte 90 mächtige Thürme und war 25 Ellen hoch, 10 Ellen dick. Vom 70 Fuß hohen Psephinos sah man Arabien und Judäa bis zum Mittelländischen Meer. Noch jetzt sind kolossale Baureste von ihm vorhanden. — Diese drei gewaltigen Mauern liefen nicht in gerader Linie, sondern im Zickzack, ein- und ausspringende Winkel bildend, und waren oben mit Brustwehren versehen, über welche die Mauerzinnen 3 Ellen hervorstanden (2 Chron. 26, 9. 15. 32, 5.).

Südlich vom Bezetha liegt der Tempelberg, welcher sich gegen Süden in terrassenartigen Abschnitten bedeutend abdacht und sich gegen die Vereinigung des Thropöon mit dem Kidronthal hin zuspitzt. Diesen südlichen Theil des Tempelbergs, der jetzt außerhalb der Mauern und wüste liegt, ehmals aber einen Stadttheil ausmachte, hält man für den antiken Ophel (2 Chron. 27, 3. 33, 14. Nehem. 3, 26. 27. 11, 21.). Der Tempelberg ist der Ort, wo der Herr dem Abraham erschien, als er seinen Sohn Isaak opfern wollte, und der deßwegen Moriah, d. h. der Ort, da der Herr siehet, genannt wurde. Später wird der Berg nur noch einmal mit diesem Namen belegt (2 Chron. 3, 1.); sonst wird er unter dem Namen Zion begriffen, ja wohl selbst Berg Zion genannt. Einst war der Berg viel höher und hatte eine fernhin sichtbare Spitze. Salomo ließ ihn da, wo er in tiefe Thäler abfiel, d. h. im Osten, Süden und Westen, mit drei Strebmauern von ungeheuren Werksteinen umgeben, die Spitze abtragen, mit dem Abraum die Zwischenräume zwischen den Mauern und dem Berg ausfüllen und den Boden ebnen. So entstand eine Plattform, welche ein Stadium ins Gevierte maß und Raum für den Tempel und seine Vorhöfe gewährte. Sie war mit Hallen und Seitengängen umgeben. Vor allen zeichnete sich durch ihre Pracht die königliche Halle aus, vermuthlich dieselbe, welche Joh. 10, 23. Ap.Gesch. 3, 11. 5, 12. Halle Salomonis heißt. Sie nahm die ganze Breite der Südseite des Tempelplatzes ein und bot gegen Westen die Aussicht auf den Zion und ins Thropöon, gegen Süden ins Thal Hinnom und in die Königsgärten, gegen Osten ins tiefe Kidronthal dar. Das Tempelgebäude selbst, welches von West nach Ost gebaut war, war im Lichten 60 Ellen lang, 20 breit und 30 hoch, und bestand aus zwei Abtheilungen, dem Allerheiligsten, welches 20 Ellen in der Länge, Breite und Höhe maß, und dem Heiligen, welches 40 Ellen Länge hatte, wozu noch eine bedeckte Vorhalle (ein Pronaos) kam, welche vorn an der östlichen Front des Hauses stand und wahrscheinlich thurmartig emporragte. Acht Stufen von Marmor führten zu ihr hinan und diesen zur Seite standen die beiden ehernen Säulen Jachin und Boas. Auf drei Seiten, auf den beiden langen und der hinteren (westlichen) schmalen, war das Haus mit Zimmern umbaut, welche drei Stockwerke über einander bildeten. Jedes Stockwerk hatte 30 Zimmer, 12 auf jeder langen und 6 auf der kurzen Seite. Alle waren durch Thüren mit einander verbunden. Zu den Stockwerken führte eine Wendeltreppe. Die Zimmer erhielten durch einwärts nach schräger Linie sich erweiternde Fenster ihr Licht und dienten nicht nur zur Aufbewahrung der zum Gottesdienst erforderlichen heiligen Geräthe, sondern auch zur Schatzkammer. Die Mauerdicke verjüngte sich nach oben so, daß je die Zimmer des obern Stockwerks um eine Elle weiter wurden als die des untern. Die Höhe der drei Stockwerke betrug im Ganzen 15 Ellen und reichte somit bis zur Hälfte der Tempelhöhe hinauf, welche noch 15 Ellen über das Angebäude emporragte. Hier waren nun wahrscheinlich die Fenster angebracht, welche jedoch nicht zur Erleuchtung dienten (diese wurde durch die Lampen bewirkt), sondern um die Räucherdüfte herauszulassen und die Luft im Innern zu erfrischen. Das Allerheiligste konnte bei einer Höhe von 20 Ellen keine Oeffnungen haben. Die Umfassungsmauern des Gebäudes waren ohne Zweifel steinern. Decken und Wände waren mit Bohlen von Cedernholz getäfelt; der Fußboden im Innern bestand aus Cypressenpfosten; Getäfel und Dielen hatten einen Ueberzug von Goldblech, durch welches an den Wänden kunstreiches Schnitzwerk (Cherubim, Palmen, Blumen) sich ausdrückte. Das Balkenwerk der Tempeldecke war aus Cedernbalken gefertigt. Ob das Dach ein Giebeldach oder ein plattes Dach gewesen, ist zweifelhaft. Im Innern war das Allerheiligste vom Heiligen durch eine Cedernwand abgeschieden. Den Eingang ins Allerheiligste aber verschloß eine Doppel- oder Flügelthüre aus Oelbaumholz, den ins Heilige eine solche aus Cypressenholz, verziert mit Schnitzwerk, das mit Goldblech überzogen war. Den Tempel umgab zunächst der innere oder Priestervorhof, der von einer auf steinernem Unterbau errichteten Wand von Cedernbalken eingeschlossen war. Daneben wird ein äußerer oder großer Vorhof erwähnt, in welchen eherne Thüren führten. Beide Vorhöfe waren ein Werk Salomos; wie viel aber von den in und an den Grenzen dieser Vorhöfe errichteten Gebäuden auf Salomos Rechnung zu setzen, kann nicht bestimmt werden. Der innere Vorhof enthielt im Osten den Brandopferaltar, das eherne Meer und die 10 gleichfalls ehernen Becken. Dieser salomonische Tempel ward von Nebukadnezar im Jahr 588 v. Chr. den Flammen übergeben; er hatte im Ganzen 417 oder 418 Jahre gestanden.

Von Cyrus erhielten die Juden (536 v. Chr.) mit der Erlaubniß der Rückkehr in ihr Vaterland nicht nur die nach Babylon abgeführten Tempelgeräthschaften zurück, sondern für den Wiederaufbau des Heiligthums selbst Unterstützung. Wegen der durch die Samariter verursachten Unterbrechung wurde aber der Bau erst im Jahr 516 v. Chr. beendigt. Ueber die Beschaffenheit dieses zweiten serubabelschen Tempels fehlt es an Nachrichten, wahrscheinlich war er aber nach dem Plan des älteren angelegt, stand ihm jedoch an Größe wie an Pracht weit nach. Auch fehlte ihm die Bundeslade, welche bei der Zerstörung des salomonischen Tempels verbrannt war. Der

Prachtliebe Herodes des Großen genügte dieser zweite Tempel nicht, auch paßte er nicht zu den von ihm aufgeführten Prachtgebäuden. Deßhalb ließ ihn dieser Fürst, zugleich um die Gunst des Volks buhlend, nach größerem Maßstab und mit wahrhaft königlicher Pracht stückweise umbauen. Das Werk wurde etwa im Jahr 20 v. Chr. unternommen und kaum vor Anfang des jüdischen Kriegs beendigt (Joh. 2, 20.). Das ganze Tempelgebäude war eine Stadie lang und ebenso breit, hatte also einen Umfang von 4 Stadien. Die Anlage war terrassenförmig, so daß ein Vorhof immer höher lag als der andere, der Tempel selbst aber am höchsten, weßhalb er in der ganzen Stadt gesehen werden konnte und besonders im Sonnenschein einen äußerst imposanten Anblick gewährte. Der äußerste Vorhof lief um den ganzen Tempel herum und hatte mehrere Thore; Doppelhallen mit Cederndächern und 25 Ellen hohen Marmorsäulen umgaben ihn auf drei Seiten, worunter wahrscheinlich auch die Halle Salomonis (Joh. 10, 23. Ap.Gesch. 3, 11.), auf der vierten, der Mittagsseite, eine prachtvolle dreifache Halle. Der Fußboden der ganzen Fläche war mit bunten Steinen belegt. Wenige Stufen höher lief ein steinernes Gitter ringsum, an welchem in gewissen Entfernungen Säulen mit Inschriften sich befanden, die den Nichtjuden das weitere Vordringen ins Heiligthum bei Lebensstrafe untersagten (Ap.Gesch. 21, 28.). Nun stieg man 14 Stufen aufwärts und gelangte zu einer Fläche von 10 Ellen Breite. Ueber diese hinwegschreitend traf man auf die Mauer des eigentlichen Vorhofs, zu dessen Thoren (im Ganzen neun, je vier im Süden und Norden, eins im Osten) 5 Stufen führten. Auf der Ostseite trat man zuvörderst in den Vorhof der Weiber ein, welcher durch eine Wand von dem Vorhof der Männer geschieden war, zu welchem 15 Stufen hinaufführten. Die Thore waren mit Zimmern überbaut und ihre Thüren mit Gold und Silber bedeckt. Innerhalb dieser Thore liefen an den Mauern des Vorhofs einfache Säulenhallen herum. Der Priestervorhof aber war durch ein steinernes Geländer von dem Vorhof des Volks abgeschieden und umgab zunächst den Tempel von allen Seiten. Dieser selbst stand noch 12 Stufen höher als der Vorhof und war von weißen Marmorblöcken mit reichster Vergoldung erbaut. Er hatte eine Länge (von West nach Ost) von 100 Ellen, eine

Breite (von Süd nach Nord) von 60 Ellen und eine Höhe von 100 Ellen, und bestand wie der salomonische aus dem Allerheiligsten, dem Heiligen und der Vorhalle. Das Dach war ohne Zweifel platt und mit einem Geländer von 3 Ellen Höhe versehen. Inwendig war der Tempel nur 20 Ellen breit, es blieb also auf beiden Seiten (gegen Süden und Norden) ein Raum von je 20 Ellen Breite übrig. Diesen nahmen, wie am salomonischen Tempel, drei übereinander befindliche Stockwerke ein, die eine Höhe von 60 Ellen hatten, so daß der Tempel noch 40 Ellen darüber hervorragte. Das Allerheiligste, welches ganz leer war, wurde von dem Heiligen durch eine Thür mit Vorhang (der durch das Erdbeben bei Jesu Tod entzwei riß, Matth. 27, 51.) geschieden. Das Heilige hatte einen Eingang mit zwei vergoldeten Thürflügeln. Er stand offen und war mit einem buntgewirkten babylonischen Teppich aus Byssus verhangen. Im Heiligen stand der siebenarmige Leuchter, der Schaubrottisch und der Räucheraltar. An der Halle war ein Thor, 70 Ellen hoch, 25 breit, aber unverschlossen. Vor der Halle, im Priestervorhof, stand zunächst etwas südlich das Handfaß, dann der Brandopferaltar, auf dessen Nordseite befanden sich im Boden 6 Reihen Ringe, um die Opferthiere beim Schlachten zu befestigen, ferner 8 niedrige Säulen mit darüber gelegten Cedernbalken, an welchen die geschlachteten Thiere enthäutet wurden, und zwischen diesen Säulen Marmortische, worauf man Fleisch und Eingeweide legte. Westlich vom Altar standen noch zwei Tische, der eine von Marmor, auf welchen die Fettstücke der Opfer gelegt wurden, der andere von Silber, wo die Geräthe zum Dienst ihren Platz fanden.

Dieser Tempel, in dessen Vorhöfen Jesus bei seiner Anwesenheit zu Jerusalem täglich weilte und so viele seiner Reden hielt, stand mit der Unterstadt unmittelbar, mit der Oberstadt auf dem Zion durch eine Brücke (über das Thropöon) in Verbindung; dagegen wurde er von der **Burg Antonia**, welche auf der nordwestlichen Ecke des Tempelbergs stand, beherrscht. Diese war von den Hasmonäern erbaut, wurde aber von Herodes im Anfang seiner Regierung stärker befestigt und durch einen geheimen unterirdischen Gang mit dem Tempel in Verbindung gebracht. Den Namen Antonia gab er ihr dem Antonius zu Ehren (früher hieß sie Baris). Sie hatte im Ganzen die Gestalt eines viereckigen Thurms, auf jeder ihrer vier Ecken stand wieder ein Thurm; drei derselben hatten 50 Ellen Höhe, der vierte an der Südostecke aber 70 Ellen, so daß man von ihm herab den ganzen Tempel überschaute und beherrschte. Die Burg hatte eine römische Besatzung, welche das im Tempel versammelte Volk bewachte. In sie ward Paulus gebracht, als der wüthende Pöbel ihn im Tempel zerreißen wollte (Ap.Gesch. 23, 10.); in ihr befand sich wahrscheinlich das Richthaus des Pilatus, an dessen Stelle jetzt das Haus des Gouverneurs von Jerusalem steht, in welchem man uns die Zimmer zeigt, wo Christus verspottet und gegeißelt wurde. Nicht weit davon ist der Bogen Ecce homo, auf welchem Pilatus Christum dem Volk mit den Worten vorstellte: „sehet, welch ein Mensch!" Von da geht die Via dolorosa, der Schmerzensweg, zum Golgatha, welcher eine Länge von 1220 Schritten oder eine deutsche Viertelmeile beträgt. Man zeigt uns auf demselben den Ort, wo Maria beim Anblick des unter dem Kreuz niedersinkenden Herrn in Ohnmacht fiel, hierauf den Ort, wo dem Simon von Cyrene das Kreuz aufgelegt wurde, weiter den Punkt, wo Christus sprach: „weinet nicht," dann das Haus der heil. Veronika, welche dem Herrn Blut und Schweiß mit ihrem Schleier abgetrocknet haben soll, auf welchem das Bild Christi zurückblieb, endlich das Richtthor, das zum Golgatha hinausführte, jetzt aber innerhalb der Stadt liegt. — Nördlich war die Burg Antonia und der Tempel durch einen tiefen Graben von Bezetha getrennt. Ein Ueberrest desselben ist wahrscheinlich der jetzt sogen. Teich Bethesda oder Schafteich, den man am Stephansthor an der nördlichen Mauer der Moschee Sakhara zeigt. Er ist 360 Fuß lang, 130 Fuß breit und 75 Fuß tief und ausgemauert. Die Eingebornen nennen ihn Birket Israin.

Der Berg Moriah ist gegenwärtig der niedrigste Theil der Stadt und kann kaum mehr ein Berg genannt werden. Auf der Stelle des ehmaligen Tempels steht jetzt die Moschee Omars, Kubbet es Sukhrah, d. h. Kuppel der Felsen, genannt, als „ein Centraldenkmal der göttlichen Rache, als ein Gräuel der Verwüstung an heiliger Stätte." Kein Christ hat Zutritt in dieselbe, wenn er nicht seinen Glauben abschwören oder gespießt oder verbrannt werden will.*) Sie ist von einem großen freien Platz umgeben, der an der Südseite 955, an der Ostseite 1528, an der Westseite 1060 Fuß mißt, und auf allen Seiten von massiven Mauern gestützt ist, deren untere Schichten mit Quadern von 24—30 Fuß Länge ohne Zweifel der alten Tempelummauerung angehören. Diese Tempelterrasse heißt bei den Moslemen Haram esch-Scherif; sie hat auf der Nordseite zwei, auf der Westseite fünf Eingänge, zu denen man vom Innern der Stadt auf Stufen hinansteigt, und ist mit Gärten und mit Springbrunnen bedeckt, die aus Marmor sprudeln und von frischen Rasenplätzen, Oliven-, Orangen- und Cypressenbäumen umgeben sind, ein Paradies der Moslemen. In der Mitte desselben erhebt sich der Prachtbau der Moschee auf einer Plattform, welche 15—16 Fuß über die allgemeine Area hervorragt. Sie ist mit Marmor gepflastert und Treppenfluchten, die mit eleganten Spitzbogen überwölbt sind, führen zu ihr hinan. Fast in der Mitte derselben steht die Moschee, ein Achteck, jede Seite 60 Fuß lang, mit Vorhallen und Thüren auf vier Seiten. Im Innern tragen 16 Säulen die innere Kuppel. Zwischen ihnen läuft ein eisernes Gitter um den Centralraum der Moschee. Gerade unter der Kuppel liegt ein Kalksteinfels, von dem die Moschee ihren Namen „Kuppel des Felsen" hat. Er ist wieder mit einem Gitter umgeben und soll vom Himmel gefallen sein, als die Prophezeihung zu Jerusalem begann. Auf ihm beteten die Propheten. Als die Propheten nun flohen, wollte der Stein auch fort, aber Gabriel hielt ihn, befestigte ihn an den Felsen, bis Muhamed kam und den Stein an diesem heiligen Ort unbeweglich machte, da dann im Jahr 637 der Kalife Omar um denselben die Moschee erbaute. Gabriels Fingerspuren sind noch am Stein. Es ist aber ein natürlicher Fels, derselbe Fels, welcher die Plattform bildet, auf der die Moschee erbaut ist. Die Kuppel der Moschee ist 90 Fuß hoch und hat 40 Fuß im Durchmesser. Auf der Südseite des Haram liegt die Moschee el Aksa, ursprünglich eine von Kaiser Justinian zu Ehren der Maria um's Jahr 530 erbaute Kirche,

*) Neuestens haben fürstliche Personen mit ihren Begleitern Zutritt erhalten. Eine Zeitlang war dieser sogar gegen ein Bakhschisch (Trinkgeld) von einem Pfund Sterling jedem Reisenden gestattet.

deren schöne Architektur auch in weiter Ferne einen Schmuck für das Ganze abgibt. Schweift der Blick über den Tempelplatz hinaus, so trifft er gegen Morgen auf den grünen dreigipfligen Oelberg, gegen Mittag auf die hohe, majestätisch sich erhebende Häusermasse der Zionsburg, gegen Nordwest auf die Kirchengruppe des heiligen Grabs.

Das heutige Jerusalem hat einen kleineren Umfang als das alte, es reicht weder in Nord noch in Süd so weit als dieses. Der südliche Theil des Zion und der Ophel auf der Südseite liegen jetzt außerhalb der Stadtmauer. Die Stadt hat einen Umfang von 4630 Schritten und kann in 1 Stunde und 20 Minuten umgangen werden. Sie ist mit einer 40 Fuß hohen und 3 Fuß breiten Mauer umgeben, deren Thürme 120 Fuß hoch sind. Sie hat auf drei Seiten nur je ein Thor, auf der Südseite zwei. In der Westmauer liegt nördlich am Kastell Davids das Bethlehem- oder Jaffathor, aus welchem heraustretend man sogleich in das hier flache Gihonthal hinabsteigt. Rechts führt die Straße nach Jaffa, links im Thal hinab nach Bethlehem und Hebron, weßwegen es auch Hebronthor oder Bab el Chalil, d. i. Thor des Geliebten, heißt. In der nördlichen Mauer liegt das Thor von Damaskus (Bab el Amud), durch welches man nach Sichem, Nazareth und Damaskus reist. Auf der Ostseite befindet sich an der Nordostecke des Haram und hart am sogen. Bethesdateich das Stephansthor oder Schafthor (Bab Sitty Marjam, d. h. Thor meiner Frau Maria, auch Thor der Stämme genannt), durch welches der Weg über den Kidron zum Oelberg, dann nach Bethanien und Jericho führt. Ein zweites Thor dieser Seite, das Goldene, auch das Ewige genannt, welches auf den Tempelplatz gerade auf die Moschee zuführt, und durch welches Christus am Palmsonntag eingezogen sein soll, ist vermauert. Auf der Südseite liegt das Mistthor, in der Tiefe des Tyropöon, wahrscheinlich so genannt, weil durch dasselbe der Unrath der Stadt seinen Abfluß nahm. Es heißt auch Bab el Mughâribeh, d. i. Thor der Mogrebiner oder westlichen Afrikaner, weil die Gegend desselben von westlichen Afrikanern aus den Barbareskenstaaten bewohnt ist. Auf der Höhe des Zion ist das Zionsthor, Bab en Neby Daûd, d. i. Thor des Propheten David. — Das alte Jerusalem hatte mehr Thore, über ihre Lage ist aber noch nichts mit Sicherheit bestimmt. Nur so viel läßt sich sagen, daß vier derselben ohne Zweifel den vier zuerst genannten Thoren der heutigen Stadt entsprechen. Das heutige Jaffathor ist das alte Thalthor (Nehem. 2, 13. 3, 13. 2 Chron. 26, 9.); das Damaskusthor entspricht dem Thor Ephraim (Jer. 38, 7. 37, 13. Neh. 12, 39. 2 Chron. 25, 23.), das Stephansthor dem Schafthor (Neh. 3, 1. 32. 12, 39.), in dessen Nähe die Thürme Mea und Hananeel standen (Neh. 3, 1. 12, 39. Sach. 14, 10.), das Mistthor oder Thor der westlichen Afrikaner dem alten Mistthor (Neh. 2, 13. 12, 31.), welches wahrscheinlich auch das Essäerthor ist. Außerdem werden im Alten Testament noch folgende Thore genannt: das alte Thor (Neh. 3, 6. 12, 39.), vermuthlich an der Nordostecke in der Nähe des Walkerdenkmals und des Walkerfeldes (Jes. 7, 3.); das Eckthor (2 Chron. 26, 9. 2 Kön. 14, 13. Sach. 14, 10.) auf der Nordwestecke, wahrscheinlich beim Ofenthurm (Neh. 3, 11. 12, 38.); das Brunnenthor (Neh. 2, 14. 3, 15.), wahrscheinlich südlich vom Mistthor, nahe dem Teich Siloah und dem Garten des Königs (Neh. 3, 15.), zum Schutz dieses Teichs, wozu vielleicht auch der Thurm Siloah (Luc. 13, 4.) diente, vielleicht einerlei mit dem Töpfer- oder Ziegelthor (Jer. 19, 2.), wenn nicht das Mistthor auch diesen Namen führte; das Wasserthor (Neh. 3, 26.), wahrscheinlich im südlichen Theil der Ostmauer; das Kerker- und Roßthor (Neh. 3, 18. 12, 39. 40.) am Tempel zwischen dem Wasserthor und Schafthor; endlich das Fischthor (Neh. 3, 3. 12, 39. Zeph. 1, 10. 2 Chron. 33, 14.), ganz nordöstlich.

Betritt man durch das westliche Jaffathor an der Seite des Davidskastells die Stadt, so liegt eine Straße vor uns, welche in der Richtung des alten Tyropöon von West nach Ost bis zu einem der westlichen Eingänge des Haram eine Viertelstunde lang bergab führt. Sie heißt in ihrer westlichen Hälfte die Davidsstraße, in ihrer östlichen die Tempelstraße. Sie wird queer durchschnitten von einer andern Hauptstraße, welche von Nord nach Süd, vom Damaskusthor bis zum Zionsthor, die Stadt durchsetzt, und nördlich vom Kreuzungspunkt Damaskusstraße, südlich Zionsstraße heißt. Durch diese zwei Hauptstraßen wird die Stadt in vier Quartiere eingetheilt: in das armenische in Südwest, und das jüdische mit dem kleinen Barbaresken-quartier in Südost, beide auf dem nördlichen Theil des Zion, durch die Zionsstraße von einander getrennt, in das christliche in Nordwest, auf dem westlichen Theil des Akra, und das muhamedanische in Nordost, auf dem östlichen Theil des Akra und auf dem Bezetha, beide durch die Damaskusstraße von einander getrennt.

Im armenischen Quartier zeigt man an der Nordseite des Zion das Haus des Hannas (Joh. 18, 13.); nicht weit davon ist die Hauptkirche der Armenier, dem Apostel Jakobus dem Aelteren geweiht, weil er hier enthauptet worden sein soll. Das dazu gehörige Kloster soll über 1000 Zimmer für Pilgrime enthalten und das reichste in der Levante sein. Nördlich davon befindet sich die neuerbaute Zionskirche, die Kathedrale des von der Königin von England und dem König von Preußen gestifteten evangelischen Bisthums, daneben angebaut das englische Consulatsgebäude. Auf dem südlichen Theil des Zion, der außerhalb der Mauer liegt, zeigt man das Haus des Hohenpriesters Caiphas, gegenwärtig Erlöserskirche der Armenier, daneben das Coenaculum, das Gebäude, in welchem das Abendmahl eingesetzt, der Heilige Geist ausgegossen, Maria gestorben sein soll, gegenwärtig eine Moschee, Neby Daûd genannt. Dieselbe soll über dem Grab Davids erbaut sein, was auch nicht unwahrscheinlich ist; denn 1 Kön. 2, 10. heißt es, David sei in der Stadt Davids, also in der obern Stadt auf dem Berg Zion, begraben worden. Dasselbe wird von Salomo, Rehabeam, Abia, Assa, Josaphat, Ahasja, Amazia, Jotham, Josia bemerkt. Hier in der königlichen Familiengruft hatte jeder der Könige seine besondere Grabkammer. Nur solche, die an unreinen Krankheiten starben, wie Joram, Joas, Usia, wurden nicht im Erbbegräbniß, sondern in einem daranstoßenden Acker begraben (2 Chron. 21, 20. 24, 25. 26, 23.), ebenso der götzendienerische Ahas, der gar nicht in der Stadt Davids beigesetzt wurde (2 Chron. 28, 27.). Man pflegte in die Grüfte Schätze mit zu begraben; dennoch blieben sie von Nebukadnezar und den späteren Eroberern unangetastet; daher noch zu Nehemias, ja sogar zu der Apostel Zeiten die Lage derselben bekannt war (Neh. 3, 16. Ap.Gesch. 2, 29.). Wahrscheinlich wurden sie absichtlich verborgen gehalten. Der erste, der sie plünderte, war der Hohepriester Hyrkanus; er wollte mit den Schätzen die Aufhebung einer Belagerung erkaufen. Herodes der Große folgte seinem Vorgang, mußte jedoch von dem Raub wieder abstehen; denn als er zu den Grabkammern Davids und Salomos vordringen wollte, brach eine Flamme (wahrscheinlich entzündete Stickluft) hervor, die zwei seiner Begleiter tödtete. — Im Uebrigen ist der Zion nichts als ein ungeheurer Steinhaufen. Sonst liegen außerhalb der Mauer auf dem Zion noch die Begräbnißplätze der verschiedenen christlichen Parteien und Ackerland, wo Gerste und Haber gebaut wird (Mich. 3, 12. Jer. 26, 18.).

Im christlichen Quartier ist der interessanteste Punkt die Kirche des Heiligen Grabs. Sie besteht eigentlich aus drei Kirchen, jedoch alle unter einem Dach: gegen Abend die Kirche des Heiligen Grabs, gegen Morgen von ihr die des Calvarienbergs, dann die Kirche der Kreuzerfindung. Gleich beim Eintritt auf der Mittagsseite ist eine längliche, mit einem Gitter umgebene weiße Marmorplatte, auf welcher der Leichnam Christi von Nikodemus und Joseph gesalbt worden sein soll. Rechts eine Art Chor, der Ort der Schädelstätte, welcher aus zwei gewölbten Kapellen besteht, die eine, wo der Herr ans Kreuz genagelt wurde, die andere, wo sein Kreuz aufgerichtet war und wo beständig 13 Lampen brennen. Auf der mit Silberblech überzogenen Höhle des Kreuzes stehen die Worte Ps. 74, 12. griechisch eingegraben: „Hier hat Gott, unser König, vor Jahrhunderten das Heil im Mittelpunkt der Erde bewirkt.“ Zwischen dem Kreuz Christi und dem des Schächers zur Linken zeigt man eine Spalte im Felsen, der bei dem Erdbeben zerrissen sein soll. Einige meinen, sie dringe bis ins Centrum der Erde und bedeute die Scheidung der Frommen und Gottlosen, indem sie zwischen dem Kreuz des Erlösers und dem des unglaubigen Schächers sich befindet; auch fand man den Schädel Adams in ihr. Weiter zeigt man die Kapelle, wo die Kriegsknechte die Kleider theilten, und die Kapelle des Longinus, des Kriegsknechts, welcher nach der Sage die Seite Christi durchstach und hier viele Jahre Buße gethan haben soll. Die Kirche des Heil. Grabes hat in ihrer Kuppel eine große kreisförmige Oeffnung, durch welche sie Licht erhält; senkrecht unter dieser Oeffnung ist das Heilige Grab. Dieses gleicht einer Grotte in einer Felsmasse, die umbaut und mit einem Thürmchen überbaut ist. Die Felswände der Höhle sind mit weißem Marmor bedeckt; die Decke ist durch den Dampf von 50 Lampen, welche hier Tag und Nacht brennen, ganz geschwärzt. Der Sarkophag ist von bläulich weißem Marmor. Verschiedenen Nationen und Confessionen gehören verschiedene der genannten Heiligthümer an. Um den Besitz des Heiligen Grabs stritten sich früher Griechen und Lateiner grimmig, gegenwärtig besitzt jede Partie die Hälfte davon; 30 griechische, 15 armenische, 12 lateinische und 2 koptische Geistliche leben für beständig in und neben der Kirche. Am Charfreitag nach Sonnenuntergang werden von den Franziskanern in der Kirche 7 Predigten gehalten, 4 spanische, 2 italienische und 1 arabische; die Kreuzigung und Grablegung wird mit einer hölzernen Puppe von der Größe eines Kindes dargestellt. Am Ostersonnabend Nachmittags aber ereignet sich eine Scene in der Kirche des Heiligen Grabs, die über alle Beschreibung empörend ist. Mehrere tausend Griechen, Armenier u. a. versammeln sich, jeder mit einem Bündel Wachskerzen, laufen oder rutschen um das Grab herum, bis ihnen der Schweiß über das Angesicht läuft. Sie steigen einander auf die Achseln, fallen auf die Kniee, rücken die Köpfe mit verkehrten Augen in die Höhe und heben die Hände mit den Kerzen auf gen Himmel, schreien jämmerlich, das Feuer solle doch bald vom Himmel fallen. So währt das Gaukelspiel zwei gute Stunden, während die herbeigekommenen Türken sich daran belustigen. Nun geht der griechische Patriarch, der armenische Bischof und etliche griechische Geistliche in das Heil. Grab; die Thüre wird hinter ihnen zugemacht. Diese stellen sich nun, als beteten sie drinnen; indessen aber schlagen sie mit dem Feuerzeug ein Licht auf, an welchem der Patriarch seine Kerzen und die Lampen des Heil. Grabs anzündet. „Nach diesem,“ so erzählt ein Augenzeuge weiter, „wird die Thüre geöffnet und fähret der Patriarch heraus, gleichwie eine Furie aus der Hölle, mit ausgereckter Hand, in welcher er einen großen Pusch brennender Lichter hat. Sobald nun das Volk das Licht ersiehet, da fängt es an zu schreien, heben alle die Hände mit ihren Kerzen auf und dringen mit so großer Gewalt auf den Patriarchen los, daß es kein Wunder wäre, sie erquetschten ihn; denn ein jeder will sein Licht am ersten von des Patriarchen anbrennen, indem sie meinen und glauben nichts anderes, als daß es vom Himmel heruntergefallen sei. Sie hätten den Patriarchen leicht erdrückt, er fieng schon an zu schreien, da huben sie ihn empor und er lag oben auf den Köpfen des Volks. Sein bischöflicher Ornat, so er an hatte, wurde ihm ganz vom Leibe gerissen; es war ein alter, eisgrauer Mann, hatte einen schönen, weißen Bart, welcher ihm in dem Tumult und von dem Hin- und Herfahren und Stoßen der Kerzen angezündet und ganz verbrennt wurde, darüber die zusehenden Türken alle lachten. Es war auch so ein Dampf und Gestank, daß es nicht auszusagen. Daß aber ein jeder sich so äußerst bemühte, sein Licht an des Patriarchen anzubrennen, ist die Ursache, weil sie glauben, daß derjenige der allerheiligste Mensch auf dieser Erde sei, der nicht könne verdammt werden." — Sollte man glauben, daß Christen mit solchen Gräueln einen Ort entweihen können, an welchem die heiligsten Gefühle der Zerknirschung und der Andacht das Gemüth bewegen sollten? Wie ganz anders waren die Empfindungen, welche der fromme Missionar Fisk an dieser Stätte hatte. Er schreibt unter anderem: „meine Thränen floßen unaufhaltsam und meine Seele war auf eine Weise bewegt, die ich nicht beschreiben kann. Ich weihte mich von neuem meinem Herrn, und betete zu Ihm für meinen Vater, meine Brüder, Schwestern und lieben Freunde. Ich flehte um Segen für die Missionare, die Prediger und für die ganze Welt. Es war mir, als hätte der Sohn Gottes jetzt gelitten, als sei Er jetzt gestorben und von den Todten auferstanden. Der Zeitraum, seit seinem Tod, erschien wie ein Augenblick, alles war wie gegenwärtig und wirklich. O welche Leiden! welche Liebe! Liebe Brüder, für uns ist Er gestorben; sollten wir nicht für Ihn leben? Er starb, um uns von Sünden zu erlösen; sollen wir denn nicht die Sünde in jeder Gestalt meiden?" *)

*) An die Grabkirche selbst stoßen noch 6 Klöster an, ein Franziskanerkloster, zwei griechische Klöster, ein koptisches, ein armenisches und ein Kloster der schwarzen Abyssinier oder Aethiopier. Außerdem besitzen die Lateiner noch ein Franziskanerkloster (mit 28 Cisternen), ein Nonnenkloster und eine Kapelle, die Griechen 8 Mönchsklöster mit Raum für etwa 1200 Pilger, worunter eins mit 5 Kirchen, und 6 Frauenklöster, die Armenier 3 Klöster, die Kopten und die Syrer je eines. Die unzähligen Legendenorte mögen unerwähnt bleiben.

Das Judenquartier ist der elendeste Theil der Stadt. Hier wohnen die Juden in elenden Baracken zwischen dem Zion und Moriah unter Ruinen und Trümmerschutt. In hohem Alter kommen sie hieher aus der Ferne, um im Thal Josaphat begraben zu werden; denn hier erwarten sie nach Joel 3, 19. das Gericht über die Auferstandenen. Sie leben meist von Almosen ihrer Volksgenossen in andern Ländern. „Laßt uns," sagt Chateaubriand, „zwischen den Berg Zion und den Tempel blicken. Da wohnt ein Volk, abgeschieden von den übrigen Bewohnern der Stadt. Von allgemeinem Hasse verfolgt, beugen diese Unglücklichen ihr Haupt, ohne zu klagen, leiden geduldig alle Bedrückungen, ohne Gerechtigkeit zu fordern, lassen sich von Streichen niederwerfen, ohne zu seufzen, und wenn man ihr Haupt verlangt, bieten sie es dem Schwerte dar. Stirbt ein Mitglied dieses geächteten Vereins, so wird es von seinen Leidensgenossen in nächtlicher Stunde heimlich begraben im Thal Josaphat unter dem Schatten von Salomos Tempel. Tretet in die Wohnungen dieser Menschen, ihr findet sie in gräßlichem Elend, ihr höret, wie sie ein geheimnißvolles Buch mit ihren Kindern lesen, die es einst wieder ihren Kindern vorlesen werden. Was dieses Volk vor 5000 Jahren that, thut es noch. Siebenzehnmal hat es Jerusalem in Trümmer fallen sehen; aber nichts kann den Muth ihm rauben, nichts es abhalten, seine Blicke hoffnungsvoll gen Zion zu richten. Von wunderbarem Staunen wird man ergriffen, wenn man die Juden in Jerusalem sieht, wenn man diese rechtmäßigen Gebieter Judäas als Sklaven und Fremdlinge im eigenen Lande findet, wenn man sieht, wie sie bei allem Druck, der auf ihnen lastet, einen König erwarten, der sie befreien soll. Niedergeworfen von dem Kreuz, das sie verdammt und über ihren Häuptern aufgerichtet ist, verborgen lebend in der Nähe des Tempels, von dem nicht ein Stein auf dem andern geblieben ist, beharren sie in unglücklicher Verblendung. Perser, Griechen, Römer sind verschwunden von der Erde, und ein kleines Volk, dessen Ursprung hinausreicht über die Entstehungszeit jener großen Völker, lebt noch unvermischt unter den Schutthaufen seines Vaterlands. Wenn irgend eine Erscheinung unter den Völkern der Erde das Gepräge eines Wunders hat, so ist hier dieses Gepräge." — Freitags versammeln sie sich an der Westmauer des Haram an dem Ort der Wehklage, um in tiefen, erschütternden Trauergesängen das Loos ihres Volks und ihrer Stadt zu beweinen. Die Erlaubniß dazu erkaufen sie von den Türken. „Wir fanden sie," erzählt Fisk, „auf der Erde nahe der Mauer sitzend, sie lasen ihre hebräischen Bücher. Es war herzergreifend, diese Nachkommen Abrahams, meist armes zerlumptes Volk, im Staube sitzen zu sehen; sie müssen das Privilegium bezahlen, da zu weinen, wo ihre Väter sangen, sich freuten und triumphirten; elende Sklaven sind sie auf derselben Stätte, wo ihre Väter mächtige Könige waren." *)

Nicht leicht möchte eine Stadt der Erde bei einer an sich so geringen Bevölkerung eine so große Manchfaltigkeit des Völkergewirrs darbieten, wie Jerusalem, als könnte sie auch in ihrer Zertretung von den Heiden die von den Propheten ihr zugesprochene Bestimmung, der Versammlungsort für die Völker der Erde zu werden, nicht verläugnen (Sach. 8, 22. Jes. 2, 2—5.). Nicht nur unterscheiden sich die vier Hareths oder Quartiere nach den verschiedenen religiösen Abtheilungen, sondern in jedem derselben außer dem armenischen, welches eine geschlossene Einheit bildet, haben die verschiedenen Secten mit ihren vielerlei Völkern und Sprachen wieder besondere Abtheilungen inne. So im Christenquartier die Lateiner, Griechen, Syrer, Kopten, Abyssinier, Georgier, Maroniten, Nestorianer und zerstreut die einzelnen Glieder protestantischer Nationen, im Türkenquartier neben Türken und Arabern sogar eine Colonie Hindus mit ihren beibehaltenen Sitten und Sprachen, im Judenquartier die Sephardim (spanische Juden), die Aschkenazim (fremde, meist deutsche, polnische, russische Juden) und Karaiten. Dazu kommen noch die jährlich zur Osterzeit durchziehenden Pilgerschaaren, deren Zahl bis zu 10,000 anwachsen kann, und die Touristen aller Völker das ganze Jahr hindurch. Um die Osterzeit ist dann die Stadt

*) Eine jüdische Hochzeit in Jerusalem wird noch jetzt so gehalten, wie zu Christi Zeiten. Um Mitternacht kommt der Bräutigam, dem die Brautjungfern im feierlichen Zug entgegengehen, jede mit einer brennenden Lampe in der Hand. Nachdem sie alle im Hochzeitsaal angekommen sind, wird die Thüre zugeschlossen, und wer nachher kommt, findet keinen Einlaß mehr. Wenn man dieß so mit ansieht, tritt das Gleichniß von den zehn Jungfrauen mit erhöhter Deutlichkeit und Lebhaftigkeit vor die Seele.

freilich sehr belebt; aber sonst zeigt sie, die Bazare ausgenommen, nur leere Straßen und die ganze Umgebung ist in völlige Einsamkeit versunken, es sei denn, daß einzelne Bauern mit ihren beladenen Eseln zur Stadt ziehen, oder Weiber ihre Wasserschläuche an den Teichen und Quellen füllen, wo auch Schäfer ihre Heerden tränken, oder daß weißverschleierte Mosleminen die Gräber der Ihrigen umwandeln oder gruppenweise auf ihnen verweilen.

Die Zahl der jetzigen Bevölkerung ist schwer zu bestimmen. Die Angaben wechseln von 11,000 bis 20,000. Robinson gibt sie auf 11,000 an, nämlich 4500 Muhamedaner, 3000 Juden, 3500 Christen. Nach den Erkundigungen des preußischen Consuls Schultz kann man 5000 Muhamedaner, 3400 Christen und 7120 Juden, zusammen rund 15,500 Seelen rechnen. Dazu 1000 Mann türkische Garnison und einige hundert mit den Consulaten und Missionen in Verbindung stehende Personen gerechnet, gibt höchstens eine dauernde Bevölkerung von 17,000 Seelen. Sie leben in Armuth und Gewerblosigkeit. Die Türken und Araber sind die herrschende, die Juden die geknechtete Bevölkerung der Stadt; die Christen sind die Krämer der Bazare und betreiben eine kleine Industrie, haben die Seifenfabriken, die Webstühle inne, und verfertigen wie in Bethlehem die Rosenkränze, Kreuze, Wachskerzen, Heiligenbilder, was der wichtigste Handelszweig ist. Der Grundbesitz gehört größtentheils den Moscheen, Kirchen und öffentlichen Anstalten, nur ein sehr kleiner Theil ist Privateigenthum. Es ist schwer, ein Grundstück zu erwerben, da fast jedes mehrere Besitzer hat.

Seit dem Jahr 1843 hat neben den altansäßigen christlichen Kirchen auch die evangelische in Jerusalem festeren Fuß gefaßt. Von der Ueberzeugung ausgehend, daß das evangelische Christenthum im Orient und namentlich im Gelobten Lande keine Hoffnung auf volle und dauernde Anerkennung, wie auf segensreiche und bleibende Wirkung und Ausbreitung habe, wenn dasselbe sich nicht in jenen Gegenden möglichst als eine Einheit darstelle, gründete der preußische König Friedrich Wilhelm IV. im Verein mit der Königin Victoria von England das erste evangelische Bisthum zu Jerusalem. Dasselbe wurde von beiden Theilen gleichmäßig dotirt, und so soll auch der Bischof von beiden abwechselnd gewählt werden. Der erste Bischof, Alexander, war von England gewählt, als sein Nachfolger wurde der gegenwärtige Bischof, Samuel Gobat, früher eine Reihe von Jahren Missionar in Abyssinien, Zögling des Basler Missionshauses, von deutscher Seite eingesetzt. In der schon erwähnten, zum Bisthum gehörigen Christuskirche auf Zion wird in englischer, deutscher, hebräischer und arabischer Sprache Gottesdienst gehalten; außerdem finden an verschiedenen Wochentagen auch in Privathäusern religiöse Versammlungen statt. Für die Deutschen ausschließlich ist ein Prediger angestellt. Unter der Aufsicht und Leitung des Bischofs steht eine Anzahl von Instituten verschiedener Art: ein Hospital für Juden, ein Industriehaus, in welchem Juden, die sich zum christlichen Unterricht melden oder in die Kirche aufgenommen werden sollen, Unterweisung in irgend einem Handwerk sowohl, als im Christenthum erhalten, eine Industrieschule für Jüdinnen, ein deutsches Hospital, welches durch Diakonissen von Kaiserswerth besorgt wird, eine Knaben- und eine Mädchenschule, jene mit 60, diese mit 30 Kindern, wovon 40 jüdischer Herkunft, 2 oder 3 muhamedanisch sind, die übrigen verschiedenen christlichen Kirchen angehören, endlich ein syrisches Waisenhaus. Außerdem stehen unter der Pflege des Bischofs mehrere neuentstandene evangelische Gemeinden, nämlich zu Bethlehem und Jaffa, wo auch evangelische Schulen sind, zu Nazareth, wo die Gemeinde aus etwa 200 Mitgliedern besteht, und zu Nablus, wo auch eine Schule von 38 Kindern sich befindet. Die Mitglieder dieser Gemeinden gehörten meistens der griechischen Kirche an. Eine besonders merkwürdige Fügung ist es, daß der junge König von Schoa in Abyssinien dem Bischof Gobat, seinem einstigen Lehrer, die oberste Leitung des Priesterseminars der abyssinischen Kirche in Jerusalem übertragen hat, in welchem nun etwa 100 Pilger Unterricht in der Heil. Schrift erhalten, um nach zweijährigem Aufenthalt den dadurch gewonnenen Segen den Ihrigen mit in die Heimath zurückzubringen.

Die Häuser in Jerusalem sind von Stein oder Lehm, meist niedrig und unregelmäßig, ohne Schornsteine, mit flachen, häufig mit Cisternen versehenen Dächern, in deren Mitte gewöhnlich eine kleine Kuppel sich erhebt. Die Fenster sind klein, nach der Straße hinaus meist mit starken eisernen Gittern zum Schutz versehen, zugleich mit hölzernen Jalousieen, damit die Frauen nicht von den Vorübergehenden gesehen werden. Die Straßen sind eng, nur zum Theil gepflastert, meist unregelmäßig. „Von außen," sagt Jowett, „ist der Anblick Jerusalems unaussprechlich schön; als ich aber durch das Thor von Damaskus hineinkam, so verriethen Schmutz und Elend, wie sie mir kaum vorgekommen, den Verfall." Ebenso sagt Chateaubriand: „In diesem Schutt- und Trümmerhaufen, den man eine Stadt nennt, hat es den Landesbewohnern gefallen, wüsten und öden Gängen den Namen der Straßen zu geben. Die Häuser sind plumpe, viereckige, niedrige Massen, ohne Schornsteine und ohne Fenster; sie enden oben in platten Terrassen oder in Kuppeln und sehen Gefängnissen oder Gräbern ähnlich. Nur die Kirchthürme, die Minarete der Moscheen, die Spitzen einiger Cypressen unterbrechen die Einförmigkeit. Das Innere der Stadt ist nicht minder traurig. Man verirrt sich in schmalen, ungepflasterten Straßen; man geht durch Staubwolken oder zwischen rollenden Kieseln. Schirmdächer von Leinwand, die von einem Haus zum andern ausgespannt sind, machen dieses Labyrinth noch dunkler, und bedeckte, stinkende Bazars rauben der verödeten Stadt vollends alles Licht. Niemand in den Straßen, niemand an den Thoren der Stadt." So gelten die Worte des Propheten Jeremias bis auf diesen Tag: „Jerusalem hat sich versündigt, darum muß sie sein wie ein unrein Weib. Wie liegt die Stadt so wüste, die voll Volks war! Sie ist wie eine Wittwe; die eine Fürstin unter den Heiden, eine Königin in den Ländern war, muß nun dienen. Es ist von der Tochter Zion aller Schmuck dahin!" (Klagl. 1, 7. 1, 6.)

Schon der alte Strabo sagt, Jerusalems Umgebung sei trocken und leide an Wassermangel, im Innern aber sei die Stadt mit Wasser wohl versehen. Diese seltsame Erscheinung erklärt, warum die Heere, welche Jerusalem belagerten, oft durch Mangel an Wasser litten, während die Belagerten immer Ueberfluß an Wasser hatten, auch wenn die entsetzlichste Hungersnoth in der Stadt herrschte. Jerusalem besitzt viele Tausende meist sehr alter Cisternen; jedes Haus hat wenigstens eine, meist mehrere, das lateinische Kloster nicht weniger als 28, aus denen es zur Zeit der Dürre alle christlichen Bewohner Jerusalems halbe Jahre lang mit Wasser versehen kann. Neben diesen verborgenen Wassersammlungen besitzt Jerusalem auch offenliegende Behälter, die nicht bedeckt sind und zur Ansammlung des Regenwassers dienen. So die zwei Teiche auf der Westseite der Stadt im oberen Hinnom- oder Gihonthal, nämlich der obere Teich Gihon, jetzt Birket el Mamillah genannt, 316 Fuß lang, 200 breit, 18 tief, und der untere Teich Gihon, oder Birket es Sultan, 592 Fuß lang, 245—275 breit und 35—42 tief (Jes. 22, 9.), ferner auf der Nordseite der Stadt hart an der Mauer der Birket el Hidscheh, d. i. der Pilgerteich, auf der Ostseite in der Nähe des Stephansthors der Birket Hammam Sitti Marjam, meist trocken liegend, und innerhalb der Stadt an der Nordseite des Haram der meistens trockene Teich, der von den Pilgern ohne Grund stets Teich Bethesda genannt wird, ursprünglich aber ein Festungsgraben der Burg Antonia war.

Was nun die Quellen Jerusalems betrifft, so sind uns deren drei bekannt, der Brunnen Rogel, Siloah und der Marienquell, welche sämmtlich außerhalb der jetzigen Stadt im unteren Josaphatthal liegen, wiewohl die zwei letzteren früher innerhalb der Mauer, wenigstens hart an derselben unter ihrem Schutz, sich müssen befunden haben. Der Brunnen Rogel, d. h. Walkersbrunnen, liegt im Thalgrund beim Zusammenstoß des Thals Ben Hinnom und Josaphat, nach Roth 1966 p. F. ü. d. M. Er ist 125 Fuß tief und hat einen Wasserstand von 50 Fuß Höhe, kommt aber zur Regenzeit zum Ueberlaufen. Schon im Buch Josua (15, 7. 18, 16.) wird er als Grenzpunkt der Stämme Juda und Benjamin genannt. Bei den Eingebornen heißt er Bir Eyub, d. h. Hiobsbrunnen, wahrscheinlich eine Namensverwechslung statt Bir Juab, d. h. Joabsbrunnen. Joab nämlich, Davids Feldhauptmann, stand an der Spitze jener Partei, welche Davids Sohn Adonia anstatt seines älteren Bruders Salomo zum König machen wollte. Schon feierten sie Adonias Erhebung mit einem Festgelage am Felsen Soheleth, der zur Seite des Brunnens Rogel liegt (1 Kön. 1, 9.), als der Posaunenschall und das Geschrei des Volks, welches durch Salomos Salbung und Thronerhebung veranlaßt wurde, von Gihon ins Tiefthal am Brunnen hinabdrang und Joab mit Schrecken erfüllte (v. 41. ff.). Der Name Nehemiasbrunnen, welcher auch dem Brunnen beigelegt worden ist, rührt daher, weil die

Sage den Nehemias das heilige Feuer des Tempels, welches während des Exils darin verborgen gewesen sein soll, darin wieder auffinden und in den neuerbauten Tempel zurückbringen läßt (2 Macc. 1, 19—22.).

Gehen wir von da nordwärts, so durchschreiten wir die kleine, fruchtbare, durch die Vereinigung des Hinnom- und Kidronthals gebildete Ebene, in welcher die Königsgärten, jetzt Feigen- und Gemüsegärten, lagen, und lenken ins untere Tyropöon ein, in welchem wir bald auf die Quelle Siloah treffen, ein Wasserbecken am südwestlichen Fuß des Ophel, das in den massiven Fels gehauen ist, zu dem einige Stufen hinabführen. Nur dreimal wird sie in der Heiligen Schrift genannt, nämlich vom Propheten Jesajas (8, 6. 7.), welcher in der betrübten Zeit des Königs Ahas weissagt, daß die starken Wasser des Euphrat, nämlich der König zu Assyrien und all seine Herrlichkeit, über das Volk kommen werde zur Strafe dafür, daß es das stille Rieseln des Siloah, d. h. die geringe Macht des Hauses Davids, verachte und sich auf Rezin, den König von Syrien, verlasse; sodann von Nehemia (3, 15.), der den Bau des Brunnen- oder Quellthors durch Sallum angibt und hinzufügt: „er bauets und deckets und setzte ein seine Thür, Schlösser und Riegel, dazu die Mauer am Teich Siloah bei den Gärten des Königs bis an die Stufen, die von der Stadt David (d. i. vom Berg Zion) herabgehen;" endlich vom Evangelisten Johannes (9, 7.), der die Heilung des Blindgebornen erzählt, den Jesus zum Teich Siloah hinabschickt, um sich zu waschen. — Die dritte Quelle liegt auf der andern östlichen Seite des Ophel im Kidronthal gegenüber vom Dorf Siloah; sie führt den Namen Quell der Jungfrau oder Marienquell (Ain Sitti Marjam), und ist ohne Zweifel der Königsteich (Neh. 2, 14.). Man steigt zu ihr erst 16 Stufen hinab, dann kommt ein ebener Platz, dann folgen wieder 10 Stufen in die Tiefe bis zu dem Wasserbassin, von welchem das Wasser durch einen niedrigen, künstlich in Fels gehauenen Canal unterirdisch südwärts abfließt und an der andern Seite des Ophel als Siloahquelle zu Tag tritt, welche somit nur der Abfluß des Marienquells ist. In diesem Tunnel, der ganz in Felsen gehauen ist, rieselt das Wasser still hinab. Robinson, der durch denselben gieng, zum Theil kroch, fand ihn

1750 englische Fuß lang, jedoch nicht in gerader Linie, sondern in verschiedenen Krümmungen fortlaufend. Die Quelle selbst ist eine periodische Quelle und von etwas salzigem Geschmack. Robinson erzählt in dieser Beziehung: „Während wir im Begriff waren, das Becken der obern Quelle zu messen, stand mein Gefährte auf der untern Stufe nahe bei dem Wasser, und mit dem andern Fuß auf einem lose in dem Becken liegenden Stein. Auf einmal bemerkte er, daß das Wasser in seinen Schuh drang, und indem er denselben zurückzog, bemerkten wir, daß es reißend unter der untern Stufe hervordrang. Auch die Stufe bedeckte sich jetzt mit Wasser. In 5 Minuten war es um einen Fuß gestiegen, und wir konnten es durch den Hohlgang fortrieseln hören. Zehn Minuten später hatte es aufgehört zu fließen und das Wasser verlief sich wieder auf seine vorige Höhe. Eine Frau von dem Dorf Siloah, welche gerade kam, sagte uns, daß der Wasserfluß mit unregelmäßigen Unterbrechungen stattfinde, zuweilen 2—3mal täglich, manchmal im Sommer in 2—3 Tagen nur einmal. Sie sagte, sie habe die Quelle schon trocken, und Menschen und Vieh, die auf dieselbe beschränkt seien, rings herum versammelt und Durst leiden sehen, auf einmal aber sei das Wasser unter den Stufen hervorgedrungen und reichlich abgeflossen." Jener Felsenkanal ist ein Werk des Königs Hiskias, der, als Sanherib die Stadt bedrohte, das Wasser auf die andere Seite des Berges leitete, theils um es den belagernden Feinden abzuschneiden, theils um es einem andern Theil der Stadtbewohner näher zu bringen. Zugleich konnte es von da aus zur Bewässerung von Gärten und tieferen Thalebenen benutzt werden. Deßwegen heißt es 2 Chron. 32, 30.: „er ist der Hiskia, der die obere Quelle des Gihon (so hieß also die Marienquelle, vgl. 2 Chron. 33, 14.) faßte und leitete sie hinunter gegen die westliche Seite (des Ophel) hin zur Stadt David" (an den Fuß des Zion). (Vgl. 2 Kön. 20, 20. Sir. 48, 19.) Deßwegen bekam wohl auch der untere Teich selbst den Namen Siloah, d. h. gesendet, fortgeleitet. Uebrigens ist auch im Marienbrunnen nicht der Ursprung des Wassers. Robinsons Nachforschungen führten zu dem Resultat, daß es im Herzen des Felsen in einer Tiefe von 80 Fuß unter dem Haram eine künstliche Quelle gebe, deren Wasser dieselben Eigenschaften habe, wie das, welches aus den künstlichen Aushöhlungen (durch den Marienbrunnen und Siloah) in das Thal unten ausfließe. Damit stimmen Nachrichten aus dem Alterthum überein, nach welchen ein starker natürlicher Quell reichlich und fortwährend im Tempel selbst fließen soll, durch Abzugskanäle fließe dann eine Menge Wasser ab; bewunderswürdig, ja unaussprechlich sei die Größe der unterirdischen Behälter, von denen unter dem Tempel in einem Umfang von 5 Stadien alles voll sei. Ohne Zweifel spielen Ezech. 47, 1—12. und Sach. 13, 1. 14, 8. auf diese geheim gehaltene, nur den Priestern bekannte Tempelquelle an.

Jerusalem liegt etwas westlich vom 53° O. L. und hat gegen 2 Stunden früher Mittag als wir. Am kürzesten Tag geht dort die Sonne Morgens 7 Uhr auf und Abends 5 Uhr unter, am längsten Tag geht sie Morgens 5 Uhr auf und Abends 7 Uhr unter; der kürzeste Tag dauert mithin 10, der längste 14 Stunden. Dennoch theilte man im Winter wie im Sommer die Zeit vom Aufgang bis zum Untergang der Sonne in 12 Stunden ein, und ebenso die Zeit vom Untergang bis wieder zum Aufgang, so daß am kürzesten Tag eine Stunde 50, am längsten 70 Minuten hatte. Gezählt wurden die Stunden vom Sonnenaufgang an, die Mittagsstunde war die sechste, die Stunde vor Sonnenuntergang die zwölfte (vgl. Joh. 11, 9. Matth. 20, 1—16. Ap.Gesch. 2, 15. 3, 1.). Die Nacht wurde in vier Nachtwachen eingetheilt. Obgleich Jerusalem um etwa 8 Grade südlicher ist als Neapel (es liegt etwas südlich vom 32° N. Br.), so erreicht doch seine mittlere Wärmetemperatur die von Neapel nicht, sie beträgt etwa 13½ Grade, und ist sogar weit geringer als die seiner nächsten Umgebungen. Denn während im tiefen Ghôr bei Jericho Robinson am 13. Mai Nachmittags 2 Uhr 31° R. im Zelt und 26° R. im Schatten eines Feigenbaums hatte, zeigte das Thermometer in Jerusalem vom 14. April bis 6. Mai um dieselbe Tageszeit 12 bis 21° R. Während Missionar Smith am 12. Mai das Dreschen des Waizens in Jericho bereits beendigt, am 19. Mai in Gaza eben im Gang fand, drasch man auf dem Oelberg erst am 11. Juni. Diese Verschiedenheit rührt von der mehrere tausend Fuß betragenden Erhebung der Stadt über dem Meer wie über der Jordanaue her. Daher reifen hier die Datteln nicht mehr und kommen überhaupt viele tropische Pflanzen, die in Jericho einheimisch sind, nicht vor; dagegen gedeiht wie zu Bethlehem und Hebron ein feuriger Wein, der dem auf den griechischen Inseln und an den Westküsten Kleinasiens ähnlich ist; ebenso geben der Oelbaum, die Feige, der Wallnußbaum, die Pistazie Früchte die Fülle. Der Oelbaum ist noch immer der Fürst unter den Bäumen des Landes; selten sieht man so alte Bäume wie hier, die ein treffliches Oel geben. Der Feigenbaum ist überall, hauptsächlich im Norden Jerusalems, nach Samaria hin bedeckt er ganze, fast unübersehbare Landstriche. Mandeln, Aprikosen, Granaten, Aepfel und Birnen sind gleichfalls einheimisch. Orangen und Citronen kommen nur sparsam in Gärten vor. Mit dem Wallnußbaum, dem Erdbeerbaum, dem edlen Lorbeer, mit Pistazien, Terebinthen, immergrünen Eichen, Fichten sind die Hügel und Höhen um Jerusalem wildbewachsen. Sykomoren, Johannisbrotbäume, Maulbeerbäume kommen an den Abhängen und in den Tiefen vor. An Cerealien sind Waizen und Gerste vorherrschend. Der kälteste Monat ist der Januar, aber die Temperatur sinkt nie unter Null; der niedrigste Stand war (1855) seit lange + 1" R. Als der wärmste Monat erscheint regelmäßig der Juli, in welchem das Thermometer bis 27° R. steigt. Die Unterschiede im täglichen Gang der Temperatur sind ziemlich bedeutend; sie betragen zwischen Mittag einerseits und Morgen und Abend andererseits im Winter 4 bis 6 Grad, im Sommer 7 bis 11. Diese Sprünge sind vielleicht eine vorzügliche Ursache der endemischen Fieber, die Pest jedoch ist seit 1838 verschwunden. Der bei weitem vorherrschende Wind ist der Westwind, nach diesem der Nordwest- und Nordwind. Der Ostwind weht öfters in den Frühlingsmonaten bis Juni; dann soll die Hitze oft bis 32° R. steigen und auch die Nächte bringen dann wenig Kühlung. Südwinde sind selten.

Mit dem Anfang der Gersten- und Waizenärnte, im Anfang Juni, tritt glühende Sonnenhitze ein und alles wird sonnenverbrannt, da kein Regen fällt. Anfangs August fangen leichte weiße Wölkchen an von Südwest her aufzusteigen, die hoch über Jerusalem wegziehen. Dann fällt reichlicher Thau. Indeß dauert die Hitze bis in die Herbstmonate hinein. Ende Oktober fallen die ersten Regentropfen zur allgemeinen Freude des Landes, ihnen folgen dann periodisch sehr heftige Regenschauer, oft herabströmende Regengüsse bis in den December. Dann hat sich alles neu begrünt. Dieß ist der Frühregen, so genannt, weil er in die ersten Monate des jüdischen Jahrs fällt (5 Mos. 11, 14. Jerem. 5, 24. Jak. 5, 7.). Sobald er das Land befeuchtet hat, sät der Landmann die Wintersaat, vornehmlich Gerste und Waizen. Die Weihnachtszeit ist oft die lieblichste des Jahrs und der Januar ist der schönste Frühlingsmonat. Oft tritt freilich auch im Januar strengere Kälte ein und es fällt Schnee, der aber nicht leicht länger als einen Tag liegen bleibt; Eisfrost ist selten. Im März und April fällt der Spätregen mit kalten, feuchten, stürmischen Tagen, und nun wird die Sommerfrucht, d. h. Tabak, Durra, Bohnen u. s. w. gesäet, die dann im September und Oktober reif wird. Nach dem Spätregen nimmt in den tieferen Gegenden die Gersten- und Waizenärnte ihren Anfang, und es fällt von da bis zum Oktober in der Regel kein Regen mehr, weßwegen der Winter die Periode ist, welche alle Cisternen und Quellen für das Sommerhalbjahr mit Wasser versehen muß. Regen in der Waizenärnte war daher auch ein Wunder (1 Sam. 12, 17.). Die durchschnittliche jährliche Regenmenge beträgt 61,6 engl. Zoll, wovon mehr als $^{9}/_{10}$ in den Monaten December bis März fällt, während der Februar jeden andern Monat übertrifft. Zuweilen regnet es anhaltend, aber sehr mäßig, mehrere Tage lang, meistens jedoch kommen heftigere Schauer, 6 bis 12 täglich, zwischen den einzelnen Schauern oder Regentagen ist heller Himmel und Sonnenschein.

Was die Thierwelt um Jerusalem betrifft, so sieht man der reichen Grasungen ungeachtet nur selten Rindviehheerden; der Stier ist klein und unansehnlich. Dagegen sind Schaf- und Ziegenheerden sehr zahlreich. Die Kameelzucht ist nicht einheimisch, die Pferdezucht sehr vernachlässigt, so daß man nur hie und da ein schönes arabisches Pferd sieht. Der Esel steht auf einer höheren Stufe der Veredlung als das Roß, ebenso das Maulthier und der Maulesel, die beide auf den beschwerlichen Bergreisen die besten Reitthiere abgeben.

Werfen wir, ehe wir Jerusalem verlassen, noch einen Blick auf seine Vergangenheit. Sein Name, welcher Wohnung des Friedens bedeutet, kommt zuerst Jos. 10, 1. vor, wo sein

König AdoniZedek unter den gegen Josua verbündeten Königen des Südens genannt wird (vgl. 12, 10.). Bei der Vertheilung des Landes wurde die Stadt dem Stamm Benjamin zugetheilt; denn die Grenze zwischen Juda und Benjamin lief vom Brunnen Rogel das Thal Hinnom hinauf (Jos. 15, 8. 18, 16. 28.). Sie wurde aber erst nach Josuas Tod vom Stamm Juda, jedoch mit Ausnahme der Burg, erobert (Richt. 1, 8.), worauf nicht bloß Kinder Benjamin, sondern auch Kinder Juda sich darin ansiedelten (Jos. 15, 63.), während die Jebusiter die Burg inne hatten (Richt. 1, 21.). Diese wurden erst von David vertrieben; denn nachdem David 7 Jahre und 6 Monate zu Hebron regiert hatte, zog er hin mit seinen Männern zu Jerusalem wider die Jebusiter und gewann die Burg Zion (1 Sam. 5, 5—9. 1 Chron. 12, 4—8.). Von da an wohnte er auf der Burg und nannte sie Davidsstadt. Unter David und seinem Nachfolger Salomo bekam nun Jerusalem seine hohe Bedeutung. Es wurde als königliche Residenz bürgerlicher, als Tempelstadt religiöser Mittelpunkt aller Israeliten, und gehörte seitdem nicht mehr bloß einem einzelnen Stamm, weder Juda noch Benjamin, an. Es war der Ort, den der HErr erwählt hatte, daß sein Name daselbst wohnen sollte (5 Mos. 12, 5. 13. 1 Kön. 8, 16. 2 Chron. 6, 6.); es war „gebauet, daß es eine Stadt sei, da man zusammenkommen soll, da die Stämme hinaufgehen sollen, zu predigen dem Volk Israel, zu danken dem Namen des Herrn" (Ps. 122, 3. 4.). Aus Zion sollte anbrechen der schöne Glanz Gottes (Ps. 50, 2.), von Zion sollte ausgehen das Gesetz und des Herrn Wort von Jerusalem (Jes. 2, 3.). Und in allen diesen Beziehungen ist es das irdische Abbild des himmlischen Jerusalems (Gal. 4, 26. Ebr. 12, 22.). Nach Salomos Tod nahm mit dem Zerfall des Glaubens und der Treue gegen das Gesetz die irdische Größe Israels und Hand in Hand damit auch die der Stadt immer mehr ab. Sie wurde eine Zielscheibe der Eroberer, ein Zankapfel der Mächte am Nil und Euphrat. Schon unter Rehabeam (975 v. Chr.) eroberte Sisak, der König von Aegypten, die Stadt, und nahm die Schätze aus dem Haus des Herrn (2 Kön. 12, 2—12.). Unter Joram ward sie bekämpft und beraubt von den Philistern und Arabern (2 Chron. 21, 16. 17.), unter Amazia erobert und geplündert von Joas, dem König Israels (2 Kön. 14, 13. 14.), unter Hiskia gebrandschatzt und bedroht von Sanherib, dem König zu Assyrien (2 Kön. 18, 13. 14. ff. 2 Chron. 32, 1. Jes. 36, 1.), unter Zedekia endlich von Nebukadnezar, dem König zu Babel (588 v. Chr.), zerstört, welcher das Haus des Herrn und das Haus des Königs und alle Häuser zu Jerusalem verbrannte und die Einwohner sammt den Tempelgeräthen nach Babel brachte (2 Kön. 24, 10. 25, 1. ff. 2 Chron. 36, 6—10. Jerem. 39, 1. ff. 52, 4. ff.). Nachdem die 70 Jahre der babylonischen Gefangenschaft (606—536 v. Chr.) um waren, zogen mit Erlaubniß des persischen Königs Cyrus 42,360 Juden unter Serubabel und Josua zurück und begannen den Bau des zweiten Tempels, der aber in Folge der Verläumdungen der Samariter beim Perserkönig Arthasastha (Smerdis) unterbrochen, erst unter Darius Hystaspis fortgesetzt und vollendet werden konnte (515 v. Chr.). (S. Esra Kap. 2—6.) Später, im 7ten Jahr des Königs Arthasastha (Xerxes), zog eine zweite Kolonie unter Esra nach Jerusalem (Esra 7. 8) und noch später, im 20sten Jahr des Arthasastha (Neh. 2, 1.), eine dritte unter Nehemia (444 v. Chr.), welcher auf Befehl des Königs die zerrissenen Mauern, die Tempelburg, den Königspalast und die Stadt selbst wieder baute. Später wurde die Stadt von dem syrischen König Antiochus Epiphanes ihrer kostbarsten Schätze beraubt und durch lästerliche Gebote, die ausgerufen wurden, geschändet (1 Macc. 1, 21. ff.), so wie auch ein großes Blutvergießen in ihr angerichtet (2 Macc. 5, 11. ff.); fast dasselbe widerfuhr ihr 2 Jahre später durch desselben Königs Hauptmann Appollonius, der sie durch Betrug und Verrath gewann (1 Macc. 1, 30. ff. 2 Macc. 5, 24.). Auch zog mit Heeresmacht wider sie Antiochus Eupator (1 Macc. 6, 17. 18. 2 Macc. 13, 1.).

Wohl keine Stadt der Welt hat so fürchterliche Schicksale erlebt, wie Jerusalem. Was schon 3 Mos. 26, 14—39. dem Volk gedroht ward, wenn es den Bund des Herrn verachtete, das gieng in vollem Maß und buchstäblich an Jerusalem in Erfüllung. Keine Stadt auf dem Erdboden ist so oft belagert, so oft und so schauerlich zerstört worden, als Jerusalem. Noch nie, seit die Sonne auf- und niedergeht, hat sie so gräßliche Scenen gesehen, wie diejenigen waren, welche die Geschichte von der letzten Zerstörung der Stadt durch den römischen Feldherrn Titus meldet. Wir fügen eine kurze Erzählung derselben bei.

Nachdem das übrige Palästina erobert war, rückte Titus auf Jerusalem. In dieser Stadt waren die Zeloten in Parteien zerfallen und bekämpften sich gegenseitig wie wilde Bestien. Tag und Nacht währte das Geschrei der Kämpfenden, der Jammer der Trauernden. Titus lagerte einen Theil seiner Truppen an der Nordwestecke der Stadt dem Thurm Psephinos gegenüber, einen zweiten am Thurm Hippikus. Am 15. Tage drangen die Römer durch die Bresche, welche ihre Mauerbrecher in der ersten (äußersten) Mauer gemacht; die Juden zogen sich hinter die zweite Mauer zurück. Durch diese brachen die Römer 5 Tage später ein, wurden aber nach einem verzweifelten Kampf in den engen Straßen wieder hinausgeworfen; vier Tage später aber drangen sie von neuem ein und behaupteten sich. Titus richtete den Angriff jetzt vornehmlich gegen die Antonia und den Tempel. Um Stadt und Tempel zu erhalten, forderte er die Juden zur Unterwerfung auf. Vergebens! Es wuchs die entsetzlichste Hungersnoth und mit ihr die wahnsinnige Wuth der Aufrührer. Alle Liebe wich; Väter und Mütter rissen den Kindern, diese den Eltern die Speise von dem Munde weg; da war keine Scheu vor einem grauen Haupt, keine Barmherzigkeit mit Kindern. Die es wagten, außerhalb der Mauern Lebensmittel zu suchen, ließ Titus, zuweilen 500 und darüber, im Angesicht der Juden kreuzigen. Um Jerusalem gewisser auszuhungern, zog er mit unbegreiflicher Schnelligkeit eine Mauer ringsum. Dadurch wuchs die Hungersnoth fürchterlich; die Stadt füllte sich mit Leichen. Man warf sie um des pestilenzialischen Gestankes willen von der Mauer in die Schluchten hinunter. Nach vielen blutigen Gefechten erstürmten die Römer die Burg und die Juden zogen sich in den Tempel zurück. Die Aufforderung des Titus, den heiligen Tempel nicht zu entheiligen und seine Zerstörung nicht herbeizuführen, erwiderte Johannes von Gischala, der Anführer der Zeloten, mit Schmähungen und fügte hinzu, Jerusalems Untergang sei nicht zu fürchten, es sei Gottes Stadt. Schon glich der Tempel einer mit Leichen umgebenen Festung. Titus ließ den Juden noch einmal sagen: „ich nehme meine väterlichen Götter und den Gott zum Zeugen, welcher einst diesen Tempel beschützte, jetzt aber verlassen hat, daß ich euch nicht zwinge, den Tempel zu entweihen; wollt ihr ein anderes Schlachtfeld wählen, so soll kein Römer das Heiligthum weder betreten noch schänden. Ich werde den Tempel gegen euern Willen erhalten." Vergebliche Worte! Immer größere, entsetzlichere Hungersnoth! Wie tolle Hunde stürzten die Zeloten in die Häuser; man aß Schuhe, Gürtel, das Leder an den Schilden. Eine grausenhafte That geschah. Ein Weib schlachtet ihren Sohn, bratet ihn und verzehrt ihn so zur Hälfte. Durch den Geruch angelockt, dringen Aufrührer ins Haus und drohen sie zu tödten, wenn sie nicht sogleich die Speise hergebe. Da deckt sie die Reste des Sohnes auf und sagt zu den Erschrockenen: „esset doch, er ist mein Sohn und meine That; eßt, ich habe auch davon gegessen; seid nicht weichlicher als eine Frau, nicht barmherziger als eine Mutter." Jene giengen voll Entsetzen fort und die gräuliche That ward in der ganzen Stadt, bald auch den Römern kund. Titus rief Gott zum Zeugen an, daß er an solchem Frevel unschuldig sei und vergebens wiederholt den Frieden angeboten habe. Sechs Tage stießen die römischen Mauerbrecher ohne Erfolg; jetzt wurde auf Sturmleitern gestürmt, die Tempelhallen angezündet; Tag und Nacht währte der Brand. In einem Kriegsrath beschloß Titus, den Tempel zu erhalten; würde er erhalten, so wäre er eine Zierde des Reiches. Aber bei einem neuen Gefecht drangen die Römer bis an denselben hinauf. Da nahm ein römischer Soldat einen Feuerbrand von den brennenden Hallen, stieg auf die Schultern eines andern und warf, wie von einer dämonischen Macht getrieben, den Brand durch das goldene Tempelfenster. Als die Flamme ausbrach, erhoben die Juden ein ungeheures Geschrei und liefen zur Vertheidigung zusammen. Titus eilte herbei, um dem Brande Einhalt zu thun. Aber vergebens befahl er, zu löschen. Voll Wuth stürmten die Legionen hinzu, sie hörten die Befehle nicht. Das Blut floß von den Tempelstufen herab. Titus gieng in das brennende Gebäude hinein. Erst hatte die Flamme die äußeren Theile ergriffen; er forderte die Soldaten zum Löschen auf. Vergebens! Ein Soldat hatte unbemerkt Feuer unter die Angeln der nach innen führenden Thüren angebracht. Plötzlich brach die Flamme im Innersten aus und nun gieng der Tempel im Feuer auf. Jetzt hatte Mitleid und Barmherzigkeit ein Ende. Kinder, Greise, Priester und Volk wurden ermordet. Der ganze mit Leichen bedeckte Tempelhügel stand in Flammen, Blut strömte hinab. Siegsgeschrei der Römer, Geheul der Aufrührer, Jammergeschrei des Volks vermischte sich mit dem Geprassel der Flammen. Unsägliche Tempelschätze verbrannten. Die umgebenden Hallen (an 6000 Weiber und Kinder waren auf eine derselben geflüchtet; ein Lügenprophet hatte geweissagt, dort werden sie die Zeichen der Errettung schauen) wurden angezündet. Priester, die auf die Tempelmauer geflüchtet waren, stiegen am fünften Tag herunter, um Gnade flehend. Die Gnadenzeit sei vorüber, antwortete Titus; der Tempel sei hin, jetzt gezieme es ihnen als Priestern, mit dem Tempel zu Grunde zu gehen. Noch hatten sich die Aufrührer nicht ergeben und zogen sich in die obere Stadt zurück. Plötzlich ergriff sie — die Römer hatten kaum nach 18tägiger Vorbereitung die Mauer etwas beschädigt — blinde Furcht und Zagen; sie stiegen von ihren festen Thürmen, die allen Maschinen widerstanden hätten, herab und flüchteten sich vereinzelt in unterirdische Gänge. Die Römer raubten und mordeten in der obern Stadt. Als Titus in sie kam, betrachtete er die mächtigen, aus ungeheuren Quadern erbauten Thürme. „Mit Gottes Hilfe," sprach er, „haben wir den Krieg geführt; Gott hat die Juden aus diesen Bollwerken herausgetrieben, denn was vermöchten Menschenhände und Maschinen gegen solche Thürme?" Von den noch übrigen Juden wurden die Anführer hingerichtet, jüngere von schöner Gestalt für den Triumph aufbewahrt, ältere in die ägyptischen Bergwerke geschickt, in die Provinzen zerstreut, zum Gladiatorenkampf aufgespart, öffentlich verkauft. Unterdessen starben noch 12,000 vor Hunger. Die Summe aller Gefangenen war nach Josephus, der uns ausführliche Nachrichten aufbewahrt hat, 97,000; während der ganzen Belagerung kamen 1,100,000 um; schon in der ersten Zeit der Belagerung waren durch ein einziges Thor 115,000 Leichen hinausgetragen worden. Es war eben zur Osterzeit eine ungeheure Menschenmenge in der Stadt zusammengeströmt; darum war das ganze Volk wie in einen Kerker eingeschlossen. Ueber 2000 Leichen fand man noch in den unterirdischen Gängen. Es war für die römischen Soldaten nun nichts mehr zu thun, als zu rauben und zu morden in Jerusalem. Da befahl Titus, die ganze Stadt und den Tempel von Grund aus zu zerstören, nur die Thürme Hippikus, Phasaëlus und Mariamne sollten als Denkmale den Nachkommen berichten, wie fest die Stadt war, welche römische Tapferkeit eroberte. Die Soldaten machten alles so der Erde gleich, daß man hätte glauben sollen, es habe da nie eine bewohnte Stadt gestanden.

Ihrem Untergang giengen nach Josephus viele Zeichen voran, unter welchen namentlich folgendes merkwürdig ist. Ein gemeiner Bauersmann, Namens Jesus, kam 4 Jahre vor dem Ausbruch des Krieges auf das Laubhüttenfest. Plötzlich fieng er an beim Tempel zu rufen: „eine Stimme vom Morgen, eine Stimme vom Abend, eine Stimme von den vier Winden, eine Stimme gegen Jerusalem und gegen den Tempel, eine Stimme gegen Bräutigame und Bräute, eine Stimme gegen das ganze Volk.“ So rief er Tag und Nacht durch alle Gassen. Man nahm ihn fest, geißelte ihn bis auf die Knochen; er bat nicht, vergoß keine Thräne, sondern rief immer: „wehe, wehe Jerusalem!“ Bis zum Ausbruch des Krieges sprach er mit niemand. Er schmähte keinen, der ihn schlug, dankte keinem, der ihm zu essen gab; „wehe Jerusalem!“ war alles, was er rief, besonders an hohen Festen. So rief er 7 Jahre und 5 Monate bis zum Beginn der Belagerung Jerusalems. Da rief er auf der Mauer mit lauter Stimme: „wehe, wehe der Stadt, dem Tempel, dem Volke!“ Zuletzt rief er: „wehe auch mir!“ und in dem Augenblick tödtete ihn ein Stein aus römischem Wurfgeschoß. „Wie gar unbegreiflich sind die Gerichte Gottes und unerforschlich seine Wege!“ Den wahren Messias hatten die Juden verworfen und gekreuzigt; jetzt hofften sie mit verblendeter Hartnäckigkeit auf die Erscheinung desselben und jetzt ward ihnen die Hoffnung zum Verderben. „Ihr werdet mich suchen,“ hatte der Heiland zu ihnen gesagt, „aber nicht finden, sondern in euren Sünden sterben.“ Wie deutlich werden wir überhaupt durch die Geschichte von der Zerstörung Jerusalems an die Weissagungen des Herrn erinnert. Ihm stand der entsetzliche Jammer klar vor seinen Augen, und als Er den Oelberg herabkam und die noch in Herrlichkeit glänzende Stadt vor sich liegen sah, weinte Er über sie und sprach: „wenn du es wüßtest, so würdest du auch bedenken zu dieser deiner Zeit, was zu deinem Frieden dient; aber nun ist es vor deinen Augen verborgen. Denn es wird die Zeit über dich kommen, daß deine Feinde werden um dich und deine Kinder mit dir eine Wagenburg schlagen, dich belagern und an allen Orten ängsten, und werden dich schleifen und keinen Stein auf dem andern lassen, darum, daß du nicht erkannt hast die Zeit, darinnen du heimgesucht bist" (Luc. 19, 37. ff.).

## II. Umgegend von Jerusalem.

Sehen wir uns, ehe wir aus dem Hochland, auf welchem wir nun schon lange verweilen, in die westliche Niederung hinabsteigen, zuvor noch in der noch zu Judäa gehörigen nördlichen und nordwestlichen Umgebung von Jerusalem um. Das Damaskusthor verlassend betreten wir die Straße, welche nordwärts nach et Taiyibeh (Ophra) führt und der der Wasserscheide folgenden Damaskusstraße parallel läuft. Wir durchschneiden auf derselben alle jene Wadys auf der östlichen Abdachung des Hochlands, aus deren Vereinigung die Wadys Fârah und Fuwâr und zuletzt der Wady Kelt entstehen, nahe ihrem Ursprung auf der Wasserscheide. Auf der Höhe des Scopus, wo wir noch einmal den prachtvollen Anblick von Jerusalem mit seinen Kuppeln und Minarets genießen, von wo aus auch Titus zuerst die Pracht des Tempels bewunderte, nehmen wir Abschied von der heiligen, jetzt so tief erniedrigten Stadt. Der ganze hohe Landstrich, den wir zu durchwandern haben, besteht aus einer Reihe von tiefen und rauhen Thälern, die gegen Ost laufen, mit steilabschüssigen Kalksteinwänden und aus breiten, dazwischen liegenden Stücken unebenen Tafellandes, das vielfach zerrissen, zuweilen zu Spitzen aufsteigt, die als hohe Klippen nicht selten überhängend über den Jordanebenen auslaufen. Die Höhen im westlichen Theil der Abdachung sind fruchtbar, mit Feigen- und Olivenbäumen überschattet, doch nur hie und da mit Kornfeld angebaut; weiter ostwärts hinab beginnt die furchtbare Wüste. Robinson, der auf seiner zweiten Reise diesen bisher noch wenig besuchten Strich Landes, der gewöhnlich als eine der wildesten, außergesetzlichsten Gegenden Palästinas betrachtet wird, über die östlichen Höhen in möglichster Nähe des Ghôr durchwanderte, fand sich angenehm überrascht, so viel fruchtbaren und angebauten Boden, solche blühende Dörfer und die Menschen so wohlgesinnt und höflich zu finden. Um fast jedes Dorf waren Olivenbäume in Menge gepflanzt. Die Thäler bilden tiefe abschüssige Klüfte, durch welche die ganze Gegend in steile Rücken und Hügel zerspalten wird. Dieß ist der Charakter der westlichen Wand des Jordanthals südlich vom Kurn Surtabeh. Nördlich von diesem Berg trägt das Land ein anderes Gepräge.

Auf der Heerstraße, die von Jerusalem gegen Norden geht, gelangen wir in 55 Minuten in das lieblich gelegene Dörfchen el Isâwîeh, welches vielleicht das alte Nob ist (Jes. 10, 32.), jene Stadt im Stamm Benjamin (Neh. 11, 32.), wo der Priester Ahimelech dem David die Schaubrote und das Schwert Goliaths gab (1 Sam. 21, 22.); nordöstlich von da das Dorf Anâta, mit Feigen- und Oelbäumen umgeben. Es ist die alte Priesterstadt Anathoth (Jos. 21, 18.), Geburtsort des Propheten Jeremia (Jer. 1, 1. 29, 27. 32, 8.). Er hat jetzt kaum 100 Einwohner. Weiterhin führt der Weg an Almon (Jos. 21, 18.) oder Alemeth (1 Chron. 7, 60.), einer benjaminitischen Priesterstadt (heutzutag Almît) vorüber über Hizmeh (vielleicht Asmaveth, Neh. 7, 28.) nach Dscheba, welches nördlich vom Wady Farah auf einem breiten Höhenrücken liegt und die alte Priesterstadt Geba oder Gaba im Stamm Benjamin ist (Jos. 18, 24. 21, 17. 1 Kön. 15, 22. 2 Kön. 23, 8. Sach. 14, 10., wo im Grundtext Geba steht, Jes. 10, 29.). Es ist weder mit dem nördlicher in Ephraim gelegenen Geba, noch mit dem südlicheren Gibea Sauls zu verwechseln. Gibea Sauls, welches auch Gibeath und zur Unterscheidung von dem Gibea im Stamm Juda Gibea Benjamin genannt wurde, lag 1 Stunde nördlich von Jerusalem auf einer Anhöhe, die heutzutag Tell-el-Ful heißt (Richt. 19, 14. 1 Sam. 15, 34.). Es war der Geburtsort Sauls; in der Nähe das Grab der Rahel (1 Sam. 10, 2.), welches fälschlich bei Bethlehem gezeigt wird; denn es lag nach 1 Mos. 35, 16. ff. eine Station (Luther: Feldweg) von Bethlehem. In Gibea geschah jene Gräuelthat, welche die fast gänzliche Ausrottung des Stamms Benjamin zur Folge hatte (Richt. 19—21. Hos. 9, 9. 10, 9.). Nicht weit nördlich davon und ½ Stunde westlich von Dscheba lag Rama, heutzutag er-Ram, jenes Rama, wo die Prophetin Debora unter den Palmen als Richterin in Israel saß (Richt. 4, 4. 5.), das auf dem Weg des levitischen Mannes lag, der von Jerusalem über Gibea und Rama nach dem Gebirg Ephraim wanderte (Richt. 19, 13.), welches der König Baesa befestigte (1 Kön. 15, 17. 2 Chron. 16, 1.), der König Assa von Juda wieder abtrug und mit dessen Material er Geba und Mizpa baute (1 Kön. 15, 22. 2 Chron. 16, 6.), welches Hosea 5, 8. erwähnt. Einige halten es, jedoch mit wenig Wahrscheinlichkeit, für das Rama Samuels. Von Geba aus erblicken wir im Norden das Dorf Mukhmas, welches seinen alten Namen Michmas unverkennbar noch erhalten hat. Es ist durch Jonathans Heldenthat berühmt. Zwischen beiden Orten liegt der Wady es Suweinît, der zwischen hohen senkrechten Wänden einen imposanten Durchbruch zeigt und gegen Südost, wohinzu er immer enger und wilder werdend an der Felshöhle Jaibah (Gaba Richt. 20, 33.) vorüberzieht, in den Wady Fuwâr mündet. Im Thal liegen zwei fast vereinzelte Hügel von fast kugelförmiger Gestalt mit steilen Felsseiten, wovon der eine, südliche, auf der Seite von Geba gelegene Bozez, der andere, nördliche, auf der Seite von Michmas gelegene Senne hieß. Letzteren erkletterte Jonathan mit Händen und Füßen (1 Sam. 14, 4. 5. 13.), worauf die Wächter Sauls zu Geba den Haufen der Philister bei Michmas zerrinnen sahen (v. 16.). — Weiter nördlich erblickt man das Dorf Rummon, sehr frappant auf dem Kegel eines Kalksteinberges gelegen. Dieser Berg ist der Fels Rimmon, auf dem der letzte Rest des Stamms Benjamin seine Rettung fand (Richt. 20, 45. 47.), als er in dem vernichtenden Rachekrieg von Israel in mehreren Schlachten geschlagen und aus seiner Stadt Gibea verjagt war. Nur etwa ½ Stunde noch weiter im Norden erhebt sich auf einem sehr hohen Landrücken ein anderer kegelförmiger Hügel, welcher mit dem Dorf Taiyibeh bekrönt ist. Auf dem höchsten Gipfel steht eine Thurmruine, welche eine weite Aussicht östlich bis in die Schluchten des Zerka und des Wady Adschlun im Ostjordanland, südlich bis zum Oelberg und Frankenberg darbietet. Alle Hügel umher sind mit zerstreuten Gruppen von Oelbäumen besetzt. Die Landschaft ist ohne Lieblichkeit, aber sie macht dennoch einen großartigen Eindruck. Dieses Taiyibeh hält man für das alte Ophra im Stamm Benjamin, wohin zu Sauls Zeit die Philister von Michmas aus Streifzüge machten

(1 Sam. 13, 17.), zu unterscheiden von dem Ophra in Samaria. Vielleicht ist der Ort identisch mit Ephron (2 Chron. 13, 19.), welches der König Abia von Juda dem Jerobeam entriß, und dann auch identisch mit Ephrem oder Ephraim, welches Joh. 11, 54. als das Asyl genannt wird, in das sich der Heiland nach der Auferweckung des Lazarus mit seinen Jüngern zurückzog, um den Verfolgungen der Hohenpriester auszuweichen.

Kehren wir nun von unserer nördlichen Tour wieder um und wenden uns gegen Südwest, so erreichen wir in 2 Stunden die umfangreichen Ruinen von Beitûn am Abhang eines Hügels, unter denen sich namentlich ein großer, 314 Fuß langer und 217 Fuß breiter Wasserbehälter mit massiver Ummauerung auszeichnet. Es ist dieß die Lage des alten berühmten Bethel auf der ursprünglichen Grenze von Ephraim und Benjamin (Jos. 18, 13. 16, 1. 2.), 4 Stunden von Jerusalem, rechts auf dem Weg nach Sichem. Hier, wo noch heute die herrlichsten Waideplätze sind, schlug Abraham sein Zelt auf (1 Mos. 12, 8. 13, 3.); hier trennte er sich um des Friedens willen von Lot, weil die Waide nicht reich genug war, um die zahlreichen Heerden beider zu nähren (1 Mos. 13, 5. ff.). Hier sah Jakob im Traum die Himmelsleiter (1 Mos. 28, 11. ff. 31, 13. Hos. 12, 5.) und nannte die Stätte, die vorhin Lus hieß, Bethel. Hier begrub er der Rebekka Amme Debora unter der Klageiche (1 Mos. 35, 8.). In Bethel war eine Zeitlang die Bundeslade (Richt. 20, 26. 27.); hieher zog alljährlich Samuel, das Volk zu richten (1 Sam. 7, 16.). Jerobeam richtete hier, an der südlichen Grenze seines Reichs, wie zu Dan an der nördlichen, ein goldenes Kalb auf (1 Kön. 12, 28—33. 13, 1.); darum nennen die Propheten Bethel, d. h. Gotteshaus, Bethaven, d. h. Gräuelhaus (Amos 5, 5. Hos. 4, 15. 5, 8. 10, 5. 8.). Josia zerstört den Kälberdienst zu Bethel (2 Kön. 23, 15. ff.) und erfüllt die dem Jerobeam geschehene Weissagung (1 Kön. 13, 1. 2.).

In der östlichen Nachbarschaft von Bethel war die kanaanitische Königsstadt Ai, welche auch Aja (Nehem. 11, 31.) oder Ajath (Jes. 10, 28.) hieß, gelegen. Robinson hat nachgewiesen, daß der Tell el Hadschâr, d. h. Hügel der Steine, 35 Minuten östlich von Beitûn, die Lage von Ai bezeichnet. Schon der Name stimmt zu Jos. 8, 28. („er machte einen Haufen daraus ewiglich"); denn auf dem Hügel ist jetzt nur ein großer Steinhaufen und ein alter Regenbehälter zu sehen. Vom Tell sieht man gegen Westen zwei felsige Höhen, welche die Gelegenheit boten zum Hinterhalt zwischen Bethel und Ai. Auf einer dieser Anhöhen muß denn auch Abraham sein Lager aufgeschlagen haben, als er von Sichem gekommen war und südwärts zog, so daß er Bethel gegen Abend und Ai gegen Morgen hatte (1 Mos. 12, 8.), und wieder als er aus dem Süden zurückkam (13, 3. 4.). Auch das Thal, welches zwischen Josua und Ai war, als er gegen Mitternacht von der Stadt lagerte (Jos. 8, 11—13.) stimmt. Es ist der tiefe und steil abfallende Wady el Mutyâh nördlich vom Tell, in den man vom Tell hinabsieht.

Von Bethel 1 Stunde gegen Südwest liegt auf der hohen Wasserscheide zwischen Jordan und Mittelmeer auf der großen Nablusstraße der Ort Bireh, wahrscheinlich das alte Beeroth, oder Ber (Richt. 9, 21. 2 Sam. 4, 2. 23, 37. Neh. 7, 29.). Von hier an breitet sich südwärts eine offene Ebene aus, welche sich bei dem Dorf Beit Hanina in eine große Thalsenkung verläuft, welche von diesem Dorf bei den Arabern den Namen Wady Beit Hanina führt und irrig für das Terebinthenthal gehalten wurde. Dieser Wady hat anfänglich Südrichtung und zieht etwa in einer Entfernung von 1 Stunde an Jerusalems Höhen vorüber, wendet sich dann in einem großen Bogen nach Südwest und West und tritt in das Bergland ein, wo er den Namen Wady es Surâr annimmt, den er auch in der Tiefebene beibehält. Bei Jamnia nimmt er Nordwest-Richtung an und mündet unter dem Namen Nahr Rûbin (Rubenfluß) ins Meer. An diesen Hauptstamm schließt sich ein ganzes System von Wadys an, welches sich vom Wady Surâr durch das Bergland ins Hochland hinauf gegen das Plateau von Jerusalem hin verzweigt und so Zugänge ins Hochland aufschließt, welche seinem Westrand sonst sowohl im Süden als im Norden fehlen. Es ist das Grenzgebiet zwischen Nordphilistäa und Israel und der klassische Boden der Kämpfe zwischen den Philistern und Israel, der Schauplatz von Simsons Heldenthaten. Nur in der Regenzeit haben diese Thäler fließende Wasser; aber selbst dann erreichen ihre Ströme den des Hauptthals und dieser das Meer nicht; denn ohne tiefer eingeschnittene Flußbette verrinnen sie in dem lockern Boden ihrer flachen Thalsenkungen seitwärts und werden durch natürliche oder künstliche Bewässerung aufgebraucht, oder bleiben an tieferen Stellen unterirdisch stehen. So geben sie den Grasungen, den Fluren, den Büschen und Bäumen hinreichende Feuchte, und den Hirten für ihre Heerden, wo sie in die Tiefe nach Brunnen graben, gutes Trinkwasser. Nur hie und da brechen sie wieder als Quellen hervor.

Das tiefe Thal des Wady Beit Hanina bildet im Hochland eine physikalische Grenze. Es scheidet das Gebirg Juda im Süden vom Gebirg Ephraim im Norden. Nordwestlich von demselben erhebt sich mitten in einer aus breiten Thälern und Ebenen bestehenden Einsenkung als südlicher Ausläufer des Gebirgs Ephraim ein hoher Kalksteinrücken, der von Nordost nach Südwest streicht. Seine Westgehänge sind mit Korn, Weingärten, Oliven- und Feigenbäumen bepflanzt, einer der schönsten Theile Palästinas. Auf ihm lagen drei historisch merkwürdige Orte: Gibeon, Mizpa und das Rama Samuels.

Gibeon, heutzutag el Dschib, war zur Zeit des Einzugs der Israeliten eine große Stadt, wie eine königliche Stadt (Jos. 10, 2.). Noch zeigen die massiven Bauten der jetzigen Wohnungen Spuren früherer Bauwerke. Es wohnten hier Heviter unter republikanischer Verfassung (Jos. 9, 3.); Kaphira (heutzutag Kefîr), Beeroth (heutzutag el Bîreh), Kiriath Jearim (h. z. T. Kuriet el Enab) gehörten zu ihrem Gebiet (Jos. 9, 17. 18, 25. 26. Esra 2, 25. Neh. 7, 29.). Ihre Bürger retteten durch List ihr Leben von der angedrohten Vernichtung und wurden dafür von Josua zum Holzhauen und Wassertragen beim Gottesdienst verurtheilt (Jos. 9.). Als die Stadt wegen ihres Bundes mit Josua von den fünf Königen der Amoriter belagert wurde, wurde sie von Josua entsetzt, und es kam in der Nähe zu jener großen Schlacht, in welcher Josua die Worte ausrief: Sonne, stehe still zu Gibeon (Jos. 10, 1. ff.). Gibeon fiel dem Stamm Benjamin zu (Jos. 18, 25.), wurde Levitenstadt (21, 17.), unter David und Salomo eine Zeitlang Ort der Stiftshütte (1 Chron. 17, 39. 22, 29. 2 Chron. 1, 3.). Die Höhe zu Gibeon war „eine herrliche Höhe"; deßwegen opferte und betete hier Salomo

(1 Kön. 3, 4. 5.); hier auch war es, wo der Herr ihm erschien und wo er nicht um Reichthum und Macht, sondern um ein gehorsames, weises und verständiges Herz bat (v. 5. ff.). Hier war die Schlacht zwischen Joab und Abner (2 Sam. 2, 12. ff.), in deren Schilderung ein Teich erwähnt wird, wie denn auch Jerem. 41, 12. ein großes Wasser bei Gibeon erwähnt; die ganze Gegend ist noch heute wasserreich.

Eine halbe Stunde südlich von el Dschib lag Mizpa, welches seinen Namen, die Warte, offenbar von seiner hohen Lage hatte; denn seine höchste Kuppe überragt alle andern umherliegenden an 500 Fuß und übertrifft an Höhe sogar den 2—3 Stunden entfernten Oelberg bei Jerusalem. Der Berg und das an seinem Fuß liegende kleine Dörfchen heißt heutzutag Neby Samwil, weil man irrigerweise annahm, auf der Spitze des Berges unter der dort stehenden kleinen Moschee sei das Grab des Propheten Samuel, während er doch nach 1 Sam. 25, 1. zu Rama begraben wurde, welches nicht mit Neby Samwil identisch sein kann (1 Sam. 7, 16. 17.). Mizpa ist einer der Orte, wo Samuel Israel jährlich richtete (1 Sam. 7, 15. 16.). Hier war es, wo er das in der zwanzigjährigen Bedrängniß durch die Philister bußfertig gewordene Israel versammelte, wo er für das Volk opferte und betete, und wo er nach Besiegung der Philister den Denkstein Ebenezer aufrichtete (1 Sam. 7, 5. ff. 12. 4, 1. 5, 1.). Hier wurde auch Saul zum König gewählt (1 Sam. 10, 17. ff.). Assa befestigte die Stadt mit den Materialien des nahe gelegenen Rama Benjamin (1 Kön. 15, 22.). 1 Makk. 3, 46. heißt die Stadt „Mispath gegen Jerusalem über", was recht gut auf Neby Samwil paßt, da man von da aus Jerusalem sehen kann. Ueberhaupt ist die Aussicht hier umfassend; sie reicht über den Oelberg und Frankenberg hinaus bis zum Todten Meer und zu den Bergen Belkas jenseit des Jordan, gegen Westen über die Küstenebene bis zum Mittelländischen Meer hin.

Rama, die Geburts-, Wohn- und Begräbnißstadt Samuels (1 Sam. 1, 1. 7, 17. 25, 1. 28, 3.), die im Stamm Ephraim lag (1 Sam. 9, 6. 10, 2.), ist ohne Zweifel zu unterscheiden von dem oben schon genannten, zwischen Geba und Mizpa gelegenen Rama im Stamm Benjamin. Wohl zum Unterschied von diesem heißt auch das Rama Samuels Ramath oder Ramathaim

(d. h. die Doppelhöhe) mit dem Beinamen Zophim, welchen Beinamen die Stadt von ihrem Begründer, dem Ephrater Zuph, erhielt (1 Sam. 1, 1.). Dieser Beiname hat sich wahrscheinlich in dem Namen des heutigen Dorfes Soba erhalten, welches am Südende des dem Gebirg Ephraim angehörigen Bergzugs liegt, auf welchem Gibeon und Mizpa lagen. Hier hatte Samuel eine Prophetenschule, die sein Najoth, d. h. Wohnung, hieß (1 Sam. 19, 18. ff.). Hieher floh David zu Samuel vor Saul, der zu Gibea wohnte (ebendas.).

Von Soba machen wir einen Ausflug in das südöstlich davon lieblich gelegene St. Johanniskloster. Wir wenden uns zuerst östlich und erreichen in einer kleinen Stunde das Dorf Kulonieh (Colonia), welches an der Straße von Jaffa nach Jerusalem liegt. Bis hieher reichen die befruchtenden Einflüsse des Meers. Der Anbau der Gehänge des Bodens, durch welchen sich die gegen West gerichteten Abfälle des Hochlands auszeichnen, hört hier, auf dem Rücken des trockener werdenden Höhenzugs von Judäa, allmälich auf und man sieht nur noch zahlreiche Ziegenheerden an den nackten Wänden umherklettern, ihr sparsames Futter zu suchen unter der Leitung wilder Hirten, die stets mit der Muskete und der Keule bewaffnet einhergehen. Die Ziegen sind feinbehaart, aber schwarz von Farbe, rothgelb an Füßen, Bauch und Stirn, mit zurückgekrümmten, roth angestrichenen Hörnern — ein eigenthümlicher Anblick. Wir steigen gegen Süden in die Tiefe des Wady Beit Hanina hinab und treten in ein kleines, von Süden herabkommendes Seitenthälchen ein, aus welchem wir von freundlichen Hügeln umgeben das stattliche Gebäude des St. Johannisklosters hervorragen sehen. Es führt nebst dem dabei gelegenen Dörflein den einheimischen Namen Ain Karim, und ist das schönste unter allen lateinischen Klöstern des Gelobten Landes an einer der lieblichsten Stellen desselben. Es wachsen hier die edelsten Oliven und Trauben, die im ganzen Land unter dem Namen Ain Karim bekannt sind. Die Kirche des Klosters soll nach der Legende über der Geburtsstätte Johannis des Täufers erbaut sein (s. dagegen oben S. 114 bei Juta). In der wild romantischen Umgebung, welche von der Legende die Johanniswüste genannt wird, und in welcher man die Johannisgrotte mit einem Felsenquell zeigt, soll Johannes sich für seine gewaltige Predigt in der Wüste vorbereitet haben. — Endlich erwähnen wir als auf dem Rücken des Gebirgs Juda gelegen das alte Kiriath Jearim, die Stadt der Wälder, heutzutag Kuriyet el Enab, Stadt des Weins, 1 Stunde südwestlich von Neby Samwil, 3 Stunden von Jerusalem, am Anfang eines nördlichen Seitenthals des Wady Beit Hanina gelegen. Hier befand sich die Bundeslade zu Samuels Zeit 20 Jahre lang. Als nämlich die Philister dieselbe wieder zurückschickten und bis Bethsemes brachten, ließen die Bethsemiter denen zu Kiriath Jearim sagen: „die Philister haben die Lade des Herrn wieder bracht; kommet herab und holet sie zu euch hinauf" (1 Sam. 6, 21.). Bethsemes, heutzutag Ain Schems, lag am westlichen Ausgang des Hügellandes im Wady Surâr, welcher die Fortsetzung des Wady Beit Hanina ist. Sie konnte also bequem von da aus zuerst im Hauptthal und dann im Nebenthal hinauf gebracht werden.

---

Fünftes Kapitel.

## Die Hügellandschaft von Judäa.

Steigen wir den eben genannten Thalweg abwärts, so gelangen wir in die vielfach durchschnittene Hügellandschaft, welche am westlichen Rand des hohen, steilen Bollwerks von Judäa von Süden heraufzieht. Sie wird im Alten Testament „die Thalgründe" genannt (Jos. 10, 40.). Sie bildet das Mittelglied zwischen der westwärts bis zum Meer hin sich ausbreitenden „Niederung" oder Sephela und dem ostwärts sich erhebenden judäischen Gebirgszug. Während dieser auf seinem Hochrücken bis zu 2800 Fuß ansteigt, haben die meisten Kuppen jener Hügellandschaft nur noch 900, höchstens 1000 Fuß Meereshöhe. Dem Wanderer, der vom dürren, nackten Hochland herabkommt, treten sogleich die befruchtenden Einflüsse des Meeres unverkennbar entgegen. Von grünenden Thälern und fruchtbaren, meist kegelförmigen Höhen umgeben, die oft mit reichen Bewässerungen durchzogen sind, sieht er sich in eine Landschaft versetzt, die zu den gesegnetsten Palästinas gehört, voll jüngerer Ortschaften und Flecken, in denen man nicht selten die alten Ortslagen aus alttestamentlicher Zeit wieder erkennen kann. In historischer Beziehung ist sie hauptsächlich als Grenzgebiet zwischen den Philistern und den Kindern Israel merkwürdig, in welchem die Philister Jahrhunderte lang gegen das hohe Bollwerk Juda's anstürmten.

Von besonderem Interesse ist für uns in diesem Hügelgebiet ein Thal, welches unter dem Namen Wady Esdud unterhalb Esdud (Asdod) zum Meer mündet, kurz vorher aber, unweit im Osten dieses Dorfs, einen Nebenbach empfängt, welcher das Gewässer im Bezirk Beit Dschibrin aufnimmt. Seinen Anfang nimmt der Wady Esdud nach Tobler im Wady Sumt, welcher bisher für den südlichsten Zweig des Nahr Rubinsystems angesehen wurde. Das Wassergebiet des Sumt beginnt westlich von el Chadher bis Terkumieh. Das Hauptthal verläuft dann in ein ebenengleiches, schönes, fruchtbares Thal mit mäßigen Hügeln, die mit Getraidefeldern bedeckt sind. Dieses Thal trägt den Namen Sumt von den vielen Mimosenbäumen oder Akazien (arabisch: Sumt). Im Alten Testament heißt es das Elah-Thal, d. h. Terebinthenthal, was Luther mit Eichthal oder Eichgrund übersetzt hat (1 Sam. 17, 2. 19.). Noch heute stehen im Thal colossale Terebinthen. Hier ist der Schauplatz des Kampfs zwischen David und dem Riesen Goliath, der von der benachbarten Philisterstadt Gath (heutzutag Arschur) heraufgekommen war (1 Sam. 17, 1. ff.).

Da, wo der Wady Musurr von der rechten Seite in den Wady Sumt mündet, liegt das Dorf Schuweikeh, das alte Socho. Steigen wir von hier aus den hohen Bergrücken hinan, der auf der Nordseite des Wady sich erhebt, und dessen Gehänge mit Olivenbäumen bepflanzt sind, so kommen wir zu dem Dorf Beit Nettif, welches wahrscheinlich das alte Netopha (Esra 2, 22. Nehem. 7, 26.) ist. Hier bietet sich uns eine weite Aussicht über das schöne Hügelland dar, die über die Sephela weg bis zum Meer reicht. Wir überschauen da die lieblichen Thäler, die alle urbar und mit Getraidefeldern bedeckt sind, die schwellenden Hügel, am Fuß mit niedrigen Felsen umkränzt, auf ihren Anhöhen mit Olivenwäldern bepflanzt und mit zahlreichen Dörfern und alten Ortslagen gekrönt. Die steilen Höhen des judäischen

Gebirgs fehlen hier; nur einzelne Vorberge treten noch etwas steil in das schöne gesegnete Land hervor. Als Robinson am 17. Mai nach Beit Nettif kam, war der Sommer schon viel weiter vorgerückt, als auf dem Plateau von Jerusalem, doch noch nicht so weit als in der Küstenniederung. Das Gras war meist schon verdorrt, das Landvolk stand mitten in der Gerstenärnte, die Waizensaat war theilweise noch grün und bedurfte noch einiger Wochen zur Reife. Gegen die bei ihnen einkehrenden Fremdlinge zeigten sich die Einwohner sehr wohlwollend und übten die alte, ächt patriarchalische Sitte der Gastfreundschaft aus, wie alle Bewohner in diesem Bergland, so weit dieses von den großen, gewöhnlich betretenen Heerstraßen entfernt liegt. Ohne alle Belohnung versahen sie Robinsons Reisegesellschaft mit allem, was ihr noth that. In jedem Dorf ist ein Gastzimmer zur unentgeldlichen Aufnahme für den Fremden bereit. Darin logirt der Gast; für seine Beköstigung sorgen die Familien, zu deren Bezirk es gehört. Ist der Gast von Stand, so wird ihm auch wohl ein Schaf, Lamm oder eine Ziege geschlachtet, der Maulthiertreiber erhält Reis und anderes. Geld beim Abschied zu bieten, würde Beleidigung, es anzunehmen, Schande für die Familie sein.

Von Beit Nettif aus kann man das ganze Gebiet der Großthaten Simsons und die Kampfplätze der Philister überschauen. Robinson überzählte von einem einzigen Punkt aus 25 Dörfer, unter denen wohl fast die Hälfte ihre Namen noch aus den alttestamentlichen Zeiten beibehalten hatten. Gegen Norden erblickt man über Sanoah (Jos. 15, 34., heutzutag Zanua) hinaus auf der Nordseite über dem Wady es Surar den Ort Surah, das alte Zarea, den Geburtsort Simsons (Richt. 13, 1.), im Westen davon das Dorf Tibneh, einst Thimnath, die Geburtsstadt von Simsons Weib, zwischen deren Weinbergen er den jungen Löwen zerriß (Richt. 14, 5.). Noch näher, im Wady Surar selbst, sieht man das schon oben genannte Ain Schems, das alte Bethsemes oder Irsemes, d. h. Sonnenstadt, wohin die zwei säugenden Kühe der Philister die Bundeslade aus dem fast zwei deutsche Meilen von hier entfernten Ekron den Wady es Surar herauf brachten, an der Grenze Judas; noch näher im Westen, am Ostrand des Wady Sumt Jurmuk, das alte Jarmuth (Jos. 15, 25.), und denselben Wady aufwärts gegenüber auf dessen Westufer die Ruinen von Schuweikeh oder Socho (Jos. 15, 35.), jenseits welcher noch weiter westwärts die Höhen von Adschur, in deren Nähe die Philisterstadt Gath lag. Der fernste Blick gegen Süden reicht bis Beit Nusib (Nezib, Jos. 15, 43.), das an der Wiege des Wady Sumt östlich von Eleutheropolis am Rand des Hochgebirgs liegt, und in dessen südlicher Nachbarschaft auch Kegila lag, welches eine Zeitlang Davids Aufenthalt auf der Flucht vor Saul war (1 Sam. 23).

Im südlichen Theil des Hügellandes liegt das Dorf Beit Dschibrin, in welchem Robinson das alte Betogabra oder Eleutheropolis wieder erkannt hat. Der Ort kommt zwar im Alten Testament nicht vor, wurde aber in den späteren Jahrhunderten der Byzantinerherrschaft von großer Bedeutung. Er war Hauptstadt des südlichen Palästina und Sitz eines Bischofs. Er liegt, malerisch von Hügeln umschlossen, die mit Olivenpflanzungen bedeckt sind, auf der Grenze des Hügellandes und der westlichen Ebene in einem Thal, das gegen Nordwesten zum Wady Simsin zieht. Das Dorf ist voll stattlicher Ruinen aus verschiedenen Zeitaltern, die Robinson umfangreicher und massiver nennt, als irgend andere, die er in Palästina gesehen, ausgenommen die Unterbaue des Tempels zu Jerusalem und das Haram zu Hebron. In den benachbarten Bergen, die aus Kreide und Kalkstein bestehen, ist eine wahre große Höhlenstadt, welche zu dem Schluß berechtigt, daß in diesen Gegenden in den ältesten Zeiten eine Troglodytenbevölkerung gewohnt habe, wie die Choräer oder Horiter, d. h. Höhlenbewohner, in dem benachbarten Idumäa, die dem heißen Sonnenbrand in kühleren Grotten zu entgehen suchte. Die Excavationen sind meist Kammern mit glockenförmigen, von oben erhellten Kuppeln und langen labyrinthischen Gängen. — Die Hügel, welche hier dem Hochland Judäas vorlagern, sind alle grün bebuscht, voll zahlreicher Heerden, die breiten Thäler voll Korn. Als Robinson in die Gegend von Eleutheropolis kam, fand er die Schnitter (am 7. Juni) mit der Waizenärnte beschäftigt; viele Aehrenleser folgten ihnen. Esel und Kameele trugen ihre Garbenlasten ohne Maulkorb heim, man wehrte ihnen das Futter nicht. Die Worte des Psalm 65, 14.: „die Wohnungen in den Wüsten sind auch fett, daß sie triefen, und die Hügel sind umher lustig; die Anger sind voll Schafe und die Auen stehen dicke mit Korn, daß man jauchzet und singet," bewährten sich hier in ihrer vollen Wahrheit; denn der königliche Sänger war ja hier ganz heimisch. Die Schnitter boten den Wanderern die noch weichen, auf einer Eisenplatte gerösteten Waizenkörner zur Speise an, ganz wie in den Zeiten des Alten Testaments in der schönen Erzählung des Buchs Ruth Boas dieser Aehrenleserin, als sie bei den Schnittern auf dem Felde saß, die Sangen, d. h. gesengtes oder geröstetes Getraide, vorlegte, daß sie sich daran satt äße (Ruth 2, 3—18.).

---

Sechstes Kapitel.

## Die Küstenebene.

Die Küstenebene liegt zwischen dem eben beschriebenen Hügelland im Osten und dem Mittelmeer im Westen, und reicht vom Cap Karmel im Norden, sich immer mehr erbreiternd, bis zum Wady el Arisch im Süden. Dieser bildet die Grenze zwischen der Wüste im Süden und der schon mit Anbau versehenen Landschaft Judäas im Norden. An seiner Mündung ins Meer liegt der Ort el Arisch, früher Rhinokolura oder Rhinokorura, so genannt, weil er ein Verbannungsort für Diebe und Räuber war, denen zur Strafe auch noch die Nasen abgeschnitten wurden. Er ist eine Station auf dem Küstenweg von Unterägypten nach Palästina, welchen Mose, obwohl er die kürzeste Straße ist, absichtlich vermied, weil in dieser Richtung feindlicher Widerstand zu befürchten war, dem Israel nicht gewachsen war (2 Mos. 13, 17.). Der Wady el Arisch trägt Jos. 13, 3. den Namen „Sihor, der vor Aegypten fließt"; er wird 1 Mos. 15, 18. 4 Mos. 34, 5. Jos. 15, 4. 47. „Wasser" oder „Bach Aegypti" genannt. Manche haben ihn deßwegen mit dem Nil verwechselt, der allerdings auch mit dem Namen Sihor bezeichnet wird, z. B. Jes. 23, 3. Jerem. 2, 18.; aber Sihor bedeutet eben so viel als Schwarzwasser, und ist also ein Name, der dem el Arisch wegen des befruchtenden Schlamms, den er als Regenbach mit sich führt, so gut beigelegt werden konnte, als dem Nil. In den oben angeführten Stellen wird der Bach Sihor als Südgrenze des Gelobten Landes, so wie als Südgrenze des Stadtgebiets von Gaza und also von Philistäa angegeben. Zur Zeit Davids und Salomos war er auch wirklich die Grenze Israels. Deßwegen heißt es 1 Chron. 14, 5., als David die Bundeslade von Kiriath Jearim abholte, habe er ganz Israel vom Sihor Aegypti bis nach Hemath hin versammelt. Dasselbe that Salomo bei der Tempeleinweihung nach 1 Kön. 8, 65. und 2 Chron. 7, 8. Auf ähnliche Weise drückt sich Amos 6, 14. aus, wenn er die ganze Ausdehnung des Landes bezeichnen will, nur daß er den Sihor „Bach der Wüste" nennt. Diese Redeweise heißt also, wie die „von Dan bis gen Berseba", so viel als: von der Nord- bis zur Südgrenze Kanaans.

Die Wasserfülle des Wady el Arisch, der aus weiter Ferne, aus der Mitte des Tih-Plateaus mit vielen ihm zugeordneten Wadys herkommt, macht, daß seine Umgebung, die zunächst an die Wüste grenzt, dauernd bewohnt werden kann. Denn wenn auch sein Wasserlauf in der heißen Jahreszeit verschwindet, so lassen sich in seinem trockenen Sandbett doch zu jeder Jahreszeit leicht Brunnen graben, die ein gutes süßes Wasser geben. Im Norden des Wady verwandelt sich der bis dahin dürre Sand in eine fruchtbare Sandschicht, und es setzen hier in der Winterzeit bereits dauernde Regen ein, die der Landschaft schon ein belebteres Aussehen geben. Zahlreiche Heerden waiden auf den zur Regenzeit grünenden Hügeln. Nach und nach bleibt der Wüstensand ganz zurück oder erhält sich nur noch gegen die Meeresseite in Dünen fort, während ihnen im Rücken auf der Landseite die fruchtbare vegetabile Erde die reichlichsten Aernten gibt. Für den Ertrag derselben legt man hier Mitte Juli in den Feldern große ovale Silos, d. h. Erdgruben, an, um das Stroh und das Korn in diesen Magazinen aufzubewahren. Diese Silos sind von da an in ganz Palästina im Gebrauch. An vielen Stellen zeigen sich schon kleine Gruppen von Palmbäumen. Das Kameel wird schon in den Pflug gespannt zum Ackern des Bodens, der hie und da von Kaktuspflanzen eingehegt ist. Magere Haidestrecken wechseln mit zusammenhängenden Kornfeldern. Bei dem in einer lichten Palmenwaldung liegenden Dörfchen ed Daer oder Deir ist die nördliche Grenze der Dattelkultur, welche nur in der subtropischen oder tropischen regenlosen Zone gedeiht. Hier beginnen auch die starken Nachtthaue, welche bis zum thaureichen Hermon hinauf der palästinensischen Landschaft den großen Vorzug ihres grünen Schmucks vor den umgebenden dürren, thaulosen Wüstengebieten verleihen. Weiterhin gegen Norden nimmt auch die ganze Vegetation einen andern von dem ägyptischen und arabischen verschiedenen Charakter an. Dem bisherigen ausschließlichen Anbau von Gerste folgen nun auch andere Kornfelder, Tabakspflanzungen und gegen Gaza hin die schönsten Wälder und Gärten mit Olivenbäumen, Sykomoren, Maulbeer- und Feigenbäumen, Cedern u. a. m.

Von el Arisch bis Gaza beträgt die Länge der Küstenebene 18, von Gaza bis Joppe 20, von Joppe bis zum Karmel 22, also im Ganzen 60 Stunden. Am Fuß des Karmel ist sie ganz schmal; indem aber die Küste südwärts in stufenweisen Absätzen gegen Westen vorspringt, das östliche Gebirge dagegen gegen Osten zurückweicht, wird sie immer breiter, so daß sie bei Joppe eine Breite von 6 bis 8, bei Gaza von 12 Stunden gewinnt, wobei jedoch die Breite des Hügellandes mit eingerechnet ist. Bis Joppe trägt sie in der Bibel den Namen Sephela, von da bis zum Karmel heißt sie Saron, und gehört wie die Sephela zur Landschaft Judäa. Die Oberfläche besteht aus einer manchfaltigen Abwechslung von Ebenen und Hügeln, und steigt gegen das Gebirg hin allmälich an, während die Meeresküste meist Felsenufer zeigt. Der Boden ist fruchtbarer Ackergrund, der, wenn die vorhandenen Quellen und Bäche sorgfältig für Bewässerung benützt würden, reichen Ertrag gewährte. Ehmals war das Land trefflich angebaut und ungemein bevölkert; jetzt ist es sehr verödet. Der weite, getraidereiche Boden ist, wie fast in allen Ebenen Palästinas und Syriens, nicht Eigenthum einzelner Besitzer, sondern Grundeigenthum der Regierung, deren Habsucht die armen Fellahs zu befriedigen haben. Sie verlangt von zwei Joch Ochsen die Abgabe von 7 Ardeb Waizen und 8 Ardeb Gerste. Dazu kommt, daß, da die Fellahs meist zu arm sind, um ein Spann Ochsen zu halten, sie das Geld zu den Ochsen vom Kaufmann in der Stadt entlehnen müssen, wogegen dann Einkünfte und Abgaben gleichmäßig unter beide getheilt werden. Nicht selten werden sie auch von den Beduinen überfallen und geplündert, besonders in den südlichen Grenzgebieten. Aus diesen Gründen liegen oft die fruchtbarsten Ebenen unangebaut. Die sehr zerstreuten Dorfschaften sind meist nur von einem unlustigen, knechtischen Geschlecht bewohnt, das unter dem härtesten Druck des türkischen Regiments seufzt. Viel besser sind die Bewohner der Hügellandschaften und Gebirge daran, wo das Land von den Einheimischen als Freilehen benützt wird; sie haben auch mehr Manchfaltigkeit der Aernten, Ueberfluß an Obstarten, und darum bessere Nahrung und mehr Wohlstand.

Außer dem schon genannten südlichen Grenzbach, dem Bach Aegypti, durchschneiden die Sephela noch folgende Wasser, welche jedoch unbedeutend sind und im Sommer austrocknen:

1. Der Bach Besor, heutzutag Wady Scheriah, der südlich von Gaza ins Meer mündet. Es ist wahrscheinlich der Unterlauf des Wady el Chalil und des Wady es Seba. Ueber ihn gieng David, als er von Ziklag auszog und die Amalekiter schlug (1 Sam. 30, 9. 10. 21.).

2. Der Wady Simsim (Simsonbach) oder Wady Askalan, der bei Askalon ins Meer fällt und den Wady el Hasy von Südosten her aufnimmt. Sein Lauf ist noch wenig bekannt. Mit ihm soll sich ein Wasser verbinden, das in der Vorstadt von Eleutheropolis der Sage nach auf Simsons Gebet aus dem Eselskinnbacken entsprang. Daher der Name Wady Simsim. S. dagegen S. 110.

3. Der Wady Esdud, der unterhalb Esdud (Asdod) zum Meer geht. S. oben S. 182.

4. Der Nahr Rubîn (Rubenbach, Bach Sorek), der im großen Wady es Surâr, den wir bereits kennen gelernt haben, bei Bethsemes entspringt und unterhalb Jamnia ins Meer fällt. Sein System reicht ins Hochland hinauf, bis in die Gegend von Jerusalem. Es beginnt nach Tobler mit einem nördlichen Arm unweit Beit Hanîna und mit einem südlichen keine halbe Stunde westlich von Jerusalem. Der letztere Arm, der Wady Hanieh, nimmt den Wady Ahmed und den Wady Bettîr auf und vereinigt sich mit dem nördlichen Arm, dem Wady Sâtâf, erst etwa 1½ Stunde unterhalb Sâtâf. Bisher rechnete man den Wady Sumt als südlichsten, den Wady Merdsch Ibn Omeîr als nördlichsten Zweig zum Gebiet des Nahr Rubîn. Tobler jedoch hat gefunden,

daß jener selbständig unter dem Namen Wady Esdud zum Meer mündet, dieser aber dem System des Nahr Audscheh angehört.

(Die Bäche der Ebene Saron nennen wir erst weiter unten.)

Durchwandern wir nun den südlichen Theil der Küstenebene, dessen Wasser wir so eben kennen gelernt haben, die Sephela, welche nordwärts bis Joppe reicht und von dem tapfern, immer kriegsgerüsteten Volk der Philister bewohnt war, und suchen wir hauptsächlich jene fünf Orte (Pentapolis) auf, welche die Hauptstädte des philistäischen Fürstenbundes waren. Es waren dieß die Orte Gaza, Askalon, Asdod, Ekron und Gath.

Ehe wir jedoch den ersten derselben, Gaza, betreten, müssen wir einer uralten, erst neuerdings durch den Engländer J. Rowland wieder aufgefundenen Localität eine kurze Aufmerksamkeit schenken. Es ist das alte Gerar, 3 Stunden südsüdöstlich von Gaza in einem tiefen, breiten Wady gelegen, der von Südosten kommt und den Dschurf el Gerar, d. h. Gießstrom Gerar, führt, auch den Wady es Scheria von Ost-Nordost aufnimmt. Etwas unterhalb des Vereinigungspunktes beider zeigen sich Spuren einer alten Stadt, Khirbet el Gerar, d. h. Ruinen von Gerar, genannt, jener Stadt, wo Abraham (1 Mos. 20, 1. 2.) und Isaak (1 Mos. 26, 1.) unter dem dortigen Philisterkönig Abimelech wohnten, bis wohin König Assa die Mohren verfolgte (2 Chron. 14, 13. 14.).

Gaza (sprich Gasa), d. i. die Starke, heutzutag Ghuzzeh, in deren Nähe wir bereits oben vom Wady el Arisch her gekommen sind, liegt amphitheatralisch gebaut eine Stunde vom Meer und ist von Olivenwäldern, Palmenhainen und prächtigen Gärten umgeben bis zum Schech Muntar, dem Höhenzug, der im Osten die Stadt beherrscht, und dessen Höhe gegen Südost den Namen Berg Samson führt, weil Simson hieher die Flügel des Stadtthors getragen haben soll (Richt. 16, 3.). Auf den verschiedenen Seiten bieten sich von den Höhen die reizendsten Panoramansichten über die Stadt und ihre grünen Umgebungen dar, zwischen denen die schönsten Spaziergänge sich hindurchfinden lassen. Die Stadt wird von etwa 15,000 Moslemen und 1500 Christen bewohnt, und hat durch die zahlreich durchziehenden Karawanen viel Leben und Verkehr. Ihr Bazar hat für die Plünderzüge der Beduinen, die oft bedeutenden Ertrag geben, den reichsten Absatz, namentlich sind die Beraubungen der Mekkakarawanen einträglich. Deßwegen hat auch Gaza, obwohl am Meer gelegen, doch nicht den Charakter einer Seestadt. Ueber die Schönheit ihrer Gärten und den reichen Ertrag ihrer Früchte ist nur eine Stimme bei den Reisenden. Feigen, Oliven, Jujuben, Granaten, Aepfel und Weintrauben gedeihen trefflich. Die Weinreben klettern an den 40 Fuß hohen Stämmen der Sykomoren empor und hangen voll Trauben. Die Olivenbäume erreichen eine Höhe von 30 Fuß und einen Umfang bis gegen 30 Fuß. Die Datteln reifen viel später als in Aegypten. Die Felder werden mittelst Rädern gut bewässert und liefern Sorgho und Sesam im Ueberfluß. Die zahlreichen Silos, 9 bis 12 Fuß tief, meist cylindrisch ausgemauerten Brunnen gleich, mit 6 Fuß breiten Eingängen von oben, die zur Aufbewahrung des Getraides und zur Sicherung gegen die Kornmäuse dienen, zeigen den reichen Ertrag des fruchtbaren Bodens. — Gaza ist eine uralte Stadt, sie wird schon 1 Mos. 10, 19. erwähnt und war nach 5 Mos. 2, 23. von den Avim bewohnt. Bei der Verlosung des Landes durch Josua (15, 47.) wurde sie mit ihren Töchtern und Dörfern bis zum Bach Aegypti dem Stamm Juda zugewiesen, auch von ihm in Besitz genommen (Richt. 1, 18.), fiel jedoch wieder in die Gewalt der Philister zurück (Richt. 16, 1. 1 Sam. 6, 17.). Sie war einer der Schauplätze von Simsons Thaten (Richt. 16, 1—3.), wie er denn auch hier unter den Trümmern des Dagontempels sich mit den Philistern begrub (Richt. 16, 21—30.). David besiegte sie, und unter ihm und Salomo war sie die Südgrenze des Reichs (2 Sam. 5, 19. 8, 1. 1 Kön. 4, 24.). Hiskias schlug die Philister bis Gaza (2 Kön. 18, 8.). Auf der Straße von Jerusalem nach Gaza taufte Philippus den Kämmerer, nach Ap.Gesch. 8, 26. Uebrigens wird in dieser Stelle nicht Gaza, sondern die Straße, die von Jerusalem nach Gaza führt, „wüste", d. h. einsam, öde, dorfleer genannt.

Von Gaza sind es 2 bis 2½ Tagreisen auf der direkten Karawanenstraße nach Joppe, an welcher die Städte der alten Philister, Askalon, Asdod und Ekron (Gath lag seitwärts zur Rechten) lagen. Sie zieht am Fuß einer Hügelkette fort, welche mit der Küste parallel läuft. Noch 1½ Stunde lang wandert man von Gaza aus durch anmuthige Gärten und große Olivenpflanzungen. Beim Austritt aus dem Olivenwald kommt man in eine ergiebige Ebene bei dem Ort Beit Hunun, wo am 19. Mai Robinson schon alles vollauf mit der Waizenärnte beschäftigt fand. Die Schnitter waren noch auf dem Feld beschäftigt, indeß andere mit ihren hoch mit Garben belasteten Eseln und Kameelen heimzogen. Auf den Dreschtennen um das Dorf zählte er nicht weniger als 30 Züge Vieh, durch welche das Getraide ausgetreten wurde.

Askalon, heutzutag Askulan, ist ein Ruinenort, am Meer gelegen, mit Trümmern gewaltiger, großartiger Stadtmauern, innerhalb deren die Ruinen in Gärten und Sand wunderbar eingehüllt sind. Der Wady Simsim mündet im Süden der Stadt ins Meer. Der Ort ist ganz öde, ohne Bewohner, ohne Hafen und doch fast so groß an Umfang wie Gaza. Er ist eine der Seestädte, die Herodes der Große durch Paläste, Tempel, Amphitheater, Gymnasien, Bazare zu verherrlichen suchte; auch legte er Bäder und Quellen an mit prachtvollen Säulenhallen, und ließ diese mit Hainen, Gärten und Bewässerungsanlagen umgeben. Askalon wurde von Juda erobert (Richt. 1, 18.). Hier erschlug Simson 30 Philister (Richt. 14, 19.). Derketo, die Venus der Syrer, auch Astarte genannt, wurde hier verehrt, welche halb Mensch, halb Fisch. Ihr waren die Fische geheiligt, welche auch von den Syrern nicht gegessen wurden; es wurden ihr daher heilige Fischbehälter gehalten, wie denn auch zu Askalon ein solcher großer Fischweiher war. Sie war wahrscheinlich identisch mit dem Götzen Dagon.

Von Gaza bis zum Wady Simsim sieht man durch das ganze ebene Küstengebiet nur Hütten aus Lehm und Stroh im Gegensatz der Steinhäuser im nördlichen Palästina. Gehen wir vom Dorf Simsim im Wady gleiches Namens auf der Straße von Gaza nach Hebron gegen Nordost, zuerst im Thal aufwärts, dann über einen welligen Landstrich auf der linken Seite des Wady, so erreichen wir in zwei Stunden die Ruinen von Um Lakis, die auf einer runden Anhöhe, überall mit Disteln und Gesträuch überwachsen, liegen. Es ist dieß die Lage der alten Kanaaniterstadt Lachis (Jos. 12, 11.), deren König zu den fünf bei Gibeon von Josua geschlagenen und bei Makeda gehenkten Königen gehörte (Jos. 10, 3—27.), welche von Rehabeam befestigt (2 Chron. 11, 9.), von Sanherib erobert (2 Kön. 18, 14. ff. 2 Chron. 32, 9. Jes. 36, 2.), nach dem Exil wieder hergestellt wurde (Nehem. 11, 30.). — Nur ³/₄ Stunden weiter östlich liegt an der genannten Straße Adschlan, das alte Eglon, gleichfalls eine kanaanitische Königsstadt (Jos. 12, 12.), deren König das gleiche Schicksal, wie der von Lachis, hatte. Die Stadt gehörte, wie Lachis, zu den Städten Judas in der Niederung.

Wieder etwa ³/₄ Stunden gegen Südost von Adschlan erhebt sich auf der Südseite des zum Wady Simsim ziehenden Wady el Hasy der Tell el Hasy. Der Weg führt durch ausgebreitete Waizenfelder. Als Robinson durchreiste, waren die Araber in großer Anzahl mit dem Schneiden beschäftigt, indeß ebenso viele Aehrenleser, meist Frauen, ihnen folgten; denn die Schnitter giengen bei ihrem Geschäft sehr nachlässig zu Werk, ließen viele Halme stehen oder geschnitten auch wieder fallen, und gestatteten so den Aehrenleserinnen einen guten Antheil an der Aernte. Der Tell steigt in der Form eines abgestumpften Kegels an 200 Fuß über die Ebene empor und bietet eine sehr anmuthige Aussicht über ein weites, wellenförmiges Land, über niedere schwellende Hügel, breite Thäler. Obwohl kein Dorf und keine Trümmerstätte sich hier findet (nur arabische Zeltlager mit Pferden und andern Heerden), so haben wir doch ohne Zweifel hier das alte Ziklag zu suchen, welches David vom Philisterkönig Achis zu Gath erhielt, das er über ein Jahr lang bis zu Sauls Tod bewohnte (1 Sam. 27, 6. 7. 30, 1. ff. 2 Sam. 1, 1. 4, 10.), und von wo aus er nach Hebron zog, um zum König über Juda gesalbt zu werden (2 Sam. 2, 3.). Die hohe Warte war zu Ueberfällen gegen die Amalekiter und andere südliche Völkerschaften ganz geeignet.

Kehren wir nach Askalon zurück. In 2 Stunden wird von da aus der geringe Ort Esdud, das alte Asdod, erreicht. Der Weg dahin ist voller Saatfelder, Tabakspflanzungen, Gärten, Olivenwälder, ein trefflicher Culturboden. Zu beiden Seiten der Niederung liegen alle Dörfer auf Anhöhen mit ihren niedrigen, aber bevölkerten Hütten, und die Einwohner sind von schönem Schlag. Dieselbe Natur der Landschaft zieht sich bis Ramla. Esdud liegt auf einer dominirenden Höhe, wie alle Städte der Philister auf Anhöhen gebaut waren, mit vielen geringen Mauerresten, die den einstigen sehr großen Umfang der Stadt bezeichnen. Hieher wurde nach jenem gewaltigen Sieg der Philister über Israel die Bundeslade zuerst gebracht in den Tempel der Derketo oder Dagons (1 Sam. 5), später dann erst nach Gath und Ekron, welche noch nördlicher und der Grenze Israels näher lagen. Auch als die Bundeslade mit versöhnenden Weihgeschenken wieder zurückgegeben wurde, wird Asdod wieder zuerst genannt (1 Sam. 6, 17.). Wahrscheinlich war sie die hervorragendste der philistäischen Bundesstädte. Usia zerstörte ihre Mauer (2 Chron. 26, 6.); zur Zeit des Jesajas ward sie von den Assyrern erobert (Jes. 20, 1.). Nach Asdod rückte der Geist den Philippus, nachdem er den Kämmerer getauft hatte (Ap.Gesch. 8, 40.).

Der Wady von Asdod zieht nördlich an dem isolirt hervortretenden Tell es Safieh vorüber, welcher die in den Kreuzzügen so berühmte Burg Alba Specula, oder Blanche garde, trug (vielleicht das Mizpa Jos. 15, 38.). Er erhebt sich als ein kurzer, länglicher Bergrücken mit weiter Aussicht an der Grenze des Hügellandes, und ist mit sehr schönen Olivenpflanzungen bewachsen, die ihm ein waldiges Ansehen geben. An seiner Westseite beginnt die große Ebene des Tieflandes. So weit der Blick über die Ebene reicht, ist alles Ackerfeld. Ihm ganz benachbart nimmt auf denselbigen Berghöhen der Wady Simsim oder Wady von Askalon mit vielen fast bis Hebron reichenden Verzweigungen seinen Ursprung. In diesen Umgebungen lag einst die Philisterstadt Gath, aus welcher Goliath gebürtig war (1 Sam. 17, 4.), und in welche David vor Saul zu dem König Achis floh (1 Sam. 21, 10. 27, 2. ff.). David eroberte sie später (1 Chron. 19, 1.) und nahm Gathiter zu seinem Heer, wie denn Ithai der Gathiter mit 600 Gathitern ihn auf der Flucht vor Absalom begleitete. Ruinen der Stadt sind noch nicht aufgefunden worden. Wahrscheinlich lag sie zwischen Abschur und Deir Dubbân. Letzterer Ort, etwa 2 Stunden von Beit Dschibrîn, bezeichnet ohne Zweifel die Lage der alten kanaanitischen Königsstadt Adullam (Jos. 12, 15.), die dem Stamm Juda zugetheilt (Jos. 15, 35.) und von Rehabeam befestigt wurde (2 Chron. 11, 7.). Sie wird schon 1 Mos. 38, 1. 12. 20. als Heimath von Judas Hirten Hira erwähnt. In der Nähe sind große Höhlen, die von der Natur im weißen Kalkfelsen gebildet sind und bei denen Menschenhand nur nachgeholfen hat. Die Höhle von Adullam, wohin David entrann, als er vor Achis aus Gath entflohen war (1 Sam. 22, 1.), stimmt nicht nur gut zu Deir Dubbân, sondern es ist am Fuß des Gebirgs Juda auch keine andere Grotte bekannt, die so passend wäre, eine größere Anzahl Flüchtlinge zu bergen. Auch der Ausdruck, daß Davids Bruder und das ganze Haus seines Vaters zu ihm in die Höhle Adullam hinab kamen, paßt gut; denn von Bethlehem nach Deir Dubbân kommt man allerdings hinab.

Von Esdud aus gelangen wir auf der Küstenstraße in einigen Stunden nach Jebna, welche im Alten Testament Jabne, auch Jabneel (Jos. 15, 11.), und in den Büchern der Makkabäer und bei Josephus Jamnia heißt. Der König Usia zerriß ihre Mauern (2 Chron. 26, 6.). Sie liegt im Wady es Surar am Nahr Rubin, der von da aus in etwa 3 Stunden gegen Nordwest das Meer erreicht. Das Bett des Nahr ist mit dem schönsten Blumenflor geschmückt, der Wasserspiegel bis zum Meer mit Wasserblumen bedeckt und mit Schaaren von schwarzen Schwimmvögeln belebt. Von Jebna eine starke Stunde ostwärts liegt das große Dorf Akir, in welchem erst neuerdings Robinson die fünfte Stadt der philistäischen Pentapolis, das alte Ekron, wieder erkannt hat, und diese Lage stimmt auch sowohl mit der Grenzbestimmung des Stammes Juda (Jos. 15, 10. 11.), als mit dem Zug der Bundeslade von Ekron nach Bethsemes (1 Sam. 5, 10. 6, 7—14.) überein. Nach Richt. 1, 18. ward sie wie Gaza und Askalon einmal von Juda eingenommen, dann nebst Ajalon an den Stamm Dan abgetreten (Jos. 19, 43.), der sie indessen nie wirklich in Besitz nehmen konnte, da die Philisterfürsten hier zu mächtig waren. Zu Ekron war das berühmte Orakel des Baal Sebub. Robinson macht einmal auf seiner Wanderung in der Ebene die Bemerkung, es haben sich an einem sehr heißen Tag beschwerliche Mückenschwärme und große Fliegen mit Staubwirbeln zwischen den Waizenfeldern erhoben, und van de Velde sagt: „die Fliegen sind hier in der That so ungeheuer zahlreich, daß ich kaum essen konnte, ohne daß die lästigen Insekten sich unter meine Speise mischten." Daraus wird erklärlich, warum die Philister einen Fliegengott (denn das heißt Baal Sebub), einen Abwehrer des Ungeziefers, verehrten. Die Philister nannten ihn auch Baal Sebul, d. h. Herr der Himmelswohnung, und er ist wohl der nämliche Götze wie der syrische Baal. Die Juden nannten ihn den Obersten der Teufel (Luc. 11, 15. ff.). Zu diesem Baal Sebub sandte Ahasja, der König Israels, Boten von Samaria, um zu erfahren, ob er von seiner Krankheit genesen werde (2 Kön. 1, 2. ff.), weßwegen Elia, der Thisbiter, ihm ankündigen mußte, er werde, da er sich nicht an den Gott Israels gewendet habe, des Todes sterben (v. 3. ff. 16.).

Zwei Stunden nördlich von Akir liegt Ramla oder Ramleh, jenes Arimathia, welches die Vaterstadt des reichen Joseph war, der sich mit Nikodemus den Leichnam Jesu von Pilatus erbat (Matth. 27, 57. Joh. 19, 38. Luc. 23, 50. 51.). Sie liegt an der Kreuzung der Karawanenstraße von Aegypten nach Damaskus mit der Straße von Joppe nach Jerusalem, auf einer niedern Erhöhung in sandiger, doch fruchtbarer Ebene, mitten in Fruchtgärten mit den köstlichsten Orangen und andern Obstarten, umgeben von Cactusgehegen, deren Früchte hier eine sehr liebliche Nahrung liefern, und von Olivenwäldern, aus denen hie und da Palmen, Kharuben, Sykomoren und andere Bäume mit ihren hohen Kronen hervorragen. Die Stadt ist gut und nett gebaut, hat 3000 Einwohner (2/3 Muhamedaner, 1/3 Christen), eines der größten Klöster der Lateiner und viele Ruinen und Cisternen, die sich in den weitläufigen Gärten finden. Etwa 10 Minuten im Westen der Stadt erhebt sich auf der höchsten Stelle der Gegend mitten unter Ruinen einer großen Ringmauer der berühmte Thurm, der schon aus weiter Ferne die Lage von Ramla verkündet. Robinson beschreibt ihn so: „Von diesem Thurm herab, der etwa 120 Fuß hoch ist, genießt man eine weite Aussicht nach jeder Seite, wie sie an Reichthum und Schönheit selten übertroffen wird. Ich konnte sie nur mit der großen Rheinebene bei Heidelberg vergleichen. Im Osten erhob sich drohend das steile Gebirge Juda, die Hügellandschaft zu seinen Füßen, während im Westen in schönem Contrast die glänzenden Wogen des Mittelländischen Meers unsere Gedanken nach Europa und entfernten Freunden hinüberschweifen ließen. Nach Nord und Süd lag die schöne Ebene, so weit das Auge reichen konnte, wie ein Teppich zu unsern Füßen ausgebreitet, bunt von braunen Streifen des eben abgeärnteten Getraidefeldes und der Aecker, welche noch das Gelb des reifen Korns oder das Grün der hervorsprießenden Hirse schmückte. Unmittelbar unter uns ruhte das Auge auf den ausgedehnten Olivenhainen von Ramleh und Lydda und den malerischen Thürmen, Minareten und Kuppeln dieser großen Dörfer. Die Hügellandschaft und die Berge, besonders in Nordost, erscheinen mit Dörfern besäet, welche, in der Ferne mit ihren weißen Wänden aus dem von der Abendsonne bespiegelten Grün der Obstwälder hervorschauend, einen Anblick von Behaglichkeit und Wohlstand gewähren, der freilich bei näherer Betrachtung nicht Stich halten würde."

Nicht weit von Ramla in Nordost liegt Ludd oder Lod, die alte Benjaminiterstadt (1 Chron. 9, 12. Neh. 11, 35.), die bis heute ihren Namen erhalten hat. Die Römer nannten sie Diospolis. Im Neuen Testament heißt sie Lydda. Paulus heilte hier den kranken Aeneas, worauf sich die ganze Stadt sammt dem benachbarten Sarona bekehrte (Ap.Gesch. 9, 32—35.). Lod ist ein großes Dorf mit den Ruinen einer berühmten Kirche St. Georgs. Dieser Heilige, der unter dem Kaiser Diocletian als Märtyrer in Nikomedien fiel und in Syrien eine ausgebreitete Verehrung genießt, soll hier geboren und begraben sein. Sein Kampf mit dem Götzendienst (dem Satan) wurde symbolisch im Kampf mit dem Drachen vorgestellt und später in der Legende zu einem wirklichen Kampf umgestaltet, den er in der Nähe von Berytus gehabt haben soll.

Ramla liegt an der südlichen Straße, welche von Joppe über Ajalon und Kiriath Jearim nach Jerusalem führt, Lydda hingegen an der Nordstraße, welche sich etwa eine Stunde im Westen der Stadt von jener abzweigt und über Jimzu (das alte Gimzo, 2 Chron. 28, 18.), dann über den Paß von Bethhoron und über Gibeon nach Jerusalem führt. Von Lydda nach Jerusalem sind es 9, von Lydda nach Joppe 4 Stunden. Der Weg nach letzterer Stadt hat nordwestliche Richtung, der Boden ist sandig, mehr wellig als eben, aber wasserreich und daher kulturfähig. Die Orte umher liegen alle auf Anhöhen und sind wohl meist auf antiken Grundlagen gebaut. Wir berühren die kleinen Ortschaften Beit Dejan (Beth Dagon Jos. 15, 41.) und Jazur (Gaser, Jos. 12, 12. 10, 33. 16, 10. Richt. 1, 29. 2 Sam. 5, 25.). In der Nähe von Joppe führt der Weg zwischen Gärten hin, die die Stadt stundenweit umgeben und in üppigster Vegetation prangen. Sie liefern Feigen, Aprikosen, Mandeln, Granaten, Citronen, Melonen, Orangen, Sykomorfeigen, Pfirsiche, Birnen, Aepfel, Pflaumen, Bananen, Trauben, und füllen Abends die Lüfte mit gewürzhaften Düften. Sie sind mit stacheligen Cactusgehegen eingezäunt und werden durch Schöpfräder bewässert. Die Stadt selbst ist uralt, nach der Sage sogar vorsündfluthlich (Noah soll hier die Arche gebaut haben), und gleich den meisten im Orient in ihrem Innern nur ein sehr unansehnliches Nest, in welchem etwa 5000 Einwohner leben. Sie liegt terrassenförmig gebaut an einem Hügelvorsprung ins Meer, dessen Höhe eine liebliche Aussicht auf das smaragdgrüne Meer, auf die weithin bebaute Ebene Saron, in der Nähe auf die Dickichte der Obstgärten mit dem üppigsten Grün, in weiter östlicher Ferne auf die blauen Gebirge von Judäa und Ephraim gewährt. „Als ich in das Thor von Joppe trat," erzählt ein neuerer Reisender, „sah ich ein mir neues Schauspiel. Inwendig war ein freier Platz, an dessen vier Seiten lange steinerne Bänke standen. Auf diesen saßen die Bürger von Joppe mit langen Bärten und langen Pfeifen, über die Tagesneuigkeiten sich unterhaltend. Auch sah man hie und da eine Gruppe beisammen, welche Geschäftsangelegenheiten besprach. Dicht dabei war ein Wasserbehälter, wo die Frauen Wasser holten. Die vielen Stellen des A. Test., wo vom Zusammensitzen und Rathschlagen im Stadtthor und von daselbst geschehenen Käufen die Rede ist (1 Mos. 23, 18. Ruth 4, 11. Hiob 29, 7—11.), wurden mir nun so klar und so einleuchtend, wie noch nie." Die Stadt hat einen seichten, klippigen Hafen, der demungeachtet in früheren Zeiten brauchbarer war. Joppe war der wichtigste Handelsplatz der ganzen Küste, von hohem Alter, der einzige Hafenort für das innere Palästina, namentlich für Jerusalem. Im Buch Josua (19, 46.) heißt der Ort Japho, d. h. Anhöhe, denn er liegt mit seinen treppen- und terrassenartig gebauten Gassen auf dem letzten Abfall einer langgezogenen Anhöhe, auf dem etwa 130 Fuß hohen Vorsprung eines Hügelrückens. Der Name wurde später in Jaffa oder Jafa umgeändert. Er scheint in den älteren Zeiten weder im Besitz der Philister noch der Israeliten gewesen zu sein; vielmehr waren Phönizier hier herrschend, weßwegen der König

Hiram von Tyrus die Cedernflöße vom Libanon hieher schaffen ließ (2 Chron. 2, 16.), von wo sie dann nach Jerusalem hinauf transportirt wurden. Denselben Weg machte nach dem Exil das Bauholz für den zweiten Tempel (Esra 3, 7.). Auch der Prophet Jonas bestieg im Hafen von Japho ein phönizisches Schiff, das nach der tyrischen Colonie Tarschisch (Tartessus) fuhr, um vor dem Herrn zu fliehen (Jona 1, 3.). Petrus erweckte hier die Tabea (Ap.Gesch. 9, 36—43.) und wohnte bei dem Gerber Simon am Meer (9, 43. 10, 5. 6. 32. 11, 5.). Joppe war Landungsplatz der Kreuzfahrer. In neuester Zeit hat sich hier eine evangelische Gemeinde mit einer Schule gebildet. Türkische, französische und österreichische Dampfboote landen hier, um Reisende nach Jerusalem ans Land zu setzen.

Kein einziger Hafen an der syrischen Küste hat gehörige Tiefe für Kauffahrteischiffe. Alle Häfen sind seicht und ihre Eingänge mit Sandbarren verriegelt, die Häfen und die Buchten selbst mit Sand gefüllt, welche theils die reißenden Bergwasser, theils die Meeresströmungen hereinführen, so daß früher sehr gute Häfen, wie z. B. der von Sidon, von Tyrus, auch der von Akko, jetzt ganz oder zum Theil verschwunden sind. An der ganzen syrischen Küste geht nämlich die Strömung des Mittelländischen Meers von Süd nach Nord. Zur Zeit der Nilüberschwemmung erhält sie eine verdoppelte Gewalt von den mächtig gegen das Meer andringenden Nilfluthen und wälzt ganze Schlamm- und Sandberge mit sich fort. Die hinter den vorspringenden Caps liegenden, nicht vom Strom getroffenen Buchten füllen sich um so leichter und schneller, weil da im stillen Gewässer der Sand zu Boden fällt.

Die Küstenlinie des Gelobten Landes streicht von Süd nach Nord mit wenig östlicher Abweichung, welche immer absatzweise geschieht. Der größte dieser Absätze ist das Cap Karmel, wo die Küste bedeutend gegen Osten zurückweicht. Die Küste ist sehr gleichartig, fast geradlinig, verschlossen, nicht von vorspringenden Landzungen und landeindringenden Meeresgliedern zerschnitten und dadurch gegen das Meer geöffnet, weßwegen Schifffahrt und Handel nie im Gelobten Lande blühen konnten. Joppe und Akko waren die einzigen guten Hafenstellen, und beide nicht einmal in den Händen der Israeliten. Israel sollte aber auch kein

Handelsvolk werden, es sollte nicht in Tauschverkehr mit der Heidenwelt treten. Abgeschlossen von ihr, deren Güter es nicht bedurfte, sollte es mit genügsamem Sinn und gläubiger Zuversicht auf die verheißene Fürsorge Gottes den Segen seines schönen Landes hinnehmen und genießen, die göttlichen Offenbarungen treu bewahren und an der Hand seines himmlischen Erziehers in der Stille sich dazu heranbilden lassen, um einst nicht nur das Heil der Welt in seiner eigenen Mitte empfangen, sondern um es auch als die kostbarste, jedes irdische Handelsgut übertreffende Perle zu den Völkern hinaustragen zu können.

In der von uns nun durchwanderten Küstenebene, der Sephela, wohnte von Gaza bis Ekron das Volk der Philister, welches wir jetzt näher kennen zu lernen haben.

Ueber ihre Abstammung kann kein Zweifel sein; sie sind weder semitischen noch pelasgischen Ursprungs, wie einige neuere Forscher nach bloßen vagen Vermuthungen meinen, sondern stammen nach 1 Mos. 10, 14. von Mizraim, einem Sohn Hams. Demnach sind auch ihre frühesten Wohnsitze in Aegypten zu suchen; denn Aegypten heißt in der Bibel Mizraim und hat seinen Namen von Hams Sohn. Ihre Einwanderung in Palästina geschah ohne Zweifel in der Zeit zwischen Abraham und Mose; wenigstens werden bereits zu Abrahams Zeiten Philister in Kanaan erwähnt. Sie hatten jedoch damals noch nicht die ganze philistäische Küstenebene, sondern bloß das Land südlich oder südöstlich von Gaza inne. Dort nämlich wohnte jener Philisterkönig Abimelech zu Gerar, der mit Abraham einen Bund der Freundschaft schloß, weil er in ihm einen Mann Gottes erkannte (1 Mos. 21, 22.). Die Einwanderung erfolgte jedoch zu verschiedenen Zeiten und gieng von verschiedenen Gegenden aus. Die zur Patriarchenzeit im südlichsten Kanaan in der Gegend von Gerar wohnenden Philister kamen unmittelbar aus Aegypten und zwar vom Pelusischen Nilarm her, in dessen Namen sich ohne Zweifel noch ein Denkmal ihres ältesten Wohnsitzes erhalten hat; denn der Name der Philister lautet im Hebräischen „Pelistim“, woher auch der Name der Stadt Pelusium an der Mündung jenes Nilarms (= Stadt der Philister) kommt. In späterer Zeit kam dann eine andere philistäische Kolonie von der Insel Kreta und landete an der palästinischen Küste nördlich von Gaza.

Dieß sind die **Kaphthorim**, im Gegensatz zu den früheren philistäischen Einwanderern, welche **Kasluhim** heißen (1 Mos. 10, 14.). Von ihnen wird 5 Mos. 2, 23. erzählt: „die Kaphthorim zogen aus Kaphthor und vertilgeten die Avim (welche zu den Riesengeschlechtern der Ureinwohner gehörten, S. 99), die zu Hazerim (d. h. in den Gehöften der Vertilgten) wohneten bis gen Gaza, und wohneten an ihrer Statt daselbst.“ Von diesen Philistern ist auch Jerem. 47, 4. die Rede, sie werden dort „der Ueberrest aus der Insel Kaphthor“ genannt. Ferner sagt der Herr (Amos 9, 7.): „Hab' ich nicht Israel aus Aegyptenland geführt und **die Philister aus Kaphthor** und die Syrer aus Kir?“ Daß aber unter Kaphthor die Insel **Kreta** zu verstehen sei (nicht, wie andere meinen, Cypern oder gar Kappadocien), geht deutlich aus Ezech. 25, 16. hervor, wo die Philister zuerst Philister und dann im darauf folgenden **parallelen** Satz **Kreter** genannt werden. Ebenso Zephan. 2, 5. (In beiden Stellen übersetzt Luther statt Kreter „**Krieger**“.) Eine weitere Bestätigung dieser Ansicht ist der Umstand, daß noch zu Davids Zeiten jener ägyptische Knabe, den die Amalekiter auf ihrer Heimkehr von ihrem Raubzug, auf welchem sie Ziklag verbrannt hatten, krank in der Wüste liegen ließen, und der dem David den Weg zum Lager der Amalekiter zeigte, den äußersten Süden Philistäas den „**Mittag Krethi**“ nennt, wie er den Süden Judas, das Land um Hebron, den „Mittag Kaleb“ nennt (1 Sam. 30, 14.). Endlich, wie Ezech. 25, 16. und Zeph. 2, 5. Kreter und Philister neben einander genannt werden, so treten auch zu Davids und Salomos Zeiten die **Krethi und Plethi** (letzteres eine zusammengezogene Form für Pelistim oder Philister) als Leibwache hervor (2 Sam. 8, 18. 15, 18. 20, 7. 23.). Beide Bestandtheile des philistäischen Volks, die **Philistim** und die **Kaphthorim**, verschmolzen nach und nach unter einander, jedoch so, daß der Name der Philistim, welche unstreitig als Hauptbestandtheil angesehen werden müssen, in den folgenden Zeiten auf das ganze Volk, so wie auf das Land übergetragen wurde, während der Name Krethi, d. h. Kaphthorim, zurücktrat und zuletzt ganz verschwand.

Die Philister wohnten, wie oben bemerkt, schon zu Abrahams Zeiten bei Gerar und Berseba; ihr König Abimelech stand im Bund mit diesem Patriarchen. Aber schon als Isaak in Gerar wohnte, war das Verhältniß nicht mehr ungetrübt; die Philister fiengen an, ihn zu beneiden, und die Hirten zu Gerar verstopften seine Wasserbrunnen (1 Mos. 26, 17. ff.). Bis zu Moses und Josuas Zeit hatte sich, wahrscheinlich infolge der Einwanderung der Kaphthorim, ihr patriarchalischer Hirtenstaat in den kriegerischen Staatenbund der fünf Philisterfürsten umgestaltet. Sie trieben Ackerbau, Weinbau, Olivenkultur (Richt. 15, 5.) und waideten Heerden, waren aber auch Bewohner fester Städte und Ortschaften. In ihren 5 Hauptstädten, Gaza, Askalon, Asdod, Gath und Ekron, hatten sie die Heiligthümer ihrer Nationalgötter, des Baal oder Baal Sebub und der Astarte oder Dagons errichtet, in denen es an Tempeln, Säulen und Bildnissen nicht fehlte. Als Handelsleute treten sie jedoch nicht hervor, obgleich ihr Gebiet am Meer lag; freilich fehlte es ihrer Küste an geschützten Häfen und bequemen Buchten. Keine ihrer Städte war deßhalb auch unmittelbar am Meer erbaut. An Industrie fehlte es ihnen nicht; sie waren Waffenschmiede zu einer Zeit, wo die Israeliten in dieser Kunst ganz unbewandert waren (Richt. 5, 8. 1 Sam. 13, 19—22.). Von der Richterzeit an sind sie in fast unaufhörlichen Kriegen mit Israel (Samgar und Simson schlugen sie, wie sie hinwiederum abwechselnd auch Israel bezwangen, Richt. 3, 31. 10, 7. 13, 1.5. 1 Sam. 4—7. 13. 14. 17. 18. 19. 23. 28. 31.), bis David sie besiegte und unterjochte (2 Sam. 5, 17—25. 8, 1. 21, 18.). Aus ihnen nahm er sogar seine Leibgarde, die Krethi und Plethi, die ihm auch im Unglück treu blieb (2 Sam. 15, 18.). Salomo herrschte bis Gaza (1 Kön. 4, 24.); dem König Josaphat waren sie tributpflichtig (2 Chron. 17, 11.). Auch später hatten sie abwechselndes Kriegsglück gegen Israel (2 Chron. 21, 16. 17. 26, 6. 7. 28, 18. 2 Kön. 18, 8.), bis sie später den Weissagungen der Propheten gemäß (Jes. 14, 29—31. Jer. 47. Ezech. 25, 15—17. Amos 1, 6—8. Zeph. 2, 4—7. Sach. 9, 5—7.) ihren Untergang finden und ihr Name aus der Geschichte ganz verschwindet.

Von Jaffa bis zum Vorgebirg Karmel hinauf, eine Längenerstreckung von 22 Stunden, trägt die Meeresniederung den Namen Saron. Der Karmel, der gegen Nordwesten vorspringt und seinen westlichen Fuß im Meer badet, scheidet diese berühmte

Ebene von der nördlich gelegenen Ebene Jesreel oder Esdrelom. Oestlich ist sie von den Kalksteinbergen Samarias begrenzt, welche stufenweise, oft amphitheatralisch über einander emporsteigen, gegen Westen vom Meer, welchem eine Reihe niedriger, waldiger Berge vorgelagert ist, die sie vom Meer abschließen. Im engeren Sinn nannte man früher die schöne Ebene um Joppe und Lydda insbesondere Saron, ein sehr waidereiches Land und gegenwärtig ein wahrer Fruchtgarten. Die Schönheit Sarons ist altberühmt. Das Hohelied (2, 1.) singt von der Lilie in Saron und von der Rose in den Gründen. Jesajas (35, 2.) preiset die Herrlichkeit des Libanon, den Schmuck Karmels und Sarons, und noch heute ist ihr Anblick reizend, ihr Boden in der Frühlingszeit mit Rosen, Lilien, Tulpen, Narcissen, Anemonen, Nelken und tausend andern Blumen bedeckt. Der Boden zeigt schwarze, fette Ackererde und ist so fruchtbar, daß diese weite Ebene die Bevölkerung von ganz Palästina aufnehmen und ernähren könnte, weßwegen man sie auch in neuerer Zeit für deutsche Kolonisten zur Ansiedlung vorgeschlagen hat. Gegenwärtig sind die Ortschaften, die auf ihren Anhöhen mit Olivenpflanzungen umgeben liegen, und deren pittoreske Steinhäuser dem Ganzen ein belebtes Ansehen geben, in Ruinen; ein großer Theil der Aecker und Waiden ist unbenutzt und mit Disteln und Dornen überwuchert. Indessen bieten auch jetzt noch unübersehbare Felder voll Waizen und Gerste den herrlichsten Anblick, dazwischen hie und da ein Hirsenfeld oder ein Sesam- oder Baumwollenacker. Auch an Wald, der wahrscheinlich in früheren Zeiten reichlicher die Ebene deckte, fehlt es nicht. Im Norden der Ebene, gegen den Karmel hin, finden sich Buchen- und Eichenwaldungen, welche dann schon die Berghöhen des Karmel in reicherer Fülle schmücken, während diese Bäume weiter südwärts, Jaffa zu, nur als niederes Buschwerk vorkommen. Es ist also hier, am Karmel, die südlichste Vegetationsgrenze der Eichen und Buchen, so wie der Wallnußbäume. Hier waiden auch große Heerden von Hornvieh auf den üppigen Waldwiesen, die größten Kühe mit großen Glocken am Halse, wie auf den Alpen. Auch David hatte zu Saron Waiderinder, über welche Sitrai, der Saroniter, gesetzt war (1 Chron. 28, 29.).

Unter den Bächen, welche die Ebene Saron durchschneiden, ist der namhafteste der Nahr el Audscheh, der südlichste unter denselben, welcher in einem kleinen Morast voll Schilf und Rohr bei Ras el Ain am westlichen Fuß der Hügellandschaft seinen Anfang nimmt. Eli Smith sagt, es sei hier eine der größten Quellen, die er jemals gesehen habe. Alles Wasser, das der Fluß enthält, springt hier, so wie an einigen andern Stellen abwärts an seinem Lauf, aus dem Boden hervor, während die umliegenden Wadys ganz trocken sind, und doch ist der Audscheh fast so breit wie der Jordan bei Jericho und nur an wenigen Stellen furthbar. Sein Wasser hat eine bläuliche Farbe, sein Lauf ist sehr träge, doch sein Gefäll noch stark genug, um mehrere Mühlen zu treiben. Er fließt nur in geringer Entfernung nordwärts von Jaffa zum Meer. v. Wildenbruch konnte ihn hier zu einer Zeit, wo es lange nicht geregnet hatte und im Sommer alle andern Flüsse trocken lagen, wegen seiner Tiefe nicht durchreiten.

Zum System des Nahr el Audscheh gehören alle Wadys, deren Wiegen auf dem Hochland auf der Linie zwischen Gibeon im Süden und der Gegend von Sichem im Norden sich befinden. Sein südlichstes Nebenthal ist das Becken der Merdsch Ibn Omeïr, welches nicht zum System des Wady Surâr (Nahr Rubin) gehört, wie man früher glaubte, sondern nach Robinson und Tobler sich durch den Wady Atalleh nach der Audscheh entwässert. Das schöne, weite, grüne, fruchtbare Becken streckt sich durch das Hügelland bis ganz zum Fuß der steilen Gebirgswand, auf deren Höhe das obere Bethhoron und Saris liegen. Die ganze Merdsch ist mit einer üppigen Saat von Waizen und Gerste überdeckt. Auf der südlichen Randhöhe liegt der Ort Yalo, in welchem Robinson das alte Ajalon (Jos. 19, 42.) wieder erkannt hat und aus dessen Lage er sofort den Schluß zog, daß der Wady Merdsch Ibn Omeïr das berühmte Thal Ajalon sei.*) Verfolgen wir dieses grüne Wiesenthal aufwärts bis an den Fuß des Gebirgs; hier spaltet es sich in zwei Zweige, welche ins Hochland, der eine gegen Beeroth, der andere gegen Gibeon hinaufdringen. In der Nähe der Spaltung und also am Fuß

*) Das andere Ajalon im Stamm Sebulon, wo der Richter Elon begraben wurde (Richt. 12, 12.), ist wahrscheinlich identisch mit dem heutigen Dschalûn, 4 Stunden östlich von Akko.

des ansteigenden Gebirgs liegt das niedere oder untere Bethhoron, heutzutage Beit Ur et Thahta, das untere Beit Ur genannt, welches nach 1 Chron. 8, 24. von Seera, einer Tochter Ephraims und Urenkelin Jakobs, erbaut wurde. Von da steigt man einen langen steilen Paß hinan, der anfangs sehr felsig und rauh ist, aber durch Felsenstufen, die an vielen Stellen eingehauen sind, zu einem Treppenweg wird, der schon in den ältesten Zeiten gebahnt war. Nach einer Stunde Steigens erreichen wir das Dorf Beit Ur el Foka, das obere Bethhoron, welches auf einer Felserhöhung an dem äußeren Rand des Gebirgs in dem Winkel steht, der durch den Zusammenstoß jener beiden ins Hochland hinauf sich ziehenden Anfangswadys vom Thal Ajalon sich bildet. Weiter östlich nach der Hochebene von Gibeon steigt der Boden noch zu felsigen Bergen, aber viel allmälicher empor. Das Dorf ist nur klein, hat aber Spuren alter Mauern und einen sehr alten Wasserbehälter. Eine so wichtige Passage zur Beherrschung des Landes wurde von Salomo nicht übersehen; denn nach 2 Chron. 8, 5. 1 Kön. 9, 17. befestigte er das niedere und obere Bethhoron mit Mauern und Thüren und Riegeln, wie man denn jetzt noch etwa in der Mitte des Passes Grundmauern von großen Steinen, wahrscheinlich von einem Kastell, antrifft. Eine Höhe hinter dem oberen Bethhoron, wo man sowohl das breite Thal Ajalon bis Ekron hinab, als das enge Thal bis nach Gibeon hinauf überblickt, ist wahrscheinlich die Stelle, wo Josua stand, als er der im Osten über Gibeon heraufsteigenden Sonne und dem im Westen hinter Ajalon hinabsinkenden Mond die Glaubensworte zurief: „Sonne stehe still zu Gibeon und Mond im Thal Ajalon“ (Jos. 10, 12.). Die fünf Könige der Amoriter waren gegen Gibeon herangezogen, und es kam zur Schlacht auf dem Felde bei Gibeon. Nachdem Josua sie hier geschlagen hatte, jagte er den Flüchtlingen noch weiter nach, den Paß von Bethhoron hinab, und verfolgte sie bis gen Aseka und Makeda. Der Herr aber ließ einen großen Hagel vom Himmel auf sie fallen, daß ihrer viel mehr von dem Hagel starben, denn die Kinder Israel mit dem Schwert erwürgeten (v. 10. 11.).

Kehren wir nach Yalo (Ajalon) zurück. Nicht weit von da im Westen am Fuß des Gebirgs liegt etwa 20 Minuten im Süden des südlichen Wegs von Jaffa nach Jerusalem das Dorf

Amuâs, welches nach der ältesten, durch Eusebius und Hieronymus bezeugten Tradition das Emmaus Luc. 24, 13. ist. Früher hielt man ein näher bei Jerusalem gelegenes Dorf (60 Feldwege) el Kubeibeh dafür. Indeß führen die neuesten textkritischen Forschungen auf jenes Amuâs zurück; denn die ältesten Handschriften des Neuen Testaments geben die Entfernung von Jerusalem nach Emmaus nicht zu 60, sondern zu 160 Stadien an, und dieß ist die Entfernung zwischen Jerusalem und Amuâs.

Weiter nördlich folgt der Nahal Kana, d. h. Rohrbach, welcher die Grenze zwischen Ephraim und Westmanasse bildete (Jos. 16, 8. 17, 9.) und der noch heutzutag diesen Namen trägt. Er kommt aus der Nähe von Sichem. Noch weiter nördlich bis zum Karmel münden einige kleine Bäche zum Meer, z. B. der Nahr Abu Zabura, der Nahr Zerka nördlich von Cäsarea, der Tamur, der in der Nähe von Tantura vorbeifließt, und der Difleh. In den drei letzteren Flüssen hat Dr. Roth das Krokodil wieder neu gefunden und es ist nicht einmal selten in ihnen.

Unter den Ortschaften der Ebene Saron sind nur wenige noch hervorzuheben: 1. Dschildschulieh an der Karawanenstraße von Gaza nach Damaskus, wahrscheinlich jenes Gilgal des Königs der Heiden, welches neben Naphoth Dor (Jos. 12, 23.) unter den von Josua unterworfenen Königreichen aufgeführt wird. Einige halten dieses Gilgal für den Ort, wo das Volk den von Samuel gesalbten Saul zum König machte (1 Sam. 10, 8. 11, 14. 15.), für den Aufenthaltsort des Elias und Elisa, und für den Sitz der Prophetenschule, von wo auch Elias seinen letzten Gang mit Elisa über Bethel und Jericho an den Jordan antrat (2 Kön. 2, 1. ff. 4, 38. ff.). Die Höhe von Gilgal wäre es dann auch, wo Elias den Boten des Königs Ahasja begegnete, als diese von Samaria nach Ekron gehen sollten, den Baal Sebub für den kranken Ahasja zu fragen (2 Kön. 1, 2. ff.), und allerdings würde diese Lokalität hier gut passen; denn Gilgal liegt auf dem Weg von Samaria nach Ekron. In der Nähe lag auch jenes Baal-Salisa, von wo ein Mann dem Propheten Elisa 20 Gerstenbrote und neu Getraide brachte, welche durch Elisas Segnung für 100 Prophetenschüler ausreichten (2 Kön. 4, 42 ff.). Andere meinen, ein drittes Gilgal in der Nähe von

Silo sei das 2 Kön. 2, 1. und 4, 38. genannte Gilgal (s. unten). — 2. Nördlich an derselben Straße Antipatris, jetzt Kefr Saba, in schöner Ebene von Herodes dem Großen erbaut und nach seinem Vater Antipater genannt, die Stadt, über welche Paulus von Jerusalem nach Cäsarea gebracht wurde (Ap.Gesch. 21, 31.) — 3. Cäsarea, mit dem Beinamen Palästina oder Palästinä, zum Unterschied von Cäsarea Philippi an der Baniasquelle des Jordan, am Meer zwischen Joppe und Dor gelegen, deßwegen auch Cäsarea maritima genannt, früher Stratonis turris, d. h. Stratons Burg, heutzutag Kaisariyeh, ein unbedeutender Hafenort, der den Phöniziern gehörte, bis Herodes der Große hier eine neue Hafenstadt gründete, die er durch zwölfjährige Bauten zu einer Prachtstadt mit zwei Häfen erhob und der er zu Ehren des Cäsar Augustus den Namen Cäsarea gab. Zu der Apostel Zeiten war sie ein wichtiger Mittelpunkt zur Verbreitung des Evangeliums. Philippus wohnte hier und predigte in allen Städten am Meer von Asdod bis Cäsarien (Ap.Gesch. 8, 40. 21, 8.). Paulus gieng über Cäsarea nach Tarsen (9, 30.). Petrus gieng von Joppe nach Cäsarea zu dem gottesfürchtigen Hauptmann Cornelius (10, 1. ff. 11, 11.). Herodes Agrippa I. wurde hier vom Engel des Herrn geschlagen und starb in dem Palast, den sein Vater erbaut hatte, einen gräßlichen Tod (12, 19. ff.). Als Paulus aus Griechenland nach Palästina zurückkehrte, fand er in Cäsarea schon eine evangelische Gemeinde, die er begrüßte (18, 22.). Als er von Tyrus und Ptolemais dahin zurückkam, kehrte er im Haus des Evangelisten Philippus daselbst ein (21, 8.). Zum vierten Mal ward er vom Oberhauptmann Lysias durch eine reisige Schaar gefangen zum Landpfleger Felix nach Cäsarea gebracht (23, 23. ff.) und mußte zwei Jahre unter Felix und Festus, welche als römische Landpfleger schon damals in Cäsarea ihren Sitz hatten, da bleiben (Kap. 24—26), während welcher Zeit er vor Festus und vor dem König Herodes Agrippa II. und seiner Gemalin Berenice verhört wurde (25, 13. ff.). Nach der Zerstörung Jerusalems war Cäsarea etwa vier Jahrhunderte lang Hauptstadt Palästinas; der Bischof von Jerusalem stand unter dem von Cäsarea. — 4. Dor oder Naphoth Dor, heutzutag Dandora oder Tantura, eine Stadt, welche neben Gilgal (s. oben) als von Josua besiegte Kanaaniterstadt aufgeführt wird (Jos. 12, 23. 11, 2.) und wo Salomo einen seiner 12 Amtleute hatte (1 Kön. 4, 11.). Es müssen aber zweierlei Dor unterschieden werden: die Landstadt Naphoth Dor, zum Reich Israels gehörig, und die Seestadt Dor, jener nahe vorliegend, eine von den Phöniziern bewohnte kleine Stadt, wie überhaupt an der ganzen palästinensischen Küste eine Reihe solcher mit den nahen Landstädten gleichnamigen Seestädte, z. B. Gaza, Askalon, Asdod, Jamnia lag, welche im Besitz der Phönizier blieben. Der Ort verdankt wahrscheinlich der Purpurfischerei seine Entstehung, welche hier von den Phöniziern getrieben wurde. Das klippige Gestade ist nach den Berichten von Reisenden hier auch jetzt noch reich an Purpurmuscheln; aber die alte Industrie der Purpurfischerei und Purpurbereitung ist längst durch andere Surrogate verdrängt worden, namentlich durch die viel wohlfeilere Cochenille. In alten Zeiten war der Purpur eine große Kostbarkeit, die nur etwa Perserkönige, römische Imperatoren, Senatoren und andere Reiche bezahlen konnten; denn es mußte eine unendliche Menge von Purpurmuscheln gefischt werden, um den Purpur zu erhalten, der in einem sehr kleinen, nicht einmal erbsengroßen Saftgefäß des Thierchens sich befindet. Die älteste Spur der Purpurfischerei in dieser Gegend findet sich im Segen Mosis über Sebulon und Isaschar (5 Mos. 33, 19.), wo es heißt: „sie werden die Menge (d. h. den Reichthum) des Meers saugen und die versenkten (d. h. verborgenen) Schätze im Sande," was den Gewinn andeutet, der den dortigen Bewohnern durch die Bereitung des Purpurs aus der Meeresmuschel und des Glases aus der Schmelzung des Sandes zu Theil werden sollte. Dr. Roth fand in Jaffa die Purpura patula, eine Schnecke, die einen grünlichen Saft von sich gibt, der im Sonnenschein eine Purpurfarbe annimmt, die offenbar der blaue Purpur der Alten ist (sie hatten einen blauen und rothen Purpur. Luther übersetzt statt blauer Purpur „gele Seide", z. B. 2 Mos. 25, 4. und a. a. O.). Zwischen Sur und Saida findet sich Murex trunculus in großer Menge, dessen Farbe lebhafter als die der Purpura patula ist. Ein einziges dieser Thiere ist hinreichend, einen Quadratzoll Zeug zu färben, während dazu 5 Thiere der Purpura patula erforderlich sein würden.

## Zweiter Abschnitt.

# Samaria.

Das Hochland von Judäa setzt in der Landschaft Samaria ohne Unterbrechung fort. Letztere erstreckt sich nordwärts bis zur Ebene Jesreel und bis zum Gebirgszug des Karmel; gegen Westen war die Ebene Saron ihre Grenze, wiewohl es zweifelhaft sein mag, ob nicht auch diese theilweise dazu gehörte. Gegen Osten fällt sie hoch und steil ins tiefe Jordanthal ab. Gegen West und Ost ist sie von engen, tiefen und romantischen Thälern durchfurcht. Die Erhebung des Bodens über dem Meer ist geringer als in Judäa und sinkt gegen Norden zu immer mehr herab. Nablus liegt 1568, Samaria 926, der Gipfel des Karmel 1500, Dschenin am Eingang der Ebene Jesreel 514 Fuß über dem Meeresspiegel, indeß die höchsten Punkte immerhin noch mit den Höhen um Jerusalem wetteifern. Der Garizim z. B. ist 2398, der Ort Sindschil 2520 Fuß hoch. Man kennt die Landschaft nur wenig, da sie von den Reisenden gewöhnlich nur in ihrer Mitte auf der schon öfter erwähnten großen Hauptstraße von Jerusalem nach Damaskus durchzogen worden ist. Josephus schildert sie als quellenreich, fruchtbar, besonders an Obst, sie habe gute Waide, gutes milchreiches Rindvieh und sei sehr bevölkert. Die Gegend um Sichem gehört zu den reizendsten, fruchtbarsten, angebautesten von ganz Palästina. Berge und Thäler, Brunnen und Quellen, gesegneter Boden, reine Lüfte, fruchtbare Regen, Fruchtreichthum durch den größten Theil des Jahrs zeichnen diesen Landstrich aus. Kein Thalwinkel ist unbenutzt, alles ist bevölkert; an den steilsten Felswänden steigen die Mauerterrassen empor, die mit Feigen, Olivenhainen, traubenreichen Weinbergen beschattet sind, vom Fuß bis zum Gipfel der Berge. Wo Felder sich zeigen, stehen Baumwolle, Hirse, Hülsenfrüchte, Leinsaat, Korn. Alles gedeiht in überschwänglichem Segen und der Ertrag des Landes ist sehr bedeutend. Die Einwohner sind die wohlhabendsten in Palästina und würden im Eden des

Orients leben, wenn hier Sicherheit des Eigenthums wäre. Der Bauer in Palästina führt ein elendes Leben unter den beständigen Plackereien seiner Beherrscher. Die Paschas fordern unerschwingliche Abgaben, oft zwei Drittel der Aernte; türkische Soldaten und Beduinen plündern ihn; mit der Flinte in der Hand muß er säen, das Geärntete in Höhlen verstecken. Am leidlichsten ist übrigens noch das Loos des Bewohners Samarias wegen der Unzugänglichkeit der Landschaft. Rings um dieselbe sind über alle Beschreibung beschwerliche Wege, durch sie führt keine Heerstraße; sie ist wegen der Nähe Jerusalems, des gemeinsamen Anziehungspunkts, weniger besucht, gegen Süden gesicherter und im Norden durch die große Straße von Damaskus zum Meer, die alle Welthändel von ihm ableitet, geschützt. In frühester Zeit, da Jerusalem noch nicht erbaut war, gieng vom Gebirg Gilead her ein Karawanenzug durch die Berge von Sichem die Küstenebene hinab nach Aegypten, wie wir aus Josephs Geschichte sehen, welcher an eine hier durchreisende ismaelitische Handelskarawane verkauft wurde.

Bei der Theilung des Landes unter Josua erhielt im Norden der halbe Stamm Manasse, im Süden der Stamm Ephraim sein Loos; dieser besaß den größeren Theil des späteren Samaria; aber auch Isaschar hatte noch Theile davon inne. Nach der Wegführung der zehn Stämme in die assyrische Gefangenschaft durch den König Salmanasser schickte dieser heidnische Kolonisten aus Babel, Kutha, Ava, Hamath, Sepharvaim ins Land (2 Kön. 17 und 18), die nun mit den alten, noch zurückgebliebenen israelitischen Einwohnern in Verbindung traten und so zu einem gemischten Volk wurden, welches von der früheren Heimath Kuthäer, von der neuen Niederlassung Samariter genannt wurde. Sie brachten ihren Götzendienst mit, nahmen aber auch die Verehrung des Landesgottes an (2 Kön. 17, 27—41.). Indeß wurde dieses Mischlingsvolk als ein heidnisches von den Juden verachtet. Diese Verachtung steigerte sich zum unversöhnlichen Haß, als Serubabel den Samaritern verweigerte, am Bau des Tempels Theil zu nehmen (Esra 4, 1—3.). Hierauf erbaute ein abgefallener jüdischer Priester, Namens Manasse, welcher wegen seiner Heirath mit der Tochter Saneballats, des persischen Statthalters zu Samaria, des Priesterthums entsetzt worden war, einen Tempel auf dem Berg Garizim und ward Priester in demselben. Gleich der Fledermaus in der Fabel gaben sich die Samariter das eine Mal für Juden, das andere Mal für Heiden aus, je nachdem das eine oder das andere ihnen Vortheil versprach. Von dem Haß der Juden gegen sie kommen manche Belege im Neuen Testament vor, z. B. Joh. 4, 9. 27. Luc. 9, 52. Noch heutzutage wohnen Samariter in Nablus (Sichem). Sie leiten ihren Ursprung von den sechs auf dem Berg Garizim segnenden Stämmen ab (5 Mos. 27, 12.), indem sie 2 Kön. 17, 24. verwerfen und behaupten, sie seien bei der assyrischen Gefangenschaft zurückgeblieben; ihre Physiognomie ist aber nicht jüdisch. Die Juden werden von ihnen heute noch gehaßt. Vom Alten Testament nehmen sie nur die 5 Bücher Mosis an, von welchen sie ein Manuscript besitzen, das von Abisua, dem Enkel Aarons (1 Chron. 7, 4.) geschrieben und 3460 Jahre alt sein soll. Sie beobachten genau das mosaische Gesetz, bringen Opfer und halten streng den Sabbath. Viermal im Jahr, an den hohen Festen, ziehen sie in Procession auf den Garizim, beim Gebet wenden sie ihr Angesicht gegen denselben. Noch jetzt erwarten sie den Messias nach 5 Mos. 18, 15., sie glauben, er werde Prophet und König, aber ein bloßer Mensch sein, der wie Moses 120 Jahre leben und zu Nablus über die ganze Welt herrschen soll.

---

Erstes Kapitel.

## Das Land südlich von Sichem.

Durchwandern wir nun die Landschaft Samaria auf der viel bewanderten Route der Damaskusstraße, um die biblisch wichtigen Orte rechts und links von derselben kennen zu lernen. Der nördlichste Punkt der Straße, bis zu welchem wir von Jerusalem aus bereits gelangten, war Beitin oder Bethel (s. oben S. 176). Setzen wir von da unsern Weg gegen Norden fort, so erreichen wir in 3/4 Stunden Ain Yebrud, westlich vom alten Ophra. Noch weiter westlich liegt der Ort Dschifna, früher Gophna, vielleicht das alttestamentliche Ophni (Jos. 18, 24.).

Er liegt 4 starke Stunden von Jerusalem im Anfang des Wady Belat (zum Nahr Audscheh), wo sich dieser in eine kleine, aber sehr fruchtbare Ebene ausbreitet, die von höheren Bergen umgeben ist. In der Nähe treten wieder die ersten Buschwäldchen auf und die Landschaft bekommt überhaupt ein lieblicheres Aussehen, als sie bisher in dem öderen, nackteren Judäa hatte. Der Ort hat eine Quelle mit fließendem Wasser. Die Umgegend ist ungemein gesegnet, die Bergseiten sind reichlich bedeckt mit Oelbäumen und Weingärten, mit Feigenbäumen und andern Obstgärten, die Aepfel, Birnen, Granaten, Aprikosen, Wallnüsse im Ueberfluß geben. Um einen Wallnußbaum liegen die Trümmer von dem Umkreis einer alten christlichen St. Georgskirche. Noch weiter, etwa 2 Stunden, im Nordwesten liegt ein Ort Tibneh, bei dem sich ein sanfter Berg mit Ruinen und Grundmauern einer einst großen Stadt erhebt. Im Süden davon ist ein viel höherer Berg, an dessen Nordseite mehrere Höhlengräber sich zeigen, ähnlich den Königsgräbern (Grab der Helena) zu Jerusalem. Dieses Tibneh ist das alte Thimnath Heres oder Thimnath Serach auf dem Gebirg Ephraim an dem Berge Gaas, das die Kinder Israel Josua, dem Sohn Nun, zum Erbtheil gaben und wo sie ihn auch begruben in den Grenzen seines Erbtheils (Jos. 19, 49. 50. 24, 29. 30. Richt. 2, 8. 9.); zu unterscheiden von dem Thimnath im Stamm Dan bei Bethsemes, welches die Heimath von Simsons Weib war (s. oben S. 183).

Kehren wir auf die Nablusstraße zurück, um auf ihr nordwärts vorzudringen, so ist der nächste Punkt, den wir beachten, der Ort Dschibia, welcher wahrscheinlich das Gibea des Pinehas auf dem Gebirg Ephraim ist, wo dessen Vater Eleasar, der Sohn Aaron, starb und begraben ward (Jos. 24, 33.). Weiterhin folgt Sindschil, einer der höchsten Punkte des Gebirgs Ephraim, 2520 Fuß ü. d. M., auf hohem Uferrand wohl 200 Fuß über dem Boden eines zum Nahr-Audschehsystem gehörigen Wady stehend. Der Weg von Jerusalem hieher beträgt 8 Stunden. Von hier aus werden die Berge weniger hoch und steil, weniger nackt, die Thäler dehnen sich in fruchtbare Ebenen oder grüne bebaute Becken aus, die meist von Ost nach West sich erstrecken. Westlich von da liegt Dschildschilia, nahe am westlichen Rand des Gebirgs, mit weiter Aussicht über die große und niedere Küstenfläche im Westen, so wie gegen Osten bis auf die Berge von Gilead jenseit des Jordan. Von hier aus genießt man den ersten Anblick des prachtvollen Hermon. Dieß ist vielleicht jenes Gilgal, welches 5 Mos. 11, 30. genannt ist und bei welchem Josua sein Lager aufgeschlagen hatte, als die Gibeoniten zu ihm kamen (Jos. 9, 6.).

Auf der andern Seite der Hauptstraße, eine halbe Stunde im Nordosten von Sindschil, liegt der Ruinenort Seilun, von lieblich grünenden Thälern umgeben, das alte Silo. Robinson und Wilson haben diesen wichtigen Ort zuerst wieder entdeckt und seine Lage stimmt ganz mit der Beschreibung Richt. 21, 19. überein; denn er liegt „nördlich von Bethel, gegen Sonnenaufgang von der Straße, die hinaufführt von Bethel gen Sichem und mittäglich von Libona“. Die Hauptruine des zerstörten Orts liegt auf einem kleinen Tell, der durch einen tiefen Wady von einem höheren Berg im Norden getrennt und trefflich zur Vertheidigung geeignet ist. In der Nähe springt aus dem Fels eine schöne Quelle, die in einen 8—10 Fuß tiefen Brunnen abläuft. Hieher war also Josua von Gilgal heraufgezogen und hatte hier die Bundeslade mit der Stiftshütte aufgerichtet; hier ward die Vertheilung des noch übrigen Landes beendigt (Jos. 18, 10.). Hier verlebte Samuel seine Jugend und ward vom Herrn berufen (1 Sam. 3, 20—31.). Hier war das Jahresfest, an welchem die noch übrigen Benjaminiten die Töchter Silo, die heraus im Reigen zum Tanz giengen, ergriffen und als ihre Frauen heimführten (Richt. 21). Der Name Silo heißt Ruhe; er wurde dem Ort erst von Josua gegeben, vielleicht damals, als er hier die zweite Vertheilung des Landes vornahm und die Stiftshütte aufrichtete; denn nun war ja das Volk zur Ruhe gebracht (5 Mos. 12, 9. 10.), und auch der Herr hatte nun den Ort erwählt, wo er unter seinem Volk ruhen und wohnen wollte. Doch „um der Bosheit willen seines Volks“ ließ der Herr von Eli's Tagen an diesen Ort seiner Wohnung „fahren“ und machte ihn zum Exempel des Strafgerichts (Ps. 78, 60 ff. Jerem. 7, 12. ff. 26, 6. 9.).

Von Seilun steigt der Wady durch eine tiefe, enge Bergkluft gegen Westen hinab. Bald kommen wir zum Khan el Lubban, in dessen Nähe viele ausgehöhlte Felsgräber sich befinden. Auf der felsigen Anhöhe liegt das Dorf Lubban, wahrscheinlich das alte Libona (Richt. 21, 19.). Hier haben wir wieder die Straße erreicht. Verfolgen wir diese noch etwa eine Stunde nordwärts, so öffnet sich uns auf dem Hochrücken bei einer Thurmruine neben dem Dorf Yitma der erste Blick auf das Gebirge Samarias und auf die große und fruchtbare Ebene Mukhna, welche in welligen Linien und sanften, lieblich grünenden Anschwellungen ein paar Stunden weit zwischen hohen Bergzügen malerisch bis Nablus sich hinabzieht. Die vielgipfligen Berge von Nablus liegen hier in ihrer ganzen Schönheit dem Auge vor und der Garizim, mit einem Wely (Grabmal eines muhamedanischen Heiligen) auf seinem höchsten Punkt geziert, krönt sie gegen Norden. Südwestlich vom Garizim erhebt sich der Berg Zalmon, d. h. der Schattige, mit dichtem Wald bewachsen, auf welchem Abimelech, der Sohn Gideons, und seine Leute Baumäste abhieben, um damit den Thurm zu Sichem in Brand zu stecken (Richt. 9, 48.). Heutzutag heißt er Dschebel Sleimann. Jenseit des Garizim und des Thals von Nablus steigen die schroffen Höhen des Ebal empor. Die Abhänge am Südende der Mukhnaebene sind durch Gesträuch von Cistusrosen verschönt, die tieferen, $^1/_2$ bis $^3/_4$ Stunden breiten Thalgründe mit den herrlichsten Saatfeldern, Hirsefeldern und Waizenfluren grün und gelb geschmückt. Die Mukhnaebene mündet in das engere Thal, das zwischen dem Garizim und Ebal liegt. Ihren Namen Mukhna, welcher s. v. a. Lager bedeutet, hat die Ebene wahrscheinlich daher, weil in ihr, und zwar an ihrem nördlichen Ende, die Lagerstätte der Patriarchen war, jener Hain More, in welchem Abraham zuerst sich niederließ, als er aus Mesopotamien ins Land Kanaan zog (1 Mos. 12, 6.). Hier, doch schon in der Mitte des verengten Thals, in welchem Nablus liegt, steht ein kleines weißes Gebäu in der Form eines Wely, Josephs Grabmal genannt (Jos. 24, 32. Ap.Gesch. 7, 16.), und 2—300 Schritt südlich davon, näher am nordöstlichen Fuß des Garizim, zeigt man den alten Jakobsbrunnen, auch Brunnen der Samariterin genannt, auf welchen Jesus sich setzte, da er müde war von der Reise und der Samariterin lebendiges Wasser verhieß (Joh. 4, 5. ff.). Er liegt $^1/_2$ Stunde östlich von der Stadt Nablus, woraus zu schließen ist, daß das alte Sichem sich weiter gegen Osten ausgedehnt habe, als das heutige Nablus, und dieß wird auch durch die dicken, noch umherstehenden Mauerreste bestätigt. Der Brunnen trägt Zeichen hohen Alterthums, ist jetzt noch 75 Fuß tief, hat aber nicht zu jeder Jahreszeit lebendiges Quellwasser. Er war früher mit einer großen Kirche überbaut, von welcher der Gewölbbogen, der sich gegenwärtig über der Oeffnung befindet, wohl ein Ueberrest ist.

Gegenüber vom Jakobsbrunnen, auf den niederen Vorhöhen gegen Nordosten, liegen drei Dörfer, darunter eins, das den Namen Salim trägt, von welchem auch ein Stamm der dortigen Einwohner den Namen Beni Ssalem hat. Hier hat sich also noch der alte Name der Stadt Salem, der Stadt des Sichem, erhalten, zu welcher Jakob aus Mesopotamien nach Kanaan zog (1 Mos. 33, 18.).

Vom Jakobsbrunnen geht es im engen Thal zu einer reichen und schönen Quelle mit Wasserbehältern in einer Gartenanlage, die jedoch ohne Bäume ist, von dieser durch einen Olivenhain, jenseits dessen die Stadt Nablus sich ausbreitet. An ihrer nördlichen Seite senkt sich plötzlich ein ungemein fruchtbares Thal mit schwarzer Dammerde nach Westen hinab, ein herrliches Gemüsefeld und schöner Obstgarten, reich bewässert von frischen Quellen und Strömen, wie ein fremdartiges bezaubertes Bild, dem nichts ähnliches in Palästina zu vergleichen ist.

Die Stadt Nablus, oder richtiger Nabulus, welcher Name aus dem Namen Neapolis oder Flavia Neapolis entstanden ist, den die Römer der Stadt gaben, in der Bibel Sichem oder auch Sichar (Joh. 4, 5.) genannt, 18 Stunden von Jerusalem entfernt, dehnt sich in einem etwa 1600 Fuß hoch gelegenen, 150 bis 500 Schritt breiten, mit Aprikosen, Pfirsichen, Granaten, Oliven, Rosen und Myrthen bepflanzten, brunnenreichen Thal längs dem Nordost-Fuß des Garizim zwischen diesem und dem Ebal in ziemlicher Länge nach Westen hin aus. Sie liegt auf einem zwei entgegengesetzte Thäler von einander trennenden Sattel, von welchem die Wasser einerseits gegen Osten in dem sichelförmig nach Nordosten sich wendenden Wady Bidan und Wady Fâria zur Jordanebene, andererseits gegen Westen zum Mittelmeer abfließen. Ihre weißen Häuser sind hoch und gut von Stein gebaut, mit Kuppeln auf den Dachterrassen, eine

Anzahl Moscheen mit ihren Minarets und eine christliche Kirche ragen über sie empor. Die Stadt hat 8000 Einwohner, darunter etwa 500 griechische Christen, 150 Samaritaner und ebenso viele Juden, das übrige Muhamedaner. In neuester Zeit hat sich auch eine evangelische Gemeinde mit einer Schule hier gebildet, die mit dem evangelischen Bisthum in Jerusalem in Verbindung steht. An der Nord- und Südseite steigen, an 800 Fuß über die Stadt, die steilen Gebirgswände des Ebal und Garizim empor, meist nackt und unfruchtbar, nur mit einzelnen Oelbäumen hie und da besetzt, doch die Ebalwand dürrer als die des Garizim, weil sie der Sonne mehr zugekehrt, also von ihr verbrannter ist, die des Garizim lieblicher bewachsen, da sie die Schattenseite gegen Norden bildet. Der Garizim, an welchem die Stadt und die mit vielen grünumrankten Gartenhäuschen gezierten Gärten der Stadt in Terrassen aufsteigen, trägt auf seiner Höhe ein weit gegen West und Südwest sich erstreckendes Tafelland und gewährt eine Aussicht, welche von der, die Jerusalems öde und ernste Umgebung darbietet, ganz verschieden ist. Alles ist weit grüner und anmuthiger; gegen Süd und Südwest, auf das Gebirg Ephraim, fällt der Blick überall auf einen kulturfähigeren Boden. Gegen Nordost erblickt man den fernen, schneeigen Hermon.

Hier nun fand jene großartig feierliche Handlung statt, welche Jos. 8, 30. ff. beschrieben ist. Als Josua Ai erobert und zerstört hatte, zog er mit dem Volk nordwärts und baute dem Herrn einen Altar auf dem Berg Ebal und opferte dem Herrn Brandopfer und Dankopfer. Sofort verpflichtete er der Vorschrift Mosis (5 Mos. 27, 11. ff.) gemäß das ganze Volk auf das Gesetz, das er zuvor auf Steine geschrieben hatte. Die Bundeslade stand im Thal, zunächst von den Priestern umgeben, das Volk aber mit seinen Hunderttausenden an den Terrassen des Garizim und Ebal hinauf, dort 6 Stämme und hier 6 Stämme. Während nun das Gesetz vorgelesen und die einzelnen Segenssprüche und Flüche ausgerufen wurden, antworteten die am Garizim zu den Segenssprüchen, die am Ebal zu den Flüchen jedesmal mit einem weithin schallenden, donnernden Amen.

Sichem ist eine der ältesten Städte des Landes. Abraham schlägt hier im Hain More bei der Stadt sein erstes Lager auf dem Boden des ihm verheißenen Landes auf (1 Mos. 12, 6.), auch Jakob wohnte da und kaufte ein Stück Ackers von den Kindern Hemor (1 Mos. 33, 18. 19.), das er später an Joseph vermachte (48, 22.), der auf demselben begraben ward (Jos. 24, 32.). Hieher ward Joseph zu seinen Brüdern von Jakob geschickt (1 Mos. 37, 12—14.). Josua theilte die Stadt dem Stamm Ephraim zu (Jos. 21, 20. 21.), machte sie nebst Kedes und Hebron zu einer Freistatt für Todtschläger (20, 7.); auch wurde sie zu Lebzeiten Josuas als Levitenstadt (21, 21.) der Vereinigungspunkt aller Stämme, wo Josua seine letzten Reden hielt (24, 1. ff.). In der Richterzeit eroberte und zerstörte der Usurpator Abimelech die Stadt, die sich gegen ihn empörte (Richt. 9). Rehabeam hielt hier jenen Landtag, wo er jene harte Antwort ertheilte, welche Veranlassung zur Trennung des Reichs gab (1 Kön. 12, 1—17.). Jerobeam baute sie auf und machte sie zu seiner Residenz (1 Kön. 12, 25.). Saneballat baute zur Zeit Alexanders des Großen den Tempel auf Garizim, den, etwa 200 Jahre nachher, Johannes Hyrkanus zerstörte. Dieser stand also nicht mehr, als die Samariterin am Jakobsbrunnen, auf den nahen Garizim deutend, sagte: „unsere Väter haben auf diesem Berge angebetet" (Joh. 4, 20.).

---

Zweites Kapitel.

## Das Land nördlich von Sichem.

Die von uns bisher befolgte Hauptstraße geht von Sichem aus gerade nordwärts am Ebal vorbei. Wir verlassen dieselbe, um das drei Stunden nordwestlich von Sichem gelegene alte Samaria zu besuchen. Der Weg zieht im obern Wiegenthal des Nahr Audscheh, welches von dem Sattel, auf welchem Sichem liegt, sich westnordwestlich gegen das Mittelländische Meer absenkt, den Fuß des Garizim und Ebal entlang abwärts. Das Thal ist reichlich von Ortschaften belebt, voll von Mühlen, und bildet mit seinen Olivenhainen, Gärten, Feldern und Fluren in manchfaltigster Abwechslung und Frische eine der schönsten und anziehendsten Landschaften von ganz Palästina, zumal wenn das dunkle Grün der Belaubung und der Vegetation hier wegen des Wasserreichthums selbst im Sommer doch immer noch sehr sich gegen die versenkten und schon fahl gewordenen umgebenden Fluren hervorhebt. Schon der Prophet Hosea (9, 13.) erkannte diese Schönheit, wenn er sagt: „Ephraim, als ich es ansehe, ist gepflanzt und hübsch wie Tyrus." Nach etwa 1½ Stunden verläßt man das Thal, steigt nordwärts mehr bergan und hat nun den Berg von Samaria vor sich, der in seiner schönen, rundangeschwellten und isolirten Gestalt mitten in einem großen Becken von 2 Stunden Durchmesser sich darstellt. Berge und Thäler umher sind meist urbar, angebaut und von vielen Dörfern und fleißigen Anbauern belebt. Die Lage der alten Hauptstadt ist dominirend, wenn sie gleich von noch höheren Bergen umgeben ist.

Samaria, von den Hebräern Schomron, später von den Römern Sebaste, heutzutag Sebustieh genannt, liegt in der Mitte des östlichen Abhangs des eben genannten Berges auf einer schmalen Terrasse, 926 Fuß über der Meeresfläche. Das zuerst in die Augen fallende ist die Ruine der Kirche Johannis des Täufers, welche frappant über dem steilen Rand des Abfalls hervorragt. Der ganze Berg, dessen Höhe ein prachtvolles Panorama weit und breit und bis zur Silberfläche des Mittelmeers hinüber entfaltet, ist fruchtbar, bis oben hinauf bebaut, alles beackert, und es ist kein Rest der alten Schomron mehr zu sehen; nur von den Prachtbauten, mit denen Herodes der Große die Stadt verschönerte, ist noch ein Ruinenhaufen und etwa 80 aufrecht stehende Kalksteinsäulen nebst vielen umgestürzten mitten auf beackerten Feldern zu sehen. So ist die Weissagung des Propheten Micha (1, 6.) in Erfüllung gegangen: „Und ich will Samaria zum Steinhaufen im Felde machen, die man um die Weinberge legt, und will ihre Steine ins Thal schleifen und zu Grunde einbrechen." Die Stadt wurde von dem israelitischen König Amri erbaut und zur Residenz erhoben (1 Kön. 16, 24. 29. 20, 1. 43.), war in verschiedenen Perioden Hauptsitz des ephraimitischen Baalscultus (1 Kön. 16, 31. ff. 2 Kön. 10, 18. ff. Jerem. 23, 13.). Als Hauptstadt des Reichs Ephraim steht sie bei den Propheten in Parallele mit Jerusalem (Ezech. 16, 46. ff. Amos 6, 1. Micha 1, 1.). Hier war die Theurung zu Elias Zeit (1 Kön.

18, 2.). Die Stadt wurde zweimal, unter Ahab und Joram, von den Syrern belagert (1 Kön. 20. 2 Kön. 6, 24. ff. 7, 6. ff.), von dem assyrischen König Salmanassar erobert (2 Kön. 17, 5. f. 18, 9. 10.). Der Kaiser Augustus schenkte sie Herodes dem Großen, der sie verschönerte, durch eine Colonie Veteranen um 6000 Einwohner vermehrte und dem Augustus zu Ehren Sebaste (d. i. Augusta) nannte. Jetzt befindet sich an ihrer Stelle ein unbedeutendes Dorf.

Der bedeutendste unter den Wadys, die das Tafelland nördlich von Sichem gegen Osten zur Jordanebene durchsetzen, ist der Wady Fâria. Robinson, der ihn in seinem obern Theil nordöstlich von Tulluzah (s. unten) betrat, sagt: „Das Hauptbett der Fâria war hier eine enge Schlucht zwischen steilen Felsenwänden und das Bett selbst so ungeheuer groß, daß man daraus sieht, welche Massen von Wasser zu Zeiten hier herabkommen. Wir kamen an eine dick hervorsprudelnde Quelle, Namens Ras el Fâria. Sie schickt einen gar schönen Bach das Thal hinab, und das Wasserbett war jetzt mit Oleandern eingefaßt, die in Blüthe standen. Weiter unten nach dem Ghôr hin soll es deren noch viel mehrere und größere geben. An einer Stelle verschwand der Bach gänzlich und brach dann ¼ Stunde davon größer, als weiter oben, wieder hervor. Die Felsenwände des Thals senkten sich nach und nach, mehr und mehr Gras zeigte sich darauf, und der Wady wird in diesem Theil zu einem tiefen Kanal, der durch die reiche, erhöhte und angebaute Ebene oben läuft." In einem Seitenwady, der von Nordwest herabkam, fand Robinson auch einen schönen Wasserstrom und eine Mühle. „Nirgends," setzt er hinzu, „selbst nicht in Nablus, hatte ich noch solche herrliche Wasserbäche gesehen." Das Becken der Fâria wird mit Recht als eine der fruchtbarsten und werthvollsten Gegenden von Palästina betrachtet. Sie hat überall das üppigste Waideland, wo sie nicht mit Waizenfeldern bedeckt ist. Und doch ist diese Gegend ohne Dörfer und meist den arabischen Stämmen der Masudy überlassen.

Auf der Südseite des obern Wady Fâria, etwa 2 Stunden im Osten von Samaria und ebensoweit im Norden von Nablus, liegt ein ansehnlicher Flecken, Namens Tulluzah, welchen Robinson geneigt ist, für die kanaanitische Königsstadt Thirza

(Jos. 12, 24.) zu halten, in der die Könige des Zehnstämmereichs von Jerobeam I. an residirten, bis Amri seinen Sitz nach Samaria verlegte, nachdem sein Vorgänger Simri sich sammt seinem Palast zu Thirza verbrannt, er selbst aber noch 6 Jahre daselbst regiert hatte (1 Kön. 16, 17—24.). Es gibt in der ganzen Gegend keinen andern Namen, der die mindeste Aehnlichkeit mit Thirza hätte, obwohl der Ort mit Ausnahme von Grabhöhlungen und Cisternen nichts von Alterthümern zu besitzen scheint. Der Flecken hat eine hohe stattliche Lage und ist von ungeheuren Olivenhainen umringt, mit denen alle Hügel umher bedeckt sind. Gegen Westen sieht man über das hohe Tafelland weg, das sich im Norden vom Berg Ebal ausbreitet, gegen Osten überblickt man den ganzen Distrikt, den die Fâria und ihre Zweigthäler entwässern, ein weites Stück pflüg- und fruchtbaren Landes, allein von Dörfern entblößt.

Setzen wir von Samaria aus unsern Weg gegen Nordost fort, so gelangen wir bei einem Dorf Dscheba, welches wohl die Lage irgend eines alten Geba oder Gibea, deren es viele gab, anzeigt, wieder auf die große Hauptstraße. Das samaritanische Land bleibt auch hier in seiner Schönheit und ausgezeichneten Fruchtbarkeit sich gleich, es ist überall mit Dorfschaften besetzt, die alle mit Olivenhainen umgeben sind. Bei dem Dorf Sanur, welches einige, wiewohl fälschlich, für Bethulia im Buch Judith halten, betreten wir eine schöne ovale Ebene, welche zur Zeit der Winterwasser einen großen See bildet. Von ihrem Winterschlamm wird sie Merdsch el Ghuruk, d. i. Ebene des Einsenkens, die überschwemmte Wiese, genannt. Seitwärts von ihr im Osten lag in einer köstlichen Ebene die Stadt Thebez, jetzt Tubas, an einer Salzquelle, wo Abimelech, der Sohn Gideons, durch einen Mühlstein erschlagen wurde (Richt. 9, 50—54. 2 Sam. 11, 21.). Besteigen wir jenseits der genannten Ebene die felsige Höhe, so werden wir durch eine prachtvolle Ansicht überrascht, die sich über die vorliegenden niederen Hügel hinweg zur großen Ebene Esdrelom und über diese hinaus bis zu den nordwärts dieselbe begrenzenden Bergen von Nazareth verbreitet. In einiger Entfernung gegen Westen von da, etwa 2 Stunden südwestlich von Dschenîn, erhebt sich ein Hügel, der noch jetzt den Namen Dothan führt. Es ist ein grüner, wohl markirter

Tell in einer herrlichen Ebene, mit einer Quelle an seinem Südfuß. Hier also war das alte langgesuchte Dothain oder Dothan, wo die Söhne Jakobs ihres Vaters Heerden waideten, wo sie ihren Bruder Joseph an Ismaeliten verkauften (1 Mos. 37, 17—36. 2 Kön. 6, 13. Judith 3, 9. 4, 6. 7, 3. 18.). Robinson, der den Ort wieder fand, bemerkt dazu: „wir erfuhren auch in Jabud (3—4 engl. Meilen nordwestlich vom Tell), daß die große Straße von Beisân und Zerîn (Jesreel) nach Ramleh und Aegypten noch immer durch die Ebene führt. Es ist daher leicht zu sehen, daß die Midianiter, an welche Joseph verkauft ward, von Gilead kommend (1 Mos. 37, 25.) unweit Beisân über den Jordan gesetzt hatten und auf dem gewöhnlichen Weg nach Aegypten weiter zogen. Es konnte für Josephs Brüder nicht schwierig sein, eine leere Cisterne zu finden, sich seiner darin zu versichern. Alte Cisternen sind auch jetzt noch sehr häufig an den Wegen und sonstwo. Es mag auch von Josephs Brüdern bemerkt werden, daß sie ohne Zweifel wohl mit den besten Waiden bekannt waren. Sie hatten eine Zeitlang für ihre Heerden in der Ebene Mukhna bei Sichem Nahrung gefunden und zogen nachher nach den noch reicheren Waiden um Dothan.“ Steigen wir von der erwähnten Höhe hinab, so erreichen wir durch schöne Olivenhaine und durch mehrere wohlbewässerte Thalgründe in kurzer Zeit die Stadt Dschenin (Ginäa), am Eingang der Ebene Jesreel, 515 Fuß über der Meeresfläche, auf der Grenze Samarias und Galiläas gelegen. Sie ist wohl das Engannim des Alten Testaments (Jos. 19, 21. 21, 29.). — Weiter gegen Nordwest liegen auf derselben Linie, d. h. am Rand der Ebene Jesreel, drei Orte, die wir noch namhaft machen. Der eine heißt heutzutag Taanuk, die alte kanaanitische Königsstadt Thaanach (Jos. 12, 21.), die zwar von Josua besiegt wurde, aber von dem Stamm Manasse, dem sie, obwohl im Bezirk Isaschar gelegen, zugetheilt wurde, nicht eingenommen werden konnte (Jos. 17, 11. Richt. 1, 27.), dann Levitenstadt wurde (Jos. 21, 25.). Unter Salomo ist die Stadt israelitisch und Sitz eines seiner 12 Amtleute (1 Kön. 4, 12.). Hier besiegte Barak die Könige der Kanaaniter (Richt. 5, 19.). Der andere, nordwestlich in der Nähe von Thaanach, ist Megiddo, bei den Römern Legio, jetzt Ledschun, gleichfalls eine kanaanitische

Königsstadt (Jos. 12, 21.), Sitz eines Rentbeamten Salomos (1 Kön. 4, 12.). Es liegt am Nahr Ledschun, einem Nebenfluß des Bachs Kison, der im Frühjahr 5 bis 6 Fuß breit ist und 3 bis 4 Mühlen treibt. Hier, am Wasser Megiddo, wurde Sissera, der Feldhauptmann Jabins, des Königs von Hazor, mit seinen Kriegswagen durch Barak in die Flucht gejagt, sein Heer erschlagen und ihre Leichen vom Bach Kison fortgeschwemmt, worüber Debora ihr Triumphlied sang (Richt. 5, 19.). Hier trat der König Josia dem Pharao Necho auf seinem Kriegszug zum Euphrat entgegen, wurde aber von den ägyptischen Bogenschützen verwundet, so daß er starb (2 Chron. 35, 20. ff. 2 Kön. 23, 29. f.), worauf sich die Todtenklage Sacharja 12, 11. bezieht. Der dritte Ort ist das alte Jakneam, dessen Lage wahrscheinlich durch den Tell Kaimôn am westlichen Ende der Ebene Jesreel, südlich vom Kison, am Südost-Fuß des Karmel bezeichnet ist. Einer der kanaanitischen Könige wohnte hier (Jos. 12, 22.), und die Lage ist bedeutend genug zu einer Königsstadt. Der Bach, der vor Jakneam fleußt (Jos. 19, 11.), kann kein anderer als der Kison sein. Sie war auch Levitenstadt (Jos. 21, 34. 1 Kön. 4, 12.).

Wir stehen hier am Nordost-Fuß des Karmel, der von den Arabern Dschebel Mar Elias genannt wird. Er trägt die Wasserscheide zwischen den Küstenflüßchen der Ebene Saron im Süden und dem Bach Kison im Norden, und bildete einst die Ostgrenze des Stammes Asser gegen den Stamm Isaschar (Jos. 19, 26.). Von manchen Reisenden ist der Name Karmel auf den ganzen, 8 bis 10 Stunden langen Gebirgszug übertragen worden, der als südliche Grenzgebirgswand der Ebene Jesreel von Dschenin aus gegen West und Nordwest bis zum Meer sich erstreckt; gewöhnlich aber wird nur das Nordwestende dieses Gebirgszugs, das hoch über dem Meer und der Mündung des Bachs Kison vorspringende Vorgebirg, so genannt. Und hier ist er uns auch nur näher bekannt. Unmittelbar am Südwestufer des Kison erhebt es sich in steilen, fast senkrechten Gehängen, welche ihm einen ernsten, feierlichen Anblick geben. Nirgends jedoch ist das Gestein nackt, überall mit reicher Vegetation, mit wohlriechenden Gewächsen und mit Gebüsch überkleidet, über welches da und dort hohe Eichenstämme hervorragen. Hier begegnet uns zum ersten Mal wieder vulkanisches Gestein, welches dann weiter gegen Nordost in der Ebene Jesreel, am Thabor und am Galiläer Meer fortsetzt. Ein mächtiger Basaltgang durchbricht den Jurakalk, der, wie überhaupt in Westpalästina, so auch am Karmel, die Hauptmasse des Gebirgs bildet, und ragt etwas über das Culturland hervor. Die Südwestgehänge des Karmel stufen sich sanfter in Terrassen zur Ebene Saron ab. Mit Recht trägt der Berg seinen Namen, welcher so viel als „Fruchtgefilde" bedeutet. Er ist mit üppigen Getraidefluren und grasreichen Waidetriften bedeckt, unten mit Lorbeer- und Olivenbäumen, oben mit Fichten- und Eichenwaldung bewachsen, und überall mit den schönsten Blumen: Hyazinthen, Jonquillen, Tazetten, Anemonen geschmückt. Darum gebrauchen ihn die heiligen Schriftsteller als Bild der Schönheit und Fülle. Jesajas (35, 2.), wo er von der Herrlichkeit der messianischen Zeit redet, verheißt der Wüste sogar den „Schmuck Karmels und Sarons". Das Hohe Lied vergleicht das Haupt der hohen Braut mit der erhabenen und lieblichen Gestalt des Karmelgipfels (7, 5.). Jeremias verheißt dem gefangenen Israel die Rückkehr zu seiner Wohnung, „daß sie auf Karmel und Basan waiden" (50, 19.). Auf der andern Seite wird Verödung und Vertrocknung des Karmel als schweres göttliches Strafgericht verkündigt (Jes. 33, 9. Amos 1, 2.). — Abendwärts bietet das Kap dem Meer eine abschüssige Steilküste zu, in welche mehr als tausend Höhlen theils durch Kunst, theils durch die Natur eingegraben sind. Sie waren vielleicht die Jos. 13, 4. genannte sidonische Höhlenstadt Meara (denn Meara heißt so viel als Höhle); später waren sie von Karmeliter (Barfüßer) Mönchen bewohnt, deren Schutzpatron Elias eine derselben, einen etwa 20 Schritte langen und über 15 Schritte breiten und hohen Saal, bewohnt haben soll, wo man keine andere Aussicht hat, als das grenzenlose Meer, und kein anderes Geräusch hört, als das Branden der Fluthen, die sich unaufhörlich an den Felsen des Kaps brechen. Zu Elias Zeiten unter Ahab und Isabel waren diese und andere Höhlen des Landes Zufluchtsstätten für die Gläubigen (1 Kön. 18, 4. 13.). Aber auch für Raubhorden und andere Verbrecher waren die Höhlen und Schluchten des Karmel, wie noch jetzt, unzugängliche Schlupfwinkel, weßwegen Jehovah durch den Propheten

Amos (9, 3.) über die Gottlosen seiner Zeit die drohenden Worte ausspricht: „und wenn sie sich gleich versteckten oben auf dem Berg Karmel, will ich sie doch daselbst suchen und herabholen.“ — Am Nordwestabhang des Berges liegt 582 Fuß über dem Spiegel des Mittelmeers ein im Jahr 1819 von den Türken zerstörtes, dann aber wieder neu erbautes Eliaskloster, welches schöner als irgend ein anderes in Syrien ist und eine europäisch bequeme, ja sogar vornehme Einrichtung besitzt zur Aufnahme auch von Gästen aus höheren Ständen. Auf der Spitze des Berges, die 12—1500 Fuß über dem Meer erhaben ist, genießt man eine weite und reizende Aussicht. Vor uns, so weit das Auge reicht, die Wasserfläche des Mittelmeers, mittagwärts zu unsern Füßen die in ihrem Blumenschmuck prangende Ebene Saron. Am anziehendsten ist der Blick nach Nord und Nordost: unmittelbar vor uns die Bucht von Akre, die Stadt selbst, bei der wir ihre Mauern und Gebäude und die Mastbäume der Schiffe im Hafen unterscheiden können, dann weiterhin die grünenden, zum Meer gegen Westen sich senkenden Gehänge des Libanon, mehr landein die schneebedeckten Gipfel des Libanon und Antilibanon, vor allem der Hermon, der majestätisch am fernen Horizont heraufsticht, das ihm vorliegende Hügelland Galiläas beherrschend.

Aber gleich dem majestätischen Hermon dort steigt am grauen Horizont ferner Vorzeit eine hehre Gestalt vor unsern Blicken auf. Es ist der Prophet Elias, welcher auf dem damals dem Baal geweihten Berge Heldenthaten des Glaubens verrichtet. Hier stand er im Angesicht des ganzen Israel und des götzendienerischen Ahab, ihm gegenüber die 450 Baalspriester, die den ganzen Tag vergebens schrieen: Baal erhöre uns, während auf sein Gebet das Feuer des Herrn vom Himmel fällt, das Brandopfer, Holz, Steine und Erde frißt und das Wasser in der Grube aufleckt, so daß das ganze Volk auf sein Angesicht fällt und ruft: „der Herr ist Gott, der Herr ist Gott!“ Von hier führte er sodann die Baalspriester an den Bach Kison hinab und schlachtete sie (1 Kön. 18.). Von hier aus sah sein Knabe eine Wolke aus dem Meer aufsteigen, wie eines Mannes Hand, und ehe man zusah, war der Himmel schwarz von Wolken und Wind und kam ein großer Regen (1 Kön. 18, 41—46.). Van de Velde hat mit großer Wahrscheinlichkeit den Ort des Opfers entdeckt. Es ist nicht die äußerste Spitze des Caps, sondern eine etwas über 2 Stunden südöstlich landeinwärts gelegene Felsenhöhe, die in ihrem heutigen Namen noch eine Erinnerung an die wunderbare Begebenheit zu bewahren scheint, deren Schauplatz sie einst war. Sie heißt heutzutag el Mohraka, d. h. verbrannter Ort. Es befindet sich auf ihr eine Ebene von nicht sehr großem Umfang, die ganz mit altem knorrigem Baumwuchs und dichtverwachsenen Sträuchern bedeckt ist, in der Mitte eine Ruine eines länglich viereckigen Gebäudes. Einen besseren Platz, als diese Höhe, um deren sanfte Abhänge die Tausende aus Israel geschaart standen, kann man sich kaum vorstellen. Nach der esdrelomschen Ebene zu fällt der Fels in einer beinahe lothrechten Wand von mehr als 200 Fuß plötzlich ab. Dort war also kein Raum für die zuschauende Menge; dagegen aber macht jene Wand diesen Punkt von der ganzen Ebene aus und von allen umliegenden Bergen her sichtbar, so daß diejenigen, die zurückgeblieben und nicht auf den Karmel hinaufgestiegen waren, auch in großer Entfernung Zeugen des himmlischen Feuers sein konnten. Aber von wo hat Elias so viel Wasser bekommen, um es in Eimern über das Opfer und den Altar zu gießen, so daß die Grube davon voll wurde, in einer Zeit, wo nach einer dreijährigen Dürre alle Flüsse und Bäche des Landes vertrocknet waren (1 Kön. 18, 1—6.)? Vom Meer her kann das Wasser nicht geholt worden sein wegen der großen Entfernung (es war unmöglich, in einem Nachmittag vom Altar zum Strand hin und her zu gehen und zwar dreimal, v. 34.). Und an der Seeseite kann der Ort, wo Elias opferte, nicht gewesen sein; denn es mußte ein Punkt sein, wo Elias so nahe an dem damals vertrockneten Bach Kison war, daß er die Baalspriester hinabführen und schlachten konnte und wieder auf den Berg steigen und um Regen bitten, alles in dem kurzen Zeitraum eines einzigen Nachmittags. El Mohraka liegt 1635 Fuß über dem Meer und vielleicht 1000 Fuß über dem Kison. Diese Höhe kann man hinauf- und hinabsteigen in der kurzen Zeit, die die Schrift dafür übrig läßt. Aber je weiter man sich nach der Mitte des Berges begibt, desto höher steigt man über den Kison hinauf, weil der Karmel sich dort mehr erhebt und die Ebene, in der der Fluß fließt, sich vertieft. Dazu entfernt sich der Kison auch mehr von dem Berg, und die Schlucht, durch die man zum Flußbett hinabsteigt, ist so beschwerlich, daß man von Esfiëh 3 volle Stunden nöthig hat, um den Fluß zu erreichen. Nirgends ist der Kison dem Karmel so nahe, als gerade unter el Mohraka. „Wir giengen," erzählt van de Velde, „durch ein steiles Thal zum Kison, und siehe da, gerade neben der Steilwand unserer Höhe, vielleicht 250 Fuß unter dem Plateau des Altars, war eine überwölbte reiche Quelle, in Form einer Brunnenstube gebaut, in die einige Stufen hinunterführten. Ich kann vollkommen begreifen, daß, während alle andern Quellen vertrocknet waren, hier das Wasser im Ueberfluß stehen blieb, das Elias so reichlich über den Altar hingoß. Von hier ist es allewege möglich, dreimal hin und her zu gehen, um das nöthige Wasser zu holen." Ferner muß der Opferplatz des Elias von einem aufsteigenden Boden nach Westen oder Nordwesten zu verdeckt sein, durch den die Aussicht auf die See gehindert wurde; denn er sagte zu seinem Knaben: Gehe hinauf und schaue zum Meer. Zugleich mußte das Hinaufgehen auf diese Höhe nicht zu viel Zeit wegnehmen; denn es heißt: Gehe wieder hin siebenmal (v. 42—44.). El Mohraka ist nun so gelegen, daß auch diese Umstände vollkommen zutreffen. An der West- und Nordwestseite ist die Aussicht auf die See durch eine vorliegende Höhe ganz benommen. Man kann die Höhe aber in wenigen Minuten ersteigen und von dort das Meer deutlich sehen. Endlich war es auch nur von da aus dem Ahab möglich, noch denselben Abend Jesreel zu erreichen, aber auch nur von dort, denn jede halbe Stunde weiter nach Westen hätte ihn zu weit von seiner Hauptstadt entfernt, um die Strecke zurückzulegen, ehe der Regen ihn übereilte.

Dritter Abschnitt.

## Galiläa.

Galiläa ist die nördlichste Landschaft Westpalästinas. Sie liegt zwischen dem Thal des Ober- und Mittellaufs des Jordans im Osten und dem Mittelmeer im Westen; im Süden grenzt sie mit der Landschaft Samaria zusammen und erstreckt sich nordwärts bis zum Promontorium album, oder Ras el Abiad (d. h. weißes Vorgebirge), bis zu den Grenzen von Tyrus und bis an das Südende des hohen Libanon im Gebirgsdistrikt der Drusen, dessen wilde Felsketten hier der rauschende Litany (Leontes) durchbricht. Dieser mächtige Gebirgswall ist die durch alle Jahrhunderte sich gleich bleibende, unverrückliche Grenze zwischen dem alten Palästina und dem alten Phönizien.

Der Name (im Hebräischen Galil oder Galilah) ist ursprünglich nicht Eigenname und bedeutet einen Umkreis oder Landesbezirk. In dieser Bedeutung kommt das Wort Jos. 13, 2. vor, wo aber Luther es als Eigennname genommen und „Galiläa der Philister" übersetzt hat, statt „Landstrich der Philister". Als Eigenname kam die Benennung im Anfang nur einem Theil der Provinz, die später Galiläa genannt wurde, zu, nämlich einem Gau von Naphthali, dessen Hauptort Kedes auf dem Gebirge Naphthali war, weßwegen dieses Kedes immer durch den Beisatz „in Galiläa" unterschieden wird (Jos. 20, 7. 21, 32. 1 Chron. 7, 76. vgl. 2 Kön. 15, 29.). Zu Salomos und Hirams Zeiten war Galiläa ein unbedeutender Gau, der dem Hiram zu verächtlich schien mit seinen 20 Ortschaften, um ihn von Salomo als Gegengabe für seine Cedern vom Libanon anzunehmen, weßwegen er ihn Kabul, d. h. „Wie gar nichts", nannte (1 Kön. 9, 11—13.). Erst später, unter den Makkabäern, erweiterte sich die Bedeutung des Namens und umfaßte die ganze nördliche Landschaft von Westpalästina auf der Westseite des Galiläischen Meers, welches auch erst jetzt diesen Namen erhielt. Uebrigens kommen auch im Neuen Testament Spuren davon vor, daß man noch zur Zeit Jesu den Namen Galiläa in beschränktem alterthümlichem Sinn gebrauchte und bloß einen Theil von Galiläa im weiteren Sinn damit bezeichnete, nämlich Obergaliläa, welches nach einer Notiz des Josephus von Untergaliläa getrennt wurde durch eine Linie, gezogen von Tiberias nach Zabulon, wodurch Nazareth auf die Seite von Niedergaliläa kommt. Diese Bemerkung wirft auf mehrere Stellen der Evangelien Licht, so z. B. auf Luc. 4, 31., wo es heißt: er kam von Nazareth nach Kapernaum, „einer Stadt Galiläas" (d. h. Obergaliläas), namentlich aber auf Joh. 4, 43. 44., wo es heißt: aber nach zween Tagen zog er aus von dannen, nämlich von Sichar, und zog — nicht in seine Vaterstadt Nazareth, sondern — nach Galiläa, d. h. Obergaliläa, worin Kana, Bethsaida, Kapernaum lagen; denn er selber, Jesus, zeugete, daß ein Prophet daheim nichts gilt. Dieß ist gerade so ohne geographische Reflexion gesprochen, wie wenn ein Neuwürttemberger sagt: ich gehe nach Württemberg, oder ein Pommer: ich gehe nach Preußen. In demselben provinzialistischen Sinn ist es auch zu nehmen, wenn das Kana der Hochzeit immer mit dem Beisatz „in Galiläa" vorkommt; es soll dadurch wahrscheinlich von einem andern benachbarten Kana, ohne Zweifel von dem weiter südlich gelegenen und wohl schon zu Niedergaliläa gehörigen Kana, welches heutzutag Kefer Kana heißt, unterschieden werden.

Bei der Landestheilung unter Josua wurde diese Provinz den vier Stämmen Sebulon, Isaschar, Asser und Naphthali zugetheilt. Sebulon erhielt den westlichen Theil der Ebene Jesreel vom Nordfuß des Karmel nordostwärts bis zum Thabor, und das Land nördlich davon, das sich in die Berge Galiläas hineinzieht. Der Stammesantheil Isaschars, südlich vom vorigen, umfaßte den übrigen oberen Theil der Ebene Jesreel und reichte ostwärts über die schöne und fruchtbare Thalebene des Wady Beisan bis zum Jordan. Asser zog sich am Westgehäng des galiläischen Gebirgslandes vom Karmel nordwärts bis gegen Tyrus und Sidon hinauf, deren Gebiet ihm ebenfalls zugetheilt war, obwohl er dasselbe nie in Besitz nehmen konnte; auch scheint er die ganze ebene Küstenstrecke nie besessen zu haben. Naphthalis Loos lag östlich von Sebulon und Asser und nördlich von Isaschar, und umfaßte die ganze gebirgige Westseite des Sees Genezareth und das Wasser Merom. Gegen der Sonnen Aufgang grenzte es, wie es Jos. 19, 34. heißt, an Juda, worunter nicht das südliche Juda gemeint ist, sondern die Landschaft Havoth Jair oder Gaulonitis, welche zu Juda gerechnet ward, weil Jair, der Besitzer ihrer 60 Städte, von Juda abstammte (4 Mos. 32, 41.).

Bei der Eroberung des Landes durch die Israeliten wurde die Vertreibung der heidnischen Einwohner in diesen Landstrichen am unvollständigsten durchgeführt; sie blieben unter den Kindern Israel wohnhaft, vermischten sich sogar mit diesen und theilten ihnen ihre götzendienerischen Gebräuche mit. Namentlich blieb der Stamm des Kanaaniter Fürsten Jabin, obwohl von Josua am Wasser Merom geschlagen, im Lande zurück und erholte sich mit der Zeit wieder so, daß er zur Zeit der Richter den Israeliten furchtbar, von Debora und Barak jedoch am Thabor für immer gedemüthigt wurde. Als Tiglath Pilesser, der König von Assyrien, die besiegten Einwohner nach Assyrien wegführte (2 Kön. 15, 29.), siedelten sich Phönizier, Araber, Aegypter, Griechen unter den Zurückgebliebenen an. Ueberhaupt war die Berührung Israels mit den Heiden nirgends größer, als hier im Norden des Landes. Die geographische Lage des Landstrichs trug wesentlich hiezu bei. Das ganze übrige Palästina lag außerhalb des Handelsverkehrs der alten Welt; es war von unzugänglichen Wüsten umgeben, seine ungegliederte, unbuchtige Meeresküste verschloß dem Seefahrer den Zugang. Anders bei Galiläa. Die Nähe der größten Welthandelsstädte der alten Welt, Damaskus im Osten, Tyrus und Sidon im Westen, der Stapelplätze des Handels von Syrien, Vorderasien und Indien für die Länder des Mittelmeers, machte die Provinz zu einem Land der Handelspassage und zog die Einwohner als Schiffsknechte, als Taglöhner, als Karawanenführer und dergleichen mit in diesen Verkehr hinein. Dieß war die Ursache, warum Galiläa „das Galiläa, oder der Landbezirk der Heiden" genannt wurde (Matth. 4, 15. Jes. 9, 1.), und warum es bei den übrigen, jede Berührung mit Unbeschnittenen verabscheuenden Juden in Verruf kam, eine Thatsache, welche uns durch manche Andeutungen des Neuen Testaments bestätigt wird, z. B. durch die Frage des Nathanael: „was kann aus Nazareth (welches in Galiläa lag) Gutes kommen?" (Joh. 1, 46.), durch die Aeußerung der Mitglieder des Hohen Raths in Jerusalem: „forsche und siehe, aus Galiläa steht kein Prophet auf" (Joh. 7, 52.), durch das Staunen der Volksmenge am Pfingstfest darüber, daß die mit Zungen Redenden aus dem verachteten Galiläa wären (Ap.Gesch. 2, 7.). Zu dieser Verachtung der Galiläer mochte auch der Umstand mitwirken, daß sie an äußerer Bildung, Feinheit und Gewandtheit den übrigen Juden, namentlich denen der Hauptstadt, nachstanden. Schon die rauhe, platte Mundart, welche, eine Eigenthümlichkeit der Bergvölker, viele Gutturaltöne hatte, verrieth sie (Matth. 26, 73. Marc. 14, 70.), indem von ihnen z. B. der Name Alphai (Alphäus) Chlopha ausgesprochen wurde. Indessen hatten die Galiläer auch ihre Vorzüge, durch die sie sich vor den übrigen Juden auszeichneten. Ihre Entfernung von Jerusalem, dem Sitz der strengsten Gesetzlichkeit in Lehre und Leben, wo der Pharisäismus alles mit seinen Netzen umgarnte, hatte zwar bei der großen Menge religiöse Unwissenheit zur Folge, schützte aber dagegen auch vor dem das Gemüth so sehr verkehrenden und mit Vorurtheilen erfüllenden gesetzlichen Treiben und bewahrte eine rege Empfänglichkeit für das Himmelreich, jene Seeleneinfalt, welche die natürliche Heilsbedürftigkeit bei dem Menschen zum Bewußtsein kommen läßt. Deßwegen schlug auch der Heiland seinen bleibenden Wohnsitz unter den Galiläern auf, und sammelte sich aus ihrer Mitte seine meisten Jünger. Galiläa war das Vaterland des ebenso kräftigen, als durch und durch redlichen Petrus, des kindlich reinen, innig liebenden Johannes, des Nathanael ohne Falsch, des Philippus, der sich an den Grundsatz aller aufrichtigen Wahrheitssucher hielt: „komm und siehe!" Wie alle Gebirgsvölker, so waren auch die Galiläer tapfer und kriegsmuthig. Von Jugend auf zum Kampf gerüstet, kannten sie die Furcht nicht. Schon in Deboras Triumphgesang (Richt. 5, 18.) heißt es: „Sebulons Volk aber wagte seine Seele in den Tod, Naphthali auch in der Höhe des Feldes." Uebrigens waren sie auch als unruhige Köpfe bekannt; ihre Streitlust äußerte sich hie und da in Aufständen gegen die Römer (Luc. 13, 1. Ap.Gesch. 5, 37.), welche dieselben durch die Besatzung in Capernaum im Zaum zu halten suchten. Die Zeloten, jene wüthende demagogische Partei, welche den Krieg wider die Römer entflammte und die eigenen Volksgenossen so gräßlich mordete, hatten ihren Ursprung in Galiläa.

Galiläa erstreckt sich vom Bach Kison oder vom Karmelzug nordwärts bis zum untern Leontes, 24 bis 30 Stunden in die Länge, und nimmt zwischen dem Jordan und Mittelmeer eine Breite von 12 bis 16 Stunden ein. Die Provinz hätte somit einen Flächeninhalt von etwa 90 Quadratmeilen. Nach dem Zeugniß des jüdischen Geschichtsschreibers Josephus, der den jüdischen Krieg unter den Römern und die Zerstörung Jerusalems als Augenzeuge beschreibt, war sie ein Land voll grüner Matten und fruchtbarer Gründe, wo alle Bäume gediehen, jede Stelle zum Anbau einlud. Kein Fleck war unbebaut, nirgends lag Land brach. Dörfer, Flecken, Ortschaften stunden überall, und die Bewohner drückte keine Armuth. Er sagt sogar, der kleinste Flecken (die Zahl der Flecken und Dörfer Galiläas gibt er zu 204 an) habe über 15,000 Einwohner, wobei er ohne Zweifel auch das zu den Flecken oder Städten gehörige Gebiet (die Stadt und ihre Töchter, wie es im Alten Testament so oft heißt) mitrechnet. Es müßte demnach Galiläa zum mindesten 204 × 15,000, d. i. 3,060,000 Einwohner gehabt haben, ja die Bevölkerung wäre sogar auf etwa 4 Millionen zu schätzen, wenn man bedenkt, daß es viele Städte von 40-, 60-, 100,000 und mehr Einwohnern gab. Dieß würde, die Provinz auf 90 Quadratmeilen angeschlagen, etwa 44,000 Einwohner auf eine Quadratmeile geben. Wie weit diese Berechnung zuverlässig ist, müssen wir dahingestellt sein lassen. Jedenfalls, dieß leidet keinen Zweifel, war die Bevölkerung sehr bedeutend. Aber heutzutage ist sie sehr gering. Der Reisende Korte sagt: „wen sollte es nicht wundern oder vielmehr jammern, daß ich auf dieser Reise von zwei Tagen (von Tiberias zum Thabor), da ich durch lauter fruchtbare Felder gereist, nicht mehr als auf drei bewohnte Oerter, als Kana, noch ein Dorf, und Tiberias nebst einer Horde (Beduinen) zugekommen, über vier bewohnte Dörfer und zwei Horden auch nicht umher gesehen, da ich doch überall Höhen und Berge passirte, wo ich das ganze Land übersehen können."

Wir theilen Galiläa in das untere und in das obere Galiläa ein. Zu Untergaliläa gehört die Küstenebene von Akko, die Ebene Jesreel sammt dem östlich davon bis zum Jordanthal gelegenen Bergrevier und die Ebene Sebulon, zu Obergaliläa das übrige Land bis zur Nordgrenze.

---

Erstes Kapitel.

## Untergaliläa.

### I. Ebene von Akko.

Die sonst wenig gegliederte und daher keine größere Buchten darbietende syrische Küste weicht beim Karmel gegen Osten zurück und bildet einen halbmondförmigen Bogen, an dessen nördlichem Ende die Stadt Akko mit ihren von den Kanonen Napoleons, Ibrahim Paschas und der Engländer durchlöcherten Mauern terrassenförmig auf einem schroffen Felsen liegt. Sie wurde dem Stamm Asser zugetheilt, der aber ihre Einwohner nicht vertrieb (Jos. 19, 24—31. Richt. 1, 31.). Zur Zeit der Makkabäer erhielt sie den Namen Ptolemais (1 Makk. 5, 15. 21. 10, 1. 39. u. s. w.), zur Zeit der Kreuzzüge hieß sie Accon, Acre oder St. Jean d'Acre. Die Apostelgeschichte (21, 7.) erwähnt eine frühzeitig dort entstandene christliche Gemeinde, die der Apostel Paulus auf seinem Weg nach Jerusalem besuchte. Die Stadt war Sitz eines christlichen Bisthums und der gewöhnliche Landungsplatz der Kreuzfahrer, der letzte Ort, den sie in Palästina behaupteten und bei dessen Eroberung durch die Aegypter im Jahr 1291 60,000 Christen das Leben einbüßten. Gegenwärtig ist sie der Sitz eines türkischen Pascha und hat eine Bevölkerung von 5000 Seelen, worunter 793 Christen und Juden. Einst der beste Hafenort der syrischen Küste, gehört die Bai von Acre wegen der durch die herrschenden Westwinde herbeigeführten Versandung zu den gefährlichsten Stellen der Küste. Sie ist von einem Küstensaum umschlossen, der ehmals ungemein fruchtbar, jetzt wüste und unangebaut, mit pferdehohen Rohrwäldern überwuchert oder mit Disteln bedeckt ist, ein Zeichen fortdauernder Fruchtbarkeit. „Die Ebene von Akko," sagt Robinson, „strotzt von Fruchtbarkeit, wo immer sie angebaut wird, und bringt das schönste Getraide und das köstlichste Obst hervor, während auch Baumwolle dort gezogen wird; dennoch liegt sie, sowie die Ebene

Esdrelom daneben, großentheils ganz vernachlässigt da. Doch gibt es hier mehrere Dörfer." Es ist eines der reizendsten Meergestade, 4 bis 5 Stunden landein von einem Hügelkranz der die Ebene Sebulon im Westen begrenzenden Berge eingefaßt, in welchem sich die Halbmondgestalt der Bai wiederholt. Sie hat eine wellige Oberfläche und einen stark gegen das Meer aufgeworfenen Dünenrand, eine Folge der anhaltenden und oft sehr heftigen Westwinde und Weststürme, vielleicht auch plötzlicher Meeresanschwellungen und Sturmfluthen. Durch die Ebene ergießen sich zwei Gebirgsflüsse in die Bucht, von denen der nördliche bei Acre mündende schon durch seinen Namen seine Berühmtheit andeutet. Er heißt Belus oder Sihor Libnath, d. h. Glasfluß (Jos. 19, 26.), heutzutag Nahr Naman. Einst, so wird erzählt, landeten hier sidonische Schiffer und machten ein Feuer auf; den Kessel hatten sie auf Salpeterstücke, woraus ihre Fracht bestand, gesetzt. Nach einiger Zeit fieng der Salpeter zu schmelzen an und vermischte sich mit dem feinen, glitzernden Sand, welcher an den Ufern des Belus sich findet. Und siehe da, das Glas war erfunden. Der südliche ist der Kison, heutzutag Nahr el Mukutta, d. h. Fluß von Megiddo, genannt, welcher in einem steilen Engthal den oben genannten Hügelkranz durchbricht, hart am Fuß des steil emporsteigenden Karmelzugs hin gegen Nordwest die Ebene von Acre in reißendem Lauf durchschneidet und an seiner Mündung 12 Ellen breit und 2 Fuß tief ist.

## II. Ebene von Jesreel.

Dieser Engpaß trennt die Tiefebene von Acre von der hinter ihr liegenden höhern Bergstufe, der Ebene von Jesreel. Einst war er geschlossen und die Wasser des Kison, welche die Ebene bewässern, häuften sich zu einem See auf, welcher im Schoß der Berge Samarias und Galiläas sich ausbreitete, bis irgend ein Ereigniß, vielleicht ein durch vulkanische Kräfte, von deren Dasein die Umgegend noch manchfache Spuren aufweist, veranlaßtes, einen Durchbruch erzwang und den Seegrund trocken legte. Das Feld bildet eine Einsenkung im Körper des westjordanischen Hochlandes und bezeichnet die natürliche Grenze Samarias und Galiläas. Es führt im Alten Testament den Namen Grund Jesreel (Richt. 6, 33.), oder Thal Jesreel (Hos. 1, 5.)

von der Stadt Jesreel, von der bald weiter die Rede sein wird, Ebene Megiddo (2 Chron. 35, 22.) von der oben erwähnten Stadt Megiddo, die an einem Zufluß des Kison lag. Judith 1, 8. heißt die Ebene das große Feld Esdrelom, was gleichbedeutend mit Feld Jesreel ist, und 4, 5. das große Feld bei Dothaim. Josephus nennt sie schlechtweg das Große Feld; auch wird sie campus Legionis genannt nach der Stadt Legio (heutzutag Ledschun). Bei den heutigen Arabern heißt sie Merdsch Ibn Amer, d. h. Wiese der Söhne Amers. Sie ist die größte und gesegnetste Ebene Palästinas, von West nach Ost 8, von Süd nach Nord 4 bis 5 Stunden breit. Sie wird von drei Hauptthälern gebildet, welche unterhalb Jesreel zusammenstoßen. Das nördlichste kommt, etwa 1 Stunde breit, vom Thabor herab, das mittlere nimmt seinen Ursprung bei Jesreel und bezeichnet die Normaldirektion des Kisonbachs von Südost nach Nordwest; das dritte, südlichste Hauptthal beginnt hinter Dschenin im nördlichen Grenzgebirg Samarias, welches hier einen nackten, felsigen Absturz zeigt, und tritt durch einen Engpaß gegen Norden in die Ebene hinaus. Der Bach Kison ist es, von dem das Triumphlied der Debora und des Barak über Sisseras Heer (Richt. 5, 21.) singt: „der Bach Kison wälzte sie fort, der Bach Kedumim (d. h. der Vorwelt), der Bach Kison." Obwohl er noch heute ein beträchtlicher Strom geblieben ist, so bedarf er doch der günstigen Regenzeiten, um wirklich bedeutend zu werden; denn er ist sich in seiner Größe sehr ungleich und scheint oft nur ein temporärer Strom zu sein. Als Robinson seine oberen Zuflüsse in der Mitte Sommers passirte, waren sie alle wasserleer; sie hatten ein ganzes Jahr dürre gelegen. Dagegen sammeln sich in Winterzeiten oft sehr reichliche Wasser, so daß z. B. im Jahr 1799, den 16. April, zur Zeit der Neufranken und ihrer dortigen Kämpfe viele der damals von ihnen zurückgeschlagenen Türken ebenso im Strom, welcher damals die Ebene überschwemmte, ertranken, wie zu Deboras Zeiten die Besiegten aus Sisseras Heer im Kison bei Megiddo.

Die Ebene Esdrelom hat eine wellige Oberfläche und ist, wie alle Wanderer bezeugen, von außerordentlicher Fruchtbarkeit und Schönheit. Beim Eintritt in diese grünende Ebene und ihre Blumengefilde konnte sich v. Schubert nicht satt an ihnen sehen.

Es war die schönste Frühlingszeit, balsamische Lüfte überwehten das Land, die blauen Berge umher, Gilboa, Thabor und Karmel in der Ferne, erhoben sich stattlich, sie jauchzten, wie Psalm 89, 13. singt, mit ein in den Namen des Herrn. Den Boden nennt er ein Feld des Getraides, dessen Samen keine Menschenhand aussäet, dessen reife Aehren keine Schnitter ärnten. Die Getraidearten schienen ihm hier Wildlinge zu sein, die Maulthiere giengen bis an den halben Leib darin verdeckt; die Waizenähren säeten sich selber aus, doch findet theilweise auch Ackerbau auf der weiten Ebene statt. Die Heerden von Stieren, Schafen, Ziegen sah v. Schubert mehr die Grasungen niedertreten als abwaiden. Die wilden Eber vom Thabor und vom Karmel stiegen oft aus ihren Höhen in diese Niederungen und wühlten sie um, der Leopard konnte hier auf leichte Beute ausgehen. Auf der ganzen weiten Ebene erblickt man keinen einzigen Baum; dagegen bringt ihr sehr fruchtbarer Boden sehr reiche Saaten von Gerste, Waizen, Hirse, und viele Felder sind mit Bohnen, Erbsen, Sesam, Linsen, Flachs, auch mit Baumwollenpflanzungen bedeckt. Wo diese fehlen, stehen hohe Grasungen, zwischen denen überall wilder Haber emporwächst. Von Ortschaften kann das Auge keine Spur erblicken; nur sehr vereinzelt sind sie auf den Anhöhen am Saum der Ebene vertheilt. Zur Erklärung des Wüsteliegens des größten Theils dieser fruchtbarsten Ebene Palästinas mögen die Bemerkungen dienen, welche der Marschall Herzog von Ragusa beim Besuch derselben macht. „Die außerordentliche Fruchtbarkeit der Ebene Esdrelom," sagt er, „sei eine Gabe der Natur, die keinem Menschen zu Nutzen komme; denn sie sei ganz menschenleer, und von ihren hundert Theilen des trefflichsten Ackerbodens seien keine fünf Theile angebaut; ihre hohen Grasungen verwelken, ohne daß sie Heerden zur Nahrung dienten; sie befruchten nur ihren eigenen Boden alljährlich von neuem. Dieß ist die Folge menschlicher Verwirrungen seit so vielen Jahrhunderten. Von den durch die Natur am reichsten begabten Stellen der Erde entfernt sich die Bevölkerung, wo sie durch ihre Arbeit den reichsten Ertrag finden würde, weil eben da, nämlich im uncivilisirten Land, die größte Gefahr der Bevölkerung, Erpressung der Machthabenden, durch die größere Zugänglichkeit stattfindet, da die Attake auf Ebenen leicht, die Vertheidigung aber schwer ist. Anders auf dem Bergland zwischen den Thälern, Felsen und Klippen, wo die Vertheidigung bei schwerem Angriff leichter ist und größere Sicherheit gewährt, wenn auch die culturbaren Fluren beschränkter und weniger ergiebig sind. Auch die Dörferanlagen im Orient sind oft eben darum weit entfernt von süßen Wasserquellen und Bächen, deren sie doch so sehr bedürfen; man zieht die dürrsten Situationen auf Berghöhen und die Mühseligkeit des täglichen Wasserholens jenen begünstigteren Lokalitäten vor, weil Truppen, Erpresser und Raubhorden sich dort auch einfinden würden, der fremden Habe sich zu bemächtigen, die nur durch Ordnung und kräftige Landesverwaltung zu schützen wäre. Der Instinkt hat daher die Völker seit so vielen Jahrhunderten gelehrt, sich in die Gebirge zurückzuziehen. Eben die bequemsten und fruchtbarsten Ebenen bleiben daher im Orient wüste, wie die westliche Uferseite des Jordan, die fruchtbaren Umgebungen des Tiberiassees, das an sich reiche Thal von Baalbek in Coelesyrien, die fruchtbarste aller Ebenen um Antiochia, ebenso wie die Ebene Esdrelom, indeß das rauhere, wildere Bergland von Samarien und Nablus dicht bevölkert wurde."

Das Feld Jesreel ist das Feld der Völkerschlachten, welche von den ältesten bis auf die neueste Zeit auf Palästinas Boden geschlagen worden sind. Von der Richterzeit, von Nebukadnezar und Vespasian bis auf Napoleon, welcher am 16. April 1799 hier 60,000 Türken mit 3000 Franzosen schlug, brausten unzählige Kriegsstürme über dieses Feld hin; Krieger aus allen Völkern unter dem Himmel trafen hier zusammen, indem Juden, Heiden, Sarazenen, christliche Kreuzfahrer und antichristliche Franzosen, Engländer, Aegypter, Perser, Drusen, Türken und Araber hier ihre Zelte aufschlugen und ihre Paniere vom Thau des Thabor und Hermon benetzt sahen. Und noch in der Offenbarung Johannis (16, 16. 19, 19.) leiht dieses Feld seinen Namen für die letzte Schlacht wider das Thier. Wer sollte es glauben, daß gerade hier in der Nähe der König des Friedens seine stille Jugendzeit verlebt habe. Und doch liegt dort in den Bergen, die den Nordrand der Ebene Jesreel bilden und sie von der nördlicher gelegenen Ebene Sebulon scheiden, Nazareth, als „Vaterstadt" Jesu, von der ihm die Juden den verächtlichen Beinamen „der Nazarener" gaben, der gefeiertste Ort der ganzen galiläischen Landschaft, ein Name, der, wie C. Ritter sagt, früherhin, vor der Geburt des Welttheilandes, nicht einmal genannt ward, nachher aber sich über den ganzen Erdkreis verbreitet hat, wie kein anderer, und mit jedem Gedanken an das ewige Heil durch Jesus von Nazareth verbunden bleibt. Nazareth, von den Arabern en Nâsirah genannt, ist eine Ortschaft von geringer Bedeutung, höchstens von 3000 Menschen, größtentheils Griechen, dann aber auch Katholiken, Maroniten und Muhamedanern, bewohnt. Auch eine protestantische Gemeinde von etwa 200 Mitgliedern, die vormals griechische Christen waren, besteht hier, die sich unter die Leitung des evangelischen Bischofs zu Jerusalem gestellt hat und eine Kirche und Schulen besitzt. Die Stadt liegt, etwa 1½ Stunden westlich vom Thabor, 8 Stunden westlich von Tiberias, 3 Tagreisen von Jerusalem, an der westlichen Seite eines lieblichen Thalbeckens, das sich gegen Südosten enger zusammenzieht und wahrscheinlich in gekrümmter Windung gegen die Ebene Esdrelom ausläuft. Der Berg, auf dessen unterem Abfall die Häuser der Stadt stehen, erhebt sich 4- bis 500 Fuß über dem Thal, während die Stadt an der Stelle des lateinischen Klosters 821 Fuß über dem Spiegel des Meers gelegen ist.*) Die Berge, die im Nordwesten über Nazareth emporragen, würden demnach 12—1300 Fuß hoch sein; die gegen Norden sind von geringerer Höhe, die gegen Osten und Südosten sind nur niedrig, bis sie im Thabor wieder höher emporsteigen. Die Stadt besteht aus Steinhäusern mit flachen Dächern, unter denen das festungsartig ummauerte lateinische Kloster der Franziskaner mit seinen vielen einzelnen Gebäuden das Hauptgebäude ist. Seine Kirche soll auf dem Platz stehen, wo der Engel der Maria die Geburt Jesu verkündigte; sie ist zwar klein, hat aber sehr beachtenswerthe Gemälde und ist prächtig mit Marmor geziert. In einer Höhle unterhalb derselben, zu welcher 17 Stufen hinabführen, wird die Stelle der Verkündigung gezeigt. Es werden überhaupt dem Pilger die vielerlei Stationen zur Anbetung gezeigt, die aber alle erst eine Erfindung späterer Jahrhunderte sind. Im südwestlichen Theil der Stadt liegt die kleine Kirche der Maroniten unter einer felsigen Bergwand, die 40 bis 50 Fuß hoch abfällt.

*) Roth gibt die Höhe von Nazareth zu 1187 par. Fuß an.

Mehrere ähnliche Felsabstürze kommen in den westlichen Bergen um das Dorf vor. Einer derselben mag die Stelle sein, von welcher die Nazarethaner Jesum hinabstürzen wollten (Luc. 4, 28. 29.). Diejenige, welche die Mönche dafür ausgeben, liegt 2 engl. Meilen im Südosten der Stadt. Auf der mit aromatischen Gewächsen und Blumen reichgeschmückten Höhe des Berges, der sich im Nordwesten der Stadt hoch und steil über sie erhebt, liegt ein Wely, genannt Neby Ismail. Hier entfaltet sich dem Auge ein Umblick von zauberischer Schönheit, von dem isolirten Kegelberg des Thabor, dem kleinen Hermon und Gilboa im Osten, über die ganze Ebene Esdrelom und die hinter ihr sich erhebenden Grenzberge Samarias, deren reichere Bewaldung und Bebuschung mit den nackten Berghöhen Judäas aufs merkwürdigste contrastirt, bis zur westlichen, vorderen Hügelreihe des waldreichen Karmel, dessen Fuß im lichtfunkelnden Meer sich badet. Gegen Norden dehnt sich die schöne Ebene Sebulon aus, hinter welcher lange, von Ost nach West laufende Rücken, einer immer höher als der andere, sich erheben, bis die Berge von Safed über alle andere hervorragen, während weiter gegen Osten ein Ocean kleinerer und größerer Berge sich lagert, über welche hinweg noch das höhere Haurangebirge erkennbar ist, gegen Nordosten aber der majestätische Hermon mit seinem weißen Schneehaupt alles beherrscht.

### III. Das Bergrevier ostwärts der Ebene Jesreel.

Den östlichen Rand der Ebene Jesreel bildet ein Bergrevier, welches aus drei Theilen besteht,

1) aus dem Gebirg Gilboa, welches von N.W. nach S.O. streicht, wo es mit den Bergen von Samaria zusammentrifft,

2) dem nördlich davon gelegenen Kleinen Hermon, der die gleiche Richtung hat, und

3) dem Berg Thabor, welcher nördlich vom Kleinen Hermon sich erhebt.

#### 1. Das Gebirg Gilboa.

Das Gebirg Gilboa, heutzutag Gebirg Dschelbun, auch Dschebel Fukuah genannt, bietet weder in den allgemeinen Umrissen seiner Bergformen, noch in seiner natürlichen

Begabung, noch auch hinsichtlich seiner gegenwärtigen Bevölkerung irgend etwas Interessantes dar. Seine Hügel steigen nicht hoch empor, sie zeigen nur wenig grünes Waideland und gar keinen Ackerbau, Wald fehlt gänzlich. Die breiten nackten Strecken und Böschungen von Kalkschichten und Kreidelagern sind bei weitem vorherrschend gegen die grünen Stellen. Dennoch hat das Gebirg für uns in geschichtlicher Hinsicht ein klassisches Interesse. Wer könnte ungerührt an diesem Gebirg vorüberziehen beim Gedanken an Davids und Jonathans Freundschaft und an Davids Klaggesang (2 Sam. 1, 19. ff.), in dem er voll tiefen Schmerzens ausruft: „die Edelsten in Israel sind auf deiner Höhe erschlagen. Wie sind die Helden gefallen! — Ihr Berge zu Gilboa, es müsse weder thauen noch regnen auf euch, noch Aecker sein, da Hebopfer von kommen; denn daselbst ist den Helden ihr Schild abgeschlagen, der Schild Saul, als wäre er nicht gesalbet mit Oele" u. s. w.*)

*) Zum Theil abweichend von obiger Schilderung des Gebirgs Gilboa ist die von Dr. Liebetrut, welcher es von Bethsean aus bestieg. Von dort aus steigt es plötzlich in steilen Linien gegen 2000 Fuß hoch über die Ebene auf. Ein abgeschlossenes Ganze bildend liegt es in wahrhaft schöner Gruppirung da und sticht überraschend gegen die kahlen, gerissten Berge jenseit des Jordan ab. Je näher man dem Gebirg kommt, je schöner gruppiren sich seine hochaufstrebenden, dicht zusammenschließenden Kuppen, die gegen Nordost fast konisch erscheinen, zu einem höchst malerischen Ganzen, so daß Liebetrut dieses Gebirg für das landschaftlich schönste des Gelobten Landes erklärt. Die schroffen Felswände sind fast ganz kahl, indeß gegen die gewöhnliche Annahme die Hochebene und Schrägflächen des Gebirgs, namentlich die westlichen, mit großem Fleiß angebaut sind. Das Dorf Dschelbon liegt nicht, wie man gewöhnlich annimmt, auf dem nordöstlichen Abhang gegen Bethsean, sondern eine halbe Stunde südwestlich unter dem höchsten Rand. Seine Wohnungen sind im höchsten Grad elend. Zusammengebackene Erde, mit Steinen wie Mandelkuchen gespickt, bildet die Wände der runden, schilderhausförmigen, unglaublich kleinen Hütten. Sie sind ohne alle Symmetrie, ohne Thür, Fenster oder Rauchfang, statt deren eine einzige formlose Oeffnung, wie der Spalt eines hohlen Baumes, dient. So formlos und seltsam die Hütten im einzelnen sind, erscheint auch die Gruppe des Dorfs im ganzen. Ebenso seltsam contrastiren mit den kräftigeren Männern die elenden Weiber, die einem ganz andern Geschlecht anzugehören scheinen. Sie haben die Lippen blau gefärbt, die bloßen Arme tättowirt, sind nur zur Nothdurft bekleidet und zeigen schon in sehr früher Jugend ein altes, abgelebtes Aussehen.

Die Hauptwasserscheidelinie des Landes, welche in Judäa und Samaria auf dem Rücken des Hochlandes von Süd nach Nord zog, macht im Norden von Samaria eine östliche Ausweichung, läuft dann wieder nordwestwärts auf der Höhe des Gebirgs Gilboa hin, senkt sich am nordwestlichen Ende desselben auf einen Grat hinab, welcher von da gegen Norden zum westlichen Ende des Kleinen Hermon als Verbindungsglied beider sich erstreckt, und schwingt sich dann über den Berg Thabor weg, um nach Ueberschreitung der Berge von Nazareth die Ebene Sebulon im Osten zu umziehen. In der östlichen Abdachung zum Jordan liegen zwei Thäler, von welchen das nördliche, der Wady el Bireh, dem nördlichen Hauptarm des Kison in der westlichen Abdachung, das südliche dem mittleren Hauptarm des Kison entspricht. Letzteres ist der Wady Beisan, der, von West nach Ost streichend, bei Bethsean (heutzutag Beisan) ins Jordanthal mündet. Die oben erwähnte Höhe, welche das Gebirg Gilboa und den Kleinen Hermon verbindet, den Wady Beisan aber von dem mittleren Arm der Esdrelomebene trennt, ist so unbedeutend (keine 450 Fuß über der Meeresfläche), daß die beiderseitigen Ebenen vollkommen in einander übergehen und demnach ein Einschnitt im Körper des Hochlands sich hier findet, welcher von West nach Ost, vom Mittelmeer durch die Kisonebene herauf bis zum Jordan bei Beisan fortsetzt, ein Einschnitt, den man ein offenes Thor zwischen dem Gebirg Gilboa im Süden und dem Südabfall des galiläischen Hochlandes im Kleinen Hermon im Norden genannt hat. Von den ältesten Zeiten an zog deßwegen eine große Heer- und Handelsstraße durch diese Gegend, auf welcher jene ismaelitische Handelskarawane, an welche Joseph verkauft wurde (1 Mos. 37, 17.), jener Heereszug der Midianiter und Amalekiter zu Gideons Zeit (Richt. 6, 33.), so wie fast alle späteren Heeres- und Handelskarawanen sich bewegten.

Da, wo die Anfänge der beiden Thäler, des östlichen Beisanthals und des westlichen Kisonthals, zusammentreffen, liegt am nordwestlichen Vorsprung des Gilboa auf seinem letzten Felsrand der Ort Zerin, ein Dorf mit ein paar Duzend Häusern, die zwischen Ruinen stehen. Es ist das alte Jesreel, die Residenz Ahabs und der Jesebel (1 Kön. 18, 45. 21, 1.), wo sie den Weinberg Naboths an sich rissen und wo die Strafgerichte Gottes ihr

Haus vernichteten (2 Kön. 8, 29. 9, 15—37. 10, 1—11.). Es hat eine dominirende Lage über der östlichen Beisanebene, wie über dem westlichen Feld Jesreel, welches eben von dem Ort seinen Namen bekommen hat. Unter den Trümmern des Orts ist auch ein alter quadratischer Thurmbau, auf dem man eine ausgedehnte Aussicht hat. Sollte er nicht ein uraltes Denkmal aus der Zeit Elisas sein, wo König Joram in Israel, Sohn der verhaßten Jesebel, hier krank lag an seinen Wunden, die er im Krieg gegen die Syrer erhalten, und sein Gegenkönig Jehu von Gilead heranzog mit Kriegsleuten, ihn vom Thron zu stoßen und das ganze Haus Ahab zu stürzen? Denn als dieser Feind, unstreitig durch das Thal Beisan, gegen Jesreel im Anzug war, heißt es 2 Kön. 9, 17.: „der Wächter, der auf dem Thurm zu Jesreel stund, sahe den Haufen Jehu kommen und sprach: ich sehe einen Haufen" u. s. w. Von jenem Thurm sieht man durch das ganze Beisanthal bis Beisan hinab, welches tief unten im Jordanthal liegt. Ein die geographische Lage sehr gut veranschaulichender Zug ist es darum auch, wenn 1 Kön. 4, 12. Bethsean (d. i. Beisan) mit dem Beisatz bezeichnet wird: „welche liegt neben Zarthana unter Jesreel." Unter der Stadt liegt eine Quelle, welcher der Name Jesreel geblieben ist, die aber auch den Namen Ain Dschalud führt. Sie ist das „Ain (d. h. Quelle) in Jesreel", wo im letzten Krieg Sauls mit den Philistern Israel sich lagerte, während die Philister ihre Heere zu Aphek, dem heutigen el Fuleh, am Westabhang des Kleinen Hermon, versammelten (1 Sam. 29, 1.). Von da zieht das Beisanthal, welches im Alten Testament noch zum Feld Jesreel gerechnet wird, in der Breite von 1 Stunde zwischen dem Gebirg Gilboa im Süden und dem Kleinen Hermon im Norden mit bedeutendem Fall zum tiefen Jordanthal hinab.

## 2. Der Kleine Hermon.

Der Kleine Hermon kommt in der Bibel nicht vor. Seinen Namen hat er erst in der Mönchslegende erhalten, welche wahrscheinlich annahm, Thabor und Hermon, welche Ps. 89, 13. beisammen erwähnt werden, müßten auch beisammen liegen. Heutzutag heißt er Dschebel ed Dahy. Er ist eine 2 Meilen lange Kette von Felsenhügeln, weder groß noch hoch, weder schön noch fruchtbar, eine wüste, unförmliche Masse, deren höchste Erhebung gegen Westen liegt. Diese bildet eine scharf hervortretende Spitze, welche nach Liebetrut mindestens über 1200 Fuß sich über die Ebene erhebt und mit einem weißschimmernden muhamedanischen Bethaus gekrönt ist.*) Nur die umliegenden Ortschaften an seinen Vorhöhen haben einiges historische Interesse. Sunem, heutzutag Solam, auf den letzten südlichen Vorhöhen des Kleinen Hermon, ein schmutziges Dorf, welches Jos. 19, 18. mit als Grenze von Isaschar angegeben ist, wo die Philister im letzten Krieg gegen Saul anfangs sich lagerten, während Saul ihnen gegenüber zu Gilboa ganz Israel versammelt hatte (1 Sam. 28, 4.). Es ist das Sunem, von wo die schöne Abisag zu David gebracht wurde (1 Kön. 1, 3.), und wo die gastfreundliche Wirthin Elisas, die Sunamitin, wohnte, welche von da aus auf ihrer Eselin leicht den Propheten auf dem nahen Berg Karmel erreichen konnte, als ihr Sohn gestorben war, den Elisa auferweckte (2 Kön. 4, 8. ff.). Aphek, heutzutag el Fuleh, 1 Stunde nordwestlich von Sunem, in dominirender Lage auf der Wasserscheide. Hieher zogen sich die Philister von Sunem aus vor der letzten Schlacht gegen Saul (1 Sam. 29, 1.). Hier schlug Ahab den syrischen König Benhadad (1 Kön. 20, 26—30.). Nain, im Stamm Isaschar, am nördlichen Fuß des Kleinen Hermon, die Stadt, wo Jesus den Jüngling auferweckte (Luc. 7, 11.), jetzt ein kleiner Weiler, der seinen alten Namen Nain noch jetzt führt. Endor, nicht weit östlich von Nain, im Gebiet Isaschars dem Stamm Manasse gehörig (Jos. 17, 11.), durch Baraks Sieg über Sissera (Ps. 83, 10.) und durch die Todtenbeschwörerin (1 Sam. 28, 7. ff.) berühmt.

Am Westabhang des Kleinen Hermon, um das Dorf el Fuleh, sind schwarze Basalte und basaltische Tuffe in weiter Verbreitung anstehend, die wahrscheinlich zu Steinbrüchen für die Bauten der alten Königsresidenz zu Jesreel gedient haben. Schon am westlichen Kison und auf der Ebene Jesreel zeigen sich die ersten Spuren vulkanischen Gesteins, mächtige Basaltgänge, die im Kalkstein aufsetzen. Dieses Gestein setzt zwischen dem Thabor und

*) Auch hier widerspricht Liebetrut der gewöhnlichen Annahme, indem er die Gesammtform des Kleinen Hermon entschieden edel und schön nennt.

Kleinen Hermon bis nach Tiberias fort und tritt dann jenseits des Sees in der Ebene Hauran in großer Verbreitung als herrschendes Gestein auf. Seinem verwitterten schwarzen, an andern Stellen auch rothen Alluvialboden, der in Indien Cotton ground genannt wird, weil er die besten Baumwollenärnten gibt, verdankt die Ebene Jesreel unstreitig ihre große Fruchtbarkeit, welche überhaupt überall sich zeigt, wo verwittertes vulkanisches Gestein die Grundlage bildet.

### 3. Thabor.

Der Thabor, von den heutigen Arabern Dschebel Tor, d. h. der Berg, genannt, der Grenzberg zwischen Sebulon und Isaschar (Jos. 19, 12. 22.), erhebt sich in seinem Waldschmuck, abgeschieden von allen Nachbarbergen, wie ein grüner Altar im Feld, so daß das begeisterte Wort des Psalmisten (89, 13.) von ihm gilt: „Thabor und Hermon jauchzen in deinem Namen.“ Er breitet seinen Fuß nach allen Seiten gleichartig auf dem Blachfeld aus, so daß sein Umfang 6 Stunden beträgt. Aus weiter Ferne dem Auge des Wanderers sichtbar, steigt er in seiner ungemein schön geformten Kegelgestalt zu einer Höhe von 1755 Fuß über der Meeresfläche empor und überragt die Ebene Esdrelom, welche an seinem Fuß 439 Fuß hoch liegt, um 1300 Fuß, den See Tiberias aber um mehr als 2000 Fuß, eine Höhe, welche ihn über das Bergrevier Galiläas, in dessen Mitte er sich befindet, hinwegschauen und gleichsam als einen König, vor welchem die Dienerschaar in ehrfurchtsvoller Ferne auf den Knieen liegt, erscheinen läßt. Daher sagt Jerem. 46, 18.: „der König, der Herr Zebaoth heißt, wird daher ziehen so hoch, wie der Berg Thabor unter den Bergen ist.“ Von seiner Lage in der Mitte des Landes hat er unstreitig auch den Namen, welcher Nabel bedeutet. Von seiner Wurzel bis zum Gipfel braucht man zwei Stunden. Wohl ist das Steigen beschwerlich; aber das dunkle Grün der schönen Wallnußbäume, die schlanken Azederach mit lilafarbigen Blüthentrauben, die Rosengebüsche, die weißgelblichen Storaxblüthen, alte Pistazienstämme, von Epheuranken umwunden, und am Saum der Eichenwaldung die grünenden Gesträuche von Alhagi und Ladanum, alles dieß verschönt den Aufweg zu der reizenden Berghöhe, deren wundervolle Umsicht in einen weiten

Länderkreis Galiläas, Samarias, Peräas, nordwärts bis zum Schneehaupt des Dschebel Scheich reichlich für jede Mühe des Ansteigens lohnt. Auf den scharfen, dunkeln Farbenton, den der Anblick des Tiberiasgrundes gibt, antwortet gleich einem Echo von einer fernen Gebirgswand das blendende Weiß des Schnees auf dem Gipfel des Antilibanon; neben das tiefe, dunkle Blau der Berge Ephraims und Judäas stellt sich das bleiche Grün der Berge Gilboas und des ganz nachbarlichen Kleinen Hermon. Gegen Nordost am entferntesten und erhabensten steigt der Hermon mit seinem Schneegipfel auf, ihm weiter westlich der hohe Zug des Libanon und vor diesem näher der Dschebel Safed, unmittelbar am Fuß des Thabor die wellige Ebene Esdrelom mit ihren Ortschaften und den Zeltlagern der Araber. Vom Spiegel des Tiberiassees ist nur ein kleiner Streif zu sehen, obwohl die Einsenkung des Thalkessels im allgemeinsten Umriß sich darstellt, und dahinter die hohe Anschwellung des Plateaus von Dscholan, dann Hauran und noch südlicher Basan und Gileads Höhen. Moab steigt steil empor aus der fernen Tiefe gleich einer undurchbrochenen Mauerwand. In größerer Nähe fällt der Blick gegen Südost auf eine geringe Strecke des Scheriatthals, das Ghôr wird verdeckt, vom Todten Meer ist nichts zu sehen. Am Nordabfall des Kleinen Hermon sieht man die Dörfer Nain und Endor im obern Thal des Wady el Bireh. Gegen Westen ragen noch die bewaldeten östlichen Höhen des Karmelzugs, der an Höhe dem Thabor fast gleichkommt (1500 Fuß) hervor; nördlicher verdecken die Berge von Nazareth die weitere Aussicht; aber nördlich von diesen läßt sich zuweilen in äußerster Ferne ein Silberstreif des Mittelmeers entdecken.

Auf dem Gipfel des Thabor ist eine eiförmige Plattform, 1320 Fuß lang und 660 Fuß breit, welche mit Grasung und Gebüsch überwachsen ist. Wilson sah sogar ein Haberfeld auf dieser einsamen Höhe. Fast um den ganzen Gipfel lassen sich die Fundamente einer dicken, aus großen Steinen aufgeführten Mauer verfolgen, Zeugnisse sehr alter Befestigungen; denn schon zu Deboras und Baraks Zeiten sammelten sich auf dem Thabor 10,000 Mann wider Sissera (Richt. 4, 6. 12. 14.). Die Hauptüberreste zeigen sich in hohen Ruinenhaufen am südlichen und östlichen Bergrand in größter Verwirrung von alten Mauern,

Gräben, Bogen, Gewölben, Cisternen, Grundlagen von Wohnhäusern und andern Bauwerken. Zur Zeit der Kreuzzüge standen hier auch Klöster und Kirchen. Der Berg war also in älteren Zeiten nicht so unbewohnt und öde, wie er heutzutage und seit Jahrhunderten ist. Es ist historisch nachgewiesen, daß die Gipfelplatte des Berges fortwährend von den Zeiten Antiochus des Großen an (seit 218 v. Chr.) bis zur Belagerung durch die Römer nach der Zerstörung Jerusalems zu einer vielfachen Kriegsdrangsalen unterworfenen Festungsstadt diente. Deßwegen kann er wohl kaum der Berg der Verklärung Christi sein; denn hier hätte der Herr nicht „besonders allein" (Marc. 9, 2.) mit seinen Jüngern sein können; der Ort war nicht zu einem Heiligthum des Friedens und der Einsamkeit geeignet. Ueberdieß hatte sich damals der Heiland, um den Nachforschungen seiner Feinde zu entgehen, in die Gegend der Jordanquellen bei Cäsarea Philippi zurückgezogen, so daß wohl hier, in der Nähe des Hermon, der Ort der Verklärung zu suchen sein mag.

Den größten Theil des Sommers ist der Berg am Morgen mit dicken Wolken belagert, die sich gegen Mittag vertheilen. Ein heftiger Wind bläst den ganzen Tag, und in der Nacht fällt mehr Thau als irgendwo in Syrien. Auch Robinson erlebte am 19. Juni 1838 so starken Nachtthau, daß sein Zelt, das auf der Gipfelplatte stand, am Morgen wie vom Regen durchnäßt war, worauf der Morgennebel sich wie eine flockige Krone um den ganzen Kegelberg verbreitete. Dieß erinnert uns an den Thau auf dem Fell Gideons, welcher eine Schale mit Wasser füllte (Richt. 6, 37—39.). Die Abhänge des Thabor waren ehmals mit Wald bewachsen und daher zum Vogelstellen besonders geschickt, wahrscheinlich war die Gegend auch durch den Vogelfang bekannt. Der Prophet Hosea vergleicht deshalb (5, 1.) die Verführer, welche das Volk ins Verderben führen, die Priester, die Familienhäupter und das königliche Haus, mit den bekannten Vogelfängern zu Mizpa (am Hermon Jos. 11, 3.) und Thabor, indem er sie einen Strick (Fallstrick) zu Mizpa und ein ausgespannt Netz (Werkzeug, um Vögel zu fangen) zu Thabor nennt. — Am westlichen Fuß des Berges liegen die Orte Dabrath, jetzt Daburieh, Levitenstadt und Grenzstadt von Sebulon und Isaschar (Jos. 21, 28. 19, 12.), und Chesulloth oder Kisloth-Thabor, jetzt Iksal, Grenzstadt von Sebulon und Isaschar (Jos. 19, 18. 19, 12.); weiter westlich, südlich von Nazareth, Japhia, jetzt Jafa (Jos. 19, 13.).

### IV. Ebene Sebulon.

Nördlich von Nazareth ist uns das innere Galiläa bis auf den heutigen Tag noch ziemlich unbekannt. Zunächst betreten wir die Ebene Sebulon, auch Sepphorisebene, heutzutag Ebene el Battauf genannt, welche von der südlich gelegenen Ebene Esdrelom durch die Berge von Nazareth, einen rauhen Plateauwall voll harter, nackter Felsstrecken, die mit Kalkgeschieben überstreut sind, getrennt ist. Sie erstreckt sich 6 bis 8 Stunden von Ost nach West, über 2 Stunden von Süd nach Nord, und ist rings von einem Hügelkranz eingefaßt, welcher mit schroffen, weißen Kalkfelsen bekrönt ist. Nur im Westen hat sie einen Ausgang zwischen den Ortschaften Kafer Menda und Sefurieh. Hier sammelt der Nahr Melik seine Wasser, die ihm von Osten her durch mehrere Gebirgsbäche aus der Ebene zugeführt werden, in sein Bett zusammen und entladet sie gegen Westen durch den Wady Chaledijeh zum Kison hinaus. Auch diese Ebene, wie die von Jesreel, war in der Urzeit ohne Zweifel ein Seebecken, welches sich erst beim Durchbruch des letztgenannten Wady entleerte. Noch jetzt entsteht im Winter im nördlichen Theil der Ebene ein See. Der Reisende Clarke vergleicht sie mit den romantischen Thälern von Kent und Surrey in England und mit der reizenden Berglandschaft an der Südküste der Krimschen Halbinsel. Sie ist im Frühling eine blumenreiche Waide und bis in den Sommer hinein mit üppigem Graswuchs bedeckt, gegenwärtig aber fast zur Einöde geworden. Nur wenige Dörfer erblickt man an ihrem Rand und in deren Nähe einige Stücke gebauten Feldes. Unter ihnen nennen wir el Meschhed, 1 Stunde nördlich von Nazareth, jenes zu Sebulon gehörige Gath Hepher (Jos. 19, 13.), welches der Geburtsort des Propheten Jonas war (2 Kön. 14, 25.), wo auch noch jetzt sein Grab in einer Moschee gezeigt wird, dann Sepphoris, heutzutag Sefurieh, welches zwar nicht in der Heil. Schrift, wohl aber bei Josephus vorkommt, der sie die größte Stadt Galiläas nennt; gegenwärtig nur ein kleines Dorf am Fuß einer mit Kastellruinen gekrönten

Anhöhe, $1\frac{1}{2}$ Stunden von Nazareth an der Südgrenze der Ebene Sebulon. Die Legende macht den Ort, der auch Diocäsarea hieß, zum Wohnsitz der Eltern der Maria, des Joachim und der Anna.*) Nördlich davon, an der Nordwestgrenze der Ebene, liegt am südlichen Abhang eines vorragenden Tells, von dem man die Ebene überblickt, Kana el Dschelil, d. h. Kana in Galiläa, d. h. Obergaliläa (s. oben), wo der Herr in der Verwandlung des Wassers in Wein zum ersten Mal seine Herrlichkeit offenbarte (Joh. 2, 1—11.), woher Nathanael gebürtig war (Joh. 1, 47. 21, 2.) und wo jener Königische den Herrn für seinen kranken Sohn zu Hilfe rief (Joh. 4, 46. ff.). Erst Robinson zeigte, daß dieses Kana das Kana der Hochzeit sei. Die Legende gab bis in die neueste Zeit den Ort Kefer Kenna an der südlichen Grenze der Ebene Sebulon, $1\frac{1}{2}$ Stunden von Nazareth, dafür aus. In der dortigen Töpferei werden immer von neuem Krüge verfertigt, welche man als die noch übrigen Reste jener Wasserkrüge an die Pilger verkauft. Etwas südlich von Kana el Dschelil liegt das Dorf Rummaneh, vielleicht das Rimmon Jos. 19, 13., die Grenzstadt Sebulons.

Etwa 40 Minuten nordwestlich von Kana liegt am Fuß eines Tells das Dorf Dschefât, umgeben von Bergen. Der hohe runde Tell ist vollkommen regelmäßig geformt und steht ganz abgesondert, außer daß er mit den nördlichen Hügeln durch eine niedere Bergzunge verbunden ist. Von ihm aus geht der Wady, der bei Kana in die Ebene Battauf mündet. Rund um den Tell und gerade unter dem Scheitel, überall, außer im Norden, sind Höhlen; auf dem Tell keine Spur von einer Feste, ebensowenig von Wohnstätten. Und doch ist der Schluß ganz unwiderleglich, daß dieß die Lage Jotapatas war, der berühmten Feste Galiläas, die sich unter dem Oberbefehl des Josephus selbst so lange gegen die Angriffe Vespasians behauptete und wo nach dem Fall der Stadt der Historiker selbst gefangen genommen ward. Die Lage paßt ganz zur Beschreibung des Josephus, der zufolge die Stadt, mit Ausnahme einer geringen Stelle, von Abgründen

*) Zwei Stunden südwestlich von Sepphoris liegt das Bethlehem von Sebulon (Jos. 19, 15.) heutzutag Beit Lahm, ein ganz elendes Dorf ohne Merkmale des Alterthums.

umringt war, tiefe, steile Thäler sonst überall. Sie war nur von Norden zugänglich, und nach dieser Seite dehnte sich die Stadt bis zum gegenüberliegenden Berg und denselben etwas hinan aus. Auch Höhlen gab es und unterirdische Behälter, in denen Josephus und viele andere sich verbargen, nachdem die Stadt schon eingenommen war. — Im Alten Testament finden wir ein Thal Jiphthah-el an der Grenze von Sebulon und von Asser, d. i., wo diese beiden Stämme zusammenstoßen (Jos. 19, 14. 27.). Die Frage wirft sich natürlich auf, ob dieser Name mit denen von Jotapata und Dschefât irgend eine Verwandtschaft habe. Beim ersten Blick scheint nur geringe Aehnlichkeit zu sein; wenn wir jedoch den corrumpirten Dialekt Galiläas berechnen, der so oft verschiedene Gaumenlaute und andere Buchstaben verwechselt, so erscheint die Verwandtschaft durchaus nicht unmöglich. Diese Ansicht wird auch durch die Lage des Thals unterstützt. Die Ebene el Battauf lag in Sebulon und die nördliche Grenzlinie dieses Stamms wird, wie es scheint, als westwärts nach dem Thal Jiphthahel laufend beschrieben. Wiederum die westliche und südwestliche Grenze von Asser, heißt es, lief von Carmel nach Sebulon, dann nach dem Thal Jiphthahel und so nach Cabul. Es ist daher wahrscheinlich, daß die Hügelreihe zwischen Sukhnîn und Kefr Menda in dieser Gegend die Grenze zwischen Asser und Sebulon bildete und daß das Thal Jiphthahel kein anderes war, als der große Wady Abilîn, der seinen obern Anfang in diesen Hügeln in der Nähe von Dschefât hat.

Die Ebene el Battauf gehört der westlichen Abdachung Niedergaliläas zum Mittelmeer an; denn die oft genannte große Wasserscheide umzieht sie im Osten, indem dieselbe vom Thabor aus gegen Norden über den Ostrand der Ebene hinläuft. Dadurch wird das Gebiet der östlichen Abdachung, welches dem Jordan und dem Tiberiassee zugehört, sehr schmal, und es ist nicht zu verwundern, daß man hier von der galiläischen Hochebene auf steilem und raschem Abfall in die große Tiefe des Sees hinabgeführt wird. Auf der hohen Fläche des Ostrands der Ebene Sebulon erhebt sich zwischen dieser und dem See der Berg der Seligkeiten mit der schönsten Aussicht auf Safed, den beschneiten Hermon und die Tiefe des Sees. Er ist so genannt, weil Jesus auf ihm die Bergpredigt gehalten haben soll. Jetzt heißt er Kurun el Hottein (oder Hattin), d. h. Hörner von Hottein; denn er liegt bei dem Dorf Hottein, und hat an seinem östlichen wie an seinem westlichen Ende eine hervortretende Spitze. An ihm nimmt der Bach seinen Ursprung, der die hügelige fruchtbare Ebene Ard el Hamma gegen Südost durchfließt, dann östlich sich wendend zum Jordan durchbricht, in den er nahe dem Südende des Galiläischen Meers mündet. Diese Ebene, offenbar einst gleichfalls ein geschlossenes Seebecken, liegt zwischen dem Thabor und dem an der Südwestseite des Tiberiassees hinziehenden Gebirge gegen 1000 Fuß über dem See; sie ist überall mit Erde bedeckt, nur hie und da zeigt sich nackter Kalkstein; aber der größte Theil derselben ist mit zahllosen Basalttrümmern und Geschieben bestreut.

---

Zweites Kapitel.

## Obergaliläa.

### II. Dschebel Dschermak.

Obergaliläa, ein uns noch sehr unbekanntes Land, steigt von der Seeseite her allmälich an, fällt dagegen gegen Osten zum Jordanthal schroff, steil und tief ab. Im Süden ist es von der Ebene el Battauf, im Norden vom untern Litany begrenzt, gegen den es einen steilen Rand darbietet. In der Mitte des Landes erhebt sich zwischen Rama (heutzutag er Rameh, ohne Zweifel das Rama im Stamm Naphthali Jos. 19, 36.) im Südwest und der Stadt Safa im Nordost der Dschebel Dschermak, der auch Dschebel Zabud heißt, der höchste Berg in Galiläa. Von seinen grünbewachsenen Höhen, deren keine ohne Ruinen ist, genoß E. G. Schultz, der ihn bestieg, eine unbeschreiblich herrliche Aussicht, die er der vom Hermon herab an die Seite stellt. Von ihm laufen gegen Nordwest drei Gebirgszüge aus: der Dschebel Muschakka, der im Ras en Nakurah, der Scala Tyriorum, endet, der Dschebel es Schema, der im Ras el Abiad, dem Promontorium album, das Meer berührt, und der Dschebel Thawil oder Tauwil, der südlich von Sur oder Tyrus sein Ende erreicht. Dieses Gebirg Dschermak gibt der Landschaft Obergaliläa einen vom bisherigen ganz abweichenden landschaftlichen Charakter. Bisher floßen die Winterströme, Wadys und Flüsse von der von Süd nach Nord durch die Mitte des Landes durchziehenden Wasserscheide nach Ost und West ab; hier aber nehmen sie ihre Richtung vom Centralgebirg des Dschermak aus nach allen Weltgegenden, auch nach Nord und Süd, indem die Gebirgsthäler von der gemeinsamen Mitte aus radienartig nach allen Seiten ausgehen. Am Südabfall entspringt unmittelbar über Rama der Fluß, der, im Wady Sellameh gegen Südwest fließend, sich mit dem Belus vereint. Gegen Südost tritt aus dem Dschebel Dschermak der Fluß hervor, der den Wady Leimon bewässert, und nordwärts von Hattin sich zum See Genezareth ergießt. Am Nordabhang entspringen mehrere Gebirgsflüsse, von denen zwei die bedeutendsten sind, nämlich der Nahr Herdawil, der im Norden von Rama in zwei Hauptarmen entspringt, die beide zuerst nordwärts fließen, ehe sie, unterhalb Sumata vereinigt, gegen Westen im rechten Winkel gewendet, das dortige Gebirg durchbrechen, um bei Achsib (Jos. 19, 29.) 2½ Stunden nördlich von Akko, heutzutag Zib, zu münden, und der Wady Kurah, nordöstlich vom Nahr Herdawil, der in seinem untern Lauf Wady es Schema heißt, und zwischen dem Dschebel es Schema und dem Dschebel Thawil gegen Nordwest dem Mittelmeer zufließt. Andere kürzere Flüsse gehen direkt gegen Nord und sind nur Zubäche zum Litany.

In einer der nördlichen Thalsenkungen des Dschebel Dschermak liegt das kleine Dorf Beitdschin, welches Stephan Schultz (1754) besuchte. Die Bewohner sind durch ihre guten Gerbereien bekannt und durch die trefflichen Schläuche, die sie zur Aufbewahrung und zum Transport von Wasser, Oel und Wein bereiten. Der Weinstock zeigte sich, als Schultz dort war, in seiner größten Fülle und Schönheit. „Das Abendessen genoßen wir,“ erzählt er, „vor dem Schloß des Scheich (der ihn gastlich aufgenommen hatte) unter einem großen Weinstock, dessen Stamm ungefähr 1½ Schuh im Durchmesser hatte. Die Höhe erstreckte sich auf 30 Schuh; er bedeckte mit seinen Zweigen und Nebenranken eine Hütte von mehr denn 50 Schuhen breit und lang. Ich erinnerte mich an Micha 4, 4.: ein jeder wird unter seinem

Weinstock und Feigenbaum wohnen. Beides, das Wohnen sowohl unter den Feigenbäumen als unter Weinstöcken, habe ich in diesem Lande gefunden.“ Eine einzige prächtige Traube von 10 bis 12 Pfund Gewicht diente der Gesellschaft zum Abendschmauß; sie wurde auf ein 3 Ellen langes und halb so breites Brett gelegt; alles setzte sich um die Traube her, pflückte und aß von den pflaumengroßen Beeren, so viel jedem beliebte, brach sein Brot und nahm manchen Trunk frischen Wassers dazu, bis man nach mancherlei Gesprächen und gesättigt das Abendgebet hielt und dann sich zur Ruhe begab. An einem folgenden Morgen machte man einen Spaziergang zu einem benachbarten Thal, darin ein Garten mit den schönsten Apfel-, Granaten-, Citronen- und Orangenbäumen die Reisenden erfreute. Ein lieblicher Gebirgsbach durchzieht das Thal, das häufig besucht wird, um hier die Ziegenmilchkur zu gebrauchen, da die Hirten von allen Seiten hieher kommen, ihre Heerden zu tränken. Zwei Heerden von Ziegen, weiß von Farbe, mit langen Ohren und lang herabhängendem weißen Seidenhaar, trabten von den Berghöhen herab und verbreiteten im rothen Sonnenstrahl durch den Seidenglanz ihres Vließes einen so eigenthümlichen Schimmer, daß sie einer Feuerwolke gleich von der Höhe herabzustürzen schienen, woraus sich das kühne Bild im Hohen Lied 4, 1. und 6, 4. erklären lasse: „deine Haare sind wie eine Heerde Ziegen, die herabtraben vom Berge Gilead,“ wo das hebräische Wort, das Luther irrig mit „beschoren“ übersetzt, nach St. Schultz Erklärung das muntere Herabtraben zu den Wasserbächen bezeichnen soll, das ihn hier überraschte. Er bemerkt, daß das geschorne Seidenhaar dieser Ziegenart, dort Kemmel genannt, daraus man, wie auch in Gilead und Angora, die schönsten Teppiche und Zeuge webe, die Veranlassung zu der falschen Benennung Kameelhaar gegeben habe, da die Wolle des Kameels, nur grob und ohne Glanz, bloß rohe Stoffe gebe, das feine Gespinnst dieses Ziegenhaars aber, Seir el Kemmel genannt, die zartesten glanzreichen Gewebe.

Nordwärts vom wilden und hohen Dschebel Dschermak ist schönes fruchtbares Land, das aus einer fortlaufenden Reihe schwellender bewaldeter Hügel und Thäler besteht. Namentlich gegen Südwest wächst die Stacheleiche in Menge. Holzungen machen einen Hauptreichthum des Landes aus, wie zu Hirams und Salomos Zeiten. Beirut, Tyrus und Acre werden auch heute noch von hier aus mit Holz versehen, von wo es auf dem Meer weiter geflößt wird. Gegen Nordwest hat das Land einen steilen, bewaldeten Abfall zum Litany und zur Küstenebene der alten phönizischen Tyrus. Er ist 1200 bis 1500 Fuß über dem Meer und bietet den prachtvollsten Ueberblick über das ganze vorliegende Hügelgelände dar bis zur unmittelbaren, mehr einförmigen Küstenebene, hinter welcher auf dem funkelnden Gewässer des Mittelmeers in der größten Ferne die weißen Flecke der Segelschiffe sich hin- und herbewegen. In der Hügelebene selbst, welche dem Hügelland im Westen Jerusalems gegen die Küstenebene Sarons ähnlich ist, wechseln Ackerfelder, die trefflichen Anbau haben, mit bewaldeten Anhöhen, und eine Menge Ortschaften liegt vor dem überraschten Auge des Wanderers ausgebreitet. Auch merkwürdige Ruinen vom höchsten Alterthum treffen wir in diesen Gegenden, so im Süden des Wady el Adschun, ungefähr in der Mitte zwischen dem Ras el Abiad und dem Meromsee, die Ruinen von Hazîreh, die auf einer kleinen Anhöhe ein bedeutendes Stück Land bedecken. Das Interessanteste darunter ist ein Bogen oder Gewölbe, welches Huzzûr genannt wird. Es steht auf einem abgeflachten Felsen über dem Eingang zu einem ausgehauenen Grab, in welches ein abgesenkter Gang hinabführt. Am untern Ende desselben ist ein niedriges Portal, das in eine ausgehöhlte Felsenkammer mit einem Sarkophag führt. Ein ähnliches Grabmal liegt in der Nähe davon, nur fehlt über diesem die Bogenwölbung. Der Name läßt sogleich an das Hazor im Buch Josua denken. Allein diese Stadt lag nahe am Huleh und im Bezirk Naphthali, während dieser Ort weit vom Huleh liegt und zum Stamm Asser gehört. Es mag wohl ein altes Hazor gewesen sein, wenn schon keines in Asser erwähnt wird. Etwa eine Stunde westlich von Hazîreh liegt ein Ort, der heutzutag Râmeh heißt, ohne Zweifel das alte Rama im Stamm Asser (Jos. 19, 29.), auf einem einzeln stehenden Hügel mitten in einem Becken grüner Felder und von größeren Anhöhen umgeben. Auch hier fand Robinson (auf seiner zweiten Reise) mehrere Sarkophage von merkwürdigem antikem Charakter. Je mehr man sich Tyrus nähert, desto mehr ist die Gegend angebaut, und vorzüglich ist es weit verbreitete Tabakscultur, die reichen Ertrag gibt und einen wichtigen Ausfuhrartikel bildet. Die Thäler ziehen nordwärts zum Litany und ihre Seitenwände müssen auf dem Weg nach Tyrus wie sanftere bebaute Bergwellen überstiegen werden. Am Rande eines derselben liegt das große Dorf Kana, dasselbe, welches Jos. 19, 28. als im Stamm Asser gelegen erwähnt wird. $1\frac{1}{2}$ Stunden davon gegen Nordwest kommt man zu dem Kabr Hairân, d. h. Grab Hirams, einem der merkwürdigsten antiken Monumente, das auf der Grenze von Galiläa und dem alten Phönizien ganz einsam und verlassen, aber aus weiter Ferne sichtbar steht. Es ist ein ungeheurer Sarkophag von Kalkstein auf einem hohen Piedestal von behauenen Steinen, 12 Fuß lang, 6 Fuß hoch und breit, der Deckel 3 Fuß dick. Das Ganze ist etwa 21 Fuß hoch. Nach der Sage soll es das Grab Hirams, des berühmtesten der Könige von Tyrus, sein. Jedenfalls scheint es der alten Phönizier Zeit anzugehören, und es ist nicht unwahrscheinlich, daß in diesen Gegenden noch mehrere derartige Monumente aufzufinden wären, wie denn wirklich weiter südlich zwischen den Dörfern Yaron und Maron ein solches steht, ein fast ebenso großer Sarkophag, der von Säulen und andern Trümmern umgeben ist.

## II. Dschebel Safed.

Im Nordosten erhebt sich über das wasser- und waldreiche Hügelland Obergaliläas der Dschebel Safed, in der Bibel, wo er nur einmal, nämlich Jos. 20, 7., erwähnt ist, Gebirg Naphthali genannt. Er besteht, wie das ganze Westjordanland, aus Kalkstein mit sehr wenig Basalt. Wie der Dschebel Heisch im Osten, so schließt er im Westen die Ebene des Meromsees (Ard el Huleh) ein und streicht gegen Nordnordost, bis er sich an die Hermongruppe und den Antilibanon anschließt. Im Norden scheidet er das Litanythal, das an seinem westlichen Fuß hinzieht, von dem Wady et Teim, in welchem der Nahr Hasbany entspringt. Uebrigens trägt der Gebirgszug erst von da an, wo der Leontes ihn verläßt, um mit westlicher Wendung zum Meer durchzubrechen, die oben angegebenen Namen. Von da zieht er mit wellenförmiger Oberfläche, öfter bis 3000 Fuß ansteigend, südwärts bis zur Stadt Safed, welche, ungefähr in gleicher Breite mit dem Nordende des Tiberiassees, auf dem südlichsten Vorberg des Gebirgs in einer Höhe von 2619 Fuß (nach Roth) weithin sichtbar liegt, vielleicht „die Stadt auf dem Berg," auf die der Heiland Matth. 5, 14. hinweist, wiewohl sie in der Bibel sonst nicht erwähnt ist. Die Stadt liegt auf mehreren Hügeln, hinter welchen im Norden die höchste Kegelspitze mit einem Castell emporragt, von wo aus man eine weite Aussicht, gegen Südost auf den Tiberiassee in seinem tiefen Becken, gegen Osten auf das hohe Tafelland Dscholan und bis zu den Grenzen von el Ledscha, weiter im Süden auf die Bergreihen von Adschlun im alten Basan, gegen Süden auf die Berge Thabor und von Samaria, unmittelbar im Osten und Norden aber auf nackte Berge hat. Die Umgebung der Stadt hat große Weinberge, Olivenpflanzungen und Gärten, in denen auch Granatäpfel und Feigen sehr gut gedeihen. Die Thäler umher sind sehr fruchtbar. Die Stadt zählt 7000 Einwohner, welche Indigofärberei und Baumwollenweberei treiben; die meisten sind Juden, etwa 1000 Muhamedaner und ebenso viele griechische Christen. Die Juden haben 6 bis 7 Synagogen und eine hohe Schule des Talmudstudiums. Die Stadt ist eine von ihren vier heiligen Städten (die übrigen sind Jerusalem, Tiberias, Hebron). Hier, glauben sie, werde der kommende Messias 40 Jahre seinen Herrschersitz aufschlagen, bevor er nach Jerusalem gehe. Durch das gewaltige Erdbeben von 1837 litt Safed entsetzlich; mehrere tausend Menschen wurden erschlagen und die Stadt in einen Ruinenhaufen verwandelt. Sie lag gerade im Mittelpunkt des Erschütterungskreises; die Erschütterungslinie erstreckte sich in der Normaldirektion des Ghôrspalts auf dessen Westseite von Nord nach Süd an 100 deutsche Meilen weit, in einer Breite von 18 bis 20 deutsche Meilen von Ost nach West. Etwa ½ Stunde nördlich von Safed liegt auf dem Gebirgsplateau der Tell Khuraibeh mit Ruinen und einer schönen Aussicht auf den See und die Ebene des Huleh. Robinson hält dieß für die Lage von Hazor, der alten Königsstadt Jabins (Jos. 11, 1.), welches offenbar das Hazor im Stamm Naphthali (Jos. 19, 36.) gewesen sein müsse (nicht das im Stamm Asser, s. oben S. 251). Die Erzählung (Jos. 11) setze die Lage Hazors in der Nachbarschaft des Sees voraus, auch sage Josephus ausdrücklich, daß es über dem See Samochonitis läge. In späterer Zeit bedrückte ein anderer Jabin von Hazor Israel und wurde von Debora und Barak besiegt (Richt. 4). Wie es scheint, ward dasselbe Hazor von Salomo befestigt (1 Kön. 9, 15.). Unter Pekah kam Tiglath Pilesser und nahm Hion, Abel Beth Maecha, Janoha, Kedes, Hazor, Gilead, Galiläa und das ganze Land Naphthali, und führte sie weg in Assyrien (2 Kön. 15, 29.). Tiglath Pilesser kam von Norden und in dieser Ordnung werden die obigen Städte genannt; daher muß Hazor nicht weit von Kedes im Süden gelegen haben. „Keine Stelle," sagt Robinson, „kann besser passen, als jener Tell. Er überschaut die Huleh, Ebene und See, und liegt dem nördlichen Ende der ersteren beinahe gegenüber; er ist in sich selbst eine Lage von bedeutender Stärke, und eine Stunde weit von Kedes nach Süden zu." — Dieses Kedes selbst, dessen König mit vielen andern kanaanitischen Königen im Norden des Landes von Josua besiegt wurde (Jos. 12, 22.), welches dann bei der Vertheilung des Landes an den Stamm Naphthali kam (Jos. 19, 37.), zur Freistatt (20, 7.) und zur Levitenstadt (21, 32.) erhoben wurde, die Heimath des Helden Barak (Richt. 4, 6. 10.), hat eine wahrhaft köstliche Lage auf einem ziemlich hohen Rücken, ist mit Wasser versehen und ganz von fruchtbaren Ebenen umringt. Auch Alterthumsreste sind da, namentlich eine Anzahl Sarkophage und zwei alte Bauwerke. — Noch weiter nordwärts liegt im Dschebel Safed der Ort Hunin, wo wir zum Abschied aus dem Gelobten Land uns noch einmal an einer herrlichen Aussicht laben, und namentlich die paradiesischen Gegenden der Jordanquellen, die uns beim Antritt unserer Wanderung entzückten, wieder begrüßen können. In äußerster südlicher Ferne erblicken wir noch Rücken der Bergzüge bis zum Todten Meer, im Norden zeigt sich der grüne Teppich des Hochthals von Cölesyrien zwischen den beiden Libanonketten ausgebreitet. Gegen Ost und Südost überschauen wir in prachtvoller Uebersicht den Tell el Kadi, Banias mit seinen Auen und das ganze Bassin um das Wasser Merom, gedrängt voll Bäume und Buschwerk, besetzt von Araberzelten, durchzogen von zahlreichen Heerden, durchschnitten von den durchziehenden Stromlinien, in der Mitte desselben den silberspiegelnden See in seiner grünen Umsäumung, und um das Ganze her bis in die weiteste Ferne in Ost und West und Süd die Schaar von Bergen, die mit dem alten

Dschebel es Scheikh im Norden, der mit seinem weißen Turban auf dem Haupt von seinem Thron alles überschaut, gleichsam die Schönheit des Jordanwiegenlandes und seines Sees anstaunen. Das ärmliche Dorf Hunin hat Ruinen einer großen Festung, welche auf einem breiten Tell liegen, der sich in einer gegen Nordwest zum Litany laufenden Kluft zu geringer Höhe erhebt. Das Kastell muß vor Alters ein gewaltig starker Platz gewesen sein und schon zur Zeit der Israeliten existirt haben. Robinson findet in dem Ort das alttestamentliche Beth Rehob (Richt. 18, 28. vgl. v. 11. 29.), dasselbe Rehob, welches 4 Mos. 13, 22. erwähnt ist, wenn von den Kundschaftern gesagt wird, daß sie das Land durchsuchten bis „gen Rehob, da man gen Hamath geht".*) — Nordwärts von Hunin liegt das heutige Âbil (auch Abil el Kamh), ein Dorf mit Ruinen auf einem Tell zwischen dem Derdârah und Hasbany, wahrscheinlich das alte Abel, oder Abel Beth Maecha (von seiner Nähe bei Beth Maecha 2 Sam. 20, 14. 18.), einmal auch Abel Maim genannt (2 Chron. 16, 4. vgl. 1 Kön. 15, 20.), welches zu Naphthali gehörte (ebendas.), von Joab belagert (2 Sam. 20, 14. 15.), von Benhadad geschlagen (1 Kön. 15, 20. 2 Chron. 16, 4.), von Tiglath Pilesser erobert wurde (2 Kön. 15, 29.). — Im Westen davon, südlich vom Litany, östlich vom Wady Hudscheir, liegen einige Trümmer, die den Namen Kefâf führen, in welchem ohne Zweifel noch der Name des alten Achsaph, einer Stadt an der Grenze des Stamms Asser, fortlebt, deren König zweimal in Verbindung mit den Königen von Hazor genannt wird (Jos. 19, 25. 11, 1. 12, 20.). — Der nördlichste Punkt des Heiligen Landes, an den sich ein biblisches Interesse knüpft, ist der Tell Dibbîn auf der

---

*) Der Ausdruck „bis man kommt gen Hamath" ist ein geographischer Name, der schon, als die Kinder Israel vom Gelobten Land Besitz nahmen, im Gebrauch war (4 Mos. 13, 22. 34, 8. Jos. 13, 5. Richt. 3, 3.). Er bezeichnet eine Gegend an der äußersten nördlichen Grenze des Gelobten Landes in seiner weitesten Ausdehnung, nämlich den Zwischenraum oder vertieften Grund zwischen dem nördlichen Ende des Libanon und den Nusairiyeh-Bergen, oder die Gebirgspassage durch das zwischen Libanon und Antilibanon gelegene Hochthal. Hamath ist nämlich das heutige Hamah, eine an den steilen, hohen Ufern des Orontes terrassenartig sich erhebende, malerisch gelegene Stadt im jetzigen türkischen Ejalet Damaskus. Von der Stadt hat auch das Königreich, dessen Hauptstadt sie war, seinen Namen erhalten.

Hochebene zwischen dem Hasbany und Litany in der Merdsch Ayun. Er hat Ruinen und würde eine herrliche Lage für eine Stadt bieten, da er die ganze Ebene überschaut und eine der großen Straßen von der Küste nach dem Innern beherrscht. Unumstößliche Zeichen beweisen auch, daß auf diesem Platz einst eine Stadt gestanden. Robinson hält daher den Tell für die Lage des alten Ijon, dessen Name sich auch in dem arabischen Ayun erhalten habe. Ijon wird zweimal als die nördlichste Stadt dieser Gegend genannt, einmal als Benhadad, den Assa herbeigerufen, Ijon, Dan, Abel und ganz Cineroth verwüstete (1 Kön. 15, 20. 2 Chron. 16, 4.), dann als Tiglath Pilesser ins Land fiel und die Einwohner von Ijon, Abel, Janoah, Kedes und Hazor in Gefangenschaft führte (2 Kön. 15, 29.).

## Zweiter Theil.

# Das Land der israelitischen Wanderung.

Wir zerlegen unsere Schilderung in zwei Partieen, indem wir zuerst die geographischen Verhältnisse dieses Landstrichs in's Auge fassen, sodann den Wanderzug der Israeliten übersichtlich darzustellen suchen. In ersterer Beziehung kann es uns natürlich nur darum zu thun sein, eine Basis für die historischen Vorgänge und Zustände zu gewinnen, um deren Verständniß es uns zu thun ist.

## Erste Partie.

# Geographische Beschreibung.

### Ueberblick.

Der Landstrich, in welchem sich der israelitische Wanderzug bewegt, wird seit dem griechischen Geographen Ptolemäus († 161 n. Chr.) das Peträische Arabien (Arabia petraea) genannt, ein Name, welcher fälschlich mit „Steiniges Arabien" übersetzt wird, indem er vielmehr von der einst glanzvollen, bald aber in Trümmer gesunkenen und aus dem Gedächtniß der Menschen gänzlich verschwundenen Hauptstadt **Petra** sich herschreibt. Er umfaßt ein Gebiet, welches sich unmittelbar an die bisher von uns durchwanderten Gegenden anschließt und zum Theil als Fortsetzung derselben betrachtet werden kann, zwischen dem 50. und $53^1/_2$ ° O. L. und dem 28. bis 31. ° N. Br. Es ist das Uebergangsgebiet zwischen Aegypten und Arabien, zwischen Afrika und Asien, mit einem Flächeninhalt von etwa 1400 Q.M. Wir zerlegen es, analog dem Heiligen Land, in drei Abtheilungen:

1. die **Arabah**, eine Fortsetzung des nördlichen Ghor, in welchem der Jordan fließt;

2. das Land östlich von der Arabah, oder das **Edomiter Gebirg**, eine Fortsetzung des ostjordanischen und moabitischen Hochlands;

3. das Land westlich von der Arabah, oder die **Sinaihalbinsel** im weiteren Sinn, welche sich an das westjordanische Hochland anschließt.

---

## Erste Abtheilung.

# Die Arabah.

Der **Wady el Arabah** ist das große Längenthal, welches zwischen dem Edomiter Gebirg im Osten und dem Wüstenplateau et Tih im Westen in fast ganz südlicher Richtung vom Todten Meer bis zum Aelanitischen Meerbusen des Rothen Meers sich erstreckt. Seine Längenausdehnung von Nord nach Süd beträgt 42 Stunden, seine Breitenausdehnung von West nach Ost steigt in der nördlichen Hälfte wohl bis auf 12 Stunden, an seinem Südende, wohinzu es sich allmälich verengert, beträgt sie nur noch 2 Stunden. Das Thal ist auf beiden Seiten von Gebirgsreihen begleitet, welche im Westen zu 1500 bis 1800, im Osten höher zu 2000 bis 2500 Fuß ansteigen. Jene sind der östliche Abfall des westwärts gelegenen Tihplateau's, diese sind die westlichen Vorstufen des östlich mit der Arabah parallel streichenden Edomiter Gebirgs. Vom Aelanitischen Meerbusen steigt der Boden des Wady sehr allmälich gegen Norden an, bis man die Wasserscheide zwischen dem Rothen und Todten Meer erreicht hat. Diese liegt nach J. Roth bei und um den Brunnen Godián in der Einsenkung des Arabahthals, nur 7 Stunden Kameelschritts von dem nördlichsten Ende des Golfs. Die ganze Breite der Arabah bietet an dieser Stelle keine unmittelbare augenfällige Steigung oder Senkung dar, sondern im Gegentheil ebene Flächen, die während der Regenzeit mit Wasser bedeckt sind. Als Roth zu Ende Aprils dort war, war das Wasser verschwunden, aber der thonige Boden noch an vielen Stellen sehr feucht und nachgiebig, so daß die Kameele tief einsanken. Die Wasseransammlung ohne Abfluß erstreckt sich etwa eine Stunde im Umkreis, dann kommt südlich und nördlich eine nur an Triftgegenständen (Reisig, dürren Binsen u. s. w.) bemerkliche Abdachung, die sich auf der Westseite des Thals als der tieferen befindet. Die Regenbäche kommen zum größern Theil aus dem Edomiter Gebirg heraus und führen bedeutende Massen Schutt mit sich, der jene Seite fortwährend erhöht. Jenseit der Wasserscheide senkt sich der Thalboden nordwärts dem Todten Meer und dem Ghor zu, zu welchem er in dem oben (S. 48) beschriebenen Klippenzug Akrabbim abfällt. In dieser Richtung erniedrigt sich somit auch sein Niveau allmälich unter den Meeresspiegel.

Die Oberfläche der Arabah hat einen welligen Boden, der entweder mit losem Kies und Steinen bestreut oder mit beweglichem Sand überschüttet ist, welcher unzählige Sandwogen und kleine Hügel bildet. Er ist überall von wilden Gießströmen durchfurcht und zerrissen, die fürchterlichste Wüste, aus der nur selten ein einsamer Strauch hervortaucht. Auf der Ostseite geben die Berge der arabischen Bergkette ein gräßliches Ansehen: senkrechte Wände, kegelförmige Spitzen, nackte Kreide- und Kiesberge über einander geschichtet ohne alle Vegetation. Der Gluthwind steigert die Hitze auf 28° R.

In die Thalsohle des weiten Wady el Arabah ist wieder

ein enger Wady eingekerbt, ähnlich der grünen Thalrinne, die, wie wir gesehen haben, in das Ghor der Jordaneinsenkung eingelassen ist; nur daß jener keinen beständig fließenden Wasserstrom und darum auch keine so reiche vegetabilische und animalische Belebung hat. Er trägt den Namen Wady el Dscheib und fängt im Süden auf der Wasserscheide an, von wo er, immer in der Nähe der westlichen Thalwand sich haltend, gegen Norden hinzieht. Er ist der Ableiter des ganzen Arabahthals und nimmt rechts und links viele andere Wady's auf. Bei seinem Eintritt ins Ghor, wo er die Klippenreihe Akrabbim durchbricht, ist er eine Viertelstunde breit. Hier ist er zwischen 100 bis 150 Fuß hohen senkrechten Kreidebänken eingeengt und mit Buschwerk und Tamarisken bewachsen, die aber gegen Süden bald aufhören. Das Thal zeigt Spuren von ungeheuren Wassermassen, die es in seiner ganzen Breite durchrauschen. Allmälich werden, je weiter man gegen Süden fortschreitet, die Seitenwände niedriger und man befindet sich in der einsamen Arabah, umgeben von einer hochromantischen Wüstenscene mit dem Blick auf den Berg Hor in den Bergen Edoms in seiner einsamen Majestät. Die Steigung des Ghors und der Arabah vom Todten Meer bis zur Wasserscheide der Arabah gibt Roth so an:

| | | |
|---|---|---|
| Spiegel des Todten Meeres . . . . . . | — 1235 | p. F. |
| Ghor Safieh (S. vom T. M.) . . . . . | — 1100 | „ „ |
| Wady Dscheib 3 St. aufwärts v. Todt. M. | — 820 | „ „ |
| „ „ 5 „ „ „ „ „ | — 460 | „ „ |
| Ain el Buerde 10 St. „ „ „ „ | + 90 | „ „ |
| Ain Garandel in der Arabah . . . . . . | + 680 | „ „ |
| Die Wasserscheide in der Arabah wohl . . | + 700 | „ „ |

Vom Todten Meer bis Ain el Buerde beträgt die Steigung 12 F. auf 1000 F. Entfernung.

Etwa 8 Stunden im Süden der Akrabbim liegt an der Westseite des Wady el Dscheib, welcher hier ganz dicht an den Fuß der westlichen Bergwand tritt, ³/₄ Stunden breit, überall mit Kräutern und Buschwerk wie besäet und von 100 Fuß hohen Kieshügeln begleitet ist, ein Ort, der den Namen Ain el Weibeh führt. Er ist der bedeutendste Wasserplatz in dem großen Tiefthal der Arabah, die hier etwa 4 Stunden breit ist. Drei Quellen entspringen hier aus dem Abfall der Kreidefelsen, an deren Fuß ein Dickicht von grobem Gras und Rohr mit einigen Palmbäumen sich ausbreitet. In der Nähe findet man Sumpf und Morast. Die Quellen fließen in kleinen Bächen ab. Nach Robinsons Ansicht ist in dieser wasserreichen Gegend die Lage der israelitischen Station Kades Barnea, wovon unten weiter die Rede sein wird.

Am stumpfen Nordende des Meerbusens von Aila bezeichnen ausgedehnte Schutthaufen die Stelle, wo früher Aila, das Eloth oder Elath der Heiligen Schrift, stund. Asarja (Usia) brachte das von den Edomitern besetzte Elath wieder an Juda und baute es auf (2 Kön. 14, 22.). Später brachte Rezin, der König zu Syrien, den Ort unter seine Gewalt, so daß die Juden daraus vertrieben wurden und Syrer darin wohnten (2 Kön. 16, 6.). Die Römer hatten hier eine starke Besatzung, die Kreuzfahrer ein Kastell, welches von den Arabern Akabet Aila, d. h. das Schloß von Aila, genannt wurde, weßwegen der Ort jetzt Akaba genannt wird. Das Kastell dient zum Schutz der Pilgerkarawanen, die von Kairo nach Mekka ziehen. In der Nähe (1 Kön. 9, 26. 5 Mos. 2, 8.) lag Eziongeber (vielleicht war es Hafen von Elath), eine der Stationen des Volks Israel (4 Mos. 33, 35.). Von hier gieng zur salomonischen Zeit, zum ersten Mal in der Weltgeschichte, ein oceanischer Weltverkehr zwischen den fernsten Culturvölkern des Abend- und Morgenlandes aus. Hier baute Salomo seine Schiffe, die nach Ophir fuhren (1 Kön. 9, 26—28. 2 Chron. 8, 17. 18.), ein Land, das man schon in die verschiedensten Weltgegenden, nach Armenien, Phrygien, Iberien, nach Ceylon, Sumatra, an die Ostküste Afrika's, namentlich nach Sofala und Mosambique, sogar nach Peru und Westindien verlegt hat, das aber mit größter Wahrscheinlichkeit an dem hafen- und produktenreichen Gestade von Abhira, zwischen dem Indusdelta und dem Golf von Cambay, nordwärts des 20.° N. Br., zu suchen ist. Auch König Josaphat von Juda, der den Seehandel Salomos wieder in Aufnahme bringen wollte, baute hier eine Flotte; diese scheiterte aber schon im Hafen, noch ehe sie in die offene See gehen konnte (1 Kön. 22, 49.).

Dr. Roth hat keinen Zweifel, daß die Arabah ein uraltes Jordanbett sei, daß das Todte Meer und das Jordanthal bis zum Tiberiassee durch einen Einsturz gewaltiger Höhlen (Sinkwerke in riesigem Maßstab durch Auflösung von Steinsalzlagern) zur jetzigen Depression gekommen seien, und daß die vulkanischen Erscheinungen, von welchen das erste Buch Mose bei der Catastrophe von Sodom und Gomorrha berichtet, und welche in geringerem Grad noch bis heute fortdauern, aus Bränden in den Lagern des bituminösen Schiefers erklärt werden können. Uebrigens kann nach dem früher Gesagten wohl kaum angenommen werden, daß die Catastrophe, durch welche der ganze große mit dem Ghor und der Arabah orographisch zusammenhängende Länderstrich seine jetzige Bodengestaltung erhielt, in der historischen Zeit Abrahams stattgefunden habe; sie muß nothwendig in eine vorhistorische Zeit verlegt werden, so jedoch, daß der Untergang Sodoms immerhin eine Nachwirkung von ihr gewesen sein mag.

---

## Zweite Abtheilung.

# Das Edomiter Gebirg.

Das Edomiter Gebirg oder Gebirg Seir schließt sich im Norden an die Hochebene Moab an, von welcher es durch den Wady el Ahsy oder el Kurahy (den Weidenbach) geschieden ist. Von diesem nördlichen Grenzfluß zieht es in einer Breite von 6 bis 8 Stunden südwärts, längs der Arabah auf deren Ostseite, bis zum Nordende des Golfs von Akaba und bis zum Wady el Ithm (oder Getum), der von Nordost her steil durchs Gebirg herabkommt und nördlich von Akaba in die Arabah mündet. Von der Arabah aus gesehen stellt sich das Gebirg in seiner riesenhaften Pfeilerformation mächtig vor das Auge, der Berg Hor mit Aarons Grab über alle andern Gipfel von gewaltiger Höhe herabschauend. Dorthin deuten die Beduinen mit Ehrfurcht und schlachten im Vorüberziehen dem „Propheten Harun" (Aaron) ein Lamm. In terassenförmigem Aufbau erhebt sich das

Gebirg bis zu den höchsten Höhen, jenseits welcher sich im Osten die unabsehbare Wüste des arabischen Tafellandes ausbreitet, welches in viel bedeutenderer absoluter Höhe liegt, als die Niederung der Arabah. Deßhalb erscheinen auch die Berge des höchsten, hintersten Kettenzugs von der Ostseite nur als geringe Hügel. Es stellt sich somit das Edomiter Gebirg als Randgebirge der Plateaustufe an seinem Ostfuß dar und nicht als selbständiger Gebirgskörper.

In geognostischer Beziehung ist das Thal des Weidenbachs ein ähnliches Grenzthal, wie weiter nördlich das des Hieromax. Wie dieser die Basaltregion von Hauran von der südlichen Juraformation scheidet, so scheidet der Weidenbach die Juraformation der nördlichen Landschaften von der Formation des bunten Sandsteins, dem das Edomiter Gebirg angehört. Uebrigens bildet die Grundlage und Hauptmasse des Gebirgs der Porphyr, der sich wohl 2000 Fuß über die Arabah erhebt und überall durch ein dunkles, fast schwarzes Ansehen, das er den Höhen gibt, schon dem bloßen Auge erkennbar ist. Auf ihm ist sodann der Sandstein in unregelmäßigen Rücken und grotesk zerrütteten und zerrissenen Klippengruppen aufgelagert, so daß überall die Kuppen aus demselben bestehen. Der höchste, hinterste Kettenzug besteht aus Kalkstein, welcher sanftere Abfälle und Conturen bildet. Er zeigt nur runde Gipfel und Rücken ohne schroffe Felswände, und erhebt sich wohl bis gegen 4000 Fuß über das Meer. Der Berg Hor ragt zwar majestätisch empor über alle zunächst umgebenden Spitzen (er erhebt sich nach Roth 4270 Fuß über das Meer); dennoch ist er niedriger als die östlicheren Hochrücken. Die ganze Gruppe desselben mit ihren Felsgipfeln gehört nur einer der hohen östlichen Hauptkette vorliegenden niederern Vorkette an und fällt somit in das Gebiet des Sandsteins.

Das Gebirg ist von unzähligen Wady's durchschnitten, die von der hohen Hauptkette her in Querthälern gegen Westen zur Arabah ziehen. Ihre Ströme sind aber nicht wasserreich genug, um die Arabah und das Ghor zu durcheilen, sondern verrinnen schon früher im Kiesboden ihrer Thäler. Einer derselben ist der Wady Ghuweir in der nördlichen Hälfte des Gebirgs, ein großes, felsiges, unebenes Thalbecken, das 4—5 Stunden breit ist, gegen Westen jedoch sich verengert. Es wird von vielen

Wintergießbächen durchschnitten und von 3 bis 4 Thalbächen bewässert, die sich nach ihrer Vereinigung gegen Norden zum großen Tiefthal des Ghor ergießen. Sehr wahrscheinlich war dieses Querthal die Straße, die das Volk Israel, als es an der Grenze von Edom stand, einzuschlagen gedachte, um auf dem direkten Weg nach Moab und an die Ostgrenze von Palästina zu gelangen. Denn dieses breite, fruchtbare Ghuweir bietet unter allen den bequemsten Durchgang aus der Arabah zum hohen Plateauland Moabs und zu der heutigen syrischen Pilgerstraße, welche Israel zu seinem Weitermarsch gewinnen wollte. Durch seine zahlreichen Quellen und das schönste Waideland berühmt, ist es heute der Lieblingssitz der Beduinen des Gebirgs. Heutzutage scheidet es die nördliche Provinz Dschebal (Plural von Dschebel = Bergland) von der südlichen, Dschebel es Schera. Jene trägt ihren einheimischen Namen schon in den Zeiten des Psalmisten; denn Ps. 83, 8. werden die Gebaliter mit anderen ihrer verbündeten Nachbarn als Feinde Israels genannt. Auch die Römer und Griechen nannten das Land Gebalene oder Gebalitis.

Das Klima dieser Berglandschaft ist weit angenehmer, die Luft weit reiner und gesunder auf diesen Höhen, als in den benachbarten Tiefen. Daher wurde diese Palästina tertia von den Römern wohl auch Palästina salutaris genannt. Die Hitze ist hier nicht so erstickend, wie dort, weil immer erfrischende Winde wehen. Der Reisende Burckhardt bemerkte in keinem andern Theil Syriens so wenig Kranke wie hier. Im Winter hält der Frost zuweilen bis Mitte März auf diesem Hochland an, das sich mit Schnee bedeckt, und selbst im August steigen jeden Morgen Nebel aus den Thälern und aus dem Ghor die Berge hinan, die sich erst Mittags zerstreuen. Befeuchtung fehlt daher diesen Höhen keineswegs ganz, wie dem benachbarten Boden der Wüste; namentlich erfreuen sich die Berge im Osten einer Fülle von Regen und sind mit Büschen und Kräutern, gelegentlich auch mit Bäumen geschmückt. Die Bäche sind von Oleandergebüsch und Rethem (Ginster) überwachsen, die Absätze der Berge mit Kornfeldern und Obstgärten bedeckt, welche gute Aernten hervorbringen. Dagegen sind die westlichen Berge gänzlich wüste und unfruchtbar, so daß Seetzen sie „das ödeste und unfruchtbarste

Gebirge vielleicht in der Welt" nennt. Darum sagt der HErr bei Maleachi (1, 3.): „Esau hasse ich und habe sein Gebirge öde gemacht und sein Erbe den Drachen zur Wüste," und Isaak in seiner Weissagung über Esau spricht 1 Mos. 27, 39. 40. (nach berichtigter Uebersetzung dieser Stelle): „siehe, sonder Fettigkeit der Erde ist dein Wohnsitz, und sonder Thau des Himmels von oben; aber deines Schwerts sollst du dich nähren und deinem Bruder dienen." Wenn auch das Land bessere und fruchtbarere Partieen hatte, so passen diese Worte doch im allgemeinen, besonders wenn man, wovon unten weiter die Rede sein wird, dazu nimmt, daß das Land Edom sich auch über die Arabah und noch weiter westlich erstreckte.

Die Ureinwohner der Berge Edoms, in denen der Mensch noch heute, wie vor 3000 Jahren, „ein wilder Mensch ist, dessen Hand wider jedermann" (1 Mos. 16, 12.), waren Nachkommen von Seïr (d. h. der Behaarte), sie wurden deßhalb Kinder Seïr oder Seïriten (1 Mos. 36, 20. 21.) und ihr Wohnsitz Gebirg Seïr genannt. Auch Horiter heißen sie von ihrem Stammvater, der diesen Beinamen führte, weil er in den Felsenklüften des Gebirgs hauste. Die Nachkommen behielten diese troglodytische Lebensweise bei (vergl. Obadja 3), und waren ein armes und wüstes Volk (Hiob 30, 1 ff.). Kedor Laomer, der Elamite, überfiel auch sie und schlug sie auf ihrem Gebirg Seïr (1 Mos. 14, 6.). Von Uz, einem Enkel Seïrs, hat das Land Uz auf der Ostseite des Gebirgs seinen Namen, welches von Hiob und seinen Freunden (ohne Zweifel Nachkommen Ebers) eingenommen ward (Hiob 1, 1. 2, 11. 32, 2. Jerem. 25, 23.). Die Horiter wurden von den Kindern Esau vertrieben und vertilgt (5 Mos. 2, 12.). Diese scheinen zuerst an den Südgrenzen Kanaans ihre Heerden gewaidet zu haben, weßwegen noch im Buch Josua (15, 1.) das Land Edom als unmittelbare Südgrenze des Stammes Juda bezeichnet wird; später erst drangen sie weiter südostwärts in das Gebirgsland der Horiter, in Seir, hinein, wo sie bessere Sitze fanden und zuletzt die Herren des Gebirgslandes vom Weidenbach, der Südgrenze Moabs, an bis zum Rothen Meer hinab wurden. Hier saßen sie bereits zur Zeit des Zugs Israels durch die Wüste, als Mose von Kades, einer Station an der nordwestlichen Grenze Edoms, aus um die

Erlaubniß zum Durchzug durch ihr Land bat, welcher aber verweigert wurde. Von da an treten die Edomiter in den nächsten Jahrhunderten ganz in Dunkelheit zurück, bis unter den Königen Israels der alte Bruderhaß wieder zum Ausbruch kommt. Nachdem schon Saul unter vielen andern Horden, welche Palästina plünderten, auch sie zurückgeschlagen hatte (1 Sam. 14, 47.), schlug sie David im Salzthal und besiegte sie so völlig, daß er Besatzungen in ihre Städte legen (1 Chron. 19, 12. 13.) und Salomo in ihrem Hafenort Elath seine Ophirflotte bauen konnte (1 Kön. 9, 26.); ebenso Josaphat (1 Kön. 22, 49.). Indeß suchten sie sich immer wieder von diesem Joch frei zu machen. Schon unter Salomo empörte sich der nach Aegypten geflohene edomitische Prinz Hadad und suchte Edoms Herrschaft wieder herzustellen (1 Kön. 11, 14—22.). Unter Josaphats Sohn, dem König Joram von Juda, fielen die Edomiter ganz ab von Juda und erwählten sich wieder einen König (2 Kön. 8, 20—22.). Und seitdem blieben sie bis auf einen Ueberfall Amazia's in Sela (2 Kön. 14, 7.) und Usia's in Eloth (2 Chron. 26, 2.) von den Angriffen des immer mehr in Unmacht versinkenden Reichs Juda frei. Bei der Zerstörung Jerusalems durch Nebukadnezar benützten sie die Gelegenheit, ihre frühere Unterjochung an Israel zu rächen; sie verbanden sich mit den Chaldäern und halfen mit Frohlocken und Schadenfreude an dem Untergang Israels. Deßwegen weissagen denn auch die Propheten in heiligem Zorn Strafgerichte gegen Edom (Jerem. 9, 26. 25, 21. 27, 2 ff. 49, 7—22. Ezech. 25, 8—14. 32, 29. Cap. 35. Joel 3, 24. Amos 1, 11. 9, 12. Obadja. Maleachi 1, 2—4. Pſ. 137, 7.), und schon Jesajas (Cap. 63) stellt das Strafgericht über die Feinde Jehovahs als ein Strafgericht über Edom dar. Nach der babylonischen Gefangenschaft und zur Zeit der Makkabäer drangen sie in die südlichen Landschaften Judäas selbst vor und besetzten das Land bis Hebron (Ezech. 35, 10. 36, 5. 1 Makk. 5, 3.), weßwegen diese Gegenden von jetzt an den Namen Idumäa erhielten. Unterdessen wurde das Gebirg Seir von den Nabatäern, einem aramäischen Stamm, eingenommen, welche einen friedlichen Handelsstaat gründeten und ihre Hauptstadt Petra zu einer Glanzstadt erhoben, die selbst den Neid der Römer erregen konnte. Jene Idumäer im Süden Judäa's aber wurden von

Johannes Hyrkanus (120 v. Chr.) unterworfen und durften nur unter der Bedingung der Annahme der Beschneidung im Lande sitzen bleiben. Der alte Nationalhaß wurde jedoch dadurch nicht gemildert. Einer ihrer Präfecten, Antipater, wußte sich bei den Thronstreitigkeiten der Makkabäer zum Procurator von ganz Judäa aufzuschwingen (47 v. Chr.), und sein Sohn, der bekannte Herodes, wurde der erste König der idumäischen Dynastie. Nach der Zerstörung Jerusalems durch Titus verschwindet der Name Edom und Idumäa aus der Geschichte und die Namen Gebalene, Palästina tertia, Arabia peträa, Nabatäa und andere werden für jene Landschaften immer gebräuchlicher.

Die Hauptstadt des Landes war Petra (was die griechische Uebersetzung von Sela ist u. s. v. a. Fels bedeutet), von welcher der Name Peträisches Arabien herkommt. Sie liegt nach Roth 2760 p. F. ü. d. M. Schon im Buch der Richter (1, 36.) wird sie genannt als Südgrenze der Amoriter. Amazia eroberte sie und nannte sie Jaktheel (2 Kön. 14, 7.). Oestlich vom Berg Hor liegt das Dorf Eldschy. Die Bergabfälle um den Ort sind überall terrassirt, und auch noch heute hie und da mit Weingärten und Oliven bebaut. Eine reiche Quelle, Ain Musa genannt, strömt unter einem Felsen hervor und ergießt sich thalabwärts in dem so berühmten Wady Musa oder Mosesthal. Unterhalb Eldschy verengt sich das Thal und steigt immer tiefer und tiefer in engere und immer höher ansteigende Felswände hinab, zwischen welchen der Fluß, mit Oleandergebüsch überwuchert, sich fortschlängelt. In furchtbar schöner Wildniß, mitten unter grandiosen Naturformen schreitet der Wanderer in dem nirgends mehr als 50 Fuß, an der engsten Stelle nur 12 Fuß breiten Engspalt hin, zu beiden Seiten von senkrecht abstürzenden röthlichen Sandsteinfelsen umgeben, die bis zur Höhe von 200 bis 250 Fuß emporsteigen, an manchen Stellen überragend sind und den schmalen Spalt des klaren Himmels oben öfter fast ganz zudecken. Der wild erhabenen Natur reihen sich hier die großartigsten Kunstdenkmale an; ohne Unterbrechung folgen sich Ornamente, Nischen, behauene Felstafeln, Grabstätten, Sculpturen, prachtvolle Mausoleen, Felsentempel, Amphitheater, Pflasterreste von Kunstwegen, in Fels gehauene oder in Thonröhren gelegte Züge von Aquädukten. Plötzlich tritt dort aus der Felswand wie durch Zauber in hellklarer rosiger Farbe die Prachtfacade eines von der Basis bis zum höchsten Gipfel des Dachs ganz aus dem Sandstein ausgehauenen und ausgemeißelten Tempels, Palasts oder Mausoleums entgegen, dessen Symmetrie, Kunst und Eleganz auf das frappanteste mit der umgebenden Wildniß contrastirt. Die Araber nennen den Bau das Khazneh oder Satzhaus Pharao's. Diese wunderbar durch Natur und Kunst geschmückte Felsspalte ist der Eingang zu der ebenso beberühmten als räthselhaften Felsenstadt Petra im Wady Musa. Aus der Engkluft treten wir nämlich in ein von 2—300, ja 600 Fuß hohen Felsmassen umgebenes Kesselthal ein, dessen Hügelboden von zahllosen Felsrissen durchschnitten und vom Bach gegen Nordwest durchschlängelt ist. Hier lag Petra. Zwei der größeren Anhöhen sind mit ungeheuren Massen von Quader-, Ziegel- und Bruchsteinen, vielen Mauerresten und Sculpturfragmenten, Trümmern von Triumphbögen, Amphitheatern, Brücken u. s. w. bedeckt. Dieß waren unstreitig die Wohnungen der Lebendigen, welche sodann von einem prächtigen Kranz der Gräberstadt der Todten umgeben waren. Diese war in die hohen steilen Wände der umgebenden Felsen eingehauen, in den verschiedensten Stylarten, im syrischen, ägyptischen und griechisch-römischen — unzählige Grabmäler mit allen Schönheiten der Baukunst, mit Säulen, Hallen, Gängen und Altanen, die einen kaum angefangen, andere vollendet, neu und frisch, als giengen sie eben aus den Händen der Steinmetzen hervor — ist's doch, als hätte man eine Volksmenge, die einzig mit ihrem Tod beschäftigt war, beim Begräbniß überrascht. — Ueber der merkwürdigen Felsenstadt erhebt sich gegen Nordwest das erhabene Doppelhorn des Berges Hor, der selbst wie eine ungeheure zertrümmerte Felsenburg mit Klippen, senkrechten Steilwänden, Zacken und nackten Gipfeln aller Art in die blauen Lüfte majestätisch emporragt. Auf dem höchsten Gipfel steht das Grabmal Aarons, ein kleines ausgeweißtes muhamedanisches Wely, das über der Grabesgruft errichtet ist, und in welchem außer einigen Lumpen, Garnfaden, Glasperlen u. dergl., Votivgaben der Beduinen, nichts zu sehen ist.

Außer der Trümmerstadt Petra haben wir noch einige andere Orte zu bemerken:

Tafileh, nach Roth 3363 p. F. ü. d. M., im Wady Tafileh, der südlich vom Weidenbach und ihm parallel zieht, ein Ort von 600 Häusern, Sitz des Scheikhs von Dschebal, das alte Tophel (5 Mos. 1, 1.). Zahllose Quellen und Bäche machen die Umgegend lieblich und fruchtbar; viele Obstpflanzungen von Aepfeln, Aprikosen, Feigen, Pfirsichen, Oliven, Pommgranaten dienen den Einwohnern zur Nahrung und gutem Erwerb.

Drei Stunden im Süden das Dorf Bussehra, auf einer Berghöhe mit bedeutenden Ruinen, die alte Bosra, Basra oder Bostra, eine der Hauptstädte in Edom zu Moses Zeit (1 Mos. 36, 33. Jer. 49, 22. Jes. 34, 6. 63, 1. Am. 1, 11.), nicht zu verwechseln mit Bostra im Hauran (S. 68 f.).

Maan, östlich von Petra, eine Station an der Hadschstraße, die im Osten des Edomiter Gebirgs hinzieht. Die Maoniter werden schon im Buch der Richter (10, 12.) mit den Sidoniern, Amalekitern und andern als mächtige Feinde genannt, aus deren Hand Israel von Jehovah erlöst ward, ebenso zur Zeit Usia neben den Philistern und Arabern (2 Chron. 26, 7.). Noch in neuester Zeit nehmen sie eine bedeutende Stellung ein, indem die Wallfahrtszüge von Damaskus nach Medina sich bei ihnen verproviantiren; denn obwohl Maan mitten in einem felsigen Landstrich liegt, der nicht culturfähig ist, bringt es doch Aprikosen, Pfirsiche, Pommgranaten von der feinsten Qualität, auch Trauben hervor. Korn, Waizen und Gerste müssen sie aus den Feldern des Dschebel Schera beziehen.

In der Nähe von Maan ist wohl auch Theman zu suchen, jedenfalls an der Karawanenstraße; denn es heißt Jes. 21, 14.: „bringet den Durstigen Wasser entgegen, die ihr wohnet im Lande Thema, bietet Brod den Flüchtigen." Doch mag es weiter südlich als Maan gelegen haben, da der Ausdruck „von Theman bis gen Dedan" (Ezech. 25, 13.) wohl einen bedeutenden Längenstrich des Landes Edom bezeichnet. (Dedan ist wahrscheinlich das heutige Dhana im Süden von Basra oder Bussehra.) Die Männer von Theman standen im Ruf vorzüglicher Weisheit, die sich insbesondere durch Sittensprüche kund that (Jer. 49, 7. Obadja 8. Baruch 3, 22. 23.); so ist denn auch Eliphas, der bedeutendste Redner im Buch Hiob, ein Themanit (Hiob 2, 11. 4, 1.). — Die Heimathsorte der drei übrigen Freunde Hiobs,

Suah, Naema und Bus, lassen sich nicht mehr bestimmen; dagegen ist das Land Uz,*) welches Hiob bewohnte, ohne Zweifel eine Landschaft in der unmittelbaren Nachbarschaft Edoms und an dasselbe im Osten gegen Arabien und Chaldäa hin angrenzend; denn es wird im Buch Hiob als den Arabern und Chaldäern benachbart bezeichnet (1, 15. 17.), und die Freunde kommen jedenfalls aus edomitischen und arabischen Gegenden.

---

## Dritte Abtheilung.

# Die Sinai-Halbinsel.

Die Sinai-Halbinsel im weiteren Sinn reicht im Norden bis zu den Küsten des Mittelmeers und der Südgrenze von Westpalästina; sie ist im Westen von der Landenge und dem Golf von Suez, im Osten von der Arabah und dem Aelanitischen Meerbusen begrenzt und spitzt sich im Süden gegen den Zusammenstoß der beiden Busen des Rothen Meeres zu. Sie bildet somit ein Dreieck und zwar ein fast gleichschenkliges, dessen Basis im Norden und dessen Spitze im Süden, im Ras (Vorgebirg) Muhamed, liegt. Jene beträgt etwa 36, die Höhe etwa 55 deutsche Meilen, der Flächeninhalt ungefähr 1000 Quadrat-Meilen. Zieht man von der nördlichen Spitze des Golfs von Suez bis zu der des Golfs von Akaba (oder Aila) eine gerade Linie, so schneidet man die Sinai-Halbinsel im engern Sinn ab, welche sich zwischen den beiden Golfen, gleichfalls in Triangel-

*) Fries (Stud. u. Crit. 1854. II. 299 ff.) hält Uz für die Landschaft el Tellul oder Ard el Bethenyeh im O. des Haurangebirgs, südlich und östlich durch die Ebene des Hamâd (Steppe) begrenzt, ein ungemein fruchtbares, mit zahllosen Ortschaften und Städteruinen bedecktes Acker- und Waideland, wasserreich, voll Kornfelder und Palmenwälder, wie „Aegyptenland."

gestalt, ausbreitet und einen Flächenraum von 5—600 Quadrat-Meilen ausfüllt.

Sie enthält den Centralkern des Ganzen, die mächtige Sinaigruppe, welche, gegen die Südspitze der Halbinsel gedrängt, zwischen den beiden Meeresspalten plötzlich und steil aus großer Meerestiefe zu den größten Gipfelhöhen von 7000 bis 8000 Fuß emporsteigt und von Hochebenen umgürtet ist. Im Norden derselben läuft quer über die Halbinsel herüber von Nordwest nach Südost ein über 4000 Fuß hoher Gebirgswall, der Dschebel et Tih, welcher von seinen beiden Endpunkten Gebirgsschenkel aussendet, von denen der eine, der westliche, Dschebel er Rahah genannt, den ägyptischen Golf bis Suez begleitet, jedoch in bedeutendem Abstand vom Meer, so daß eine breite Ebene dazwischen liegen bleibt, der andere am Aelanitischen Golf bis gen Akaba hinzieht, aber ganz dicht am Meer mit oft senkrechten, fast überhängenden Felsenketten. Dieser Wall trennt die südliche Hochgebirgsgruppe von dem nördlichen Wüstenplateau, dem Tih Beni Israel, d. h. der Wüste der Kinder Israel. Dieses dacht sich von der Höhe der Tihkette in mehreren Plateaustufen allmälich gegen Norden ab, bis es in dem flachen Küstengrund von Rhinocolura und Gaza endlich zum Meeresspiegel absinkt.

Das vorliegende Gebiet zerfällt somit in zwei Landschaften:

1. Das Hochland des Sinai im Süden der Tihkette.
2. Das Tihplateau im Norden der Tihkette.

# Erster Abschnitt.

# Das Hochland des Sinai.

---

## Erstes Kapitel.

## Der centrale Gebirgskern.

Der centrale Gebirgskern der Sinaihalbinsel, welcher in der Heiligen Schrift den Gesammtnamen Horeb*) trägt, zerfällt in zwei Gruppen, in die nordwestliche Gruppe des Dschebel Serbal und in die südöstliche des Dschebel Musa, des Mosesgebirgs im weitesten Sinn, zwischen welchen das wilde Hochgebirge der Bergsättel, Dschebel el Chaweit, das Verbindungsglied bildet.

Der Serbal ist ein gewaltiger Gebirgsgrat von mehr als 6000 Fuß Höhe, der in vielgipfeliger Zerrissenheit und Zerspaltung plötzlich und inselartig aus umlagernden Tiefthälern und Tiefebenen emporsteigt und eben so schnell wieder abfällt. Während die südöstliche Gebirgsgruppe des Dschebel Musa auf einer Basis von Hochebenen ruht, die selbst schon bis 4000 Fuß absolute Höhe haben, stürzt der Serbal auf der Nordseite in das

---

*) Dieser Name wird in der Heiligen Schrift immer von dem ganzen Gebirg gebraucht, während der Name Sinai einen einzelnen Berg des Gebirgs bezeichnet. Auffallend ist, daß Mose von 2 Mos. 19, 2. an den Namen Sinai gebraucht, während er vorher sich des Namens Horeb bedient, und daß von 5 Mos. 1, 2. an gleichfalls der Name Horeb wieder herrschend wird. Mose gebraucht also bei der Nennung des Schauplatzes der Gesetzgebung den speciellen Namen in der Zeit, während welcher die Israeliten sich dort aufhielten; ehe sie aber in die Gegend gelangen, und nachdem sie sie verlassen haben, bedient er sich des allgemeinen Namens. Ganz natürlich, denn während ihres Aufenthalts daselbst hob sich aus dem Allgemeinen das Besondere hervor, innerhalb des Gebiets des Horeb der Berg Sinai; vor der Betretung des Gebiets und nach der Entfernung aus demselben aber trat die besondere Lokalität in der Anschauung mehr zurück, und das Bild des Ganzen trat mehr hervor, namentlich im Gegensatz zu den Gegenden, in welchen man sich vorher und nachher befand, also zu Aegypten und den Fluren Moabs u. s. w.

Tiefthal des Wady Feirân, auf der Südseite in die nur etwa 340 Fuß über dem Meer gelegene Küstenebene el Kaa ab und ist im Südost vom Sinaigebirg durch den Wady Hebran abgeschieden, welcher an seiner Mündung zur el Kaa nur 747 Fuß absolute Höhe hat. Obgleich daher die Gipfel des Serbal 1500 bis 2000 Fuß absolut niedriger sind, als die des Mosegebirgs, so stellen sie sich doch relativ, im Vergleich zu den umlagernden Niederungen, höher und darum imposanter dar als diese. Der höchste Grat des Serbal zeigt fünf Gipfel, welche wie Kegel emporsteigen und in mächtigen schroffen Felsrippen gegen die Meeresseite und gegen Norden abstürzen. Der höchste Punkt ist die zweite Felsspitze von Westen her, diejenige, auf welcher die Araber ihre Opfer darzubringen pflegen; sie ist 6342 Fuß über dem Meer erhaben, und man erblickt auf ihr die ganze gegenüber liegende Küste des Rothen Meers. Zu den größten Merkwürdigkeiten des Serbal gehört die große Menge von Felsinschriften, die an seinem Gipfel und in den Thälern an seinem Fuß sich finden, nebst roh gezeichneten Figuren von Kameelen und Ziegen. Wir werden unten wieder darauf zurückkommen.

Die südöstliche Centralgruppe des Sinai erhebt sich auf einer Basis von 4000 Fuß absoluter Höhe, über welche ihre Gipfel relativ eben so hoch aufsteigen. Ihre Längenausdehnung geht von Süd nach Nord. Den südlichsten Eckstein bildet der mächtige Dschebel Om Schomar, der als der höchste Kegelberg des Mosesgebirgs emporragt und gegen Osten, Süden und Südwesten von schroffen Vorbergen umschaart ist. Im Norden erhebt sich der Moseberg oder Sinai im engern Sinn, von den Arabern Tur Sina genannt, der geheiligtste Berg des Centrums. Zwischen ihm und dem Om Schomar liegt fast in gerader Linie und in der ungefähren Mitte von beiden ein dritter Hauptpunkt, der Katharinenberg, recht eigentlich in der wahren Mitte des Mosesgebirgs. Je weiter gegen Süden, desto höher steigt das Gebirg und namentlich seine Gipfel an. Der Gipfel des Sinai ist nach Russeger 7097, der des Katharinenberges 8168 Fuß hoch, der des Om Schomar mit drei andern ihm gleich hohen Nachbarkegeln darf wohl auf 9000 Fuß geschätzt werden.

Unsere vorzüglichste Aufmerksamkeit nimmt der Mosesberg, der Sinai im engeren Sinn, in Anspruch. Er erstreckt sich von Südost nach Nordwest. Sein Rücken trägt eine Plateauhöhe, die von 2—400 Fuß hohen Felsspitzen besetzt ist und über welche sich im Süden eine Kuppe noch 700 Fuß erhebt. Diese Kuppe ist der Sinai im engsten Sinn, h. z. T. Dschebel Musa oder Dschebel et Tur genannt, während der nördliche Plateaurücken in der Mönchstradition den Namen Horeb trägt, welcher aber in der Bibel dem ganzen Gebirg gegeben wird. Gegen Norden endet dieser Rücken in einer kühnen, steilen Felswand, welche zur weiten Ebene er Rahah hinabstürzt. Einen gleichen Absturz zeigen die Wände des Dschebel Musa auch gegen Süden, wo sich eine eben so ausgedehnte Ebene, die Ebene Sebaijeh, hart an seinem Südfuß ausbreitet.

Westlich vom Gebirgsstock des Mosesbergs läuft mit ihm parallel von Südost nach Nordwest eine Thalschlucht, worin das verlassene Kloster el Arbain, d. h. der vierzig Märtyrer, von Olivengärten umgeben steht, Wady el Ledscha, d. h. steiniger Distrikt, genannt, weil sie voll von herabgestürzten Felsblöcken liegt und sehr steinigen Boden hat. An der Westseite der Schlucht erhebt sich der ihm gegen Südosten parallel laufende Bergrücken Dschebel el Humr, der gegen Süden sich zu der hohen Kegelspitze des Dschebel Katherin oder Katharinenberges emporhebt. Auf der Ostseite des Mosesberges ist eine zweite Thalschlucht, welche gleichfalls parallel mit ihm läuft, das Klosterthal genannt, weil das Katharinenkloster darin liegt. Wady Schoeib, das Thal des Jethro, wird es von den Arabern genannt, weil bis hieher die Heerden des Priesterfürsten von Midian auf der Waide am Sinai gegangen sein sollen. Gegen Norden mündet es eine halbe Stunde unterhalb dem Kloster in die Ebene er Rahah, wie das Ledschathal. Gegen Süden ist es nicht geschlossen, wie das Ledschathal, dem der erhabene Dschebel Katherin vorliegt, sondern hat einen Sattelpaß, welchen die Beduinen Dschebel Sebaijeh oder Meraga, d. i. Hutberg, nennen, weil diese Gegend bis zum Klosterthal hinab das kräuterreiche Gebiet sein soll, wo Mose die Schafe Jethro (Schoeib) hütete. Diesem Paß liegt im Süden ein breiter Wady, die schon genannte Ebene Sebaijeh, vor. Oestlich vom

Klosterthal erhebt sich ein dritter Bergstock, der Dschebel ed Deir, d. h. der Klosterberg, jenseits dessen die dritte Thalschlucht parallel mit den beiden ersten das Gebirg durchsetzt, der Wady es Sebaijeh. Sie ist, obwohl die am wenigsten besuchte, doch die breiteste und bedeutendste von allen. Gegen Norden mündet sie in den breiten Wady esch Scheikh, der gegen Westen unmittelbar mit der Ebene er Rahah zusammenhängt und die nördliche Ausgangspforte des Gebirgs bildet. Sie ist durch mehrere größere Thalbecken ausgezeichnet, welche viel Volk aufnehmen können, und behauptet überall, auch an den verengtesten Stellen, eine Breite von 600 Fuß. Gegen Südosten wendet sie sich um den Dschebel ed Deir herum und führt in die große amphitheatralische Ebene Sebaijeh am Südfuß des Dschebel Musa, welcher von ihr aus als ein herrlich und hoch aufsteigender Felskegel sichtbar ist, weit über die niedern ihn umlagernden Kieshügel emporragend.

Betrachten wir uns diesen geweihten Berg mit seinen Umgebungen noch etwas genauer. An seinem östlichen Fuß liegt im Wady Schoeib oder Klosterthal das schon genannte Katharinenkloster, 4725, nach Russegger 5115 Fuß über dem Meer, mit seinem festungsartigen Bau, seinen dunkeln Cypressenpyramiden, hellgrünen Pappelreihen, laubreichen Wallnußbäumen, ausgebreiteten Obsthainen, deren Bäume mit Rebengehängen umschlungen sind, ein überraschender Anblick in der nackten, schauerlichen Felsenumgebung und dem die Tiefe des Thals bedeckenden Felstrümmerschutt. Kein Wunder, daß die durch die lange, wilde Wüstenreise Ermatteten gewöhnlich beim ersten Anblick in Entzücken versetzt werden. Der Garten, welcher die ganze Breite der engen Thalkluft ausfüllt, zum Theil noch auf dem untern Fuß der Bergseiten terrassirt angelegt und mit hoher Mauer umgeben ist, bildet von Norden her den Vordergrund, über welchen sich südlich der sehr weitläufige Klosterbau mit noch höheren festungsartigen Mauern erhebt. Die Thoreingänge in denselben sind zum Schutz gegen Ueberfall der Beduinen zugemauert, und Menschen, Vieh, Proviant, kurz alles, was Aufnahme im Kloster erhalten soll, wird gegen 30 Fuß hoch zu einer in der Mauer befindlichen Luckenöffnung hinaufgewunden. Das Innere des Klosterbaues zerfällt in 8—10 auf- und absteigende Hofräume, die labyrinthisch durch Treppen oder Gewölbgänge, auch unterirdische Tunnels unter einander und mit dem Garten in Verbindung stehen, und öfter wie Gartenbeete eingerichtet, mit Cypressen und Weinreben bepflanzt sind. Das Kloster schließt eine Menge unsymmetrischer Gebäude ein, darunter eine große und etliche 20 kleine Kirchen und Kapellen und eine kleine Moschee. Die Hauptkirche, die die alte Basilikenform hat, unterscheidet sich wesentlich von der Schmucklosigkeit der meisten der Kapellen. Ihr bleiernes Dach wird von einer doppelten Reihe Granitpfeiler getragen, den marmornen Fußboden zieren musivische Arbeiten, deßgleichen die Wände zahllose in Gold und bunte Farben gekleidete Heiligenbilder. In der Nische über dem Altar, der von vielen silbernen Lampen erleuchtet wird, ist die Scene der Verklärung des Herrn mit Mose und Elias in schöner Mosaik ausgeführt; ihr zu beiden Seiten stellen zwei Brustbilder die beiden Stifter des Klosters dar, den Kaiser Justinian und seine Gemahlin Theodora. Das größte Heiligthum der Kirche bildet aber die hinter dem Altar angelegte Kapelle des brennenden Busches, die nur mit unbeschuhtem Fuß betreten werden darf (2 Mos. 3, 5.). Das Kloster hat mehrere hundert Fremdenzimmer, sodann eine Menge Mönchszellen, Gallerieen, Keller, Gewölbe und Souterraingänge, wo die Werkstätten von Tischlern, Schlossern, Schustern, Schneidern, Gärtnern, die Bäckerei, Hand- und Eselmahlmühlen sich befinden. Die Bibliothek umfaßt ein paar tausend Bände, darunter gegen 500 Handschriften, namentlich griechische und arabische. Die Zahl der Mönche beträgt etliche zwanzig. (Früher, zur Zeit der muhamedanischen Eroberung, sollen 6000 bis 7000 Mönche und Einsiedler auf dem Sinaigebirg zerstreut gelebt haben; mit der Zeit aber wurden dieselben durch die einziehenden Beduinen, die die Halbinsel in Besitz nahmen, auf das Katharinenkloster beschränkt.) Die Bäume des Gartens, die wie die Menschen in der reinen, trockenen, gemäßigten Bergluft herrlich gedeihen, liefern das feinste Obst an Orangen, Limonen, Mandeln, Maulbeeren, Aprikosen, Pfirsichen, Birnen, Aepfeln, Oliven, Granaten, Pflaumen, Zwetschgen, Weintrauben, welche ungeachtet des Schnee's und Eises im Winter vorzüglich gedeihen. Außerdem werden auch Gemüse, Bohnen, Salat, Zwiebeln, Gurken, Melonen gebaut.

Ueber dem Kloster erhebt sich der Sinai noch etwa 2300 Fuß. Seine Bergwand ist ungemein steil, hie und da fast senkrecht. Man steigt auf 3000 Stufen zu seinem Gipfel hinan, anfangs durch eine enge, steil aufwärts führende Schlucht. In 25 Minuten erreicht man eine kleine Quelle mit köstlichem, eiskaltem Wasser, welche in's Kloster hinabgeleitet ist; von da kommt man in ³/₄ Stunden steil auf an der kleinen Kapelle Mariä vorüber durch zwei Thorbogen zur Plateauhöhe des jetzt verlassenen Eliasklosters, welches 12—1300 Fuß über dem Klosterthal liegt. Hier zeigt man eine kleine Höhle, in welcher Elias übernachtet haben soll, und aus der er am folgenden Morgen auf Befehl Jehovahs hervortreten mußte, wo dann der Sturmwind, das Erdbeben und Feuer, zuletzt der Herr im stillen sanften Sausen an ihm vorübergieng (1 Kön. 19, 8 ff.). Und in der That paßt die erhabene Schilderung dieser Scene sehr gut zu dieser Lokalität mit ihrer großen Naturumgebung. Bei dem Kloster ist ein Steinbassin mit Quellwasser von bedeutender Tiefe, von einer einsamen Cypresse überschattet, dem einzigen Baum des Sinai. Hier trifft mit dem oben beschriebenen steilen Pilgerweg eine bequeme fahrbare Straße zusammen, welche der frühere Vicekönig von Aegypten, Abbas Pascha, anlegen ließ. Sie sollte zu einem Sommerschloß führen, das er auf einem der Nachbarfelsen des Mosesgipfels erbauen wollte, jedoch unvollendet blieb. Als er eines Tages von dem heiligen Berg herab fuhr, schreckte ihn eine Vision von der Fortsetzung desselben ab. Die Mauern, so weit sie gediehen, stehen noch jetzt und sind vom Plateau aus mitten unter den Felsenspitzen sichtbar.

Der gegen NNW. eine kleine Stunde sich ausdehnende und mit zackigen Felsspitzen umstellte Bergrücken ist der Horeb der Legende, und die nördlichste dieser Spitzen, das Ras es Sufsâfeh, welches wohl bis zu 500 Fuß über das Plateau sich erhebt und mit welchem dieses steil zur Rahahebene hinabstürzt, hält Robinson für den Berg der Gesetzgebung. Man genießt auf dieser fast senkrechten Nordwand der Horebfelsen eine herrliche Aussicht über die ganze vorliegende Rahahebene und in alle ihr zustoßenden Wadys. Auf dem Weg dahin sind vier Lokalitäten durch Kapellen und mehrere Einsiedeleien bezeichnet, indeß jenem Punkt selbst von der Tradition keine Heiligkeit beigelegt wird. Südlich vom Eliaskloster erhebt sich der Sinaigipfel, der erst von hier aus ordentlich sichtbar wird, noch etwa 700 Fuß. Man erreicht ihn in ³/₄ Stunden. Die Gipfelfläche hat an 60 Schritt Umfang, 80 Fuß im Durchmesser und ist von einem ungeheuren Granitfels gebildet. Auf dem höchsten Punkt, gegen die Ostseite, steht eine Kapelle in Trümmern, hier soll Mose das Gesetz empfangen haben, im Südwesten von ihr steht eine Moschee, gleichfalls in Trümmern, beides ärmliche Gebäude. Zwischen den niederen Felsen ist alles mit Gesträuch bewachsen, eine Nahrung für Ziegen. Der Anblick der ganzen Gegend bei Besteigung des Sinai ist zwischen den starren, überall zerrissenen Felsenmassen, ohne Gießbach, ohne Alpenteppich, wenn schon hie und da einige blühende Alpenkräuter entgegenduften, doch ein höchst trauriger. Die Aussicht beherrscht einen Kreis von 90 Stunden im Durchmesser und 400 Stunden im Umfang, ist indessen viel beschränkter als auf dem höhern St. Katharinenberg, da der Sinai zwischen gleich hohen oder noch höheren Riesen der Schöpfung mitten inne steht. Die Spitzen des Serbal und Om Schomar sind verdeckt, doch sieht man die Küstenberge Afrika's und die beiden Meerbusen von Suez und Aila, wenn auch nur in kleinen Strecken. Dicht vor dem Beschauer erhebt sich der St. Katharinenberg mit seinem nackten, kegelförmigen Gipfel. Von den steilen und gebrochenen Wänden der scharfen isolirten Kegel der Sinaigruppe haben sich von allen Seiten ungeheure Felsmassen abgelöst, wodurch Spalten, Schluchten und Engthäler entstanden sind, welche gerade die höchste Region der Halbinsel am tiefsten und schauerlichsten durchbrechen und durchsetzen. Die obersten Kuppen sind zur Winterszeit mit häufigem Schnee bedeckt, der durch schnelles Schmelzen reißende Bergströme und Gießbäche bildet, welche alljährlich jene Schluchten und Engthäler verwüsten. In zackigem Umriß stellt sich ein furchtbarschönes Wüstenpanorama unter dem blauen Gewölbe des reinsten, klaren arabischen Himmels dem Auge dar; keine Ortschaften, keine Dörfer, keine Alphütten, keine Burgschlösser beleben diese Bergregion; kein See, kein Flußspiegel, kein Wasserfall, kein Wald, kein Ackerfeld, keine grünende Wiese unterbricht das Eintönige dieser schweigsamen Scene. Nur Sturm und Donner tönt in der sonst stummen Wüste. Ueberall erblickt man nur weite, öde Wildniß, grau, dunkelbraun, ganz schwarz, nur in der äußersten Ferne im Norden das hellgelbe Sandmeer, von niedern, schwarzen Felskämmen durchzogen, welches den seltsamsten Contrast mit der nächsten wilden, zackigen Gebirgsumgebung bildet. Hennicker sagt, daß es ihm geschienen, als habe er von da Arabia petraea gesehen, wie es noch ein Ocean von Laven gewesen, dessen berghohen Wogen plötzlich der Allmächtige Stillstand geboten und Ruhe und Schweigen auferlegt.

Steigen wir auf der andern Seite des Sinai gegen Westen in das Ledschathal hinab, in welchem das Kloster der vierzig Märtyrer oder el Arbain liegt. Wir finden daselbst nur einen einzigen Klosterdiener vom Katharinenkloster, der die Pflege des Klostergartens besorgt. Trotz des vernachlässigten Zustandes, in welchem sich der Garten befindet, übt er in der nackten, erhabenen Felsenwildniß durch die Schönheit und Mannichfaltigkeit seiner Obstpflanzungen, zwischen welchen schlanke Pappeln, Silberpappeln, dunkle hohe Cypressen emporsteigen, zauberische Gewalt auf die Empfindungen aus. Das Ledschathal ist immer wasserreich; denn der Schneegipfel des Hochgebirgs im Hintergrund desselben gießt hieher seinen Quellenschatz aus. Zwanzig Minuten abwärts von el Arbain zeigt man einen isolirt liegenden Felsblock, welcher nach der Legende der Fels Massa und Meriba sein soll, aus welchem Moses Stab das Wasser schlug (2 Mos. 17, 5—7.). Er ist aber ein wahrscheinlich durch einen Erdbebenstoß von den oberen Felsen erst herabgestürzter Felsblock, wie viele andere im Thal. Nach weiteren 20 Minuten erreichen wir die Mündung des Thals zur Rahahebene. Zu beiden Seiten der Mündung liegen kleinere Gartenstellen, mit mancherlei Obstbäumen bepflanzt und mit den Ruinen eines kleinen Klosters. Um dieser Gärten willen heißt dieser Theil der Rahahebene das Bostanthal, d. h. das Thal der Gärten. Die Rahahebene selbst, welche, von lauter Steilwänden umstellt, mitten im Hochgebirg sich ausbreitet, erstreckt sich von der nördlichen Horebwand aus in beträchtlicher Breite gegen Nordwest und hat wohl ein Areal von einer deutschen Geviertmeile. Sie liegt 4000 Fuß über dem Meer. Gegen Osten stößt mit ihr unter einem rechten Winkel und ohne trennenden Bergrücken die gleichfalls breite

Ebene des Wady esch Scheikh zusammen, durch welche das Areal der Ebene nahezu verdoppelt wird.

Der Wady esch Scheikh (eigentlich Wady e Schech gesprochen), als dessen Anfang der Wady es Sebaijeh betrachtet werden kann, ist die größte Thalspalte in der ganzen Sinaihalbinsel, zugleich das berühmteste aller Sinaithäler, weil nur er die einzige bequeme Straße für das Volk Israel auf seinem Zug zum Sinai sein konnte. Seinen Namen hat er von dem Scheikh Szaleh, einem von den Beduinen hochgefeierten Heiligen, dessen Grabmal eine kleine Stunde nordwärts von der Mündung des Wady es Sebaijeh im Wady selbst steht. Das Gesträuch in der Umgebung gibt der Gegend im Gegensatz der kahlen, nackten Felsen einen reizenden Anblick. Das Thal ist hier 800 Schritte breit. Abwärts verengt es sich zu einem Engpaß, in dessen Seitenschlucht ein Brunnen, Abu Suweirah (4005 Fuß über dem Meer), den Heerden Erquickung bietet. Nach einer kleinen Stunde zieht der Wady an einer Seitenschlucht im Osten vorüber, an deren Eingang ungeheure Schutthaufen aus Granitgeschieben und Felsblöcken die Thalsohle des Wady bedecken, und in deren Hintergrund ein Brunnen guten Wassers, der Bir Mosen, liegt. Die Richtung des Thals geht allmälich aus der nördlichen in die nordwestliche über und bald verengt es sich zu einem zweiten Defilé von nur 40 Fuß Breite zwischen Klippen, die zu beiden Seiten als Granitwände emporstarren, während der Boden mit Sand und Kieseln bedeckt ist. Hier ist die Ausgangspforte aus dem Gebirg gegen Norden, man verläßt den centralen Gebirgsdistrikt und tritt gegen Norden in eine andere offenere Landschaft mit minder gewaltigen Höhen und Gestalten ein, aus dem Gebiet der primitiven Gebirgsbildungen kommt man in die dieselben umlagernde Sandsteinregion. Der Wady esch Scheikh aber schlingt sich in einem großen Bogen gegen Nordwest, West und Südwest um die Nordseite des Gebirgs herum, bis er im Wady Feirân seine Fortsetzung findet. Verfolgen wir seine Thalbahn weiter.

Etwa drei Stunden fern vom letzten Defilé, da wo die nordwestliche in die westliche Thalrichtung übergeht, zeigt sich ein immergrüner, verhältnißmäßig sehr dichter Tamariskenwald, zwischen dessen Stauden man viele waidende Kameele sieht und wo man in der Ferne noch einmal die hohen Kegel des Sinai erblickt. Er bedeckt in stundenlanger Ausdehnung das ziemlich breite Thal. Hier finden wir zum ersten Mal das berühmte Manna, welches noch heute von den Beduinen Man genannt wird. Es wird von der Tamariske (Tamarix gallica mannifera Ehrenberg), dem Tarfabaum der Araber, gewonnen, dessen Vorkommen h. z. T. auf ein enges Lokal beschränkt zu sein scheint; denn weder die dürre Wüste ist ihn zu nähren im Stand, noch steigt er über 3000 Fuß absolute Höhe hinauf und ist also vom Hochgebirg der Halbinsel ausgeschlossen. Hier ist wohl auch die Station Raphidim zu suchen.

Die Länge des Wady Scheikh in seinem gegen Norden convexen Bogen, in dessen concave Seite die Gebirgsgruppe des Sinai und des Serbal eingebettet ist, mag etwa 12 Stunden betragen; sofort tritt er in den Wady Feirân ein, der nun, in veränderter nordwestlicher Richtung fortziehend, bis zu seiner Vereinigung mit dem Wady Mokatteb gleichfalls 12 Stunden lang ist, dann aber gegen Westen zur Küstenebene durchbricht. Wo der Richtungs- und Namenwechsel eintritt, ist eine dritte Felsverengung von nur 15—20 Fuß Breite, das Buêb, richtiger el Bab (die Pforte) genannt, die natürliche Scheidung der beiden berühmtesten Sinaithäler. Der Thalboden mag hier noch 2700 Fuß absolute Höhe haben. Hat man die kurze Strecke des Buêb passirt, so sieht man sich in ein schönes Thal mit der reichsten Vegetation versetzt. Wasserquellen, welche ein helles, rauschendes Bächlein bilden, verwandeln die Wüste in ein Paradies. Tarfa- oder Tamarisken-Wäldchen, süßen Mannaduft verbreitend, mit Stämmen von 2½ bis 3 Fuß im Durchmesser, wechseln mit zahllosen Palmen, die in üppigster Fülle gedeihen, und mit Obsthainen, in denen Feigen, Mandeln, Granaten, Oliven und Orangen wachsen. Man wandelt hier im reichsten Park und die Gegend trägt den Namen der Genaïn, d. i. der Gärten. Am Wasserbach entlang wächst hohes frisches Schilf, der schwarze Boden ist feucht, mit Moosen und Grasung begrünt, blaue Blümchen, an die europäischen Vergißmeinnicht erinnernd, blühen dazwischen hervor, Schwalben, auch Tauben und bunte Schmetterlinge fliegen und Singvögel lassen sich im Laub hören. An den Thalwänden wie in den kleinen Nebenthälern sieht man bewohnte Hütten, viele Menschen, Ziegen und Schafheerden, die am Bach im Schatten der Bäume lagern, und Kinder spielen am Wasser. Nach einer Stunde Wegs vom el Buêb zeigen sich an der rechten Thalwand auf einer Anhöhe alte Ruinen, wahrscheinlich ein kleines Klostergebäu, offenbar aus alter christlicher Zeit stammend. Diese ehmalige Culturstelle heißt Hererat Feirân und wird noch heute von den Beduinen mit Waizen, Tabak und Weinreben bebaut. An der Einmündung des Wady Aleiat, durch den der Seil (Gießstrom) el Aleiat von der Nordwand des Serbal herabkommt, erweitert sich der Wady Feiran, der sonst nur 100 Schritte breit ist, und es erhebt sich mitten in der Thalrundung ein kleiner, 100 Fuß hoher Hügel, Meharret el Aleiat, der den zerstörten Klosterbau Hererat el Kebir, d. i. das große Hererat, trägt. An der Ostseite des Hügels sieht man die Trümmerblöcke einer alten Kirche, und nordwärts des Hügels lehnte sich an den Fuß der hohen Thalwände die alte, schon im zweiten Jahrhundert erwähnte, in der Mitte des fünfzehnten aber schon in Trümmern liegende, nicht unbedeutende Stadt Faran, die einst Sitz eines christlichen Bischofs war. Wohl über 100 Steinhäuser dieser alten Stadt werden gegenwärtig von den Arabern, die in Laubhütten daneben und zerstreut umher wohnen, als Vorrathshäuser zum Trocknen und Aufbewahren ihrer Früchte gebraucht. Bis hieher, wo jener Klosterhügel Hererat im Wady gleichsam einen Riegeldamm vorschiebt, erstreckt sich der eigentliche Wady Feirân im engeren Sinn, vom el Buêb an eine Strecke von 2½ Stunden, in Süd und Nord von zwei Bergwänden, in Ost und West von zwei felsigen Engpässen eingeschlossen. Die Fruchtbarkeit und paradiesische Schönheit dieses Thals rührt von gelblichen thonartigen Erdanschwemmungen her, die seinen Urgebirgsboden 80 bis 100 Fuß hoch bedecken, und offenbar der Niederschlag eines ehemaligen Sees sind, der durch die im Wady Scheikh zusammenrinnenden Gebirgswasser gespeist wurde, schon in vorgeschichtlicher Zeit aber seinen untern Damm, den Klosterhügel Hererat, durchbrach, und nun durch seinen zurückbleibenden Niederschlag den Wady Feiran zum schönsten Wady und zum ältesten Cultursitz der Halbinsel erhob. — Unterhalb der Ruinen von Faran und des Hererathügels hört die Fruchtbarkeit der Thals auf und die allgemeine Spärlichkeit des Bodens fängt wieder an. Keine Palmengruppe steht hier mehr, nur wenig Tarfa und niederes Buschwerk sproßt noch hervor. Das Thal ist steinig und stark ausgewaschen. Nur bei el Hessué erscheint noch einmal auf kurze Strecke fruchtbarer Boden voll Pflanzen und Baumwuchs mit der letzten Palmengruppe.

Den Hauptcharakter der ganzen Massenerhebung des Centralgebirgs gibt das Granitgestein ab, welches von häufigen und mächtigen dunkelgrünen Dioritgängen durchsetzt ist, die sich gleich Bändern an den röthlichgrauen Granitwänden bis zu den höchsten Gipfeln emporziehen. Der Dschebel Katherin dagegen besteht aus Porphyrgestein, welches auch in den niedrigeren Gipfelhöhen und Thalschluchten des Serbal hervortritt, zuweilen sogar übermächtig wird und auf bedeutenden Strecken als vorherrschende, ja als allein herrschende Gebirgsart sich zeigt. Das Gebiet dieser centralen Urgebirgsmassen hat überall den Vorzug guten, süßen, genießbaren und heilsamen Wassers, während die ganze übrige Halbinsel nur brakisches und bitteres Wasser darbietet. Deßhalb ist es, namentlich die Gegend um's Kloster und 3 bis 4 Stunden in West und Südwest, wo Wasser in Menge vorhanden ist, der Sammelplatz aller Beduinen, wenn die niedrigen Gegenden ausgetrocknet sind. Die Wadys haben nur temporäre, keine immerwährenden Wasserläufe, ja oft scheinen nicht nur alle Wasserläufe, sondern auch alle stehenden Wasser, wie Brunnen und unterirdische Wasserbehälter, gänzlich auszutrocknen, wenn dürre Jahre eintreten, die nicht selten in längeren Jahresreihen ganz regenlos sich zeigen. Das ganze Land ist felsiges Wüstenland, weil alle Wiesengründe fehlen. Die Pflanzen stehen sehr vereinzelt, weit aus einander zerstreut. Eigenthümlich ist, daß die Vegetation eben so schnell wieder verschwindet, als sie erscheint. Palmen, die an einigen Stellen der Halbinsel gedeihen, steigen in das kühlere Bergland nicht hinauf; nur hie und da zeigt sich auf begünstigten Höhen ein wilder Feigenbaum; sonst finden sich nur Anpflanzungen von Menschenhand mit Cypressen und europäischen Obstbäumen, auf den höchsten Höhen nur noch Hagedorn und niederes Strauchwerk nebst aromatischen Kräutern, aber keine Spur von Wald. Ein für die Halbinsel charakteristischer Baum ist noch die Akazie (Acacia gummifera), von der im Sommer reiche Gummimassen eingesammelt werden und deren Laub ein Lieblingsfutter der Kameele ist. Manche Wadys sind stark mit ihr besetzt; doch wächst sie auf der Ostseite der Halbinsel größer als auf der Westseite. Aus ihrem Holz verfertigte Mose alle die Bretter und Stangen und alles hölzerne Geräthe der Stiftshütte (Luther übersetzt Föhrenholz); es war wegen seiner Festigkeit und Leichtigkeit zu einem tragbaren Gebäude vorzüglich geeignet. Gegenwärtig wäre es freilich schwer, aus den so verkümmerten Akazien alles das zu schneiden. Aber früher muß das anders gewesen sein. Der Reisende Rüppell sagt: allem Anschein nach seien einst alle Thäler, namentlich im Osten, beholzt gewesen, höchst wahrscheinlich habe Gewinnsucht nach und nach allen Baumwuchs zernichtet. Seit Jahrtausenden nämlich dient die Akazie zum Brennen von Kohlen, für die die Araber stets in Suez und Cairo Absatz finden; für den Nachwuchs der Bäume wird aber nicht gesorgt. Zudem zerstörten die alles mit sich fortreißenden Fluthen der wilden Gießströme den hier einst einheimischen Baumwuchs. — Auf den Höhen gibt es Steinböcke, den Alpengemsen ähnlich, sie sind eben so schwer zu erreichen wie diese, stellen Wachen aus, sind gleich flüchtig durch ihre Felssprünge auf den Felsgipfeln, wo kein Jagdhund sie erreichen kann.

---

Zweites Kapitel.

## Das umlagernde Gebirgs- und Ebenenland.

Der centrale Gebirgskern des Sinai ist auf allen Seiten von Gebirgsverzweigungen und Ebenen umlagert, die uns im Süden und Osten ziemlich unbekannt sind. Gegen Osten fällt das Plateau in einem steilen Randgebirg von 800 bis 2000 Fuß zum Golf von Akaba oder Aila ab, ohne einer Küstenebene Raum zu lassen. Im Westen dagegen zieht eine flachhügelige, von ausgetrockneten Gießbachbetten durchschnittene Ebene längs der Meeresküste am Fuß der Hochgebirgskette des Sinai, Serbal und seiner nördlichen Verlängerungen bis zur Mündung des Wady Feiran hin. Sie heißt el Kâa, d. h. die Ebene. Ihre Fläche liegt etwa 340 Fuß über dem Meer und ist ein sanft gegen das Meer hin sich senkendes niederes Plateau. Für den Wassermangel hat hier der Wanderer einen traurigen Ersatz in der häufigen Luftspiegelung (Fata morgana), die täuschend wie ein See mit gekräuselten Wellen erscheint, in denen sich selbst einzelne Büsche abspiegeln. In sie mündet der nach Südwest aus dem Hochgebirg herabkommende Wady Hebran aus, welcher neben dem Wady Feiran der wasserreichste Auslader der Gebirgsgewässer ist. Seine Kluft ist nur 300 Fuß breit. Zerstreute Granit- und Porphyrmassen liegen zu beiden Seiten des klaren Baches, der aber in der Winterszeit zur Wuth eines reißenden und zerstörenden Gießstroms anschwillt. Seiner Wasserfülle verdankt das Thal einen ungewöhnlichen Pflanzenreichthum. Nördlich von der Mündung des Wady Feiran dehnt sich die Küstenebene noch gleichartig fort bis dahin, wo der Dschebel Hummam Faraoun unmittelbar zum Meer vortritt. Man darf mit ziemlicher Sicherheit annehmen, daß die Grenzen der Wüste Sin, deren nördlichen Theil die Kinder Israel durchzogen (2 Mos. 16, 1. 4 Mos. 33, 11. 12.), mit den Grenzen der el Kâa zusammenfallen. Von hier aus zogen sie dann entweder durch den Wady Schellal zum Wady Mokatteb und Wady Feiran, oder mehr südwärts durch die Mündung des Wady Feiran weiter.

An der ganzen Nordseite des Centralgranitstocks zieht eine sandige Ebene aus Nordwest nach Südost durch die ganze Halbinsel bis zu den Küsten des Ailagolfs. Sie wird von den Beduinen Debbet er Ramleh, d. h. sandige Ebene, genannt, ist mehr als 1500 Fuß über dem Meer gelegen und voll von niedrigen, abgerissenen Erhöhungen und Wasserbetten. Sie gestattet eine weite Uebersicht in das innere Gebiet des Gebirgs, welches sich in seltsamen Umrissen und wie wild durcheinander geworfen von hier aus erhebt, in der Mitte von den ungeheuren Granitmassen des Sinai überragt. Gegen Norden nimmt den ganzen Horizont der Dschebel et Tih mit seinen südlichen und südwestlichen Steilabfällen ein. Er durchzieht wie eine gewaltige Gigantenmauer die Halbinsel von Südost nach Nordwest bis zum Ras Wady Gharundel, von welchem der Wady Gharundel zum Suezbusen sich absenkt, und bezeichnet sehr genau die

Nordgrenze der Sandsteinregion der Halbinsel; denn er selbst ist aus Kalkstein aufgebaut. Seine einförmige Berglinie, seine pralligen Abfälle lassen ihn wie eine mit dem Lineal zugeschnittene Form erscheinen, und stehen im größten Contrast mit den zerrissenen, phantastisch gruppirten Granitwänden und zahllosen Zacken, Spitzen und Kämmen des gegen Süden vorliegenden Serbal.

Von Suez bis Wady Gharundel durchwandert man ein Gebiet tertiärer Ablagerungen, in welchem tertiärer Kalk und Kreide wechsellagern. Jenseits des eben genannten Wady verschwinden diese Gebilde landeinwärts, und man tritt in die große Sandsteinregion der Debbet er Ramleh. Dem Meer zu aber erhebt sich der Kalkstein noch einmal zu bedeutender Höhe in dem Dschebel Hammam Faraoun, der sich hart an der Meeresküste als dichtes Kalksteingebirg bis zu 1000 Fuß in kühnen Formen emporhebt. Er ist voll Höhlen, die sich steil in die Tiefe senken und ganz mit Dunst erfüllt sind, was ohne Zweifel daher rührt, daß sie mit den im Innern des Gebirgs befindlichen Thermen im Zusammenhang stehen, welche am Ufer des steilen Vorgebirgs Ras Hammam in mehreren heißen Quellen zu Tage treten. Die bedeutendste derselben hat eine Hitze von 56° R. Alte ägyptische Könige sollen in diesen Bädern von ihren Krankheiten geheilt worden sein; daher heißen sie Hammam Faraoun, d. h. heiße Bäder Pharao's. Im Rücken des Gebirgs, wo man es in seiner schwarzen, wüsten, aber malerischen Gestalt zur Rechten liegen hat, durchschneidet man mehrere Wady's und tritt dann in den Wady Homr ein, wo die tertiären Gebilde verschwinden und die Sandsteinregion ihren Anfang nimmt. Das Terrain beginnt gegen das Innere des Gebirgs bereits anzusteigen, und je höher desto mehr gewinnt die Landschaft an pittoreskem Interesse. Schon im Wady Nasb (d. h. Kupferthal) zeigen sich Gänge von Porphyr und Syenit, die den Sandstein durchsetzen; je weiter nach Südost gegen das Centralgebirg, wohin der Boden fort und fort höher ansteigt, werden auch die Porphyrgänge im Sandstein immer mächtiger, und endlich spricht sich der Porphyr in ganzen Bergen von 3000 Fuß Höhe aus. Der Wady Nasb liegt 1291, Wady Chamile 2074, Wady Barak 2849 Fuß über dem Meer. Die höchsten Kuppen ragen bedeutend über die Sohle der Wady's empor, über dem Wady Nasb bis 3500 Fuß, über Wady Barak bis 4500 Fuß. Je mehr sich das Gebirgsland gegen das Innere der Sinaigruppe erhebt, desto mehr entwickelt sich in den immer enger und tiefer werdenden Wady's die Vegetation; Grasboden, Gebüsch von Akazien und Tamarisken zwischen den kahlen Porphyr- und Sandsteinbergen erfreuen das Auge; fällt Regen, so können sie selbst lieblich werden. Auf jeden Fall werden mit Annäherung an das Gebirg die Brunnen immer häufiger und die Wasser besser. In der Sandsteinformation versiegt der gefallene Regen schnell, und nur auf Mergelthonunterlagen, die meist salzhaltig sind, erhält es sich, wird aber dann brakisch.

Zwischen dem Wady Nasb und Wady Chamile erheben sich auf einem hohen, steilen Berg, welcher den Namen Sarbat el Châdem trägt, wie Phantome inmitten der Wüste eine Menge theils aufrecht stehender, theils umgefallener und zerbrochener Steine von 5 bis 7 Fuß Länge und $1\frac{1}{2}$ bis 2 Fuß Breite, mit räthselhaften hieroglyphischen Inschriften, welche ägyptische Königsnamen enthalten, aus denen hervorgeht, daß hier schon im zweiundzwanzigsten Jahrhundert vor der christlichen Zeitrechnung eine ägyptische Colonie bestand. Das Ganze ist mit einer Mauer umgeben, innerhalb welcher auch Tempelruinen stehen. In der Nähe zeigen sich Steinhaufen, aus welchen zu schließen ist, daß hier einst eine ägyptische Stadt gestanden. Diese verdankte ihren Ursprung ohne Zweifel den Kupferbergwerken, deren mehrere sich in den benachbarten Thälern vorfinden; denn Kupfer- und Eisenerze sind in großer Menge in gewissen Lagen der Sandsteinfelsen längs dem Grenzsaum des Urgebirgs weit verbreitet. Auch ist der obengenannte Tempel mit gewaltigen Schlackenhügeln noch jetzt umgeben, und die Göttin, der er geweiht war, wird in den hieroglyphischen Inschriften „Hathor, Herrin von Mafkat", d. h. Herrin des Kupferlandes, genannt.

Wenn uns diese Stelle schon den Beweis liefert, daß in früheren Zeiten diese Gegenden bewohnter waren, als sie es jetzt sind, so werden wir hievon noch mehr überzeugt, wenn wir in den Wady Mokatteb, d. h. das beschriebene oder Inschriftenthal, eintreten. Wenn wir nämlich von el Hessué an, wo wir die letzten Palmgärten getroffen haben (s. oben), noch etwas über zwei Stunden in dem Wady Feirân zwischen seinen engen steilen Gneißwänden gegen Nordwest fortschreiten, so kommen wir an einen niedrigen Sandsteinhügel, der den Wady hindert, in seiner bisherigen Richtung fortzustreichen, und ihn nöthigt, im rechten Winkel gegen Südwest sich zum Meer zu wenden. Uebersteigt man diesen Hügel, so tritt man in den Wady Mokatteb ein, welcher dieselbe Richtung wie das Feiranthal hat und ohne jenen trennenden Sattelpaß nur eine Fortsetzung desselben wäre; denn auch die Naturbeschaffenheit bleibt sich ziemlich gleich. Zur Rechten hat man hohe Gebirge, zur Linken nur eine Kette niedriger Sandsteinwände. Im obern Theil ist das Thal bedeutend breit, dann wird es enger. Die Sandsteinwände sind an den meisten Stellen steile, 20—30 Fuß hohe Klippen, die mit einer unendlichen Menge von Inschriften bedeckt sind, welche mit wenig Unterbrechungen auf eine Strecke von 2½ Stunden verfolgt werden können. Sie sind zwar tiefer eingehauen, als auf den Granitblöcken des obern Gebirgslandes, aber gleich nachlässig, und enthalten auch Kreuze und viele eingekratzte Figuren von Ziegen, Kameelen, die Lasten tragen oder beritten sind. Auch noch an vielen andern Stellen der Halbinsel kommen solche Inschriften vor, so, wie wir gesehen haben, am Serbal, dann im Westen an der Meeresküste, wo ein ganzer Dschebel Mokatteb ist, d. h. eine ganze Felswand voll unzähliger Inschriften, nebst vielen Grottenwerken, vor denen die Araber als den Sitzen böser Geister zurückweichen. Sie kommen nicht etwa nur an den Heerstraßen, sondern auch an den entlegensten Orten, in den hintersten Winkeln hoher, vereinsamter Felsen vor, jedoch nur westlich vom Sinai und südlich bis Tur. Am Sinai selbst reichen sie nur bis an seinen Fuß, während sie am Serbal bis zum Gipfel hinaufgehen. Einige hielten sie für nabatäisch, andere für phönizisch oder aramäisch, jedenfalls befinden sich auch griechische, lateinische, hebräische und arabische darunter. In neuerer Zeit glaubte man, sie rühren von christlichen Pilgern her; aber sie reichen zum Theil wenigstens in die vorchristliche Periode zurück, ja wohl sogar bis in die Zeiten Midians (Jethro's), Amaleks, Mosis und in die der ältesten Pharaone Aegyptens. Wirklich kommen in den Inschriften am Serbal, der der Sitz uralter Baalsverehrung war (Serbal bedeutet s. v. a. Palmenhain des

Baal), Namen vor, welche aus heidnischen Götzenbildern zusammengesetzt sind, z. B. die Namen Abd-al-Baali, d. i. Baalsdiener, Gerem-al-Baali, d. i. Baalsstärke. In andern finden sich Darstellungen von ägyptischen Königen, wie sie Göttern opfern oder Feinde köpfen, Darstellungen, die zu den ältesten gehören, die es überhaupt in ganz Aegypten, selbst die der Pyramiden von Gizeh nicht ausgenommen, gibt. Nach den neuesten Untersuchungen ist der Dialekt der Inschriften ein arabischer, und ihre Verfasser gehörten der einheimischen Bevölkerung der Halbinsel, von wahrscheinlich amalekitischer Abstammung, an, deren Religion sabäischer Gestirndienst war. Anlaß zur Abfassung der Inschriften hätten die Wanderungen der Bewohner zum Serbal behufs religiöser Festfeier auf diesem von Alters her dem Baal geheiligten Berg gegeben. Die Kreuze, welche öfter bei den Inschriften sich befinden, wären erst später durch christliche Pilger hinzugefügt worden, ebenso hätten müßige Hirtenhände späterer Zeit Zeichnungen von Bäumen, Kameelen, Ziegen und hundert andern Dingen hinzugefügt. Die Inschriften selbst enthalten meist nur einen kurzen Friedensgruß mit dem Namen des Schreibers.

Betrachten wir nun noch die Strecke von Wady Gharundel bis zum Nordende des Meerbusens von Suez. Sie ist ein etwa vier Stunden breiter Wüstenstrich, der sich etwa zwanzig Stunden zwischen dem Meer im Westen und dem Dschebel er Rahah im Osten in nordwestlicher Richtung in die Länge streckt. Der Dschebel er Rahah, seine östliche Begrenzung, ist die Fortsetzung des Dschebel et Tih, welcher vom Ras Wady Gharundel an eine etwas veränderte, mehr nordwestliche Richtung annimmt und von da an auch den Namen wechselt. Er besteht aus Grobkalk und Kreidelagern. Von ihm herab senkt sich eine Reihe Wady's, die unter sich parallel von Nordost nach Südwest die Küstenebene quer durchsetzen und nach kurzem Lauf sich zum Meer ergießen. Nördlich vom Wady Gharundel setzen die Ablagerungen der Tertiärzeit, zumal Kalk, Gips und Kreide, welche wir südwärts desselben gefunden haben, noch eine Zeitlang fort und bilden ein ziemlich verworrenes, pittoreskes Hügelland. Auf einer Kuppe desselben, zwei Stunden im Norden des Wady Gharundel, liegt der Brunnen (Ain) Howara, welcher ein bitteres, für Menschen und Vieh untrinkbares Wasser hat, das biblische Mara (2 Mos. 15, 22. 23.). Jenes Hügelland wird im Norden vom Wady Howara begrenzt, und dann beginnt eine Ebene, welche mit Meeressand und Meeresschutt, stellenweise auch mit Alluvien der nächst anliegenden Berge, namentlich mit Feuersteinen bedeckt ist, offenbar ein erst in der jüngsten Periode der Erdbildung vom Meer verlassener Boden. An vielen Stellen erhebt sich der Sandboden zu Hügeln, die sich wie Dünen an einander reihen. In solchen liegen auch die Brunnen von Ajun Musa, d. h. Mosebrunnen, ½ Stunde östlich vom Meeresufer, schräg gegenüber von Suez, wo der Triumphgesang der Kinder Israel ertönte und ihre Wanderung durch die Wüste Sur oder Etham begann.

In dem ganzen Strich von Ajun Musa bis Wady Gharundel ist kein Wald, kein vereinzelter Baum zu erblicken; man sieht nichts als den blauen Meeresstreif zur Rechten und glühende, wasserleere, gelbrothe Wüste. Auf dem ganzen drei Tage langen Marsch bemerkte Robinson nur an einer einzigen kurzen Strecke. ½ Stunde von Ain Howara, in einer Niederung ein Ackerfleckchen, das mit etwas Waizen und Gerste bestellt war, und wo etwas Vieh waidete. Im Wady Gharundel sieht man zum ersten Mal wieder grünende Bäume. Er ist fast eine Meile breit, mit Palmen und Tamariskengesträuch dicht besetzt und hat wilde Partieen, die dem einsamen Thal einen romantischen Charakter verleihen — eine herrliche Oase, wie ein Kleinod in der Wüste verschlossen. Ein nicht unbedeutender Bach entspringt aus dem tertiären Felsgebild, der sich aber schon nach ¼ Stunde wieder im Schuttboden verliert. Zur Regenzeit soll jedoch der Wady bedeutende Wassermassen zum Meer wälzen, daher er gute Waide bietet. Auch findet man beim Nachgraben überall in einer Tiefe von 1½ bis 2 Fuß gutes Wasser. Ohne Zweifel ist daher in diesem Wady die Palmenstation Elim mit den 12 Wasserbrunnen und 70 Palmbäumen (2 Mos. 15, 27. 4 Mos. 33. 9.).

Zweiter Abschnitt.

## Das Tihplateau.

Ueber den hohen Rücken der Tihkette führen drei Pässe, über die die Karawanen vom Sinai nach Gaza und Hebron ziehen. Der östlichste derselben ist der Nukb el Mureikhy. Eine Schlucht mit senkrechten Felswänden führt zur Höhe des Passes, die 4358 Fuß über der Meeresfläche liegt. Die Fernsicht von dieser Höhe ist großartig: gegen Norden das weite Wüstenplateau, gleich einem Sandmeer, aus dem viele kleine, zerstreut liegende Berge gleich Inseln sich erheben; gegen Osten, dicht zur Seite, zieht die schneeweiße Wand des Dschebel Oedschme weit gegen Norden hin gleich einer mächtigen Mauer; darüber weit hinaus erblickt man die schwarzen, scharf abgeschnittenen Umrisse der Berge am Meerbusen von Akaba. Im Nordwesten reicht der Blick bis zu den Bergen von Suez, im Südwesten ragen in blauer Ferne die Bergspitzen der afrikanischen Wüste hervor; gegen Süden aber steht das ganze Sinaigebirg da in unbeschreiblicher Pracht mit allen seinen himmelanstrebenden, phantastisch geformten Zacken und Spitzen.

Nur gegen Süd und Südwest, wohinzu der Dschebel et Tih einen Steilabfall hat, erscheint er als Bergkette. Ist man auf der Höhe angekommen, so befindet man sich nicht auf einem Bergrücken, sondern auf einem weiten flachen Wüstenplateau von wellenförmigem Terrain, welches sich gegen Norden allmälich abdacht, indeß es im Osten vom Dschebel Oedschme begrenzt ist, der, 600 Fuß höher als das Plateau der Tihkette und also gegen 5000 Fuß emporragend, als weiße Kreidekalkwand von Südost nach Nordwest streicht und das Ansehen einer zweiten Plateaustufe darbietet, welche sich gegen Norden allmälich in die Wüstenfläche verflacht.

Im Gebirgswinkel, den der Dschebel et Tih mit dem Dschebel Oedschme bildet, am Nakb el Mureikhy, ist in einer Höhe von 2832 Fuß über dem Meer die Wiege eines großen Wady, der gegen Norden das ganze Land durchzieht, des Wady el Akaba. Er ist ungemein flach und weit; um ihn zu durchsetzen, braucht man eine halbe Stunde. Er schlängelt sich in vielen Windungen zwischen niedern Bergen hin, indeß er zur rechten Hand, d. i. auf seiner Ostseite, fortwährend von der Steilwand des Oedschme begleitet wird. Ihm parallel zieht im Westen ein anderer großer Wady nordwärts durch das Tihplateau, der Wady el Arisch. Er hat steile, aber niedrige, nur 15—20 Fuß hohe Uferwände, und ist wohl ½ Stunde breit. Weiter nördlich verliert er seine hohen Uferwände und wird zu einer breiten, flachen Niederung. Beide große, unter sich parallele Wadys vereinigen sich mit einander etwa unter 30° 35′ N. Br. und nehmen alle Wasser der Halbinsel, die nicht zum Golf von Suez oder zum Golf von Akaba fallen, in sich auf. — Zwischen den 29° 30′ und dem 30° N. Br. wird das Plateau von der Hadschstraße von Suez nach Akaba durchschnitten, welche zugleich die politische Grenze zwischen el Scham, d. h. Syrien, im Norden, und dem Ard el Tur, der Halbinsel Tor, im Süden ist. An ihr liegt zwischen den beiden großen Wady's die Station Kalaat el Nakhl 1396 Fuß über dem Meer, ein großer viereckiger, mit starken Mauern umgebener Hof mit einer Moschee, einigen Bäumen, zwei Brunnen, einigen kerkerähnlichen Wohnungen für durchziehende Pilger und einem kleinen Dörfchen daneben, in welchem die Familien der Soldaten hausen, die hier auf Wache in Garnison zur Zügelung der Beduinen liegen. Sie ist von einem Kreis von Bergen, etwa 13 Stunden im Durchmesser, umgeben.

Der westliche größere Theil der Tihwüste, welcher seine Wasser durch die beiden großen parallelen, zuletzt aber sich vereinigenden Wadys zum Mittelmeer entladet, ist von der kleineren östlichen Hälfte durch eine Wasserscheidelinie getrennt, welche über den niederen Zug des Turf er Rukn läuft. Die Wasser dieser östlichen Hälfte fließen einem gegen Nordost ziehenden Wady zu, dem Wady Dscherâfeh, der zur großen Arabah und zum Todten Meer sich absenkt. Er kommt aus weiter Ferne in Südwest, nimmt viele andere Wady's auf und zieht, zumal zur Regenzeit, mit einer großen Wassermasse durch die Wüste gegen Nordost hindurch, bis er nordwestlich von Petra in den großen Wady Arabah eintritt.

Das ganze Wüstenplateau vom Dschebel et Tih im Süden bis zur Südgrenze Palästina's im Norden, und von den Grenzgegenden Aegyptens im Westen bis zur großen Arabah im Osten wird im Alten Testament unter dem gemeinsamen Namen der Wüste Paran befaßt und als die Wüste bezeichnet, die „groß und grausam" ist (5 Mos. 1, 19.) Und das mit Recht. Unabsehbare, mit schwarzen Feuersteinen bestreute Ebenen, in denen einige Tagmärsche lang weder ein Dauar (Beduinenlager), noch Wasser zu finden ist, dann wieder große Flugsandstrecken, die in ihrer gräulichen Einöde doch noch hie und da ein Gräschen oder einen Busch aufkeimen lassen, wovon auf den schwarzen Feuersteinflächen keine Spur zu finden ist, durchschnitten von irregulären Ketten von Kalk- und Kreidehügeln, an deren unfruchtbarsten Stellen das Kind der traurigsten Einöde, die Rose von Jericho, hie und da sich noch einstellt, sowie von kleinen Wasserbetten, Rissen und Thälern, an deren Wänden kurzes Gras wächst, den Ziegen- und Schafheerden zur guten Waide dienend, geben sammt der täuschenden Luftspiegelung dieser grenzenlosen Hochfläche den wahren Wüstencharakter, welchen die Araber mit dem bezeichnenden Namen et Tih, d. h. die Wanderung oder Verirrung, gut ausdrücken. Oft weht heißer Südwind wie Backofenluft, dabei zeigt sich ein dunstiger Heerrauch, in welchem die Brechung der Sonnenstrahlen alle umherliegenden Hügel zu hohen Bergen erhebt und die Sonne keinen Schatten mehr wirft. Die Höhen gewähren Aussicht in die furchtbare Wildniß nach allen Seiten; aber kein Baum, kein Strauch, kein Grashalm erquickt das Auge; nur Ebenen und Hügel, schwarz wie die Nacht, erblickt man, und hie und da durchsetzt ein Strich weißer Kreideklippen das Land, ähnlich wie eine schwarze Gewitterwolke von einem hellen Blitzstrahl durchzuckt wird. Nur zu leicht ist es, sich in dieser Wildniß zu verirren, durch die sich indeß der Beduine ohne Kompaß mittelst seiner merkwürdigen Fährtenkenntniß hindurchfindet. Derselbe erkennt an der Fußspur, welchem Individuum seines Stammes oder eines benachbarten sie angehört, ob ein Freund oder ein Fremdling, ein Feind des Wegs gekommen. Aus der Flachheit oder Tiefe urtheilt er, ob der Mann eine Last trug oder nicht, aus der Deutlichkeit, ob er an demselben Tag, am vorigen oder vor zwei Tagen vorübergegangen. Ebenso kennt er die Fährten seiner eigenen Kameele, wie die seiner Nachbarn, und oft findet er aus tausend Durchkreuzungen derselben die seinigen heraus, wie er alle Männer mit Namen nach den Fußtapfen zu nennen weiß, die am Morgen vorübergiengen. Deßhalb ist ein guter Beduinenführer auf der Wanderung fortwährend damit beschäftigt, die Fährten zu untersuchen, was nicht selten vor Gefahren von Ueberfällen und Verfolgungen sichert, aber auch angenehme Begegnungen in der Wüste und Sicherheit des Eigenthums fördert.

In gleicher Breite mit dem Durchbruch des Wady Dscheràfeh zur Arabah erhebt sich westwärts imponirend steil aus der Wüste ein in gerader Linie von Ost nach West laufender Gebirgskamm, der sich am östlichen und westlichen Ende zu hervorragenden Höhen aufthürmt. Der östliche Eckpfeiler, ganz nahe an der Arabah, heißt Dschebel el Mukrâh, der westliche Dschebel Araif en Nakah. Letzterer besteht aus Kalkstein und ragt 5 bis 600 Fuß aus der Wüste empor als wegweisende Landmarke. Der ganze Gebirgskamm bildet die südliche Grenzmauer des Hochlands der Azâzimeh, welches das nördliche Drittel der östlichen Wüstenhälfte ausfüllt, in seinem Innern aber theils wegen der Unwirthlichkeit des Terrains, theils wegen der Raubsucht seiner gefürchteten Bewohner heutzutag noch fast völlig unbekannt ist. Es steigt als eine mächtige Gebirgsfeste in quadratischer Form plötzlich aus der Wüste auf, und fällt in Süd, Ost und Nord steil, fast senkrecht zu den umgebenden Ebenen und Thälern ab. Seine südliche Grenzmauer ist bereits genannt. Die östliche steigt eben so steil, wie diese, aus der Arabah auf, nur ist sie von mehreren Thälern durchbrochen, welche mehr oder minder beschwerliche Eingänge in's Innere der Gebirgsfeste darbieten. Die nördliche Grenzmauer, der Dschebel Halal, thürmt sich als ein gigantisches Hochgebirg mit seinen nackten Felsmassen, gleich Bastionen cyklopischer Architektur, in furchtbarer Wildniß empor, und erscheint mit seinen wildzerrissenen, weißglänzenden Kreidemassen, welche den glühenden Sonnenstrahl blendend zurückwerfen, wie ein unnahbarer Feuerort, als furchtbarste Wüste ohne alle Spur von Vegetation. Am nördlichen Fuß dieses Bollwerks zieht sich, fast senkrecht abgeschnitten, ein weiter Thalschlund von West nach

Ost in die Arabah hinaus, Wady Murreh genannt. Er hat eine Breite von 4 bis 6 Stunden und theilt sich bei dem Berg Madurah (Moddera), welcher sich mitten im Thal völlig isolirt erhebt, in zwei Zweige, von denen der eine, südliche, die Fortsetzung des Hauptthals ist und in östlicher Richtung zur Arabah ausläuft, der andere, nördliche, unter dem Namen Wady Fikreh nordöstlich durchs Ghor zum Todten Meer führt. Jenseits des Wady Murreh, im Norden, erhebt sich schroff aufsteigend der südlichste Bergwall des palästinensischen Hochlands, das alte Amoriter Gebirg, das heutige Plateau er Rakmah. Kein Zweifel also, daß der Wady Murreh, diese tiefe Einsenkung zwischen dem Hochland der Azâzimeh und dem Rakmahplateau die natürliche Südgrenze Palästina's ist, und daß wir in ihm die biblische Wüste Zin zu erkennen haben, welche 4 Mos. 13, 4. 22. 34, 3 ff. Jos. 15, 1 ff. als südliche Landesgrenze bezeichnet wird. Weniger schroff und hoch stellt sich der westliche Bergwall des Hochlands der Azâzimeh dar. Er zieht sich unter dem Namen Dschebel Yaled und Dschebel Moyleh oder Moilahi in einer Höhe von 3—400 Fuß vom Dschebel Araif en Nakah gegen Norden, und ist durch zahlreiche, mit einander von Ost nach West parallel laufende Wadys, die alle in den Wady el Arisch münden, durchbrochen. Dieser Westrand setzt sich im Norden bis zum Rakmahplateau fort und bildet so das Uebergangsglied, durch welches die Nordwestecke des Hochlands der Azâzimeh mit der Südwestecke des amoritischen Rakmahplateau's verbunden ist, aber auch das Querjoch, durch welches der Wady Murreh von der westlichen Küstenebene geschieden wird. So erscheint von Westen gesehen das ganze Berggehänge vom Dschebel Araif bis zu den Chalilbergen als ein ununterbrochenes, zusammengehöriges Gebirg, und die scharfe Abscheidung des Azâzimeh- und des Rakmahplateau's durch den Wady Murreh wird den am Westfuß des Gebirgs auf der Hebronstraße Hinziehenden völlig verdeckt.

Verweilen wir noch eine Zeitlang auf dieser Seite des Gebirgszugs auf der Linie der Hebronstraße, um dann einen Blick auf die Ostseite desselben zu werfen. Westlich von dem oben erwähnten Uebergangsglied zwischen den beiden Plateau's und somit im Parallel des Wady Murreh liegt el Audscheh oder

Abdeh, das alte römische Eboda, wo Ruinen auf eine ehmals bedeutende Stadt hinweisen. Der erste Blick verräth uns, daß wir hier auf dem Uebergangsgebiet zwischen Wüste und Culturland stehen. Der trostlose Typus der Wüste ist zurückgedrängt, es bieten sich dem Wanderer lieblichere Scenerieen dar, das allgemeiner verbreitete Grün des kräuterreichen Bodens verkündet die Nähe des Regenlandes Palästina. Schon im Süden, mit dem Eintritt in die flache Küstenebene, wird der Felsboden häufig durch Sand und aufgelösten Märgel bedeckt, auf dem eine lebendige Vegetation sich zu zeigen beginnt. Ganze Flächen sieht man mit niederen Gesträuchen bedeckt und schon trifft man Araber an, die Korn bauen. Etwa 6 Stunden weiter in Nordost von Eboda trifft man bei Bir Ruheibeh auf Trümmer einer alten Stadt mit Brunnen und tiefen Cisternen. Hier ist ohne Zweifel das biblische Rehoboth, wo Isaaks Knechte, als er im Lande Gerar wohnte, einen Brunnen gruben, den er Rehoboth nannte und von wo er nach Bersaba zog (1 Mos. 26, 22. 23.). Nur eine Viertelstunde davon in Nordost liegen Ruinen, welche die Araber Sepâta nennen. Dieß ist die arabische Form von Zephat, und somit ist hier ohne Zweifel jene Stadt Zephat zu suchen, welche nach 4 Mos. 21, 1—4. Richt. 1, 17. frühzeitig, schon unter Mose nach dem Sieg über den Kanaaniter König von Arad, zerstört und Harma, d. i. Verbannung, genannt wurde. *) Noch 2 Stunden weiter gegen Nordost erreichen wir beim heutigen el Khalasa, in einem Wady gleiches Namens, die Ruinen des alten Bischofssitzes Elusa. Es ist das alte

---

*) Es könnte auffallen, daß dieser Ort später, unter Josua, oder gar nach Josua's Tod, abermals verbannt und Harma genannt wird. Die Schwierigkeit löst sich aber einfach so. Nach dem Sieg über den König von Arad verließen die Israeliten jene Gegend ganz wieder, und so versteht es sich von selbst, daß die Stadt von den Kanaanitern wieder aufgebaut wurde und ihren alten Namen Zephat erhielt. Erst bei dem Zug, welchen nach Richt. 1, 17. der Stamm Simeon, dem die Stadt bei der Vertheilung des Landes zugefallen war (Jos. 19, 4.), in Verbindung mit Juda unternahm, wurde Zephat für immer Harma. Der Name des Berges Hermon an der Nordgrenze des Landes hat die gleiche Bedeutung wie Harma. Also an beiden Enden des verbannten Landes der gleiche Name, Harma der südliche Anfangspunkt, Hermon der nördliche Endpunkt des Bannes.

Chesil, das von Josua (15, 30.) als eine der südlichen Grenzstädte Judas neben Harma aufgeführt wird. Der Brunnen des Orts liegt noch 661 Fuß über dem Meer, und bezeichnet die tiefste Einsenkung des Bodens in diesem natürlichen Grenzgebiet zwischen dem Peträischen Arabien und Palästina. Vom Brunnen an steigt nordwärts der Boden sogleich gegen das Bergland von Hebron empor. Schon sind die kleinen Hügel ringsum mit niederem Gesträuch bedeckt, obschon der Boden noch mager bleibt. Grasungen breiten sich wieder aus, Eriken blühen, einzelne Felder sind mit Korn bebaut, Araber ziehen mit großen Heerden auf den Waiden umher, und Ziefelmäuse unterwühlen den ertragreichen Boden nach nährenden Wurzeln. Von hier an zeigt sich auch der Rethemstrauch in den Wasserbetten der Wadys von besonderem Wuchs und besonderer Fülle. Es ist dieß eine Ginsterart (genista retem), im Hebräischen Rothem genannt, mit kleinen Beeren, ein Lieblingsfutter der Schafe, das in großer Menge mit seinem Strauchwerk den Boden auch im Süden der Halbinsel an der Ostküste bedeckt. Der Strauch dient bei Nachtlagern den Beduinen zum Schutz gegen die Winde. Robinson erzählt, daß bei seinem Marsch durch die Wüste die Kameeltreiber sehr häufig vorausgegangen seien, und daß man sie dann im Schutz eines Rethemstrauchs sitzend oder schlafend gefunden habe, eine lebhafte locale Erinnerung an die charakteristische Schilderung der Flucht des Propheten Elia (1 Kön. 19, 4. 5.), der vor Isebel in die Wüste floh und sein Nachtlager unter einem Rethemstrauch (Luther übersetzt unrichtig „Wachholder") nahm.

Kehren wir auf der Hebronstraße südwärts wieder zurück, und gehen von Eboda aus noch 5 Stunden weiter in südlicher Richtung, so erreichen wir den Ort Moyleh oder Moilahi, einen Hauptlagerplatz der Karawanen, der von seinen Wassern den Namen hat, und von welchem wieder der Dschebel Moyleh, an dessen Westabhang er liegt, genannt ist. Er liegt 1012 Fuß über dem Meer, und ist der Brunnen des Lebendigen (hebräisch: Beer Lachai), welcher „am Wege zu Sur" lag, „zwischen Kades und Bared," wo der Engel des Herrn die Hagar fand auf ihrer Flucht vor Sara (1 Mos. 16, 7. 14.). Der alte Name Beer Lachai hat sich im jetzigen noch deutlich erhalten; denn Moilahi hat dieselbe Bedeutung, nur daß an die Stelle des

Worts Beer (= Brunnen) das Wort Moi (= Wasser) getreten ist. ¾ Stunden davon liegt Beit Hadschar, d. h. Haus der Hagar, ein seltsamer Fels zwischen Bergen in einer Schlucht, in dessen senkrechter Wand eine Kammer ausgehöhlt ist, hinter welcher noch drei andere folgen. Die Beduinen sagen, hier habe Ismael seine Behausung gehabt (1 Mos. 21, 20. 21.).

Schon im bisherigen sind uns Spuren aufgestoßen, daß wir uns in der Nähe von Kades befinden müssen. Moilahi liegt ja „zwischen Kades und Bared“, führt sogar noch jetzt bei den Arabern den Namen Moilahi Kadesa; und wenn Sepâta = Zephat (= Harma), und also der Ort ist, bis zu welchem herab die Israeliten von den Amalekitern und Kanaanitern, die auf dem Gebirg wohnten, geschlagen und zerschmissen wurden (4 Mos. 14, 44. 45. 5 Mos. 1, 44.), so kann Kades nicht weit davon sein. Zogen sie ja von Kades im Trotz aus, um das Gebirg der Amoriter zu erstürmen, während Moses in Kades blieb. Wirklich ist nun auch 4½ Kameelstunden in Ostsüdost von Moilahi Kades von Rowland mit großer Wahrscheinlichkeit aufgefunden worden. Jenseits des Dschebel Moyleh nämlich zieht sich stundenweit nach Osten ins Azâzimehland hinein eine ausgedehnte Wüstenebene, zu welcher von der Arabah her mehrere Wadys heraufführen. Sie umfaßt einen Flächenraum von 9—10 englischen Meilen Länge und 5—6 englischen Meilen Breite. Diese Ebene ist ohne Zweifel die Wüste Kades. Im Nordosten derselben liegt ein nackter Fels, der sich als vereinzelter Vorsprung des Dschebel Halal präsentirt. An seinem Fuß entspringt ein reichlich sprudelnder Quell, der noch jetzt im Mund des Volks Ain Kades heißt. John Rowland schreibt: „endlich habe ich auch Kades gefunden. Ich staunte über den Strom aus dem Fels, den Mose schlug (4 Mos. 20, 11.) und über die lieblichen kleinen Wasserfälle, mit denen er in das untere Bett des Bachs hinabstürzt. Der Fels ist eine große isolirte Masse, ein solider Vorsprung des Berges, der sich unmittelbar nordwärts über ihm emporhebt, der einzige hier in der ganzen Umgegend sichtbare ganz nackte Fels. Sobald der Strom sein Bett erreicht hat, wendet er sich gegen West, fließt gegen 400 Schritt weit und verliert sich dann im Sand. Im ganzen Desert habe ich nichts so liebliches erblickt, als diesen Strom trefflichen Wassers. Die

Beduinen nennen ihn Ain Kades; er entspringt an den äußersten nordöstlichsten Vorhöhen des Dschebel Halal, 4½ Kameelstunden in Ostsüdost von Moilahi, wahrscheinlich direkt südwärts von Khalasa" — etwa da, fügen wir bei, wo der Meridian von Khalasa mit dem Parallel von Ain el Weibeh zusammentrifft. Westlich von Kades fand Rowland die beiden Brunnen Adeirat und Aseimeh, in welchen er die Namen der beiden Grenzorte Adar und Azmon (4 Mos. 34, 4.) wieder erkannte.

Wir haben schon einige Mal auf die Natur- und Culturzustände der Halbinsel in früheren Zeiten hingewiesen. Wollten wir aus der Gegenwart, wo nur 5—6000 Menschen auf dem ganzen Gebiet der Halbinsel wohnen, auf ihren früheren Zustand zurückschließen, so ließe sich allerdings nicht begreifen, wie einst Hunderttausende in diesem Land der Wüste sollten gelebt haben können. Und doch wanderte nicht nur Israel 40 Jahre darin, freilich unter wunderbarer göttlicher Durchhilfe, sondern schon vor seinem Durchzug hatten die Völkerschaften der Amalekiter, Midianiter, Ismaeliter und zum Theil auch der Edomiter hier ihre Sitze. Wir haben aber hinlängliche Beweise dafür, daß, wenn auch das Land im Ganzen zu allen Zeiten Wüste war, es doch früher viel reichere Ernährungsquellen darbot als jetzt. So haben wir bereits daran erinnert, daß das Land früher viel mehr beholzt gewesen sei als jetzt, was nothwendig auch viel größere Verbreitung der niederen Gewächse und also die Möglichkeit der Ernährung zahlreicher Heerden zur Folge haben mußte, wie denn die Israeliten während ihres Durchzugs sicher Viehzucht trieben, was schon aus den vorgeschriebenen Opfern hervorgeht. Auch der Anbau des Bodens, von dem jetzt nur noch schwache Reste an wenigen Stellen, z. B. am Katharinenkloster, übrig sind, muß früher viel verbreiteter gewesen sein, wie sich aus den Monumenten der ältesten Aegypter, ihren Bergwerken und Ortschaften ebensowohl, als aus den überall verbreiteten Resten der späteren christlichen Zeit ergibt, wo das Land mit Bischofssitzen, Klöstern, Einsiedeleien, Mauer-, Garten-, Feld- und Brunnenanlagen besetzt war. Unmöglich war dieser Anbau um so weniger, als die Halbinsel auch jetzt noch gar nicht seltene Regenniederschläge hat, die durch Kunstmittel für unfruchtbare Jahresperioden aufbewahrt werden konnten. Und wie ließen sich auch die zahllosen Inschriften am Sinai, am Serbal, im Wady Mokatteb und in hundert andern Schluchten, auf Fels- und Berghöhen, die gegenwärtig in wilder Vereinsamung und völliger Vernachlässigung nach allen Richtungen hin durch die ganze centrale Gebirgsgruppe gefunden werden, anders erklären, als daraus, daß einst zahlreiche Bevölkerungen hier bestanden und folglich auch die Mittel ihres Bestandes fanden? Der Zeitpunkt der jetzigen Verwüstung und Verödung datirt sich von der Herrschaft der Muhamedaner, deren Völkerfluthen alles wegschwemmten und vertilgten, so daß nur noch stumme Mauerlinien und behauene Felswände, Felsentreppen, Cisternen u. s. w. hie und da Zeugen der früheren Zustände geblieben sind.

---

## Zweite Partie.

# Der Wanderzug der Israeliten.

---

### Erstes Kapitel.

### Von Gosen bis Ajun Musa.

Ueber die Lage des Landes Gosen, des einstigen Wohnsitzes der Israeliten in Aegypten, kann heutzutage kein Zweifel mehr obwalten. Es ist der nordöstlichste Theil Aegyptens, der von Heliopolis, in der Nähe des heutigen Kairo, aus Südwest nach Nordost laufende Saum des cultivirten Landes, welcher gegen Abend von den östlichen, dem Tanitischen oder dem Pelusischen, Nilarmen, gegen Morgen von der Wüste des Peträischen Arabien begrenzt wird — die heutige Provinz esch Scharkijeh. Sie vereinigt alle die Eigenschaften in sich, welche die Heilige Schrift dem Land Gosen zuschreibt. Sie ist der beste Theil des Landes, die fruchtbarste Gegend, worin reichliche Bewässerung den Ackerbau begünstigt (5 Mos. 11, 10.), wo die Israeliten Kürbisse, Melonen, Zwiebel und Knoblauch bauen konnten (4 Mos. 11, 5.), und wo die Nilarme großen Fischreichthum darboten (ebendaselbst), wo sie aber auch in den Waidegegenden gegen die Wüste hin und in dieser selbst Viehzucht treiben konnten (1 Mos. 46, 34.). Noch jetzt besteht die Bevölkerung theils aus Fellahs, d. i. Ackerbauern, theils aus nomadisirenden Beduinen, und es gibt hier viel mehr großes und kleines Vieh als in andern Gegenden Aegyptens. Hier wohnten die Israeliten mitten unter den Aegyptern in großen und reichen Städten in der Nähe der Hauptstadt der Pharaonen.

Weniger ist man über den Weg einig, den die Israeliten beim Auszug von Gosen bis zum Rothen Meer nahmen. Es bestehen darüber verschiedene Ansichten.

Es kommt hiebei ein Gebiet in Betracht, welches im Norden vom Menzalehsee, im Nordwesten und Westen von den östlichsten Nilarmen und dem Nil begrenzt ist. Seine südliche Grenze bildet der Wady et Tih (d. h. Thal der Verirrung), welcher von dem südlich von Kairo am Nil gelegenen Dorf el Besâtin aus queer die arabische Bergwand in ihrer ganzen Breite vom Nil bis zum Rothen Meer in gerade östlicher Richtung durchsetzt. Häufig wird der Name Wady et Tih auf die westlichste Strecke des Thals beschränkt, weiter östlich heißt er dann Wady er Ramliyeh, und noch näher dem Meer, wo er in die weite Meeresebene Bede ausläuft, Wady et Tawârik. Das Thal ist im Süden und Norden von hohen Gebirgszügen eingeschlossen. Der nördliche erhebt sich zwischen Kairo und el Besâtin aus dem Nilthal, streicht in gerader Richtung nach Osten und fällt im Ras (Vorgebirg) Atâkah in den Meerbusen von Suez ab. In seinem westlichen Theil führt er den Namen Dschebel Mokattem, im östlichen Dschebel Atâkah. Ungefähr in der Mitte ist er von einem Thal durchbrochen, welches von der Gegend des Orts Gendely im Wady et Tih aus gegen Nordosten streicht. Die Ostgrenze des in Rede stehenden Gebiets geht von der Nordspitze des Meerbusens von Suez nordwestwärts im sogenannten Thal der Bittersee hinauf bis zum Krokodilensee und von da nördlich bis zum Menzalehsee. Eine Menge

Thatsachen zeugen mit großer Bestimmtheit dafür, daß der Meerbusen von Suez sich einst nordwärts bis zu der Erhöhung des Bodens erstreckt habe, durch welche die Bitterseen vom Krokodilensee abgedämmt waren, und daß somit das große Becken der Bitterseen den nördlichsten Theil des Busens gebildet habe. Heutzutage liegt dieses 3 bis 4 Stunden breite Becken meist trocken, nur hin und wieder zeigt es seichte Salzwasserlachen und sumpfige Stellen.

Das hiemit umschriebene Gebiet wird durch den Wady Tumilat in zwei Hälften, eine nördliche und eine südliche, getheilt. Dieser Wady öffnet sich im Osten der am Pelusischen Nilarm gelegenen alten Stadt Bubastis und zieht in gerader östlicher Richtung bis zum Krokodilensee und bis zu dem Damm, der die Bitterseen gegen die Gewässer des Krokodilensees und der Nilüberschwemmung abdämmt. Südlich von diesem weiten, reichbewässerten und daher fruchtbaren Wady beginnt die ägyptische Wüste, die bis zum Wady et Tih reicht, das fruchtbare Land im Westen und Norden ist die Provinz esch Scharkijeh, das alte Gosen. Im Wady selbst befand sich vor Zeiten der jetzt zerfallene Kanal, welcher ins Thal der Bitterseen fortsetzte und den Nil mit dem Rothen Meer verband; auch lagen darin die beiden Städte Pithom (Patumos) und Heroopolis, jene westlich beim heutigen Ort Abassieh, diese östlich beim heutigen Abu Keischeib.

Welchen Weg nun die Israeliten beim Auszug nahmen, dieß hängt hauptsächlich von der Lage des Orts ab, von welchem sie ausgiengen. Dieser Ort war Raemses. Nach der gewöhnlichen Annahme wäre derselbe identisch mit Heroopolis oder dem heutigen Abu Keischeib. Dieß ist aber darum unwahrscheinlich, weil Raemses nach der mosaischen Erzählung nothwendig ganz in der Nähe der Residenz des ägyptischen Königs muß gelegen sein, was bei Heroopolis nicht der Fall ist, mag man nun On, Bubastis oder Zoan als Residenz ansehen. Mit mehr Wahrscheinlichkeit nimmt man, gestützt auf die Autorität des alten ägyptischen Geographen Makrizi, das heutige Belbeis, an einem Nilkanal am westlichen Ende der ägyptischen Wüste gelegen, für die Lage von Raemses an. Es ist noch heute der Ausgangspunkt der Expeditionen gegen Osten und wurde wohl deßwegen auch, wie das benachbarte Pithom, von Pharao zu einem großen Waffenplatz, zu einem Proviant- und Kriegsmagazin für die östlichen Grenzfestungen gegen Arabien bestimmt (2 Mos. 1, 11 ff.). Die Residenz der Pharaone und mithin der Mittelpunkt der Streitmacht des Landes müßte dann zu damaliger Zeit entweder On (Heliopolis), oder — noch mehr in der Nähe von Raemses — **Bubastis** gewesen sein, eine Annahme, welche auch durch die Erwägung an Wahrscheinlichkeit gewinnt, daß, wäre die Residenz im äußersten Norden des Landes, zu Zoan (Tanis), gewesen, die königliche Macht durch einen von Osten herkommenden Angriff, für den jedenfalls der Wady Tumilat die bequemste Straße darbot, leicht von dem übrigen Land und dessen Hilfsquellen abgeschnitten werden konnte. Und ein solcher Angriff stand ja eben damals zu befürchten, wo nicht lange zuvor die fremde Dynastie der Hyksos entthront und die Hyksos selbst gegen Osten vertrieben worden waren.

Ist nun Raemses identisch mit Belbeis, so ergibt sich von selbst, daß Mose das Volk durch den wasserreichen und bebauten Landstrich des Wady Tumilat führte. Wie der Zug weiter fortrückte, so schloßen sich die weiter östlich Wohnenden in kleineren Zügen an, bis an der östlichen Grenze des Landes das ganze Volksheer vollständig gesammelt war. Als erster Lagerplatz wird **Sukkot** genannt, als zweiter **Etham** „am Ende der Wüste", d. h. am Ende der ägyptischen und am Anfang der arabischen Wüste, also ohne Zweifel zwischen dem Krokodilensee und den Bitterseen, am Nordende des Meerbusens. Etham war also wahrscheinlich eine ägyptische Grenzfestung gegen Arabien. Bis hieher waren sie dem gewöhnlichen Weg nach dem Sinai gefolgt; wären sie weiterhin auf demselben geblieben, so hätten sie das Nordende des Suezgolfs, der, wie oben bemerkt, bis in das Becken der Bitterseen sich heraufzog, umgangen und wären dann in der Wüste Etham auf der Ostseite des Golfs gegen Süden gewandert. So wären sie möglichst bald außerhalb des ägyptischen Gebiets gewesen. Statt dessen aber gibt ihnen Jehovah Befehl, „umzulenken" (2 Mos. 14, 2.) und auf der Westseite des Meers weiter zu ziehen. Jehovah selbst stellt sich von da an, wo sie nach menschlichem Ansehen sicherem Verderben entgegenziehen, in der Wolken- und Feuersäule an die Spitze des

Zugs. Sie bleiben also auf ägyptischem Gebiet und gelangen so bis in die Gegend von Suez, wo sie von den hohen Bergen des Dschebel Atakah und vom Meer so umschlossen und eingeengt sind, daß jeder Ausweg unmöglich scheint. Denn unterdessen war ihnen Pharao, der von Etham aus Kunde von der unerwarteten und so unbegreiflich thöricht scheinenden Wendung des Zugs erhalten hatte, nachgeeilt und bedrohte sie auch im Rücken. „Sie sind verirret im Lande, sprach er, die Wüste hat sie beschlossen.“ Der Durchgang durchs Meer geschah dann bei Suez. Zu bemerken ist noch: wenn von Raemses bis zum Ort des Durchgangs durchs Meer nur drei Lagerplätze (Sukkot, Etham und Baalzephon) angegeben werden, so ist daraus nicht zu schließen, daß sie bloß drei Tage unterwegs gewesen. Für ein Heer von mindestens 2 Millionen Menschen, das mit großen Viehheerden, mit vielem Gepäck, mit Weibern, Kindern und Greisen auswandern muß, ist dieß, zumal in den ersten Tagen des Zugs, wo noch nicht alles geordnet sein kann, wie später, eine Unmöglichkeit, wir mögen Raemses verlegen, wohin wir wollen; denn auch nur einen gewöhnlichen Karawanenmarsch von 6—8 Stunden täglich ist ein solcher Zug nicht zurückzulegen im Stande. Man muß, wie dieß auch aus den späteren Reiseberichten klar ist, zwischen Tagereisen und Stationen oder Lagerplätzen, wo einer oder mehrere Rasttage zugebracht werden, unterscheiden. So wird z. B. gleich nach dem Durchgang durchs Rothe Meer als nächste Station Mara angegeben, und doch reisten sie bis dorthin drei Tage lang durch die Wüste Etham (4 Mos. 33, 8.). Das allergeringste Maß von Zeit, welches die Israeliten von Raemses bis Baalzephon brauchten, ist vier Tage. Denn wenn sie auch, was jedoch kaum wahrscheinlich ist, von Raemses bis Etham nur zwei Tage brauchten, so mußten doch von Etham bis zum Uebergang übers Meer wenigstens wieder zwei Tage verstreichen; denn der Bote, der dem Pharao die „Verirrung“ des Volks anzeigte, brauchte doch von Etham bis in die Residenz einen Tag und wiederum mußte zum mindesten ein Tag verfließen, bis Pharao sein Kriegsheer gesammelt und im forcirtesten Eilmarsch (mehr als 30 Stunden) Baalzephon erreicht hatte; ja dieß geht fast schon über die Grenzen des Menschenmöglichen hinaus.

Die bisher entwickelte Ansicht wird hauptsächlich von Robinson, der übrigens Raemses mit Heroopolis identificirt, und von J. H. Kurtz vertreten, der Raemses nach Belbeis versetzt. Eine zweite Hauptansicht über den Zug der Israeliten bis zum Meer (sie ist eine der ältesten) wird neuerdings von C. v. Raumer auf's nachdrücklichste vertheidigt. Sie läßt die Kinder Israel südlich vom Dschebel Mokattem und Dschebel Atakah im Thal der Verirrung ziehen. Raumer denkt sich die Gegend von Heliopolis (On) als ersten Sammelpunkt des Zugs; denn Raemses sei nicht als Name einer Stadt, sondern als Name des Landes Gosen überhaupt zu fassen. Sukkoth läge dann in der Gegend des Dorfs Besâtin, Etham in der Nähe von Gendely, da, wo der gewöhnliche Karawanenweg nach Suez nordöstlich vom Wady et Tih abbiegt und dem obengenannten Durchbruchsthal durch den nördlichen Gebirgsstock folgt. Statt nun diesen links einzuschlagen, hätten die Israeliten sich rechts, gegen Südost, gewendet und wären im Verirrungsthal fortgewandert. Hiedurch sei bei Pharao die Meinung entstanden, daß sie verirrt seien. Auf der Meeresebene Bede holte sie Pharao ein; hier hatten sie vor sich das Meer, zu beiden Seiten Berge, hinter sich die ägyptische Streitmacht. Gegen diese Ansicht wird folgendes geltend gemacht: 1) Raemses sei stets Stadt-, nie Landesname, 2) das „Umlenken" komme nicht zu seinem Recht, 3) ebensowenig der Ausdruck „Etham am Ende der Wüste"; denn nach Raumer läge Etham nicht am Ende, sondern gerade mitten in der Wüste, 4) müßte ohne alle Berechtigung ein doppeltes Etham angenommen werden, eins in der ägyptischen Wüste und eins auf der Ostseite des Suezgolfs, 5) das Meer sei bei der Ebene Bede, südlich vom Ras Atakah, zu breit (6 Stunden), als daß das Volk es in den wenigen Nachtstunden, die ihm dazu gegönnt gewesen seien, hätte durchschreiten können, und endlich 6) ist wohl anzunehmen, daß Mose den nächsten Weg wählte, um auf dem Weg zum Sinai das Nordende des Suezgolfs zu umgehen; welchen gewaltigen Umweg aber hätte er das Volk zu führen im Sinn gehabt, da der Golf bis zu den Bitterseen hinauf sich dehnte!

Andere Ansichten übergehen wir und setzen auf das östliche Ufer des Rothen Meers über, wo ½ Stunde landeinwärts Ajun Musa, d. h. Quellen des Mose, liegt.

Zweites Kapitel.

## Von Ajun Musa zur Wüste Sin.

Ajun Musa ist der Ort, wo Israel seinen Dankpsalm für die wunderbare Errettung erschallen ließ (2 Mos. 15, 1—21.). Es sind hier einige elende Araberhütten und etliche Gemüsegärten, welche von Honoratioren von Suez durch Bewässerung angelegt sind. Die Mosebrunnen selbst sind nur Stellen von 1 Fuß tief mit Wasser und von einigen Palmen umgeben. An vielen andern Stellen findet man bei fußtiefem Nachgraben ebenfalls Wasser.

Von hier zogen die Israeliten auf der Küstenebene zwischen dem Dschebel er Rahah und dem Meer, welche in der Bibel Wüste Sur*) oder Etham heißt (2 Mos. 15, 22. 4 Mos. 33, 8.), etliche 20 Stunden weit bis zur Station „am Schilfmeer", wo die Wüste Sin ihren Anfang nimmt. Auf dieser Strecke werden drei Stationen aufgeführt, außer der eben genannten noch Mara und Elim. Vom Durchgang durch's Meer bis Mara brauchten sie drei Tagreisen (16 Stunden) durch die glühende wasserlose Wüste. In Mara fanden sie nur bitteres Wasser, weßwegen sie gegen Mose zu murren anfiengen und den Ort Mara, d. i. Bitterkeit, nannten. Heutzutag heißt der Brunnen, der noch jetzt bitteres, für Menschen und Vieh untrinkbares Wasser hat, und der einzige absolut bittere Brunnen der ganzen Küste ist, Ain Howara. Bedenkt man, daß das Volk an das wohlschmeckende und heilsame Nilwasser gewöhnt war, so begreift man sein Murren. Burckhardt sagt, es sei kein Volk so empfindlich gegen Mangel guten Wassers, als der Nilanwohner Aegyptens (vergl. Jerem. 2, 18.). Die heutigen Araber kennen keine Kunst, um wie einst Mose (2 Mos. 15, 25.), bitteres Wasser

*) Sur ist ohne Zweifel wie Etham eine ägyptische Grenzfestung gegen Arabien; sie lag wohl auf dem Isthmus von Suez, nördlich von Etham. Nach diesen beiden Grenzstädten wurde der zunächst östlich angrenzende Theil der Wüste des Peträischen Arabien genannt. Sie erstreckt sich vom Mittelmeer bis zum Vorgebirg Hammam Faraun, wo sie an die el Kâa (Wüste Sin) grenzt.

süß zu machen.*) Von Mara sind es zwei Stunden zum Wady Gharundel, den wir oben schon kennen gelernt haben als die Station Elim.**) Man findet hier beim Nachgraben überall Wasser, eine reiche Quelle mit einem Bach gegen die Thalmündung hin macht dieses Thal zu einer Hauptstation. Dattelpalmen finden sich noch heute in ziemlicher Anzahl, auch Tamarisken, Akazien u. s. w. Von dieser Station bis zur nächsten „am Schilfmeer" hatte das Volk einen starken Tagmarsch von acht Stunden. Der Weg führt vom Wady Gharundel im Rücken des Dschebel Hammam Faraoun durch die mit Dattelpalmen, Akazien und Tamarisken bewachsenen Wadys Useit und Thâl in den Wady Taiybeh, wo schneeweißes, klares Steinsalz ausgegraben wird und ein kleiner Tarfawald, sowie einige Palmenpflanzungen sich finden. Das kleine Bächlein macht eine Fülle herrlicher Gewächse aufsprossen; schöne Oleandergebüsche erquicken das Auge, die jedoch bald Binsengräsern weichen; Tamariskengebüsch dient schnellen Laufhühnern zum Schutz, Springhasen und Gazellen beleben den Wady, dessen Engpaß am Ausgang zum Meer einen prachtvollen Anblick auf das bei Abendsonnengluth von den manchfaltigsten Purpurtinten gefärbte Meer und seine beiderseitigen Gestade gewährt. Dieses Thal hinab zogen die Israeliten und erreichten an seiner Mündung die Station „am Schilfmeer" (4 Mos. 33, 10.). Von da zieht sich ein

*) Das Wunder steht in absichtlichem Gegensatz zu dem Wunder, das am süßen, lieblichen Nilwasser in Aegypten geschehen war. „Mit diesem hatte die strafende Zucht Jehovahs an den Aegyptern begonnen, mit jenem beginnt die erziehende Zucht Jehovahs an Israel. Dort hatte Mose's Stab den süßen Nil berührt und sein Wasser wurde faul und stinkend; hier bewirkt Holz das Umgekehrte; dort machte der (todte) Stock das gesunde Wasser krank, hier ein (lebendiger) Baum das kranke Wasser gesund. Durch dieses erste Wunder in der Wüste ist eine ganze Kette von Wundern in der Wüste zur Heilung (2 Mos. 15, 26.) und Segnung Israels angekündigt und verbürgt, gleichwie die erste Wunderplage in Aegypten eine ganze Reihe von Züchtigungen Aegyptens begann." (J. H. Kurtz.)

**) Elim bildet den Gegensatz zu Mara: „Mara ist der Repräsentant der Wüste, insofern sie Stätte der Versuchung und Zucht, Elim, insofern sie Stätte göttlicher Gnadenführung und Bundschließung ist. Elim ist ein für Israel expreß bereiteter Ort: jedem Stamm einen Brunnen zur Erquickung, für das Zelt jedes Aeltesten den Schatten eines Palmbaums." (J. H. Kurtz.)

acht deutsche Meilen langer Strich an der Küste gegen Süd. Dieß ist die Wüste Sin (2 Mos. 16, 1. 4 Mos. 33, 11.), wo die ganze Gemeine abermals wegen Mangels an Nahrungsmitteln (das aus Aegypten mitgenommene Brot war nun verbraucht) murrte und Gott ihnen zum ersten Mal das Manna gab und wo er Wachteln kommen ließ (2 Mos. 16, 2 ff.). Der in der Uebersetzung Luthers „Wachtel" genannte Vogel (tetrao alchata Lin.) ist im ganzen Morgenland, namentlich im Peträischen Arabien, häufig; er hat die Größe eines Rebhuhns und sein Fleisch wird von den Eingebornen sehr gern gegessen. In den Bergen von Belka, Kerek, Dschebal und Schera (d. h. in Ostpalästina, im Moabiter und Edomiter Land) trifft man ihn in ungeheurer Menge, besonders im Mai und Juni. Sie fliegen in so dichten Haufen, daß die arabischen Knaben oft zwei bis drei auf einmal tödten, indem sie bloß mit einem Stock dazwischen werfen. — Von Raemses bis hieher brauchte das Volk gerade einen Monat; denn am 15. Tag des ersten Monats war es in Aegypten aufgebrochen, am 15. Tag des andern Monats kam es in die Wüste Sin (2 Mos. 16, 1.). Stationen sind aber nur sieben genannt.

Drittes Kapitel.

## Von der Wüste Sin zum Sinai.

Von der Wüste Sin wandten sich die Israeliten dem Gebirge zu und zwar durch den Wady Feiran und den Wady Scheikh. Ob sie von der Wüste Sin aus durch den Wady Schellâl und Wady Mokatteb in den Wady Feiran vordrangen oder denselben weiter südlich unmittelbar an seiner Mündung betraten, muß unentschieden bleiben. Auf dieser Strecke, welche 26—28 Wegstunden beträgt, werden außer Sinai drei Stationen genannt: Daphka, Alus und Raphidim (4 Mos. 33, 12—14.), von denen die beiden ersten ihrer Lage nach unbekannt sind. Ueber Raphidim, die letzte Station vor Sinai, wo das Volk mit Mose wegen Wassermangels zankte (2 Mos.

17, 1—7.) und Israel den Amalek dämpfte (V. 8—16.), sind die Meinungen getheilt. Einige suchen es in der Nähe des Brunnen Abu Suweirah, im obern Wady Scheikh, höchstens 3 Stunden (d. h. $^1/_2$ Tagreise) fern vom Katharinenkloster; andere in el Hessué, $^1/_2$ Stunde unterhalb des Klosterbergs mit den Ruinen von Faran im Wady Feiran, wo der hellrieselnde Bach des Wady Feiran sich in den Fels versenkt. Die erste Ansicht rückt aber den Ort ohne Zweifel zu weit nach Ost und in die Nähe des Sinai, die zweite zu weit nach West. Letztere hat überdieß das gegen sich, daß Moses Stab das Wasser doch wohl nicht da aus dem Felsen schlug, wo es sich jetzt in die Erde verliert, sondern da, wo es zu fließen beginnt. Somit ist Raphidim wohl in der Mitte zu suchen, im untern Wady Scheikh, in der Nähe des Tamariskenwaldes, wo sich auch eher Raum für eine Schlacht (mit Amalek) bot, als in dem engen Wady Feiran.

Es ist hier der Ort, etwas von dem M a n n a zu sagen, welches bis hieher, in den Wady's Gharundel, Feiran und Scheikh, vorkommt. Das heutige Manna findet sich überall nur da, wo die Mannatamariske, der Tarfabaum der Araber, wächst; aber nicht überall, wo diese wächst, findet sich auch das Manna. Nach Ehrenbergs Entdeckung ist nämlich seine Entstehung durch ein kleines Insekt, die Schildlaus (coccus manniparus, Ehrenb.) bedingt, welches die äußersten, sehr zarten Zweige des Tarfabaums bedeckt und mit seinem Stich verwundet. Aus diesen kleinen, dem bloßen Auge unsichtbaren Wunden tritt nach vorangegangenem Regen ein klarer Saft hervor, der allmälich concrescirt und wie Syrup abfließt. Bis jetzt hat man dieses Insekt nur in der Region des Sinai gefunden, anderwärts jedoch, z. B. in Aegypten und Nubien, wo die Mannatamariske in Menge vorkommt, nicht, weßwegen hier auch das Manna fehlt. In der Mannazeit hat manches Zweiglein von 6 Zoll Länge seine 12 bis 15 Tropfen Manna und ist damit über und über bedeckt, so daß ein einziger Tarfabaum wohl seine 50—100,000 Tropfen entwickelt. Die Aernte des Manna fällt in die Sommermonate vom Mai bis in den August, am reichlichsten ist sie im Juni und Juli. Das Manna fällt Morgens gegen Tag in Tröpfchen von der Consistenz des Honigs von den zarten Zweigen der Tamariske auf die abgefallenen Blätter, Dornen und Zweige, die immer den Boden unter den Bäumen bedecken, wo es sich coagulirt und erbsengroße, platte Kügelchen bildet, aber sogleich wieder zerfließt und in die Erde versiegt, sobald es von der Sonne beschienen wird. Es ist von Färbung schmutzig gelb, bei Nachtzeit fallend aber gleicht es dem Schnee und behält auch die weiße Farbe, wenn es auf reine Steine und Zweige fällt. Es ist von angenehmem, etwas aromatischem, der Honigsüße ähnlichem Geschmack. Kalt geworden, erhärtet es wie Wachs. Ist es trocken geworden, so lös't man es im Wasser auf, vermengt es mit Butter und genießt es mit Brot; zu Mehl kann es nicht zerstoßen werden, doch wird es in Klumpen mit Mehl zusammengeballt und so verbraucht. Wollen die Araber es aufbewahren, so kochen sie es, seihen oder drücken die Masse durch ein grobes Tuch und thun sie in lederne Säcke, um sie wie Honig zu gebrauchen, ihr ungesäuertes Brot damit zu übergießen und schmackhafter zu machen, oder es darin einzutauchen. Bemerkenswerth ist, daß das Manna eben an dem Ort zum ersten Mal auf die Lager Israels fiel, welcher noch heute der nördlichste Punkt ist, wo das Manna beobachtet worden ist, und daß die Zeit dieses Ereignisses, die Zeit nach dem Passah, mit der ersten Mannaärnte im Wady Feiran, im Anfang Mai's, zusammentrifft. Uebrigens kann heutzutage Manna nur in reicheren Regenjahren gesammelt werden, und dann beträgt die Summe des eingesammelten nur 600 bis 700 Pfund. In trockenen Jahren fällt die Aernte zuweilen ganz aus, und dieß geschieht oft mehrere Jahre hinter einander.

Die Frage nun, ob das Manna der Israeliten mit diesem heutigen Manna wesentlich gleichartig sei, wird von den einen bejaht, von den andern verneint. Diejenigen, welche sie bejahen, können sich jedoch die Thatsache der Ernährung des Volks durch diese Gabe Gottes (Man heißt so viel als Gabe) auch nicht ganz auf natürlichem Weg erklären; sie sind, wollen sie anders den mosaischen Bericht nicht der colossalsten Uebertreibung einer an sich winzigen Thatsache beschuldigen, genöthigt, ihre Zuflucht zur Annahme eines Wunders insofern zu nehmen, als sie eine wunderbare Steigerung und Mehrung der vorhandenen Naturkräfte oder Naturgaben statuiren müssen. Denn wenn man auch, und zwar mit gutem Rechte, annimmt, daß, wie der Holzwuchs überhaupt, so insbesondere die Tamariskenwälder, welche heutzutage auf die Thäler unmittelbar nördlich vom Sinai beschränkt sind, in der mosaischen Zeit auf der Halbinsel viel verbreiteter, und somit die Fülle des erzeugten Manna viel größer war als jetzt; wir reichen damit, selbst wenn wir den gegenwärtigen Ertrag vertausendfacht, ja vermillionenfacht denken, nicht aus. Wie ist es nur denkbar, daß gleich die erste Station, wo den Israeliten das Manna zu Theil wurde, die Station in der Wüste Sin, wo gegenwärtig kein einziger Tarfastrauch zu finden ist, während der sieben Tage, die das Volk sich dort aufhielt, so viel Manna sollte geliefert haben, als für wenigstens zwei Millionen Menschen nöthig war. Es wären dieß, da auf den Kopf per Tag ein Gomer, d. h. etwa ein Pfund kam (2 Mos. 16, 16.), wenigstens 14,000,000 Pfund gewesen, während doch jetzt die ganze Halbinsel in 365 Tagen in den ergiebigsten Jahren nur 6—700 Pfund liefert. Zudem fällt der Aufenthalt der Israeliten auf dieser Station in den Anfang oder in die Mitte Mai's, also in eine Jahreszeit, wo die Mannaproduktion erst anfängt, und bei weitem noch nicht so reichlich ist, wie im Juni und Juli. Ferner fällt die Entstehung des heutigen Manna's nur in die Sommermonate, während die Israliten dasselbe doch auch im Herbst, im Winter und Frühling nöthig hatten.

Uebrigens reichen wir auch mit der Annahme einer wunderbaren Steigerung der Naturkräfte und Naturgaben, welche wir bei anderen Wundern allerdings unbedenklich zugeben können, hier nicht aus, wenn wir der biblischen Urkunde nicht Gewalt anthun wollen. Bei jener Annahme müßte nämlich das Manna der Israeliten mit dem Produkt des Tarfastrauchs identisch und wesentlich gleichartig sein. Dieß ist aber dem Bericht der Bibel gemäß nicht der Fall. Denn erstens ist in diesem von keinem Zusammenhang des Manna mit dem Tarfastrauch und der Schildlaus, wohl aber von einem Zusammenhang mit dem Thau die Rede. Er sagt ausdrücklich, Jehovah habe es vom Himmel regnen lassen, daß es mit dem Thau vom Himmel herabgekommen sei (2 Mos. 16, 13. 14. 4 Mos. 11, 9.). Ist also die Bemerkung richtig, daß Gott bei den Wundern seine Macht nicht dadurch erweise, daß er etwas absolut Neues erschaffe, sondern dadurch, daß er, an die vorhandene Natur anknüpfend, ihr eine Kraft und Fülle verleihe, die sie sonst nicht besitze; so ist im vorliegenden Fall die Naturkraft, an welche das Wunder anknüpft, nicht der Tarfabaum mit seiner Schildlaus, sondern der Thau, wie bei dem Wunder auf der Hochzeit zu Kana das Wasser. „Kann man es dort glauben, daß die Allmacht Gottes das Wasser, welches auf dem Weg der Natur nur durch die Vermittlung des Weinstocks und des Winzers zu Wein wird, ohne diese Vermittlung in Wein verwandelt hat; so wird man auch wohl keine Schwierigkeit darin finden, zu glauben, daß dieselbe Allmacht aus der die Erde befruchtenden Feuchtigkeit des Thau's, auch ohne Vermittlung des Ackers, des Saatkorns und des Ackermanns, mehl- und brotartige Gabe erzeugen konnte." (J. H. Kurtz.) *) 2. Wie die Entstehungsart des biblischen Manna eine andere ist, als die des heutigen, so auch seine Substanz. Da es das mangelnde Brot ersetzen sollte, so muß es ähnliche nährende Bestandtheile gehabt haben, wie das Mehl aus Getraide. Das heutige Manna aber enthält durchaus nichts von jenen Stoffen, die dem thierischen Körper zu seiner täglichen Erhaltung und Ernährung unumgänglich nöthig sind. Deßwegen erzeugen sich auch keine Würmer darin, wenn man es gleich Jahre lang aufbewahrt, während das alte Manna, wenn es über Nacht aufbewahrt wurde, in Gährung und Fäulniß übergieng, stinkend wurde und Maden erzeugte. 3. Auch die Art und Weise, wie die Israeliten das Manna behandelten und verwendeten, ist verschieden von der Behandlungs- und Verwendungsart des jetzigen. Die Israeliten zerrieben es mit Mühlen oder zerstießen es in Mörsern. Es ist allgemein zugestanden, daß dieß mit dem heutigen Manna unmöglich geschehen kann. Sodann verfuhren die Israeliten damit wie mit Mehl, sie kochten es in Töpfen und machten Kuchen daraus, wozu wiederum das heutige Manna untauglich ist; denn es wird nur in Klumpen mit Mehl zusammengeballt, um das Brot schmackhafter zu machen, es kann das Mehl und Brot nicht ersetzen und ist ohne

---

*) „Der Thau ist die Gabe des Himmels, welche die Erde befruchtet, um das Brot zu erzeugen. Aber in der Wüste kann der Thau nichts erzeugen, denn hier wird nichts gesäet. Wenn nun der Thau dennoch Brot bringt, so ist es Himmelsbrot." (Baumgarten.)

Mehlzuthat zum Kochen und Backen gar nicht brauchbar, indem es aus reinem Schleimzucker ohne Nahrkraft und ohne Fähigkeit, gebacken zu werden, besteht. 4. Endlich ist auch der Geschmack beider verschieden. Das biblische Manna schmeckte wie Kuchen (Luther: wie Semmel) mit Honig (2 Mos. 16, 31.), oder wie Oelkuchen (4 Mos. 11, 8.). Das heutige schmeckt wie Honig, aber nicht wie Kuchen und Semmel.

Aus allem geht hervor, daß, wie v. Schubert sagt, „das Brot der Engel, das Manna des Himmels noch etwas anderes gewesen sein muß, als das Manna der Läuse und Käfer," daß jenem wesentliche Eigenschaften, Kräfte und Stoffe innewohnten, die diesem fehlen. Uebrigens darf man sich keineswegs vorstellen, als wenn das Manna die einzige Nahrung der Israeliten während der 40 Jahre gewesen wäre. Es war nur der Ersatz für das fehlende Brot, der dann eintrat, wenn die Erhaltung einer so zahlreichen Menschenmenge außerordentliche göttliche Durchhilfen nothwendig machte, wie dieß namentlich gleich im Anfang der Wanderung mag der Fall gewesen sein, wo einerseits der aus Aegypten mitgenommene Brotvorrath bald ausgieng, andererseits ihre Heerden noch nicht so zahlreich mögen gewesen sein, wie sie es bald nachher wurden. Später werden wohl diese ihre Hauptnahrungsquelle gebildet haben, und auch das Land, so arm es war, sowie das Meer, bot gewiß einige Hilfsquellen, z. B. in den Dattelpalmen, dem Wild, den Fischen u. s. w., dar. Und was anderen Völkern zum Mittel der Erhaltung in diesen Gegenden gedient hatte, mußte auch ihnen zu Gebot stehen; namentlich werden sie von den Handelskarawanen, welche bei dem sehr bedeutenden Handelsverkehr zwischen Aegypten und Asien häufig die Wüste werden durchzogen haben, theils durch Tauschhandel, theils um Geld manche Lebensbedürfnisse erhandelt haben.

Noch haben wir hier die Frage zu berühren, welches wohl der Schauplatz der Gesetzgebung und der Aufstellung, die das Volk dabei gehabt, gewesen sei. Es sind zwei verschiedene Lokalitäten, in welche sich die Meinungen theilen. Die einen halten den eigentlichen Sinai, den Dschebel Musa und die ihm im Süden vorliegende Ebene es Sebaijeh dafür, andere die nördliche Vorterrasse des Sinai, die heutzutage Horeb heißt, namentlich die Spitze des Ras es Suffâfeh mit der ihm im Norden vorgelagerten Ebene er Rahah. Beide Ebenen wären an und für sich dazu geeignet; denn sie sind ungefähr gleich groß und bieten Raum zur Aufstellung einer großen Volksmenge; beide sind so scharf von dem schroff sich aus ihnen erhebenden Berg abgegrenzt, daß dieser im eigentlichen Sinn von ihnen aus sich anrühren läßt, was eine vortreffliche Erklärung für den Ausdruck gibt, dessen sich Mose bedient (2 Mos. 19, 12.): „wer den Berg anrühret" u. s. w. Doch möchte das Gewicht der Gründe für die südliche Ebene, die Ebene es Sebaijeh, den Ausschlag geben; denn 1. steigen die Berge, innerhalb welcher diese Ebene wie ein abgeschlossenes Asyl ruht, von ihr aus amphitheatralisch sehr allmälich auf und konnten also weithinan zur Aufstellung des Volks dienen, wenn es je in der Ebene selbst nicht ganz Platz gehabt haben sollte, während die die Rahahebene begrenzenden Berge so schroff und steil sind, daß sie für diesen Zweck nicht mit benutzt werden konnten; 2. hat die Ebene er Rahah eine Wasserscheide, von welcher an der Boden gegen Norden immer mehr sinkt, so daß den Dortstehenden der Blick auf die Höhe des Ras es Suffâfeh immer mehr schwinden mußte, während die Ebene es Sebaijeh gegen Süden immer mehr aufsteigt, und der Dschebel Musa oder Sinai höher und majestätischer hervortritt; 3. ist der Schauplatz an der Südseite des Sinai, wo dieser Berg an 2000 Fuß senkrechter Höhe einem ungeheuren Altar gleich emporragt, entschieden großartiger; 4. heißt es 2 Mos. 19, 17., Mose habe das Volk aus dem Lager Gott entgegengeführt. Nun kann man sich nicht wohl eine andere zum Lagerplatz geeignete Lokalität denken, als die Ebene er Rahah mit den Thälern und Triften der Umgebung, namentlich dem unmittelbar anstoßenden Wady es Scheikh. Wenn aber hier das Lager war und zugleich der Ort, wo das Volk bei der Gesetzgebung sich aufstellte, wie soll man sich dann jenes Ausführen aus dem Lager vorstellen? Dieß hat dann offenbar keinen Sinn mehr. Dagegen gewinnt dieser Ausdruck seine volle Anschaulichkeit, wenn wir die Ebene er Rahah an der Nordwand des Horeb als Lagerplatz, die Ebene es Sebaijeh am Südfuß des Dschebel Musa aber als Standort des Volks bei der Gesetzgebung annehmen. Von jener nördlichen Ebene konnten die 600,000 Mann (denn Kinder und Unerwachsene, ebenso Weiber und Greise blieben wohl im Lager zurück) wohl im Verlauf eines Tages durch die kurzen Wady's es Sebaijeh und Schoeib in die südliche Ebene und von da wieder zurück in's Lager gelangen; denn die Entfernung beträgt nur eine schwache Stunde. Auch das Fliehen des Volks, als es den Donner und Blitz und den Ton der Posaune und den Berg rauchen sah (2 Mos. 20, 18.), wird dann anschaulich; es eilte aus der südlichen Ebene durch die genannten Wady's wieder zurück zu seinen Zelten in der Rahah- und Scheikhebene, wo es nichts mehr von dem, was auf dem Dschebel Musa vorgieng, sehen konnte, da die steile Felswand des Ras es Suffâfeh den Blick dorthin verschloß. Endlich 5. spricht für den Dschebel Musa auch die nicht wenig alte Tradition sammt den Kapellen und Bauten auf dem Gipfel, während für den schwer zu erkletternden Suffâfeh alle Tradition und alle auf sie bezüglichen Denkmale fehlen.*)

*) Lepsius hält den Serbal für den Sinai des Alten Testaments und somit für den Gesetzesberg. Seine Gründe sind: 1. das durch seine üppige Vegetation ausgezeichnete Feiranthal im Norden des Serbal habe allein den gehörigen Reichthum an Wasser und Waide für das Heer der Israeliten besitzen können; 2. in der Bibel heiße es: die Wüste Sin liege zwischen Elim und Sinai. Der Name Sinai habe aber zu Moses Zeit Sini gelautet, = der Sin-Berg, und hänge also offenbar mit dem Namen der Wüste Sin zusammen, die sich in der That mit dem Serbal abschließen lasse. Diese Ansicht widerstreitet jedoch der alleräl testen Tradition; zudem müßte, wenn wir ihr beipflichten sollten, nachgewiesen sein, daß die Lokalität sich zum Schauplatz der Gesetzgebung eigne; Lepsius gesteht aber selber zu, daß am Fuß des Serbal eine Ebene, wo das ganze Volk hätte aufgestellt werden können, nicht vorhanden sei. Endlich ist auch der Umstand entscheidend, daß die Grenze zwischen den Midianitern und Amalekitern zwischen dem Dschebel Musa und dem Serbal lag, so daß jener dem Gebiet der Midianiter, dieser dem der Amalekiter angehörte. Nun wird erzählt, daß Mose die Schafe seines Schwähers Jethro, des Midianiters, am Berg Gottes gewaidet habe. Folglich kann dieser nicht der Serbal gewesen sein; denn sicher hätten die Amalekiter einen solchen Uebergriff in ihr Gebiet nicht geduldet.

Viertes Kapitel.

## Vom Sinai nach Kades.

Am Sinai verweilten die Israeliten ein Jahr. In den Thälern und Ebenen rings um den Berg hatten sie ihre Lager. An Waide für ihre Heerden fehlte es nicht. Wasser ist in diesem Distrikt in Menge vorhanden, und noch jetzt sammeln sich hier die Beduinen, wenn die niedrigen Gegenden ausgetrocknet sind.

Vom Sinai bis an die südliche Grenze von Palästina, wo Kades lag, sind es auf dem geraden Weg 11 Tagreisen (5 Mos. 1, 2.). Die Kinder Israel zogen aber nicht den nächsten Weg. (Aus dem Stationenverzeichniß 4 Mos. 33 kann man ihren Reisezug nicht ersehen, weil fast sämmtliche dort genannte Stationen dieser Route uns unbekannt sind.)

Gleich vom Sinai weg scheinen sie nicht direkt nordwärts der Tihkette sich zugewendet, sondern eine östliche Route eingeschlagen zu haben, in das Gebiet des befreundeten Midian,*) vielleicht um einer zweiten Schlacht mit den Amalekitern, in deren Gebiet sie der nördliche Weg wieder geführt hätte, auszuweichen, und um mit Moses Schwager Hobab, der als Wegweiser dienen sollte, zusammenzutreffen. Die nächste Station, welche sie ostwärts wandernd nach drei Tagmärschen erreichten (4 Mos. 10, 33.), waren die Lustgräber (4 Mos. 11, 34.), in deren unmittelbarer Nähe wohl auch Tabeera, d. h. die Brandstätte (4 Mos. 11, 1—3.), lag. C. v. Raumer hält diesen Ort für identisch mit dem heutigen Dahab, welches auf einer Landzunge am Aelanitischen Golf im Osten des Sinai liegt und wahrscheinlich zugleich das Disahab 5 Mos. 1, 1. ist. Der Weg vom Sinai dorthin beträgt 18 Stunden, was mit den drei Tagreisen der Israeliten stimmt. Sie hätten sich mithin vom Wady Scheikh rechts ab durch den Wady Zakal (oder Zugherah), der in seinem Unterlauf Wady es Sal heißt, nach Dahab gezogen. Hier finden sich mitten auf der kleinen Halbinsel etwa ein Dutzend Haufen unregelmäßig zusammengeschichteter Steine, von denen

*) Dieses lag auf beiden Seiten des Aelanitischen Golfs.

keiner höher als 5 Fuß ist. Wären dieß vielleicht Ueberbleibsel der Lustgräber? Die Araber wenigstens nennen sie Kobar el Noßara, d. h. Gräber der Christen (Christen nennen sie alle Völker, die vor Einführung des Islam in ihrem Lande wohnten). In Dahab ist auch das beste Wasser, das man auf dieser Küste irgendwo trifft; Israel hätte also dort keinen Durst gelitten. Aber nach Fleisch wurden sie lüstern, und Gott sendete ihnen zum zweiten Mal „Wachteln". Dichte Schaaren von Vögelzügen sind hier etwas zur Frühlingszeit sehr gewöhnliches und jährlich wiederkehrendes. v. Schubert sah in der Gegend ganze Wolken von Zugvögeln von solcher Dichtigkeit und Ausdehnung vorüberziehen, wie er sonst nie ähnliche gesehen; sie kamen aus dem südlichen Winteraufenthalt und eilten nach der Meeresküste ihrer Heimath zu. Wenn die Lustgräber bei Dahab am Meer zu suchen sind, dann erscheint auch die Frage Mosis an Jehovah: „werden sich alle Fische des Meeres herzu versammeln, daß ihnen genug sei?" (4 Mos. 11, 22.) natürlich. Ebenso paßt der Ausdruck (v. 31.): „der HErr ließ Wachteln vom Meer kommen." (Aus der eben angeführten Frage Mosis darf man vielleicht auch schließen, daß Fische, von denen der Aelanitische Golf einen außerordentlichen Reichthum in seinem Wasser herbergt, den Israeliten auf ihrem Zug mögen zur Nahrung gedient haben, wie denn auch heute noch an seinen Ufern überall Fischer ihr Gewerbe treiben.)

Von den Lustgräbern zog das Volk nach Hazeroth, wo sie wieder längere Zeit blieben (4 Mos. 11, 35.), und wo Mirjam und Aaron wider Mose um seines Weibes willen, der Mohrin, redeten (12, 1 ff.). Dieß ist, wie man fast allgemein annimmt, der Brunnen el Hudherah oder Hadhra, etwa fünf deutsche Meilen im Norden von Dahab, bei welchem viele Bäume und Gesträuche wachsen.

Der nächste Stationenweg von Hazeroth aus führte die Israeliten in die Wüste Paran (4 Mos. 13, 1.). Uebergehen wir vorläufig die in dieser gelegenen Stationen und versetzen uns sogleich nach der Station, welche am Nordende der Wüste Paran und an der Südgrenze Kanaans lag, nach Kades.

Wir haben oben schon die drei verschiedenen Hauptansichten über die Lage von Kades angeführt. Robinson glaubte, es in der Arabah an der Westseite des Wady Dscheib aufgefunden zu haben, in der wasserreichen Gegend von Ain el Weibeh. Er läßt daher das Heer Israels von Hazeroth aus entweder dem Ufer des Aelanitischen Meerbusens und dann die Arabah entlang, oder über den Tih auf der hohen westlichen Wüste und dann den Wady Dscherâfeh hinab bis zu seiner Vereinigung mit der Arabah ziehen. Letzteren Weg wählt auch C. v. Raumer, der jedoch Kades gegen 2 Meilen weiter nördlich in der Arabah, nach Ain Hasb, verlegt. Gegen diese Lokalisirung von Kades spricht jedoch, daß bei Ain el Weibeh weder ein antiker Name, noch irgend eine Spur einer Ortschaft vorhanden ist (bei Ain Hasb sind Ruinen), und daß an beiden Orten Wasser sich findet, während nach 4 Mos. 20, 2. die Gemeine hier kein Wasser hatte und darum mit Mose haderte. Ferner wird Kades als eine Stadt an den Grenzen Edoms bezeichnet (4 Mos. 20, 16.); nun aber gehörte nicht nur die Arabah, sondern auch das Hochland der Azâzimeh zum Edomiter Land; denn überall wird Edom in den betreffenden Schriftstellen als südliche Grenzmacht Kanaans genannt (4 Mos. 34, 3. 4. Jos. 15, 1. 21 ff.). Und wenn Jos. 11, 17. 12, 7. die cisjordanischen Eroberungen Josua's beschrieben werden als alles Land „von dem kahlen Gebirg, welches aufsteigt gen Seïr, bis Baal Gad im Thal des Libanon am Fuß des Hermon," was kann da unter dem „kahlen Gebirg, welches aufsteigt gen Seïr," anders verstanden werden, als der nördliche Bergwall des Azâzimehlandes? Wie vortrefflich paßt der Ausdruck „das kahle Gebirg" zu dem „gigantischen Hochgebirg mit nackten Felsmassen"! Und endlich, wenn die Arabah die Westgrenze des Landes Seïr war, wie konnte Mose in der Stelle 5 Mos. 1, 44. von der Niederlage, welche die Israeliten von den Amoritern erlitten, sagen: „sie schlugen euch zu Seïr bis gen Harma"? Denn die Lokalität dieses Ereignisses lag ja jedenfalls im Westen von der Arabah. Dazu kommt, daß auch heute noch das Grenzplateau am Wady Murreh von den Arabern Serr, d. h. Seïr genannt wird. Was dann noch den Paß es Sufâh betrifft, welchen die Israeliten nach Robinson und Raumer von Kades, d. h. von Ain el Weibeh oder Ain Hasb, aus zu erstürmen versucht haben sollen; so läßt sich kaum denken, daß sie dieses tollkühne Wagniß sollten unternommen, daß Mose es ihnen sogar anfangs sollte zugemuthet haben; denn alle Reisenden schildern ihn als einen sehr engen, steilen und höchst beschwerlichen Paß, der Kanaan von dieser Seite her geradezu unangreifbar macht.

Es bleibt uns also nichts übrig, als Kades da zu suchen, wo Rowland es gefunden hat, d. h. westlich von der Arabah, an der nordwestlichen Grenze des Azâzimehhochlandes, östlich vom Dschebel Moyleh (s. oben S. 298). Die Frage nun, welchen Weg wohl die Israeliten von Hazeroth aus nach Kades mögen eingeschlagen haben, scheint sich allerdings dadurch auf die annehmbarste Weise zu erledigen, wenn wir sie gerade gegen Norden auf der Hebronstraße, am westlichen Fuß des Dschebel Araïf vorbei ziehen lassen, die auch jetzt noch von den meisten Sinaireisenden eingeschlagen wird. Das Stationenverzeichniß 4 Mos. 33. nöthigt uns aber, eine östlichere Route anzunehmen, auf welcher sie zum Azâzimehland auf dessen Ostseite kamen. Von allen dort (von v. 19. bis v. 32.) zwischen Hazeroth und Bnejaekon (welches wir für Kades halten) aufgeführten Stationen ist nämlich von keiner ihre Lage auszumitteln, als von Moseroth (v. 30. 31.). Diese muß an der Mündung des Wady Dscherâfeh in die Arabah gegenüber vom Berg Hor gelegen sein; denn 5 Mos. 10, 6. wird sie als Station am Berg Hor bezeichnet. Somit dürften wir mit ziemlicher Sicherheit annehmen, daß das Volk von Hazeroth aus die Tihkette überschritt, welche in der That hier keine Schwierigkeit darbietet, da sie hier, an ihrem Ostende, zu niedern Hügeln herabgesunken ist und dann dem Wady Dscherâfeh bis zu dessen Mündung folgte, wo es Moseroth erreichte. Diesen Weg nennt Mose (5 Mos. 1, 2.) den „Weg des Gebirges Seir“, ein Name, welcher kaum der Hebronstraße gegeben werden könnte. Warum Mose diesen Weg wählte? Vielleicht um einem Zusammenstoß mit den Amalekitern, mit welchen Israel auf der westlicheren zu ihrem Gebiet gehörigen Route in Conflikt gekommen wäre, und deren Macht und Trotz noch keineswegs durch den Sieg bei Raphidim gebrochen war, auszuweichen. Auf dem gewählten Weg hingegen blieb das Heer im Gebiet der befreundeten Midianiter. Von Moseroth wäre es dann durch einen der Wady's, durch welche das Azâzimehhochland von der Arabah aus zugänglich ist, zur Kadesebene vorgedrungen; denn in der Arabah selbst weiter gegen Norden fortzuwandern, war nicht rathsam, weil dann das Volksheer an der allerunzugänglichsten Stelle, durch die furchtbaren, hohen und steilen Felsenpässe im S.W. des Todten Meers in's Gelobte Land hätte eindringen müssen. — Auf die weitere Frage, was für einen Weg wohl die Kundschafter und die in's Amoriter Gebiet einfallenden Israeliten (4 Mos. 13, 22. 14, 44.) von Kades aus werden genommen haben, läßt sich antworten: sie zogen von der Kadesebene entweder durch ein Querthal, wenn ein solches vorhanden ist, oder auf dem dort niedrigen Plateaugebiet in den Wady Murreh hinaus, und von da über das Uebergangsglied östlich von Eboda zum Rakmahplateau. Sollte aber je der Bergwall zwischen der Kadesebene und dem Wady Murreh zu beschwerlich sein, so könnten sie auch durch einen der westlichen Zugänge zur Kadesebene auf die Hebronstraße gelangt sein und von da aus Kanaan erstiegen haben.

---

Fünftes Kapitel.

## Von Kades nach Eziongeber und wieder nach Kades.

Es entsteht hier die vielfach umstrittene Frage, ob das Volk Israel, welches im zweiten Jahr des Auszugs aus Aegypten nach Kades gekommen war, hier die übrigen 38 Jahre zugebracht habe, oder von da wieder südlich durch die Wüste zurück bis Eziongeber gewandert, und gegen das Ende der 40 Jahre zum zweiten Mal nach Kades gekommen sei. Diejenigen, welche nur einen einmaligen (38jährigen) Aufenthalt in Kades zugeben, nehmen an, daß, während sozusagen das Hauptquartier mit der Bundeslade zu Kades war, die Stämme von da aus während der 38 Jahre sich in der Wüste so weit ausbreiteten, als ihr Unterkommen für sich und ihre Heerden es erheischte. Gegen diese Ansicht scheint jedoch die mosaische Erzählung entschieden zu sprechen. Denn einmal bleibt es dann unerklärlich, wie es 4 Mos. 33, 36. heißen kann: „von Eziongeber zogen sie aus und lagerten sich in der Wüste Zin,*) das ist Kades." Wie sollen sie denn nach Eziongeber gekommen sein? Auf ihrem Hinweg vom Sinai nach Kades kamen sie, wie wir oben sahen, nicht dorthin, und wenn sie auch auf ihrem Rückweg, auf welchem sie das Gebirg Seir umzogen, um an die Ostgrenze Palästina's zu gelangen, Eziongeber sollten berührt haben, so kamen sie ja von da auf keinen Fall mehr nach Kades zurück. Aber auch wenn wir sie auf ihrem Zug von Sinai nach Kades von Hazeroth aus an das Ufer des Aelanitischen Meerbusens geführt und längs desselben hinauf hätten ziehen lassen nach Eziongeber und von da nach Kades, müßten wir es seltsam finden, daß zwischen diesen beiden Orten (Hazeroth und Eziongeber) 4 Mos. 33, 18—35. unverhältnißmäßig viele, nämlich 17 Stationen, aufgezählt würden, in der viel längeren Strecke aber zwischen Eziongeber und Kades nicht eine einzige. Sodann aber redet der mosaische Text ausdrücklich von einem zweimaligen Rückzug von Kades. Erstens 4 Mos. 14, 25.: „Morgen wendet euch und ziehet in die Wüste auf dem Wege zum Schilfmeer." Das war im zweiten Jahr des Auszugs, nachdem die Kundschafter in's Lager nach Kades zurückgekommen waren und Israel murrete und den Herrn lästerte. Zweitens 4 Mos. 20, 22.: „Und die Kinder Israel brachen auf von Kades und kamen mit der ganzen Gemeine gen Hor am Gebirge." Dieser Aufbruch geschah im vierzigsten Jahr des Auszugs, nachdem Mose Boten an den König von Edom mit der Bitte um Gestattung des Durchzugs durch sein Land geschickt, dieser aber denselben verweigert hatte (v. 14—21.).**)

Wie stimmt nun aber mit der Annahme eines zweimaligen Aufenthalts in Kades das Stationenverzeichniß 4 Mos. 33, 18 bis 37.? Hier sollte ja dann auch Kades zweimal aufgeführt sein,

*) Die Wüste Zin ist ein Theil der Wüste Paran und zwar der nördlichste, an der Südgrenze Palästina's gelegene, nämlich der Wady Murreh mit Einschluß der Kadesebene.

**) Im Anfang desselben Kapitels (4 Mos. 20, 1.) wird offenbar die zweite Ankunft in Kades berichtet: „Und die Kinder Israel kamen mit der ganzen Gemeine in die Wüste Zin im ersten Monden und das Volk lag zu Kades." So konnte nicht gesagt werden, wenn die Israeliten die 38 Jahre in Kades geblieben waren. Bei diesem zweiten Aufenthalt in Kades stirbt Mirjam (v. 1.), und Mose schlägt das Haderwasser aus dem Fels, wegen dessen er und Aaron nicht in's Gelobte Land kommen dürfen (v. 2—13.).

während es doch nur einmal (v. 36. 37.) genannt ist. Die Schwierigkeit würde sich lösen, wenn sich nachweisen oder auch nur wahrscheinlich machen ließe, daß Kades wirklich zweimal vorkomme, aber das zweite Mal unter einem andern Namen. Bei einer andern Station, der Station am Berge Hor, ist dieß wirklich der Fall. V. 37 u. 38 heißt es nämlich: „Von Kades zogen sie aus und lagerten sich am Berg Hor. Da gieng Aaron auf den Berg Hor und starb daselbst.“ Dagegen heißt es 5 Mos. 10, 6.: „Und die Kinder Israel zogen aus von Beroth Bne Jakan gen Moser. Daselbst starb Aaron und ist daselbst begraben.“ Moser, oder, wie sie im Stationenverzeichniß 4 Mos. 33, 30. heißt, Moseroth ist also die Station am Berg Hor. Auf dem Nordzug gegen Kades wird sie mit ihrem gebräuchlichen Namen Moseroth genannt (v. 30.); auf dem Rückweg dagegen heißt sie „Station am Berg Hor“ von dem wichtigen Vorfall, welcher sich während des damaligen Aufenthalts in der Nähe auf dem Berg Hor ereignete. Das Gleiche ist nun ohne Zweifel der Fall mit Kades. Dieses kommt das erste Mal in dem Verzeichniß unter dem Namen Bne Jaekon (v. 31.) vor. Daß jedenfalls in der Nähe von Kades ein Ort dieses Namens lag, wird daraus wahrscheinlich, daß 1 Mos. 36, 27. und 1 Chron. 1, 42. unter den Nachkommen Seirs des Horiters ein Akan oder Jaekan vorkommt, nach welchem die Stadt genannt wurde. Dieß weist uns auf die Gegend an der Grenze von Edom hin. Kämen auch beide Namen nicht gerade einer und derselben speciellen Lokalität zu, so wäre Bne Jaekon als Name eines einzelnen Orts in dem Bezirk zu nehmen, welcher Kades genannt wird. Daß aber der Name Kades erst beim zweiten Aufenthalt vorkommt (v. 36.), während er beim ersten Aufenthalt Bne Jaekon heißt, ist ganz natürlich, da Kades erst von der während des zweiten Aufenthalts vorgefallenen Begebenheit diesen Namen erhielt.*)

*) Der Name Kades bezeichnet den Ort als einen heiligen. Ohne Zweifel erhielt er diesen Namen aus Veranlassung des Haderwassers, „darüber die Kinder Israel mit dem Herrn haderten und Er geheiliget ward an ihnen,“ d. h. seine Heiligkeit durch ein Strafgericht offenbarte (4 Mos. 20, 13.). Der älteste Name des Orts ist Born Mispat, d. h. Quelle der Entscheidung (1 Mos. 14, 7.), vielleicht weil hier ein edomitisches Orakel seinen Sitz hatte. Sonst heißt der Ort auch Kades Barnea. Barnea war

Somit wären die Stationen von Hazeroth bis Bnejaekon (v. 18. bis 31.) diejenigen, welche die Israeliten auf ihrem ersten Nordzug vom Sinai nach Kades besuchten, die Stationen von Bnejaekon bis Eziongeber (v. 31—35.) jene, an welchen sie auf ihrem ersten Südzug von Kades bis zum Schilfmeer lagerten. Wenn dann v. 36. fortgefahren wird: „von Eziongeber zogen sie aus und lagerten sich in der Wüste Zin, d. i. Kades,“ und somit für den zweiten Nordzug (von Eziongeber nach Kades) keine Zwischenstation mehr angegeben wird, so erklärt sich dieß von selbst daraus, daß sich hier dieselben Stationen, wie auf dem Zug von Kades nach Eziongeber, nur in umgekehrter Reihenfolge, repetirten. Von v. 37—44. werden dann die Stationen auf dem zweiten Südzug und um das Edomiter Gebirg herum bis zur Moabiter Grenze genannt. Zur Veranschaulichung mag folgende Tafel dienen.

### Erster Nord- und Südzug

vom Sinai nach Kades und von da nach Eziongeber.

| Hinweg vom Sinai nach Kades. (v. 16—31.) | Rückweg von Kades nach Eziongeber. (v. 32—35.) |
|---|---|
| Sinai | Bnejaekon (Kades) |
| Lustgräber | Horgidgad |
| Hazeroth | Jathbatha |
| \| | Abrona |
| Moseroth (Hor) | Eziongeber. |
| Bnejaekon (Kades). | |

wahrscheinlich die in der Nähe befindliche edomitische Stadt (4 Mos. 20, 16.: „Die Stadt an deinen Grenzen“), und es soll wohl durch Hinzufügung ihres Namens die Oertlichkeit näher bezeichnet werden. — Vielleicht wurde auch das Hauptquartier erst während des zweiten Aufenthalts in der Kadesebene aus Veranlassung des das Haderwasser betreffenden Vorfalls aus der Nähe von Bnejaekon, welches am südöstlichen Eingang zur Kadesebene gelegen sein mag, speciell an den Ort verlegt, welcher dann den Namen Kades erhielt, während, wenn schon beim ersten Aufenthalt die Station in andern Stellen Kades genannt wird, die Kades*ebene* überhaupt gemeint ist.

### Zweiter Nord- und Südzug

von Eziongeber nach Kades und von da um Edom herum zur Moabiter Grenze.

| Hinweg von Eziongeber nach Kades. (v. 36.) | Rückweg von Kades zur Moabiter Grenze (v. 37—44.) |
|---|---|
| Eziongeber | Kades (Bnejaekon) |
| \| | Hor (Moseroth) |
| \| | Zalmuna |
| \| | Phunon |
| \| | Oboth |
| Kades (Bnejaekon). | Jje ha=Abarim. |

Bei dieser Ansicht über das Stationenverzeichniß 4 Mos. 33 muß jedenfalls angenommen werden, daß der zweite Rückweg von Kades aus durch einen der zum Berg Hor in die Arabah hinausführenden Wady's des Azâzimehlandes und sofort südwärts die Arabah entlang geschehen sei. Für den ersten Rückweg aber steht eine doppelte Annahme offen: entweder nahmen die Israeliten von Kades aus ihren Weg dem Westgehäng des Azâzimehlandes entlang auf der Hebronstraße bis in die Gegend des Dschebel Arâif und sofort gegen Südost Eziongeber zu; hier ließe sich dann die Station Horgidgad (Gudgod) in dem jetzigen Wady el Gudhagidh, 9 deutsche Meilen südlich vom Wady Retemat, nachweisen. Oder schlugen die Israeliten dieselbe Straße ein, wie auf dem zweiten Rückweg; dann müßte man annehmen, daß unter den für den ersten Rückweg genannten Stationen Moseroth (Hor) fehle, weil es kurz vorher unter den Stationen des ersten Hinwegs genannt ist, oder weil es auf diesem ersten Rückweg keine Station (d. h. kein Ort zum längeren Verweilen war; ebenso müßte man annehmen, daß Horgidgad und Jathbatha unter den Stationen des zweiten Rückzugs (nach der Station Hor) nicht mehr aufgeführt werden, weil sie schon vorher einmal genannt sind, wie denn überhaupt das Stationenverzeichniß den Grundsatz zu befolgen scheint, keinen Ort zweimal namhaft zu machen. Denn daß sie wirklich Stationen auf dem zweiten Rückzug waren, ergibt sich aus 5 Mos. 10, 7.

Es läßt sich nicht läugnen, daß die hier dargelegte Ansicht in jeder ihrer Modificationen nicht frei von Schwierigkeiten ist, die hier jedoch nicht weiter erörtert werden können. Andere Ansichten bieten aber jedenfalls nicht geringere dar. Namentlich scheint uns dieß auch bei der Ansicht des neuesten so gründlichen und gelehrten Forschers der biblischen Geschichte und seiner Vorgänger der Fall zu sein, die wir uns noch anzuführen erlauben. J. H. Kurtz nämlich läßt die Israeliten vom Horeb aus geradezu auf der Hebronstraße ziehen, also aus dem Wady Scheikh über die Tihkette im Wady Zulakah, dann direkt nordwärts über das große Tihplateau am westlichen Fuß des Dschebel Arâif vorbei. Die Lustgräber versetzt er demzufolge in den Wady Zulakah nach el Ain, die Station Hazeroth nach Bir et Themed. Die nächste Station Rithma hält er dann schon für identisch mit Kades. Rithma sei nämlich im heutigen Wady Retemat, einem der vom Westgehäng des Azâzimehhochlandes herabkommenden, zum Wady el Arisch ziehenden Wadys, zu suchen, also in unmittelbarer Nähe von Kades, am Eingang zur Kadesebene. Finden wir es hier schon auffallend, daß das große Volksheer auf dem ganzen eilf Tagereisen betragenden Zug vom Sinai bis Kades nur zwei Ruhepunkte (Stationen) soll gehabt haben, so dürfte die Ansicht von Kurtz auch über den folgenden Theil des Katalogs nicht befriedigend erscheinen. Er geht nämlich von der Ansicht aus, daß die Gemeinde sich bald nach dem Verwerfungsurtheil über die ganze Wüste in kleineren oder größeren Haufen zerstreut und in den von ihr dargebotenen Oasen sich niedergelassen haben werde, bis Moses Ruf sie nach Ablauf der 37 Strafjahre wieder nach Kades versammelt habe. Die Stationen nun, welche der Katalog in 4 Mos. 33, 19—36. aufzähle, können nur als die Lagerplätze des Hauptquartiers, welches Mose und das Heiligthum in seiner Mitte hatte, betrachtet werden. Daß aber das Hauptquartier nicht an ein und derselben Stätte blieb, sei sehr erklärlich. Sollte nämlich während dieser 37 Jahre nicht aller Zusammenhang und alle Gemeinschaft der zerstreuten Volkshaufen sowohl unter einander als mit Mose und dem Heiligthum aufgelöst bleiben, so mußten Mose und das Heiligthum sie aufsuchen. Hieraus erkläre sich auch der auffallende Umstand, daß 4 Mos. 33, 30. 31. zuerst Moseroth, dann Bnejaekon, 5 Mos. 10, 6. dagegen zuerst Bnejaekon, dann Moserah genannt werde. Wir erklären uns dieß daraus, daß in ersterer Stelle von dem ersten Hinweg nach Kades (= Bnejaekon), in der zweiten von dem zweiten Rückzug von Kades die Rede ist. Kurtz hingegen sagt, der scheinbare Widerspruch komme von dem verschiedenen Charakter der verschiedenen in beiden Stellen beschriebenen Züge her. 4 Mos. 33, 19—36. beschreibe die Rundreise Moses in der Wüste während der 37 Jahre, und da habe es natürlich Kreuz- und Querzüge gegeben, so daß Mose wohl von Kades aus nach Moseroth und dann nach Bnejaekon habe kommen können. 5 Mos. 10, 6. 7. aber werden die Stationen nach ihrer geographischen Reihenfolge auf dem letzten Zug um's Edomiter Gebirg angegeben, auf welchem man keine unnöthigen Umwege werde gemacht haben; daher Bnejaekon vor Moseroth. Aber ob es damit seine Richtigkeit habe, daß 4 Mos. 33, 19—36. bloß eine Rundreise Moses beschreiben wolle, dürfte denn doch zweifelhaft sein, da der Text selbst keine Spur davon enthält. Sodann müßte ja, wie auch Kurtz selbst annimmt, Bnejaekon nördlich oder nordwestlich von Moseroth, also jedenfalls im Gebiet der Edomiter, zu suchen sein. Wenn man es nun auch, wie oben bemerkt, glaublich finden kann, daß Israel das Edomiter Gebiet auf einer kurzen und wahrscheinlich wenig bewohnten Strecke durchzog; so werden wir dagegen kaum annehmen dürfen, daß die Edomiter einem Theil des Volks Israel werden gestattet haben, eine ganze Reihe von Jahren auf ihrem Grund und Boden zu verweilen.

---

## Sechstes Kapitel.

## Von Kades zur Moabiter Grenze.

Nach Aussage der Beduinen führt eine große Route durch breite Wady's direkt von Kades in die Arabah hinaus, in die Gegend von Ain el Weibeh. Diese, sowie dann weiterhin von der Arabah aus der Wady Ghuweir, wird der Weg gewesen sein, welchen die Kinder Israel ziehen wollten, um direkt zur Ostgrenze von Palästina zu gelangen. Edom aber gestattete den Durchzug nicht und verrannte Israel sein Land mit dem Schwert (4 Mos. 20, 14—22.).*) Deßhalb mußte das Edomiter Land gegen Südost umzogen werden. Auf diesem Zug starb Aaron am Berg Hor. Von da an werden auf dem Zug um's Edomiter Land bis zur Moabiter Grenze die Stationen Zalmona, Phunon und Oboth genannt (4 Mos. 33, 41—43.). Ihre Lage ist uns unbekannt. Ohne Zweifel zogen sie in der Arabah gegen Süden bis in die Nähe von Aila und lenkten dann gegen Osten in den Wady el Ithm ein, der nordwärts der Feste Akaba von Nordost durch das Gebirg steil herabkommt, um die Karawanenstraße zu gewinnen, welche auf der Ostseite des Gebirgs Seir auf dem Plateau der Wüste nordwärts zur Moabiter Grenze führt. Auf dem Weg um's Edomiter Land vom Hor an war es, wo das Volk verdrießlich ward und wo der Herr feurige Schlangen unter sie sandte, an deren Bissen viele starben (4 Mos. 21, 4—9.). Auf der Sinaihalbinsel werden nur selten Schlangen getroffen. Um so merkwürdiger ist es, daß die Zahl derselben gegen den innersten Winkel von Aila und das Land Edom sehr zunimmt. Unter ihnen werden zwei Arten als giftige genannt. v. Schubert erzählt: „Man brachte uns (es war in der Arabah südlich vom Hor) eine sehr buntfarbige, mit feuerrothen Flecken und Wellenstreifen gezeichnete große Schlange, die, wie uns dieß der Bau

*) Mit dieser Stelle könnte 5 Mos. 2, 29. im Widerspruch zu stehen scheinen; denn hier wird gesagt, daß die Edomiter (und die Moabiter) den Israeliten den Durchzug durch ihr Land verstattet und Speise und Wasser für Geld gegeben hätten. Der Widerspruch verschwindet aber, sobald man beachtet, daß beide Stellen sich auf verschiedene Zeiten und Orte beziehen. Die Stelle 4 Mos. 20 bezieht sich auf die Zeit, wo die Israeliten noch auf der westlichen Seite des Gebirgs standen, 5 Mos. 2 dagegen redet von der Zeit, wo sie bereits um das Gebirg herumgezogen und auf der Ostseite desselben angekommen waren. So lange die Israeliten noch an der westlichen Grenze lagen, wo das Land von Natur schon durch die hohen und steilen Gebirgsabfälle gegen die Arabah befestigt war, mochten die Edomiter ihnen allerdings getrost mit gewaffneter Hand entgegentreten. Als sie aber die Menge Israels im Osten ihres Gebirgs, also auf dessen höchst schwacher Seite sahen, wo es sich nur wenig über das angrenzende Wüstenplateau erhebt, da entfiel ihnen der Muth, und sie brachten ihnen nun Lebensmittel zum Verkauf, auf die nämliche Weise, wie noch jetzt die Karawane von Mekka von den Gebirgsbewohnern an der Pilgerstraße versorgt wird.

ihres Gebisses zeigte, zu den giftigsten Arten ihres Geschlechts gehörte. Sie war todt und bei der großen Hitze schon in's Verderben übergegangen. Nach der Aussage der Beduinen ist diese Schlange, welche sie sehr fürchten, in der Umgegend häufig. Es erinnerte uns dieß an die Schlangen, denen die Schaaren des pilgernden Volks erlagen, da sie auf dem Weg vom Hor nach dem Rothen Meer verdrossen geworden waren und wider Gott und wider Mose redeten."

Die nächste Station nach Oboth sind die Hügel Abarim (Jje-ha-Abarim) an der Mobiter Grenze (4 Mos. 33, 44.), von wo an wir den weiteren Zug Israels schon oben kennen gelernt haben.

# Notizen über die Reisenden,

## welche in dieser Schrift genannt sind.

1. Ferdinand v. Troilo, ein schlesischer Edelmann, besuchte Jerusalem 1666—69.

2. Jonas Korte, ein frommer protestantischer Buchdrucker zu Altona, besuchte das Gelobte Land 1737—38.

3. Stephan Schulz, reiste als Judenmissionar 1754—55 im Heil. Land (später Pastor zu Halle).

4. Carsten Niebuhr, „der Fürst der orientalischen Reisenden", bereiste Syrien und Palästina 1766.

5. Ulrich Jakob Seetzen, bereiste unter dem Namen Scheich Musa 1805—1807 die Landschaft Belka, die Ostseite des Todten Meers (der erste Reisende, dem dieß gelang) und die Wüste et Tih bis zum Sinai, wurde 1811 in Arabien ermordet. Einer der ausgezeichnetsten Reisenden.

6. F. A. de Chateaubriand, reiste 1806—7.

7. J. L. Burckhardt aus Basel, bereiste unter dem Namen Scheikh Ibrahim 1810—12 Syrien und Palästina, 1816 den Sinai, einer der trefflichsten Beobachter und lehrreichsten Reisenden. Ihm und Seetzen verdanken wir besonders die Kenntniß des Ostjordanlandes und des Peträischen Arabien. Er starb plötzlich zu Cairo 1817.

8. 9. Ch. Leonard Irby und James Mangles reisten 1817—18 auf der Ostseite des Todten Meers und am obern Jordan.

10. J. S. Buckingham, 1816 in Basan und Gilead.

11. Plinius Fisk, amerikanischer Missionar, † 1825.

12. E. Rüppell, reiste im Peträischen Arabien 1817, 1822, 1826—27 und 1831—35.

13. Marmont, Herzog von Ragusa, reiste in Palästina 1834.

14. Dr. G. H. v. Schubert, Hofrath in München, 1836 u. 37.

15. Dr. Ed. Robinson, Prof. der Theologie in Newyork, machte seine epochemachende Reise zum Sinai durch das Peträische Arabien und Westpalästina 1838, seine zweite Reise 1852, † 1863.

16. J. Russegger, Gubernialrath und Salinenadministrator zu Wieliczka, bereiste die Sinaihalbinsel und Palästina 1838.

17. E. G. Schultz, K. preuß. Consul in Jerusalem, von wo aus er 1845—47 verschiedene Ausflüge machte.

18. 19. G. Williams, Caplan der evangelischen Kirche in Jerusalem, und J. Rowland, 1842.

20. Lepsius, Prof. in Berlin, bereiste die Sinaihalbinsel 1845.

21. Dr. F. Liebetrut, evang. Pfarrer in Wittbrietzen bei Jüterbog, bereiste Westpalästina 1851.

22. Dr. Titus Tobler, prakt. Arzt in der Schweiz, besuchte mehreremal Jerusalem und die Umgegend.

23. Van de Velde, holländ. Lieutenant, bereiste Syrien und Palästina 1851 u. 52.

24. Dr. J. Gottfr. Wetzstein, K. preuß. Consul in Damaskus, bereiste Hauran und die Trachonen im Frühjahr 1858.

25. Dr. Johannes Roth, Professor in München, reiste in Palästina und starb daselbst 1861.

26. Dr. Const. Tischendorf, Prof. in Leipzig, besuchte mehrmals den Sinai, zuletzt 1861, wo er den berühmten Sinaitischen Bibelcodex fand.

# Verdeutschung

arabischer Personen- und Ortsnamen, welche in dieser Schrift vorkommen.

Abu = Vater, Oberhaupt.
Om oder Um = Mutter.
Ben, Beni = Sohn, Söhne.
Ibn = Sohn.
Abd = Knecht, Sklave.
Emir, Amir = Häuptling, Fürst.
Malek, Melek = König.
Scheikh, Schech = Alter, Stammhaupt.
Sultan = Großherr.
Pascha = türkischer Statthalter.
Neby = Prophet.
Hadsch = Pilger.
Beit, Beth = Haus.
Dar = Wohnung, Haus.
Deir = Kloster.
Bab = Thor.
Khan = Herberge.
Kafer, Kefer = Dorf.
Khurbet, Kherbet = Ort, Dorf.
Kalaat, Kala = Schloß.
Kaßr = Schloß.
Bordsch = Burgruine.
Kabr = Grab.
Wely = Grabmal eines muhamedanischen Heiligen.
Derb = Weg, Route.
Belad = Landschaft.
Ard = Ebene, Landstrich.
Sahel = Feld.
Merdsch = Wiese, Ebene.
Tell = Hügel.
Tor, Tur = Berg.
Dschebel = Berg, Gebirg.
Nakb = Abhang, Bergsattel, Paß.
Akaba = Rücken, Bergpaß.
Ras = Kopf, Vorgebirg.
Ain = Auge, Quelle.
Bir = Brunnen.
Birket = Teich, Cisterne.
Bahr = See.
Moi, Mojet = Wasser.
Nahr = Fluß, Flußthal.
Seyl = Regenbach.
Wady = Einsenkung, trockenes Flußthal.
Gai, Ge = Engthal, Schlucht.
Ghor = Thal, Niederung.
Bekaa = Tiefthal.
Dschissr = Brücke.

Der arabische Artikel el assimilirt seinen letzten Laut dem ersten des folgenden Worts; er lautet also vor D ed, vor R er, vor S es, vor Sch esch, vor T et u. s. w.

# Schriftstellen,

zu deren Erklärung in dieser Schrift ein Beitrag geliefert ist.

# Register.

CPSIA information can be obtained
at www.ICGtesting.com
Printed in the USA
LVHW101343160422
716387LV00003B/146

9 783752 596670